KB141471

7인의 집행관

7인의 집행관

김보영 장편소설

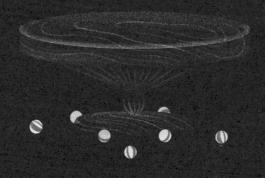

폴라북스

차 례

내가 나라면
기억을 잃고도 지식과 지력을 잃고도
사고력과 판단력과 신체 능력과 경험을 포함해서
나를 규정하는 모든 것을 잃고도
누구의 기억으로 어떤 인격을 갖든
어떤 모습으로 어떤 인생을 살든
내가 내 근원에서 나온 나 자신이라면
내게서 무엇을 없애든 '나'를 없애지 못한다면
내가 누군지도 모르는 채로도 나를 유지한다면.

미친 자

집행관

?

미친 자

죄수

나

참관인

소심한 자

영리한 자

고지식한 자

미인

노인

잠에서 깨었을 때 나는 열병이라도 앓은 것처럼 땀에 흠뻑 젖어 있었다. 나는 경련하며 뒤척였다. 그 잠깐의 동작이 무엇을 연상시켰는지 꿈이 파도처럼 밀려오다가 쓸려갔다.

눈을 반쯤 떴을 때까지만 해도 꿈은 계속되었지만 다 떴을 때는 안개가 걷히듯 기억 저편으로 사라졌다. 땀은 이내 차분하게 식었고 내부의 격동은 불이 꺼지듯 사그라졌다.

전에도 이런 일이 있었는데.

그렇겠지. 잠에서 깰 땐 늘 그러니까.

언제나와 같은 내 방이다. 서향으로 난 창으로는 침침한 빛이 스며들고 벽지도 없는 우툴두툴한 벽에는 다 해진 푸르스름한 양복 하나만 유령처럼 걸려 있다.

방은 세 평이 넘지 않고 좀먹은 이불을 제외하면 TV도 책상도 밥그릇도 숟가락도 없다. 양복이 걸린 벽 반대편에는 깨진 거울과 세면기가 있는데 볼 때마다 묘한 기분이 든다. 이곳은 방이라기보다는 차라리 감방 같은 구조라서다.

나는 일어나 양복을 주섬주섬 걸쳐 입었다. 와이셔츠 첫 단추와 소매 단추는 떨어져 나간 채였다. 솔기는 뜯겨 나가 실이 늘어졌고 넥타이도 어디선가 잃어버렸다. 바느질할 생각은 해 보지 않았고 새 옷을 살 마음도 없다. 나는 옷을 깔끔하게 입는 재주가 없고 그럴 필요를 느끼지도 않는다. 정 하고 다니는 꼴이 못 봐줄 지경이 되면 누군가 입을 것을 던져 주곤 한다.

머리를 쓱쓱 손으로 빗어 넘기며 거울을 보았다. 얼굴이 비치는 자리가 깨져 있어 늘 조금 구부려 보아야 한다. 내가 한 짓인 듯한데 이유는 잘 떠오르지 않았다.

갈라진 거울 속에서 잠이 덜 깬 남자가 음울한 눈으로 나를 응시한다. 까치집 같은 머리카락이 반쯤 얼굴을 덮고 입술은 쉽게 떨어지지 않을 모양새로 한일자로 닫혀 있다. 오른쪽 눈에는 짙은 쌍꺼풀처럼 보이는 칼자국이 있어 반쯤 감은 듯한데 그 때문에 오른쪽과 왼쪽의 인상이 달라 보인다. 왼쪽 눈이 다소 순진한 빛을 발하며 어울리지 않게 온화한 느낌을 주는 데 반해 오른쪽 눈에는 얼음처럼 한기가 돈다. 때로 나는 그 눈동자가 나보다 더 많은 것을 알리라는 괴상한 상상을 하곤 한다. 어쩐지 그 눈이 보기 싫어 앞머리를 손으로 더 쓸어내렸다.

깨진 거울 틈에 끼워 둔 면도날로 면도하다가 문득 묘한 기시감에 휩싸여 얇은 날을 햇빛에 돌려 보았다. 날에서 튕겨 나간 빛이 곰팡이 핀 검은 벽 구석에서 흔들렸다. 나는 그곳에서 뭐라도 지켜보는 것처럼 한참 어둠을 응시했다.

나는 소매에서 삐져나온 실을 뜯어 면도날 구멍에 끼워 묶은 뒤 툭 떨어뜨려 보았다. 고개를 옆으로 뉘어 진자처럼 좌우로 움직이는 날을 바라보았다.

'실이 더 길어야겠군.'

나는 생각했다. 이보다는 더 질겨야겠고. 이유를 가늠해 보려 했지만 소용이 없었다. 나는 꼼지락거리며 실을 보강하고는 면도날을 소매 안쪽에 숨겼다. 날 선 것을 지녀서 해될 것은 없다. 나 같은 놈에게는 언제 무슨 일이 있을지 알 수 없으니까.

문을 열자 후덥지근한 공기가 방 안으로 몰아쳐 들어왔고 이해할 수 없는 연상으로 방금 꿈에서 내가 한 말이 떠올랐다.

내기를 기억하라.

하지만 그 말을 한 이유도 뜻도 알 수 없었고, 나는 곧 머리를 털어내며 현실로 돌아왔다.

건물은 솥처럼 찌고 있었다. 사무실은 담배 연기와 담뱃재와 담배 꽁초와 담배를 태우는 수놈들과 그들의 땀 냄새로 흐느적거렸다. 창에 시트지로 뜯어 붙인 '대출 상담', '취업 알선' 등의 문구가 본래의 거친 뜻을 온화하게 표현한다.

문에 들어서자 놈들은 반쯤 일어나거나 고개를 까닥이거나, "오셨습니까, 형님." 하며 군기 빠진 상병 모양 타성에 젖은 인사를 우물거렸다. 내가 '표면상으로' 그들 윗대가리임에도, 그것이 '표면상의' 문제임을 다들 필요 이상으로 잘 안다.

담뱃재와 라면 국물이 한 겹 덮인 책상 위에는 꾸깃꾸깃한 지폐가 수북이 쌓여 있었다. 10원, 50원짜리 동전도 내기의 격을 떨어뜨릴 용도로 함께 쌓이는 중이었다.

"무슨 내기지?"

내가 묻자 돈을 얹던 놈들이 나를 돌아보았다. 부자연스러운 시선이 꽂혔다. 내가 그들에게 말을 거는 일이 흔하지는 않았다는 생각이 들었다. 그러고 보니 내가 지금까지 그들에게 어떻게 대했는지 생각나지 않았다. 아니, 사실은 도통 이름이 떠오르는 놈이 없다. 아직 잠이 덜 깼나, 아니면 어제 술이 과했을까.

"오늘 형님 목숨이 붙어 있을까 하는 내깁니다."

한 놈이 말했다. 앞에 앉은 놈에서부터 웃음이 번진다.

"재미있겠군, 나도 끼지."

바지 주머니에 손을 넣었다. 가진 것이 없는 줄 아는 터라 뒤지는 척만 하고 누구에게든 몇 푼 빌릴 생각이었다. 그런데 예상과는 달리 뭔가가 손가락에 걸렸다.

의아한 기분으로 꺼내 보니 금줄이 길게 주머니에서 빠져나왔다.

엄지손가락만 한 회중시계다. 세공도 정교하고 무게도 제법 나가는 것이 금은방에 내놓으면 꽤 비싸게 부를 것 같다. 언제 이놈의 것이 주머니에 굴러 들어왔을까.

아무튼 일단 내 주머니에서 나왔고 당장 걸 만한 것은 이것밖에 없었다. 나는 시계를 탁자에 올려놓았다.

"그거 진짜루 거실 겁니까?"

"어."

놈들의 시선이 부자연스러웠다. 차가운 직관이 창처럼 머리를 수직으로 뚫고 지나갔다.

나는 이제 이 시계를 잃어버리고 만다. 내 손에서 떠나보내게 된다. 그래서는 안 된다. 이 시계는 내게 아주 소중한 것이다.

"내가 살지 못하는 쪽에 걸어."

부자연스러운 시선이 웃음에 먹혔다. 킥킥거리는 소리가 번지더니 몇 놈들은 참지 못하고 박장대소를 했다.

"뭡니까, 형님. 그라문 살든 죽든 시계는 못 돌려받잖습니까."

"하긴 그렇군."

창이 더 높고 뚜렷하게 솟구쳤다.

나는 답을 안다. 그러므로 다른 쪽에 걸 수가 없다. **오늘 나는 마지막으로 이곳에 섰고 마지막으로 내 방에서 나왔다. 나는 살아서는 다시는 이곳으로 돌아오지 못한다. 그렇게 정해져 있으므로. 그것이 내 운명이므로.**

부자연스러운 얼굴로 서로를 돌아본 놈들 역시 그 사실을 알며, 이 내기에 돈을 건 놈들도 안다. 내가 어떻게 그들이 이 사실을 아는지 궁금하듯이 그들 역시 내가 어떻게 '아는지' 궁금해한다.

"그러면 '돌아와서' 죽는 쪽."

"대체 무슨 소릴 하는 겁니까?"

한 놈이 이해하지 못하고 역정을 냈다. 그럴 수밖에, 나 자신도 이해가 가지 않는데.

"이상한 말씀 말고 사장실로 가 보십쇼. 큰형님께서 기다리고 계십니다."

보스 취향도 나와 닮아 극단적으로 검소한 편이다. 그의 방에는 검은 소파와 책상과 장식장 하나를 제외하곤 아무것도 없다. 텅 빈 장식장에 액자가 하나 놓여 있을 뿐이다. 보스가 어디 가든 들고 다니는 액자 하나.

"할 일이 있다."

보스가 이쪽은 쳐다보지도 않고 말했다.

보스는 어차피 나를 잘 볼 수 없다. 오랜 감방 생활 때문에 시력이 거의 나가 버렸으니까. 그는 감방에서 시력과 함께 움직이는 법까지 거의 잊어버린 것만 같다. 요즘에는 보스가 그 의자에 앉아 미동이라도 하는 것을 본 적이 없다.

소파에는 낯선 손님들이 앉아 있었다. 무슨 일로 모였는지는 몰라도 어물전에 놓인 싱싱한 생선이라도 감정하듯 나를 훑어본다.

연관성이 없어 보이는 사람들이다. 각계각층의 인물들. 같은 목적으로 모인 사람들. 물 좋은 사업이라도 하나 저 책상 위에 올라가 있는 걸까. 아니면 보스가 저 사람들에게 날 싸게 팔아넘길 궁리라도 하는 건가.

나는 손님들을 마주 감정하며 인상에 따라 멋대로 이름을 붙였다. 미친 놈, 소심한 놈, 영리한 놈, 고지식한 놈, 미인……. 미인?

내 시선은 최후에 보스 바로 옆에 앉은 여자에게 가서 멎었다.

내가 지금까지 본 중에 가장 아름다운 여자였다.

그런 것에 순위를 매길 수 있다면 말이지만.

여자는 어깨와 가슴과 허벅지가 드러나는 검은 드레스를 입고 있었다. 머리카락 한 올도 빠져나오지 않도록 가지런히 빗어 핀으로 단단히 고정하고, 뒷머리는 둥글게 말아 비녀를 꽂았다. 이마선은 그린 듯 동그맣고, 반듯한 앞머리가 꽃잎처럼 둘로 갈라져 그림처럼 가지런히 내려와 있었다. 도톰한 입술은 새빨갰고 눈에는 짙고 검은 화장을 했는데, 마치 제 고귀함을 조금이라도 감추려고 애써 천박하게 꾸민 듯했다.

왜 저런 여자가 여기에 있을까. 보스의 새 정부일까. 담보로 끌려온 몰락한 부잣집 아가씨쯤 되는 걸까.

여자가 내 시선을 느꼈는지 새까만 눈동자를 이쪽으로 향했다. 단단하게 얼어붙어 물결조차 일지 않는 영혼이 그 눈 안에 담겨 있었다. 그 영혼에 갇힌 슬픔이 어찌나 깊고 어두운지 잠깐 마주한 것만으로도 연민이 느껴졌다.

갑자기 예고도 경고도 없이 구두축이 정강이를 강타했다. 옆에 서 있던 놈이 걸어찬 것이다.

"이 자식이…… 어딜 쳐다보는 거야!"

아하. 쳐다봐서는 안 될 분이었군. 미리 말이라도 좀 해 주지.

한 대만 날려도 될 것을 녀석은 두어 대를 더 밟았다. 보스에게, '명목상으로' 나의 아버지이신 분께 잘 보이려면 괴롭힐 건수가 있을 때 괴롭힐 필요가 있다.

우리 사이의 살얼음판에 끼어들려면 치고 빠질 때를 알아야 한다. 내게 가해지는 폭력을 보스는 때로는 용인하고 때로는 하극상이라며 벌을 준다. 벌을 준 뒤에 뒤로 뭔가 찔러 줄 때도 있고 그러지 않을 때도 있다. 규칙이 없는 규칙을 타고 오르려면 기상 예측관처럼 그날그날의 날씨를 보는 재주가 필요하다. 놈의 발길질에 거침이 없는 걸 보니 아무래도 보스가 오늘 단단히 저기압인 모양이다.

나는 여자를 쳐다보았다. 여자가 시선을 피한다. 고개를 숙이는 바람에 하얗고 동그란 볼이 시야에 가득 찼다. 그녀의 어깨를 껴안고 그 볼에 입을 맞추고 싶다는 충동이 들었다. 거지 같은 놈. 나는 스스로를 욕했다. 욕하고 나니 이유를 알 수가 없었다.

보스가 고개를 조금 흔들자 밟던 놈이 물러나 문 옆에 뒷짐을 지고 섰다. 나는 약간 찢겨 나간 입술을 닦고 일어났다. '손님들'은 이런 일에 익숙한지 아니면 끼어들 문제가 아니라고 생각하는지 무표정한 얼굴로 보고만 있었다.

"수명 수산 놈들이 요새 좀 컸다. 네가 좀 다녀와야겠다."

"언제요."

"오늘 밤 횟집에서 간부진들 회식 자리가 있다. 손봐 주고 와라. 괜찮은 놈들로 몇 명 붙여 주마."

내 애들을 데려가지 말라는 이야기로군. 내가 고르는 사람은 믿지 못해서? 설마, 처음부터 우리 사이에는 신뢰라는 귀여운 감정이 끼어들 여지가 없다.

수명 수산, 간부진 회식, 내 귀에 들어온 적이 없는 정보다. 내게만 정보가 차단되는 일이야 흔한 편이지만 대뜸 오늘 거행하시라.

뭔가 내가 모르는 다른 일이 있나 보군. 내게 붙여진 사람들은 나와는 다른 지시를 받았을 것이다. 뭘까? 내게 비밀로 해야 할 이유는? 내가 지나치게 생각하는 걸까?

"각목? 파이프? 칼?"

나는 마지막에 '검'이라고 하려다가 말을 바꾸었다. 뜬금없이, 나는 허리에 찼을 때 발목 언저리까지 내려오는 기다란 검을 떠올렸다. 푸른 손잡이에 초승달이 새겨져 있고, 검은색 날에는 별자리가 새겨진…….

"칼."

나는 정신을 차렸다.

"죽이라는 뜻입니까?"

"필요하다면."

이런 지시를 외부인 앞에서 하다니. 뭘 잘못 드셨나, 노망이 드셨나. 그게 아니라면 저들은 '외부인'이 아닌 걸까. 지금 보스가 지시하는 일에 관계된 사람들인가. 하지만 어떤 방식으로?

"주차장에 가면 애들이 기다리고 있을 거다. 물 한잔 먹고 가 봐라."

"내 몫은요?"

그 말은 사고 회로를 거치지 않고 불쑥 튀어나왔다.

"뭐?"

보스의 얼굴에 붉게 열꽃이 피었다. 앉아 있던 사람들의 눈빛이 모두 변했다. 노는 여자 행색을 가장하고 있지만 상주喪主의 분위기를 풍기는 여자가 조용히 나를 응시했다.

"늘 거기 앉아서 지시만 하고, 다치는 건 항상 나뿐이잖아요. 보너스도 변변찮게 챙겨 주면서, 가끔은 떡고물 좀 묻혀 달라고요. 갔다 오면 뭐 해 줄 겁니까?"

"이 자식이……."

화를 낸 사람은 보스가 아니었다. 아까 밟았던 놈이 다시 한 방 먹일 자세를 취하며 한 걸음 다가왔다. 거의 치기 직전에 보스가 손짓으로 저지했다.

"건방진 놈."

보스가 말에 독을 실었다. 노친네가 얼마나 강인한 인내력으로 소리를 낮추는지 느낄 수 있었고 동시에 그가 나를 얼마나 싫어하는지도 흠뻑 느낄 수 있었다. 그에게는 나보다 국수에 빠진 파리 한 마리가 더 귀여울 것이다.

무슨 위험하고 어려운 일을 시키든 나는 늘 멀쩡한 얼굴로 이 사무실 문을 열고 돌아왔고 그때마다 우리 관계는 나빠져만 갔다. 매번 진드기처럼 살아 돌아오는 나를 그가 얼마나 저주하는지 누구보다도 내가 잘 안다.

"주제넘게 굴지 마라. 시키는 일이나 제대로 해."

"가지 않겠다면?"

이 말을 내뱉고 나는 곧장 후회했다. 잠이 덜 깬 수준이 아냐. 미친 게 분명해.

보스는 지팡이를 잡은 손에 힘을 주고 바닥을 쾅 하고 내리쳤다. 동시에 문이 열리고 기다렸다는 듯이 동생들이, 동생이라고 부르기는 뭐한 보스 부하들이 달려 들어와 나를 뒤에서 붙잡았다.

복부를 몇 대 얻어맞자 다리가 풀렸다. 두 팔이 붙들렸기 때문에 나는 자연스럽게 무릎을 꿇은 자세가 되었다.

손님들은 한 장면도 놓치지 않으려는 듯 집중했다. 이게 무슨 재미있는 구경거리라고. 길게 생각하기 전에 머리카락이 붙들리는 바람에 고개를 젖혀야 했다.

"계속해 봐라."

보스는 낮은 목소리로 말했다.

"짠돌이처럼 굴지 마세요."

아무래도 내가 오늘 죽으려고 환장을 했군. 나는 머리채와 두 팔이 붙들린 채로 히죽히죽 웃었다.

"나도 입에 가끔 뭐 좀 물려 줘야 할 맛이 나죠."

보스가 무겁게 자리에서 일어났다. 나는 보스가 걸음을 옮기는 데 얼마나 많은 노력을 들여야 하는지 안다. 의사가 많이 걷지 말라고 충고한 것도. 그의 다리가 썩어 들어가고 있다는 것도. 그의 다리를 그렇게 만든 사람이 나라는 것도.

보스는 태산처럼 걸어와서 숨결이 느껴질 정도로 얼굴을 들이밀었다. 그렇게 가까이 붙었는데도 그의 눈 속을 들여다볼 수가 없다. 그의 눈이 내가 아니라 그 너머의 어둠을, 그가 나로 인해 잃은 모든 것을 들여다보는 것도 느낄 수 있었다.

"원하는 게 뭐냐."

"다녀와서 말씀드릴게요."

신기한 일이다. 이렇게 당하는 중에도 연민이 느껴졌다. 불쌍한 사람이다. 그는 반생을 불행하게 살았고 앞으로도 그럴 것이다. 그것이 나 때문인 줄도 안다. 단지 그는 내가 '안다는' 사실을 알지 못하지만.

"좋다."

손님들이 정신없이 눈빛을 교환했다. 이 사람들은 입을 열지 않고 대화하는 법을 아는 모양이다. 눈빛으로 섬광처럼 전하는 정보들이 어찌나 많고 수다스러운지 시끄러울 지경이었다.

"돌아오면 뭐든 원하는 걸 들어주마."

돌아오지 못한다고 생각하는군.

나는 담담하게 그 사실을 받아들였다.

보스는 말이 무거운 사람이고 '원하는 것은 다 들어준다'는 식의 위험한 계약은 하지 않는다. 나와 계약할 땐 더더욱 그렇다. 슬슬, 오늘 갈 곳에서 무엇이 나를 기다릴지 기대되기 시작했다.

저녁나절부터 비가 퍼부었다. 바닷가는 인적 없이 소란스러웠다. 검은 파도가 도로까지 밀려와 으스러졌다.

횟집은 뱀처럼 삐뚤빼뚤한 재래시장 골목 한복판에 있었다. 재개발 계획조차도 피해 간 지역인지, 좋은 목도 아니고 철도 아니고 날씨도 날씨인지라 유령 도시처럼 을씨년스러웠다.

건물은 야트막한 집 사이에 혼자 덩그러니 고개를 내밀고 환하게 불을 밝히고 있었다. 공동묘지 한가운데에 자리 잡은 홍등가처럼 기괴했다.

다양한 상황에 대한 마음의 준비를 했는데도 안에 발을 들여놓는 순간 현실감을 놓치고 말았다.

양옆에 흰 식탁보를 씌운 식탁이 줄지어 있었다. 그 위에는 향로와 영정 사진이 일렬로 놓여 있었다. 그중 몇을 알아볼 수 있었고 내 손에 죽은 사람들이라는 것도 기억해 냈다. 천장에는 성황당처럼 길고 붉은 천이 무수히 드리워져 흔들린다.

미친놈에게 걸렸군. 나는 무감각하게 생각했다.

뒤로 문이 잠기는 소리가 들렸다. 걸어가는 사이에 문은 이중으로 다시 닫혔고 그 위로 셔터가 내렸다. 창문마다 블라인드가 철컹거리며 순서대로 떨어졌다. 나와 함께 온 부하들은 제각기 자리를 잡고 흩어졌다. 네 명은 문 앞에 팔짱을 끼고 막아섰고 네 명은 나를 포위하는 진영을 짠 채 멀찍이 자리를 잡았다.

정면에는 큰 병풍이 시야를 막고 있었는데 축문 대신 한 소년의 얼굴이 인쇄되어 있었다. 젖살도 채 빠지지 않은 애새끼다. 지나치게 확대해 놓아 방점의 집합으로만 보였다. 병풍 앞에는 납골함이 놓여 있었다.

단단히 미친놈에게 걸렸군.

내가 '미친놈'이라고 부르기로 마음먹은 작자는 납골함 앞에 다리를 꼬고 앉아 있었다. 수명 수산 사장……이라고 떠올린 나는 고개를 저어 그 생각을 지웠다. 어째서인지 그 생각은 내 기억 속에서라기보다는, **그래야 한다는 당위성**에서 떠오른 것 같았기 때문이다.

나는 그의 얼굴을 살폈다. 구부정하게 움츠리고 있어 목이 없는 듯 보였다. 눈이 확대되어 보이는 두꺼운 안경을 썼고 모자부터 양복, 긴 스카프와 면장갑과 구두까지 온통 흰색이다. 이 푹푹 찌는 날씨에 몸을 전부 감싼 복장이다. 이래저래 제대로 미친놈이었다.

내가 적당한 지점에서 발을 멈추자 놈의 뒤에 서 있던 놈들이 우르르 달려와 나를 둘러쌌다. 안주머니에서 칼을 꺼내고 주머니를 털고 발목에 묶어 둔 손칼을 떼어 낸다. 얼마나 단단히 일러 놨는지 혁대를 풀고 윗도리 단추까지 뜯어냈다. 단단한 것은 아무것도 남기지 않을 생각인 듯했다.

"애들을 잘못 데려왔군. 조금쯤은 싸워 보고 항복할 줄 알았는데."

"항복한 게 아니야. 네 주인이 널 팔았다."

아는 사실을 굳이 알려준다. 재미없는 놈이다.

눈을 들여다보자니 안경 탓인지 초점이 빙빙 돌았다. 어떤 놈이 동생을 잃은 뒤부터 그리 되었다는 소문을 들은 적이 있다. 그의 머리도 눈과 함께 돌게 되었다는 소문도.

"그래, 우리 주인님께서 대신 뭘 달라 하시던가?"

"앞으로 귀찮게 하지 않고 서로 예의를 지키자는 정도일까. 네 주인도 너를 싫어하고 나도 너를 싫어하니, 서로 이해관계가 맞은 셈이지."

역시 싸게 넘겼군.

나는 짐짓 태연한 척 웃으며 눈을 상대에게 고정한 채 주위를 살폈다.

들어온 문은 삼중으로 닫혀 있다. 창문은 모두 두꺼운 블라인드가 내려와 있으니 한 번에 깨고 나가기는 어려워 보였다. 정면에 주방과 화장실로 통하는 듯한 공간이 보였지만 나가는 문이 있을지는 알 수가 없었다.

정면에 난간이 있는 복층이 있고 양옆에 계단이 있다. 계단에는 종이상자가 쌓여 있다. 장사할 때 손님을 받는 곳일 듯했다. 식탁과 의자는 치우지 않은 채였고 대머리 두 놈이 난간에 기대서 있다. 나는 그쪽에 퇴로가 있다고 판단했다. 굳이 사람을 배치할 만한 곳이 아니었으니까. ……아닐 수도 있고.

내 시선이 문득 미친놈 옆에 서 있는 사람에게 멎었다.

그놈을 보자마자 위화감이 들었다. 그는 혼자 낯선 공기를 끌어안고 서 있었다. 미친놈의 부하나 조력자가 아니라, 단순히 이 모든 것을 지켜보기 위하여 온 사람이라는 기분이 들었다.

괴이한 생각이다. 미친놈이 아무리 미쳤어도 앞으로 벌어질 지저분한 일에 일부러 목격자를 만들 이유가 있겠는가.

제법 잘생긴 친구였다. 깔끔하게 빗은 머리에 눈매가 날카롭고 콧날이 바르며 눈썹이 짙었다. 푸른빛이 도는 양복은 칼로 자른 듯 말끔하게 다림질했다. 단지 왼쪽 새끼손가락 하나가 잘려 나가 있었는데, 그래서 마지막이 된 네 번째 손가락에는 붉은 보석이 박힌 반지를 끼고 있었다. 진품이라면 값을 매기기 어려울 터였다. 그에게 어울리고 말고를 떠나서, 이 세상 전체에 어울리지 않는 물건이었다. 무슨 무덤에서 발굴한 것이라고 이름 붙여 박물관에 전시해 두어도 될 법했다.

사실 그의 존재 자체가 이 세상에 어울리지 않았다. 그는 좀 더 고전적이고 경직된 세상에서 온 것처럼 보였다. 아직 도덕이나 윤리, 신하된 도리나 선비의 올곧음, 장수의 기개 따위가 국가적인 가치로 여겨지던 순진한 시대에서.

'고지식한……'까지 생각하다 나는 멈칫했다. 이상한데. 분명 아까도…….

내 시선을 느꼈는지 그가 나를 돌아보았다. 차가운 분노가 눈에서 쏟아져 나왔다. 얼음 속에서 용암이 활활 끓는데, 앞을 가로막은 살얼음만 걷어내면 얼마든지 나를 죽일 수 있을 것 같았다.

익숙한 기분이 드는데 생각이 나지 않았다. 하긴, 내게 원한 가진 내가 모르는 놈이 한둘일 것인가. 내게 당한 놈의 애인이거나 친구거나 가족이거나 옆집 사람이거나 뭐 그런 부류겠지.

"뭐, 할 수 없지."

나는 과장된 몸짓으로 어깨를 들썩였다.

"뭐부터 해 드릴까? 누구 빗자루 좀 갖다 줘. 청소 정도는 나도 할 수 있으니까. 괜찮은 여자 손님만 붙여 준다면 몸도 굴려 줄 수 있어. 어선에서 고기도 잡을 수 있을 거야. 그런데 난 아주 게으른 데다가 먹기도 많이 먹어서 수지가 맞을지 모르겠군."

미친놈은 쿡쿡 웃다가 소리 높여 껄껄 웃었다. 그러는 와중에도 빙빙 도는 눈동자는 조금도 웃지 않았다.

"내가 원하는 건 네놈의 시체뿐이야."

"그건 아무 소용도 없어. 시체는 한 푼도 벌어 주지 않아. 날 죽여 봤자 얻을 수 있는 건 썩은 내장과 뼈와 고기뿐이야."

……누가 내게 이 말을 했더라?

"사람 죽이는 걸 좋아하지 않는 모양이군."

"얻을 것이 없으면."

"너 같은 놈이 그런 소리를 하다니."

그의 입에서 검고 끈적거리는 공기가 흘러나왔다.

"그러면 내 동생은 왜 죽였을까."

무섭게 비가 치던 날이었다. 그런 놈을 두고 우리는 전생에 뭐가 있는 놈들이라고 부른다. 목숨을 거둘 때 하늘의 심기가 편치 않은 놈들. 소년은 오래 살았다. 이미 치명상을 여러 군데 입어 죽을 때가 한참 지났는데도 살아 있었다.

"**전쟁**이었을 뿐이야."

지금 내가 **전쟁**이라고 했나?

"그 애를 죽이지 말았어야 했어."

"그래, 원래는 네가 죽었어야 했지."

나는 주머니에 손을 찔러 넣고 턱을 들며 그를 노려보았다. 그리고 내 말에 담긴 수많은 의미를 생각했다.

"살려 주었으면 고맙다는 인사는 못할망정."

그의 눈동자가 회전을 멈췄다. 그것을 신호로 양옆에 있던 덩치들이 내 팔을 하나씩 틀어쥐었고 한 놈은 등 뒤에 버티고 서서 벽을 만들었다. 뒤에 선 놈은 내 진영에서 왔다. 짝짜꿍이 기가 막혔다.

놈들이 나를 미친놈 앞으로 질질 끌고 갔다. 앞에 이르자 양쪽 놈들이 내 정강이를 동시에 밟았다. 이어 뒤에 선 놈이 내 머리를 땅에 짓이겼다. 머리 위에서 목소리가 들려왔다.

"내 동생에게 사죄해라."

아까부터 진지하게 고려하던 문제였다. 물론 그럴 때가 온다면 그리할 것이다. 하지만 지금은 그때가 아니었고 그 장소도 아니었다. 그리 쉬운 일이 아니다. 그 전쟁(또 전쟁이라고 했군.) 전체를 모욕하는 일이며 죽은 내 동료와 부하들마저 모욕하는 일이다. 아무리 내가 팔려 왔어도 내가 고개를 숙일 땐 나 하나의 문제로 끝나지 않는다.

내가 조용히 있자 그는 앞주머니에서 라이터와 담배 한 개비를 꺼내 한 모금 길게 빨고는 버렸다.

"매달아."

도르래가 풀리자 바닥이 몸을 올려쳤다. 잘게 튄 피의 파편 위에서 나는 한 모금 더 피를 토했다.

"사죄해라."

놈의 목소리가 머리 위에서 흔들렸다.

"쓸데없이 고집 부리지 마라. 어차피 넌 죽어. 그럴 바엔 편히 죽는 길을 택해."

나는 킥킥 웃었다.

"애처럼 징징거리지 말고 그냥 죽여. 아니면 나랑 밤새 이러고 놀건가? 그렇게 내가 좋아?"

놈이 길게 담배를 뿜었고 옆으로 시선을 흘렸다. 뒤쪽에서 두 놈이

전압 표시기가 있고 전선이 달린 것을 끌고 왔다. 놈들이 내 늘어진 사지에 물을 끼얹었다.

내가 오래 견딜까 봐 두려웠다.

〰️

노랫소리가 시끄러웠다. 야하게 차려입은 여자들이 비명을 지르며 도망쳤고 사내들은 사색이 되어 우왕좌왕했다. 나는 값비싼 술병과 요리 위로 어린애 시체 하나를 내던졌다.

시체의 하나 남은 눈동자는 어느 방향에서든 나를 노려보았다. 비명을 듣고 달려온 부하들이 마찬가지로 혼비백산해서 달아났다. 보스는 지팡이를 짚고 앉은 채, 바위처럼 나를 노려보았다.

"시킨 일 하고 왔어요."

나는 입을 쓱 닦고 상에 걸터앉아 시체 밑에 깔린 회 한 점을 입에 넣고 씹었다.

"왜 보고만 있어요. 칭찬이라도 한마디 해 주셔야죠."

반쯤은 그를 화나게 할 심산으로 덧붙였다.

"아버지."

〰️

찬물이 얼굴에 쏟아지는 바람에 눈을 떴다. 빙글빙글 도는 눈동자가 정면으로 보였다. 몸 안에서 작은 폭탄이 계속 폭발했다. 혈관과 신경과 근육과 뼈가 제멋대로 놀았다. 폭탄은 머릿속에서도 터졌다. 마구 엉클어진 생각이 떠올랐다가 연신 폭발하는 바람에 내가 여기에 왜 있는지 뭘 하고 있는지도 순간순간 잊었다.

"사죄해라."

"시간 낭비야. 그냥 죽여."

나는 그게 무슨 뜻인지도 모른 채로 습관적으로 중얼거렸다.

"시간 낭비인지 아닌지는 끝까지 가 봐야 알겠지."

다른 물건이 대령했다. 도검이다. 회칼이나 총을 잘못 본 것이 아닐까 생각했지만 분명 도검이었다. 표면에 한자가 새겨져 있고 금술까지 달린 것이었다. 미친놈이 검을 받아 뽑아 들었고 둘렀던 스카프를 끌러 검 위로 떨어뜨렸다. 낙하하던 스카프가 깔끔하게 둘로 잘려 떨어졌다. 움직일 수 있었다면 박수라도 쳐 줄 뻔했다.

"능지처참陵遲處斬이 어떤 형벌인지 아는지 모르겠는데."

그가 검으로 내 손가락을 가리켰다.

"손가락부터 잘라 내겠다."

나는 습관적으로 '시간 낭비야' 하고 중얼거릴 뻔했다.

"새끼손가락부터 시작하겠다. 한 번에 자르지 않아. 회를 치듯이 얇게 자르겠다. 그다음에는 발가락을 분리해 주겠다."

그는 말할 때마다 내 몸의 부위를 검으로 가리켰다.

나는 나를 따라온 놈들을 보았다. 아니나 다를까, 나서려는 놈은 없어 보였다. 손가락이 하나 없는 잘생긴 사내는 꼼짝하지 않았다. 장의 사일지도 몰라. 나는 빙빙 도는 머리로 그렇게 생각했다.

"다음에는 손목에서부터 어깨를 향해 썰어 내겠다. 그리고 발목에서부터 엉덩이를 향해 썰어 내고 마지막으로 가운데 달랑거리는 것을 잘라 내겠다. 그대로 죽을 때까지 버려 두겠다."

그는 내게 얼굴을 가까이 대었다. 빙글빙글 도는 눈동자가 시야에 가득 찼다.

"네가 어디까지 참아 낼지 내기해 볼까."

내기.

머리가 활화산처럼 폭발했다. 그래, 내기를 하고 왔는데. 맙소사, 어떻게 그걸 잊을 수가 있지? 책상 위에 중요한 물건을 두고 왔다. 돌려받아야 하는데. 맙소사, 내기에서 지게 생겼군. 돌아가면 뭐든 받겠다는 약속을 보스에게 받아 내었는데. 가서 내 몫을 받아야 하는데. 맙소사, 지게 생겼어. 내가 여기서 지금 뭐 하는 거야.

그 내기가 아니야.

뒤엉킨 생각 저편에서 낮은 목소리가 들렸다.

남자의 환영이 질척한 암흑 속에서 일어났다. 내 악몽 속에서 빠져나온 것 같은 사내였다. 내게서 어둡고 파멸적인 부분만 정제하여 분리해 낸 사람 같다. 그가 낮은 소리로 속삭였다.

질 수 없는 내기를 했다.

뭐라고? 누구와? 언제?

잊지 마라.

이런 젠장, 잊어버렸단 말이야. 잊어버렸어. 으허헝. 기억해야 했는데. 난 몰라.

상관없다.

그의 말이 나를 가득 채웠다. 나는 그 말이 잊거나 잊지 말아야 하는 문제를 떠나, 내 뇌도 심장도 아니고 혼에 새겨진 말이라는 것을, 내 삶 전체가 그 말에서 시작되고 끝나리라는 괴상한 느낌을 받았다.

네가 나라면.

생각이 도로 뒤엉키고 사내는 의식 저편으로 사라졌다. 흐릿해져가는 정신 속에서 책상 위에 놓아둔 시계와 아버지와 여자의 얼굴만이 눈앞에 들이대듯이 떠올랐다. 시계, 나는 그 시계를 돌려받아야 한다. 내가, 가서 그 늙은이에게 받아 낼 것이 있다.

나는 이곳에서 죽기로 예정되어 있다.

그 방에 모인 모두가 알고 있었다. 여기 있는 미친놈을 포함하여, 아버지를 비롯하여, 그곳에 있던 사람들, 어쩌면 그 아름다운 여자까지도 관여했을 것이다. 염라대왕을 위시한 저승시왕들도 그 자리에 앉아 지장을 찍었을 것이다. 저승 탁자 위에 내 명부를 올려놓고 손가락을 까닥거리며 이 자식 누군데 이리 늑장이야 하며 투덜거리고 있을 것이다.

누구 마음대로.

너희가 내 죽음의 때를 정했을지라도 그 방식은 내가 정한다. 너희가 아무리 치밀한 계획을 세웠더라도 내 계획도 그 안에 포함되어야 한다. 너희가 탁자 앞에 앉아 내 죽음을 두고 협상할 작정이라면 그곳에 내 자리도 마련해야 한다. 이 목숨의 소유권은 아직 내게 있으니

7인의 집행관

빼앗으려면 그만 한 대가를 치러야 한다.

두 놈이 내 왼팔을 발로 눌렀고 미친놈이 새끼손가락에 검을 가져다 대었다.

"기다려."

모두가 멈췄다. 미친놈이 흥미로운 얼굴로 입에서 찬 숨을 뿜으며 말했다.

"말해 봐."

아직 무슨 말을 할지 생각하는 중이었다.

천장에 늘어진 붉은 천들이 유령처럼 하느작거렸다. 천 하나하나가 세상의 모든 죽은 자들에 대한 말없는 축문처럼 보였다. 나는 병풍 앞의 납골함을 응시했다.

"저 함, 가까이 가게 해 줘."

"왜?"

"가까이서 하겠다."

스스로 일어날 수 없었기에 지금까지 나를 지지던 놈들이 양옆에서 나를 부축해 끌고 가야 했다. 그들은 관 앞에서 나를 거칠게 주저앉혔다. 다소 지루함에 빠져 있던 관중들 사이에 가벼운 활기가 일었다.

문득 이 자리에 모인 사람보다 더 많은 시선이 내게 꽂혀 있다는 괴상한 상상이 들었다. 귀신들이라도 와 있을까. 내가 죽인 놈들이 모두 모여 팝콘이라도 까 먹으며 관람하는 걸까.

나는 무릎을 꿇은 채 소년의 사진이 박힌 병풍을 바라보았다.

늘 네게 미안하게 생각했다. 지금 이 순간에도 그 마음은 변함이 없다. 하지만 그 말을 내가 입에 담을 때는 지금이 아니다. 나는 내가 결정한 때와 장소에서 그리할 것이다. 그 점에 대해서도 역시 미안하게 생각한다.

그러나 용서를 빌지는 않겠다. 용서를 받고 말고 할 문제가 아니다. 해야만 하는 일이 아니었다면 처음부터 하지도 않았다.

행동을 실행에 옮길 때까지만 해도 나는 내가 무엇을 하려는지 몰랐다. 하려는 일이 스스로의 상식을 넘어서는 일이었고, 남아 있는 내 체력뿐 아니라 인간으로서의 체력 또한 넘어서는 일이었기 때문이다. 하지만 나는 할 생각이었다.

실.

나는 고개를 숙이는 척하며 가운뎃손가락을 구부려 소매 끝에 빠져나온 실에 걸었다.

내가 손가락을 틀자 면도날이 솟아올랐다. 아까 몸수색할 때 손에 쥐어 감춰 둔 것이다. 누구도 내가 이 상황에서 뭔가 하리라 생각지 못했기에 방심하던 찰나였다. 실에 매인 면도날이 상쾌한 소리를 지르며 병풍 그림 한가운데를 찢었다. 소년의 얼굴이 둘로 갈라진다.

미친놈이 소리를 질렀고 모인 놈들의 시선이 내게서 떠났다. 몇 명이 본능적으로 단지 병풍일 뿐인 것을 구하기 위해 움직였다. 내 어깨를 누르던 두 놈이 한순간 시선을 틀었다.

그 사이에 실이 감기며 날이 손아귀로 돌아왔다. 나는 검지와 중지 사이에 날을 끼우고 옆에 선 두 놈의 발목을 그었다.

점잖지 않은 비명.

나는 납골함을 밟아 부수며 뛰어올라(그러지 말았어야 했는데.) 병풍 끝을 가볍게 딛고 천장에 늘어뜨려진 천에 매달렸다.

천은 사람의 무게를 감당할 만하지 않았다. 나는 천이 끊어지기 전에 공중에서 몇 가닥을 그러모아 한 바퀴 돌려 꼬고는, 발을 차 몸을 흔들었다. 천은 내가 채 정점에 도달하기 전에 끊어졌고 나는 허공에서 몸을 한 바퀴 돌려 2층 난간을 붙잡았다. 그 상태에서 한 번 숨을 들이켜고는 팔 힘만으로 몸을 들어 올려 2층에 내려섰다.

이것저것 도움을 얻었다곤 해도 지나치게 높이 뛰었다. 내 몸 상태를 생각해도 괴상한 일이었다. 스스로도 조금 당황했고 구경하던 놈들은 더 당황했다. 2층에서 반쯤 졸던 두 놈은 내가 하늘에서 떨어지기라도 한 것처럼 눈을 휘둥그레 떴다.

아랫놈들이 쇠파이프를 들고 몰려와 계단을 막은 상자를 넘어뜨리기 시작했다. 상자를 치우려는 자와 타고 넘으려는 자들이 뒤엉켜 소란스러웠다.

2층의 두 놈이 정신을 차리고 주머니에서 손칼을 꺼냈다. 나는 오른쪽에서 들어오는 놈의 팔을 두 팔로 붙잡아 비틀었다. 상대가 칼을 놓치자마자 건네받아서는 손안에서 한 바퀴 돌렸다. 그러고는 고개를 숙이고 머리 위로 앞뒤에 있는 놈의 목을 한 번에 그었다.

머리에 쏟아지는 피를 맞으며 나는 2층 저쪽을 힐끗 보았다. 문은 있었지만 쇠사슬로 단단히 묶여 있다. 아무래도 이놈들이 어지간히 나를 과대평가하는 모양이다.

아랫놈들이 상자를 타 넘어오는 모습을 보며 나는 두 놈이 쓰러지기 전에 다른 한 놈의 손에서도 칼을 빼앗아 쥐었다.

양손에 칼을 감아쥐자 묘한 기분이 들었다. 나는 칼 두 개를 머리 위에서 십자로 교차시킨 뒤 긁어내렸다.

맑은 소리가 차랑 하며 손끝을 타고 내려갔다. 순간 내 몸과 기억 사이에 괴리가 있다는 기분이 들었다. 싸움을 시작할 때 그런 동작을 하는 버릇이 있었던 것 같다. 하지만 머리에는 남아 있지 않은 기억이다.

나는 옆의 의자를 발로 내리쳤다. 의자가 회전하며 떠올랐다. 나는 그대로 의자를 뒤로 차내며 앞으로 돌진했다. 뒤에서 의자에 맞아 엉켜 넘어지는 소리가 들렸다. 앞에서 달려오던 놈들이 내가 번개처럼 날아들자 한순간 주춤했다.

나는 깨어진 리듬 사이로 파고들었다. 왼손으로는 맨 앞에 선 놈의 경동맥을 끊고 오른손으로는 그 바로 뒤에 선 놈의 눈을 겨냥했다. 놈이 얼굴을 막자 그대로 몸을 숙이며 둘의 발목을 한칼에 그었다. 넘어지는 한 놈을 붙잡아 계단 아래로 내던지자 올라오던 놈들이 우당탕거리며 밀려 넘어졌다.

그 사이에 뒤에서도 의자를 밀치며 달려드는 놈들이 있었다. 나는 앞에 놓인 식탁 다리를 발로 찼다. 상다리가 부러지면서 식탁이 일어나 놈들과 내 사이를 막아냈다. 나는 내 쪽으로 쓰러지려는 식탁을 발로 지탱했다.

들 수 있을 것 같다.

7인의 집행관

나는 일단 그 생각을 보류한 뒤 그대로 식탁을 밀어 넘어뜨렸다. 둘이 식탁에 깔렸고 세 명째가 간신히 물러나 피했지만, 곧장 달려드는 나와 마주쳤다. 놈이 새하얗게 질려 물러났고 나는 그의 양복 깃을 붙잡았다. 놈이 내 손에서 빠져나오려 버둥대는 사이에 나는 한 손으로 식탁을 들어(내가 뭘 했다고?) 큰 몽둥이처럼 휘둘렀다.

난간이 산산이 부서지고 사내들이 식탁에 밀려 아우성치며 떨어졌다. 내가 깃을 붙잡고 있던 놈은 정면에서 맞은 탓에 허리가 반으로 꺾여 버렸다. 아마 땅에 닿기 전에 죽었을 것이다.

내 손에는 그의 찢어진 양복이 남아 있었다. 나는 그대로 손을 한 번 털었다. 지포 라이터. 안주머니가 불룩해서 있으려니 했다. 나는 그대로 손을 털고 뚜껑을 딴 뒤 불을 틔워 천장에 주렁주렁 걸린 천 자락에 붙였다.

불이 천장으로 번져 갔고 밑에서 사람들이 불이며 소화기를 찾느라 아수라장이 되었다.

나는 그대로 '미친놈'을 내려다보았다. 산산조각 난 납골함을 손에 들고 입을 벌린 채 앉아 있다. 내가 잠깐 사이에 해 버린 일에 완전히 넋이 나간 얼굴이었다. 그의 얼굴이 웃는 듯 일그러졌다.

'하느님, 저 악마를 이 세상에서 없애야겠습니다. 나 개인의 복수심에서가 아니라, 세상의 안녕을 위해서 그래야 하겠습니다.' 그의 눈이 그렇게 말하는 듯했다. ……내 기분일 뿐이었지만.

그래, 그렇게 나오지 않으면 곤란하지.

넌 오늘 내 사냥감이니까. 이 정도에서 포기하고 돌아가면 곤란해.

끝까지 쫓아와 줘야지.

나는 식탁을 들어(그러니까, 내가 뭘 했다고?) 문으로 내던졌다. 식탁은 문짝과 함께 부서지며 밖으로 굴러나갔다. 나는 부서진 문을 넘어 밖으로 나갔다. 쫓으라는 소리와 잡으라는 소리와 죽이라는 소리가 뒷머리에 걸려 쫓아왔다.

몰아치는 비바람과 함께 시린 공기가 멱살을 잡아채었다. 건물 한가운데 툭 튀어나온 중간 옥상이었다. 나는 내려가는 계단을 힐끗 보고는 위를 보았다. 위층은 검은 빗줄기에 잠겨 침침했다.

나는 내려가는 대신 올라갔다. 뒤를 쫓아온 놈들은 먼저 아래를 본 뒤에야 위를 보았다. 나는 내 모습을 잠시 보여 준 뒤에 안으로 들어가서 문을 닫아걸었다. 도망가려면 건물을 나가야 했지만 나는 도망갈 생각이 없었다.

3층 문을 열자 좁은 복도가 나타났다. 원래 고시원이었던 공간을 개축했는지, 양쪽으로 빼곡히 성냥갑 같은 방이 늘어선 곳이었다. 지금은 직원 숙소인 듯했다.

인기척은 없다. 일부러 비워 놓은 것 같았다. 나는 뒤로 격렬하게 문을 두드리는 소리를 들으며 뚜벅뚜벅 복도를 걸어갔다. 복도 끝에 전기 스위치가 있다. 한 번 껐다 켜 보고는 손을 댄 채 눈을 감고 섰다.

와장창 문이 부서지는 소리. 쿵쾅거리는 발소리. 문 하나하나를 열어 보고 부수고 뒤엎는 소리가 이어지다가 나를 발견했다고 지르는 소리와 이쪽을 향해 몰려드는 발소리가 이어졌다.

짧은 순간이나마 평온했다.

나는 스위치를 내리고 눈을 떴다.

문이 다시 열리고 후발주자가 들어섰다. 놈들은 어둠에 눈이 익을 때까지 주춤거리다가 복도에 부대 자루처럼 쌓인 선두 무리를 발견하고는 욕지거리를 내뱉었다. 불을 켜려던 놈이 스위치가 부서진 것을 알고 다시 욕을 내뱉었다. 나는 이미 놈들이 부수고 뒤엎은 방문 바로 옆 벽에 몸을 붙이고 서 있었다.

서 있자니 적막이 찾아왔다. 적막이 찾아들자 긴장이 풀어졌고 긴장이 풀어지자 고통이 뼈마디마다 엄습해 왔다. 나는 나 자신에게 속삭였다. 조금만 버텨라. 곧 끝난다.

한 무리가 더 위층으로 올라가는 소리가 들렸다. 나는 한 호흡 기다린 뒤에 조용히 걸어 나왔다.

화장실 앞에서는 한 놈이 쇠파이프를 부여잡고 손전등을 든 채 덜덜 떨며 망을 보고 있었다.

문득 발소리를 죽이는 법이 떠올랐고 그렇게 해 보았다. 여전히 몸의 기억과 머리의 기억 사이에 괴리가 있다는 기분이 떠나지 않았다. 나는 그림자처럼 걸었다.

녀석은 손전등을 내 쪽으로 향한 뒤에야 바로 앞에 다가온 나를 보았고 귀신을 본 사람처럼 얼굴이 하얗게 질려 입을 벌렸다. 그가 소리를 지르기 전에 내 칼이 그의 성대를 뚫고 연수에 꽂혔다.

시체를 화장실 청소함에 구겨 넣었을 때 묘한 기척을 느꼈다. 나는 칼을 쥐고 주위를 살폈다. 화장실 문을 하나하나 열어 보았지만 배수구가 막힌 변기 하나에 지저분한 물이 고여 있을 뿐이었다.

세면대도 막혔는지 더러운 물이 고여 있었다. 누군가 양치질을 하고 간 것처럼 흰 거품이 흥건했다.

나는 방금 죽인 놈에게서 빼앗은 파이프를 옆에 세워 두고, 세면대에 머리를 집어넣고 이마에서부터 목덜미까지 씻었다. 현기증도 고통도 씻겨 나가지 않았다. 뇌가 가려웠다. 두개골을 뜯어 꺼내 시원하게 빨고만 싶었다.

칼은 깨끗이 씻어 세면대 위에 올려 두었다. 주변의 어둠이 더 짙어졌다. 시선이 둘이었다. 거울에는 비치는 것이 없다. 하지만 분명히 둘이다. 나 말고 나를 보는 것이 있다. 나는 홱 돌아섰다.

처음 내 눈에 들어온 것은 초승달처럼 찢어진 기괴한 미소였다. 하얀 이빨 주위로 큰 형체가 모습을 드러내었다.

괴상한 자였다. 2미터에 가까운 장신에 머리카락은 염색했는지 기분 탓인지 반쯤 푸른빛을 띠었다. 이마에는 십자 모양의 칼자국이 미간까지 내려와 있다. 눈꼬리는 지나치게 올라가 얼굴 전체를 양옆으로 들어 올리는 것 같고 초승달처럼 가늘고 한가운데가 솟은 눈이라 웃지 않을 때도 웃는 듯 보였다. 좁은 뺨에 입술은 얇고 길어 잘못 웃었다간 얼굴이 반으로 갈라질 것 같았다. 신부처럼 목까지 채우는 검은 옷을 입었는데 침침한 어둠 속에서 보니 찢어진 미소와 눈만이 허공에 떠 있는 것 같다. 아까 그놈과 만만찮게 미친놈처럼 보였지만 광기의 차원이 달라 보였다.

"오랜만이군요. 도련님."

한 번 들으면 잊어버리지 못할 정도로 탁한 목소리다. 놈이 왜 나더러 '오랜만'이라고 하는지 알 수가 없었다. 이런 기괴한 자를 한 번 봤다면 기억하지 못할 리가 없는데.

"누구냐."

그는 답하지 않고 달려들었다.

정체를 알아낸 뒤에 죽여야겠다고 생각하고 칼 대신 파이프를 들었다. 동시에 그의 손은 나를 지나쳐 세면대 위의 칼을 집었다. 내가 무엇을 집을지 읽어 내기라도 한 것처럼.

모골이 송연해졌다.

놈이 방향을 틀어 칼을 눕혀 쥐고 돌진해 왔다. 나는 한 발을 빼며 옆으로 물러났다. 그의 칼이 맹수처럼 나를 지나쳐 화장실 문에 박혔다. 문이 유리처럼 부서졌다. 내 눈을 믿을 수가 없었다.

그는 벽을 박차더니 다시 나는 듯 달려들었다.

나는 무기를 쳐낼 생각으로 칼을 향해 파이프를 찔렀다. 그런데 그는 다른 이유로 나와 같은 지점을 노렸던 모양이었다. 그의 칼과 맞닿자 쇠파이프가 종잇장처럼 둘로 잘려 나갔다. 황급히 중간에 멈추고 빠져나왔지만 이미 잘려 나간 반쪽이 쨍그랑거리며 바닥을 두드렸다. 나는 거짓말처럼 동강 난 쇠파이프를 당혹스러운 눈으로 내려다보았다.

"무슨 마법이지?"

"마법을 믿으시나요?"

'아니'라고 대답하려 했지만 어째서인지 나는 망설였다. 이 상황에 다른 설명이 있다면 그쪽이 더 위험해 보였기 때문이다.

그사이에 괴인은 번개처럼 거리를 좁혀 파이프를 다시 가로로 잘랐고 그대로 내 손등을 그었다. 이미 무기로서의 가치가 없어진 파이프가 뎅그렁거리며 떨어졌다. 그는 쉴 틈을 주지 않고 내 허벅지와 옆구리를 그었다.

나는 주저앉았다. 상처를 지혈하고 싶었지만 손이 두 개뿐이라 덜덜 떨며 맞잡고 있을 수밖에 없었다.

그는 휘파람을 불며 내 주위를 한 바퀴 돌았다. 나는 그의 발이 막 무릎에 닿았을 때 떠는 것을 멈췄다. 한순간이었지만 그의 표정이 굳었다. 나는 손을 휘둘렀다. 손가락 사이에 숨겨 놓았던 면도칼이 그의 턱을 아슬아슬하게 스치고 지나갔다. 그의 얼굴에 더 길게 찢어진 웃음이 떠올랐다.

놈이 내 손목을 붙잡았다. 엄청난 힘이었다. 기중기에라도 붙들린 것처럼 꼼짝도 할 수가 없었다. 그는 "제법이군요……." 하고 중얼거리더니 턱에 난 상처를 손가락으로 찍어 보고 혀에 대었다. 그러더니…… 면도칼과 함께 내 손을 오므리고는 그대로 바닥에 내리찍었다. 비명을 지르지 않기 위해서 거의 혀를 깨물어야만 했다.

면도날이 손바닥에 박혀 들었다. 나는 숨을 몰아쉬며 그를 노려보았다. 그의 뒤쪽으로 악마처럼 빛나는 눈이 침침한 거울에 비쳤다. 나 자신의 눈이었다. 내 눈에 그토록 순수한 살의가 담긴 것은 나도 처음

보았다.

"여전히 반항적이시군요."

그는 한 손으로는 내 두 손을 맞잡게 해 내리누른 채 다른 손으로는 칼을 입안으로 쑤셔 넣었다. 나는 칼이 쑤시고 들어오는 것을 받아들일 수밖에 없었다. 이미 잔뜩 머금은 피가 입가에서 흘러내렸다. 무서워해 봤자 얻을 것도 없다. 나는 숨을 차분히 가라앉히고 그의 시선을 피하지 않고 똑바로 마주 보았다.

"여전히 겁이 없으시고요."

그는 칼을 입에서 빼내었다. 나는 피를 뱉었다.

"왜 계속하지 않지?"

"도련님을 죽이는 건 제 역할이 아니니까요."

이상한 말이었다.

"누구냐, 넌."

"……**조정자**."

"조정자?"

"……라고나 할까요."

"무엇을 조정하지?"

그는 눈을 초승달처럼 만들고 이를 드러내며 웃었다. 놈이 내 뺨에 입술을 가까이 대고 더운 숨을 내뿜으며 귓가에 속삭였다.

"예정된 길을 벗어나려 하는 도련님의 잘못된 길을 올바른 방향으로 조정해 주지요."

나는 다시 혀를 깨물어야 했다. 그의 칼이 내 두 손등을 뚫고 들어

왔기 때문이었다. 칼은 손바닥을 지나 타일에까지 박혔다.

"앞으로는 함부로 무기를 손에서 놓지 마세요."

삼킨 비명이 몸 안에서 요동을 쳤다. 그는 일어났고 허공에 미소만 남긴 채 어둠 속으로 사라졌다.

~~~~

"내가 죽이라 한 놈이 아니다."

보스는 낮은 목소리로 말했다. 어린 소년의 시체는 여전히 주안상 위에 먹음직스럽게 놓여 있었다.

"이 애새끼는 어느 유치원에서 끌고 온 거냐."

"아니, 보스가 죽이라고 한 그놈입니다."

나는 피에 젖은 회 한 점을 더 집으며 말했다. 기억이 흔들렸다. 꿈이라서 그런 모양이다. 아버지가 앉은 의자에 봉황 세공이 나타났다 말았다 했다. 클럽 조명이 한지로 만든 금색 등불로 바뀌었다 말았다 했다. 내 입도 뭔가 다른 단어를 담고 있었다.

"왕/보스의 시체를 가져오라고 하셨잖습니까."

나는 피 묻은 이를 드러내며 웃었다.

"가서 보니 이놈이 진짜 왕이었습니다."

"……."

"형이 아니더군요. 놈은 내버려둬도 자리를 오래 지키지 못할 거고, 우리에게 위협도 안 될 겁니다. 하지만 놈을 죽였다면 이 꼬마가 왕/

보스가 되었을 것이고, 그러면 놈들/그 나라의 세력은 점점 커졌을 거고, 드높은 치세에 백성/꼬붕은 놈들에게 몰려갔을 거고, 그랬으면 전하/보스의 자리도 얼마 가지 못했을 겁니다."

보스의 얼굴이 달아올랐다. 그는 금방이라도 폭발할 것 같은 화산처럼 의자 팔걸이를 꽉 쥐며 천천히 일어났다. 보스가 어쩌나 힘을 주었는지 팔걸이가 손안에서 부서져 나갈 것 같았다.

"밖에 아무도 없느냐!"

보스가 소리쳤다. 대기하던 놈들이 우르르 달려와 내 사지를 붙잡았다.

"저 요사한 놈을 창고에 가둬라. 저 저주받을 입이 조용해질 때까지 물도 주지 말고 굶겨라."

"이거 참, 또 왜 이러세요. 열심히 싸우고 왔는데 술이라도 한잔 사주진 못할망정."

나는 양팔을 붙잡은 사내들에게 끌려가면서 연신 떠들었다.

"시키는 대로 하고 왔잖아요, 아버지. 왕을 죽이고 왔다니까요, 네?"

⚜

나는 눈을 떴다. 앉은 채로 깜박 정신을 잃은 모양이었다. 칼은 여전히 손등을 뚫고 땅에 박혀 있고 피는 젖은 바닥에 붉은 강줄기를 만들고 있었다. 요행히 그새 아무도 오지 않은 모양이다.

누구였을까. 아버지가 만약을 위해 따로 고용한 칼잡이였을까. 그렇다면 왜 죽이지 않았을까. '조정자'는 또 무슨 뜻일까.

하지만 어쨌든 아직 살아 있었다. 나는 칼자루를 입에 물고 힘을 썼다. 꽤 오래 투쟁한 끝에야 어금니 하나를 부러뜨리면서 뽑아낼 수 있었다. 아직 손바닥에 박혀 있던 면도날이 툭 떨어졌다.

칼을 집어 보려 했지만 손가락이 오므려지지 않았다. 앞으로도 오므릴 수 없으리란 예감이 들었다.

나는 소맷자락을 물어 뜯어낸 뒤 칼을 오른손 손바닥에 놓고, 지혈을 겸해서 상처와 함께 감아 묶었다. 왼손은 감아 묶은 뒤 이로 면도날을 들어 손바닥에 대었다. 얇은 천만으로는 고정하는 힘이 부족했다. 나는 잠시 생각하다 날을 상처에 도로 밀어 넣었다. 이미 못 쓰게 된 손보다는 무기 하나가 소중했다.

나는 화장실을 나오자마자 발을 멈췄다.

그림자 하나가 버티고 서 있었다. 아까 두목의 옆에 서 있던, 손가락이 하나 없는 말끔한 외모의 사내였다. 손에 한 자는 되어 보이는 긴 회칼을 들고 석상처럼 서 있다.

네손박이가 나를 향해 걸어왔다. 행여나 다른 목적이 있어 오는지도 모른다고 기대하며 기다려 보았지만 적당한 지점에서 서서 칼을 가슴에 들이댄다. 그럴 리가 없지.

칼의 각도가 고르다. 어디서 제대로 배운 양 가닥이 잡혀 있다. 곤란했다. 내겐 낭비할 만한 체력이 없었다.

실낱같은 희망에 걸어 보기로 했다. 이자가 '미친놈'과 목적이 같아도, 동맹 관계는 아니리라는 직감에.

"누군지는 모르겠지만 내게 볼일이 있다면 응해 주겠다."

내가 입을 열었다. 석상 같은 그의 얼굴에 미묘한 변화가 있었다.

"하지만 지금은 선약이 있다. 먼저 내 볼일이 끝날 때까지 기다려라."

그는 조용히 서 있다가 칼을 내리고 한 걸음 물러났다. 내 말을 어떤 의미로 받아들였는지는 알 수가 없었다.

'미친놈'은 아까 그 자리에서 왔다 갔다 하며 손톱을 잘근잘근 물어뜯고 있었다. 주위를 돌다가 도로 의자에 앉아 머리를 쥐어뜯으며 기도인지 주문인지를 반복한다.

불은 대강 진압한 것 같고 한 놈이 땀을 뻘뻘 흘리며 재를 쓸어 담고 내가 밟아 부순 납골함 조각을 주워 모으고 있었다. 그런다고 함이 도로 붙을 리가 없는데 주인이 난리를 치니 시늉이라도 하는 모양이다.

지키는 놈들은 이제 겨우 넷이다. 그중 하나는 건물을 헤매는 다른 무리에 전화하며 고성을 지른다. 적의 미숙함에 화가 날 지경이었다.

나는 발소리를 죽인 채 천천히 다가갔다. 놈과 부하들은 내가 반쯤 다가선 뒤에야 나를 발견했다. 나를 가리키는 손, 고함, 욕, 무기를 꺼내는 손, 전화기를 꺼내어 버튼을 누르는 손.

나는 오른손에 묶인 칼로 제일 앞에 있는 놈의 배를 쑤신 뒤 왼손 손바닥으로는 그 옆에 선 자의 얼굴을 쓸어내렸다. 그는 내 손바닥에 면도날이 박혀 있는 것을 알지 못했고 지나간 뒤에야 눈을 붙잡고 비명을 질렀다.

나는 보지도 않고 다음 놈을 찌른 뒤 날이 박힌 손으로 마지막 놈의 목을 온 힘을 다해 눌렀다. 면도날이 내 손과 그의 목을 동시에 눌렀다. 그가 더 이상 움직이지 못하게 된 뒤에야 나는 손에 깊이 박힌 면도날을 송곳니로 물어 빼낸 뒤 땅에 뱉었다. 피 맛이 지렸다.

미친놈은 의자에 앉은 채 공포인지 분노인지로 덜덜 떨고 있었다. 핏기가 가신 얼굴이 악귀처럼 일그러져 있었다.

"아버지는 네게 날 팔겠다고 말했을지 모르겠지만."

내가 입을 열었다.

"내가 받은 명령은 널 죽이라는 것이었다."

"이 새끼가……."

"네 동생이 연장해 준 목숨을 거둬 가겠다."

나는 그가 움직이기 전에 뛰었다. 왼손 손바닥으로는 칼을 든 그의 손을 바닥에 내리눌렀고 칼로는 배를 눌렀다. 칼은 자루까지 박힌 뒤 바닥까지 닿았다.

미친놈은 몸을 뒤틀며 목이 졸리는 비명을 질렀다. 제 몸을 관통한 칼에서 벗어나려 요동쳤지만 내가 그를 놓아주지 않았다. 그는 칼을 뽑아낼 수 없다는 것을 깨닫고 발버둥을 멈췄다. 이어서는 소름 끼치게 웃기 시작했다. 한참 웃던 그의 표정이 돌연 굳었다. 얼굴이 악귀처럼 일그러졌다.

"넌 그때 날 죽였어야 했어!"

놈은 침과 피를 같이 토하며 소리를 질렀다.

"그 애가 남았어야 했다! 내가 죽었어야 했어. 어떻게 알아본 거냐, 그 애가 진짜라는 걸! 진짜 왕이라는 것을. 무슨 수로 알아낸 거야. 무슨 염탐질을 했던 거야……."

"목을 찌르면 한순간에 죽는다."

내가 시끄러운 와중에 말했다.

"배를 찌르면 시간이 좀 더 걸린다."

그의 목소리가 잦아들었다.

"내가 네 죽음에 유예를 준 것은 네 말을 듣기 위해서가 아니다. 내가 말하기 위해서다. 입을 닫아라. 그러지 않으면 영원히 듣지 못하게 될 테니까."

그가 말을 멈췄다.

"사죄한다."

그의 눈동자가 회전을 멈췄다. 그가 넋을 잃고 멍한 얼굴로 나를 마주 보았다.

"이 사죄의 의미는 네가 생각하는 것과는 다르다. 내가 했던 거짓말에 대한 사죄다."

그는 입을 벌렸지만 아무 말도 하지 못했다.

"나는 그 어린아이에게서 왕의 징후를 보지도 않았고, 너를 대신할 사람이라고 생각해 본 적도 없다. 아버지가 나를 의미 없는 싸움에 내보냈고 나는 그 지시에 따를 생각이 없었다. 네 조직(하마터면 왕국이라고 할 뻔했다)을 무너뜨리고 싶지 않았고 그로 인해 일어날 혼란도, 이어질 전쟁도(또 전쟁이라고 했군) 세상에 풀어놓고 싶지 않았다. 모두가 너와 네 왕국(왕국이라고 해 버렸군)을 지키기 위해 한 일이었다. 내가 세상을 농락했다. 세 치 혀로 아버지를 속였고 너를 속였고, 네 왕국과 내 왕국 모두를 농락하여 네 동생의 목숨으로 너와 네 왕국을 대신했다."

미친놈이 뭐라고 말하려 했지만 껄껄 하는 소리만 나왔다. 충격과 고통이 그의 혀를 마비시키고 있었다.

"내가 이 말을 하지 않은 이유는 누구도 이 사실을 알게 하고 싶지 않았기 때문이다. 그것이 내 아버지가 잘못된 전쟁을 했음을 인정하는 일이며, 그 싸움에서 죽은 내 부하들의 넋을 모욕하는 일이며, 네 동생의 죽음마저 모욕하는 일이기 때문이다. 그 일은 아버지가 나를 괴롭히기 위해 했던 수많은 실수 중 하나였고 그래서 감히 입에 담을 수 없었다. 그러므로 내가 사죄할 때는 네가 죽을 때뿐이었다. 아무도 이 말을 듣지 못하고 네가 아무에게도 이 말을 하지 못하게 되었을 때뿐이었다. 그래서 아까 말할 수 없었다."

"……."

"너에게 사죄한다. 내가 너를 미치게 했다. 스스로를 자격 없는 자라고 믿게 했다. 네 동생에게도 사죄한다. 자신이 원하지 않는 희생을 강요했기 때문이다. 무……."

나는 그의 이름을 부를 생각이었다. 막 떠올랐기 때문이다. 무진無盡, 누리다함, 다하지 않는 자. 그러나 중도에 입을 다물었다. 이상한 이름이었고 뒤에 따라붙은 별호와도 같은 괴상한 호칭 역시 이해할 수 없는 것이었기 때문이다. 그는 넋 나간 얼굴로 계속 나를 마주 보다가 짐승처럼 울부짖었다.

"거짓말! 거짓말! 이 악마, 독사의 혀를 가진 자야! 네놈이 기어코 날 말로 죽이는구나……."

나는 큰 물고기의 내장이라도 따듯이 그의 배에서 칼을 뽑아 그대로 목을 찔렀다. 그는 순식간에 죽었다.

나는 그대로 옆으로 무너졌다. 칼은 놈의 목을 가로로 베며 핏줄기와 함께 빠져나왔다.

누워 있자니 공기가 흔들렸다. 어둠 속에 앉아 있던 그림자가 일어나 다가왔다. 아까의 사내였다. 나는 왠지 그놈이 마음에 들었다. 제법 멋지게 기척을 숨기고 있었기 때문이다.

하지만 누구에게 보일 만한 일이 아니었다. 나는 입을 막기 위해 놈을 죽여야 하나 고민했다. 그럴 여력이 전혀 없는데도 불구하고.

그는 아까처럼 무표정한 얼굴로 내 옆에 조용히 섰다. 긴 회칼이 깨끗한 곡선으로 움직였다. 이놈의 입을 막을 수도, 이놈을 죽일 수도 없다면 어째야 하나. 문득 뻔뻔한 생각이 떠올랐다. 나 스스로도 가증스러웠다.

"거짓말이었다."

칼이 움직임을 멈췄다.

"죽기 전에 좀 더 고통을 주려고 놀린 것이다."

내 입은 웃고 있었을 것이다. 그의 표정에는 변화가 없었지만 대답에는 시간이 걸렸다.

"그 말은 진실인가, 아니면 내가 그리 믿기를 바라고 하는 말인가."

깨끗한 목소리다. 한 번도 신념에 어긋나는 일을 해 보지 않은 사람만이 낼 수 있는 목소리였다. 그 목소리를 듣는 것만으로 그가 살아온 인생 전체에 질투를 느꼈다. 나는 대답 대신 웃었지만 곧 멈췄다. 더는 연기를 할 기력도 없었고 잠깐이라도 정신을 놓으면 그대로 마지막이 될 것 같았다.

"내 볼일은 끝났어······. 마음대로 해라."

하지만 상대는 무슨 생각인지 움직이지 않았다. 한참 나를 보더니 칼을 물리고 돌아섰다. 나는 그의 뒷모습을 보다가 불러 세웠다.

"기다려······."

그가 돌아보았다.

"날 죽일 생각이 없다면····· 집에····· 좀 데려다 주었으면 좋겠는데······."

나는 왼쪽 눈으로 그를 바라보았다. 진심으로 하는 부탁이었다.

아버지와 사람들은 아직도 그곳에 있었다. 어째서인지 모두가 창백해져 있었다. 아버지의 얼굴은 단단하게 굳었고 지팡이를 부여잡은 손이 떨리고 있었다. 내가 떠난 이후로 한 발짝도 움직이지 않았던 것 같다.

······아니, 아니다. 자리 두 개가 빈다. 이상했다······. 이상했지만 생각할 여력이 없었다.

"돌아왔어요, 아버지."

나는 학교라도 다녀온 것처럼 말했다. 네손박이는 내 피를 뒤집어쓰고 나를 부축한 채 인형처럼 서 있었다. 내 왼쪽 눈이 처연하게 보스를 바라보았다. 말의 끝에 나는 무섭게 기침하며 피를 토했다. 기침이 좀 가라앉은 뒤 말했다.

"보너스를 주셔야죠."

아버지는 검은 안경 너머로 오랫동안 나를 보았다.

"약속했잖아요, 아버지."

나는 비굴하게 애원했다.

"뭘 원하지?"

아버지가 굳은 입술을 뗐다.

뭘 원하느냐고? 나는 스스로에게 물어보았다. 무엇을 얻으려고 이 고생을 해 가며 돌아온 걸까? 난 아무것도 가질 수 없다. 이 세계에서는(이 세계에서는이라니?). 아버지 옆자리에는 검은 옷의 여자가 미동도 하지 않은 채 나를 본다. 내가 죽어 가는 모습을 한순간도 빼놓지 않고 그 눈에 담고 싶은 것처럼. 내가 벌레처럼 기는 순간을 그 눈으로 똑똑히 지켜보고 싶은 것처럼. 혼이 나갈 정도로 아름다운 눈이었다.

"저 여자에게"

나는 미소를 지었다.

"키스를 받게 해 줘요."

소동이 일었다. 나를 부축하던 놈이 딱딱하게 굳었다. 지금까지 평온하던 놈이라 그 격동이 생경했다. '소심한 놈'이 소리를 지르며 벌떡 일어났다. '영리한 놈'이 자세를 잡았다. 나는 그들이 지금 내 멱살을 잡고 뺨이라도 갈기면 그대로 끝장날 거라고 생각하며 처분을 기다리는 죄수처럼 서 있었다.

여자는 소리 없이 일어났다. 아버지가 지팡이로 앉으라는 표시를 했지만 여자는 고개를 가볍게 숙여 괜찮다는 눈빛을 보낸 뒤 나를 쳐다보았다.

얼어붙은 호수 같은 눈동자 너머로 나는 처연하게 흐르는 긍지와 자존심을 볼 수 있었다. 그 자존심 너머에 증오와 모욕감이, 벌레나 오물과 키스하라는 말을 들은 것처럼 끓었다. 한편으로 여자의 눈은 '이런 모욕쯤은 얼마든지 견딜 수 있어. 내가 겪은 일에 비하면 이런 것은 아무것도 아냐.'라고 말하고 있었다.

그녀는 산 사람 같지 않았다. 어느 고고한 시절에 장인이 빚어낸 도자기 같았고, 오래된 수묵화에 세필로 세심하게 그린 난초 같았다.

나는 원래 여자의 입술에 신사적이고도 달콤한 키스를 해 줄 생각이었다. 하지만 가느다란 팔이 내 어깨에 둘러지는 순간, 억제할 수 없는 감정이 내 안에서 해일처럼, 폭풍우처럼, 태풍처럼 솟구쳤다. 태산이라도 부숴 버릴 것 같은 절망, 고통, 좌절, 슬픔. 지금까지 내 안에 쌓아 두었던 모든 것이 일시에 둑이 터지듯 무너져 버렸다. 나는 신음하며 남은 힘을 다해 여자를 끌어안았다. 내 모든 생명을 태워 버리기라도 할 것처럼 절망적이고 정열적인 키스를 했다. 여자의 얼굴을, 가슴을, 어깨를, 팔을, 그 모두를 내 몸에 집어넣기라도 할 것처럼 격정적으로 안고 또 안았다.

7인의 집행관

한참 뒤에야 폭풍이 사그라졌고 나는 몸을 떼었다. 내 피로 범벅이 된 여자는 예측하지 못한 상황에 대응하지 못한 채 눈을 크게 뜨고 나를 보았다.

됐어.

나는 모든 것을 다 얻었다. 더 이상 원하는 것은 없다. 나는 생명의 불꽃이 꺼지는 것을 느끼며 무너졌다.

쓰러지는 순간에도 나는 마지막까지 여자의 얼굴에 시선을 꽂았다. 내가 죽는 순간에 눈에 담는 것이 그녀의 얼굴이기를, 그것이 나의 마지막 기억이기만을 빌며.

제2집행

소심한 자

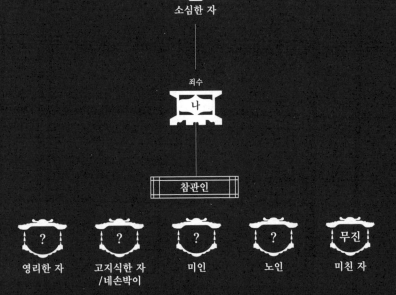

집행관

?

소심한 자

죄수

나

참관인

?
영리한 자

?
고지식한 자
/네손박이

?
미인

?
노인

무진
미친 자

구석진 자리에 앉은 남자는 '미친 자'로 부르기로 했다. 앉은 자세가 구부정해서 얼굴이 어깨에 파묻힌 듯 보인다. 중절모를 푹 눌러쓰고 큰 뿔테안경을 쓰고는 스카프로 목을 감싸고, 계절에도 안 맞는 흰 코트를 두르고 있었다. 눈은 초점이 맞지 않았는데, 들여다보자니 현기증이 났다.

　그 옆의 남자는 불안한 표정으로 머리카락을 연신 손으로 만지작거렸다. 비싼 미장원에서 공들여 한 듯한 단발머리였다. 그를 '소심한 자'라고 부르기로 했다. 왜소한 몸에 눈이 단춧구멍처럼 작고 코와 입도 조그마했다. 누가 잡아먹기라도 할 것처럼 움츠러들어 겁먹은 눈으로 주위를 둘러보았다.

　성마른 인상에 키가 큰 남자는 자리를 가장 넓게 차지하고 있었다. 그를 '영리한 자'라고 부르기로 했다. 머리가 반쯤 세었고 눈이 깊고 광대뼈가 튀어나와 있었다. 귀도 뾰족해서 살짝 짐승 같은 분위기를 풍기는 사내였다. 팔짱을 끼고 다리를 꼰 채로 앉아 그 어떤 일에도 관심이 없다는 표정을 짓고 있었다. 이들이 혹여 나를 포위하고 일시에 공격한다면(그런 일은 자주 있곤 하니까), 먼저 이 남자의 위치를 주시해야겠다고 생각했다.

그 앞에는 갓 입대한 신병처럼 허리를 곧게 세우고 앉은 잘생긴 사내가 있었다. 희한하리만치 기품이 있었다. 그를 '고지식한 자'라고 부르기로 했다. 방금 세탁기에서 꺼내 입은 것처럼 옷에도 구두에도 먼지 하나 없었다. 왼쪽 새끼손가락이 없었는데 그래서 마지막이 된 네번째 손가락에는 이 세상의 것이 아닌 듯한 화려한 붉은 반지를 끼고 있었다.

보스는 언제나처럼 지팡이를 짚은 채 묵묵히 앉아 있었다. 육중한 몸집에 머리는 반쯤 벗겨졌고 동그란 검은 안경을 쓰고 있다. 젊은 시절에는 보스가 나타나기만 해도 사람들이 압도되어 위축되곤 했다. 비록 지금은 다리와 눈을 거의 못 쓰게 되었지만 아직 그 풍채는 남아 있었다. 존재만으로 공기의 무게가 달랐다.

내 시선은 최후에 보스 바로 옆의 여자에게 가서 멎었다.

지금까지 본 중에 가장 아름다운 여자였다…….

⁂

잠에서 깨었을 때 나는 열병이라도 앓은 것처럼 땀에 흠뻑 젖어 있었다. 나는 경련하며 뒤척였다. 그 잠깐의 동작이 무엇을 연상시켰는지 꿈이 파도치럼 밀려오다가 쓸려갔다.

눈을 반쯤 떴을 때까지만 해도 꿈은 계속되었지만 다 떴을 때는 안개가 걷히듯 기억 저편으로 사라졌다. 땀은 이내 차분하게 식었고 내부의 격동은 불이 꺼지듯 사그라졌다.

전에도 이런 일이 있었는데.

그렇겠지. 잠에서 깰 땐 늘 그러니까.

습관적으로 일어나려 했지만 꼼짝할 수가 없었다. 이미 일어나 있다는 사실을 깨닫고 의아해하다가, 손목에서 끊어질 듯한 통증이 이는 바람에 도로 의식을 잃을 뻔했다. 팔의 아픔을 조금이나마 줄이려 발로 땅을 디뎠지만 발에도 감당하기 어려운 피로가 쌓여 있기는 마찬가지였다. 그제야 내가 누군지, 여기가 어디인지 기억해 냈다.

거미줄이 쳐진 어두컴컴한 감방이다. 철창 너머로 병사의 뒷모습과 일렁이는 횃불이 눈에 들어온다.

나는 허리만 겨우 누더기로 가린 채 팔을 든 자세로 벽에 묶여 있었다. 공기에 썩은 내와 오물, 곰팡이, 피 냄새가 뒤섞여 있다.

잠이 들 때마다 갇혀 있다는 사실을 잊어버린다니까.

나는 팔과 다리에 무게를 배분하며 조금이나마 편한 자세를 만들어 보려는 무의미한 노력을 해 보다가, 결국 몸에 힘을 빼고 쇠사슬에 몸을 맡기는 길을 택했다. 손목이 떨어져 나갈 것 같았지만 말 그대로 떨어져 나가기밖에 더하겠는가 싶었다.

무슨 꿈을 꾸었더라. 이상한 꿈이었는데. 싸움을 했던가.

아니, 뭔가 내기를 했었어.

그래. 내기를 했지. 나는 목에 건 회중시계를 물끄러미 내려다보았다. 이 시계를 두고 내기를 했는데, 뭣 때문이었더라?

간수가 시계를 빼앗으려 했을 때 나는 발정 난 짐승처럼 물어뜯으며 덤벼들었다. 어차피 인간 취급받을 수 없음을 알았기에 마음껏 날뛰었다. 간수가 내 왼손을 발로 밟고 다른 병사가 칼을 들이대며 놓지 않으면 손목을 잘라 내겠다고 협박했지만, 나는 한마디 대꾸도 없이 노려보기만 했다. 당시의 심정으로 말하자면 그래도 상관없다고 생각했다. 지금 두 손목에 몸을 매단 심정으로 말하자면 또 그 편이 덜 아팠을 것 같다.

옆에서 지켜보던 남자가 "내버려 둬. 그까짓 것." 하고 말하며 침을 뱉었다. 누구였더라.

'소심한 놈.'

그건 이름이 아니잖아.

햇불이 흔들렸다. 병사가 예를 표하고 문을 열었다. 나는 그를 걸음걸이만으로도 알 수 있다. 침착하려고 애쓰지만 공포를 억누르기가 쉽지 않다.

눈과 입만 겨우 드러낸 가면을 쓰고 바닥까지 끌리는 검은 옷을 입은 사람이다. 나는 그가 가면을 벗어도 알아볼 것 같다. 키가 2미터쯤 되는 장신에 가면 안쪽으로 보이는 눈은 얼굴 거죽 전체를 들어올리기라도 할 것처럼 위로 찢어져 있고 웃을 땐 초승달처럼 구부러진다.

집행장에 나갈 때마다 그는 내게 다섯 번의 채찍질을 한다. 그가 채찍질을 할 때면 입이 귀에 걸려서 얼굴이 둘로 갈라질 것만 같다. 내가 어찌나 그를 두려워하는지 꿈에서도 보았던 것 같다.

"안녕히 주무셨습니까, 도련님."

한 번 들으면 잊지 못할 정도로 탁한 목소리다. 맞받아치려던 나는 목이 막혀 말을 삼켰다. 그제야 생각이 났다. 나는 말을 못 한다. 배운 적이 없으니까. 그런데 어째서 세련된 말장난으로 맞대꾸할 수 있을 듯한 기분이 들었을까?

"오늘 일과를 시작하셔야지요."

그가 채찍을 양손으로 당겨 파앙 소리를 낸다. 그는 솜씨가 좋다. 어디를 어떻게 쳐야 더 아픈지 잘 안다.

하나, 둘, 나는 마음속으로 다섯을 세었다. 여섯. 뭐? 일곱, 맙소사. 오늘은 더 하는군. 여덟, 안 돼, 그만둬. 더 이상은 못 견뎌. 아홉, 그만, 열, 제발 그만. 열하나, 안 돼, 차라리 죽여 줘. 열둘, 그만!

그는 열다섯 번째에서야 멈췄다. 땀이 피를 안고 살갗 위로 방울져 흘렀다. 그는 채찍을 손에 둥글게 말고는 피를 핥았다. 머리가 핑핑 돌아서인지 혀가 뱀처럼 늘어나는 것만 같다.

고문관이 일을 끝내자 병사들이 들어와 사슬을 풀고 나무토막처럼 쓰러지는 나를 수레에 묶어 태우고 나갔다. 수레가 흔들릴 때마다 아팠다.

그들은 묶어 두는 것만으로는 내 힘을 충분히 뺄 수 없으리라고 생각한다. 사슬에서 풀려나자마자 벌떡 일어나 병사 한두 명쯤은 잡아먹고 탈출하리라고 믿는 것 같다. 말을 할 수만 있다면, 누구에게라도 좋으니 나도 사람이고, 괴물이 아니며, 충분히 약해져 있다는 사실을 알려 주고 싶다.

정신이 들면 수레가 서고 다시 들면 움직였다. 마지막으로 정신을 차렸을 땐 수레가 좁은 통로를 지나 모래먼지가 가득한 넓은 원형 경기장 안으로 들어서고 있었다.

뜨거운 햇볕이 몸을 사정없이 태운다. 내가 밝은 햇빛을 접할 수 있는 시간이 이런 때뿐이라는 건 우스운 일이다.

내가 여기 온 것이 세 번째던가 네 번째던가 한다. 원래 나는 첫 번째 경기에서 짐승에게 먹혀 죽을 예정이었다. 그런데 잘 되지 않았다. 내 죽음을 보러 왔다가 세 번 아니면 네 번이나 허탕을 친 관중들은 몹시 신경이 날카로워져 있었다.

관중은 내가 탄 수레가 문을 열고 나타나자마자 야유를 시작했다. 여기저기서 이것저것 날아왔다. 토마토나 계란이 몸에 부딪혀 깨졌을 땐 풀려난 다음에 주워 먹어야겠다고 생각했다. 그만큼 배가 고팠다.

혼미한 와중에 나는 수레를 끄는 간수를 보았다. 전부터 생각했지만 이런 일에 어울리지 않게 생겨먹은 놈이다.

눈에 띄게 잘생긴 간수다. 눈썹이 짙고 콧날이 날카롭고 몸이 다부지다. 남루한 차림인데도 귀티가 있다. 나는 그의 왼손가락이 하나 없는 것을, 그리고 어울리지 않는 큰 반지를 네 번째 손가락에 낀 것을 안다. 그의 신분이나 복장을 떠나서 이 세상 전체에 어울리지 않는 반지였다.

그는 수레에 묶인 것이 짐이든 사람이든 괴물이든 자신과는 상관없다는 듯 무표정하게 수레를 끌었다. 문득 나는 그의 어깨에 얹힌 무거운 슬픔을 읽었다. 그의 무표정함이 슬픔에서 나온 것이라는 것도 느꼈다. 모르는 사람이건만 까닭 없이 슬펐다.

수레는 경기장 한가운데에 멈췄고 간수는 나를 묶은 밧줄을 끊고 물러났다. 멀리서 다른 병사 하나가 창과 칼, 도끼 하나씩을 흙바닥에 두고 떠나갔다. 맙소사, 너무나 멀리 있다.

둥. 둥. 북 소리에 땅이 진동했다. 반대편 문이 열리고 호랑이 한 마리가 걸어 나왔다.

이곳의 그 누구보다 내가 동질감을 느끼는 상대다. 나처럼 말을 못하며, 묶여 있고, 벌거숭이이며, 묶여 있거나 죽는 것밖에는 딱히 할 만한 일이 없으며, 무엇보다 나처럼 환장하도록 배가 고플 것이다.

관중의 환호 소리가 커졌다. 내가 죽은 듯이 누운 것을 보고, 이번에야말로 목숨이 질긴 짐승 한 마리가 야수에게 뜯어 먹히는 광경을 보겠다고 좋아하는 것 같았다.

잠시 어슬렁거리던 호랑이가 먼지를 일으키며 질주해 오기 시작했다. 혼탁한 정신 속에서 야수가 달려오는 시간이 길게 늘어났다.

입에 가득 고인 침과 불뚝거리는 근육과 햇빛에 반짝이는 털이 하나하나 확대되어 보였다. 나는 정지한 시간 속에서 주위를 살폈다. 무기는 여전히 너무 멀리 있다. 광란에 가까운 환희가 관중들의 얼굴에 떠올랐다.

내 시선이 문득 한 사람에게 멈췄다.

검은 옷을 입은 귀부인이다. 관중석 제일 앞자리에 얼음처럼 조용히 앉아 있다. 가리개를 내린 검은 모자를 쓰고 바닥까지 쓸리는 긴 검은 드레스를 입고 있었다. 그녀의 왼쪽에는 한 노인이 지팡이를 짚고 앉아 있었다. 한쪽 다리가 불편한 듯했다. 얼굴은 돌처럼 굳어 있었고 어째서인지 심기 역시 다리만큼이나 불편해 보였다. 오른쪽에는 불안하게 손톱을 씹는 남자가 앉아 있었다. 단발머리에 왜소한 몸집을 한 남자였는데 단추 구멍처럼 작은 눈에 코와 입도 작았다.

'소심한 놈.'

내 안의 누군가가 그를 그렇게 부른다.

나는 여인을 찬찬히 살폈다. 이런 피 냄새 진동하는 연회를 즐길 만한 분은 아니실 듯한데, 혹 내가 죽인 누군가와 관련 있는 분일까.

시간이 풀렸다. 야수가 나를 덮친다.

무기를 가지러 갈 시간이 없었다. 한편으로 몸을 누이고 쉴 수 있는 이 귀한 시간에, 내내 혹사당한 다리에 더 무게를 싣고 싶지도 않았다.

무기를 찾지 마라.

내 안에서 누군가가 속삭였다.

모든 것이 네 무기다.

누가 하는 말인지 모르겠다. 나는 아닐 것이다. 내가 그렇게 세련된 어조로 말할 리가 없으니까. 저승에서 흘러나오는 듯 음산한 목소리였지만 적어도 신분이 높은 사람인 듯했다.

모든 것이 네 무기다. 무기는 너 자신이다. 그러므로 모든 것이 너 자신과 같다. 네가 싸우는 상대까지도.

나는 손바닥으로 바닥을 쓸었다. 모래, 이것도 쓸 만하다. 눈에 던지면 잠시 뜨지 못할 것이다. 돌멩이, 눈이나 이빨을 향해 던질 수도 있다. 달걀 껍데기, 충분히 빠르게 움직이면 그것으로도 살을 벨 수 있다. 밧줄, 이게 좋겠군.

결정하고 붙잡았다. 그러자 나는 가늘고 탄력 있는 팔을 가진 생물이 되었다. 단단히 꼬인 짚으로 된 내 새 팔은 허공에 느린 원을 그렸고 호랑이의 허리에 닿은 순간 뱀처럼 휘감겼다. 나는 상대의 허리를 잡아 묶고 바닥에 내동댕이쳤다.

관중이 짧은 탄식을 뱉었다. 끝이 무겁지 않은 밧줄에는 충분한 힘이 없었고 호랑이는 땅에 닿은 순간 풀려나 바로 일어섰다. 나는 그때까지도 일어나지 않았다. 여전히 움직이는 것과 누워 편안히 죽는 것 중 뭐가 더 좋을지 생각하는 중이었다.

내가 손쉬운 먹이가 아님을 깨달은 호랑이는 이번에는 멀찍이서 상황을 살폈다. 관중들이 일제히 일어나 열정적으로 야수를 응원했다.

주위를 한 바퀴 도는 동안에도 내가 움직임이 없자 호랑이는 내 머리 뒤에서 자세를 잡고 달려들었다.

나는 뜨거운 짐승의 숨이 정수리에 닿는 순간 손을 머리 뒤로 짚고 몸을 둥글게 만 뒤 손힘만으로 뛰어올랐다. 그대로 공중에서 한 바퀴 돌아 호랑이 등에 올라탔다. 다리로는 허리를 감싸고 밧줄로는 목을 조였다. 목과 허리가 졸린 호랑이는 육지에 나온 물고기처럼 요동쳤다. 나는 짐승과 한 덩어리가 되어 바닥에 내동댕이쳐진 뒤 통나무처럼 굴렀다. 육중한 몸뚱이 아래에 몇 번을 깔렸지만 힘을 풀지는 않았다.

마침내 저항이 약해졌고 호랑이는 슬픈 울음소리를 낸 뒤 젖은 솜처럼 뻗었다. 아래에 깔려 있던 나는 몸을 힘겹게 빼내며 일어났다. 호랑이를 응원하던 관중들의 목소리가 힘을 잃고 흩어졌다.

나는 어적어적 걸어가 병사가 무기로 쓰라고 놓고 간 칼을 주워 들고 와서는 호랑이의 거죽에 박고 주욱 찢었다. 가죽을 뜯어내고 살점을 잘라 입에 쑤셔 넣었다. 감칠맛이 돌았다. 생식이 취미는 아니었지만 진짜 미치도록 배가 고팠다. 나는 거죽에 입을 대고 피를 쭉쭉 빨고 내장을 뜯어내어 입에 마구 밀어 넣고는 우적우적 씹었다.

정신없이 식사를 마친 뒤에야 주위가 적막에 휘감긴 것을 알았다.

나는 내 것이 아닌 피로 칠갑을 하고 귀부인을 돌아보았다. 먼 거리였는데도 눈이 얼음처럼 식은 것이 보였다. 꼭 다문 입은 파리하게 떨었고 맞잡은 손은 상처가 날 정도로 꽉 쥐고 있었다. 옆에 앉은 노인은 눈빛으로 나를 죽일 수 있다면 죽이고 싶은 눈을 하고 있었고, 내가 '소심한 자'로 부르기로 한 사내는 잘못한 아이처럼 초조해하며 연신 노인의 눈치를 살폈다.

미안한 기분이 들었다. 귀한 여성이 볼 만한 풍경이 아니다. 부인에게 뭔가 위로를 해야겠다고 생각했다. 하지만 어떻게? 나는 저 귀부인을 연회에 데려갈 수도, 하인을 시켜 편지를 전할 수도 없다. 위로의 말 한마디 건넬 수도 없다.

문득 내게도 선물할 만한 것이 하나 있다는 것을 깨달았다. 나는 귀부인을 향해 발을 떼었다. 관중들은 내가 왜 움직이는지 몰라 웅성거렸다.

내가 거의 그녀 앞에 도착했을 때야 몇 사람이 내 목적을 깨달았다. 아우성이 들렸고 '소심한 자'가 경비병을 불렀다. 병사들이 달려와 나를 제지하기까지는 시간이 좀 남았기에 나는 차분히 목에서 시계를 풀어 여자에게 내밀었다.

노인이 지팡이를 땅에 짚으며 일어났다. 눈이 분노로 이글거렸다. 여인은 꼼짝도 하지 않았다.

그새 병사들이 달려와 내 팔다리를 붙잡고 목에 창을 교차시켜 땅에 박아 고정했다. 나는 계속 시계를 들고 있었지만 다른 경비병이 손목을 발로 밟았다.

'소심한 자'가 손짓하며 명령을 내렸다. 아무래도 그가 이 경기를 주관하는 사람인 모양이다. 병사들이 나를 끌고 가려 했지만 내가 바위처럼 움직이지 않았다. 서너 명이 밀고 당겼지만 소용이 없었다.

마침내 여인이 일어났다. 그녀의 손가락이 물 흐르듯이 움직였다.

여인은 옆에 선 병사에게 창을 빌렸고 태고의 여신처럼 그 끝을 나를 향해 내렸다. 누군가 제지할 법도 했지만 그녀의 기에 압도되었는지 움직이지 않았다. 만약 내가 아니라 이 여자가 아까 내 자리에 있었다면 나처럼 피투성이로 싸울 필요도 없었을 것이다. 그녀가 손을 들어 제지하는 것만으로도 호랑이는 기세에 눌려 얌전히 물러났을 테니까.

여인은 창끝으로 내 시계를 들어 올렸고 창을 위로 올려 손에 떨어뜨려 받았다.

그녀가 가리개를 걷었다. 나는 그녀의 백옥 같은 피부와 가지런한 이마, 흑진주 같은 검고 짙은 눈동자를 볼 수 있었다. 그녀의 눈동자는 깊은 모멸감에 떨었고, '이제 만족하겠는가, 이 수치를 모르는 짐승. 어디까지 나를 비참하게 만들려는가.'라고 말하고 있었다.

잘못 생각했다는 것을 깨달았다. 누군들 짐승에게 선물을 받고 좋아할 것인가.

나는 몸에 힘을 풀었고 그대로 병사들에게 끌려갔다. 경기장 한복판에서 나는 다시 다섯 번의 채찍질을 당했다. 공연을 망쳐 놓았기 때문이다.

다시 깨어났을 때는 감방 바닥에 누워 있었다. 등이 땅에 닿는 천국 같은 안락함에 놀란 몸이 깨어난 것이다. 고개를 드니 아까 내 수레를 끌던 네손박이 간수가 사슬을 풀어 나를 땅에 내려놓는 중이었다.

내가 그의 의도를 파악하지 못하는 사이에 어둠 속에서 다른 간수가 나타났다.

머리가 반쯤 센 키 큰 남자였다. 부리부리한 눈동자가 움푹 들어간 눈두덩에 박혀 있었다. 광대뼈가 튀어나와 팽팽한 볼살 아래로 깊게 그늘이 졌고 귀가 뾰족하게 서서 살짝 짐승 같은 인상을 주는 사람이었다. 네손박이처럼 간수복을 입고 쇠몽둥이를 허리에 차고 있다. 직감적으로 이 사람이 지나 온 진창이 나만큼이나 너저분한 것임을 느낄 수 있었다. 아까 그 호랑이 대신 이 남자가 경기장에 나타난다면 어느 쪽이 더 위험할까 생각했다.

"지금 뭘 하는 건가."

서늘한 목소리였다.

"쉬게 해 주고 있습니다."

네손박이가 깨끗한 목소리로 말했다. 그 목소리를 듣자 나는 진심으로 이 사람이 왜 이곳에 있는지 궁금해졌다. 다른 세계에서 온 사람이다. 사람과 짐승이 서로 뜯어 먹는 이런 곳에 어울리는 사람이 아니다.

"자네에겐 놈의 고통을 줄일 권한이 없을 텐데."

하대하는 말투가 낯설었다. 그야, 나이 차가 있으니 그렇겠지만. 왠지 나는 당연히 네손박이 쪽이 더 신분이 높으리라 착각하던 중이었다.

"죄수가 극히 쇠약해져 있습니다. 이대로 둔다면 감옥 안에서 죽을 수도 있습니다. 그에게 내려진 '판결'은 경기장에서 싸우다 죽는 것입니다. 여기서 죽는다면 소암小巖 공, 작은뜰바위께도 좋은 일이 아닙니다."

판결이라.

그래, 그런 것이 있겠지. 내가 사형수니까. 하지만 왠지 귀에 거슬리는 단어였다.

"자네가 판단할 문제가 아니야."

"제가 판단할 문제인지 아닌지는 제가 결정합니다. 그로 인해 제게 일어날 일 역시 제가 감당할 문제입니다. 제게 권한이 없다면 귀공 역시 제 행동에 대한 권한이 없습니다."

논쟁이 어느 방향으로 흐를지는 모르겠지만 네손박이가 질 싸움이라면 최소한 오래 끌기를 바랐다. 조금이라도 더 누워 있을 수 있을 테니까.

'뾰족귀'가 웃었고, 목덜미를 쓸었고, 감방문을 열고 안으로 들어왔다. 몽둥이를 어깨에 두드리며 몇 번 왔다 갔다 하더니 돌연 네손박이의 무릎을 후려갈겼다. 네손박이는 저항할 새도 없이 무릎을 꿇었다.

"저번에 있었던 일에 대한 경고다."

'저번'이라는 게 무슨 뜻일까?

"'내 세계'에서도 멋대로 돌아다니면 나는 그냥 넘어가지 않겠다."

'내 세계'는 또 뭐야?

네손박이는 말이 없었다. 그는 상대가 어둠 속으로 모습을 감출 때까지 앉아 있더니 몸을 툭툭 털며 일어났다. 먼지 한 올까지 털어내려는 듯 깔끔하게 옷매무새를 다듬었다. 나가려던 간수는 내 시선을 느꼈는지 뒤를 돌아보았다.

"착각하지 마라. 너를 동정하는 것이 아니다."

그가 깨끗한 목소리로 말했다.

"너는 내가 아는 중에서 최악의 인간이다. 동정할 가치조차 없다. 그러니 이 시간에 감사해라. 최소한 더 죄를 짓지 않고 더는 세상에 해악을 줄 일이 없으니까. 네가 후생에 갚아야 할 죄를 조금이나마 줄여 줄 테니까. 축복으로 받아들여라."

누가 물어봤나.

"하지만 네가 보여 준 무武만은 훌륭했다. 그것이 어느 지옥의 사신이 준 것이든 경의를 표할 수밖에 없다."

7인의 집행관

변태 같은 놈이로군.

나는 그리 생각하며 웃었다.

짐승에게 존경이니 경의니 하는 말을 입에 달다니, 네 정신도 나처럼 제대로 붙어먹지 않은 모양이다.

'**경의를 표하고 싶으면 뭐 먹을 거라도 입에 넣어 주든가.**'

간수가 놀라 나를 돌아보았다. 꽤나 정신이 없었기 때문에 내가 생각을 하는지 말을 하는지 알 수가 없었다. 하지만 내가 말을 할 수 있다면, 어째서 지금까지 그 사실을 몰랐단 말인가?

'아니면 네 아내라도 안겨 주든가.'

그때 공기가 바뀌었다. 뭔가 아픈 곳을 찌른 모양이었다. 간수가 무서운 기세로 칼을 뽑아들어 내게 들이대었다.

오호, 그래. 이런 얼굴을 할 줄도 알았군. 네손박이는 내 목숨을 빼앗고 싶은 유혹에 몸부림치는 듯 부들부들 떨었고 나는 히죽히죽 웃으며 그의 눈빛을 맞받아쳤다.

하지만 그의 자제력은 내 생각보다 높았다. 그는 눈을 감았고 고통스러운 얼굴로 밖으로 나갔다.

죽음 같은 정적이 내려앉았다.

나는 지금까지 살아오며 했던 일들을 떠올렸다.

나는 산에서 짐승을 뜯어 먹고 살다가 광기가 도지면 마을로 내려가 아이들을 잡아먹었다. 외양간에 들어가 소나 돼지의 피를 빨다가 마을 남자들이 쇠스랑과 낫을 들고 잡으러 오면 그들조차도 목을 물어뜯어 죽였고 광기가 잦아들면 다시 산속으로 도망쳤다. 횃불을 든 병사들이 나를 그물에 걸어 동굴에서 끌어내렸을 때 나는 쓰레기통에서 주운 죽은 아이를 막 불에 굽던 참이었다. 동굴 안에는 크고 작은 해골이 산처럼 뒹굴고 있었다.

내 골을 집어삼킨 악귀는 내 죄 때문에 찾아온 것이고 내가 지금 겪는 고통 역시 내 죄가 불러온 것이다. 내가 씹어 먹은 아이의 부모와 내가 살해한 지아비의 아내는 나보다 더한 지옥 속에서 몸부림쳤을 것이다.

하지만.

정말로 내가 그런 일을 했단 말인가?

불현듯 의문이 솟았다. 내 기억에 남은 그 짓들을, 정말 내 이 몸이, 내 손이, 내 심장이 했단 말인가? 그렇다면 어째서 지금 내 정신은 이토록 또렷할까? 어떻게 이토록 분명한 정신으로 나를 들여다보는가? 어째서 이 몸이 그 모든 기억을 낯설게 느끼는가? 혹시 나를 집어삼킨 악귀가, 가혹한 신체의 고통을 견디지 못하고 떠나 버리기라도 했을까? 정신병자에게 고통을 주는 고전적인 치료법이, 영 효과가 없는 건 아니란 말인가? 그렇다면 좋으련만! 적어도 죽음만은 제정신으로 맞이할 수 있을 테니까!

정신병자에게 고통을 주는 치료법……이라는 생각 뒤에 혼란이 왔다. 마치, 내가 이 시대의 사람이 아니고 이 세계의 사람도 아닌 것 같은, 어딘가 먼 세계의 다른 공간에 따로 존재하는 사람인 것만 같았다. '내'가 떠올릴 만한 문장이 아니었다.

끼익 하는 소리와 함께 문이 열렸다. 절룩이는 그림자가 머리 위에 내려앉았다. 안에 들어온 사람의 얼굴을 보는 순간 머리가 차갑게 식었다. 여인의 옆에 있던 노인이었다. 나를 향한 증오와 경멸이 눈에서 불처럼 쏟아졌다. 그의 얼굴을 보는 순간 나는 벼락처럼 떠올렸다.

아아. 내가 그에게 죄를 지었다.

저 사람이 목숨보다 사랑했던 것을 빼앗아 버렸다. 돌이킬 수 없는 일을 하고야 말았다. 어떻게 그런 일을 잊어버릴 수가 있을까, 네가 저 사람의 일생을 지옥으로 만들었다. 다 내가 한 일이다.

"네놈이……."

노인이 부들부들 떨며 천근 같은 한 걸음을 더 내디뎠다. 어둠 속에서 손에 들린 굵은 채찍이 눈에 들어왔다. 마디 사이에 징이 박혀 있다. 나는 공포에 질려 일어나 앉으며 조금 물러났다.

"이 추잡한 놈, 네놈이 감히, 그 애가 누구라고, 누군 줄 알고 더러운 추파를 날려!"

노인이 채찍을 휘둘렀다. 나는 바닥에서 한 바퀴 굴렀다.

"수치도 모르는 놈, 인륜도 저버린 놈, 네가 감히, 감히 주제도 모르고! 그 애가 뉘라고, 네놈 따위가! 감히 너 같은 놈이!"

채찍이 다시 몸을 휘감았다. 힘은 고문관에 비해 형편없이 약했지만 징이 살을 사정없이 찢었다. 나는 머리를 감싸고 몸을 가능한 한 둥글게 말아 채찍이 닿는 면적을 줄였다.

내 잘못이다. 나는 벼락처럼 깨달았다. 내가 그 고귀한 여성에게 치욕을 안겼다. 그녀는 아마 나 때문에 평생 고개를 들지 못하고 살아야 할 것이다. 평생 살인자에게, 짐승에게 구애받은 여성으로 놀림감이 될 것이다. 어떻게 이 죄를 보상해야 할지 떠오르지 않았다. 살이 찢기는 동안에도 불안감은 커져만 갔다. 내겐 그녀의 명예를 되살릴 만한 것이 없다. 어째야 하나? 어쩌면 좋지?

여인은 어제와 같은 자리에 있었다. 고개를 빳빳이 세우고 한 점도 흐트러지지 않은 채 석상처럼 앉아 있었다. 주위에서 사람들이 수군거리며 손가락질했다. 노인은 여전히 노기가 가시지 않은 얼굴로 바위처럼 입을 다물고 있었고 '소심한 자'는 어제보다 더 줄줄 땀을 흘리고 있었다.

나는 경기장 한가운데에 수레를 세우는 네손박이 간수를 보았다.

"풀어라."

목소리가 나왔다. 간수가 돌아보았다.

그래, 역시 말을 할 수 있었어. 왜 할 수 없다고 생각해 왔는지는 모르겠지만 중요한 문제는 아니었다. 중요한 문제는 앞으로 내가 해야 할 말이었다.

"조금만 일찍 풀어라."

반대쪽에서 문이 열렸다. 점박이 표범이 열 명의 경비병에게 끌려 나오는데 입에서 질질 거품을 흘린다. 약을 먹인 듯했다.

"명령이다."

내가 무슨 미친 소리를 하는 걸까. 네손박이는 잠시 내 눈을 들여다보았고 어째서인지 이 미친 소리대로 말없이 밧줄을 풀었다.

표범은 나와 찰나의 시간을 두고 풀려났다. 하지만 내가 수레에서 굴러 내리며 흙바닥에 놓인 검을 쥐어 들었을 때는 아직 경비병의 손에 붙들려 있었다.

나는 검으로 바닥을 쳐 맑은 소리를 냈다. 싸움을 시작하기 전에 그런 동작을 하는 버릇이 있었던 것 같다. 어느 전생에서였는지는 알 수가 없지만.

표범이 달려들기 위해 막 유연한 몸을 움츠린 순간 나는 칼을 곧추세우고 화살처럼 찔러 들어갔다. 상대를 꿰뚫은 뒤에도 멈추지 않고 그대로 벽에 밀어붙였다. 표범을 붙잡은 경비병들도 아직 그 자리에 있었고 나를 풀어준 간수도 밧줄을 끊은 자세 그대로 선 채였다.

표범은 내 칼에 꼬치처럼 꿰인 채 사지를 휘저으며 목을 길게 빼기를 반복하더니 이내 조용해졌다. 관중들의 함성이 채 솟구치기도 전에 찬물을 끼얹은 듯이 꺼졌다.

할 수 있으리라는 느낌은 있었지만 해내고 나니 조금 당혹스러워졌다. 어렴풋이, 내가 몸을 운용할 수 있는 수준이 내 기억보다 뛰어나리라는 기괴한 기분이 들었다.

노인은 자리에서 일어났고 '소심한 놈'은 입을 벌린 채 아무 말도 하지 못했다. 여인도 자리에서 일어났다.

나는 칼을 뽑았다. 어찌나 세게 짓눌렀는지 표범의 허리는 뼈가 부서져 한 줌도 안 되게 얇아져 있었다. 나는 표범이 쓰러지는 동안 여자를 보았다.

나는 표범의 목을 발로 밟고 몸에서 잘라 내었다. 뒤집은 솥단지처럼 뜨거운 피와 뇌수가 뚝뚝 떨어지는 목을 한 손에 든 채 칼을 벽에 박았다. 이를 축으로 뛰어올라 담을 넘었다.

관중이 아우성치며 물러났고 경비병들은 순식간에 모여들어 내 주위를 창의 벽으로 에워쌌다. 소심한 놈은 의미 없이 허둥거리며 칼을 뽑아 들었다.

나는 이미 여인 앞에 서 있었다. 내 손에 들린 표범의 머리는 아직도 제 죽음을 깨닫지 못한 듯 황망한 눈을 휑하니 뜨고 있었다. 나는 표범 머리를 그녀의 앞에 내밀었다. 단정히 모은 발 앞에 뜨끈한 피가 흘렀다.

"네게 바치겠다."

내가 입을 열었다. 여인과 주변 사람들 사이에도 당혹감이 퍼졌다. 지금까지와는 다른 종류의 당혹감이었다. 문득 내가 중대한 규칙을 어겼다는 생각이 들었다. 뭔가 세상이 돌아가는 방식을 거부한 것이다.

괴상한 기억이 머리를 스쳤다. 여러 심판관이 나를 가운데 두고 토론했다. "그의 혀에는 독이 담겨 있다." 그들 중 한 명이 말했다. "다시는 입을 열지 못하게 하십시오." "저주받을 혀를 먼저 빼앗아야겠소."

전생의 기억일지도 모르겠다. 어쩌면 나는 전생에 말로써 누군가를 죽였을지 모른다. 그래서 이번 생애에 신이 내게서 언어를 가져갔을 것이다. 하지만 그것을 도로 되찾아버린 것은 내 존재가 세상의 법칙을 벗어나 있어서인가, 내가 신에게 속한 생물이 아니라서인가.

7인의 집행관

나는 말을 이었다.

"이후로도 내 승리를 모두 네게 바치겠다. 네 명예가 회복될 때까지 싸우겠다."

주위에 아무도 없어도 그처럼 조용하기는 어려울 것이다. 내 입에서 나온 말은 피 칠갑한 벌거숭이 짐승의 목을 들고 하는 말로는 도무지 어울리지 않는 것이었다. 소심한 놈이 내 주위를 둘러싼 창에 막 공격을 명하려 했을 때였다.

여인이 차분히 손을 들어 그를 멈추게 했다. 그녀가 입을 열었다.

"그대가 이길 가능성은 없습니다."

꽃향기가 나는 듯한 목소리다.

"그대가 아무리 강하다 해도 오래지 않아 죽을 것이고 결국은 지게 될 것입니다. 이를 알면서 헛된 맹세를 하는 것은 나를 두 번 능멸하려는 의도입니까?"

"죽지 않겠다."

"불가능합니다."

"맹세한다. 죽지 않는다. 계속 이기겠다. 지지 않겠다."

"불가능합니다."

그녀가 또렷하게 말했다. 옳은 판단이었고 상식적인 예상이었다. 나도 안다. 그럼에도 불구하고 내 의지는 그 모든 것을 넘어서 타올랐다. 죽지 않겠다. 내 운명이 거부하든 허락하든 살아남을 것이다.

"설사 그대가 이 모든 싸움에서 이긴다 해도, 그것으로 제 실추된 명예가 회복되리라 생각하십니까?"

나는 고개를 숙였고 다시 그녀를 마주 보았다.

"그렇다."

다음 날 경기장에는 이상한 것이 나왔다.

문에서 얼굴을 내민 것은 처음에는 투명한 해파리 같았다. 등에 사람 하나 크기의 촉수가 나 있었고 문 위쪽에 눌려 있던 촉수는 몸이 빠져나올 때마다 툭툭 튕겨 오르듯이 일어섰다.

괴물이 몸을 모두 빼냈을 때는 몸을 접은 채로도 경기장의 반을 차지했다. 몸은 뱀처럼 긴데 눈은 없었고 입이 있을 자리에는 흡반만 있었다. 돌기는 하나씩 따로 살아 있는 듯 꿈틀거리고 전신에 지네 같은 팔다리가 무수히 나 있었다. 심해 어딘가에 살 법한 연체동물처럼 보였는데, 이런 것을 본 적도 없거니와 많이 양보해서 존재한다고 해도 그 작은 문으로 빠져나올 수가 없었다.

하지만 나는 어째서인지 놀라지 않았다.

나는 이것을 안다. '이것이 나타나는 원리를 안다'. 모두가 이해 가능한 범주 내에서 일어나는 일이다.

통제권을 무리하게 쓰고 있군. 어리석은 놈. 그럴수록 내가 세계의 본질을 깨닫게 될 가능성은 높아지는데.

누군가가 내 안에서 속삭였다. 무슨 소리야, 세계의 본질이라니?

괴물이 경기장을 몸으로 둘러싸며 포위망을 조여 왔다. 나는 간수가 늘어놓은 무기 중에서 가장 긴 검을 집었다. 내 키만 한 것이었다. 나는 해를 등지고 서서 검을 머리 위로 높이 들었다. 검일 뿐인데도

7인의 집행관

나와 이어진 뒤라, 검 끝으로 상대를 볼 수 있었다.

크기에 겁먹지 마라.

내 안의 사내가 속삭였다.

적이 크면 둔하고 칠 곳이 많다.

나는 괴물이 흡반을 벌리고 다가오는 것을 차분히 지켜보았다. 괴물이 막 나를 삼키려 입을 벌린 순간 검을 땅에 찍고 장대 삼아 도약했다. 도약하는 순간 검을 뒤로 밀었다.

나는 반원의 흙먼지를 날리며 검을 한 바퀴 돌려 머리 위로 높이 든 뒤, 그대로 상대의 정수리에 내리꽂았다. 칼이 입천장을 뚫고 혀를 통과해 턱을 뚫고 내려갔다. 피 대신 투명한 점액질이 분수처럼 솟구쳤다.

괴물이 폭발하는 화산처럼 비명을 질렀다.

나는 검에 의지하여 매미처럼 머리에 달라붙었다. 괴물은 관중석 벽을 무너뜨렸고, 땅을 팠고, 벽에 부딪혔고, 앞좌석의 관중을 한 무더기 떨어뜨렸다. 괴물이 요동치는 동안 나는 귀빈석에 앉아 있던 여인과 아주 가까이도 갔었고 한동안 그녀를 응시하기도 했다. 마침내 괴물은 슬픈 울음소리를 내질렀고 길게 목을 뻗고는 바닥에 누웠다. 나는 한동안은 그대로 매달려 있었고 그 후에는 돌덩이처럼 굴러떨어졌다.

바닥에 등을 대고 자는 꿈을 꾸다가 깨었다. 밤이었다. 의식이 깨자 손목과 발목의 고통과 함께 온몸의 피로가 같이 깨어났다. 무감각한 고통이었다.

문이 땅을 긁었다. 누군가가 들어왔다.

'소심한 놈.'

손에 단검이 들려 있었다. 눈시울이 붉고 눈물이 맺혀 있다. 치욕이 얼굴을 붉게 물들이고 있다.

아마도 '소암'이라는 이름일 놈이 뚜벅뚜벅 걸어와 내 목에 칼을 들이대었다. 검 끝이 떨렸다. 목을 조금 움직여 피했지만 칼이 따라왔다.

"죽여 버리겠어."

놈이 그렁그렁한 눈을 하고 이를 갈았다.

"지금 널 죽여 버리겠어. 간단한 일이야."

"마음대로 해. 난 손해 볼 것 없으니까."

어느 구석에서 나왔는지 모를 말이었다.

"너만 창피를 당할 뿐이야. 죄수의 사형식 하나 제대로 처리하지 못해 제 손을 더럽히는 집행관이라니, 저잣거리 애들이 길거리에서 네 이름을 딴 노래를 만들어 부르며 조롱할 거다."

나로서는 있는 그대로 한 말이었다. 이놈이 내 사형을 집행하는 사람 같았으니까. 하지만 어쩐지 그는 내 말에서 다른 의미를 읽은 것 같았다.

"이미 다 알고 있군. 괴물 같은 놈."

내가 뭘 안다고?

"역시 **시스템**은 너를 완전히 통제하지 못해(시스템이라니?). 처음부터 날 놀리고 있었던 거야. 네놈은 늘 그런 식이었어. 늘 나를 바보 취급했지(늘?).”

칼이 더 깊이 파고들었다. 손목을 죄는 사슬 때문에 더 이상 목을 비틀 수가 없었다.

“관객들에게까지 바보 취급당하고 싶은 모양이군.”

“함부로 그분들을 그 더러운 입에 올리지 마라.”

‘그분들’이 누군데?

“어차피 난 웃음거리가 되고 말았어. 더 내려갈 자리도 없어.”

“그럼 해.”

하지만 칼은 들어오지 않았다. 허덕이는 숨소리와 손바닥에서 나는 땀내만 전해질 뿐이다. **변함없이 소심한 놈이라니까**(뭐?).

“적당히 해 둬. 난 어차피 오래 못 견뎌. 뭐가 그렇게 겁이 나는 거야? 넌 뭐든 할 수 있잖아.”

소암의 눈빛이 조금 변했다.

“날 죽일 만한 것을 생각해 내기가 그리 어려워? 뭐든 원하는 대로 불러낼 수 있잖아.”

역시 있는 그대로 한 말이었다. 괴물을 부를 수 있으면 뭐, 다른 것도 부를 수 있겠지. 하지만 그는 내 말을 다른 뜻으로 알아들은 듯했다. 소암이 칼을 치우더니 히죽 웃었다. 아직 두려움이 배어 있었지만 제법 자신감을 얻은 웃음이다.

“그래, 맞아. 나는 뭐든지 할 수 있지. 네 말이 맞아. 뭐든지 가능해.”

뭐든지.

그 말에서 이상한 기분을 느꼈다. 어째서 이런 평이한 자가 ‘뭐든지' 할 수 있는 자격을 가진 걸까? 한시적인 문제일까, 아니면 다른 규칙이 있는 걸까?

소암이 내 턱을 손으로 잡아 비틀어 자신을 보게 했다.

"네놈이 무슨 괴물이든 결국 너도 사람이겠지."

그렇게 말해 주니 고마운데.

"상대가 하나라면 무엇이든 죽일 수 있을지도 모르지. 하지만 한없이 죽일 수는 없을 거야. 무한정 죽일 수는 없어. 네가 무슨 경지에 올라 있든 체력만은 그렇지 않겠지. 이제 네가 죽을 때까지 경기는 끝나지 않을 거야. 오전에 끝나지 않으면 오후에 계속되고, 내일 끝나지 않으면 다음 날에 계속되는 거야. 죽을 때까지 쉴 수 없을 거다. 넌 이기지 못해. 내일만은 절대 이기지 못해. 절대로."

놈이 자리를 박차고 나갔다.

나는 눈을 감았다. 조금이라도 자 둘 필요가 있었기 때문이다.

경기장에 들어가기 전 가면을 쓴 고문관은 다시 내게 열다섯 번의 채찍질을 했다. 수레에서 풀려났을 때는 자세를 유지할 수 없었다. 나는 쓰러졌고 네손박이 간수는 내가 머리를 찧지 않도록 땅에 닿기 전에 붙잡아야 했다.

군중이 제각기 수군거리는 바람에 경기장 안은 온통 낮은 소음으로 둘러싸였다. 모두가 이번만은 내가 한 시진을 넘기지 못하리라고 확신하는 듯했다. 내 괴물 같던 체력도 다한 것이다. 이제 끝날 때가 된 것이다.

간수는 나를 땅에 눕혔다. 나는 하늘을 향해 누운 채 관중석에 앉은 여인을 보았다. 그녀는 이토록 뜨거운 열기를 뿜어 대는 세상 한가운 데에 홀로 차가웠다.

문이 열렸고 그림자가 땅을 밟았다.

땅에 드리운 그림자 위에 어른거리는 것 역시 그림자였다. 달리 표현할 길이 없었다. 형태가 없었고 검은 연기처럼 흔들린다. 가끔 산늑대의 형태로 모이기는 했지만 손으로 훑으면 흩어질 것처럼 보였다. 마법사가 검댕과 재에 늑대의 혼이라도 불어넣어 되살린 것 같다.

내가 정말로 미쳤을까, 아니면 이 세상에 다른 문제가 있는가.

하지만 차갑게 식은 머리는 내게 속삭였다.

나는 언제나 제정신이었고 지금도 그러하고 앞으로도 그러할 것이라고.

단 한 번도 미친 적이 없었다고.

그렇다면 내가 미쳤다고 생각하는 이 세상 전체가 미친 것이다.

그림자들은 충분히 나왔다 싶은 뒤에도 계속 나왔다. 잘 훈련된 부대처럼 열을 맞춰 나를 겹겹이 에워쌌다. 몇 마리가 그르렁거리며 발톱으로 땅을 긁었다. 검댕 사이로 간혹 송곳니가 희게 빛났다.

문은 열린 채였고 뒤이어 나오려던 놈이 자리가 마땅치 않아 돌아갔다. 한 놈을 죽이면 그 자리가 채워지는 구조인 것 같았다. 영민한 것이 짐승 같지가 않다. 내 시각을 믿을 수 없다는 전제를 하면 사람일지도 모르겠다.

나는 바윗덩이 같은 몸을 추슬러 일어났다. 작열하는 태양이 가뜩이나 뜨거운 몸을 지글지글 태웠다. 불구덩이 속에 선 것 같다. 1분, 아니 1초라도 더 몸을 지탱할 수 있을지 모르겠다. 하지만 여전히 정신만은 얼음처럼 차가웠다.

~∞~

"뭘 그렇게 열심히 보는 거냐?"

내가 물었다.

햇빛이 쏟아지는 풀밭이었다. 누군가가 내 옆에 단정히 앉아 책을 읽고 있었다. 나는 그 옆에 보리 줄기를 입에 문 채 누워 있었다. 그가 답했다.

"논리학 시간에 배운 문제를 생각하고 있어."

"듣기만 해도 따분하군."

내가 말했다.

"'아무리 배가 불러도 밥알 하나 정도는 더 먹을 수 있다.'라는 문장이야. 너는 어찌 생각하지?"

"글쎄."

"그 전제에 의하면 사람은 무한히 밥을 먹을 수 있어. 그렇지만 실제로는 그럴 수 없잖아. 선생님은 밥알 하나조차도 더 먹을 수 없는 배부름이 어디엔가 존재하므로 전제 자체가 틀렸다고 하시더군. 하지만 나는 그리 생각하지 않아."

살랑거리는 바람이 코에 와 닿는다. 그의 체취도 바람에 섞여 있다.

"나는 이 논리는 무한이 존재하지 않으며 계가 연속적이지 않다는 증명이라고 생각해. 전제가 잘못된 것이 아니라 '무한'에 대한 개념부터 잘못된 거야. 무한은 없어. 직선은 무한이 아니라 유한의 입자로 나뉘어. 우주를 잘게 분해했을 때 나타나는 것은 무한이 아니라 개별의 입자야. 우주는 유한하며, 시간도 논리도, 수학도 이성도, 생명도 사람도 모든 것이 유한해. 작은 단위에도 큰 단위에도 모두 한계가 있어. 그러므로 무엇이든, 그것이 한계가 있으며 언젠가 소멸하며 사라진다는 것을 가정하지 않는 모든 논리는 우리를 잘못된 방향으로 이끈다고 생각해."

"내 생각은 달라."

그가 나를 내려다본다. 그의 등 뒤에 비친 햇빛이 눈부시다.

"그 문장에는 시간이라는 변수가 숨어 있어. 시간에 관한 조건을 달지 않았다고. 그리고 밥을 먹기 위해서는 시간이 필요하단 말이지. 만약 누군가가 시간을 충분히 들여 천천히 밥을 한 알씩 먹는다면, 앞에서 먹은 밥은 소화가 될 거야. 24시간에 걸쳐 한 공기의 밥을 천천히 먹는다면, 다음 날에도 충분히 같은 일을 계속할 수 있어."

그가 미소를 짓는다. 나는 보리 줄기를 흔들며 말을 이었다.

"만약 누군가가 충분한 인내를 갖고 시간을 들여 어떤 일을 한다면, 그의 수명이 다할 때까지, 이 우주가 사멸할 때까지 무한을 향하여 밥을 먹는 일이 불가능하다고 누가 감히 말할 수 있겠는가."

이제는 그 말을 누가 했는지 안다. 내가 했던 말이다.

내가 누구에게 그 말을 했는지도 기억이 났다. 한때 내 반쪽, 어쩌면 내 전부였던 자다. 어떻게 그를 잊을 수 있었을까. 왜 잊었을까.

나는 증기처럼 뜨거운 숨을 내뱉고 내 앞에 가로놓인 검을 쥐었다. 손잡이와 장식이 모두 푸른 검이었다. 손잡이에는 눈썹처럼 얇고 날카로운 푸른 달이 새겨져 있고 새까만 검날에는 별자리가 새겨져 있다. 처음 보는 검인데도 손에 익었다. 나는 검을 뽑았고 동시에 달려든 그림자 하나를 베어 내었다.

밥알 하나.

나는 웃었다.

서쪽 하늘이 붉었다. 해가 기울었다. 소리를 내는 자가 없었다.

막막한 어둠이 어깨에 걸려 있었다.

아침노을이 길게 그림자를 늘였다.

뜨거운 낮.

다시 서쪽 하늘이 붉었다.

저녁 해가 경기장 전체를 붉게 물들여 땅에 스며든 핏물을 더 선명하게 비춘다. 나는 몇 가마니는 될 밥알에 치여 남산만큼 부른 배를 두드리는 나를 상상했다. 그 배는 반쯤 찢겨 안에 든 핏빛 밥알을 쏟아낸다.

남은 체력이나 상처나 그 밖의 상식으로 생각해 봤을 때, 내가 서 있는 것은 불가능한 일이었다. 하지만 나는 서 있었다.

나는 하나밖에 남지 않은 눈을 들어(오른쪽 안구는 어제 찢겨 나갔다) 관중석을 돌아보았다. 대다수의 관중이 빠져나갔고 즐거워하는 사람은 아무도 없었다. 실신한 여자도 몇 있었다.

소심한 놈은 머리를 감싼 채 벌벌 떨고 있다. 경기를 일으킬 지경이라 주위에 의료진을 비롯하여 방패를 든 병사들이 성벽을 쌓고 있었다.

하찮은 자야. 너는 이런 일을 감내할 만한 뱃심이 없다. 오기를 부려 보았겠지만 제 초라함만 증명했을 뿐이다.

주위에 그림자늑대의 시체가 겹겹이 쌓인 바람에 넓은 어둠 속에 선 기분이었다. 멀찍이서 순서를 기다리던 늑대 한 마리가 동료의 시체를 넘어 접근해 왔다. 나는 무심히 그를 바라보았다. 이번에는 휘두르지 않을 생각이었다. 이제 그만할래, 충분히 했어. 하지만 밥알 하나는 더 먹을 수 있어. 나는 검을 휘둘렀다.

그런 뒤에 나는 쓰러졌고 피를 토했다. 일어나지 말라고 애원하는 몸 관절마다 일일이 명령을 내리며 일어났다. 천만 근의 바윗덩이가 팔다리에 매달려 있었다.

관중석에서 지금까지와는 조금 다른 소요가 일었다. 그림처럼 앉아 있던 여인이 일어나 관중석 난간에 올라섰다. 경비병들이 당황하여 달려들었고 피리를 불고 창을 휘두르며 그림자들을 뒤로 물렸다.

경비병들은 그녀가 허공을 딛자마자 손을 들어 발판을 만들었다. 첫 발판을 만든 병사가 맨 앞으로 달려와 엎드려 등을 딛게 했다.

노인이 일어났지만 말리지 못했다. 그 역시 나만큼이나 이 모든 것에 지쳐 있었다. 이해할 법도 했다. 저 사람은 내가 죽는 모습을 보려고 너무 긴 시간을 기다렸다. 그의 체력으로는 힘든 시간이었을 것이다.

여인은 물 흐르듯이 다가왔다. 나는 한참 그녀를 바라보았다. 그녀는 이틀간 자리를 지켰다. 이틀 동안 눈을 떼지 않고 나를 지켜보았다.

"그대가 이길 가능성은 없습니다."

여인이 입을 열었다.

"그런데 무엇을 위해 싸우는 것입니까?"

나는 대답하지 않았다. 답을 얻기 위한 질문이 아니라는 것을 알기 때문이었다. 동요한다는 뜻일 뿐이다. 나는 이제 잃을 것이 없다. 그러나 이전에는 잃을 것이 있었다. 이 싸움을 나는, 이 시기와 이 장소가 아닌 다른 곳에서 했어야 했다. 지켜야만 했던 것이 있었다.

지키지 못한 것이 있다.

이것이 그 대가며 형벌이다. 내게 주어진 합당한 지옥이다. 그리고 이곳이 내게 남겨진 최후의 전장이다. 나는 이 전장을 지켜야 한다.

"올라가라."

내가 속삭였다.

"아직 끝나지 않았다."

관중 속에서 짧은 외침이 들렸다. 전장의 공기를 느낄 줄 아는 자들에게서만 나온 외침이다. 동시에 나 역시 뒤에서 바람 소리를 들었다. 소리에 불합리한 것이 느껴졌다. 바람의 방향이 어긋나 있다. 예측하지 못했기에 자세가 엉클어졌고, 자리를 잡지 못했고, 그래서 늑대를 막아낸 것은 내 검이 아니라 팔이었다. 그림자는 달려들던 자세 그대로 내 팔을 물어뜯었다. 팔이 막지 않았다면 그대로 여인을 물어뜯었을 것이다.

나는 팔에 매달린 그림자늑대를 다른 손으로 뜯어내었다. 뜯어낸 뒤에도 팔에는 놈의 머리 반쪽이 남아 있었다. 짐승이 물고 있다기보다는 팔에서 검은 연기가 나는 듯한 모습이었지만 살이 씹히는 감각은 다르지 않았다.

"어째서……."

여인이 놀라 중얼거렸다.

사방에서 숨을 죽이던 그림자들이 일시에 날아들었다. 이번에는 그녀와 나를 동시에 노렸다. 나는 그녀를 안고 엎어졌고 그림자들은 내 어깨와 오른쪽 정강이와 왼손을 물어뜯었다. 살점 한 덩이씩을 물고 떨어져 나갔다.

"어째서……."

그녀는 같은 말을 반복했다. 그녀의 놀란 얼굴과 관중과 경비병들의 태도를 보니 그림자들은 그녀를 공격할 수 없게 되어 있는 모양이다. 하지만 괴수들은 모두 흥분한 상태였다. 정체 모를 것들이지만 짐승이라는 전제를 깔고 보면, 아무리 잘 훈련되었어도 그리 믿을 만한 것이 아니다. 자신을 공격하지 않으리라는 그녀의 신념은 불합리했고 그 불합리함이 내 사고에 균열을 가져왔다.

무엇인가가 이 뒤에 있는가?

내가 모르는 세계의 규칙이 있는가?

당황한 조련사들이 채찍을 휘두르고 피리를 불며, 이미 통제를 잃은 그림자들을 들어온 문으로 내보내려 했다. 내가 나온 문으로부터 갑주도 제대로 걸치지 못한 기사들이 달려 나왔다. 그들은 긴 창을 들고 그림자의 가장자리를 포위하고는 공격해 들어왔다.

"움직여."

내가 말했다.

"움직이라니, 어디로……."

여자가 당황하며 물었다.

"벽까지 가라. 등을 보이지 마라."

한 마리가 채 일어나지 못한 그녀에게 달려들었다. 나는 여자를 붙잡아 옆으로 밀쳤고 늑대는 앞을 막아선 내 왼팔을 날카로운 이로 물고 잡아당겼다. 이미 너덜거리던 피부가 어깻죽지에서부터 손목까지 썩은 고기처럼 뜯겨 나갔다.

여자는 비명을 질렀지만 나는 잠자코 있었다. 떨어진 살코기 위로 그림자들이 몰려들더니 순식간에 흔적도 남김없이 먹어 치운다.

어쨌든 시간을 벌었기에 나는 그녀를 한 팔로 막고 벽을 향해 물러났다. 한 마리가 머리 위로 날아들었다. 여자가 다시 소리를 질렀고 나는 늑대를 꿰뚫어 버리듯이 그 입에 성한 팔을 집어넣었다. 놈은 내 목덜미를 물어뜯을 수 있었지만 내 검 역시 늑대의 꽁지를 뚫고 길게 튀어나왔다. 승리인지 패배인지 가늠하지 못하고 내 목을 제 입속에 밀어 넣던 늑대는 결국 내 팔에 꼬치처럼 꽂힌 채 축 늘어졌다. 내가 털어내자 팔에 긴 잇자국만 남기고 떨어져 나갔다.

여인이 벽에 몸을 붙이자 나는 그 앞을 가로막아 벽과 나로 둘러쌌다. 그녀의 몸이 살에 닿았다. 향긋한 내음이 코를 찔렀다. 지옥 같은 고통에 향기가 섞여 혼이 떠나갈 것 같았다.

무사의 포위망이 대열을 갖추고 들어왔다.

그중 한 대열이 가운데를 치고 들어와 그림자를 둘로 나누었지만 속도를 조절하지 못해 거꾸로 그림자 안에 갇혔다. 나는 가장 앞에 선 자가 나를 수행하던 그 잘생긴 간수와 닮았다는 생각을 어렴풋이 했다. 내 생각이 맞았군. 귀한 놈이었어. 하지만 불합리한 일이다. 귀한 놈이 어째서 그런 천한 일을 한단 말인가?

문이 열리고 다른 부대가 경기장 안으로 들어왔다. 앞에 달려오는 한 줄은 횃불을 들고, 뒤따라오는 세 줄은 기름통이 든 수레를 끌었다. 화염 부대가 그림자 늑대 주위로 기름을 부은 뒤 불을 질렀다. 늑대들이 펄쩍 뛰며 흩어졌다.

무사들은 포위에서 풀려났지만 내 쪽은 그렇지 않았다. 두 마리가 불길 속에서 달려들었다. 나는 한 마리가 내 다리를 물도록 내버려 두고 정면을 공격해 오는 놈을 찌른 뒤 다리를 물어뜯는 놈을 위에서부터 등을 꿰뚫었다. 하지만 곧장 다른 한 마리가 입을 벌리고 정면으로 달려들었을 땐 그저 여자를 한 팔로 단단히 막은 채 상대를 노려볼 수밖에 없었다.

짐승은 공중에서 정지했고 튕겨 나가듯 바닥에 떨어졌다. 앞에서 달려오던 네손박이 간수가 채찍으로 놈을 휘감아 뒤로 잡아 뺀 것이다. 나와 그의 눈이 마주쳤다.

그 사이에 무사들은 그림자 늑대들을 한 방향으로 모았다. 화염 부대가 저항하는 놈들을 불태웠고, 조련사들이 소리를 지르며 명령이 통하는 놈들을 문 안으로 몰고 갔다.

마지막으로 꿈틀거리던 늑대가 날아온 창에 꽂힌 뒤에는 무거운 정적이 내려앉았다.

그림자의 시체가 먹물을 부은 듯 바닥을 검게 물들였다. 사람도 짐승도 움직이지 않는다. 먹물 속에서 거품처럼 한 마리가 조금 고개를 내밀다가 다시 가라앉았다.

이제 나는 늑대가 아니라 무사와 화염 부대의 포위망 속에 있었다. 여인은 여전히 내 팔과 벽 사이에 서 있었다. 무사들은 여인을 지키기 위해 마지막으로 꿰뚫어야 할 짐승이 나인지 고민하는 듯했다.

나는 돌아서서 여인을 바라보았다. 아름다운 눈동자였다. 이 모든 고통이 그녀를 가까이서 보기 위한 것이었다면 감내할 만한 것이었다고 생각했다.

"봐라."

내가 말했다.

"지지 않았다."

7인의 집행관

여인은 눈을 크게 떴다.

다리가 힘없이 꺾였다. 나는 무릎을 꿇었다. 다른 쪽 다리가 다시 무너졌다. 허리를 무너뜨리지 않으려 노력했지만 혼이 떠나가는 것만은 막을 수가 없었다. 이것이 마지막이라는 것도 느낄 수 있었다. 내가 환히 웃고 있다는 것도 알 수 있었다.

사이

나는 죽음과 삶의 경계에서, 물질과 관념의 경계에서 흘러다녔다. 액체도 고체도 기체도 아닌 혼돈 속을 헤맸다. 간혹 자신의 존재를 인지했고 간혹 잊었다. 혼돈 속에서 그림자들이 떠다녔다. 자음과 모음과 서두와 종결이 엉킨 소리가 들려왔고 차츰 그 형태와 소리가 분명해졌다.

"너무 혼란스러워 마십시오."

잘생긴 네손박이 사내가 더듬거리며 여인에게 말했다. 하지만 아무래도 그 자신도 조금은 혼란스러워하는 듯했다.

"전사의 무武일 뿐입니다. 짐승의 광포함이며 악귀의 힘입니다. 마마께서 마음에 담아 둘 것은 아무것도 없습니다. 마마의 고귀한 눈에 차마 담을 것이 아닌 것을 보고 계신 점이 심려스러울 뿐입니다."

"나는 혼란스러워하지 않소. 내게는 그를 지켜볼 권리와 의무가 있으니 심려할 것도 없소."

"제, 제가 한 일이 아닙니다."

7인의 집행관

왜소한 몸집에 이목구비가 작은 남자가 벌벌 떨며 말했다. 얼굴이 폭삭 늙었고 악마라도 본 듯 겁에 질려 있었다.

"정말로 제가 한 일이 아닙니다. 왜 놈들이 마마를 공격했는지 정말로 모르겠습니다."

"시스템은 **집행관**의 마음을 읽어 각본을 진행합니다."

네손박이가 말했다. 작달막이의 얼굴이 하얗게 질렸다.

"무, 무슨 음해냐. 나, 나는 추호도 그런 마음을 먹은 적이 없어."

"의도하신 바가 아닐 것입니다. 집행관의 마음에서 서둘러 집행을 끝내야 한다는 생각이 다른 모든 것을 압도하는 과제가 되지 않았나 합니다. 시스템이 이를 이루기 위해 각본을 조정한 모양입니다."

"이해할 수 없소."

여인이 말했다.

"**참관인**을 공격하는 것이 어째서 그 조정에 포함된다는 말인가."

"저도 확신할 수는 없습니다만…… 그 정도의 조정이 없었다면 그 세계에서는 결코 죄인을 죽일 수 없었을지도 모릅니다."

네손박이의 말에 여인의 새까만 눈이 조금 흔들렸다.

"이런 현상이 이전에도 있었나?"

반백에 키 큰 사내가 물었다. 눈두덩이 깊고 광대뼈가 높고 볼이 움푹 들어갔고, 귀가 뾰족하여 인간이라기보다는 얼핏 짐승처럼 보이는 사람이다. 네손박이가 어째서인지 시선을 피했다. 뭔가 불편한 사이 같았다.

"예전에는 한 번도 **죄수**가 운명을 벗어난 적이 없습니다. 하지만 지금은 죄수의 대응 방식과 능력이 계속 예측을 뛰어넘습니다. 시스템이 개입하지 않았다면 죄인이 세계의 본질을 깨달을 수도 있었고, 그랬다면 사형 자체가 무의미해졌을 것입니다."

여인이 몸을 조금 떨었다.

"그의 힘을 우리가 과소평가하고 있었소."

"유사 기억의 영향일지도 모릅니다. 소암 공께서 그에게 씌운 기억은 지극히 위험한 것이었습니다. 그 기억이 동물적인 잠재력을 끌어내었을지도 모릅니다."

네손박이가 말했다. 어쩌 스스로 믿어서 하는 말이라기보다는 여인을 안심시키려는 의도로 하는 말처럼 느껴졌다.

"도저히 이해할 수가 없군."

뾰족귀가 끼어들었다.

"우리가 세계를 창조하고 전부 통제할 수 있다고 듣고 왔는데. 그게 아니었던가? 우리 마음대로 죄수의 운명을 조작할 수 있는 것이 아니었나?"

네손박이는 여전히 불편한 듯 뾰족귀를 외면했다.

"세계의 구성 원리는 어떤 면에서 자각몽과 유사합니다. 생각만으로 세계의 모든 부분을 다 통제할 수는 없습니다. 그랬다간 부하가 너무 걸립니다. 우리가 그 세계에 돌아다니는 사람의 행동 하나하나, 물건의 형태를 다 일일이 설계할 수도 없고요. 세계의 많은 부분은 무의식중에 생겨납니다. 집행관이 대략의 각본을 정하면 시스템이 집행관의 마음을 읽어 필요한 것을 배치합니다."

네손박이가 네 손가락뿐인 제 왼손을 문득 감추며 말했다. 나는 그 손가락에 끼워진 반지에 눈을 두었다. 세상의 재화로는 값을 헤아릴 수 없을 듯한 보석이었다. 여자의 눈이 네손박이의 손에 머물렀고, 순간 그녀의 눈에 까닭 모를 불쾌감이 스쳐 갔다.

"첫 세계에서 집행관이 죽었소."

여자가 물었다.

"그것도 시스템의 조정이라고 보시오? 집행관이 죽는 것이 집행에 대체 무슨 도움이 되는가?"

"첫 집행관이 시스템에 익숙지 않아 일어난 일일 겁니다. 무진왕께서 세상을 마음대로 다스릴 수 있다는 자각이 없으셔서 마치 그 세계가 현실인 듯 대응하셨습니다. 죄수의 힘을 제한하지도 않으셨고요. 첫 집행인 것을 감안하여 보조 집행관을 두지 않았다면 죄수가 죽기 전에 세계가 닫혀 버릴 뻔했습니다."

"다시는 그런 일이 없어야 할 것이다."

어둠 속에서 누군가가 휠체어를 타고 들어왔다. 동그란 안경을 쓴 풍채 좋은 노인이었다. 그 사람이 나타나자 공기가 바뀌었고 모두가 일제히 깊이 고개를 숙였다. 나 역시 내 존재를 조금 더 분명히 자각할 수 있었다면 엉겁결에 무릎을 꿇었을 것 같다.

"다음 집행관은 좀 더 정교한 운명을 제공하기를 기대하겠소. 조금 더 나은 집행인이 되기를 바라겠소. 언어를 빼앗는 것만으로 놈의 힘을 통제할 수 없다면 다른 것을 더 빼앗으시오. 유사기억이 오히려 그의 잠재된 힘을 끌어낸다면 기억을 전부 들어내어도 좋소. 무엇보다,

그 흉악한 놈이 두 번 다시 그 애에게 접근하지 못하게 하라."

저승 사람들의 대화란 이해할 수가 없군. 나는 다시 내 존재를 잊었고 혼돈 속에서 흩어졌다.

제3집행

영리한 자

집행관
?
영리한 자
/뾰족귀

죄수
나

참관인

?
고지식한 자
/네손박이

?
미인

?
노인

무진
미친 자

소암
소심한 자
/작달막이

피 냄새가 확 풍기는 바람에 정신이 들었다. 나는 잠에서 깨어난 기분으로 눈앞을 보았다. 노인은 다리를 붙잡고 고통스러워하며 쓰러져 있었다. 꿰뚫린 다리가 피를 쏟아낸다.

나는 손에 든 칼을 내려다보았다. 붉게 물든 것을 보니 다리를 꿰뚫은 사람은 나인 모양이다.

이목구비가 작은 놈이 노인에게 매달려 엉엉 울었다. 매끈한 사내가 노인의 앞에 칼을 빼어 들고 서 있었다. 왼손은 피에 젖었고 새끼손가락이 떨어져 나가고 없었다. 그것도 내가 한 일 같았다. 내가 한 걸음이라도 더 움직이면 목숨이라도 버릴 태세였다. 반백의 장수는 뒤에 남겨두고 왔다. 그가 내지르던 단말마의 비명이 아직 귀에 생생하다.

"죄를 짓지 않을 기회를 주겠다."

노인은 숨을 몰아쉬기는 했지만 또렷한 목소리로 말했다.

"혈육을 살해한 고통을 일생 마음에 얹고 살기를 원한다면 계속하

라. 허나 네게 죄를 짓지 않을 기회를 주겠다. 이것이 네게 주는 최대한의 배려다. 하지만 거기서 한 걸음이라도 더 내디딘다면, 나의 혈육이여, 내 피여, 저주받을 피여. 이 몸은 혈육을 살해하는 고통을 감수할 용의가 있다. 그것이 네 광증을 치료할 유일한 방법이라면 기꺼이 그리하겠다."

꿈에서 깨었을 때 나는 열병이라도 앓은 것처럼 땀에 흠뻑 젖어 있었다.

눈을 반쯤 떴을 때까지만 해도 꿈은 계속되었지만 다 떴을 때는 안개가 걷히듯 기억 저편으로 사라졌다. 나는 몇 번이나 이런 일을 겪은 듯한 기시감에 몸을 떨었다.

한참 꿈을 털어낸 뒤에야 여기가 어디인지 기억이 났다.

돼지우리다. 바닥은 한 뼘 이상 오물로 덮여 있고 갓 태어난 새끼들이 채 굳지 않은 오물에 빠져 숨을 쉬려고 허우적대었다. 바싹 마른 똥을 몸에 더덕더덕 붙인 돼지들이 가뜩이나 좁은 우리에 들어온 덩치 큰 불청객에게 연신 꿀꿀거리며 똥을 처덕처덕 발랐다.

발효된 배설물은 따듯했고 돼지의 체온도 엄마의 품처럼 다정했다. 적어도 사정없이 비가 쏟아지는 밖에 비하면 낙원 같았다.

문득 팔을 내려다보았다. 피부가 잘 붙어 있다. 눈도 만져 보았다. 멀쩡하게 눈꺼풀 안쪽에서 굴러다닌다. 어째서 *그것들이* 떨어져 나갔다는 기분이 드는지 모르겠다.

번개가 한 번 쳤고 내 그림자가 돼지들 위로 드리워졌다.

인간의 형상이 아니다. 등은 산처럼 솟았고 굽은 등에는 뚫고 튀어 나올 듯 불거진 척추 외에도 불룩불룩한 혹이 몇 개 더 솟아 있다. 팔 은 무릎까지 내려오도록 긴데 다리는 짧고 빈대떡을 여러 겹 쌓은 것 처럼 주름이 잡혀 있다. 상처 난 오른쪽 눈은 툭 튀어나온 것이 금세 굴러떨어질 듯하고 코는 구멍밖에 보이지 않을 만치 납작하다. 윗입 술은 갈라져 끊임없이 침이 흐르고 울룩불룩한 반점과 혈관이 얼굴의 반을 뒤덮고 있다. 이마에는 뿔 같은 큰 돌기가 두 개 솟았고 머리에 는 털 몇 가닥만 듬성듬성 남아 있다.

이렇게 태어날 바에는 짐승으로 태어나는 편이 좋았을 것이다. 적 어도 짐승은 혹이나 뿔, 반점이나 털 따위가 있다고 문제 되지 않을 테니까.

내가 태어났을 때 어떤 사람은 그것이 부모나 조상의 죄라 했고 어 떤 사람은 전생의 죄라 했다. 혹자는 나라님이나 지방 유지의 죄라 했 고 신령한 짐승을 멋모르고 잡은 동네 사냥꾼의 죄라고도 했다. 누군 가는 내가 태어난 날 집 앞을 지나간 옆 동네 부랑배까지 탓했다.

그나마 다행스러운 점은 누구도 내 현생의 죗값이라고 하지는 않는 다는 것이다. 누군가 죄를 지어 이런 모습이 되어야 한다면 한 생애 에 다 짓기에는 시간이 부족할 테니까.

부서지듯이 외양간 문이 열렸다. 비가 세차게 들이쳤다. 사람들이 제각기 낫과 곡괭이, 식칼, 막대기, 빗자루, 그 밖에 이런저런 휘두르기 적당한 것들을 하나씩 들고 들어왔다.

내가 돼지우리에 들어온 것은 저녁나절에 알았겠지만 동네를 돌며 사람을 모으느라 시간이 걸렸을 것이다. 이렇게 되기 전에 나가야 할 줄은 알고 있지만 오늘은 정말 추웠다. 도저히 밖에서 잘 수 있는 날이 아니었다. 매질과 추위는 늘 고르기 어려운 선택지다.

나는 긴 팔로 얼굴을 감싸고 웅크렸다. 밧줄이 날아와 목에 감겼다. 그들은 내 몸에 닿는 것을 무서워한다. 나는 짐짝처럼 끌려 나갔다. 바닥은 젖었고 차가운 비가 누더기뿐인 몸 위로 채찍처럼 쏟아졌다. 사람들은 내 위로 멍석을 씌웠고 그 위로 다짜고짜 매질을 시작했다.

살려 달라고 애원하거나 도망칠 생각도 들지 않았다. 소용없는 일임을 알기 때문이다. 시간이 지나면 그들이 먼저 지쳐 돌아갈 것이다. 나를 쉽게 죽이지도 않을 것이다. 인간들은 내 죽음을 감당할 만큼 강하지 못하다. 살아 있을 때 이리 추악한 것이 죽어 한이라도 품고 나타나면 또 얼마나 감당하기 어려운 모습이겠는가.

사람들은 예상대로 지레 지친 뒤 나를 끌고 동구 밖 강둑에 던져 넣었다.

나는 그들이 사라진 뒤에야 멍석에서 빠져나왔다. 아직 밤이었고 여전히 비가 내렸다. 여전히 비를 피할 곳을 찾아야 했다.

전생의 내 죄가 조금만 더 가벼웠다면 하늘은 내게 비바람을 견딜 풍성한 털을 주셨을 것이다. 몸을 감싸 말 수 있는 꼬리 하나쯤 달아 주셨을 것이다. 그분이 사랑하시는 많은 짐승들에게 그러하시듯이.

한 시진쯤 걸은 뒤에야 폐가 하나를 찾아내었다. 문은 반쯤 떨어졌고 기왓장에도 풀이 돋아 있었다. 기둥 하나는 곧 쓰러질 듯 기울어져 있다. 하지만 몸 하나 누일 수는 있을 것 같았다.

현판에 축귀逐鬼 그림이 있다. 무사 한 사람이 말을 타고 달린다. 귀신을 잡는 무사다. 푸른 손잡이에는 달이 박혀 있고 칼날에는 별자리가 박힌 새까만 검을 들고 있다. 이마 한가운데에는 남근 같은 두툼한 뿔이 살을 찢고 튀어나와 있고, 눈알은 황달에 걸린 듯 샛노란 것이 툭 불거져 나와 부리부리하다.

하지만 무사가 찌르는 곳에는 아무것도 없다. 무시무시한 장수가 전력을 다해 아무것도 없는 곳을 찌르는 모습이 우스꽝스러우면서도 기괴했다.

문을 열었을 때 나는 예상치 못한 것과 마주하고 멈춰섰다.

세상에서 가장 아름다운 여인이 그 안에 있었다.

나는 고개를 털며 그 생각을 재고했다. 생전 여자를 얼마나 만났다고 그리 쉽게 단정 짓다니. 하지만 참으로 아름다운 여인이었다.

여인은 하얀 소복을 입고 단정하게 빗은 머리에 하얀 리본을 꽂고 있었다. 땋은 머리카락은 서예가가 한 번에 붓으로 그어 낸 것처럼 짙고 곧은 선을 그렸다. 이마는 동그랗고 눈썹은 초승달처럼 가지런했다. 여인은 그림처럼 앉아 있었는데 간혹 깜박이는 흑진주 같은 눈동자만이 그녀가 그림이나 조각상이 아님을 증명해 주었다.

귀신인가. 처음에 그리 생각했지만 여자의 몸에서 풍기는 향취는 저승의 것이라기엔 지나치게 또렷한 편이었다. 현판에 축귀부적도 붙어 있지 않던가. 하지만 사람이라면 왜 이런 자리에, 왜 내 눈앞에 있으며, 왜 비명을 지르지 않고 왜 도망가지 않으며, 왜 내게 돌을 던지지 않는가.

"왜 도망가지 않소."

결국 나는 묻고 말았다. 그녀는 답하지 않고 나를 쳐다보았다.

"사람의 말을 하실 줄 몰랐습니다."

"사람이라 그렇소. 그리 보이지 않겠지만."

그리 보이지 않을 터이니 그리 생각할 법도 하지만 그녀의 질문에는 뭔가 다른 것이 담겨 있는 듯했다. 내가 말을 하도록 '예정되어 있지' 않으며, 그것이 세상의 법칙에 어긋난다고 말하는 것 같다.

"내가 무섭지 않소."

내가 물었다.

"무섭지는 않습니다. 혐오스러울 뿐입니다."

그녀는 차분하게 답했다. 현명한 대답이다.

"혐오스러운데 왜 도망가지 않소."

"그러면 비를 맞게 되지 않습니까."

역시 현명한 답이다. 이 폐가가 내 것이 아니니 젊은 아낙이 마을을 오가다 비를 만났을지도 모르겠다. 나는 어정쩡하게 문턱에 서 있었다. 천둥이 몇 번 하늘을 흔들었다. 툇마루에는 비가 그대로 들이쳤고 가뜩이나 맞아 쑤시는 몸에 찬비를 더 견디기 어려웠다.

"방에 들어가도록 허락해 주시겠소."

"이 집이 내 집이 아닌데 어째서 제게 허락을 구하십니까."

"아낙이 두려워할 것 같아서요."

"두렵지 않다고 말씀드렸습니다. 어두운 밤 비 오는 산길을 여인네 혼자 걷는 위험에 비하면 말하는 괴물과 하룻밤을 보내는 위험도 그리 과하지는 않을 것입니다."

그럴지도 모르겠다. 그렇지 않다 해도 저렇게까지 말하는데 다른 도리가 없었다. 나는 방에 들어갔고 가장 멀리 떨어진 구석에 자리 잡고 앉았다.

그녀의 새까만 눈이 나를 머리부터 발끝까지 훑었다. 무엇으로든 몸을 가리고 싶었지만 비에 젖어 옷이 몸에 달라붙은 데다가 된통 맞아서 그나마 다 찢어진지라 도무지 숨길 방법이 없었다.

"누구에게 그리 맞으셨습니까."

여인이 물었다.

"나 자신에게요."

"무슨 뜻입니까."

"나 자신의 추함이 매를 불러오는 것이니 누구를 탓하겠소. 나 또한 평범하게 태어난 자로 이러한 괴물이 내 뜰 앞을 지나는 꼴을 본다면 매질을 할 것이오. 원망할 것도 없고 누구를 탓할 것도 없소. 탓할 자가 있다면 나 자신뿐이오."

여인은 잠시 말이 없었다.

"언제부터 그런 모습이셨습니까."

"날 때부터요."

"달리 연유가 있습니까."

"전생의 죄라고들 하오. 무슨 죄인지 모르지만 현생에서 갚을 수 있다면 좋겠다고 생각하고 있소. 악행을 저지른 사람은 후생에 그 죗값을 받는다고 하오. 허나 어떤 죄는 세상이 끝날 때까지 환생하여도 다 갚지 못한다 하오. 내 현생이 내가 모르는 전생의 죄를 보상한다면 좋은 일이겠으나 충분치 못할까 두렵소."

"사람에게 닥친 불행이 그의 죄 때문이라고 생각하십니까."

그녀의 목소리가 차게 식었다. 나는 그녀의 눈에 박힌 고통을 읽었다. 얼음처럼 단단히 응결된 고통이었다.

"그렇다면 내게 온 불행은 내 죄 때문이로군요. 내가 스스로도 알지 못하는 죄를 하늘에 지은 모양이군요."

나는 자세를 조금 바르게 하고 앉았다. 어떻게 앉든 결코 '바르게' 보이지는 않겠지만.

"사람이 고통을 겪는 것을 보고 그것을 그의 죄 때문이라 감히 말하는 자가 있다면, 그 말을 한 죄는 세상이 끝날 때까지 환생을 거듭해도 갚을 수 없을 것이오."

천둥이 다시 하늘을 흔들었고 번개가 짧은 빛을 방 안에 뿌렸다. 덕택에 나는 그녀의 오뚝한 코와 붉고 도톰한 입술을, 금방이라도 눈물이 떨어질 듯한 큰 눈동자와 이마 선과 뺨의 곡선을, 비단처럼 흘러내리는 목덜미를 뚜렷이 볼 수 있었다. 정신을 잃을 것 같다. 오늘 저 여인을 이리 가까이서 볼 수 있는 것만으로도 내 인생 전체를 용서할 수 있을 것 같다.

"어디서 그런 것들을 배우셨습니까."

7인의 집행관

"듣고 보고 살면서 알게 된 것들이오."

"제거한 것은 그대의 기억뿐입니다."

"⋯⋯?"

"그리고 덮어쓴 기억에도 문제가 없는 듯합니다. 이번 인생이 그대의 삶과 연관성이 없으니 다소 변화가 오리라 예상은 하였으나 이런 인격이 나타나리라고는 짐작도 못 했습니다. 그대는 광폭하고 예의를 모르는 사람이었습니다. 대체 이 인격이 어디에서 생겨난 것인지 알 수가 없군요. 어쩌면 그대의 무시무시한 생존력이 자신을 보호하고자 무의식중에 만들어낸 것일까요. 이런 식으로 나를 현혹하고자 하는 것일까요. 그럴 가능성도 있다고 생각합니다만."

아무래도 좀 이상한 사람이다. 무슨 말인지 하나도 알 수가 없었다.

"인간이 아닌 모습의 생물이 정신마저 인간답게 유지하지 않는다면 그야말로 인간이 아니게 될 것이오. 내 육신이 온전히 짐승에 속했다면 차라리 그 길로 가는 것도 좋았겠으나 이 육체는 그러기에도 서푼쯤 모자라오."

"그렇다면 이 또한 각본의 반反영향일 수도 있겠군요."

여전히 이해할 수가 없다. 나는 잠시 딴청을 피웠다가 그녀의 소복을 보고 물었다.

"누가 죽었소."

"제 남편입니다."

여인은 잠시 뒤에 덧붙였다.

"살해되었습니다."

그것이 그녀가 잠겨 있던 고통의 원인이었던가. 하지만 그녀는 말 끝에 나를 노려보았고 나는 그 눈빛의 의미를 이해할 수가 없었다.

그때 멀리서 말발굽 소리가 젖은 땅을 두드렸다. 아까 그 사람들이 쫓아왔을까. 말을 탄 자가 오는 것을 보면 포도청에 신고라도 한 것일까.

발굽 소리가 문 앞에서 멈추고 문이 벌컥 열렸다. 비바람이 밀려들어 왔다. 머리에 흰 띠를 두르고 녹색 물고기가 수놓인 흰옷을 입은 관군이 숨을 몰아쉬며 안을 들여다보았다.

나는 그를 어디서 보았나 생각했다. 왠지 낯이 익었다. 제법 잘생긴 얼굴에 눈썹이 짙고 눈이 청명한 사람이었다. 왼손가락 하나가 없었는데 네 번째 손가락에 꽤 값나가 보이는 반지를 끼고 있다. 저리 귀티가 나는 사람을 이리 가까이서 볼 만한 일은 없었을 텐데.

"아씨마님."

관군이 숨을 헐떡이며 말했다. 꽤 여러 가지를 짐작케 하는 말이었다.

"다치신 곳은 없습니까."

"없소."

"묶어라."

마지막 말은 나를 두고 한 말이었다. 관병들이 쏟아져 나와 나를 밧줄로 묶었다. 나는 저항하지 않고 끌려 나갔다. 나라도 그럴 법했기 때문이다.

비가 쏟아지는 밖에는 또 다른 관군이 긴 창을 들고 회색 말에 올라

타 있었다. 머리가 반쯤 세었고 키가 크며 귀가 뾰족하고 마른 사내다. 마찬가지로 낯이 익었다.

뾰족귀가 눈짓하자 사람들이 사방에서 밧줄을 팽팽하게 당겨 내가 움직이지 못하게 했다. 대기하던 관병들이 달려들어 나를 길고 납작한 판때기로 치기 시작했다. 동네 사람들이 빗자루나 몽둥이로 멍석말이를 하는 것과는 매맛이 달랐다. 젖은 몸에 판때기가 척척 달라붙어, 한 대 맞을 때마다 살이 통째로 뜯겨 나가는 것 같다. 과연 오늘에야말로 죽겠구나 싶었다.

웃기지 마라. 그리 쉽게 죽지는 않을 것이다.

내 안에서 누군가가 유령처럼 속삭였다.

네 운명을 주관하는 자가 네 인생을 그리 쉽게 끝내도록 허락하지 않을 것이다. 그리 쉽게 너를 해방해주지 않을 것이다.

매질이 좀 잦아들었을 때 갈색 말 한 마리가 다가왔다. 왜소한 몸집에 이목구비가 작은 관군이 말에서 내렸다. 기세등등한 꼴이 두 관군보다 신분이 높다 싶었다.

관군은 내게 다가와 이리저리 살피더니 간신히 몸에 붙은 시늉만 내던 누더기를 툭툭 찢어 뜯어내었다. 나는 몸을 더 웅크렸다. 알몸이 된 것보다 더 곤혹스러운 것은 내 알몸이 전혀 사람처럼 보이지 않는다는 것이었다. 몸 전체에 반점과 털과 혹이 솟아 있어 발가벗고 나니 더욱더 짐승처럼 보였다.

그대로 울기라도 하면 짐승들이 듣고 친구 먹자고 올 것 같아 나는 억지로 눈물을 삼켰다. 그는 주위를 돌며 흥미로운 듯 내 몸을 샅샅이 살폈다.

"기괴하게도 생겨먹었군."

나는 얼굴을 감싼 채 묵묵히 있었다. 병사들이 내 팔을 얼굴에서 떼어내어 등 뒤로 돌렸고 작달막이가 히죽히죽 웃으며 말채찍으로 내 턱을 들어 올렸다.

"얼굴이 반은 갈라졌네. 잡고 뜯어내면 거죽이 벗겨지겠는데. 혹 벗겨내면 안에는 사람의 얼굴이 들어 있을지도 모르겠네."

그는 제 말을 실행할 마음인 것 같았다. 그가 둘로 갈라진 내 입술 사이에 칼을 가져다 대었기 때문이었다. 처음 당하는 일인데 왠지 기시감이 들었다. 저항할 수도 도망갈 수도, 하려는 일을 막을 수도 없었다. 무서워한들 소용이 있는 것도 아니라 나는 눈을 조금 내리깔고 상대를 노려보았다. 적어도 내 눈알이 자리에 박혀 있는 동안만은 노려볼 생각이었다.

상대의 낯빛이 조금 변했다. 두려움이 솟은 것 같았고 그 두려움이 그를 화나게 한 것 같았다. 그가 뭐라고 욕설을 입에 담으며 칼에 힘을 주었다.

그때 그와 나 사이에 창 하나가 끼어들었다. 뾰족한 귀의 관군이 우리 사이에 긴 창을 들이대고 있었다. 작달막이의 얼굴이 일그러졌다.

"지금 무슨 짓을 하는……."

"이 세계는 제 것이고, 제 차례입니다(이해할 수 없는 말이다). 그에게 어떤 고통을 줄지, 그의 죽음의 시기가 언제일지는 제가 결정합니다(여전히 알 수 없는 말이었다)."

"어떻게 나한테……."

"제 권리입니다. 소암 공의 집행은 이미 끝났으니 물러나 주십시오 (여전히 무슨 말인지 모르겠다)."

"그의 말이 옳습니다."

문이 열리며 여인이 걸어 나왔다. 뾰족귀는 말에서 내렸고 관병들은 무릎을 꿇었다. 작달막이가 허둥지둥 달려가 맨 앞에서 머리를 조아렸다. 사람 따라 행동거지가 잘도 바뀌는 놈이다.

"마님, 여기서 뭘 하십니까."

작달막이가 납작 엎드려 말했다.

"내겐 그를 가까이에서 지켜볼 권리가 있습니다."

여인이 답했다.

"어찌 이리 위험한 짓을 하십니까. 아무리 각본이 잘 돌아가고 있어도 시스템의 결점이 드러난 만큼 조심할 필요가 있습니다. 귀한 몸을 다치시기라도 하면 어찌시려고 그러십니까."

"그럴 필요가 있는지 없는지는 내가 결정합니다."

그녀는 고개를 들어 '이 세계가 자신의 것'이라고 주장한 뾰족한 귀의 관군을 쳐다보았다.

"오늘 내 행동이 그대의 권리를 침해했다면 말씀해 주시오. 이후 조심하리다."

뾰족귀는 고개를 저었다.

"허용할 만한 수준이라 봅니다."

"그러면 이만 그를 풀어 주시오. 오늘의 고통은 예정된 것이 아니었고 이 일은 '저번'처럼 오류를 일으킬지도 모릅니다(도대체 무슨 소리지?). 지금은 모두 나를 호위해 돌아갈 것을 제안하겠소."

뾰족귀는 수긍하듯 고개를 끄덕이고 말을 한 걸음 뒤로 물렸고 팽팽하게 줄을 당기던 관병들이 손을 놓았다.

그제야 나는 여인의 발이 공중에 반쯤 뜬 채로 물 흐르듯 움직이는 것을 보았다. 사람들도 다소 투명해 보였다. 말들도 눈에 총기가 없고 발아래에서는 축축한 안개가 솟았다. 관병들의 눈도 퀭하니 뚫려 있었고 창을 쥔 손에는 근육도 살도 없었다. 썩은 내가 확 풍겼다. 그들이 발길을 돌리더니 바람이 거칠게 불더니만 홀연히 눈앞에서 사라졌다.

이후 나는 종종 그녀를 보았다. 쓰레기통을 뒤져 썩은 음식을 먹다가도 보았고 나무에 밤새 매달려 있을 때도 보았다. 구걸하며 저잣거리를 지나다 돌팔매질당할 때 군중 속에 끼어 있었고, 광장 한가운데서 매 맞을 때도 있었다.

그녀를 다시 만난 것은 어느 집 구들방에 갇힌 날이었다. 나는 보리서리를 하다 들켜 밧줄에 묶여 빈집에 밀어 넣어졌다. 사람들은 장지문을 사슬로 칭칭 감고는 밤새 군불을 때었다.

절절 끓는 방에 들어앉으니 처음에는 기분이 좋았지만 좋은 때는 언제나 그렇듯 오래 가지 않았다. 집이 나보다 먼저 녹아 흐물거렸다. 땀이 홍수처럼 바닥을 적시는 꼴을 보아하니 이러다가 아침에는 삶은 고기 대신 물만 한 바가지 남겠구나 싶었다.

7인의 집행관

기왕 열로 죽일 바에야 불이라도 질러 주면 조금이나마 편하련만. 그러기에는 잘 지은 집이 아까웠을까, 아니면 하늘이 내게 그리 간단한 죽음을 허락지 않는 것일까.

아무리 숨을 쉬어도 폐로 들어오는 것이 없다. 몸이 삶아지기 전에 질식해 죽을 가능성이 크다는 점은 그나마 좋았다.

여인은 언제부터인가 그 방 한가운데에 앉아 있었다. 여전히 눈처럼 흰 상복을 입고 흑단 같은 머리카락을 늘어뜨린 채 새까만 눈동자로 나를 바라보고 있었다. 도무지 그녀의 주위에 어떤 물리법칙이 작용하는지 모를 일이었다. 그런데 내가 지금 **물리법칙**이라고 했나?

"친구들이 말리는 듯하던데 어찌 또 오셨소."

내가 물었다.

"그들은 내 친구들이 아니며 나를 제지할 권리 또한 없습니다. 제 행보는 제가 결정합니다."

"이런 구경을 좋아하시는 모양이오."

"그대에게 일어나는 일을 보는 것이 내 의무요, 권리입니다."

"권리는 이해하겠소. 하늘의 사랑을 받아 평범한 인간의 모습으로 태어난 사람이라면 누구든 나를 조롱할 권리가 있을 터이니. 하지만 의무는 누가 부여하였소."

"죽은 내 남편이 부여하였습니다."

나는 그녀의 눈이 내뿜는 증오를 읽었다. 그 증오가 어찌나 차가운지 방 안을 삽시간에 얼려 버릴 듯했다. 적어도 그녀가 이 끓는 방에서 어떻게 버텨 내는지는 납득할 만했다.

"내가 그대의 남편에게 무슨 짓을 했소."

"살해하셨습니다."

문득 나는 내 인생을 돌이켜보았다. 나는 내가 태어난 순간을 생생히 기억한다. 나를 낳고 비명을 지르던 산파와 어머니, 이것이 누가 한 짓이냐며(누가 의도적으로 할 수 없는 일임에도 불구하고) 할아버지가 애꿎은 아버지와 어머니와 산파, 하인들까지도 불러 호령하던 것을 떠올렸다. 어미가 젖을 물리기를 거부해 노비들이 대신 물렸는데 그나마도 나서는 자가 거의 없어 늘 배고파 울었던 날들도 기억한다. 친척들이 모여 나를 가운데에 두고 이것이 누구의 죄인가 가문의 내력부터 따지고 들었던 날도 떠올랐다. 어느 밤 어미의 방에 잘못 찾아 들어갔다가 나를 본 어미가 혼비백산하여 기절하는 통에 맨발로 도망쳐 나왔던 날도, 그날 맞았던 시린 밤이슬도 기억한다. 하지만 인생 어느 구석에서도 살인은 떠오르지 않았다. 그런 일이 있었다면 이번 생애의 일은 아닐 것이다. 현세에 내게 죗값을 물린 다른 생의 일일 것이다.

"내가 언제 그런 일을 하였습니까."

"기억나지 않으십니까."

"기억나지 않소."

"물론 그러시겠지요. 그래서 그렇게 깨끗한 척할 수 있겠지요. 그대는 자신이 받는 고통이 현생의 죄는 아니라고 하시지만, 자신이 한 일을 잊어버린 줄은 모르시겠지요."

"기억나지 않소."

나는 뜨거운 숨을 몰아쉬며 말했다.

"하지만 내 기억이 올바르지 않고 그대의 말이 사실이라면 무엇으로든 보상하겠소."

"무엇으로요?"

그녀의 목소리가 높아졌다.

"남편은 돌아오지 않고 내 고통도 사위지 않습니다. 그런데 무엇으로 보상할 것입니까? 그대가 가진 것이 대체 무엇입니까? 무엇을 내게 준다 한들 남편의 목숨을 되돌릴 수 있겠습니까? 목숨을 주신들 무슨 소용이 있겠습니까? 하늘이 그대에게 고통스러운 인생을 부여한다 한들, 내 고통이 되돌려지지 않는다면 무슨 의미가 있겠습니까?"

고통스러웠다. 고통은 육신이 아니라, 그녀의 질책이 아니라, 좀 더 깊은 근원에서 흘러나왔다. 내 안의 누군가가 그녀의 말을 온전히 이해하며 괴로워하고 있다.

"그대의 말이 옳소……. 그러나 그대가 내 앞에 있는 것은 원하는 바가 있기 때문일 것이오. 무엇이든 내가 할 수 있는 일을 말해 보시오."

여인은 입술을 깨물었다.

"내 손으로 그대의 목숨을 거두게 해 주소서."

나는 잠시 생각했다.

"그렇게 하시오."

여인은 몸을 일으켰고, 품 안에서 날선 은장도를 꺼내었다.

나는 땀이 흘러 잘 보이지 않는 눈으로 그녀를 응시하고는 늘어진 몸을 억지로 일으켰다. 불처럼 달아오른 벽에 등을 기대고 상체를 세워 앉았다. 그녀의 사연이 무엇이건 간에 이처럼 아름다운 사람의 손에 목숨이 떨어진다면 이 인생도 그리 나쁘지만은 않다 싶었다.

그녀는 한참 나를 노려보다가 은장도를 떨어트리고는 울 듯한 얼굴을 했다. 그리고 얼굴을 감싸더니 연기처럼 사라졌다.

그녀가 왜 사라졌는지 알 수 없었다. 그녀의 눈에 한순간 비친 격렬한 슬픔의 이유도 알 수 없었다. 내 생각을 읽었는지도 모르겠다. 어리석은 괴물. 만약 그녀가 진정으로 복수를 원한다면 내가 원하는 죽음을 내려줄 리가 없지 않은가.

홀로 남겨진 나는 한동안은 견뎠지만 곧 정신을 잃었다.

나는 안개가 자욱한 논두렁에서 눈을 떴다. 아직 목숨이 붙어 있었다. 여전히 묶여 있었고 꼼짝할 수가 없었다. 사람들이 죽은 줄 알고 버린 모양이었다.

안개 속에서 방울 소리가 울리며 희미한 그림자가 다가왔다. 그림자는 처음에는 연기에 둘러싸인 해골과 뼈로 보이더니 차츰 사람의 형태를 갖추었다. 저승에서 온 자일까. 언제부터 이토록 저승과 이승이 가까웠던가.

나는 말에 탄 남자를 올려다보았다. 전에 여인과 함께 있던 자였다. 반백에 키가 크며, 눈두덩이 깊고 광대뼈가 나왔고 귀가 뾰족한 사내였다. 새처럼 회색 깃털이 잔뜩 달린 잿빛 갑옷을 입었는데 몸에서는 화장한 시체처럼 연기가 피어오른다. 그의 말을 곧이곧대로 믿는다면 이 세계의 주인이며, 내 인생의 각본을 짜는 자이며, 내 생과 사를 손에 쥔 자였다.

그는 또각또각 걸어와 창끝으로 나를 들춰 보았다. 나는 아직 죽지 않았음을 알리고자 그를 똑바로 마주 보았다.

"살 만한가."

뾰족귀가 물었다.

"이번 인생이 마음에 드는가."

나는 아무 말도 하지 않았다. 재사才士, 슬기바리, 그것이 그의 이름이었다. 하지만 어느 구석에서 떠오른 이름인지 알 수가 없다.

"어떤 인생을 주어야 네가 울며 몸부림치는 꼴을 볼까. 네가 그리 고고하게 버티는 것으로 얼마나 많은 사람을 실망시키는지, 네게 원한을 가진 이들의 마음을 얼마나 다시 찢어 놓는지 알 수 있다면 좋겠구나."

"내가 네게 무슨 죄를 지었는가."

재사는 짐짓 놀랍다는 얼굴을 했다.

"무슨 뜻인가."

"내 이번의 인생이 전생의 죄에서 비롯하였다면 그 죄가 그리 가벼운 것은 아닐 것이다. 하늘이 네게 내 운명을 정할 기회를 주었다면 우리 사이의 연도 그리 작지 않을 것이다."

내 말 어디가 마음에 들었는지 재사는 흡족하게 웃었다. 그의 창이 내 팔과 다리와 얼굴을, 가늠하듯이 한 번씩 깊게 눌렀다.

"네가 내 팔과 다리를 찔렀고, 뼈를 부러뜨려 불구덩이에 집어넣었다. 눈꺼풀이 녹아 눈이 튀어나왔고 입술은 타 버려 이가 드러났다. 팔은 길게 늘어났고 흘러내린 살가죽이 다리를 덮었다. 머리카락은 다 타 버렸고 전신은 썩어 곰팡이가 피었다. 나는 무균실(뭐?)에서 기계(기계?)에 연결되어 폐와 심장을 강제로 움직이며 관으로 영양액을 받으며 살고 있다. 내가 너에게 내 눈을 주었고 내 갈라진 입술을 주었으며, 내 늘어진 팔과 다리를, 내 썩은 피부를 주었다. 그런데도 네가 사는 지옥이 내가 사는 지옥만 하지 않아 보인다."

몇 가지 이해할 수 없는 부분은 있었지만 전반적으로는 알아들을 수 있었다. 이해할 수 없어도 귀신이 하는 말이라면 연유가 있을 것이다.

"내가 네게 갚을 빚이 있다면 원하는 복수를 하라. 네게 내 생사여탈권이 있다면 시행해라. 나는 이제 지쳤다."

"그렇게 쉽게 가져갈 줄 아느냐. 네 삶은 나와 같은 고통 속에서 끝나리라. 네 팔과 다리를 잘라 불구덩이에 던져 줄 것이다. 네 몸이 녹는 것을 제 눈으로 지켜보게 한 뒤에야 그 목숨을 거두겠다."

"그리하라."

재사는 서늘한 미소를 지었다.

"죽음이 네게 안식을 주리라 믿느냐. 죽어도 네겐 다른 지옥이 기다릴 뿐이다. 네 죄는 한 번의 인생으로 다 갚을 수 있는 것이 아니다. 차라리 조금이라도 더 살려고 발버둥치는 편이 좋을 것이다. 살려 달라고 해 보아라. 목숨을 연장해 달라고 울어 보아라."

그는 창을 들이밀었고 나는 창에 찔리지 않으려 턱을 들어야 했다.

7인의 집행관

그런 뒤에도 창은 더 밀고 들어왔다. 원하는 대로 해 주고 싶어도 내가 뭘 했는지 기억이 나지 않았다. 나는 내가 기억하지 못하는 무엇인가를 찾기를 바라며 영혼을 헤집었다.

그때 내 어딘가에서, 어느 시대와 어느 전생에 쓰던 것인지는 모르겠지만, 내가 누군가를 위협할 때 쓰던 눈빛이 떠올랐다. 나는 눈을 뜨고 그를 바라보았다. 그의 표정이 조금 굳었다.

"변명이 많고 쓸데없다. 네가 뜸을 들이는 데에는 다른 이유가 있다."

내가 지금 무슨 말을 하는가. 알 수가 없다. 내 목소리가 스스로도 섬뜩하리만치 음침하다.

"너는 언제든 나를 죽일 수 있었다. 이미 자신이 만든 세계가 내게 더 고통을 줄 수 없다는 것을 알고 있다. 그러므로 너는 오래전에 내게 죽음을 부여했어야 했다. 그런데도 네가 죽음을 미루는 데에는 까닭이 있을 것이다. 좀 더 네가 통제할 수 있는 세상에 나를 놓아두고 지켜보려는 것이다."

"……."

"너는 이미 느끼고 있다. 무엇인가 잘못되었다는 것을. 이미 눈치챘을 것이다. 네가 모르는 일이 이 모든 일의 이면에 있다는 것을. 이곳에 다른 싸움이 있으며 그 일이 내 죽음보다 훨씬 더 중요하고, 네가 이미 그 싸움에 속해 있다는 것을."

재사의 얼굴이 한층 차갑게 식었다.

"삶이 죽음보다 더한 고통임을 가르쳐 주고 싶었을 뿐이다."

재사가 창을 치웠다.

"세 치 혀로 사람을 현혹할 생각이라면 상대를 잘못 골랐다. 네 말대로 이제 끝낼 때가 되었다."

해가 뜨자 태양이 이미 삶아진 피부를 구웠다. 일어나려 했지만 움직일 수가 없었다.

밭일 나오던 농부가 나를 보고는 비명을 지르며 도망쳤다. 기다리자니 장정들이 쇠스랑과 낫과 몽둥이를 들고 모여들었다. 그들은 내가 이미 묶인 것을 보고 세상이 편리하게 돌아간다는 사실에 만족했다. 한 놈이 소를 끌고 왔고 나를 쟁기에 묶어 끌고 갔다. 어린 놈들이 앞서서 개선장군처럼 손나팔을 불며 뛰었다.

소는 나보다 빨랐고 나는 계속 넘어졌다. 벗겨진 발바닥과 너덜너덜해진 등, 어느 쪽도 내 몸을 지탱해 주지 못했다.

그들은 야트막한 바위산 정상에서 겨우 행진을 멈췄다. 전망이 좋은 곳이었다. 절벽 위에 검은 주목朱木 한 그루가 서 있다. 이미 죽은 나무에 붉은 천과 방울이 꽃처럼 매달려 가지마다 춤을 추었다. 바람이 늘 한 방향으로만 부는 곳이라, 가지가 줄기보다 더 길게 옆으로 자라 어딘가를 하염없이 가리킨다.

나무 옆에 쓰러져 가는 사당이 있었다. 사당에는 흰 족자가 걸려 있고 그 앞에 판판한 바위 제단이 두 개의 낮은 돌 위에 고여 있었다. 마을 사람들이 짐승을 얹고 선조께 제를 지내는 곳이다. 그림 없는 흰 족자는 생명의 진리를 깨우친 선조께서 육신을 버리고 영계에 들어가

영생을 누리심을 뜻하는 것이라. 오늘 이들이 잡은 짐승이 나라면, 죽을 무렵에야 비로소 그리 원하던 짐승계에 속하게 될 모양이다.

그들은 나를 돌판 위에 앉혀 놓고 단단히 묶었다. 밧줄은 제단을 몇 번을 빙빙 돌았고, 말뚝에 박혀 깊이 땅에 파묻혔다. 그들은 내 앞에 몇 번 절을 하고 비를 기원한 뒤 크게 한바탕 웃고는 어울려 사라졌다.

감각을 잃은 두 다리는 괴사하기 시작했고 숯불처럼 달궈진 돌 제단에 눌어붙어 형체를 잃어갔다. 벌레들이 모여들어 피부를 갉아먹는다. 머리 위로는 까마귀 떼들이 모여들어 이제나저제나 기회를 노린다. 이 모든 감당하기 어려운 고통 중에서도, 나는 한 모금의 물을 먹지 못하는 고통에 주로 정신을 놓고 있었다.

선조께서는 어디서 뭘 하시느라 이리 꾸물대는가. 영계에서 다 죽어 없어지셨나, 아니면 제단에 있는 것이 진짜 짐승이 아니라 마음에 들지 않으신가.

주목에 매달린 방울이 바람도 없는데 일시에 울었다.

안개가 자욱하니 발이 없는 흰 점박이 말 한 마리가 나는 듯이 산을 달려 올라왔다. 말에 탄 사람은 언젠가 본 적 있는 왼손가락이 네 개인 잘생긴 군관이었다. 뒤에 그 여인이 앉아 있었다. 여인과 사내 모두 먼 길을 달려왔을 터인데도 옷에 먼지 하나 없었다. 사내는 말에서 내려 여인에게 손을 내밀었고 그녀는 우아한 몸짓으로 그의 손을 잡고 내려섰다.

그녀는 이제 쳐다볼 수도 없을 만큼 끔찍한 몰골이 된 나를 시선을 피하지 않고 응시했다.

"그대를 구하기 위해 온 것이 아닙니다."

여인이 차분히 말했다.

"목숨을 거두어 고통에서 해방해 주기 위해 온 것도 아닙니다. 단지 죽음을 지켜보기 위해 왔을 뿐입니다."

그 말에 어떻게 대응해야 할지 몰랐다. 하지만 햇빛을 후광 삼아 선 그녀를 보았을 때 나도 모르게 웃음이 났다. 여인의 얼굴에 당혹스러운 빛이 떠올랐다. 옆에 선 군관의 표정도 조금 변했다. 여인이 물었다.

"무엇을 기뻐하십니까."

나는 말라붙은 입을 간신히 움직였다.

"어떤 이유로 왔든 상관없소. 그저 그대를 다시 만나서 기쁠 뿐이오."

여인의 눈이 붉게 물들었다. 입술이 가늘게 떨리더니 눈물이 뚝 떨어졌다. 나는 당황하고 말았다.

"용서하시오. 그대를 모욕할 생각이 아니었소. 그저…… 그대가 너무나 아름다워서……. 아니, 그런 뜻이 아니라……."

입이 계속 실언을 토해 낸다. 그녀는 얼굴을 감쌌다. 여인은 흐느꼈고 이어 한없이 눈물을 쏟아 내었다.

"저 때문이었습니까."

여인이 울먹이며 말했다. 무슨 말인지 알 수가 없다. 하지만 그녀를 수행해 온 남자는 말뜻을 깨달은 듯 표정이 단단하게 굳었다.

"그래서 제 지아비를 살해하셨습니까."

무슨 뜻인가.

"저를 빼앗고 싶어 남편을 죽이셨습니까."

여인이 눈물범벅이 된 얼굴을 들었다.

"대답해 주십시오."

"나는……."

전생의 문제라 알 길이 없다고 말할 생각이었다. 그런데 어째서인 지 입이 떨어지지 않았다. 나는 그녀가 무슨 말을 하는지 안다. 몇 번을 다시 태어나도 그 일만은 잊을 수 없다. 그것은 내 혼에 각인된 것이며, 이 생명에 새겨진 것이다.

"이 형수를 사모하여 형님을 살해하셨습니까."

형님.

그 말을 듣는 순간 나는 억겁이나 되는 구멍으로 떨어져 내렸다가 다시 솟구쳤다. 머리 한구석이 펑 하고 터졌다. 둑이 무너지듯이 기억이 콸콸거리며 몰아쳐 왔다. 처음에 떠오른 것은 선우先優의 웃는 얼굴이었다. 다음에 떠오른 것은 내 팔에 안긴 그였다. 가슴은 피로 물들었고 내 손은 아직 그의 가슴을 찌른 검을 놓지 않았다. 방 여기저기에 피투성이의 시체가 늘어져 있다. 피가 장막과 침대와 바닥을 붉게 장식했다.

내 늙은 아버지가 죽은 그를 품에 안고 비명을 지르다가 혼절하고, 다시 일어나 울다가 거듭 혼절했다. 형수가 시체를 끌어안고 얼굴을 비비고 이미 차가워진 입술에 몇 번이나 다시 입을 맞추고 몇 번을 끌어안았다가 정신을 잃었다.

"그대가 나를 얻기 위하여 형님을 살해하셨다면, 그 모든 죄악이 나로 인한 것이었다면, 나는 무슨 수로 이 죄를 다 갚아야 합니까. 무슨 낯으로 아버님의 얼굴을 보고 지아비의 무덤을 찾을 것이며 죽은 뒤에는 또 어찌 그의 얼굴을 볼 것입니까. 내가 이 저주받을 사랑을 불러왔고 그대의 광기를 불러일으켰고 남편의 목숨을 앗아갔으며, 또한 나를 이 지옥으로 떨어뜨리고야 말았습니다. 대체 제가 이 죄를 어찌 감당해야 합니까."

지금까지 한 번도 겪지 못했던 고통이 전신을 뒤흔들었다. 나는 흐느꼈다. 여인이 그 소리에 놀라 고개를 들었고 네손박이가 나를 보았다. 울음이 울음을 부르고 눈물이 눈물을 부른다. 봇물이 터지듯이 역류한다.

나는 통곡했다. 내 일생, 어쩌면 내가 살아온 모든 전생을 통틀어 단 한 번도 그렇게 울어본 적이 없었다. 까마귀들이 놀라 아우성치며 날아올랐고 고목에 걸린 바람이 스산한 소리를 내며 방울을 울렸다.

"아니야, 그렇지 않다……. 그렇지 않아……."

얼굴을 감싸려고 했지만 묶인 팔이 움직이지 않았다. 밧줄이 견딜 수 없이 귀찮아지자 나는 팔에 힘을 주었다. 몇 겹이나 묶은 밧줄이 두둑거리며 풀렸다. 두 손을 내려다보았지만 예상치 못한 자신의 힘에 놀라거나 당황할 여력도 없었다. 자유로워진 손을 오직 얼굴을 감싸는 용도로만 썼다.

"그렇지 않아……. 그대 탓이 아니다……. 그대 탓이 아니야. 그대 탓이 아니야……."

나는 평생이라도 반복할 수 있을 것처럼 중얼거렸다. 심장이 터져 버릴 것만 같았다.

"그대를 사랑했다……. 그대를 사랑한다……. 하지만 그 때문이 아니다. 결코 아니야……."

나는 바닥에 머리를 박고 얼마 남지 않은 머리를 쥐어뜯으며 하염없이 울었다. 이미 쇠약해질 대로 쇠약해진 심장에 몰아치는 이 엄청난 고통은 감당하기 어려운 것이었다. 나는 몇 번인가 피를 토했고 그대로 의식을 잃었다. 죽음이 이리 쉽게 찾아올 줄은 또 어찌 알았겠는가.

제4집행

고지식한 자

집행관

?

고지식한 자
/네손박이

죄수

나

참관인

(진입 불가)

미인

노인

미친 자
/안경잡이

소심한 자
/작달막이

영리한 자
/뾰족귀

문을 열어젖히자 잠이 덜 깬 목소리가 눈을 비비며 기어 나왔다.

　"누구냐."

　나는 답하지 않고 칼을 휘둘렀다. 소년이 놀라 도망치느라 꽃병이 넘어져 깨졌다. 그 소리에 시동이 "무슨 일이십니까." 하며 들어왔다. 나는 문 옆에 붙었고 막 들어오는 시동의 목을 땄다. 피가 장지문에 붉은 매화를 그렸다.

　소년이 멈춰 섰다. 그의 눈이 어둠 속에서 파랗게 빛났다. 신기하게도 겁을 내는 대신 화를 낸다.

　"멈춰라."

　나는 멈췄다. 아직 채 쓰러지지 않은 시동이 흐느적거리다가 푹 엎어졌다. 그 사이에 소년은 천장에서 늘어진 밧줄을 잡았다.

　"내가 밧줄을 당기면 근위병이 온다. 너는 살아서는 이 성을 빠져나갈 수 없다."

　하지만 그 전에 너 또한 죽는다. 그들이 아무리 빨리 온들 나보다 빠르지는 못할 것이다. 그렇게 말할 참이었다. 그런데 그의 말이 이어졌다.

"그러나 네 기량이 만만치 않다는 것도 알겠다. 너를 잡기 전에 내 부하들 몇쯤은 목숨을 버려야 할 것도 알겠다. 네가 죽인 그 시동은 내가 태어났을 때부터 같이 자란 친구다. 나는 더는 아무도 잃고 싶지 않다."

나는 의아해졌고 그는 줄을 잡은 손에 힘을 주었다.

"네 사연을 말하라. 나는 왕세자며 언젠가 이 나라의 주인이 될 자다. 나는 죽은 뒤보다 살았을 때 더 많은 일을 할 수 있다. 네가 무엇 때문에 나와 이 나라에 한을 품었는지 모르겠지만, 들어줄 수 있다면 들어주겠다. 도와줄 수 있다면 도와주겠다. 왕자는 말을 헛되이 하지 않고 내 말에 허언虛言은 없다."

열 살 남짓한 놈이 지껄이는 것치고는 참으로 맹랑하다. 나는 키득 웃고는 발을 떼었다. 왕자가 다급히 줄을 당겼지만 손이 허공을 짚는 바람에 바닥에 엎어졌다. 내 칼이 줄을 끊어 낸 것이다. 나는 왕자의 가슴을 발로 밟고, 칼을 그의 목에 들이대었다.

"착각하지 마라, 꼬마야. 내가 원하는 것은 네 목숨뿐이다. 이 세상에서 내가 원하는 것은 그뿐이다. 나를 구원해 줄 것도 그뿐이다."

갑자기 왕자가 웃었다.

"나보다 나이 먹은 놈인 줄 알았건만 이제 보니 애로구나."

"뭐?"

"착각하는 쪽은 너다. 사람의 목숨으로 얻을 구원은 없다. 사람을 죽여 얻을 수 있는 것은 썩은 고깃덩이뿐이다. 네가 원하는 것이 무엇인지 모르지만 내 목숨으로 네가 얻을 것이 없다는 것만은 안다."

"……."

"다시 기회를 주겠다. 철없는 암살자야. 원하는 것을 말하라. 너는 내 백성이며, 나는 네 왕이 될 것이다. 나는 너를 도와줄 용의가 있으며, 그런 힘이 있는 자다."

잠에서 깨었을 때 나는 열병이라도 앓은 것처럼 땀에 흠뻑 젖어 있었다. 깨어나자마자 벼락처럼 기억을 떠올렸다. 그 녀석이 죽었다. 죽고 말았다. 하느님, 이게 꿈이 아니라니, 그가 죽었고 다시는 돌이킬 수 없다니. 누구든 나를 지금 죽여 주기를, 내 뇌를 뜯어내어 이 기억을 제거해주기를 머리를 쥐어뜯으며 빌고 또 빌었다.

땀은 의식이 돌아오며 식었고 뛰던 심장도 가라앉았다. 기억은 남아 있지만 이성이 정제하기 시작했다.

나쁜 징조다.

나는 머리를 붙잡았다. 악몽을 꾸면 잠꼬대로도 생각이 새어 나간다. 환각제나 자백제에도 취약해진다.

날이 밝으면 의약국에 가서 꿈을 억제하는 약을 달라고 해야겠다. 하지만 간수에게 부탁해 보았자 악몽을 꾸는 약을 주지 않으면 다행……?

나는 생각이 어디서부터 엉클어지는지 깨닫지 못한 채로 몸을 덮은 흰 비단 이불을 내려다보았다. 얼룩 한 점 없는 깨끗한 천이다. 벌거벗은 몸은 염이라도 한 듯 깨끗했고 사타구니에서는 꽃향내가 났다. 누군가 거기까지 꼼꼼히 닦았으리라 생각하니 기분이 묘했다.

주위를 둘러보았다. 깨끗한 방이다. 안락한 넓이에 한쪽에는 양변기에 샤워 시설까지 있다. 내가 누운 붙박이 침대 외에는 가구 하나 없고 사방이 희었다. 한쪽 벽은 전체가 창인데 온통 깜깜했다. 모든 것이 지나치게 깨끗해서 현실감이 없었다.

이상하군.

나는 의문했다.

둘러보았지만 간수도, 일단 눈으로 보아서는 감시 카메라도 없고 근육 약화제도 투여한 기색이 없다. 방심하는 걸까, 아니면 다른 이유가 있을까. 나를 모르는 놈인가, 아니면 '정말로' 잘 아는 놈인가.

나는 천을 허리에 두르고 일어나 창으로 다가갔다. 어두운 창에 비친 나를 본 순간 다른 사람인 줄 알고 당황해서 뒤를 돌아보았다. 어째서일까, 잠시나마 내 모습을 완전히 착각하고 있었다. 무릎까지 내려오는 긴 팔에 갈라진 입술과 툭 튀어나온 눈, 구멍만 있는 코와 듬성듬성 빠진 머리, 반점이 가득한 피부와 빈대떡처럼 살이 접힌 다리…… 그럴 리가 없지. 아무래도 잠에서 덜 깬 모양이다.

다시 창을 보았다. 앞머리에 가려진 오른쪽 눈동자가 음험한 빛으로 나를 바라본다. 반쯤 감겼고 길게 찢어진 데다 동공이 중심에서 약간 벗어나서 노려보는 것 같다. 반대로 왼쪽 눈은 스스로도 당혹스러

　　　　　　　　　7인의 집행관

울 만치 온화하다. 둘 중 어느 것이 내 본성에 좀 더 가까울지는 알 수 없지만 나는 필요에 따라 두 눈을 번갈아 쓰곤 했다.

별자리로 장소를 가늠해 보려다 곧 그럴 필요가 없다는 것을 깨달았다.

나는 우주에 있었으니까.

이 사실은 잠깐 내 사고에 균열을 냈지만 질문이 되풀이되면서 봉합되었다.

하늘탑. 선조의 유물이다. 중심축에서부터 밧줄처럼 가느다란 궤도 승강기가 지상까지 이어져 있는데 옛 지식에 조예가 있는 학자들만이 올라오는 법을 안다. 왕족이 아니면 존재 자체도 모르는 곳이다.

정십자 모양의 바퀴살에 각기 크기와 형태가 다른 구획이 다닥다닥 붙어 있다. 십자의 중앙에도 여러 구획이 붙은 바퀴살이 튀어나와 있어, 앞에서 보든 옆에서 보든 원에 갇힌 십자형으로 보인다.

구획마다 건축법이 다르다. 한 번에 지어진 것이 아니라 긴 세월에 걸쳐 나무처럼 자라난 것이다. 중앙 부분의 오래된 구획은 보수가 불가능할 정도로 부서져 있었다. 우주를 떠도는 작은 돌멩이들, 운석, 우주선線들이 한 짓이다. 어느 구획은 테를 두른 달처럼 주위를 맴도는 한 무리의 부품 테까지 갖고 있다. 이곳은 인공물이라기보다는, 차라리 신화 어딘가에 자리 잡고 있을 법한 거대한 생물 같다.

사람을 가두려면 이만한 곳도 없다. 아무리 나라도 우주를 헤엄쳐 탈출할 수는 없는 노릇이다. 우주는 행정법의 적용이 애매한 곳이니,

발각되어도 법의 구멍을 잘만 이용하면 몇 달쯤 붙들 수도 있다.

내부인일 것이다. 선조의 지식에도 조예가 있고, 경비 체계와도 연이 닿아 있을 것이다. 재력도, 자기 사람도 있겠지. 그리 생각하면 대상은 꽤 좁힐 수 있었지만, 굳이 감옥에 갇힌 사람을 빼내서 우주 한복판으로 납치할 만큼 정신 나간 놈은 잘 떠오르지 않았다.

나는 문으로 걸어가 개폐 단추를 눌러 보았다. 열리리라고는 전혀 생각지 않았는데 문은 저항 없이 열렸다. 문 앞에 수경水鏡, 물거울이 서 있었다.

그의 이름을 오랫동안 잊었던 기분에 당혹스러워졌다. 늘 '그 녀석' 옆을 그림자처럼 따라다니던 놈이건만.

수경은 빳빳하게 깃에 풀을 먹인 깔끔한 예복을 입고 있었다. 옷은 머리에서부터 발끝까지 순백이며 왼쪽 어깨와 옆구리에는 그의 가문의 문장인 물고기를 상징하는 녹색 문양 자수가 있다. 상의는 소매가 없고 하의는 품이 넓으며, 허리에서 치마처럼 네 폭의 기장이 흘러내리는 복식이다. 순백의 검이 충실한 신하처럼 그의 허리에 자리 잡고 있다.

나는(홀라당 벗고 서서) 그가 입을 열기를 기다렸다. 상황을 설명할 의무는 나보다는 그에게 있다고 생각했기 때문이다. 하지만 기다려도 말이 없어 어쩔 수 없이 먼저 질문했다.

"왜 문을 잠그지 않았지?"

"도망칠 생각이었습니까?"

나는 잠깐 생각해 본 뒤 고개를 저었다.

"아니."

"저를 알아보시겠습니까?"

그 말을 듣는 순간, 순식간에 여러 가지 가능성이 떠올랐다. 기억 제거 시술, 가짜 기억, 인격 조정 프로그램, 바보로 만드는 약. 내 머리가 전반적으로는 쌩쌩하게 돌아가는 것 같지만, 그중 하나라도 당했다면 내가 어떻게 알 수 있겠는가?

"왜 내가 자네를 모를 거라고 생각하지?"

나는 머릿속에서 별자리, 붉은 새, 무한 따위의 단어 목록을 꺼내어 입안에서 우물거려 보았다. 진짜 '나' 이외에는 알 수 없는 연상용 단어들. 문제가 생겼다면 걸리는 부분이 있을 것이다. 물론 이 또한, 그 자체를 잊었을 땐 소용없는 방법이지만.

"자신이 한 일을 기억합니까?"

물론 기억하지. 이 녀석이 싫어할 만한 '내가 한 일'을 일일이 다 대려면 며칠은 떠들어도 모자랄 것이다. 술에 취해 한밤중에 관리의 집에 뛰어들어 집기를 때려 부순 일이나 궁정 담벼락에 노상방뇨를 한 것까지. 하지만 이 상황에서 할 만한 답은 하나뿐이었다.

"내가……."

나는 잠시 뜸을 들였다. 너무 엄청난 일이었다.

"왕을 죽였다."

수경은 말이 끝나자마자 내 목을 붙잡고 벽에 밀어붙였다. 벽이 등에 와 부딪쳤다.

"이제야 죄를 인정하는군요. 순결한 어린양처럼 굴더니, 이제 좀 자신이 한 일이 떠오르십니까."

내가 언제 그랬는데?

하지만 따지고 싶은 마음은 없었다. 나는 내 멱살을 붙든 그의 손을 보았다.

수경의 왼쪽 네 번째 손가락에는 값을 매길 수 없을 만치 큰 붉은 보석이 박힌 반지가 끼워져 있었다. 마지막 손가락이었다. 새끼손가락은 없었으므로. 반지에는 태양을 상징하는 금빛 문양이 박혀 있었다.

내가 잘라 낸 손가락이다. 언젠가 아버지를 죽이러 갔을 때. 이 녀석이 앞을 막아섰고 대신 다쳤지. ……하지만 이상하게 이 기억에 뒤틀림이 느껴졌다. 깊이 생각하려니 머리가 아팠고 무엇보다 지금은 목이 졸리고 있었다.

수경이 나를 죽일 이유는 충분했지만 이런 식으로 죽이려면 언제 어디서든 할 수 있었을 것이다. 예상대로 그는 내가 질식하기 전에 자제했고 나를 벽에 밀어붙이고는 손을 놓았다.

내기.

그동안에도 온갖 단어를 읊고 있던 혀가 낯선 단어에서 쾅 하고 부딪쳐 멈췄다. 나는 목을 붙잡은 채 그 단어를 입안에서 굴렸다. 어느 구멍으로도 들어가지 않고 제자리를 빙빙 맴돈다.

……내기라니?

사막처럼 건조한 단어였다.

나는 복도 안쪽을 보았다. 깊고 어두웠고 사람의 기척이 없었다. 사람이 없다는 문제를 넘어서 그 이상의 공허감이 느껴졌다.

"자네 혼자인가?"

"예."

"다들 어디로 갔지?"

"저뿐입니다. 아무도 들어오지 못하게 했습니다."

이런 일을 혼자 벌이지는 않았으리라는 생각으로 한 질문이었다. '아무도 들어오지 않게 했다'는 말이 무슨 뜻인가?

"그래서, 이제 뭘 할 생각이지?"

"의관을 갖춰 입고 광장으로 나오십시오. 모두 기다리고 있습니다."

의관? 광장? 모두? 기다려? 조금 전에는 또 '아무도' 들어오지 못하게 했다면서? 수경은 질문할 틈도 주지 않고 적막한 복도 안으로 사라졌다.

나는 방을 서성이며 생각에 잠겼다.

내기.

기억에 없는 말이다. 하지만 또한 내 안에 있는 말이기도 했다. 녀석이 지웠거나, 아니면 다른 것을 지우다가 연계되어 같이 사라졌을 수도 있다.

그렇다면 이 기억은 신뢰할 수 없다. 수경은 내가 모르는 인물이고 오늘 처음 보는 사람일 수도 있다. 어쩌면 내가 왕을 죽게 한 것도…….

내 안에서 비웃음이 어찌나 크게 메아리치는지 수치심에 창을 열고 우주로 뛰어내릴 뻔했다. 나는 고개를 저었다.

내가 가끔 부하들과 하던 놀이가 있었다. 녀석들에게 몰래 내 기억을 바꾸게 한 뒤 나를 가장 오래 속인 놈에게 상을 주었다.

언젠가 한 녀석이 내 아버지로 가장해 내 앞에 나타난 적이 있었다. 녀석은 자신에 대한 내 기억을 모두 아버지에 대한 것으로 바꾸어 넣었다. 덕분에 나는 한동안 몹시도 부산스럽고, 수다쟁이에 재롱까지 떠는 아버지를 갖게 되었다. 녀석이 태어나기도 전에 나를 낳았다는 데 생각이 미치기 전까지는.

언젠가 적국에 포로가 되었을 때 심문관이 내 기억을 바꿔, 그쪽 병사 하나를 어릴 때 잃어버린 이복동생이라고 믿게 한 적이 있다. 하지만 놈들의 착오로 그 동생은 어머니가 죽은 뒤 태어난 동생이 되었다.

녀석들은 다시 수정해서 내 어머니가 살아 있는 것으로 고쳤다. 하지만 그러자 아버지가 나를 미워하는 이유가 사라졌고 내가 전쟁에 내몰린 이유가 사라졌고 포로가 된 이유마저 사라졌다. 그래서 다시 생각이 깨졌다.

기억은 이어져 있다. 우주의 모든 것이 서로 이어져 있고 영향을 끼치듯이 기억도 그렇다. 혼자 존재하는 조각은 없다. 논리가 없는 기억은 자리 잡지 못한다.

만든 기억에는 언제나 모순이 있다. 그 모순을 간파하면 기억은 돌아온다. 그러니 작은 것을 바꾸지 않을 바에야 차라리 전체를 바꾸는 것이 낫다. 누군가 내게 왕을 죽인 기억을 넣으려면 차라리 내 전체를 바꾸어야 할 것이다.

하지만 그럴 수도 있다. 그러니까 이 전체가 잘못된 기억이라면……. 다시 말해, 내가 지금 '나'라고 생각하는 것이 내가 아니라면…….

나는 다시 고개를 저었다.

거기까지 가면 생각해 보았자 소용없다. 결국 내가 나 자신이든 어느 한 부분이 결핍된 나든, 나는 나로서 생각하고 판단할 수밖에 없다. 수경이 내 기억을 건드려 얻고 싶은 것이 있다면 지켜보면 알 수 있을 것이다.

나는 생각을 뒤로한 채 수경이 말한 '의관'을 찾아보았다. 침상 안에 단정하게 개어둔 옷이 있었다. 펼쳐본 나는 흠칫 숨을 멈췄다.

수경과 같은 무사 예복이다. 단지 전체가 바다 빛이며 적통 왕족에게만 허락된 봉황의 문양이 수놓여 있다. 금색 봉황의 눈과 날개에는 보석이 박혀 있다. 나더러 이것을 입고 등장하라는 말인가. 짓궂은 농담이다. 하지만 벌거벗고 나갈 수도 없는 노릇이라 방 안을 뒤지며 걸칠 만한 것을 찾았다.

한참 뒤에야 쓰레기 투입구에서 구깃구깃한 내 옷을 찾아내었다. 신분이 낮은 관리가 나라에 슬픈 일이 있을 때 입는 것인데, 본디 검은빛이었지만 때에 찌들어 거의 흙빛이 된 것이다. 무릎 아래까지 내려오는 기장이 넷으로 나뉘고 소매는 좁고 바짓단은 끈으로 묶는 옷이다. 편한 옷은 아니지만 오래 입다 보니 늘고 줄고 헐고 찢어져 몸에 익은 옷이었다.

옷을 침상에 펴자마자 흠칫 놀랐다. 어깨에서부터 발끝까지 붉은 피로 얼룩져 있다.

피는 말을 한다. 정황을 기록한다.

가까이에서 찔렀을 것이다. 그것도 격렬한 감정으로 한 일이다. 최소한 너댓 번은 찔렀으리라. 그런 뒤 이미 가망이 없는 그 몸을 품에 껴안고 그 피 구덩이에 얼굴을 묻었을 것이다. 피가 증인처럼 장황히 설명하는 정황은 동물적이며 난폭하고 격정적이다.

순간 구토처럼 울음이 터져 나오려는 바람에 입을 막고 숨을 집어삼키며 주저앉았다. 엄마를 잃은 아이처럼 가슴에 바람이 몰아친다. 그 어느 구석에서인가, 짐승의 모습을 한 내가 바위산 자락 돌 제단에 묶인 채 목 놓아 우는 환상이 손에 잡히듯 메아리친다.

나는 한참을 땅에 손을 짚은 채 있었다. 전신이 땀으로 흠뻑 젖었다.

복도는 한 경로로만 뚫려 있었다. 어둠 속에서 기계 장치들이 해부 중인 사체처럼 기괴한 속내를 드러내 놓고 있다. 학자들이 어설프게 헤집어 낸 것이다.

벽에는 전쟁도가 그려져 있다. 인물들의 시선이 향하는 방향이 이야기의 진행 방향이라, 한쪽 구석에서 시작하여 펼쳐져 나간다. 그림마다 화풍이 다르다. 하나의 작은 전쟁이 시작하고 끝날 때마다 화공이 와서 그림 하나씩 그리고 내려갔을 것이다.

그림 속에는 나도 있다. 검은 옷을 입고 별자리가 박힌 검은 장검을 든 장수. 이마에는 툭 불거져 나온 뿔이 돋아 있고 눈은 황달에 걸린 사람처럼 누리끼리하고 찢어진 입에는 상어 같은 송곳니가 돋아 있다.

웃음이 나는 초상이지만 '나'를 가장 정확히 표현한 그림일지도 모른다. 철갑이라도 꿰뚫을 기세로 기운차게 내리꽂는 칼끝은 허공을 찌른다. 아무것도 없다.

화공이 그 붓으로 내게 말하는 듯했다.

'이 귀신 들린 왕자는 없는 것을 보고, 없는 것을 친다. 존재하지 않는 것을 상상하고, 있지도 않은 것과 싸운다.'

없는 것.

민초는 때로 날카롭도록 정확하다.

그 옆에는 탑에서 몸을 던지는 여자의 그림이 있다. 그것도 민간에서는 설화로 전하는 이야기다. 늘 그 이야기에는 떨어지는 여자를 내려다보는 아이가 있다. 아무 설명도 덧붙임도 없는 그 부분이 이 슬픈 설화에 묘한 무게를 더하고 사람들의 상상력을 자극한다. 광증이 있었던 왕자가 어미의 등을 밀었다는 변형본도 조심스럽게 전한다.

'광장'은 지름이 100걸음 정도 되는 타원형의 공간이었다. 원형의 바닥에는 햇살처럼 가운데로 집중하는 모자이크 무늬가 박혀 있고, 천장에 난 원형창문으로는 우주가 그대로 비쳐 보였다.

무대는 수경의 사병들로 둘러싸여 있었다. 모두가 정갈한 예복을 입고 방패와 창을 들고 서 있다. 수경이 죽으라면 죽는시늉 대신 그냥 죽을 놈들이다. 뒤쪽 좌석에는 마찬가지로 예쁘게 차려입은 수경의 스승들이 자리 잡고 있었다. 역시 명령하면 죽는시늉 대신 그냥 죽을 놈들이다.

내가 넝마를 입고 광장 가운데로 들어서자 사방에서 낮은 탄식이 들려왔다. 칼을 집고 서서 대기하던 수경의 눈이 깊어졌다.

"제가 준비한 옷을 찾지 못한 모양이군요."

"내 옷은 이것뿐이더군. 난 내 옷 이외에는 입지 않아. 억지로 입으라면 벌거벗고 오는 수밖에."

수경의 수하가 비단 방석에 검 하나를 받쳐 들고 왔다. 청월검靑月劍, 내 검이었다. 넓고 검은 날에 별자리가 새겨져 있고 푸른 손잡이에는 달이 박혀 있다. 마지막으로 보았을 땐 손막이 부분이 반쯤 나가고 검집도 부러졌건만 새것처럼 다시 세공되어 있었다. 수경이 든 것은 명일검明日劍이다. 비치는 듯 얇고 가느다란 검신에, 금색 손잡이에는 태양의 문양이 새겨져 있다. 원래 선우의 검인데 아마 생일 선물로 받았을 것이다……. 지금 내 기억이 제대로 돌아가고 있다면.

수경은 청월검에 흠집이라도 있는지 세심하게 살핀 뒤 내 앞에 내던졌다. 칼은 바닥을 빙글 돌아 내 발 앞에 놓였다.

"무슨 생각을 하는지 모르겠군."

"결투를 신청하겠습니다. 대군 자가."

수경이 고지식한 점이 있다는 것은 알고 있었고 그래서 엉뚱하기까지 하다는 것도 알고 있었지만, 이번에는 조금 과했다. 나는 상대가 "와하하하, 농담이었어요. 진지하게 받아들이시긴" 하며 크게 웃기만을 기다렸지만 영 표정에 변화가 없었다.

"농담이 아닌 모양이군."

"저는 농담을 하지 않습니다."

그랬던 것 같다. 내 기억에 따르면.

"자네는 날 결투로 죽일 수 없어. 왕실에 속한 신하이며 국가에 속한 공직자로서, 자네에겐 내가 법에 따라 합당한 처벌을 받게 할 의무가 있네."

수경의 눈이 희미하게 웃었다.

"꼭 정신이 멀쩡한 사람처럼 떠드는군요."

"멀쩡하지 않아. 누가 내 머릿속을 뒤집어 놓은 것 같아. 하지만 평상시의 내가 제정신이 아니었으니 지금은 한 바퀴 돌아 제자리로 왔을지도 모르지."

반응을 보려고 한 말이었는데 반응이 없었다.

"저는 제 친구에게 해를 입힌 자들에게는 모두 결투를 신청했습니다. 제 왕은 제 가장 친한 친구였으니…… 제 방식의 애도를 하고자 합니다."

다른 것이 있어.

나는 그의 '……'에서 생각의 잔향을 들으며 생각했다. **내가 이 녀석에게 직접적으로 뭔가를 했어. 직접 그 심장에 칼을 박고 후벼 파는 것과 비슷한 뭔가를.**

그랬을 수도 있지. 하지만 녀석이 나를 죽이려는 이유가 몇 가지쯤 더 있다면, 굳이 내 머리에서 그 기억을 지울 필요가 있을까?

주위는 조용했다. 수경이 여기서 내 손에 죽는다면 모두 같이 자진이라도 할 눈빛들이다. 마음에 들지 않았다.

"자네에겐 그런 규칙이 있을지 모르겠지만 내게는 없는데."

"무기를 드십시오."

"적에게 무기를 못 들려 야단이야."

"들지 않으시면 저 혼자 시작하겠습니다."

"그것도 안 돼."

"이해할 수가 없군요. 저라면 몇 번이고 이곳을 택할 텐데요. 대군께 내려질 판결은 이리 간단하지 않을 것입니다. 생명을 연장하는 약과 나라 최고의 의학 기술이 대군의 몸이 쉽게 죽지 않도록 붙들어 둘 것입니다. 대군은 차라리 죽여 달라고 애원할 것이고, 그러다가 미쳐 버릴 것이며, 미친 뒤에도 고문은 끝나지 않을……."

"내 문제다."

내가 말을 끊었다.

"네가 내게 복수할 권리가 있다는 것은 인정한다. 하지만 여기서 날 죽이는 것만은 허락할 수 없어. 나는 정당한 판결을 받아야 해. 나도 널 죽일 마음이 없다. 그러니 결투는 안 돼."

대역 죄인을 빼돌린 것도 중죄인데 사사로이 죽이기까지 했다면 이 놈도 무사할 수가 없다. 여기서 신경 쓰는 사람은 나밖에 없는 것 같지만.

"절 생각해서 하시는 말씀입니까."

"알아주니 고맙군."

"위선자!"

그가 소리를 지르며 칼을 비껴 들고 달려왔다. 나는 발로 청월검을 차올렸다. 그의 칼이 내 머리를 스치고 지나가는 것과 비슷하게 내 검이 공중으로 치솟았다. 나는 치솟은 검을 낚아채서 그의 칼을 막아내었다. 내팽개친 검집이 바닥에서 음악처럼 튕겼다.

"기다려!"

나는 황급히 소리쳤다.

"이미 검을 뽑으셨습니다."

"규칙을 말해 줘!"

"예?"

수경이 눈을 깜박였다.

"여긴 자네 구역이야. 나중에 무슨 소린들 못 하겠어. 기껏 이겼는데 '우리 규칙에는 그런 것 없는데' 하며 무효로 해 버릴지 어떻게 알아. 내가 이겨도 살아 나간다는 보장이 없다면 싸울 이유도 없어."

수경은 몸을 바로 했다. 생각하는 것 같았다.

"동의합니다."

그걸 또 듣냐. 나는 속으로 혀를 찼다.

그는 스승이자 하인인 노인들에게 턱짓했다. 그중 가장 나이가 많은 노인이 일어났다. 이 거주구만큼이나 낡아 보이는 노인이었다.

"전통에 따라 결과는 죽음으로만 판정합니다. 대군께서 지신다면 예를 다해 관에 넣어 돌려보내 드릴 것이고, 이기신다면 원래 계시던 곳으로 상처 없이 돌려보내 드리겠습니다."

"살아도 감옥으로 돌아갈 뿐이라면 내가 얻는 이득이 뭐지?"

"죽는다면 이보다 더 좋은 죽음이 없을 것입니다. 이긴다면 어쨌든 짧은 생이나마 연장되는 셈이고, 짧은 생이나마 연장된다면 도망칠 기회도 노려 볼 수 있겠지요."

"말은 되는군. 항복은 받아 주나?"

"인정하지 않습니다. 죽음 이외의 판정은 없습니다."

"내가 저놈의 팔다리를 잘라 내어 움직이지 못하게 만들면?"

"적절한 치료를 한 뒤 재개할 것입니다."

진심인 것 같다.

"무기는?"

"시작 시에 소지한 무기만을 인정합니다."

"놓치거나 망가뜨리면?"

"계속합니다."

"그건 전통과 다른데."

"전통을 모두 따를 필요는 없으니까요."

비인간적인 느낌이 드는 사람이다. 같은 질문을 그 옆에 있는 노인에게 해도 같은 목소리와 같은 대답이 나올 것 같았다.

인간이 아닌 걸까. 나는 엉뚱하게도 생각했다. 그래서 아까 수경이 '아무도 없다'고 했나? 하지만 이것들이 인간이 아니면 대체 뭐지?

"두 사람이 동시에 놓치면?"

"그런 일은……."

"나중에 딴소리하지 말고 말해. 두 사람이 동시에 놓치면?"

"계속합니다."

"이봐, 그건 너무 꼴사납잖아. 틀림없이 검을 쥐러 가는 사이 주먹이 먼저 날아올 거고 뒤엉켜 멱살을 잡고 치고받게 될 거라고. 대개 그렇게 된다고. 그런 모양 빠지는 짓은 안 하고 싶어. 명색이 나도 왕자고 여긴 보는 눈도 많잖아. 이렇게 하자. 무승부라고 치고 각자 검을 쥐고 다시 시작하는 거야. 그게 모양새가 예쁘지."

"그리하십시오."

수경이 멀리서 조금 짜증을 내었다.

"내 기억을 건드린 이유는?"

규칙에 대한 질문인 줄 알고 입을 열려던 노인이 말을 멈췄다. 주위에 지금까지와 다른 형태의 정적이 내려섰다. 노인이 천천히 입을 열었다.

"무슨 말씀인지 모르겠습니다."

"그냥 궁금해서 그래. 내 힘을 줄이는 데에도 도움이 안 될 거고, 심문하거나 뭘 캐낼 생각도 아닌 모양인데, 결투만 할 거라면 기억은 왜 건드린 거지?"

"기억 조작은 금지된 기술입니다."

노인이 무표정하게 말했다.

"불경한 일이며 인간의 정신을 모독하는 일입니다."

거짓말이다. 나는 직감했다.

"하늘물고기 가문에는 기억을 조정하는 기술자가 없으며 정신을 유린하는 심문도 없습니다. 여기 서 계신 사람이 대군 본인이 아니라면 결투도 복수도 의미가 없습니다. 그러니 그런 일을 할 까닭이 없습니다."

내가 저 녀석, 수경에게 직접적으로 뭔가 했어. 나는 생각했다. **뭔가 끔찍하고, 돌이킬 수 없고, 절대로 용서받을 수 없는 짓을.**

하지만 이렇게까지 말하는데 더 추궁할 명분도 없었다.

"규칙을 바꿀 생각은 없나?"

"없습니다."

"잘 생각해 봐. 사람 마음이 뒷간 들어갈 때랑 나올 때랑 달라서 막상 죽게 되면 찜찜하다니까. 그때 가서 후회하는 거지. 왜 내가 진작 항복 조항을 넣지 않았을까⋯⋯."

"바뀌지 않습니다."

순간 공기가 무겁게 가라앉는 바람에 혀가 눌리고 말았다.

"다른 말을 하는 사람이 있다면 제 손으로 죽이겠습니다. 더 하실 말씀이 없으면 시작하겠습니다."

나는 턱을 긁으며 칼끝으로 바닥을 쳐 차랑, 소리를 내었다. 그 소리를 따라 사라진 기억 몇 개가 검 위로 솟아오르다가 내려앉는다. 기억을 잃고 헤매던 어느 꿈속에서도 나는 이 소리를 기억했던 것만 같다.

그래, 설사 내 기억 어딘가가 바뀌었더라도, 지금의 내가 내가 아니더라도, 나는 나로서 말할 수밖에 없으며 나로서 싸울 수밖에 없다. 이 기억을 신뢰하고 움직이는 수밖에 없다. 언제 어느 자리에서든 지금 주어진 것을 다 걸고 싸울 도리밖에 없다.

"넌 나를 죽일 기회가 잔뜩 있었어."

의아한 눈빛.

"넌 일찍이 내 위험을 파악했고 죽일 마음도 먹었지(그랬던 것 같다). 하지만 하지 않았어. 너는 오래전에 나를 제거했어야 했다. 내 손에 무기를 쥐여 주지 않고, 규칙을 읊지 않고, 증인을 두지 않고, 사냥하듯이 제거해야 했다. 그랬다면 왕은 살 수 있었을 거야."

수경의 얼굴이 단단하게 굳었다.

"너도 죽을 기회를 놓쳤다. 그 자식은 늘 나를 용서했지만 네 죽음은 그렇지 않았을 거다. 네가 이 결투를 조금 일찍 하고, 그래서 내 손에 죽었다면 그 녀석의 바보 같은 신뢰에도 조금은 균열이 왔을 거다. 좀 더 일찍 나를 버렸겠고 마찬가지로 살았을 거다."

술렁이는 소리가 커졌다.

"우리 둘 중 한 사람이 죽어야 할 때가 있었다면 그건 왕이 살아 있었을 때다. 지금 이 자리에서는 누가 죽든 무의미할 뿐이다. 죽을 때를 놓친 자들의 무의미한 죽음일 뿐이다."

마침내 수경의 가면이 깨졌다. 그래, 아까부터 그 단단한 얼굴 안에 감추어진 것을 보고 싶었지. 수경이 소리를 지르며 달려들었다.

두 검이 경쾌한 소리를 내며 부딪친다. 공기가 산산이 튀어 오른다. 수경은 기합을 지르며 계산 없이 다시 검을 들어 올렸다. 나는 일부러 힘을 빼고 몇 걸음 물러나다가 땅을 디딘 발에 엇박자로 무게를 실었다. 전진하던 수경은 갑자기 내 칼이 무거워지는 바람에 물러났고 맞물려 있던 검이 떨어져 나갔다.

"내 말을 듣지 마라."

내가 말했다.

"내 말에는 의미가 없다."

나는 그의 검을 쳐내었다. 그리고 검이 수경의 손에서 빠져나가는 것을 보며 내 것을 내던졌다. 두 개의 검이 동시에 떨어진다. 내가 말했다.

"무승부다."

수경은 생각보다 오래 버텼다. 땀에 젖어 서 있지도 못할 지경이었지만 매번 간신히 지탱했다. 칭찬해 주고 싶었지만 그랬다가는 더 화나게 할 것 같아서 그만두었다.

수경은 몇 번 일어나다가 다시 엉덩방아를 찧었고 검을 짚고 일어서다가 다시 주저앉았다. 처절하게 찢긴 자존심과 치욕이 그를 일으켜 세우고 다시 내리눌렀다. 나는 그저 기다렸다.

시간은 내게 종속되어 있었고 이 공간은 내 검이 다스렸다. 시간은 느렸고 때로는 한순간에 지나갔다.

나는 수경이 일어나려다 도로 주저앉는 모습을 보며 발을 내디뎠다. 세상 전체가 수경을 향해 시선을 모으는 듯했다.

수경이 비틀거리며 일어나 꼴사납게 칼을 휘둘렀다. 나는 파리라도 쳐내듯 툭 하고 칼을 쳐 올렸다. 수경이 물러났다. 내 칼이 공중에서 한 바퀴 돌아 왼손으로 옮겨갔다. 적의 좌우가 바뀌자 수경이 공격할 곳과 방어할 곳을 찾지 못하고 당황하는 사이에 다시 칼을 쳐냈다.

수경이 다시 좌우를 바꾸려는데 내가 땅에 발을 짚고 무엇인가를 차 올렸다. 아까 내가 버렸던 칼집이다. 칼집은 내 왼손에 들어왔다.

나는 수경의 빈 옆구리를 한 대 치고 다시 칼을 쳐올렸다.

"버렸다고 다 쓰임새가 없는 게 아니다."

나는 도로 칼집을 버렸다. 수경이 저걸 신경 써야 하나, 말아야 하나 정신을 못 차리는 사이 내가 다시 칼을 맞부딪쳤다.

"내 말을 듣지 마라. 의미가 없다."

수경이 파랗게 질려 숨을 들이쉬었다.

"숨을 다스려라. 마음이 읽힌다."

수경이 숨을 삼키려다가 그 또한 내 '말'이라는 것을 깨닫고 정신을 못 차리고 컥컥거렸다.

"네가 내게 묻고 싶은 게 있는 모양이다."

나는 양손으로 칼을 부여잡고 칼끝으로 그의 칼면을 치고 들어갔다.

"내 말을 믿을 수 없으니 검에 묻고 싶었던 모양이다."

놈의 얼굴이 닿을 듯이 가까워졌다. 눈에 두려움이 비쳤다. 정말로 갖고 노는 재미가 있는 놈이다.

"하지만 칼은 입이 없는데, 그 우둔한 실력에 순진한 정신머리로 뭘 알아낼 거냐?"

수경은 버티려고 했지만 이번에는 내가 진심으로 치고 들어갔다. 그는 내게 밀려 뒤로 넘어졌고 내 칼은 그의 등이 땅에 닿은 뒤에도 전진을 멈추지 않았다. 내 검이 그의 검 중앙을 부숴내었다. 나는 그대로 검을 찍었다. 나는 내 검이 산산조각이 나고 손잡이만 남았을 때야 전진을 멈추었다. 내가 손을 뗐을 땐 설탕 조각처럼 흩어진 두 개의 검이 파편이 되어 같이 뒤엉켜 있었다.

주위 사람들은 하나같이 폭풍이 몰아친 듯한 얼굴이었다. 수경은 내가 방금 한 공격 전체를 믿을 수 없다는 얼굴을 한 채 쓰러져 있었다. 나는 일어나며 말했다.

"무승부다."

뒤로 문이 닫혔다. 이번에는 잠근 것 같다. 나는 땀에 젖은 옷을 벗었다.

샤워를 하려고 물을 틀자마자 절망이 해일처럼 몰아쳤다. 피투성이가 된 왕의 시신이 눈동자에 칼로 새겨진 듯 시야를 가득 채웠다.

현기증이 일었다. 벽이 막아 주지 않았다면 그대로 뒤로 쓰러졌을 것이다. 내 안에서 누군가가 통곡하며 울부짖는다. **누가 나를 좀 죽여 줘. 죽으면 내 눈에 각인된 이 기억도 지워지겠지. 이런 고통 속에서 한숨이라도 더 쉬느니, 누구든 당장 칼로 내 목을 쳐 줘.**

나를 온통 집어삼켜 울부짖는다. 이상하다. 내 마음 같지 않다. 마치 잠시 꿈을 꾸는 사이에 내가 다른 생을 살았고, 그 생에서 나보다 어린 사람의 영혼을 마음에 담아 버린 것만 같다. 어디서 이런 것을 손에 넣어 버렸을까. 무슨 악몽 속에서…….

문이 열렸다. 수경이 땀에 젖은 옷 그대로 방으로 들어왔다. 내가 상념에 빠져 쏟아지는 물을 내리 맞는데 그가 걸어와 칼을 겨누었다.

"한쪽에 무기가 없어도 계속한다. 규칙은 맞군."

수경은 아무 말도 하지 않았다.

"계속하겠다면 원하는 대로 해. 하지만 내 손에 검이 없어도 달라질 것은 없어. 나는 수도꼭지를 뜯어내거나 샤워기 줄로 자네 목을 조를 수도 있어. 타일 조각을 던지거나 이불을 뒤집어씌울 수도 있고. 자네가 원하는 신사적인 결투는 되지 못하겠지만 얼마든지 계속할 수 있어."

"……"

"오해하지 마라. 살겠다고 하는 일이 아니니까. 물론 살려고 하는 일이지만……. 단지 이런 식으로 죽을 수 없을 뿐이야. 나는……."

고통이 머리를 뒤덮었다. 생각의 저장창고로 가는 통로마다 칼이 꽂혀 있어 지날 때마다 나를 예리하게 베어 내는 것 같다.

이렇게 죽어서는 안 된다.

나는 생각했다.

죽을 것이라면 이렇게 죽어서는 안 된다. 이 목숨은 그리 간단히 낭비할 수 있는 것이 아니다. 예전에는 그럴 수 있었을지 몰라도 이제는 안 된다. 내 목숨은 내가 원할 때 끊을 것이다. 가장 효율적인 방법으로 없앨 것이다.

"그만두자. 자네도 나를 이런 식으로 죽이면 안 된다는 걸 알아. 나를 돌려보내라. 왕실이 자네 자리를 마련해 줄 거야. 법적으로도 얼마든지 내게 복수할 수 있을 거야."

사실 이해할 수가 없었다. 왕실은 기꺼이, 고문으로 만신창이가 된 내 마지막 숨통을 끊는 역할을 그에게 맡겼을 것이다. 그런데, 왜…….

"왜 나를 죽이지 않는 겁니까."

그가 입을 열었다. 나는 쏟아지는 물을 바라보았다.

"필요하지 않으니까."

"……."

"필요하기만 하다면 자네 목숨이든 자네 가문 전체의 목숨이든 가리지 않아. 하지만 지금 자네를 죽여 봤자 쓸 데가 없어. 쓸 데가 없는 목숨은 갖지 않겠다."

"허튼소리 집어치워!"

그는 나를 벽에 밀어붙였고 다시 바닥에 내리꽂았다. 나를 깔아 눕히고 칼을 치켜들었다.

샤워기에서 쏟아지는 물이 비처럼 그와 내 머리 위로 쏟아졌다. 내 몸이 배수구를 막는 바람에 흥건하게 방으로 흐른다. 물에 비친 그의 얼굴이 일그러진다. 나는 무심히 그의 흔들리는 상을 바라보았다.

그는 칼을 돌려 쥐었고 난폭하게 내 손에 쥐었다. 제 손으로 내 손을 움켜쥐고 다른 손으로는 칼날을 부여잡은 채 제 목에 대었다.

"죽여라."

온통 물로 흥건해서 우는지 땀을 흘리는지 알 수가 없다.

"나는 이미 졌다. 이 목은 이미 내 것이 아니니 네가 가져라. 내 것이 아닌 것을 수치스럽게 목 위에 얹어 놓고 살지 않겠다. 그토록 많은 목숨을 빼앗은 네가, 이제 와서 하나 더 갖는 것이 무슨 대단한 일이란 말이냐."

그래야 한다면.

가져야 한다면 무엇이든 손에 쥐어야지. 죽일 필요가 있다면 무엇이든 죽여야지. 하지만 누구를 죽이고 살릴지는 내가 정한다. 누구를 이용하고 누구를 버릴지도 내가 정한다.

나는 칼자루를 내 의지로 잡았다. 칼에 무게가 실리자 수경이 긴장하는 것이 느껴졌다. 나는 그대로 칼을 쥔 채 일어나 앉았다. 수경은 손을 놓고 거친 숨을 쉬며 나를 노려보았다.

"내게 와라."

수경의 눈이 크게 떠졌다.

"네가 네 입으로 그 목이 네 것이 아니라 했다. 네가 이미 죽은 것이라면 내게 와라. 산 놈은 필요 없지만 죽은 놈이라면 내가 갖겠다."

"……"

"내게 충성을 서약해라. 살아 있는 한 내 것이 되어라. 내가 네 머리에 영광 대신 오명을 씌우고, 명예 대신 모멸을 안겨주고, 권세 대신 정적政敵을 선물하겠다. 너는 가진 모든 것을 빼앗길 것이며 이룬 모든 것을 잃을 것이다."

수경은 악마라도 마주하는 듯 창백해진 얼굴로 나를 바라보았다. 물만이 콸콸거리며 배수구로 빨려 들어간다.

"네가 이 모든 것을 감당할 만한 자라면 내게 와라."

수경이 웃기 시작했다. 이상한 웃음소리였다. 한참 웃는 듯하더니 고개를 숙이고 한참 침묵했고, 다시 웃었다.

"그래서 한 일인가."

"뭐?"

"당신이 더 그 자리에 어울린다고 생각했던가? 처음부터 당신이 왕이 되기 위해 벌였던 일인가? 칼 한 자루로 이 나라를 손에 넣기 위해서? 아니, 모든 것을 손에 넣으려고? 정녕 그럴 자신이 있었는가?"

"뭐?"

수경이 고개를 들었다. 눈에는 눈물이 어려 있었다. 고통이 그의 내부에서 미쳐 날뛰고 있다.

"만약 그렇다면, 네가 정녕 그럴 만한 자격이 있는 사람이라면, 내가 네 힘이 되어 주겠다. 말해 봐라, 악귀야. 네가 진정으로 세상을 손에 쥘 만한 인물이라면 미련 없이 네 편에 서겠다. 가족과 나라와 아내를 버리고 내 남은 생을 네게 주겠다. 악귀야. 내가 졌다. 이제 그만 나를 손에 넣어라."

순진한 친구를 너무 갖고 놀았나 싶었다. 무슨 소리를 하는 거야. 아내는 또 뭐고……. 그때 막아 놓은 댐이 한꺼번에 열리듯이 기억이 폭포처럼 쏟아져 들어왔다. 내가 여기서 뭘 하는 거지? 나는 이미 선고받았다. 이미 죽었다. 오래전에 사형당했다. 그것도 여러 번, 나는…….

그리고 기억이 폭발했다.

～⁂～

"여섯 번."

검은 옷을 입고 검은 두건을 쓴 판사가 선언했다. 왕족에게 죄를 선고한 경력이 남지 않도록, 왕족의 재판에 관여하는 법관은 모두 얼굴을 가린다.

"여섯 번의 사형을 선고한다."

법정이 수용할 수 있는 인원을 넘어선 사람들이 발 디딜 틈 없이 가득 차 있다. 모두가 숨을 죽이며 판결을 기다린다. 안에 들어오지 못한 사람들은 문밖에서, 건물 안에 들어오지 못한 사람들은 마당에서 지켜보았다.

나는 피고석에 서서 조용히 그 판결을 들었다. 마음만 먹으면 이 손을 풀고 이곳을 뛰쳐나갈 수도 있다고 생각하면서. 하지만 그러지 않을 것이다. 왜냐하면…….

"피고의 죄는 사형 이하의 죄로 다스릴 수 없다. 또한 한 번의 사형으로 끝내기에 그 죄는 너무나 무겁다. 여섯 번의 사형은 여섯 개의 차원에서 이루어질 것이다. 여섯 번째의 사형이 끝나는 것과 함께 시스템이 그의 진정한 목숨을 거두어 갈 것이다. 본 법정은 이 여섯 사형의 집행 방식을 결정할 여섯 명의 집행관을 정한다. 그들은 피고의 죄와 직접적으로 관련이 있으며, 또한 피고에게 그 죄를 물을 자격이 있는 자들이다. 호명하는 자는 일어서시오. 첫째로…….”

꽃

문이 열렸다. 수경이 놀라 뒤를 돌아보았다. 천장이 파도치듯 흔들리며 일그러졌다. 종잇장이 구겨지듯이 우그러지더니 배가 갈라진 짐승이 내장을 토하듯 안에 든 전선이며 관 같은 것이 튀어나왔다.

그런 일도 있을 수 있다. 여기는 우주고, 압력을 관리하는 장치 어디가 고장 나면, 혹은 날아온 운석이 외벽 어딘가를 두드리면…… 하지만 천장이 일그러지면서 떨어져 나온 전등이 살아 있는 것처럼 막 수경을 향해 날아온 창을 맞히고 떨어지는 모습은 제정신으로 볼 만한 풍경이 아니었다.

'맙소사, 이건 굉장하군. 집에 돌아가면 여자들 끼고 신기한 일을 봤다고 자랑해야겠어…….'

여기까지 생각하다가 '내'가 뒤집혔다. 구토가 쏠리는데 뒤집히는 것은 위장이 아니라 뇌였다. 나는 전면에 있던 자아에서 내동댕이쳐 나가 내 안에 잠자던 다른 자아로 굴러떨어졌다. 나는 일어서려다가 벽에 부딪혔다.

문에는 귀가 뾰족한 키가 크고 성마른 사내가…… 맙소사, 정신 차려. '재사'가 막 창을 던진 자세로 잔뜩 화난 얼굴로 서 있었다.

재사가 두 번째 창을 들었을 때 바닥에서 문이 열리며 아까 내 주위를 둘러싸던 예복을 입은 병사들이 쏟아져 나왔다.

'그래, 비밀 통로 하나쯤은 만들어 두었을 법도 하지, 비상시를 대비해 대기시켜 두었을 수도…….'

빌어먹을, 적당히 해.

나는 한 걸음 내디디려 했다. 그러다 땅이 일어나 머리를 치는 바람에 전력으로 밀어내야 했다. 밀어내자마자 도로 다른 쪽 벽에 부딪혔다.

수경이 당황해 고개를 내저었고 소리쳤다. 그러자 쏟아져 나오던 병사들이 주춤거리며 멈춰 섰다. 다시 우그러지려던 천장이 언제 그랬냐는 듯 시침을 떼며 멈췄다. 마치 이 세계의 신이 위험을 느끼고 저도 모르게 온 세상에 경고방송을 했고, 그것이 부끄러워 도로 정지 명령을 내리는 듯했다. 그러자마자 세상이 안개에 둘러싸였고 모든 것이 흐릿해졌다.

'무슨 짓입니까, 재사 공.'

머릿속에서 어떤 여자의 목소리가 들렸다. ……비영飛映? 설마? 비영이 여기 와 있다고?

'집행관이 의지를 잃었습니다. 세계를 다스리는 자가 죄수의 편이 되면 통제할 방법이 없습니다.'

재사의 목소리가 머릿속에서 들렸다.

'통신하지 마십시오. 죄수가 기억을 되찾을 수도…….'

소심한 목소리가 들렸다. ……이건 또 누구야? 소암?

'이미 찾았을 겁니다. 모순이 너무 깊어졌습니다. 누구든 각본에 관여하여 집행을 대신하십시오.'

나는 다시 나를 공격하려는 벽을 한 손으로 붙들고 종이처럼 찢었다. 벽이 찢어져 반대쪽 통로가 드러났다. 지금 세계가 불안정해서인지, 아니면 이게 내 본래 힘이었는지도 아직 잘 알 수가 없었다.

'정신 차려. 집행관은 나를 바꾸지 않았다. 바꾼 것은 집행에 대한 지식과 수경에 대한 것뿐…….'

나는 속을 게워 냈고 토사물 위에 엎어졌다.

'멍청이.'

나는 욕을 했다.

'빌어먹을, 썩을, 젠장맞을.'

조금 전에 했던 천치 같은 짓을 생각하니 창피해서 미칠 것 같았다. 하지만 어쩔 수 없는 일이다. 이 세계를 포함해서 모든 세계에서 내 기억은 내 것이 아니었다.

그 기억들이 나를 바꾸었던가. 내 인격을 송두리째 잡아먹었던가. 아니면 내 인격은 기억과는 별개로 존재했고, 최소한의 일관성을 유지했던가. 아니면 아무 연속성도 없었던가. 어찌 알겠는가. 누가 알겠는가. 나조차도 알 수가 없건만.

기억해라.

이 전체가 내기다.

이것이 내 최후의 사기극이다. 일생 거짓말로 살아온 자가, 죽음에 이르러 마지막으로 벌이는 연극이다. 내가 누군지도 모르는 채로, 무슨 연극을 하는지도, 관객이 누구고 내가 고른 배우가 누군지도 모르고, 각본이 뭔지도 모르고. 누구와 싸우고 어떻게 이기는지도 알지 못하고.

기가 막히는군. 생각하자니 웃음이 났다. 조건이 열악해도 분수가 있지.

미친 짓이다. 하지만 언제는 내가 미치지 않았던가.

잠시뿐이다. 내 기억은 곧 사라진다. 그러면 어디서부터 뭐가 잘못된 건지도 알지 못할 것이다. 아무리 이상한 세상이라도 이상한 줄도 알지 못할 것이다.

괜찮다.

내가 나라면.

나는 어둠을 똑바로 보며 일어났다. 벽을 우그러뜨리며 붙잡고 단단히 섰다.

기억을 잃고도, 기억도 성격도, 살아온 환경도 경험도 사고방식도, 지식도 지혜도, 내 힘도 능력도 모두 잃고, 내가 가진 모든 것을 잃고도, 나를 규정하고 증명하는 모든 것을 잃고도, 그것이 나고, 내 근원에서 나온 나 자신이라면.

등 뒤에서 뜨거운 콧김이 느껴졌다. 우렁찬 말발굽 소리가 북처럼 땅을 두드렸다.

복도의 그림이 실물이 되어 쏟아져 나온다. 무사들이 진군하고 요괴들이 쫓겨 도망친다. 진흙물이 높이 치솟으며 말발굽이 그 앞에 망치처럼 내리꽂힌다. 말 등에 앉은 검은 무사가 검을 높이 치켜든다.

그때 정신이 번뜩 들었다.

아직 결투장이었다. 나는 상황을 파악하지 못하고 얼떨떨하게 주저앉아 있었다. 노인들이 숨을 죽이고 우리를 지켜보고 있었다. 수경이 어리둥절한 채 쓰러져 있고 내가 그 앞에 멍하니 주저앉아 있었다. 아까 산산조각이 났던 검은 멀쩡하게 주변에 나뒹굴고 있었다.

나는 이마를 짚었다. 내가 잠시 꿈을 꾸었나? 시간이 되돌아갔나? 시간이 되돌아갈 수도 있나?

그때 사람들이 눈앞에서 썰물처럼 좌우로 갈라졌다.

한 노인이 휠체어를 타고 다가왔다. 역시 그가 죽으라고 하면 그냥 죽을 놈들이 그의 뒤를 따른다.

아버지.

수경이 허겁지겁 일어나 예를 표했고 다른 이들도 모두가 무릎을 꿇었다. 나는 이미 앉아 있었기에 굳이 그러지 않았다. 아버지는 휠체어에 앉아 사람 하나하나를 질책하는 시선을 보냈다. 나와 눈이 마주치는 순간 그의 눈이 그대로 나를 죽여 버릴 것처럼 타올랐다. 사람을 거의 알아볼 수 없는 눈으로도 사랑하는 아들을 죽인 불구대천의 원수만은 알아볼 수 있는 것 같았다.

"수경 호위대장."

"예."

"이 집행은 도저히 이해할 수 없는 형태로 진행되는데, 무슨 생각을 하는 건가?"

수경은 고개를 수그린 채 아무 말도 하지 못했다.

"제가 설명하겠습니다……."

내가 입을 열자, 그의 눈이 나를 다 태워버릴 것처럼 불타올랐다.

"내 앞에서 입을 여는 것을 금하겠다. 독사의 혀를 가진 자야. 수경 호위대장. 조금 전에 이놈에게 했던 말에 대해서도 진위를 묻고 싶군. 그 말은 각본의 일부인가, 아니면……."

나는 그때 수경의 입이 귀밑까지 찢어지는 것을 보았다.

수경이 뒤로 숨긴 손에 작은 단도가 반짝였다. 근육이 단단해졌다. 내가 조금 늦은 것은 순전히 내 눈을 믿기 어려웠기 때문이다.

나는 그가 반쯤 일어났을 때 허겁지겁 검을 집어 던졌다. 칼은 그의 심장을 꿰뚫고 몸을 밀어낸 뒤 땅에 박힌 뒤에도 한 자나 더 들어갔다.

정적 뒤에 비명이 이어졌다.

기시감이 몰아쳤다. 선우의 시체를 발견하고 사람들이 지르던 것과 같은 비명. 존재할 가치가 있는 것이 그렇지 않은 것에 의해 사멸해 버리는 순간에 보통의 인간이 지르는 그런 비명이 공간을 온통 뒤흔든다.

귀가 먹먹하도록 고요하다. 뭔가 단단히 잘못되었는데도 나는 내 행동에서 잘못된 점을 찾을 수가 없었다.

수경의 눈은 아직도 제 죽음을 믿지 못하는 듯이 크게 뜬 채였다. 죽은 뒤에 고개를 돌릴 수만 있었다면 틀림없이 나를 돌아보며 원망과 증오를 뿜어 대었을 것이다.

비명을 지르던 수경의 부하들이 달려와 통곡하고, 아우성치고, 머리를 땅에 짓찧었다. 슬픔이 해일처럼 공간 전체를 휩쓸었다. 그중 정신을 차린 놈들이 칼을 뽑아 들고 내게 덤벼들 태세를 취했다.

그리고 시간이 멈췄다.

"같은 일을 되풀이하는구나."

나는 고개를 들어 소리가 나는 쪽을 보았다. 아버지였다. 알아듣기

힘들 정도로 쉰 목소리였다.

"같은 일이 반복되고 있어. 불쌍한 미치광이. 왕을 살해하더니 이번에는 선량한 무사 하나를 죽이고 말았구나."

아냐.

"난 네가 이제 무엇을 할지 알아. 지금부터 아버지를 살해하겠지."

아버지의 입이 주욱 찢어졌다. 눈이 초승달처럼 늘어진다. 머리 색이 푸른빛을 띠고 굵은 손마디도 가늘어졌다. 그가 지팡이를 짚고 한 걸음을 무겁게 내디뎠다. 아버지의 걸음걸이다. 내 눈에 보이는 아버지 체형에 비해 그가 딛는 발걸음이 더 무겁게 느껴졌다. 고개를 흔들었지만 눈앞의 광경은 바뀌지 않았다. 상대가 킬킬거리며 웃었다.

"넌 이제 아버지를 살해할 거야. 왜냐고? 견디지 못할 테니까."

괴인이 내 오른손에 혀를 댈 때만 해도 하려는 일을 정확히 예측할 수가 없었다. 그의 쩍 벌어진 입에서 길고 날카로운 이빨이 솟아나 손을 물어뜯었다.

손가락을 우둑우둑 씹어 내고, 뼈를 뜯어내고, 근육을 잡아 찢고 손등을 잘근잘근 다졌다. 그가 입을 떼어내었을 때 내 손은 손목까지 씹혀 사라지고 뼈 몇 개가 공기 중에 드러나 있었다. 남은 살가죽이 정육점에서 매달린 고기처럼 손목에서 대롱거렸다.

손목이 씹혀 나간 것과 이 상황이 주는 혼란 중 어느 것이 더 고통스러운지 분간할 수 없었다. 그는 뱀처럼 긴 혀를 내밀며 입맛을 다셨다.

"왜 그런 얼굴을 하지?"

"……."

"내가 네 아버지일 것 같아서 겁이 나느냐? 그것 이상하군. 네 아버지가 사람을 산 채로 먹는 취미가 있는 줄은 몰랐는데."

괴인은 손목이 떨어져 나간 내 팔을 끌어당겨 소매를 걷어 올렸다. 그의 입이 악어처럼 벌어졌다. 이번에는 입이 팔꿈치까지 들어왔다. 팔꿈치 관절이 우둑거리며 떨어져 나갔다.

그는 그대로 '나머지의 나'를 토해 내었다.

그가 입안에 든 내 팔을 우물우물 뼈에서 살을 발라내듯이 씹는다. 검은 꼬리가 엉덩이에서 돋아났고, 우아하게 솟구친다. 고양이과로군. 나는 상황에 맞지도 않게 그리 생각했다. 팔에서 흐른 피가 내 옷의 반을 적신다. 이미 반을 물들인 왕의 핏자국과 합쳐진다. 피는 이미 죽어 있는 수경의 얼굴로 흘러갔고, 그의 눈은 아직도 어떻게 자신을 죽일 수 있느냐는 얼굴로 나를 바라보고 있었다.

"재미있구나."

괴인이 입맛을 다시며 말했다.

"끝까지 저항하지 않을 셈이냐. 나는 진심으로 너를 다 먹어 치울 예정인데. 죽어도 아버지를 죽이는 건 싫다는 건가."

기억해라.

누군가가 내 안에서 속삭였다.

너는 이것의 정체를 안다. 무엇인지 파악할 수 있어. 당황하지 마라.

그럴 리가. 이렇게 엄청난 것을 한 번이라도 만난 적이 있다면 어떻게 기억하지 못할 수 있단 말인가?

"네 광증이 처음에 어미를 죽게 하고 형제까지 죽이더니 이제는 그 친구의 목숨마저 거두었다. 무엇을 더 겁내는 거냐? 이미 몸 하나로는 감당하기 어려운 죄를 지었건만 그 위에 하나를 더 얹는다 한들 무엇이 달라질까. 네가 가야 할 곳은 이미 최하층 지옥이라 더 이상 얹힐 지옥도 없다. 자, 네 칼이 정말로 향해야 했던 자가 눈앞에 있다. 네가 얼마나 이자를 증오해 왔는지 누구보다 내가 잘 안다."

나는 떨어져 나간 팔꿈치를 붙잡고 엉덩이로 기며 물러났다. 수경의 몸을 껴안고 울부짖는 사람들이 제각각의 표정과 자세로 멈춰 있었다. 모두의 몸이 필요 이상으로 뒤틀려 있다.

벽이 등을 막았다. 물러날 곳이 없다. 그는 구석에 몰린 먹잇감을 노리는 육식동물처럼 천천히 걸어왔다.

기억해라. 기억해라. 기억해야 해.

괴인이 상처를 쥔 내 성한 팔을 떼어내었다. 저항할 힘이 없기도 했지만 무시무시한 힘이었다. 몸이 성했을 때라고 해서 이길 수 있었을지 가늠이 되지 않았다. 그가 손을 다시 입으로 가져갔다. 나는 입안에 삼켜지는 손을 끝까지 지켜보았다.

그가 무슨 생각이 들었는지 동작을 멈춘다.

"아, 참. 이 손까지 먹으면 안 되겠구나."

그는 옆에서 머리를 쥐어뜯으며 정지한 병사의 손에서 창을 쥐었다. 날만 과자처럼 부수어 떼어내고는 부들부들 떠는 내 손바닥에 올려놓았다. 아이에게 장난감을 주듯 손가락 하나하나를 감아쥐게

7인의 집행관

했다.

"이 손은 네 아버지를 찔러야 하니까."

내가 뱀이라도 쥔 기분으로 날을 바라보는 사이에 그가 내 배를 움 켜쥐었다. 진심으로 안쓰러워하는 표정으로 내 눈을 들여다보았다.

"독수리에게 천 년간 간을 뜯어 먹혔던 신에 대해 들어본 적이 있 나? 간은 몸의 독을 정화하지. 정화되지 못한 독이 온몸을 발광하며 돌아다녔을 거다. 그 친구는 산 채로 내장이 뜯어 먹히는 것보다 그 고통이 더 컸겠지. ……너는 얼마나 견딜 수 있을까? 1분?"

손이 살을 뚫고 들어왔다. 내 처참한 비명은 고통을 줄여 주지 않 았다.

나는 무의식중에 손을 움직였고 아버지의 얼굴을 한 그의 목에 칼 을 대었다. 그러나 그 순간 간이 산 채로 뜯겨 나가는 것보다 더한 공 포가 몰아쳤다.

나는 덜덜 떨며 단도의 방향을 바꾸어 내 목에 대었다. 그가 다른 손으로 그 손을 붙잡았다.

"그건 곤란해. 그렇게 쉽게 끝날 일이었다면 진즉 했을 거야."

"……."

"왜 고집을 부리는지 모르겠구나. 사실 말해서……."

그만.

"……네 진짜 아버지도 아니잖은가."

닥쳐.

"네 어미가 전쟁 통에 연분이 나서 이름도 모르는 남자와 붙어먹고 낳은 자식이 네가 아니던가. 이 늙은이는 죽도록 도련님을 미워했지. 그 남자를 증오하듯이 증오했다. 하지만 어머님의 유언 때문에 죽이지도 못하고 살려 두지 않았던가. '산 사람의 소원은 들어줄 수 없어도 죽은 사람의 소원은 그리하지 못하겠지요.'"

복도에 그림이 있었다. 왕비가 추락하는 탑에서 어린 왕자가 내려다본다. 아이가 손을 내미는데 화공에 따라 그림이 다르다. 애처롭게 팔을 뻗는 그림이 있는가 하면 밀어젖히는 듯한 자세를 취하는 것도 있다.

"사랑하는 사람이 목숨을 바쳐 지킨 것이라 이 늙은이는 널 죽이지 못했지. 증오하고 저주하면서도 죽이지만은 못하더군. 아내가 그리 소중히 지킨 것을 어찌 쉽게 끝내겠는가."

나는 날을 쥔 손에 힘을 주었다. 그리고 온 힘을 다해 발로 땅을 찼다. 그대로 그를 밀어내고 위에 깔고 앉았다. 몸을 뒤틀며 서 있던 인간 조각상 몇 개가 그 바람에 쓰러지며 산산조각이 났다.

내 칼이 그의 목을 향해 찔러 내려가는 순간 나는 그의 눈에 승리의 빛이 떠오르는 것을 보았다. 그 눈빛이 내 칼을 공중에 붙잡아 놓았다.

네가 무엇이든, 무엇을 원하든 네가 원한다면 하지 않겠다.

"함부로 남의 부모를 입에 담는 것이 아니다."

상대의 얼굴에 잠시 실망의 빛이 떠올랐지만 이내 미소로 바뀌었다.

"네 아비가 아니야."

"내 아버지다!"

내 목소리가 광장 안을 뒤흔들었다.

"이 늙은이는 널 볼 때마다 지옥 같은 의문에 시달렸다. 누굴까? 누구의 씨일까? 누구의 피가 이 무시무시한 괴물의 몸에 흐르고 있을까? 내 아내가 누구와 붙어먹었을까? 그 정체불명의 놈을 얼마나 사랑했기에, 목숨을 버려 가면서 그 자식을 지켰을까? 목숨을 버려 가면서 그의 이름을 입 밖에 내지 않았을까? 널 볼 때마다 이 늙은이는 질투와 배신감에 몸부림쳤어. 그것이 그를 미치게 했지. 널 죽이기 위해 전쟁을 일으키고, 널 죽이기 위해 명분 없는 싸움에 계속 내몰았어. 하지만 너는 늘 살아 돌아왔어. 사신처럼 돌아오는 것으로 아버지를 조롱했지."

"……."

"너 하나로 일어난 일이니라. 그 모든 전란이 너로 인해 일어났다. 부모 잃은 아이들과 반려를 잃은 연인과, 가족과 친구의 죽음이 모두 너로 인한 것이었다. 무진은 동생과 영지를 잘 다스렸을 것이고……,"

"무진, 누리다함, 수명국樹明國의 왕. 피고에 의해 국토를 유린당하였으며 하나뿐인 동생의 목숨을 잃었다."

가면을 쓴 판관이 이름을 부르자 화려한 옷을 입은 사내가 자리에서 일어났다. 낯빛은 마른 나무처럼 어두웠고 눈은 늪처럼 음침했다. 마치 이미 죽은 사람처럼 보였다.

"소암, 작은뜰바위, 피고의 사촌동생이다. 피고에게 해를 입은 모든 귀족을 대변하여 이 자리에 섰다."

다소 몸집이 있는 사내가 어깨를 움츠리고 주춤거리며 일어났다.

"재사 또한 생명 유지 장치 안에서 연명할 일이 없었겠지."

"재사, 슬기바리, 창하국蒼河國의 대사. 이 자리에 참석하지는 못했지만 참여의 의사를 밝혀 왔소. 그는 상왕의 치세 당시 손님 자격으로 머물던 중, 피고의 반역을 저지하다 전신에 회복 불가능한 부상을 입었다. 그의 생명 유지 장치는 이 집행의 종결과 함께 떼어낼 것이다."

재사는 입체 영상이었다. 수많은 전선이 그의 몸 전체를 지났다. 다리 두 개는 반이 끊겨 있고 머리털은 쥐가 파먹은 것처럼 듬성듬성 나 있다. 한쪽 눈은 눈꺼풀이 없어 튀어나온 채 말라붙었고 다른 눈은 눈꺼풀이 눌어붙어 있다. 코는 구멍만 남았고 입술이 없어 이가 드러나 보인다.

"수경도 행복하게 왕의 옆을 지키고 있었을 것이다."

"수경, 물거울, 주인이자 왕이며 친구인 자를 잃었다."

사내는 마찬가지로 입체 영상이었는데, 이 자리에 있을 신분이 아니든가 재사와 마찬가지로 뭔가 다른 사정이 있는 모양이었다. 가무잡잡한 피부에 곱슬머리였고 거친 인상이었다.

"네 아비도 네 어미와 행복한 노후를 보내고 있을 것이고,"

"양명陽明, 해밝달, 위대한 부도국의 왕이었다. 그 아내이자 비인 자를 잃었고, 피고에 의해 다리에 상흔을 입었으며, 이제 그에게 남은 유일한 희망이며 빛인 자를, 사랑하는 아들이자 그의 왕인 자를 잃었다."

아버지도 일어나지 않았다. 대신 지팡이를 부여잡은 채 길고 뜨거운 한숨을 쉬었다.

"네가 사랑하는 그 여인 역시 행복했을 것이다."

"비영飛映, 비추나래, 부도국의 왕후며 국법에 의해 국왕 대행을 맡고 있다. 사랑하는 남편이자 왕인 자를 잃었다."

검은 상복을 입은 여인이 그녀의 이름처럼, 깃털이 그림자를 드리우듯 조용히 일어났다. 얼굴에는 슬픔과 고통을 감추기 위해 화장을 짙게 칠했고, 눈물에 젖은 눈을 감추기 위해 검은 베일을 드리우고 있다. 이 빌어먹을 순간에조차 그녀는 선녀처럼 아름다웠고, 그 생각에 빠질 때마다 차라리 지옥에 떨어지고만 싶었다.

"이 여섯 명이 여섯 개의 세계에서 여섯 번 피고의 사형을 집행하며, 사형 방식은 각 집행관의 재량으로 결정할 것이다. 피고는 각 세계에서 생과 죽음을 겪을 것이며 각 생의 관계를 알지 못할 것이다. 마지막 사형이 끝남과 동시에 죄수는 진정한 죽음을 맞이할 것이다. 이 선고는 모든 권위에 우선하는 부도국의 신성한 법에 의한 것이며 무엇도 이 선고를 되돌릴 수 없다."

모두 기억났다.

그리고 나는 완전히, '나 자신'으로 돌아와 있었다.

나는 이 기억을 떠올려서는 안 되었다.

내 문제일 수도 있다. 선한 자들이 갖고 놀기에 이 영혼은 너무나 죽음에 익숙해 있으며, 지나치게 위험한 것이었는지도 모른다.

"본질을 깨달았습니까."

아버지의 얼굴을 한 자가 웃으며 말했다.

"생각보다는 늦게 깨달으셨군요."

나는 오른쪽 눈으로 상대를 노려보았다. 괴인이 빙그레 웃는다. 나는 그를 깔아뭉갠 자세를 바꾸지 않았다. 움직이게 놔두었다간 어떻게 나올지 알 수 없는 놈이다.

"오랜만이로구나."

"'내'게 하는 말인가요."

"그래."

"기억이 온전하셨으면 더 빨리 아셨을 텐데."

나는 주위를 둘러보았다. 이리저리 뒤틀린 사람들의 조각상. 죽어 피를 흘리는 수경, 그가 씹어 삼켜 버린 팔. 모든 것을 '아는' 시선으로 보니, 이만큼 우스꽝스러운 풍경이 없다.

"이번에는 개입이 과했는데."

"집행관이 의지를 잃었으니까요. 어쩔 수 없이 각본을 처음부터 다시 짜야 했습니다. 죄수가 기억을 되찾는 지점을 점검해 볼 필요도 있었고요."

순간 심장이 용암처럼 끓었다. 혈관을 타고 불덩이가 머리끝에서 발끝까지 퍼진다. 나는 억제할 수 없는 불길에 이끌려 칼을 들어 올렸다. 막 내리꽂으려는 찰나 무엇인가가 머리 위에서 붙잡는다.

시선을 뒤로 돌려 보니 칡덩굴 같은 것이 내 팔을 칭칭 감아올렸다. 이미 꼼짝할 수 없게 된 뒤에도 계속 감겨 온다. 덩굴은 내 밑에 깔린 자의 몸에서 빠져나온 것이다. 아까 보았던 꼬리가 변한 것이었다. 식물계인가. 나는 다시 한번 상황에도 맞지 않게 생각했다. 상대가 히죽 웃었다.

"여전히 반항적이시군요."

나는 남의 팔을 보는 기분으로 붙들린 팔을 올려다보았다.

"세계의 규칙에 어긋나는 짓을 하지 마라."

"제가 그랬던가요?"

"프로그램 주제에 함부로 날뛰지 마라."

그의 얼굴에서 웃음이 가셨다.

"사형 집행은 그 세계의 규칙을 지키는 한도 내에서 진행되어야 한다. 사람을 뜯어 먹는 괴물 따위는 다시는 쓰지 마라. 기괴한 것이 나올수록 내가 세계의 모순을 깨닫게 될 가능성이 커지고, 모순을 깨달으면 기억을 되찾을 가능성이 커진다. 죄수가 기억을 되찾고 죽음 뒤에 다른 생이 있다는 것을 알게 되면 진정한 죽음의 공포를 느낄 수 없으며 진실한 죽음을 맞이할 수도 없다. 네가 감히 집행을 망칠 셈이냐. 내 고통을 네가 줄일 셈이냐."

그는 나를 물끄러미 응시했다.

"내게 고통을 줄 요량이라면 좀 더 괜찮은 각본을 짜 보아라."

상대가 나를 바라본다. '누구'로도 가장하지 않는 표정이다. 거짓과 거짓이 부딪치는 싸움. 누가 먼저 본 모습을 들킬 것인가. 어둠 속에서 마주한 두 사람처럼, 먼저 기척을 들키는 자가 지는 놀이다.

침묵하던 그가 웃었다. 그 웃음의 의미를 이해할 사람이 이 우주에 그리 많지는 않을 것이다.

"세계의 주인께서 세계를 다시 차지하려 하시는군요. 다른 집행관들은 좀 더 제대로 된 각본을 짰으면 좋겠습니다."

손에서 덩굴이 풀렸다. 나간 자리마다 불에 덴 것처럼 자국이 남아 있다.

"내기를 기억하세요."

그가 키득거리며 웃었다.

"기억할 수 없겠지만."

그는 웃음소리를 남긴 채 연기처럼 사라졌다. 나를 노려보며 죽은 수경의 시체도 사라졌다. 공간 전체가 모습을 감추고 고통의 군무를 추던 수경의 수하들도 하나둘 사라졌다. 수경만이 혼자 예복을 갖춰 입은 채 서 있었다.

수경은 처참한 얼굴을 하고 뼈가 드러난 내 팔꿈치와 피를 흘리는 팔다리를 하나하나 눈에 담았다.

"제가 한 일이 아닙니다."

수경이 말했다.

"네가 했어도 상관없어. 어차피 네 집행이다."

내가 답했다.

"저를 알아보시겠습니까?"

나는 그를 물끄러미 바라보았다.

"그래."

아까와 같은 답이었지만 다른 답이었다. 나는 답한 뒤 덧붙였다.

"모습은 기억과 좀 다르지만."

"이것은 제 자아상입니다. 어느 정도는 제 의지로 만들었습니다만."

수경이 답했다.

"시스템이 우리의 모습을 우리의 기억에서 꺼내어 만들기에 일어
나는 일입니다. 사람이 자신을 보는 모습은 실제와도 다르고 남이 보
는 모습과도 다릅니다."

"그렇겠지."

그 자체로는 진실이었기 때문에 나는 얌전히 수긍했다.

"지금 무슨 일이 일어났는지 이해하지 못하겠습니다. 잠시였지만
세계를 전혀 통제할 수 없었는데……."

"집행관이 각본을 거두는 바람에 일어난 오류야. 시스템은 각본이
사라지면 집행관과 참관인이 세계에 갇히는 것을 막고 그들을 보호
하기 위해 스스로 사형을 집행해. 네 의지로 만든 각본이 아니니 신경
쓰지 마."

말하지 않은 것은 있었지만 그렇다고 거짓도 없었다.

"죄수가 세계의 본질을 깨달은 채로는 진실한 죽음을 맞을 수가 없

어. 그래서 이리 된 것이다. …… 필요 없어."

나는 그가 늘 지니고 다니는 진통제를 꺼내는 것을 보고 말했다.

"어차피 나는 죽어. 달라질 것은 없다. 아니면 내 목숨을 연장해 더 오래 고통을 맛보게 할 셈인가."

"……."

"그쪽을 원한다면 뜻대로 해라. 내 여섯 목숨 중 하나는 네 것이고 너는 그것을 마음대로 할 권리가 있다."

"권리를 이행하지 않겠습니다."

"네가 하지 않아도 어차피 나는 죽음을 피할 수 없다."

"포기할 권리를 누리겠습니다."

나는 웃고 말았다.

"내 목숨 빚을 가진 사람이 모두 너처럼 굴면 나도 앞으로 곤란하겠군."

"기억하실지 모르겠지만 이미 여러 번 죽으셨습니다. 저라면 그중 하나도 견디지 못했을 겁니다."

"죄없이 고통 속에서 죽어야 했던 사람들은 차고 넘치게 많아. 갓 태어난 아이들도 여인네들도 아무것도 모르는 백성들도 다 겪는 일이야. 그들이 나보다도 더 용감하고 강인했다. 내 기억은……."

나는 피투성이의 손가락을 내려다보았다.

"지운 것은 너에 대한 것을 빼면 시스템에 대한 지식뿐인가. 과연, 그 정도로도 집행을 진행하는 일이 가능했군. 하지만 위험한 짓을 했어. 완전히 다른 기억을 덮어씌웠을 때도 내 기억을 완전히 눌러 두지 못했는데 말이야.”

“…….”

“하긴, 이런 것이 ‘네 세계’겠지. 앞으로도 조심해 주었으면 좋겠군. 너는 너무 정직하게 굴어서 계속 내게 본래 세계를 떠올리게 하니까. 내가 아까 한 말은…….”

나는 현기증이 도는 머리를 감쌌다.

“……잊어버려라. 내 기억이 돌아와 있었으면 절대 하지 않았을 말이야. 너도 잠시 정신이 혼미하여 헛소리를 한 거다.”

“그랬을지도 모릅니다. 하지만 한 번 입에 담은 말은 되돌릴 수 없습니다.”

나는 고개를 들었다.

“지금 무슨 말을 하는지 아는 거냐.”

“압니다.”

미칠 노릇이었다. 나는 고함치고 싶은 것을 꾹 참았다.

“내가 왕을 죽인 것을 잊은 거냐.”

“기억합니다.”

“그러면,”

나는 이를 질끈 물고, 다소 악의적으로 덧붙였다.

“내가 네게 한 일도 잊었다고 말하고 싶은 거냐.”

수경은 침묵했다. 긴 침묵이었다.

“왜 그리하셨습니까.”

“이유가 합당하면 용서하고 합당하지 않으면 하지 않을 거냐. 내가 한 일은 변하지 않고 내가 너를 거느릴 수 있는 인물이 아닌 줄은 우리 둘 다 알아. 네가 잠시 미쳤던 거다. 한 번쯤은 말을 취소해도 네 명예에 누가 될 것이 없어."

"취소하지 않습니다."

"나는 사형수조차 아냐. 이미 죽은 사람이야. 그리고 네 세상은 이미 끝나 가고 있어…… 나는 다시 기억을 잃을 것이고 네가 누구인지, 무엇을 맹세했는지도 기억하지 못할 거다. 가진 것을 다 버리고 나를 따라 봤자 네게 돌아가는 것은 아무것도 없어."

"이미 입에 담았으니 되돌릴 수 없습니다."

나는 그를 마주 보았다. 감당하기 어려운 눈동자가 나를 마주한다.

젠장.

공간이 흔들렸다. 손으로 쓱쓱 지우듯이 희미해져 간다.

"세계가 닫히고 있다. 나는 곧 죽어. 시간이 없다. 어서 취소해라."

수경은 듣지 않고 우주를 올려다보았다. 백 년쯤 내 수하에 있었던 사람처럼 서 있었다.

"무슨 내기를 하셨습니까."

심문도 아니고 호기심도 아니다. 그저 그 문제를 알아야 나를 더 잘 보좌할 수 있다고 판단한 듯한 질문이다. 나는 기억에 남은 전생의 아련한 꿈들을 떠올렸다. 지난 집행이 내게 주었던 삶들, 그 전생을 기억해내는 것은 세계의 본질보다도 어려운 문제였고 나는 내가 해온 일들을 기억할 수가 없었다. 지금까지 내가 잘해 왔는지 알 수가 없다.

"말하지 않겠다."

"말하는 편이 도움이 되지 않겠습니까."

"누가 도울 수 있는 내기가 아니야. 차라리 내게 기억이 없을 때 묻는다면 아무것도 모르고 정보를 흘릴 수도 있겠지만 지금은 내게 얻을 게 없어."

"자신이 이미 죽은 자라고 하시면서, 죽은 상태로 누구와 무슨 내기를 하는 겁니까."

"그 죽은 자에게 충성의 서약을 하는 놈보다 더할까."

"세계가 시작될 때마다 대군의 기억은 다시 지워집니다. 무슨 내기를 하셨든 기억하실 수 없을 것입니다. 규칙을 알 수 없는 내기를 무슨 수로 하십니까."

"기억할 수 없는 편이 나아."

"무슨 뜻입니까."

현기증이 일었다. 나는 까무룩 꺼져 들어가는 정신의 끝자락을 간신히 붙잡았다. 그리고 억지로 웃었다.

"왜 계속 내게 질문하는 거냐."

"……?"

"나는 너를 쉽게 속일 수 있어. 내가 알거니와 너 자신도 알아. 나는 지금 집행관들이 이 대화를 지켜보고 있다는 것을 알며, 그것을 이용할 수도 있어. 내가 지금까지 한 말이 전부 거짓말이며 헛소리며, 목적이 있어 너를 속이고 있고, 너를 통해 그들까지 속이려는지도 몰라."

"스스로를 거짓말쟁이로 만들어 얻을 것이 있습니까."

"돌이킬 수 없는 일이야. 나는 혀를 너무 많이 썼어. 이제 내 말은 내가 거짓 세계에 속해 있을 때, 진실한 내가 아닐 때나 겨우 전해질 것이다. 그러니 네가 이번에 나를 그대로 쓴 것은 내게는 도움이 되지 않아. 네가 내 목숨 하나를 헛되이 썼다."

"혹시……."

나는 그의 표정에서 질문을 읽었고 듣기 전에 이미 우울해졌다.

"그래서 왕을 죽이셨습니까."

"……."

"목적이 무엇이든, 이 집행장이 필요했던 겁니까. 왕을 죽여서라도 사형당할 필요가 있었습니까, 집행장 안에서는 진실이 전해지리라 믿고……."

"아니야!"

나는 소리쳤다. 고통이 야수처럼 심장을 할퀸다.

"아니야……. 내가 녀석을 죽인다면 결코 그런 시시한 이유로는 하지 않아. 그건……."

"그건?"

한계. 나는 더 견디지 못하고 의식을 잃었다.

사이

어쩐지 분위기가 변했다. 사람들이 저마다 멀찍이 서서 불편한 얼굴로 서로를 응시한다. 작달막한 자가 바들바들 떨며 손톱을 물어뜯다가 노인에게 엎드려 머리를 조아렸다.

"전하, 요, 용서하십시오."

노인은 말이 없다. 손에 어찌나 힘이 들어갔는지 짚은 지팡이가 부서질 것만 같다.

"독사의 입을 가진 자가 아닙니까. 죄수의 언변이 너무도 현란하여 우리 모두 한 번씩 현혹될 뻔했습니다. 수경 호위대장이 강직하여 악을 대하는 법을 몰라 혼돈에 빠진 것입니다."

"처음부터 수상하게 굴었던 놈입니다."

반백에 키가 훤칠하고 귀가 뾰족한 자가 멀찍이서 팔짱을 낀 채로 말했다.

"언젠가는 문제를 일으킬 것 같더군요. 남은 세계에서 새 주인과 같이 죽는 영광을 주도록 하지요. 좋아할 겁니다."

"허락할 수 없소."

두 손을 치마 위에 가지런히 모으고 꼿꼿이 선 여자가 말했다. 혼돈을 가라앉히는 어조였다. 노인이 입을 열려다가 여자가 나서는 바람에 물러났다.

"귀공이 함부로 할 말이 아니며 수경 호위대장은 여전히 부도국의 신하요. 수경은 여전히 집행관이며 남은 세계에서 피고의 죽음을 참관할 권리가 있소. 이곳은 현실의 공간이 아니니 현실의 공사를 논할 곳이 아니오. 그 처분은 집행이 끝나고 법관이 법에 따라 정할 것이오."

"설마 왕비님께서도 놈에게 넘어가신 건 아니시겠지요."

"재사 어른!"

작달막이가 소스라치게 놀라 일어났다. 여자가 뾰족귀를 냉랭하게 노려보며 말했다.

"그 말을 그대로 돌려주고 싶군. 나야말로 이제는 아무도 못 믿겠소. 앞으로 누가 또 수경처럼 죄인에게 홀려 우리 뒤통수를 노릴지 어찌 알겠는가."

"그, 그럴 리가 없잖습니까! 마마, 제 충성을 의심하신다면……."

작달막이가 호들갑을 떨었다.

"모두 입을 다물라."

노인이 추상같이 말했다.

"이것이 죄인이 원하는 바다. 놈은 관에 묻힌 채로도 혀를 놀려 사람을 죽일 괴물이다. 모두 꼴사나우니 체통을 지켜라."

그러자 모두가 침묵한다. 긴 침묵이 어색하게 흘렀다.

"상왕 전하."

여인이 침묵을 깨고 입을 열었다.

"자신을 '조정자'라고 말하며 계속 나타나는 기괴한 자에 대해서는 어찌 생각하십니까? 조정 프로그램이라기에는 개입이 과도합니다."

여인이 예의 바르게, 하지만 비굴하지도 않은 눈으로 노인을 바라보며 질문했다.

"그가 지껄인 말은 사람이었다면 충분히 감옥행이었습니다. …… 저는 죄인이 전하의 친자가 아니라는 사실도 몰랐습니다. 적어도 그 착하신 왕과 이 괴물의 차이가 어디에서 온 것인지는 알게 되었습니다만."

"낡은 고통이다."

노인이 답했다.

"집행 시스템은 선조의 유물이며 우리도 모르는 면이 많다. 집행관이 다들 선하여 악인에게 합당한 운명을 잘 구상하지 못하다 보니, 시스템이 죄수의 기억에 근거하여 그에게 고통을 줄 각본을 구상해 내는 모양이다."

노인이 한껏 부드러운 목소리로 말을 이었다.

"네가 듣지 말아야 할 것들을 다 듣는구나. 수치스러운 일이다. 이제 와 중요한 문제도 아니다. 죽을 놈의 피가 누구 것이든 무슨 상관일까."

"하오나……."

"내가 그를 어미의 태내에서 죽이지 않고 품에 받아들인 것이 내 일생 가장 큰 실수였다. 더 이상 아무 말 하지 마라. 이후 누구든 언급하는 자는 벌하리라."

여인이 입을 다물었다.

"그…… '조정자'가 그 외에도 또 이상한 말을 하지 않았습니까?"

작달막이가 두리번거리며 조심스레 말을 꺼냈다.

"대체 무슨 말일까요? '내기'라니요?"

"허튼소리다. 죄인이 우리에게 혼란을 주기 위해 한 말이다."

노인이 답했다. 작달막이가 잠시 생각하다가 혼란스러워했다.

"하, 하지만 그 말을 한 사람은 조정자였습니다."

"시스템은 집행관의 마음처럼 죄인의 마음도 탐색한다. 죄인의 마음에 깃든 교활한 거짓말이 조정자의 입을 거쳐 나오는 것뿐이다."

작달막이는 몹시 석연찮은 얼굴을 했지만 감히 반박하지는 못했다. 이번에는 침묵하던 뾰족귀가 나섰다.

"그래도 한번 짚고 넘어갈 필요가 있겠습니다."

뾰족귀가 가운데로 나서 좌중을 둘러보았다.

"이 중에 죄수와 내기를 하신 분이 계십니까?"

가벼운 소요가 일었다. 노인이 눈을 가늘게 떴다.

"무슨 말이시오, 재사 공."

"이 집행장에 사람이라곤 우리 집행관들뿐이며, 죽기 전까지 죄수는 우리 말고는 아무도 만날 수 없습니다. 그러니 내기든 뭐든 했다면 우리와 하지 않았겠습니까."

"여기에 저 사기꾼과 내기할 사람은 아무도 없소."

노인이 추상같이 말했다.

"내기란 최소한의 신뢰가 있는 자와 하는 것이오. 놈은 공정하게 승부하는 자가 아니며 규칙을 지키는 자가 아니오. 명예니 자존심이니 신경 쓸 자가 아니며, 내기에서 진다 한들 승복할 자가 아니오. 반칙과 사기술이 난무할 것이 분명할 경기에 스스로 뛰어들 바보는 아무도 없소."

"현명하신 말씀이십니다만,"

뾰족귀가 예를 표하며 말했다.

"죄인은 명예를 모를지라도 우리는 그렇지 않습니다. 수경이 설령 죄인에게 속아 맹세를 했더라도, 수경은 앞으로도 충실히 그 맹세를 지키려 할 겁니다. 죄인이 우리 중 누군가를 속여 내기에 끌어들였고, 명예를 걸고 맹세하게 했고, 우리 중 누군가가 제 말을 무를 수 없어 신실하게 내기에 응하고 있을지도 모릅니다."

그 말에 노인의 눈이 어두워졌다. 여자는 침착하게 들었고 작달막이는 식은땀을 흘리며 두리번거렸다.

"집행이 제대로 돌아가지 않고 있습니다. 이미 네 번의 집행을 했는데 집행관의 의도대로 흘러간 세계가 없습니다."

"그래서?"

"이것이 우연이 아니라면요?"

노인의 눈이 깊어졌다.

"무슨 말을 하고 싶은 건가?"

"······내기의 결과라면?"

노인의 얼굴이 무시무시하게 일그러졌다. 오금이 지릴 듯 무서운 얼굴이다. 작달막이는 움찔 몸을 움츠렸지만 뾰족귀는 냉랭한 눈으로 노인의 표정을 살필 뿐이었다. 여자가 풍성한 치마에 손을 가지런히 얹은 채 말했다.

"계속 말씀해 보시오, 재사 공."

여자에게 눈길이 갈 때마다 정신이 흐트러지는 것을 어찌할 수가 없었다. 그녀에게 눈이 갈 때마다 정신이 그녀의 손가락 끝이나 입술이나, 쇄골이나 가슴골에 머무는 바람에 깜박깜박 이야기를 놓치곤 했다.

"모든 세계에서 죄수의 생명력이 기이하고도 강렬했습니다. 타고난 본성일 수도 있겠지만 저는 왠지 그 이상의 것이 있는 듯했습니다. ······죄인이 무의식중에 향하는 목적이 있는 것처럼 느껴졌습니다."

영리한 자.

내 안에서 이상한 말이 떠올랐다. 감탄해서 튀어나온 말 같기도 했고 별명 같기도 했고, 그 자체로 이름이며, 그의 성질 전체를 뜻하는 말인 듯도 했다.

"죄수는 누구와 어떤 내기도 할 수 없소."

노인이 뾰족귀의 냉소에 대응하여 감정을 억누르며 말했다.

"죄인은 모든 세계에서 기억이 지워지고, 세계에 맞추어 전부 새로 씌워지오. 기억할 수 없는 내기를 무슨 수로 하는가."

"제 눈에는 죄인의 기억 통제가 완전하지 않아 보였습니다."

뾰족귀가 말했다.

"은연중에 기억의 끈 같은 것이 이어지는 듯했습니다. 지난 집행의 기억마저도 꿈처럼 조금은 남는 듯했습니다."

"집행관이 만든 세계가 완전하지 않아서요."

노인이 말했다.

"세계는 결국 거짓말로 꾸며지는 것이고, 우리는 놈처럼 거짓에 능하지 않소. 그렇기에 세계에 모순이 생겨나고, 그 모순 탓에 간혹 기억을 되살아날 때가 있는 것이오. 하지만 기시감이나 위화감에 불과하오."

"저, 저도 상왕 전하의 말씀에 동의합니다."

작달막이가 나섰다.

"죄인이 집행관을 상대로 내기를 한다니요. 상식적이지 않습니다. 내기를 한들, 무엇을 걸고 하겠습니까? 목숨밖에 없는 자가 누구에게 무엇을 주겠습니까? 그 목숨은 우리가 이미 하나씩 갖고 있습니다. 죽을 자가 또 얻어 낼 것이 뭐란 말입니까? 집행에서 사정이라도 봐 달라고요? 두 대 때릴 것 한 대만 때려 달라고요?"

"죄인이 우리에게 줄 것은 모르겠습니다만……."

뾰족귀가 말했다.

"제가 사형수라면 원하는 것은 하나뿐일 겁니다."

질문하려던 작달막이의 눈에 뭔가 다른 것이 끼었다. 작달막이가 더듬었다.

"불가능합니다."

"죽을 사람에게 꽃노래는 무슨 소용이며 매 한 대 덜 맞는 것은 무슨 소용이겠습니까."

"불가능합니다!"

작달막이가 소리를 질렀다.

"대체 우리 중 누가 감히 죄수를 살려 주겠다고……."

작달막이는 소리쳤다가 말을 삼켰다. 하지만 그 말이 준 여파는 상당했다. 모두의 표정이 제각기의 방식으로 변했다.

"제 목숨을 살려 달라……."

여자가 그 말을 곱씹었다.

"과연, 죄인은 우리 모두를 세치 혀로 홀려 이겨 이 집행장에서 살아 나가려 하고 있다는 뜻인가."

"마마!"

작달막이가 허둥대었다.

"하기사, 만약 내가 집행이 시작되기 전에 죄수에게서 그런 제안을 들었다면, 코웃음을 치며 재미 삼아 동의했을지도 모르겠소."

"네가 지금 무슨 말을 했는지 아느냐."

노인이 무겁게 입을 열었다.

"네가 지금 이 자리에서, 우리 한 명 한 명에게 혐의를 씌우고 의심하겠다는 게냐?"

"지난 네 번의 집행에서 죄수가 매번 운명을 벗어났고 각본을 뒤틀었습니다."

여인이 말했다.

"저도 지금까지 지켜보지 않았다면 감히 이 말을 할 생각도 하지 못했을 것입니다. 죄인은 나무에 목이 매달리고 목이 베어 떨어지는 와중에도 살 궁리를 할 인간 같더군요."

"아가야."

숨을 깊게 내쉰 노인이 인내심을 담아 말했다.

"세계는 죄인이 죽어야 닫힌다. 그것은 집행의 절대적인 규칙이다. 우리가 세계를 창조할 수 있고 죄인의 운명을 마음대로 다스릴 수 있다 한들 그 규칙만은 깰 수 없다."

여자가 입을 다물었다. 노인이 모두에게 일일이 고개를 끄덕였다. 눈길 대신 주는 신호인 듯했다. 화를 최대한 억누르며 '너희는 잘 모르지만.' 하는 말을 덧붙이는 듯했다.

"누구든 이 안에서 영원히 살고 싶은 자가 아니라면 죄인을 살려 주겠다는 약속은 할 수 없다."

노인이 뾰족귀가 있는 방향으로 턱을 들며 말했다.

"재사 공, 본인이 죄인이라면 목숨을 구걸했으리라고 말했지. 그러면 그 슬기로운 머리로 말해 보시오. 귀공이 죄인이라면, 과연 집행관에게 어떤 내기를 제안할 수 있겠소?"

뾰족귀는 생각에 잠기는 눈치였지만 바로 답하지는 못했다.

"저 교활하고 간악한 놈이 무슨 승부를 제안하면 우리를 이길 수 있으리라 믿었겠는가? 제가 누군지도 모르는 채로, 그 세계의 주인이자 제 운명의 지배자에게?"

"우리를 죽일 생각이야."

모두가 소리가 난 쪽을 돌아보았다. 한 명이 더 있다는 것을 눈치채지 못했기 때문에 나도 몹시 놀랐다. 안경을 쓴 사람이 코트에 파묻힌 채 멀찍이 앉아 히죽거리며 웃고 있었다. 옷은 원래 흰색이었던 듯한데 지금은 헐고 검은 얼룩이 번져 있었다.

"저승길 동무로 데려갈 생각이지. 그게 놈의 내기야."

안경잡이가 한마디 할 때마다 공간 전체가 산 사람의 영역에서 죽은 사람의 영역으로 바뀌는 듯했다.

"저 혼자 죽을 생각이 아니야. 놈이 살해당하면서 동시에 복수하고 있어. 우리가 놈에게 목숨 값을 받아내듯이 놈도 제 목숨 값을 돌려받을 생각이야. 놈이 제 재능과 본성을 믿고 우리와 최후의 전쟁을 하고 있어."

"무진왕, 아직 '죽은' 충격에서 헤어나지 못하시는 모양입니다."

뾰족귀가 말했다.

"진짜 죽음이 아닙니다. 정신 차리십시오."

"진짜 죽음이 아니었다고……?"

안경잡이는 킬킬거리며 웃었다.

"죽어 본 적이 없어 말을 함부로 하는군."

"무진왕. 우리는 죽지 않습니다."

여자가 말했다.

"그것이 유일하고 하나뿐인 죽음이며 후생이 없으며, 그 세계가 진실이라고 믿는 자만이 죽습니다. 우리는 세계의 본질을 알기에 죽지 않습니다."

안경잡이가 철문이 닫히듯 무겁게 입을 다물었다. 눈 안쪽에 저승까지 내려가는 깊은 구덩이가 있어서 그 어둡고 축축한 밑바닥에 들어앉아 바깥을 내다보는 듯한 눈이었다.

미친 자.

내가 생각했다.

"이 세계에서 죽을 수 있는 사람은 죄인뿐입니다. 모든 세계에서, 그 세계가 단 하나의 진실한 세계라 믿는 사람은 죄인뿐이니까요. 그러니 적어도 우리를 '죽인다'는 내기만은 불가능합니다. 우리는 세계가 거짓임을 알기에 아무 해도 입지 않습니다."

그때 뾰족귀의 얼굴에 어둠이 깃들었다. 내내 불편한 인상이었지만 그토록 어둠이 내려앉는 모습은 또 처음이었다. 마음에 질척한 것이 깃들었다. 나는 그때부터 뾰족귀의 머리가 팽팽하게 돌아가는 것을 느꼈다.

"자, 잠시만요, 저, 정말로 여기에 죄인과 내기하는 분이 계십니까?"

작달막이가 눈치 없이 끼어들었다.

"놈이 원하는 것이라면 어쨌든 좋은 일이 아니지 않겠습니까. 누구든 놈과 뭐라도 약속했다면 마음 터놓고 말씀해 주십시오. 함께 힘을 합쳐 헤쳐 나가도록 합시다. 저는, 정말로 두려워 죽겠습니다."

소심한 자.

내가 생각했다.

입을 여는 자가 없었다.

"내기를 한 자가 없으니 말할 것도 없다."

노인이 말했다.

"서로 의심하는 모양새가 좋지 않구나. 모두 다 잊도록 하라. 조정자가 무엇인지는 모르겠지만, 지금까지 우리를 도와주었으며, 집행의 궤도를 돌려놓아 죄수가 죽음을 맞이하게 했다. 그러면 우리 편이니 신경 쓸 것도 없다."

"하지만 상왕 전하……."

작달막이가 더듬거렸다. 그때 여자가 마음을 정리한 듯 고개를 들었다.

"그렇군요. 상왕 전하의 말씀이 옳습니다."

여자가 말을 이었다.

"두 가지가 분명합니다. 죄수는 죽음을 피할 수 없고, 우리는 죽지 않습니다."

낭랑한 목소리였다. 조용하면서도 컸고 강요하지 않는 듯하면서도 힘이 있었다.

"죄수가 어떤 목적을 갖고 무슨 간교한 꾀를 부리든, 그것이 자신을 구할 수 없고 우리를 죽일 수 없다면 대단한 것이 아닙니다. 죄수가 제 운명을 조금 바꾸기는 했지만 그렇다고 죽음을 피한 적도 없습니다. 죄수가 어차피 죽음을 피할 수 없다면 그 역시 대단한 것이 아닙니다."

여자가 좌중을 돌아보았다.

"설령 이 안에 죄수에게 속아 다른 약속을 한 분이 계시고, 창피하여 차마 발설하지 못하는 분이 계시더라도, 이 사실을 명심하십시오.

어차피 죄수는 죽습니다. 내기 또한 기억하지 못합니다. 여러분이 약속을 지키지 않아도 책할 사람이 없고 알 사람도 없습니다. 여러분, 부디 죄인에게 무엇을 주기로 했든 잊어버리십시오. 어떤 약속을 했든 지키지 마십시오. 명예나 신의를 생각하지 마십시오. 저런 악인에게 휘둘리는 것이 하찮은 약속 하나를 지키지 않는 것보다 더욱 명예에 누가 되는 일입니다."

훌륭한 연설이다. 또 좋은 판단이다. 저 여자에게는 어떤 별명이 어울릴까. 수많은 감정이 함께 일어 한 단어로 요약되지 않는다.

"물론, 고백하실 마음이 드셨다면 또 언제든 말씀하십시오. 그때도 마찬가지로 책하지 않을 것이며, 밖에 나가 이를 언급하는 일도 없을 것입니다. 죄수의 간교함을 우리 모두 보고 접했으니, 우리 중 누구든 넘어갈 수 있는 일임을 이해하겠습니다. 제 이름을 걸고 약속하겠습니다."

여자는 고개를 조금 숙였다가 들었다.

"단지 모두 만전을 기하십시오. 서로 협조하여 집행관의 각본이 궤도를 벗어나지 않도록 도와주십시오. 부디 상해를 입는 것을 두려워하지 마십시오. 이 안에서는 상처를 입어도 진실한 상처가 아니며 죽음에 이른다 해도 진정한 죽음이 아닙니다. 운명이 조금 바뀐다 한들 당황하지 마십시오. 다 같이 도와 본 궤도로 돌려놓으면 그만입니다. 시스템이 '조정자'를 내보낼 필요도 없도록 집행을 잘 끌어가 봅시다."

여자가 가볍게 고개를 숙이고, 눈을 깜박이고, 입술을 움직이고 발을 내딛는 것을 보자니 정신이 나갈 것 같았다.

노인이 깊게 고개를 끄덕였다.

"이번에는 네 차례다. 아가야. 너는 어찌하려느냐."

"저는 죄인이 죄를 짓지 않는 세상을 만들고자 합니다."

사람들 사이에 소요가 일었다. 뾰족귀가 의심에 찬 표정을 지었다.

"오해하지 마십시오. 저는 주상께서 죽지 않는 차원을 만들어보려고 합니다."

"하지만……."

노인이 말을 흐렸다.

"현실은 아니라고 말씀하시고 싶겠지요. 하지만 제가 그런 세계를 만들어 낸다면, 이 우주 어딘가에 제 남편이 죽지 않고 살아가는 세상이 존재한다고 믿을 수 있을 것만 같습니다. 그리 믿는 것만으로도 저는 구원받을 수 있을 것 같습니다."

여인의 말은 호소력이 짙었고 눈은 깊은 슬픔에 잠겨 있었다. 나는 진심으로, 저 아름다운 여인이 원하는 것을 이룰 수 있기를 빌었다. 부디 그녀가 구하고자 하는 사람을 살릴 수 있기를!

"'죽음'은 어찌할 것이냐. 죄인이 죽지 않으면 세상은 끝나지 않는다."

노인이 물었다.

"때가 되면 제 손으로 직접 할 것입니다."

노인이 안경 속에서 눈을 찡그렸다.

"그의 힘을 알지 않느냐. 너 혼자 상대할 자가 아니다."

"제가 지켜본 바대로, 그가 왕의 죽음에 대해서만은 일말의 죄책감을 느끼고 있다면, 필히 제게도 기회가 올 것입니다."

여인이 말을 이었다.

"청컨대 제 뜻대로 세계를 끌어가게 해 주십시오. 진실도 아닌 제 신변의 안전이나 명예 따위를 위해 제가 구원을 얻을 단 하나의 기회를 빼앗는 일이 없도록 해 주십시오."

노인은 따듯한 미소를 지었고 여인의 어깨에 손을 올렸다.

"너는 부탁할 필요가 없다. 네가 우리 중 가장 높은 자임을 종종 잊는구나. 명령해라. 모두 따를 것이다. 더불어 그 세계는 너의 것이다. 원하는 대로 하라."

그때 혼돈이 몰아쳤고 모든 것이 희미해졌다.

제5집행

미인

집행관

비영

미인

죄수

나

참관인

양명

노인

무진

미친 자
/안경잡이

소암

소심한 자
/작달막이

재사

영리한 자
/뾰족귀

수경

고지식한 자
/네손박이

"흑영黑影이 누구냐."

내가 돌아보았을 때 마침 태양이 그의 머리 위에서 빛났다. 선우先優는 어린 봉황의 등에 타고 있었다. 봉황은 깃털이 8색이고 공작 같은 화려한 꼬리가 일곱 가닥 뻗어 있는데, 불꽃 모양 꼬랑지는 검은빛이라 태양에 바싹 탄 듯 보였다.

봉황은 막 개펄에 내려선 참이었고 나는 어촌 아이들과 전쟁놀이를 하던 중이었다. 놀이가 과해져 막 치고받는 싸움으로 번질락 말락 하던 무렵이었다.

"내 동생이 여기서 요양 중이라는 말을 듣고 왔다. 너희 중 흑영이라는 소년을 아는 자가 있느냐. 내 또래일 것이다."

눈치 없는 아이들의 시선이 나를 향했다. 나는 목검으로 땅을 처덕처덕 치며 돌아섰다. 등 뒤에서 바람이 일었고 새가 머리 위를 지나 앞을 가로막았다. 다리가 긴 새라 가까이 서니 그늘이 졌다.

"네가 내 동생인가."

선우의 얼굴에 속없는 기쁨이 멍청한 태양처럼 빛났다.

"내겐 형이 없소."

"내게도 동생이 없었다. 늘 하나쯤 있었으면 했지. 하지만 마침내 내게도 형제가 생겼구나. 자, 형이라고 불러 보아라."

나는 무시하고 걸었고 그는 솜씨 좋게 봉황을 부려 도로 앞을 가로막았다. 그가 두 번째 그 짓을 했을 때 나는 새의 머리를 손으로 짚으며 뛰어올랐다. 선우가 어, 어 하며 놀라는 사이 나는 착지한 자세 그대로 목검을 들이대며 그의 몸을 내리 눌렀다.

봉황은 놀라 흙먼지를 일으키며 넘어졌고 선우도 개펄에 처박혔다. 다치지 않도록 속도를 줄였지만 수행원이 하나라도 있었다면 당장 묶여 끌려갔을 법한 일이었다.

선우는 강아지라도 달려든 것처럼 진흙 속에서 깔깔거리고 웃었다.

"유모가 말하기를 네 몸이 허약하여 멀리 요양하러 갔다 하였는데, 이제 보니 건강이 넘치다 못해 웬만한 장정쯤은 거뜬히 이기겠구나."

나는 아무 말도 하지 않았다. 선우가 목검을 든 내 손을 감아 쥐었다.

"몸이 약하여 떠나 있던 것이 아니구나. 아버님의 미움을 받아 그랬구나."

그의 시선이 내 흙 묻은 얼굴을 구석구석 살폈다. 그는 내 머리카락을 쓸어 올리고, 볼을 매만졌다. 나는 그가 하는 대로 내버려 두었지만 검을 쥔 손에 힘을 풀지는 않았다.

"그 소년이로군."

"……."

"내 어릴 적에 내 방에 침입했던 소년이구나. 이제야 그의 사연을 알겠다. 이상하군. 나는 네가 나보다 나이가 많은 줄 알았다. 네가 참으로 커 보였는데, 내 나이가 어려 그랬나 보다."

"알았으면 어서 관군을 부르십시오. 태자 시해 미수범이 눈앞에 있습니다."

"어째서? 넌 나를 죽이지 않았다."

"거의 했었습니다. 칼을 거둔 것은 충동적이었소. 지금도 자신의 목숨이 위험한 줄을 모르는군요. 태자마마."

선우는 소리 내어 웃었다. 한 치의 두려움도 없는 웃음이었다.

"넌 나를 해치지 않는다. 그럴 생각이 있었다면 진작 했을 것이다."

"그리 사람을 쉽게 믿으면 목이 열 개라도 모자라겠소."

"나는 쉽게 사람을 믿지 않는다. 네가 내 동생이므로 믿는 것이다."

"거듭 말하지만 나는 마마의 동생이 아니오."

"사람들이 말하는 소문은 나도 들었다. 하나 반쪽뿐인 피라도 혈육은 혈육이다. 네가 아버지의 아들이 아닐지라도 어머니의 아들이다. 어린 시절에 돌아가시어 내 늘 그리워했다. 우리는 한배에서 태어났으니 그것만으로도 내겐 네가 누구보다 소중한 사람이다."

그는 내게 손을 내밀었다.

"아직 그때 내가 했던 말을 기억한다. 내겐 너를 도와줄 힘이 있다. 친구가 없다면 친구가 되어 주겠다. 아버지가 없다면 아버지가 되어 주겠다. 나는 그만한 것을 가지고 있다. 네가 잃어버린 것을 내가 채워 주겠다."

나는 몸을 일으켰다. 기운이 다 빠졌기 때문이다. 왕자는 진흙투성이가 된 옷을 이리저리 살폈다. 빨래하면 본래대로 돌아올까 고민하는 얼굴이었다.

"오늘은 날 죽이지 않을 거냐?"

"귀찮아졌소. 하지만 언젠간 죽일 겁니다."

"그리하라."

햇빛이 파도 위로 흰 보석을 뿌렸다. 달아오른 공기를 타고 왕자의 목소리가 아지랑이처럼 들려왔다.

"아아, 공들여 구한 것인데."

나는 그가 품에서 꺼내는 것을 바라보았다. 금줄에 매달린 회중시계가 햇빛을 받아 반짝였다.

"뭐든 선물을 가져오려고 했는데 급히 오느라 이것밖에 없구나. 나중에 더 좋은 것을 주마."

～∞～

잠에서 깨자마자 나는 벌떡 일어나 주변을 뒤졌다. 무엇을 찾는지도 모르고 옷을 헤집고 버선을 벗어 털었다. 그 와중에 정신이 들었다. 꿈을 꾸었던가. 나는 푹 젖은 이마를 닦으며 흐트러진 채로 주변을 보았다. 오늘이 며칠인가. 내가 얼마나 잤는가.

문밖으로 웃고 떠드는 소리가 풍악에 섞여 아련히 들렸다. 창백한

달이 창을 넘어와 바닥에 드러누워 있다. 왕의 귀환과 결혼을 축하하는 연등 불빛이 먼 별당에까지 스며들었다. 아직 '오늘'이구나. 나는 맥이 탁 풀려 생각했다. 아직 오늘이야. 아무 일도 일어나지 않았어. 다행이다. 꿈이 과했던 모양이다. 나는 다시 침상에 몸을 내던졌다.

늘 보는 내 방이다. 익숙한데도 어째 오래 떠나 있었던 것만 같다. 이불 한 채와 공중을 떠도는 작은 날등불 한 마리를 제외하고는 아무것도 없다. 날등불은 돌보는 이가 없어 다 떠나고 간신히 한 마리만 남아 있다. 먹이는 것도 없는데 어디서 근근이 찌끼나 벌레를 잡아먹으며 사는 모양이다.

왕은 등극하자마자 별채의 폐가에서 침구 하나만 껴안고 살던 내게 새집을 지어주고 식솔과 의복과 가재도구를 마련해 주었다. 나는 그것들을 다 뜰에 내버려 아무나 가져가도록 두었다. 왕도 꽤 끈질긴 구석이 있어 열두 번 그리하였지만 결국은 포기했다. 그래도 봉황 수를 놓은 바다색 예복 하나만은 구들장 밑에 처박혀 있다. 그것만은 마지막까지 감히 가져가는 사람이 없었다. 그래도 일생 입을 일은 없을 것이다.

누워서 창밖을 보니 안개구름 속에 해궁이 자리한 곤륜산이 보인다. 눈 덮인 듯한 풍경은 문관이 타는 흰 새들의 둥지고, 단풍이 들은 듯한 풍경은 무관이 타는 붉은 새들의 둥지다. 산 아래 사는 백성들은 왕국을 보며 선계에 신선이 산다고들 한다.

지금쯤 신방에서 왕과 새 비가 첫날밤을 치르고 있을 것이다. 부둥켜안고 사랑을 속삭이며, 서로의 몸 구석구석을 찾아주며 축복받은 밤을 즐기고 있을 것이다.

나는 뒤척이며 조금 전에 있었던 일을 떠올렸다.

~ಂಂ~

원정을 끝내고 온 왕이 개선한다. 금관을 쓰고 금빛 옷을 입고 8색 깃털의 봉황을 타고 개선한다. 봉황은 마음만 먹으면 산꼭대기까지 한 번에 날아가겠지만 오늘은 지상에서 군병과 함께 행진한다. 악대의 행렬이 지나고 무사와 창기병이 뒤를 따른다. 좌우로 의장용 창검이 반드르르하고 뒤로는 깃발을 든 병사들이 강물처럼 뒤를 따른다. 귀족이고 평민이고 노인이고 아이고 여자고 남자고 할 것 없이 어우러져서 논다.

그는 전 세대부터 내려오던 전쟁을 종식하고 돌아오는 길이었다. 그것도 피 한 방울 흘리지 않고. 왕은 다섯 왕국의 화합을 이끌어 내었으며 원탁에서 평화를 선언하였다.

그의 배다른 형제, 왕자 흑영이 피바람을 일으키며 칼로 지키던 시대는 이제 끝을 고했다. 한때는 영웅적인 승리로 치켜세워 주던 공적도 이제는 다른 나라에서 배상 요구나 하지 않으면 다행일 수치가 되었다. 새 시대가 온 것이다. 그간 목숨을 내던져 가며 싸워 온 군사의 불만도 없지는 않았지만, 모시는 이가 궁에서 어지간히도 천덕꾸러기인 줄을 알기에 결국 다들 포기하고 흩어졌다.

나는 멀리서 그 행진을 지켜보고 있었다. 남들 눈에 띄지 않게 성벽 흉장胸墻 뒤에 숨은 채로. 왕이 내궁에 이르자 궐문이 열리고 붉은 가마가 행진해 나왔다. 소매에 붉은 천을 달고 붉은 깃발을 든 시녀와 여무사들이 뒤를 따랐다. 가마에서 붉은 옷을 입은 여인이 가리개를 치우고 내려섰다.

모두가 왕이 그녀와의 결혼을 오늘로 미루었다는 사실을 안다. 반드시 평화를 이루겠다는 의지의 반영이기도 하거니와, 혹여 목숨을 건 이 원정에서 자신이 죽어, 뒤에 남은 그녀가 미망인으로 살지 않게 하기 위한 배려이기도 했다. 비영, 비추나래는 왕의 앞에서 가볍게 무릎을 꿇었고 봉황의 등에서 내려선 왕은 그녀를 일으켜 세우고는 품에 안는다. 북소리와 함성이 뒤흔들리자 왕의 모습이 보이지 않는 멀리서도 무슨 일인 줄도 모르고 그저 같이 좋아한다.

그 모습을 슬픔에 빠져 보는 사람은 천지간에 나 한 명뿐이었다.

나는 일부러 문을 세게 발로 찼다. 웃음소리로 떠들썩하던 연회장이 일시에 조용해졌다. 문이 그리 거칠게 열린 것도 놀랄 일인데 내 몰골이 가관이었다. 옷도 예복이 아닌 데다 그나마도 다 찢어졌고 피투성이에 신발 하나는 잃어버려서 맨발이다. 허리에는 어전에서 착용이 금지된 긴 도검이 삐죽이 튀어나와 흔들렸다. 모두가 술잔을 나르던 채로, 술을 따르던 자세 그대로, 얼싸안은 채로, 춤을 추려고 팔을 들어 올린 채로 얼어붙었다.

왕의 옆자리에 앉아 웃던 비영이 나를 돌아보았다. 품위 있으신 분이라 놀라거나 당황하는 대신 조용히 입을 닫고 가지런히 무릎에 손을 모았다. 나는 크게 웃으며 발을 떼었다.

"야, 선우야, 이 자식, 돌아왔구나! 내가 얼마나 기다렸는지 알아!"

내 입에서 튀어나온 엄청난 불경不敬에 사방이 난리가 났다. 무사들은 검을 찾고, 늙은이들은 허둥대며 일어나고, 아직 입에 담은 것을 넘기지 못한 사람은 켁켁거린다.

그제야 내 뒤를 쫓아온 내관이 숨을 헐떡이며 나를 뒤에서 붙잡았다. 또 다른 내관은 양손에 잘 갠 의복과 관을 들고 헉헉거리며 뒤따라왔다.

"대군 자가, 의관을 갖추고 드시옵소서."

"치워. 귀찮다."

"도검도 치우셔야 하옵니다."

내관이 검에 손을 뻗었다. 그의 손이 닿자마자 나는 본능적으로 검을 뽑아 들었다. 아까의 전투로 신경이 예민하게 선 탓이었다. 중도에 멈출 수 있었는데도 나는 본능에 그대로 손을 내맡겨 버렸다.

검이 뽑히자 내관은 놀라 주저앉았다. 의복을 들고 뒤따라온 내관은 도망쳤고 여인들이 비명을 질렀다. 관리 하나가 벌떡 일어나 군사를 불렀다. 이 소동은 나와는 완전히 다른 성질의 힘으로 가라앉았다. 왕이 조용히 자리에서 일어나 손을 든다. 아무 말도 하지 않았는데 무슨 거대한 힘에라도 눌린 것처럼 모두 조용해졌다.

"형제여."

왕이 미소를 지으며 온화하게 말했다.

"그대가 변함이 없는 것을 보니 나도 기쁘네."

　　　　　　　　　　　　　　7인의 집행관

"너도 변한 게 없네. 산천초목이 다 말라비틀어질 시간도 널 물들이기에는 힘이 드나 보지. 조금쯤 속물이 되어 오기를 기대했는데 말이야."

"내 용맹한 형제여. 다들 무서워하니 검을 치워 주게."

나는 크게 웃었다.

"뭘 무서워하는 거야. 내가 이 칼로 널 해치기라도 할까 봐 그래?"

그 말에 또 한바탕 폭풍이 휩쓸고 지나갔다.

"아무것도 아냐. 방금 북쪽 숲에서 한바탕 놀고 왔지. 축제를 틈타 첩자들이 널 암살하려고 아주 단단히 준비하고 있더라고! 대여섯 놈이 덤벼들었는데 내가 다 해치워 버렸어! 내 눈에 띄었으니, 놈들도 운이 없지!"

사방에서 수군거렸다. 또 어느 죄 없는 식솔들 피를 뿌리고 와서 저러는지, 식솔이면 다행이게, 사절로 온 타국 귀족이라도 손을 댔으면 어쩌나, 그랬다간 주상께서도 더 이상 막아 주지 못할 터인데.

왕은 미소를 지었다.

"그대가 이번에도 내 생명을 구했군. 귀관의 용맹은 언제나 내 자랑거리라네. 하지만 이제 전쟁은 끝났네. 자네도 검을 놓고 쉬게."

"끝나지 않았어."

나는 거의 들리지 않을 소리로 중얼거렸다.

"자, 형제여. 누구보다도 그대의 축복을 받고 싶네. 같이 앉아 나를……."

"안 끝났다잖아!"

나는 고함쳤다. 모두가 숨 쉬는 것조차 잊은 듯하다. 왕은 입을 다물었고 비영은 내가 한 걸음이라도 더 나서면 왕의 앞을 막아서기라도 할 기세로 나를 노려보았다.

"내 형제가 막 전장에서 돌아와 심히 피곤한 모양이다. 자리를 내어 드리고 술을 따라 드려라."

왕이 나직이 말했다. 그 말에 두말없이 내관 몇이 와서 술상을 놓고 자리를 치웠다. 악사들이 산산이 깨진 분위기 속에서도 다시 해금을 켰다. 백관들이 자리로 돌아가고 가능한 내 자리에서 멀찍이 앉았다. 그래도 화기애애한 분위기가 다시 이어졌다.

나는 자리에 앉아 술을 병째로 들이켰다. 그러고는 곧장 술이 없다고 호통을 쳤다. 당황한 내관이 다시 술을 가져오고 내가 술병이 상에 얹히기도 전에 다시 비워 버리자, 이번에는 네다섯 명이 낑낑거리며 동이째 내왔다.

"이제야 좀 술병이라 할 만하겠구나."

나는 일어나서 동이를 높이 쳐들고 꿀꺽꿀꺽 들이켰다. 흘러넘치는 술이 반은 옷을 적셨다. 몇 사람이 이 꼴을 보고 혀를 찼다. 몸에 술이 돌자 조금은 기분이 좋아졌다. 하지만 상석을 보자 다시 우울해졌다. 왕과 왕비가 무슨 자신들만의 이야기를 나누는지, 왕이 한 번 속삭이면 다시 비영이 속삭였고, 두 사람이 미소를 짓더니 어깨를 끌어안으며 입을 맞추었다. 그런 뒤에는 다시 이마와 볼에 입맞춤이 이어졌다.

나는 술상을 내리쳤다. 조금 세게 치는 바람에 술잔은 산산조각이 나고 술상은 두 동강으로 부서졌다. 주변 사람들이 더 물러났고 연회

7인의 집행관

장이 다시 조용해졌다. 왕은 이번에는 본능적으로 비영의 앞을 가로막았다. 천지간에 유일한 내 편이라는 왕조차도 아내만은 내게서 지킬 필요를 느끼는 모양이다.

"맛이 없다."

나는 칼을 내리쳐 술동이를 부쉈다. 술이 폭포수처럼 흘러나와 연회장을 물바다로 만들었다. 모두가 버선이며 옷이 젖지 않도록 일어나 껑충발로 뛰었다. 나는 그 꼴을 보고 배를 잡고 웃었다. 왕이 일어났다.

"술이 맛이 없다면 먹지 않으면 될 일이다. 무슨 짓이냐."

"왜요, 제가 하는 짓이 마음에 안 드십니까, 전하? 마음에 안 드시겠지요. 위대하신 전하께서 이 망나니 같은 동생 하나 때문에 체면이 말이 아니잖습니까."

"나는 체면을 생각하지 않는다."

"예, 예, 그러시겠지요. 자비로우신 마마."

나는 한순간에 그의 앞으로 뛰어들었다. 한달음에 도달한 것이라 막을 수 있는 사람도 없었다. 비영이 처음으로 소리를 지르며 일어났다. 그녀가 왕을 막아서려 했지만 왕이 그 소위 '위대한 힘이 담긴 손'으로 제지했다.

사방이 난리가 났다. 군사를 부르고 도망치고, 누군가는 별궁에 계신 상왕을 찾고, 누군가는 나를 직접 끌어내려 다가오지만 차마 내게 손을 대지는 못하고 옆에서 발만 굴렀다. 왕과는 완전히 다른 종류지만, 내게도 '내가 원하지 않을 때 접근하지 못하게 하는' 힘이 있다.

나는 그의 멱살을 잡고 눈을 똑바로 들여다보며 말했다.

"자. 말해라. 전쟁은 끝나지 않았다고. 이 모두가 사기극이라고 말해라. 우리는 전쟁을 계속할 것이며 젊은이들은 계속 피를 흘릴 것이며 어린아이들이 죄 없이 죽을 것이라고. 왕국은 다시 전란에 휩싸일 것이며 다섯 왕국의 평화 선언 같은 것은 그 전쟁에 아무런 효력도 없다고."

그는 꼿꼿이 서서 나를 마주 보았다.

"아우야."

왕은 그 말에 힘을 주어서 말했다. 우리 둘 다 그 말에 깃든 다른 의미를 안다.

"네가 어둠과 싸우고 있다는 것도, 삶보다 죽음에 이끌린다는 것도 안다. 너를 감옥에 가두어 매로 다스리기는 쉽다. 그러나 왕국은 이제 내 통치하에 있고 나는 아버지처럼 널 다스릴 마음이 추호도 없다. 아버지가 네게 한 일을 내가 대신 갚아야 하는 것도 안다. 그러니 네가 나를 해칠 일은 있어도 내가 너를 해칠 일은 없을 것이다."

나는 그만 말문이 막혀 입을 다물었다.

"그것이 내 업보며 내가 일생 지킬 맹세다. 그러니 더 이상 나를 시험하지 마라. 그만 머리를 식히고 돌아가 쉬어라."

나는 왕의 옷자락을 놓고 물러났다. 그때 문밖에서 대기하던 경비병들이 나를 붙잡으려 몰려들었다. 왕이 일갈했다. 그 호리호리한 몸 어디에서 나오는지 알 수 없는 쩌렁쩌렁한 목소리였다.

"누가 감히 내 허락 없이 대군에게 손을 대려 하는가!"

귀족 누군가의 명으로 들어왔을 경비병들이 최상위 명령이 떨어지는 바람에 주춤했다.

"모두 길을 비켜라!"

경비병들이 다시 주춤거리며 물러났다. 나는 비영을 보았다. 그녀는 조각상처럼 앉아 있었다. 하지만 나를 바라보는 눈빛에는 깊은 경멸의 빛이 떠올라 있었다. 나는 비틀비틀 연회장을 빠져나왔다. 이를 지켜보던 문무백관들이 모두 일어나 왕께 절을 올렸다.

~∞~

떠나야 한다.

나는 생각했다. 이것이 선우와 나를 위한 좋은 결말일 것이다. 비록 '위협'이 아직 남아 있다고 해도, 이미 오랫동안 나타나지 않았고…… 어쩌면 영영 사라졌을지도 모른다. 어쩌면 '그것'도 저놈에게만은 질려 혀를 차며 떠날지도 모르지. 이제는 내가 더 그에게 위협이 될 것이다. 오늘 해 버린 짓을 생각하면 앞으로 내가 더 미치지 않으리라는 보장도 없다.

그렇게 생각하자마자 나는 일어났다. 늘 입던 색 바랜 검은 옷을 입고 내 것이라고 말할 수 있는 유일한 물건인 청월青月, 푸른달검을 허리에 찼다.

검을 집어 들자 그 아래에서 무엇인가가 굴러떨어졌다. 그 물건을 보자마자 오랫동안 잊고 있었던 기분에 의아해졌다. 목에 거는 낡은 회중시계다. 성의 과학자들이 만든 것으로 녀석에게 처음 받은 선물이었다. 다른 것은 다 내다 버렸으면서 무슨 감상인지 결국 이것만은 버리지 못했다. 나는 씁쓸하게 웃으며 시계를 만지작거리다 자리에 내려놓고 일어났다.

나는 문을 나서다 발을 멈추었다. 이해할 수 없는 것이 눈앞에 있었기 때문이었다.

"비 마마."

나는 한참 만에 그리 말했다. 처음에는 내가 아직 술이 깨지 않았다 생각했고, 이어서는 그녀를 닮은 귀신이라 생각했다.

그녀가 대체 왜 이곳에 있는가. 비영, 비추나래는 잡초가 무성한 안마당에 서 있었다. 검은 눈 화장을 하고 검은 혼례복을 입은 차림새다. 낮에 입었던 옷을 그대로 먹물에 빠뜨리기라도 한 듯한 옷이다. 검은 혼례복이라는 것을 들어 본 적도 없거니와 설사 있어도 누가 이런 것을 만들어 오늘 같은 날 그녀에게 입혀 놓았는가. 따르는 식솔도, 지키는 무장도 없었다. 달빛 아래 홀로 유령처럼 서 있었다. 그녀는 내 허리에 걸린 검에 시선을 꽂았다.

"대군."

비영이 입을 연다. 환영이 아니다.

"야심한데 무장을 하고 어디를 가십니까."

"어인 일로 오셨습니까."

"제가 먼저 질문했습니다."

"위험합니다. 뜨내기들이 다 모여든 잔칫날 밤에, 수행원도 대동하지 않고, 이런 외진 곳에……."

"대군은 불과 몇 시간 전에 나라님을 위협했고 만민 앞에서 수치를 주었습니다. 그런데 이제 와서 저 한 사람의 안전을 걱정하는 척하십니까."

그녀는 조금 전과 완전히 다른 사람처럼 보였다. 목소리는 얼어붙었고 눈은 짙은 슬픔에 잠겨 있었다. 발그레한 얼굴로 왕에게 입맞춤하던 소녀의 모습은 온데간데없었다. 오늘 내가 한 짓이 그토록 큰 충격이었던가. 아니면 그사이에 무슨 다른 일이라도 있었던가.

하긴 오랜만에 거한 소동이었다. 왕은 나를 용서했을지 몰라도 문무백관은 지금 어느 회의실에서 머리를 싸매며 내 목을 칠 방도를 연구하고 있을 것이다. 나는 말을 더듬었다.

"오늘 일은…… 용서하십시오. 술이 과하여 한 일이오. 마음에 담지 마십시오."

"대군은 술이 과하면 역모를 꾀하십니까. 제 군주를 모독하고 위협하십니까."

비영의 말이 칼처럼 심장을 찔러 왔다. 할 말이 없었다.

"감옥에 처넣으러 왔다면 그리하십시오."

"주상께서 사면하신 자를 누가 감히 다시 죄를 묻겠습니까."

심장이 아프다. 상왕은 한편으로 좋은 아버지였다. 이런 일이 있을 때마다 짐승처럼 매질을 했다. 창고에 가둬 놓고 굶기기도 했고 묶어 놓은 채 뜰에 버려 두기도 했다. 어쩌면 그는 다소 거친 방법으로 내 목숨을 지켰을지도 모른다. 아버지가 내게 쏟아내는 증오의 서슬에 눌려 관료들이 굳이 끼어들 명분을 찾지 못했으니까. 오히려 그만 용서해 달라며 왕을 말리곤 했다.

그러나 이제 사정이 달라졌다. 관료들은 왕의 발아래 꿇어 엎디어 "통촉하소서. 전하."를 합창할 것이다. 난폭한 형제를 감싸 주던 착한 왕자는 이제 사적인 감정에 눈이 멀어 위험한 자를 활개 치게 놓아두는 어리석은 왕으로 전락할 것이다.

떠나야 한다. 떠날 때를 한참 놓쳤다.

"돌아가십시오. 전하께서 기다리실 것입니다. 제가 호위……. 제 호위가 달갑지 않다면 무장을 불러 드리겠습니다."

"나는 방금 그대가 칼을 차고 방을 나서는 것을 보았소. 이 나라에서 가장 위험한 자가 오늘 밤 취하여 제 방을 나서는데, 내가 방에 돌아간들 어찌 안심할 수 있을까. 내가 짐승과 강도떼가 들어찬 산속으로 혼자 들어간들 그대가 살아서 성을 휘젓고 다니는 위험보다 더할까."

그녀의 말은 많은 것을 암시했고 나는 암시 너머의 것을 이해했다. 이른 눈이 살랑거리며 비영의 어깨에 내려앉았다. 계곡에 자리 잡은 별채는 궁과 날씨도 다르고 계절도 다르다.

"무슨 말씀을 하러 오셨는지 분명히 해 주십시오. 내일 법회에 출두하라시면 그리하겠습니다. 오늘 나라를 떠나라고 하시면 또한 그리하겠습니다."

물론 떠날 생각이었지만. 감옥에 갇힌다면 그 또한 다른 방식의 '떠남'일 수도 있겠지.

비영은 가볍게 입술을 깨물었다. 차돌처럼 단단한 각오가 눈에 떠올라 있었다. 나는 그녀의 각오를 이해할 수가 없었다.

"비켜나시오."

"비켜나라니요, 무슨…….."

"내 오늘 밤 그대의 방에 기거하겠소."

비영은 벌써 발 하나를 문턱에 올려놓았다. 나는 잠깐 정신이 아득해졌고 다음 순간 문을 막았다.

"지금 뭘 하시는 겁니까."

"내 말을 못 들었소. 아니면 이 추운 날 밤새 여성을 밖에 세워 둘 셈인가."

"밤새 세워 두다니, 무슨 뜻입니까. 주상께 돌아가십시오. 국모께서 신혼 밤에 외간 남자의 방에 발을 들여놓겠다는 겁니까."

"신혼 밤인 줄 말씀하시지 않아도 내가 더 잘 압니다. 그러나 남편과의 밤은 앞으로 일생 계속될 것입니다. 그러니 하루쯤 아깝지 않소. 그러나 대군은 오늘 누군가 지켜보지 않으면 반드시 일을 벌일 것입니다. 내가 그리 놔두지 않겠습니다."

나는 허리에서 검을 풀었고 검집으로 비영의 앞을 막아섰다.

"정말 쉽게도 검을 뽑아 드는 분이로군요."

"무슨 생각인지 몰라도 돌아가시오. 나를 감시할 사람이 필요하다면 무장을 부르시오. 안심이 안 된다면 기둥에 묶어 두시오."

"밧줄이 대군을 제압할 수 없고 무장이 그대를 막을 수 없음을 내가 알고 있소. 그 많은 승산 없는 전쟁에서 불사신처럼 살아 돌아오신 것을 알고, 홀로 군대의 포위를 풀고 도망친 전례도 익히 들어왔습니다. 그러나 나라면, 적어도 나라면 그대를 막을 수 있을 것이오. 대군이 왕에게는 칼을 들이대어도 내게는 그리하지 못합니다. 내 믿음이 틀리지 않을 줄도 알고 있소."

그녀가 무엇을 아는가. 혼자서만 삭혀 왔다고 믿은 마음이었는데 이미 온 천하에 드러났는가. 내가 그녀를 어떤 눈으로 보는지 모두 아는가. 모두 알면서 나를 비웃었던가. 나는 얼굴을 감쌌다.

"돌아가시오!"

"감히 누구에게 명령이냐!"

비영이 날카롭게 소리쳤다.

"비켜서라! 내 오늘 밤 네 방에 기거할 것이다. 무장을 풀고 예를 갖추어 맞이하라!"

나는 아이처럼 물러서고 말았다. 비영은 허리를 꼿꼿이 세우고 반듯한 걸음걸이로 안에 들어섰다.

아무것도 없는 침침한 방 안을 본 비영의 눈이 조금 움찔했지만 이내 차분히 중앙에 자리를 잡고 단정하게 앉았다. 나는 저항할 수 없는 힘에 내동댕이쳐진 기분으로 방구석에 주저앉았다. 날등불이 손님이 온 줄 알아보고 그녀 가까이 날아가 자리를 잡았다.

물러난 이유에는 그녀의 새파란 서슬과 다른 것도 섞여 있었다. 몇 번이나 이런 꿈을 꾸었던가. 그녀가 신혼 첫날밤에 선우의 방에 들어가지 않고 신부복을 입고 내 방으로 들어오는 꿈을. 그녀가 선우의 품에 안기지 않고 내 품에 안기며, 선우에게 사랑을 속삭이지 않고 내게 속삭이는 꿈을. 잠이 깨어 눈을 떴을 때 내 옆에 그녀가 흐트러진 모습으로 누운 꿈은 또 얼마나 꾸었던가.

그러나 내 형제여, 내 왕이여, 이 마음을 알게 되었을 때도 너는 나를 용서할 것인가.

비영은 내 속내를 아는지 모르는지 태연히 품에서 종이로 여러 겹 싼 작은 단지를 꺼내었다. 뚜껑을 열자 아직 김이 모락모락 난다. 비영은 다시 종이로 여러 겹 싼 잔을 꺼내어 안에 든 것을 부었다. 그녀가 잔을 내 쪽으로 밀었다.

"무엇입니까."

"술이 깨는 약입니다. 정신이 좀 드실 것입니다."

약은 색이 짙고 냄새가 뒤섞여 있어 무엇이든 담아낼 수 있을 것 같았다. 의심할 법도 하련만은 거부할 마음이 동하지 않았다. 나는 맛도 보지 않고 잔을 한 번에 들이켰다. 비영은 무심히 빈 잔을 받아 들고 다시 종이로 얌전히 쌌다.

"내가 두렵지 않소."

말하자마자 기시감이 들었다. 내가 언제 이 말을 했더라?

"사람들이 말하기를 대군은 심한 광증이 있어 어릴 적에는 어미를 죽게 하였고 나이가 들어서는 상왕의 목숨을 노린 적이 있다 하더이다. 내 믿지 않았으나 오늘 경험하였으니 이제 믿을 생각이오."

비영이 답했다. 반박할 말이 없다.

"그렇습니다. 이 미친놈이 마마를 어찌할지 걱정도 되지 않습니까."

"왜, 그대의 어머니와 아버지에게 그랬듯이 내 목숨을 위협하려는가."

그때 감정이 북받쳐 올랐고 실수하고 말았다. 나는 늘 쓰는 오른쪽 눈이 아니라 상처가 없는 눈으로 그녀를 보았다. 그 눈에 감정을 담고 말았다. 서둘러 고개를 숙였지만 그녀의 눈에 가벼운 의심이 스치는 것을 느꼈다.

나는 마음에 한파가 몰아칠 때도 웃는 법을 안다. 킥킥 소리를 내며 몸을 흔들었다.

"아비 어미도 몰라보는 후레자식이 형의 아내라 하여 분별이 있겠는가. 굳이 험한 꼴을 보고 싶으시다면 내 말리진 않겠소. 제 발로 찾아와 주셨으니 후회하지……."

목소리가 잦아들었다. 올라간 입끝이 도로 떨어졌다. 어찌 된 일인가. 연기가 되지 않았다. 내가 오늘 왜 이러는가. 나는 입을 막았다.

"용서하시오."

"무엇을 말입니까."

나는 그녀를 밀치고 뛰쳐나갈 생각으로 일어났다. 하지만 비영이 내뿜는 벽과 같은 기운에 가로막혀 도로 주저앉았다.

"그대를 사랑하오."

목소리가 떨리는 것을 스스로도 느낄 수 있었다.

"미치도록 그대를 원하고 있소. 그대를 얻을 수 있다면 이 나라를 다 태워 없애 버려야 한다고 해도 그리할 것만 같소. 그대를 손에 넣기 위해 수만의 목숨을 희생해야 한다면 또 그리할 것만 같소. 왕의 목숨을 제단에 바쳐야 한다면 또 그리할 것만 같소. 그러니 제발 돌아가 주시오. 오늘 밤 내가 이성을 잃지 않으리라 장담할 수가 없소."

비영은 말이 없었다. 대신 피가 나도록 주먹을 쥐었고 입술을 가볍게 깨물었다. 그녀의 눈 속에 비치는 고통의 늪이 더욱 깊은 어둠 속으로 떨어졌다. 나는 내 처참한 고백에 짓눌려 고개를 들지 못했다.

비영이 일어났다. 아, 가는가 보다 하고 눈을 들었다가, 전신에 불꽃이 튀었다. 비영이 무섭도록 맑고 차가운 눈을 하고 옷고름을 풀어헤치고 있었다. 나는 벌떡 일어났다.

"이 몸을 원한다고 하지 않으셨습니까."

머릿속이 타 녹아 없어지는 듯했다.

"그대의 욕정이 나라를 불태우고 수만의 목숨을 죽이고 형의 목숨을 필요로 한다면 그보다는 욕정을 해소하는 편이 낫겠지요. 어서 나를 갖고 그 사납게 날뛰는 욕망을 해결하십시오."

"그만!"

나는 소리를 질렀다.

"부탁이오. 돌아가주시오."

"인면수심의 짐승이 무엇을 가립니까. 광증이 다시 도졌다고만 하십시오. 술이 과했다고만 하십시오. 자비로우신 임금께서는 다시 사면하실 것입니다."

나는 벽에 등을 기대었다. 얼굴을 가렸다. 숨을 쉬었다. 가라앉혔다. 눈을 들었다.

"그대가 선우의 아내만 아니었더라면."

비영의 동작이 멈췄다.

"다른 누군가의 아내이기만이라도 했다면, 설사 그자가 신이나 악마라고 해도, 무슨 수를 쓰든 그대를 차지했을 것이오. 천륜도 인륜도 무시하고, 그대의 감정도 헤아리지 않고 그리했을 것이오."

나는 깊이 숨을 들이쉬었다. 다시 눈을 들었다.

"그래서 감사하고 있소. 그대가 선우의 아내여서 다행이오. 그렇지 않았다면 내가 마마를 힘으로 손에 넣어 버렸을 것이고, 마마께서는 틀림없이 불행해지셨을 겁니다. 나는 감히 그대에게 어울리는 남자가 아닙니다. 그러니 진심으로 전하께 감사하며, 마마께서 전하의 비인 것에 감사하고 있습니다."

비영의 눈이 크게 떠졌다. 무수한 생각이 오가는 얼굴이었다.

그녀는 옷고름을 다시 매었다. 옷고름이 나비처럼 다시 가슴에 앉았다. 나는 움직일 생각도 앉을 생각도 하지 못한 채, 고개를 푹 숙이고 서 있었다.

"이해할 수가 없군요."

그녀가 작게 속삭였다.

이해할 수 없는 것은 내 쪽이다. 내 가장 은밀한 꿈이 이루어진 것만 같았고 그래서 못내 달콤하기는 했으나, 일어날 리 없는 일인 줄은 안다. 함정일까. 만약 이것이 함정이라면, 왜 이런 식으로 하는가. 왕후를 위험에 노출하는 작전을 짜는 놈이 누구인가.

"그러나 대군의 발언은 반역죄에 해당하오."

"압니다."

"내일 대신 회의에서 이 사실을 알리고 그대를 재판에 회부하겠소."

"……."

"상왕께서는 그대를 짐승으로 대하셨는지 몰라도 나는 그대를 사람으로 생각하는 바, 법이 명하는 바에 따라 죄를 묻겠소. 오늘의 발언뿐 아니라, 그대가 해 왔던 모든 악행을 낱낱이 파헤쳐 그 값을 치르게 할 것이오."

"그러십시오."

그 전에 도망칠 테니까. 낱낱이 파헤치면 다른 의미로 곤란한 것도 많고.

그때 서늘한 바람이 불었다. 나는 문을 보았다. 멀리서 탁한 목소리와 기괴한 웃음소리가 메아리처럼 울렸다. 신경이 바짝 곤두섰다. 비영이 물었다.

"왜 그러십니까."

내가 여기서 뭘 하는 거지?

문을 향해 발을 떼자 비영의 표정이 곤두섰다. 그녀가 앞을 막아섰다.

"어딜 가시려 하십니까."

"나는……."

할 말이 없었다. 무엇인가 나를 부르고 있었다. 왜 내가 여기에 있는가. 나는 지금 이 자리에 있어서는 안 된다. 비영은 내 방에 와 있어서는 안 된다. 뭔가가 어긋나 있다.

"앉아라."

비영이 날카롭게 말했다.

"나는······."

갈 곳이 있소. 나는 목까지 올라온 말을 삼켰다. 그러나 어디로 가려고 하는지 알 수가 없었다. '그래야만 한다'는 것 외에는.

"앉아라, 죄인! 왕후의 명이다! 꿇어앉아!"

나는 길을 잃은 사람처럼 주위를 둘러보고, 몇 번인가는 꿈에 취한 것처럼 걸음을 내디디려다 말다 했다. 그러다 순한 짐승처럼 시키는 대로 꿇어앉았다. 그런 뒤에도 여전히 정신을 차릴 수가 없었다. 비영의 숨이 거칠어졌다. 찬 방에 숨소리만 고요하다.

'위험합니다. 합류하겠습니다.'

혼미한 와중에 어디선가 탁한 소리가 들려왔다.

'아직, 내가 하는 대로 내버려 두시오, 재사 공.'

비영이 어딘지 모를 곳에 대고 속삭였다.

'수경이 감시를 빠져나갔습니다. 놈이 언제 각본에 끼어들지 모릅니다.'

'감안하겠소.'

이상한 대화가 멈춘다.

"어딜 가시려 하십니까."

"모르겠습니다. 왠지 기분이 이상하여······."

"오늘 대군은 이 방을 떠나지 못합니다."

비영은 서릿발처럼 차갑게 말을 세웠다. 그녀는 내가 풀어놓은 청월을 뽑아 들어 내게 겨눴다. 그녀가 들기에는 무거운 검이다.

"이것은 대군과 나, 둘만의 전쟁이오. 누가 이기는지 어디 봅시다."

구름 사이로 붉은 달이 얼굴을 내밀었다. 달이 저리 붉은 날엔 사람이 미친다고들 한다. 오늘 누가 미쳐 날뛸 것인가. 나는 무릎을 꿇은 채 어떻게든 이 방을 뛰쳐나가야 한다는 비합리적인 충동에 저항했다. 내가 어디로 가려는가? 뭘 하고 싶은가? 이 저주받은 미치광이가 무엇을 사냥하고 싶어 이리 허덕이는가?

"대군을 악귀라고 생각하였소."

바위처럼 서 있던 비영이 입을 열었다.

"그때는 모든 것이 분명했소. 대군의 행동에 이유를 찾을 필요가 없었으니까. 그러나 지금 나는 적어도 그대가 최소한 목적과 의지가 있는 인간이라고 믿게 되었소. 그러고 나니 수많은 의문이 찾아와 나를 괴롭히고 있소."

모를 소리였다. 내가 잠깐 사이에 뭘 했길래 갑자기 인간처럼 보인다는 말인가?

"무슨 내기를 하고 있소."

나는 의아해 고개를 들었다.

"하는지, 하지 않는지, 지는지, 이기는지 모르는 내기를 어찌 하는가. 그대라면 장난을 친들 이득이 없는 장난은 치지 않을 터이고 그대가 얻을 이득이 무엇이든 우리에게 좋은 일은 아닐 터인데."

나는 당혹스러워 눈을 깜박였다. 말이 머리를 통과해 흘러가는데 이해할 수 있는 부분이 없었다. 우리는 서로에게 답을 요구하는 얼굴을 했다.

"알지 못하는가. 역시 '현재'의 대군은 모르는 문제인가 보군요."

"무슨 말인지 모르겠소. 오늘은 그대도 미친 것 같소. 왜 그대가 내 방에서 이러는지 모르겠소. 나는 오늘……."

또 어디선가 하늘을 찢는 듯한 비명이 들렸다. 바람이 불어와 연등이 꺼지고 연등 색이 모두 검게 변했다. 검은 구름이 서녘에서부터 몰려온다.

"……나라를 떠날 생각이었소. 마지막으로 문안을 드리려고 왕의 처소에 갔는데……."

나는 일어났다.

"앉으시오."

"놈이 왔소."

나는 내가 무슨 말을 하는지도 모르고 중얼거렸다.

"놈이라니요."

"**귀신**이 왔소."

바람이 창을 깨고 들어왔다. 날아온 잔가지와 돌멩이가 무섭게 문을 두드렸다. 겁에 질린 날등불이 공중에서 한바탕 요동을 쳤다.

"그런 것은 없소. 귀신은 그대요. 피에 굶주린 귀신이 되어 왕의 생명을 노리고 있소."

나는 앉았지만 다시 일어났다.

"보내 주시오."

"거절하겠소."

"가겠소."

"앉으라 하지 않았느냐, 이 천한 사생아! 왕후의 명에 복종하지 못할까!"

"마마."

나는 다른 방식으로 무릎을 꿇었다. 신하가 주인에게 꿇는 방식이었다.

"내가 사람의 마음을 갖지 못한 짐승일 수도 있고 악귀에 먹힌 자일수도 있소. 그러나 지금 내가 누구를 구하려 하는지 알아보지 못한다면 마마께서는 진실을 보는 눈을 갖지 못한 것이오."

"닥쳐라."

"입이 찢어져도 그럴 수 없소. 그러니 내 말을 듣고 싶지 않다면 차라리 찢어 주시오."

"수치를 모르는 자."

"태어났을 때부터 갖고 있지 못했소."

비영이 냉랭히 나를 노려보았다.

"그러면 말해 보아라. 네가 귀신이라는 이름을 입에 담았다. 무엇이 귀신인가. 네가 귀신이라 지칭하는 자가 누구인가."

나는 잠시 그녀의 얼굴을 보았다.

"말할 수 없습니다."

비영의 입술이 가늘게 떨렸다.

"네가 상왕에 이어 내게도 채찍을 들게 하려는가. 상왕께서 너를 왜 그리 다루셨는지 이제야 알겠구나. 네 실체를 모르고 잠시나마 동정하기까지 했었다."

"말할 수 없는 것은 말할 수 없습니다."

"그러면 어찌 나를 설득하려는가. 네가 실체가 없는 것을 이야기하고 자신의 의도를 감추는데, 그러고도 나더러 너를 믿으라 하느냐."

"그렇습니다."

"주상께서 너를 그리 믿다 돌아가셨다!"

비영은 소리쳤고 나는 잠깐 혼란에 빠졌다. 비영은 말이 헛 나온 얼굴로 잠시 입을 다물었다. 세상이 크게 흔들렸다. 땅이 폭풍이 몰아치는 바다처럼 출렁였다. 내가 잘못 들었는가. 아니면 이 세계의 무엇인가가 어긋나 있는가. 나는 혼란에 빠져 고개를 내저었다.

"제가 왕을 해하리라고 믿으십니까."

"네가 수많은 사람을 죽이며 군병을 헤치고 성으로 쳐들어와 상왕께 칼을 들이대는 것을 내 눈으로 직접 보았다. 네가 어린 시절 주상의 침소에 숨어 들어가 그의 목숨을 위협한 것도 알고, 오늘 네가 취하여 주상을 공격하는 모습도 보았다. 말해 보아라. 내가 어찌하면 너를 믿을 수 있는가."

"내가 언제든 왕을 해할 수 있었고, 그럼에도 하지 않았던 것으로."

비영은 내게 한 걸음 다가와 뺨을 갈겼다. 그녀는 한동안 거친 숨을 쉬었다. 진정할 때까지 시간이 걸렸다.

"사람들이 말하기를 네 입은 독사와 같아서 진실을 왜곡하고 사람들을 이간질하며 거짓을 진실로 믿게 한다고 하였다. 그대는 혼돈의 왕이며 진정으로 혼란의 화신이다. 참으로 놀랍도다. 아비를 해하려하고 이제 그 형제를 해하려 하면서 마치 깨끗한 영혼을 가진 자처럼 행세하는구나."

아득히 들리던 비명이 이제 바로 옆에서 나를 잡아먹을 듯이 덤벼들었다.

"쳇, 이거 못 해먹겠군."

나는 머리를 흔들었다. 비영이 움찔했다. 나는 찢어진 오른쪽 눈을 치켜뜨며 쩝쩝 입맛을 다셨다.

"어떻게 좀 구워삶아 보려고 했더니 이거 완전히 꽉 막혔구먼. 언제까지 시답잖은 소리나 할 거야. 여기까지 온 걸 보면 너도 원하잖아, 그래, 안 그래?"

비영은 한 걸음 물러났다.

"아녀자가 사내 방에 야심한 시각에 혼자 찾아오다니 대담하다고 해야 할까. 음탕하다고 해야 할까."

나는 일어났고 비영은 청월검을 높이 들었다. 나는 그녀의 손아귀를 틀어쥐었고 비영은 소리를 지르며 칼을 놓쳤다.

"이따위 것이 내게 위협이 될 것 같았나 보지? 순진하기는."

"무, 물러나라."

"이제 와서 앙탈이야."

"물러나라!"

나는 그대로 비영을 바닥에 눕혔다. 한 손으로 간단히 팔을 제압하고는 다른 손으로는 옷을 찢어 내었다.

그때 온 세상이 같이 비명을 지르는 것 같았다. 멀리서 지켜보고 있던 '목소리'들이 서로 달려들려다가 간신히 자제하는 것 같았다. 가늘게 떨리는 어깨와 가슴이 달빛에 처연히 드러났다. 비영은 파랗게 질렸다.

할 수 있었군. 나는 스스로에게 감탄하며 생각했다. 그녀에게만은 못 할 줄 알았는데, 해 보니 되는구나. 과연 명성이 어디 가지 않는구나.

"알아보겠소?"

나는 지독한 수치심에 사로잡혀 말했다.

"……이쪽이 거짓이오."

비영이 흑진주 같은 눈을 크게 떴다. 잠시 가라앉았던 혼돈이 다시 그녀의 눈에 떠올라 소용돌이쳤다. 나는 손에 힘을 풀고 칼을 주워 들고 일어났다.

"명예를 아는 분인 줄 알고 있소. 그 꼴로 쫓아오지는 못할 것이오."

"……"

"나중에 누구에게든 내가 그대를 겁탈하려 했다고 하시오."

나는 밖으로 나왔다. 붉은 달이 낮처럼 밤을 밝혔다. 을씨년스러운 바람이 휘돌았다. 선우 너 이 자식, 내게 이런 짓까지 하게 만들다니. 무사하기만 해 봐라. 가만두지 않을 테니까.

뜨락에 나서자마자 몸의 이상을 알아차렸다. 현기증이 돌며 속이 끓고 몸이 뜨거웠다. 그제야 비영이 건넨 약이 떠올랐다. 예상은 했다. 하지만 흑영, 검은 그림자야. 이리도 허술하게 자신을 내어놓다니. 지옥에서 네가 죽인 자들이 비웃겠구나.

마당에 선 솟대에 날개 한 짝이 흰 까마귀가 올라앉아 있고 그 주위로 한 떼의 까마귀가 맴돌았다.

학자들이 신수神獸를 만들다 간혹 망작인가 싶어 버린 것이 걸작일 때가 있다. 아는 사람은 없으나 저 까마귀의 지성은 궁성의 웬만한 늙은 관리보다 낫다. 도와준 인연이 있어 간혹 찾아와 경고해 주곤 하는 것이지만 무리를 이끌고 온 것은 처음이었다. 오늘 일어날 일이 심상치 않다는 뜻이다.

나는 눈이 얇게 덮인 산을 달리고 구획을 나누는 성벽을 넘었다. 술잔을 나누던 노인네들이 검은 것이 상 위를 치고 사라지는 것에 놀라 혼비백산하기도 하고, 정자에 둘러앉아 시를 나누던 선비들이 쿵 소리와 함께 누각이 움푹 패는 것에 놀라 기웃거렸다.

나는 절벽을 향해 내달았다. 절벽에 자란 향나무 위에 올라타서 휘어지는 반동을 차고 몇 장을 날았다. 끊어진 옛 다리 하나를 붙잡고 크게 휘두르고는 바위 위에 올라섰고, 그 반동을 이용해 튀어나온 부분을 밟았다.

발 디딜 곳을 눈으로 뒤지는데 절벽 사이에 엎드린 흰 해치獬豸와 눈이 마주쳤다. 눈과 다리가 한 짝씩 없어 태어나자마자 버려졌는데 우묵한 벼랑에 숨어 홀로 백 년을 산 것이다. 그가 말을 걸기 위해서는 내게 '침입'해야 한다는 것을 알기에 나는 손에 힘을 주었다. 생각이 흘러 들어왔다.

'덫이다. 가면 두 사람이 죽는다. 돌아가라.'

'가지 않으면?'

'한 사람이 죽는다.'

'그러면 마찬가지야.'

나는 구토증을 느끼며 그를 '내쫓았다.' 해치는 말없이 고개를 숙였고 움직임을 멈췄다. 그 상태에서는 발견하는 이가 있어도 바윗덩이나 조각상인 줄로만 안다.

내궁 성벽을 넘는데 격자 형태의 철제 그물이 날아왔다. 그물은 예상을 넘는 무게로 나를 휘감아 바닥에 내리쳤었다. 창 다섯 개가 일제히 그물을 찍어 누르며 내 움직임을 봉쇄했다. 나는 앞을 보았다. 소암, 작은뜰바위, 내 사촌동생이 기린麒麟 두 마리와 경비병 여남은 명과 함께 전신 무장을 하고 뒤뜰을 막고 있었다. 세 방패병이 그 앞을 가로막아 지키고 있다.

과연 꼼꼼하신 왕비님. 수를 하나만 두지 않는군. 하지만 어찌 이리 내가 침입할 위치를 정확히 짚으셨는지 모를 일이다.

소암은 나를 철제 그물로 잡아 놓고도 방패병과 갑옷 속에 숨어 덜덜 떨고 있었다. 투구 사이로 간신히 그의 눈을 볼 수 있을 뿐이었다. 늘 나를 두려워하던 놈이었지만 오늘따라 과하다 싶었다.

"치워라."

내가 말했다. 내 목소리는 멀리 퍼지는 편이다. 멀리 검은 새 무리가 푸드덕거리며 날아갔다. 그물을 누르던 어린 병사 한 명이 저도 모르게 한 걸음 물러났다가 눈총을 받고 다시 창을 부여잡았다.

"야밤에 어인 일이십니까, 형님."

"전하께 긴히 볼일이 있다."

"무슨 볼일이십니까."

"동생이 형을 만나는 데도 이유가 필요한가."

"오늘은 누구도 성에 들이지 말라는 명이 있었습니다."

"그 명에 자네들은 해당하지 않는 모양이로군."

"대, 대군을 묶어라."

나는 자세를 낮춘 채로 칼을 그물에 걸고는 한 바퀴 돌았다. 그물이 꼬이며 창 다섯이 튕겨 나갔다. 소암이 아우성치며 뒤로 물러났다. 지휘관이 물러나는데 나서는 부하가 있을까. 경비병이 뒷걸음질 쳤다. 나는 검을 휘휘 돌려 그물을 감아 걸어 휙 내던졌다. 그물이 다섯 명을 동시에 낚아 바닥에 내리눌렀다.

나는 곧장 방패병을 향해 달려들었다. 내 힘으로도 두꺼운 방패를 뚫기에는 무리였으니 그대로 서 있기만 했어도 충분히 막을 수 있었을 것이다. 하지만 소암은 새된 비명을 지르며 뒤로 물러났고 그를 지켜야 할 필요가 있는 방패병도 전열이 흐트러졌다. 나는 그들의 머리를 뛰어넘어 그대로 지나쳐 들어가려 했다.

그때 창이 날아들었다. 창은 내 칼 중심부를 정확히 찔렀다. 칼을 놓치지 않기 위해 한 바퀴 굴러 충격을 줄여야 했다.

고개를 드니 검은 안개가 눈앞을 가로막았다. 소암의 모습도 경비병의 모습도 희미해지고 긴 창을 들고 회색 말을 탄 사내의 모습만 안개 속에 서 있었다. 말은 눈알이 없었다. 갈기가 연기처럼 흔들린다.

반백에 키가 크고 귀가 뾰족한 자였다. 일각수처럼 뿔이 난 회색 투구를 쓰고 회색 망토를 두른 갑옷을 입었는데 투구에 달린 깃털과 망토 역시 연기처럼 공중으로 흩어진다. 나는 그의 얼굴을 알아보고 눈을 찡그렸다.

"재사……?"

"기억해 주다니 영광이군."

그가 불구가 되었다는 말은 들었다. 그의 가문이 나라의 의학 기술을 총동원하여 죽음의 문턱에 들어선 몸을 이승에 붙들어 두었다는 말도 들었다. 하지만 국경이 유별한데 어째서 이자가 눈앞에 있는가. 혹여 이미 죽은 자인가. 죽은 자까지 이 놀이에 끼어든다면 내 승산은 얼마나 될까.

"그날도 내가 여기 서 있었지. 네가 미쳐 날뛰며 네 아비의 처소로 갔다. 사신으로 왔던 내가 너를 막으려다 이 자리에서 불구덩이에 던져졌다."

"그래서 같은 실수를 반복하러 온 거냐."

"그때는 막지 못했으나 지금은 막아 내겠다."

재사가 말을 달려 창을 찔러 왔다. 나는 돌진하는 창을 옆구리에 끼어 막았지만 기침이 터지는 바람에 버티지 못하고 그대로 밀려났다. 나는 벽에 부딪혔고 창이 다시 찔러 왔다. 간발의 차이로 피했지만 그만 중심을 잡지 못하고 넘어졌다. 창은 내 목 바로 앞에서 멈추었다.

"어찌된 일이냐, 악귀야. 오늘은 그날만 같지 않구나. 어디 다치기라도 했느냐."

그때 아득히 새 울음소리가 들렸다. 주작이었다. 머리부터 발끝까지 붉고, 벼슬이며 날개며 꼬리며 거대한 깃털까지 온통 불꽃의 형상을 한 새다. 잘생긴 무사 하나가 새하얀 무사복을 입고 그 위에 타고 있었다. 그는 내려오는 속도 그대로 재사의 창과 부딪쳤다.

재사가 창을 휘둘렀다. 긴 창이 활처럼 휘었다. 창이 원을 그리며 장수의 머리를 아슬아슬하게 스쳐 갔다. 주작은 땅에서는 움직임이 둔하다. 무사는 날듯이 뛰어내렸다.

"너와는 처음부터 이렇게 될 줄 알았다!"

재사가 사자처럼 말을 달렸다. 몸을 일으킨 무사는 몸을 숙이며 머리 위를 휘도는 창을 아슬아슬하게 피했다. 그가 내 옆으로 다가와 재빨리 말했다.

"신호하면 지금 계신 자리에서 동쪽으로 두 걸음 더 가십시오."

피하거나 숨으라는 것도 아니고 두 걸음은 무엇인가…… 하다가 의미를 깨달았다.

재사의 말이 높이 뛰었다. 재사가 창을 내리찍으려 하자 무사가 품에서 무엇인가를 던졌다. 치솟은 불꽃이 용처럼 수레를 휘감았다. 순간 재사의 얼굴이 공포에 질렸다. 말이 재사와 같이 놀라 울었고 균형을 잃은 재사가 말에서 굴러떨어졌다.

"지금입니다."

나는 두 걸음을 떼었다. 무사가 내 앞에서 팔을 뻗었다. 검지에 방울을 달고 있다. 그의 손가락이 움직이며 방울소리가 울려 퍼졌다. 시야가 흐려진다. 안개가 몰려드는가 싶더니 주위의 풍경이 바뀌었다.

나는 사람이 없는 수라간에 들어와 있었다. 그릇과 동이를 쌓은 찬장 사이에 맞춘 듯 서 있었다. 나는 찬장과 동이를 부수며 넘어졌다.

방금 있었던 일이 꿈이었던 듯 적막했다. 쫓아오는 발소리도 없고 경비병이 모이는 소리도 없다.

'입구'를 연 것이다. 왕의 침전으로 향하는 통로와 주변건물은 감각기관을 어지럽히는 안개 속에 숨어 있다. 귀족들은 자신만의 음률로 입구를 연다. 수라간인 것을 보아 하인들의 통로일 터이니, 재사나 소암은 모르는 길일 것이다.

흰 옷을 입은 무사가 내 앞에 와 무릎을 꿇었다.

"다친 곳은 없으십니까."

재사가 찌른 것 말일까, 아니면 지금 넘어진 것 말일까. 나는 정신없는 와중에도 바닥을 더듬었고 허리를 더듬어 청월검을 뽑아 들었다. 형편없이 뽑았는데도 명검은 은은하게 귀곡성을 낸다.

그는 내가 바닥을 더듬을 때도 가만히 보았고 검을 코끝에 겨눌 때도 가만히 있었다.

"누구냐."

내가 질문했다.

"비 마마께서 제가 집행에 참여하지 않으리라 판단하시고 대군께 제 정보를 입력하지 않으셨나 봅니다."

"누구냐고 물었어."

말은 알아들을 수 없었지만 내가 질문한 게 그게 아니긴 했다. 그제야 그는 답하듯이 내 시선을 따라 제 가슴을 내려다보았다. 녀석의 가슴팍에서 하늘을 향해 입을 벌린 녹색 물고기 문양이 입으로 피를 받고 있다. 피가 물고기의 몸을 타고 흘러내려 혁대에 머물다가 기장 아래로 뚝뚝 떨어졌다. 그는 부끄러운 것이라도 가리듯 상처를 손으로 감쌌다.

"곤란하군요."

"뭐가 곤란해?"

"비께서 우리가 웬만한 상처에 죽지 않도록 하셨군요. 참관인을 지키기 위해 하신 일이시겠지만 세계의 규칙은 죄수에게도 적용됩니다. 이래서는 대군도 쉽게 죽지 않겠군요."

미친놈인가. 아니면 미친 쪽은 나일까. 내가 쉽게 죽지 않는 게 이놈에게 왜 또 곤란한 일인가. 하긴 그야 누구에게나 곤란한 일이겠지만.

다시 기침이 터졌다. 나는 배를 붙잡고 한참 기침에 휘감겼다. 낯선 놈은 서둘러 내 앞에 무릎을 꿇고 이마를 짚었다.

"침을 뱉어 보십시오."

그가 손바닥을 타구 대신 내밀며 말했다. 나는 그렇게 했다. 그는 내가 뱉은 침을 코에 대고 맡아 보더니 말했다.

"여인궁에서 쓰는 비소입니다. 죽음의 규칙이 엄격하니 죽지는 않으시겠지만 구토증과 마비증세가 오는 듯합니다. 우선 토하게 해 드리겠습니다."

그는 무장을 풀고 품에서 약을 꺼내어 종이 위에 쌓았다. 약 위로 불을 붙이자 짙은 향이 돌았다. 단순해 보이지만 의학 기술의 정수가 깃든 것이다. 내 머리가 정상이라는 전제하에 하는 말이지만.

"코에 대고 향을 깊이 들이쉬십시오. 기침이 나고 가래가 끓으면 뱉으십시오."

"관등성명을 대."

내가 기침하며 말했다.

"큰비랑 우사의 자제, 왕실 호위대장 물거울 수경입니다."

나는 상대의 얼굴을 뚫어지게 보았다. 생각이 파도처럼 밀려왔다가 하얗게 부서졌다. 나는 고개를 저었다. 기억이 안개가 낀 듯 흐릿했다.

"……내가 아는 수경은…….."

"기억하시는 모습과 다를 것입니다. 실은 모두 조금씩은 그렇습니다만 기억이 조정되어 알아채지 못하셨을 겁니다."

이해할 수가 없다.

"이해하실 수 없을 것입니다. 지식을 넣지 않았으니까요. 비 마마께서 대군께서 세계의 모순을 깨닫지 못하게 하려고 집행에 대한 지식을 지우셨습니다."

수경이 내 속내를 읽는 듯 거침없이 답했다. 기침이 솟구쳤다. 나는 참지 못하고 구토했다. 검은 가래가 쏟아졌다. 나는 벽에 등을 기대고는 키득거리며 웃었다.

"나를 죽일 독인가?"

"하늘물고기 가문은 그들이 쓰는 약이 독이 아님을 증명하기 위하여 향을 씁니다. 이 향은 저도 같이 맡고 있습니다."

"꼭 진짜처럼 말하는군."

"제가 진짜든 아니든 도와 드리고 있으니 가만히 계십시오."

나는 콜록거렸다.

"재사가 불을 무서워하는 건 어떻게 알았지?"

"불에 타 그리 되었으니까요."

"폭탄까지 썼어."

"정면으로 상대해서 이길 자가 아닙니다."

이 녀석이 언제부터 남과 자신의 기량을 재어 전략을 짰던가. '원래 이런 놈이 아니었……'까지 생각하다가 기침이 폭발하는 바람에 정신이 혼미해졌다.

"부축해 드리겠습니다."

"집어치워! 자네가 진짜라면 왕께 가 보아라. 내가 미쳐서 왕을 죽이러 갈지도 모른다. 어서!"

"그럴 수 없습니다."

나는 그를 홱 돌아보았다.

"비 마마께서는 지금부터 일어난 일을 알지 못하십니다. 그 누구도 알지 못하지요. 때문에 비께서 대전 안은 대군 자가의 기억에 의지하여 생성되도록 해 놓았습니다. 저 앞은 지금 확률로만 존재하는 혼돈 상태입니다. 저 혼자 가 보았자 전하를 발견할 수 없습니다."

나는 정말로 혼란에 빠졌다.

"조금 전과 지금의 상황에 단절이 생긴 것도 그런 이유에서입니다. 충분히 공간이 확보되기 전에는 아무도 이 대전 안에 들어올 수 없습니다."

무슨 뜻인지 생각하려고 했다. 하지만 그 순간 무엇인가가 내 생각을 가로막았고 정신을 흩트려 놓았다. **생각해 내서는 안 된다. 그러면 다시 헛수고가 된다. 생각해 내서는 안 돼.** 머리가 펑펑 도는 바람에 나는 비틀거리며 주저앉고 말았다. 수경이 나를 부축했다.

"제게 기대십시오."

"내가 뭘 하려는지 알고 이러는 거냐?"

"왕을 해치시려면 혼자서는 어려우실 것입니다."

수경은 표정에 변화가 없었다. 나는 어처구니없는 얼굴로 그를 보았다.

"호위해 드리겠습니다. 실제로 대군께서 왕을 어떻게 죽일지 궁금하기도 하고요."

이놈, 진짜 제정신인가?

잠시 어딘가를 보던 수경이 문득 생각난 듯 물었다.

"무슨 내기를 하셨습니까?"

수경이 말하는 순간 기억의 둑방에 거대한 파도가 와 부딪쳤다. 금이 가며 먼지가 투둑투둑 떨어졌다.

"뭐라고 했어?"

나는 수경이 내 어깨에 걸치는 손을 바라보며 물었다. 수경이 나를 바라보는 눈빛이 이상했다. 질문의 목적이 질문에 있지 않다. 마치 내가 말하든 말하지 않든, 그 저변에 있는 것이 무엇이든 읽어 낼 수 있다는 것처럼.

"이미 죽은 자가 가져갈 것이 없을 터인데."

답하지 않았는데도 이미 답을 얻기라도 한 것처럼 질문을 바꾼다. 나는 반쯤 미칠 지경이 되어 수경의 손가락만 바라보았다. 눈을 어딘가로 돌린다든가 주변을 살피기에도 남은 정신이 없었다. 시간이 접히듯이 수경의 질문이 다시 단계를 뛰어넘었다.

"누구와 내기를 하고 계십니까?"

과도한 혼란에 토기가 쏠렸다. 나는 수경의 손을 낚아챘다. 새끼손가락이 없는, 그래서 마지막 손가락이 된 약지에 붉은 반지를 끼고 있다.

"너."

나는 눈에 핏발이 서서 놈을 노려보며 이를 갈았다.

"왜 이 반지를 끼고 있지?"

그때 주변이 희미해졌다. 수경의 몸도 흐릿해졌다. 정신이 들고 보니 나는 허공을 쥔 채 수라간에 혼자 있었다. 냉랭하니 사람의 기척이 없었다.

힘이 쭉 빠졌다. 나는 기침을 했고 다시 구토했다.

최상층에 이르렀을 때, 나는 어째서인지 그 안의 풍경을 예상하고 있었다. 머리가 혼미한 탓일까. 이전에도 이런 일을 겪었던 것 같았다. 같은 꿈을 계속 꾸는 것 같다. 나는 문을 열어젖혔다.

예상한 풍경이 아니었다. 등불이 환한 가운데 선우 대신 비영이 검은 예복을 입고 서 있었다. 잘못 보았나 싶어 몇 번이나 다시 눈을 깜박였다. 몇 번이나 다시 깜박인 이유는 그녀의 주위를 지키는 병사들 때문이기도 했다. 모두가 그림에서 빠져나온 듯 아름다운 여성이었고 은빛 갑옷에 검은 치마를 입고 있었다. 앞에 선 자들은 삼지창과 방패를 들고 뒤에 선 자들은 방패 사이로 활을 겨누었다. 하나같이 날개를 달고 있다.

신수야 흔히 보지만 날개를 단 사람은 처음 본다. 하지만 오늘 저승의 문이 열렸다면 하늘의 문도 열렸을지 모르겠다.

"어서 오십시오, 대군. 기다리고 있었습니다."

비영이 차분히 말했다.

"어찌 마마께서 이곳에 있소."

"내 말하지 않았습니까. 이것은 대군과 나, 둘만의 전쟁이라고. 그대를 막기 위해서라면 나는 어디에든 있을 수 있으며 무슨 짓이든 할 수 있소. 그러니 나를 넘어서지 않고서는 한 발짝도 더 들어갈 수 없을 거요."

내가 뭐라 말하기 전에 비영의 차가운 목소리가 귀를 때렸다.

"그대는 자신이 거짓과 진실을 자유로이 넘나드는 사람임을 증명했소. 그러니 무슨 말로 나를 현혹하려 하든 듣지 않을 것이외다."

나는 입을 닫았다.

"무기를 버리시오. 내가 그대를 활과 창으로 위협하기에 하는 명령이 아니오. 그대가 아직 누가 주인인지 알 만한 분별이 있고, 아직 주상의 신하이며 이 나라의 백성이라면 내 명령에 따르시오."

당찬 여인이여. 악惡을 발아래 복종시킬 자가 있다면 그대일 것이다. 만약 그대가 내가 지금까지 해왔던 싸움을 맡았다면 나보다는 더 잘 이끌었으리라. 그대가 내 형제 대신 원정을 떠났더라면 아마도 그보다 좀 더 빨리 귀환했으리라. 나는 검을 멀리 내던졌고 묵묵히 다음 명령을 기다렸다.

"귀신."

비영이 한탄했다.

"귀신이라 하였소."

"……."

"그보다는 조금은 나은 변명을 기대했건만."

어째서일까. 그 어느 때보다도 배신감에 치를 떠는 듯했다. 내게 무슨 기대라도 했다는 듯이.

"그래서, 제가 아니라 제 안의 귀신이 날뛴 것이라 변명하고 싶은가. 그게 그대가 간혹 내비치던 이해할 수 없는 선량함의 근거였던가. 죄를 지은 자가 제가 아니라 제 안의 귀신이라 믿어서였는가."

내가 언제 무슨 선량한 척을 했다고 이러시는가. 나는 우울하게 들었다.

"그대가 난폭하고 무도한 자인 줄은 알았으나, 최소한 거침없고 용맹한 자라고는 믿었건만, 제 잔인성을 인정할 용기조차 없어 귀신을 핑계 삼고, 그리하여 제 본성에 일말의 양심은 있는 자라 자위하는 치졸한 비겁자인 줄은 진정 몰랐소."

"……."

"그대는 악인조차도 아니오. 더러운 소인배요. 힘만 자랑하는 짐승이오."

"거짓이 아닙니다."

내가 마침내 말했다. 비영이 어처구니없는 얼굴로 혀를 찼다.

"제가 비록 살기 위해 거짓을 쓰는 자이기는 하나 이것만은 거짓이 아닙니다."

"귀신을 믿으시오?"

"믿지 않습니다. 하지만 믿을 도리밖에 없습니다."

비영이 안타까운 듯 말했다.

"귀신은 존재하지 않소. 그대의 광증이 만든 허상이오. 한 번이라도 그 '귀신'이 제 망상이라 의심해 보지 않았는가."

의심해 보지 않았느냐고.

그 누구보다도 내가 나를 의심했다. 나보다 더 나를 의심한 자가 있을까. 나보다 더 나를 가혹하게 시험한 자가 있을까. 수백 수천 번을 되묻고, 수백 수천 번을 답하고, 그래도 도달할 수밖에 없는 결론을.

"저는 미치지 않았습니다."

"미치지 않았다면 구제받을 수 없는 악인이오."

"그렇다면 악인으로 대해 주십시오. 제 행동과 제 말이 제 의지와 제 영혼에서 나오는 것이 아닐 바에야 차라리 악인이 되겠습니다."

비영이 차갑게 나를 노려보았다.

"네가 미치지 않았다면 누가 주인인지 분별할 수 있을 것이다. 네가 스스로를 제정신이라 주장한다면 무릎을 꿇어라."

나는 그녀가 '주인'이 아니라 '왕'이라고 말할 뻔했다는 생각이 들었다.

이미 아득한 시간이 지나버린 것만 같다. 선우는 이미 퇴위했고, 그래서 그녀가 이미 다음 왕이 되어 내 형제의 자리를 이어받았다는 기분이 들었다. 이 명령이 왕비의 명령이 아니라 왕의 명령처럼 느껴졌다. 어찌하였든 그녀가 이러고 있다면 아직 왕이 무사하다는 뜻일 것이다. 무사하지 않다고 해도 거역할 논리가 없다.

나는 무릎을 꿇었다. 마비가 와 굳어 가는 다리가 돌처럼 무겁게 바닥을 찧었다. 창을 든 날개병들이 날아와 내 주위에 내려섰다. 깃털이 사방에 펄럭이며 나부낀다.

"언제부터 날개병을 키우셨습니까."

"그들이 날개를 가진 것처럼 보이는가?"

나는 차라리 눈을 감았다. 날개병들은 사슬로 내 팔을 돌려 묶고 두꺼운 자물쇠를 채운 뒤에도 다시 몇 번을 되감았다. 사슬 위로 맷돌이 얹혔다. 그녀는 밧줄이 나를 묶을 수 없다고 하지만 이미 과하고도 남았다.

비영은 내가 버린 청월검을 들고 내 앞으로 걸어왔다.

"이제 끝을 내겠소. 그대의 의지에 기대려 한 내가 어리석었소. 그 목숨을 하늘에 바치는 것 외에는 달리 왕을 보호할 방법이 없구나. 왕께서 그대와 인연의 끈을 놓지 못한다면 내 손으로 끊어주겠소."

비영은 검 손잡이를 가슴에 두고 검에 입을 맞추듯이 세웠다. 무슨 생각이 떠올랐는지 눈에 비탄이 가득 찼다.

"그날 이럴 수만 있었다면 얼마나 좋았을까."

……그날이라니.

비영이 검을 높이 들었다.

이 모든 일을 다시 겪는 듯한 기분을 느끼는 것이 나 혼자만이 아닌가? 모든 일이 이미 일어났는가? 내가 현재라고 느끼는 일이 모두 과

거의 일인가? 그녀는 일어날 일을 아는가? 나는 아는가? 벽 너머에서, 저 방에서 일어날 일을 — 있었던 일을 — 일어나고 있는 일을 — 나는 아는가?

— 왕비님께서는 이 안에서 일어난 일을 알지 못하십니다.
— 이 앞쪽은 대군 자가의 기억에 의지하여 생성됩니다.

그녀는 오늘 무슨 일이 있었는지 모른다.
모든 일이 끝난 뒤에나 보았다.

침전 문이 활짝 열렸다. 날개병들이 푸드덕거리며 놀라 물러났다. 그들 중 몇은 놀라 작은 새로 변했다가 다시 사람으로 돌아오기까지 했다. 선우가 걸어 나왔다. 바닥에 끌리는 붉은 잠옷을 입은 차림이었다. 자다 막 깼는지 머리는 엉클어졌고 옷은 허리까지 풀어 헤치고 있었다. 비영과 마찬가지로, 조금 전과는 완전히 다른 사람 같았다.

비영은 퍼뜩 뒤를 돌아보았고 거의 칼을 떨어뜨릴 뻔했다. 오늘 낮에 만난 사이인데 죽은 사람이 살아온 것처럼 놀란다. 한순간에 눈물이 맺혔고 격정을 억제하지 못하고 달려가 왕을 껴안고 뺨에 입을 맞추었다. 살아 있는지 확인하듯 손에 입을 맞추고 뺨에 대었다. 그러나 왕의 눈은 냉랭했다. 냉랭한 것을 넘어서 딱딱하게 굳어 있었다. 정말로 죽었다가 관에서 막 일어나기라도 한 것처럼.

왕이 좌중을 둘러보았다. 날개병들은 그의 시선이 닿는 대로 창을 내려놓고 무릎을 꿇었다. 나는 굳이 다시 꿇을 필요가 없어 좋았다.

"이 좋은 날 대체 무슨 소란인가."

그는 사슬과 맷돌에 짓눌린 나를 찌푸린 눈으로 바라보았다.

"누가 또 내 형제에게 손을 대었느냐."

목소리에 취기가 섞여 있다. 취기 안에 다른 것이 섞여 있다. 익숙한 공기. 죽음의 냄새. 신경이 예리하게 섰다.

비영이 답했다.

"이자가 내전에 침입하여 전하를 죽이려 하였습니다."

"나를 죽이려 하였다?"

왕은 짧게 웃었다.

"왕후께서는 무슨 근거로 그리 말씀하시오?"

"궁을 지키던 병사 여럿이 다쳤습니다."

비영의 말에 왕이 혀를 찼다.

"내 병사들이 또 대군에게 칼을 들이대었구나."

"전하."

"그들의 목숨이 내 아우의 목숨보다 중하지 않고 나를 죽이려 하였어도 이 또한 아우가 늘 하는 장난이오. 풀어 주시오."

비영은 입술을 깨물었고 일어나 땅에 내려놓은 검을 들어 내 앞으로 걸어왔다.

"비, 무슨 짓을 하려는가."

"이자는 왕국과 전하께 위해가 되는 자입니다. 서둘러 그 목숨을 거둬야 합니다. 전하께서 하지 못하시겠다면 제가 직접 하겠습니다."

"검을 내려놓으시오."

"전하의 자비심이 나라에 불행을 가져올 것입니다. 계속 이자를 지키려 하신다면 이자의 적이 모두 전하의 적이 될 것이며, 동맹국들이 우리에게 등을 돌리고, 종내에는 칼을 겨눌 것입니다! 전하가 쌓아 올린 모든 것이 이자로 인해 무너질 것입니다."

"물러나시오."

몽롱하던 왕의 목소리가 분명해진다.

"설사 그를 처형해야 한다 해도 그 권리는 내게 있소."

"전하께서는 그를 죽이지 못하십니다."

"그것도 사실이오, 그러므로 아무도 그를 죽일 수 없소."

"이자는 언젠가 전하를 살해하고 말 것입니다!"

"그것이 내 운명이라면 받아들이겠소."

"저는 받아들일 수 없습니다!"

비영은 칼을 쳐들었다. 내 청월검은 그녀의 힘으로 들기에는 무거운 편이라, 그녀의 몸은 뒤로 한차례 꺾였다. 검집에서 검이 뽑히는 소리가 맑게 내전 안에 울렸다. 왕의 검, 명일검이 비영의 검을 막았다.

나는 움직이려 했지만 맷돌과 사슬이 짓누르고 있었다.

새들이 푸드덕거렸다. 비영은 왕을 돌아보았다. 왕의 눈은 식어 있었다. 그녀는 한동안은 혼란에 빠졌고 이어서 조금 웃었고 이어서 눈물을 쏟아 내었다.

"저보다 이자란 말입니까. 그러하십니까."

"물러나시오. 그대는 진실로 내 아우를 죽이려 했소. 이는 그대라고

해서 허용되는 일이 아니오."

"선우."

내 낮은 목소리가 대전 안을 울렸다. 왕은 딱딱한 얼굴로 나를 돌아보았다.

"물러나라."

비영은 흐느끼며 나를 바라보았다. 그 와중에도 그녀의 눈은 내 무례를 질책한다. 왕은 턱을 쓰다듬으며 한숨을 쉬었다.

"오늘은 온 세상에 왕에게 명령하는 자뿐이구나."

"검을 치워라."

그는 고개를 까닥하며 나를 보았다. 입은 웃고 있었으나 눈은 웃고 있지 않았다.

"너답지 않구나. 네 실력이라면 이깟 놈들에게 잡히지 않았을 텐데. 오늘은 어디 몸이라도 불편한 게냐?"

왕이 검을 쳐들었다. 검이 나를 향해 찔러 들어왔다. 맷돌의 무게를 감당할 수 있을지 알 수 없었지만 몸을 틀었다. 검이 땅에 꽂히며 사슬 하나를 박살내었다. 내가 아직 채 사슬로부터 풀려나지 않았을 때 두 번째 공격이 땅을 찍었다. 나는 다리를 들어 올려 피하고, 남은 사슬을 들어 검을 막았다.

"그렇다면 오늘은 해볼 만하겠구나!"

나는 사슬을 뜯어내고 주저앉은 채 비영에게 소리쳤다.

"검을 주시오, 비영!"

비영은 믿을 수 없다는 눈으로 나를 바라보았다.

"어서!"

나는 소리쳤다. 그럴 수밖에 없다고 믿고 하는 말에는 힘이 실리기 마련이다. 비영은 제 행동의 이유를 이해하지 못한 채로 내게 청월검을 던졌다.

나는 검을 낚아채고 왕이 내리찍는 검을 받아내었다. 짓눌려 있던 데다가 독이 퍼지는 다리에 힘이 들어가지 않아 검의 무게를 받아내지 못하고 뒤로 넘어졌다. 선우는 양손으로 검을 내리눌렀다. 얼굴에 희열이 솟아 있었다.

"그런 몸으로 잘도 나를 죽이러 왔구나. 나를 무시하는 거냐? 그렇게 내가 하찮아 보이느냐?"

나는 그의 검을 튕겨내었다. 왕은 양손으로 검을 잡고 바닥을 찍었고, 내가 땅을 굴러 물러나자 다시 내 발을 노리고 바닥을 찍었다. 검법도 무엇도 아니다. 오직 나를 이길 마음으로 방어고 뭐고 무시하고, 단 한 방의 공격을 위해 치고 들어온다.

왕은 일어나려는 나를 발로 찼고 나는 문을 부수며 안으로 굴러 들어갔다. 피 냄새가 코를 찔렀다.

나는 그 안의 풍경을 안다. 보지 않고도 알 수 있었다.

나는 돌아보지 않고 검을 바로 쥐고 다리에 힘을 주며 일어났다. 왕은 부서진 문을 넘어 안으로 들어왔다. 밖에 있던 날개병들이 안을 들여다보다가 입을 가리며 뒤로 물러났다.

나는 뒤로 물러났다. 발에 누군가의 팔이 밟힌다. 다음에는 다리가 발에 차인다. 왕의 늘어진 잠옷이 피투성이의 바닥을 닦아 내며 다가왔다. 그제야 그의 잠옷이 흰색이었다는 생각이 떠올랐다. 붉은 것은 그의 옷색이 아니다. 사람의 피다. 시종과 궁녀, 내관의 시체가 여기저기에 누워 있다. 흩뿌려진 피가 벽과 침대와 바닥에 널려 있다.

비영은 이 풍경을 본 적이 있다.

내가 알듯이 그녀도 안다. 단지 그녀는 모든 것이 끝난 뒤에나 보았다. 내가 먼저 온 뒤에야.

"잠에서 깨어 보니 이 꼴이더구나."

왕이 취기가 도는 얼굴로 말했다. 입에서 독향이 그득하게 풍겼다.

"하지만 걱정하지 않는다. 아우야. 네가 한 일이라고 하면 간단히 해결될 테니까. 아무리 끔찍한 일이라도 네가 하였다 하면 누군들 믿지 않겠느냐?"

멍청한 놈, 비영이 보고 있다. 말을 가려 해라. 나는 멀리서 비영의 얼굴이 공포에 질리는 것을 보며 입술을 깨물었다.

"걱정 마라. 내가 다 사면해 줄 것이니. 내가 있는데 무슨 걱정이냐."

왕이 달려와 검을 부딪쳤다. 검법은 형편없었지만 실리는 힘이 무거워 막아 내는 손이 지릿거렸다. 나는 계속 뒤로 물러났고 몇 번인가는 막지 못하고 베였다.

선우는 나를 베려 하기보다는 밀치기 위한 공격을 계속했다. 나는 계단을 올라갔고 마침내 무엇인가에 걸려 검을 놓치고 털썩 주저앉았다. 옥좌였다. 바닥과 마찬가지로 피에 젖어 있었다.

왕은 내게 칼을 들이대며 어린애처럼 웃었다.

"이겼다."

선우는 배를 잡고 웃었다.

"이겼어. 내가 이겼다. 아하하하."

일어나고 싶었지만 다리가 이제 더는 말을 듣지 않았다.

왕의 웃음소리가 침전에 울려 퍼지는 가운데 비영이 부서진 문을 지나 안으로 걸어 들어왔다. 다리는 덜덜 떨렸고 금방이라도 쓰러질 것만 같았다.

왕은 비영을 발견하고 멈췄다. 비영은 꿈이라도 꾸는 듯한 얼굴로 왕을 바라보았다. 낯선 것에 삼켜진 낯선 이를 본다. 그러나 새들에게 문을 닫아걸고 앞을 엄중히 통제하라는 말을 잊지 않았다.

"왕후."

"주상."

"내가 그대에게 가르쳐 줄 것이 있소."

"듣고 싶지 않습니다."

"그대는 본디 내 아내가 아니었소."

그가 내 턱을 양손으로 잡아 흔들어, 비영에게 좀 더 잘 보이도록 들이대었다.

"이자의 아내가 될 뻔했지. 알고 계시오?"

비영의 눈이 고통에 잠기다 못해 공포에 물들었다.

"이자가 나보다 먼저 태어났으니까. 왜 이 녀석이 날 그렇게 이름으로 불러 댔는지 알고 있소? 이자는 나를 형이라고 부르는 것을 지독히도 싫어한다오. 자기가 형이라고!"

나는 차마 더 듣지 못하고 눈을 내렸다.

"어머니께서는 울며 아기의 목숨을 구해 달라고 청원하였소. 상왕께서는 그리할 수 없다고 하였소. 왕가가 모욕당한 일이 아무에게도 알려져서는 안 된다. 내가 그 아이를 내 아이로 부르겠다. 그러나 그 아이가 장자가 되어 왕위를 가져가는 것도 허락할 수 없다. 그러니 아이는 죽어야 한다. 어머니께서는 동생이 태어날 때까지 형을 숨겨서 기르겠다고 하셨소. 어머니는 아직 젖먹이인 형을 사람의 눈을 피해 몰래 기르셨지. 나와 나이를 구분할 수 없을 만치 자랄 때까지 떼어 놓으셨소."

왕은 비영을 다시 돌아보았다.

"알겠소, 비영? 그대는 장자의 아내로 약조하지 않았던가."

왕이 더 말을 쏟아내기 전에 내가 입을 열어 막았다.

"그래, 그렇게 하자."

왕이 동작을 멈췄다.

"이 난리는 내가 한 일로 해 두자. 외신들이 모인 날에 체면 문제도 있으니 바른 해법이다. 네가 적당한 때에 사면만 해 주면 나야 뭐 잃을 것이 있겠느냐."

왕의 얼굴에서 미소가 사라졌다. 선우가 검을 내리 찔렀다. 나는 피하지 않았고 그의 검은 내 팔과 옆구리 사이로 들어와 의자에 박혔다. 나는 묵묵히 그를 노려보았다.

"지금 나를 능멸하는 거냐."

"네가 그 답을 택하지 않으면 신료들이 그 답을 내놓을 것이다. 답은 어차피 정해져 있다. 단지 이번에도 네가 나를 용서할지 말지에 촉각을 곤두세울 것이다."

"……"

"용서하는 것이 질렸다면 나도 내 나름의 대응책을 생각해 보겠다."

선우는 다시 웃어 보려 했지만 그러지 못했다. 그제야 조금 정신이 돌아온 듯했다. 선우는 공포에 질려 주변을 돌아보다가 비틀거리며 뒷걸음질 치다가 계단을 굴렀다. 비영이 놀라 전하를 부르며 그에게 달려가 부축했다.

"전하, 다치신 곳은 없으십니까."

그러는 사이에 선우는 몇 번 웃더니 얼굴을 감싸고 울기 시작했다. 전하. 비영은 선우를 끌어안고 같이 울었다.

문밖에 서 있던 날개병들은 이런 미친 세상에서는 더 이상 인간의 모습으로 있을 수 없다는 듯이 모두 비둘기로 변해 구구거리며 방황했다. 옥좌에서 일어날 수가 없었다.

"왕후."

왕이 울먹이며 불렀다.

"예, 전하, 여기에 있습니다."

선우는 덜덜 떨었다.

"내가 방금 뭐라고 떠들었는지 들었소? 대체 누가 한 말이오? 누가 계속 내 머릿속에서 말하고 있소. 내가 언제부터 이렇게 된 거요?"

비영은 차마 나오지 않는 말을 목구멍으로 삼켰다.

"전하, 다 괜찮습니다. 우리 모두가 전하를 구하러 이곳에 왔습니다."

"언제부터 내가 이렇게 된 거요? 이 사람들은 다 어찌된 거요? 내가 한 짓이오?"

"그럴 리 없습니다, 전하. 누군가가 전하를 음해한 것입니다."

비영은 떨리는 목소리로 말했다. 마치 누군가가 자신에게 그리 말해주어야 하는데 아무도 말하지 않아서 제 입으로 말할 수밖에 없다는 듯이.

"저자가…… 어떻게 했는지 알 수가 없습니다만, 먼저 들어와 일을 벌였을 것입니다. 사람들을 살해하고 마치 전하께서 벌인 일인 것처럼……."

"그 말이 맞소. 나는 바람보다도 빠르고 빛보다도 빨라, 나 자신보다도 먼저 목적지에 도달할 수 있소. 나는 미리 잠입하여 일을 꾸몄고 다시 성을 빠져나가 다시 침입하는 척했소."

비영이 나를 노려보았고 나는 쿡쿡 웃었다. 감히 옥좌에 주저앉아 일어나지 않는 것이 내 몸의 의지인지 내 마음의 의지인지 알 수가 없다. 그러나 이 부조리로 가득한 풍경은 마음에 들었다.

"주상께서 내게 어린 병사 몇을 주고 작은 나라 하나를 정복하라 보내셨을 때 이와 같은 방법을 써 본 일이 있소. 왕의 처소에 잠입하여 방에 피를 뿌리고 시체를 늘어놓았소. 깨어난 왕은 자신이 꿈결에 한 일인 줄 알고 시체를 처리하고 혼자 불안에 떨었소. 그런 일을 몇 번 반복하고 나자 왕은 실제로 미치고 말았소. 왕이 미치고 나자 피를 흘리지 않고 나라를 손에 넣을 수 있더이다."

비영의 눈이 혼란으로 넘쳐났다.

"나야말로 장난이 과했다, 선우. 네 귀환일이며 혼인일이지 않느냐. 내 나름의 축하를 하고 싶었던 것이니 과히 노여워하지 마라."

비영이 답을 구하는 눈으로 왕을 바라보았다. 선우의 정신이 조금 더 돌아온 듯했다. 선우가 불타는 눈으로 나를 노려보았다. 몸을 세울 기력이 없어 등이 뒤로 꺾였다.

"네가 말을 쓰는구나."

"……."

"감히 나에게까지 혀를 놀리느냐. 네 혀는 내게 쓰라고 있는 것이 아니다."

"귀신이 오늘 무슨 짓을 했는지 가르쳐 주는 것이다."

선우가 나를 게슴츠레 노려보았다. 실수하고 말았다. 이번에는 진실을 말했으니.

너를 거짓으로는 설득하기 쉽지만 진실로는 그렇지 않지. 하지만 나 같은 놈이라도 계속 거짓말을 지껄이는 게 쉬운 건 아니다. 이 또한 아무도 믿지 않을 소리지만.

"이런 장난에 놀아나지 마라. 자신을 잃지 마라."

비영이 애처로운 눈으로 왕을 올려다보았다.

"……이미 잃고 말았다."

그는 비틀거리며 발을 옮겼다.

"네 말 중 무엇이 진실인지, 무엇이 진실이었는지, 이제 아무것도 알 수가 없다······. 너는 지금, 내가 해 놓은 일조차도 내가 한 일이 아니라고 믿게 만들려 하는구나······. 감탄이 나올 지경이구나, 독사의 혀를 가진 자야. 저주받은 피가 흐르는 자······."

그는 시체에 발이 걸려 넘어졌다. 비영이 다시 달려가 그를 부축했다. 비영은 왕을 껴안고 나를 돌아보았다. 그처럼 온 힘을 다해 응시하는 시선은 처음이었다. 이런 시선을 받기를 얼마나 원했는가.

"대군."

비영이 나를 보며 말했다.

"누가 왕에게 이런 짓을 하는 겁니까."

옥좌에서 일어나야 한다는 생각이 간절했지만 꼼짝도 할 수가 없었다.

"귀신."

비영의 흑요석 같은 눈이 나를 응시했다. 검고 깊은 호수처럼 청명하다. 이 세상에 오직 그녀의 눈만 존재하는 것 같다.

"귀신이 한 짓이오."

비영의 눈이 나를 매섭게 질책했다. 원하는 것이 그 답이 아니라는 듯이. 나는 웃음이 터지는 것을 자제했다.

"몇 번을 말해야 비께서 귀담아들으실지 모르겠소."

"귀신이 대체 무엇입니까."

낯선 질문이었다. 아까 내 방에서 한 질문과도 다르다. 처음으로 귀담아듣고자 결심한 질문. 하지만 나는 망설였다. 여전히, 나는 '말할 수 없었다.'

하지만 비영이 내게 명령하고 있었다. 나는 더 견디지 못하고 답하고 말았다.

"사람의 마음을 잡아먹는 것이오."

비영의 눈이 반짝였다.

"인간의 정신에 파고들어 사람의 인격을 대체하는 것이오. 요괴인지, 망령인지 모르겠고, 어떻게 그럴 수 있는지 모르겠으나 달리 설명할 도리도 없소. 피에 굶주린 것이고 잔인무도하고 사람의 마음을 모르는 것이오. 그것을 따르는 자들이 궁에 있고 그들이 궁 여기저기에 암약하고 있소."

어디선가 슬픈 귀곡성이 들렸다. 이 세계 주인의 마음을 반영하는 소리라는 기이한 기분이 들었다.

"대군의 안에 있는 광증을 말하는 것입니까."

비영이 말했다. 나는 그만 참지 못하고 웃음을 터뜨리고 말았다.

"비께서 그리 믿고 싶다면 그런 것으로 해 둡시다."

"감히 나를 능멸하는가!"

비영이 울음 섞인 고함을 쳤다. 마음이 난도질당하는 것 같았으나 웃음이 멈추지도 않았다.

"나는 이미 답을 했으니 어찌 받아들이실지는 그대의 자유요. 말했듯이, 오늘 일을 내 짓이라 믿고 벌하신다 해도 딱히 저항하지는 않겠소."

비영은 두 손을 꾹 쥐고 한참을 눈을 감고 있다가 떴다. 그 눈 안에 이글거리는 불길이 아름다웠다.

"만약 정녕, 진실로 그대가 귀신이 아니라면."

비영이 나를 무시무시하게 노려보며 말했다.

"왜 여지껏 없애지 못하셨습니까."

허를 찌르는 질문이었다. 나는 조금 멍해졌다.

"세상에 두려울 것 하나 없는 대군이 아니십니까. 한때는 부도국의
군대가 모두 대군의 지휘하에 있었습니다. 무패의 군대가 아니었습니
까. 귀신이 설령 국가를 거느린들 이기지 못하셨겠습니까. 귀신이 단
순히 사람 안에 깃들어 있다면, 대군이 홀로 싸운들 힘으로 이기지 못
하셨겠습니까."

나는 얼떨떨한 기분으로 비영을 바라보았다.

"귀신의 존재를 알고 그 귀신이 전하를 노릴 줄을 알고 계셨다면,
어찌하여 이리 되기 전에, 동생으로서, 신하로서, 일국의 왕자로서, 제
모든 것을 걸고 일찌감치 쳐 없애지 않고 여기서 말장난이나 하고 계
십니까."

나는 말로 뺨을 맞은 기분으로 잠시 넋을 놓았고 이어 고개를 수그
렸다.

"옳은 비난이오."

"비난의 옳고 그름을 따지려는 것이 아닙니다. 왜 그리하지 않으셨
습니까."

"시도하기는 했소."

"시도하기는 했다?"

"……."

나는 고통에 겨워 입을 다물고 말았다. 비영의 눈에 핏발이 섰다.

"국왕을 대신하여 명하겠다. 죄인. 그대가 귀신을 이기지 못한다면, 최소한 귀신이 누구인지 말하라. 내 당장 명을 내려 오늘 내로 그자를 잡아 가두리라. 네가 오늘 누구를 음해하든 좋다. 거짓으로 고해도 좋고 지어내도 좋다. 상관하지 않고 그자를 가두어 문초하겠다. 그러니 어서 말하라."

"……."

"명에 따르라. 죄인."

나는 눈을 감았다.

"……말할 수 없습니다."

비영이 치를 떨었다. 눈에 새파란 분노가 깃들었다.

"그의 말을 듣지 마시오, 왕후."

선우가 비영을 밀치며 일어났다.

"그의 말은 그대가 듣기에는 독성이 너무 강하니까."

"전하."

"저자의 말에는 진실이 없소. 단지 자신이 원하는 말을 할 뿐이오. 그대가 믿기를 바라는 것만을 말할 뿐이오. 저자가 입을 여는 이유는 진실을 알리는 데에 있는 것이 아니라 자신의 목적을 달성하려는 데에 있소."

이제는 내 눈에 핏발이 섰다.

"저 사람 안 가리는 괴물이 저토록 지키려는 자가 나 말고 또 누구겠는가. 지금까지 내가 저자를 지켰다고 생각했는데 거꾸로였소. 내 안에 귀신이 있소. 세상을 온통 전란에 휩싸이게 할 것이 내 안에 있었소."

나는 손에 힘을 주었고, 옥좌에서 일어났다. 거의 설 수 없게 된 다리로 땅을 딛고 섰다.

"아니야."

"내가 해 온 일을 저자가 속여 내가 한 일인 줄도 모르게 했던 모양이오."

"아니라는 말 안 들려!"

나는 뚜벅뚜벅 계단을 내려가, 그의 멱살을 잡아 일으켰다. 선우는 멍한 눈으로 나를 올려다보았다. 비영이 달려들려다가 물러났다.

"귀신이 한 짓이야. 그놈은 다른 사람 눈만 속이지 않는다. 자기 자신마저 자신을 의심하게 만든다."

"그 말조차 거짓이라면?"

"내가 진실이라면 진실인 줄 알아!"

"얼마나 오랫동안 그 입에 거짓을 담았지? 얼마나 많은 사람에게 사기를 치고, 친구를 이간질하고, 동맹을 깨뜨리고, 나라를 몰락시켰지? 네 재능을 내가 알아. 거짓을 진실로 믿게 하는 자. 저주받은 자야. 마침내 나도 네 독에 죽는구나."

나는 그만 그를 놓고 말았다. 놓은 순간 주저앉았다. 왕도 같이 바닥에 털썩 앉았다. 나는 머리를 붙잡은 채 한동안 숨만 쉬었다.

"네가 아니야……."

나는 그것밖에 할 말이 없는 사람처럼 중얼거렸다. 그제야 선우가 정신을 추스르는 것 같았다. 상황이 조금 눈에 들어오는 것 같다. 생각도 돌아오는 것 같다. 마음을 진정하고 어둠이 내려앉은 눈으로 나를 바라본다.

선우는 일어났다. 그리고 죽은 무관의 대검을 뽑아 들더니 내게 다가왔다. 나는 나와 관계없는 것을 보는 기분으로 칼을 물끄러미 바라보았다. 피해야 할까. 피할 이유가 있을까. 죽을까. 죽으면 이 상황이 나아지기는 할까.

"그러면 누구냐."

"……."

"왕후의 질문에는 답하지 않았지만 내 질문에는 답해 보아라. 귀신이 나도 아니고 너도 아니라면 이름을 댈 수 있을 텐데."

나는 얼굴을 감싼 손가락 사이로 비영을 보았다. 비영은 이 모든 것을 하나도 놓치지 않겠다는 눈으로 나를 보고 있다. 아까는 비영이 세상에 선우가 없는 것처럼 나를 대하더니 이놈은 이 자리에 비영이 없는 것처럼 대한다. 이상하게 달이 붉더니 오늘 밤은 모두 정신이 나가기라도 했는가.

"왜 가만히 있느냐. 너라면 얼마든지 이 검을 빼앗고 나를 죽일 수 있을 텐데."

나는 눈을 감았다. 녀석이 자세도 못 잡고 칼을 휘두르는 꼴을 보고 있으면 무의식중에 피해 버릴지도 모른다.

"이러지 마라. 너는 알아."

내가 말했다. 비영이 퍼뜩 선우를 돌아보았다.

"하지만 믿지는 않지. 놈의 말이 내 말을 덮었다. 놈은 그런 일에 능하다. 설득당하는 줄도 몰랐을 거야."

선우가 반쯤 웃으며 나를 바라보았다. 이미 그의 눈에 신뢰는 없었다.

그가 내 목에 칼을 들이대었다. 나는 날 끝에 어린 죽음의 무게를 가늠했다. 절반, 조금 넘는다. 죽음의 가능성이 절반, 조금 넘는다. 내가 지금 살릴 사람을 선택해야 한다면 누구를 골라야 하나. 나인가, 이 녀석인가. 이 녀석이 이 상태로 '귀신'과 싸울 수 있을까. 내가 죽는 것이 이 녀석을 살리는 길인가. 아니면, 어차피 선우는 패배했다고 보고 차라리 나를 살려야 하나.

그래야 할지도 모른다. 선우와 나, 둘 중 하나를 택해야 한다면.

"그래, 나는 너를 믿어서 지킨 것이 아니었다."

선우가 말했다.

"네게서 늘 귀신 이야기를 들어 왔지. 그것이 네 망상이 만들어 낸 착각이든, 네가 자신의 죄를 숨기기 위해 꾸며 낸 거짓말이든 상관없다고 생각했다. 너를 받아들이는 것이 내 업보며 내 아비의 업보며 네 자리를 빼앗은 대가라고 생각했다."

그래. 너는 늘 그랬다. 나는 형제를 바라보았다. 내 시선이 그 눈에서 튕겨 나와 도로 나를 찌른다.

"네 말을 믿은 적은 없으나 너를 믿었다. 네 불운과 고통 때문에 벌이는 일이며 그 이상의 악의는 없다 믿었다. 하지만 네가 이제 누구를 위해 일을 하는지 정말 모르겠구나. 너는 날 몰락시키려고 하는 거냐.

지키려 하는 거냐. 어느 쪽이냐?"

"……."

"아니면 이 전체가 네 계획이었던 거냐? 나를 미쳐 죽게 하고 이 나라를 빼앗을 생각이냐? 역시 너는 진짜 괴물이었고, 모든 것이 이 나라를 차지하기 위한 네 계획이며 연극이었던 거냐?"

내 죄다.

이것이 내 죄다. 내가 살기 위해 지금까지 해 온 거짓말이 모두 지금 이 순간에 몰아쳐 온다.

귀신아, 네가 이겼다.

나는 바둑을 두는 상대에게 감탄하는 기사처럼 생각했다.

여기까지 계획했을까. 내가 오늘 왕을 방문하러 올 줄도 알았을까. 네가 오늘 노린 것이 왕이 아니라 나였을까. 아니, 어느 쪽이든 네게는 상관없겠지.

패배를 받아들이는 것도 무사의 도리겠지. 당당히 패배를 끌어안고 가는 것도 내 거지 같은 인생의 결말로서는 괜찮은 것일지도 모르지. 싸움은 남겨진 자의 몫이고 죽은 자는 이승을 기억하지 못하니, 가고 나면 나야 뭐 아쉬울 것이 있겠는가.

나는 마음을 먹고 일어났다. 할 말도 마음에 품었다.

'그래, 다 내가 한 일이었다.'

선우가 한 발짝 물러났다.

'너를 질투하고, 네 아내가 탐나서, 너를 몰락시키려고 벌인 일이다. 전부 내가 했다. 그러니 적어도…….'

내가 손을 내밀어 선우가 든 칼을 같이 쥐었다.

'너 자신만은 의심하지 마라.'

나는 그리 말하며 자진하려 했다. 할 일을 정하니 마음은 평온했고 느긋했다. 한순간뿐이었지만.

나를 향하던 검이 회전했다. 나는 둔하게도, 왜 검이 회전하는지 잠시 판단하지 못했다. 회전해 떨어지는 검을 무의식중에 잡는데 무시무시한 무게가 손에 전해졌다.

안 돼.

안 돼, 또 다시.

비영이 지르는 비명이 아득한 곳에서 들려왔다. 나는 선우를 껴안고 넘어졌고 칼은 과거에 그의 심장이 찔린 자리에서 그대로 내 등을 찔렀다. 검이 내 가슴을 뚫고 튀어나왔고, 나는 튀어나온 검이 선우를 찌르지 않도록 온 힘을 다해 두 팔로 버텼다. 검은 선우의 몸에 닿을락 말락 한 지점에서 멈췄다.

아아, 감사합니다.

힘이 방향을 바꾸었다. 칼이 무자비하게 내 등에서 뽑혀 나갔다. 나는 내 앞뒤로 솟구치는 피를 내 눈으로 볼 수 있었다. 나는 여전히 버텼다. 구토하듯 피가 선우의 얼굴에 쏟아졌다. 선우는 아직 상황을 파악하지 못한 얼굴이었다. 그때 거인의 손에 잡힌 것처럼 오른손이 검과 함께 높이 들어 올려졌다.

안 돼. 다시는 하지 않겠다.

나는 죽을힘을 다해 왼팔을 들었다. 오른손과 왼손이 다른 의지의 지배를 받기라도 하는 것처럼, 오른손은 검을 내리쪘었고 왼손이 그 앞을 막았다. 검은 내 손바닥을 뚫고 내려갔고 구멍이 난 왼손이 오른 손을 붙잡은 뒤에야 멈춰 섰다. 다시 무거운 힘이 검을 내 손에서 뽑 아내었다. 왼손이 의지를 잃고 툭 하고 떨어졌다.

"안 돼……."

나는 주문처럼 중얼거렸다. 피가 목구멍을 채우고 쏟아졌다.

웃음소리가 들렸다. 검은 연기가 모이더니 차츰 사람의 형상으로 변했다. 길게 찢어진 입이 연기 속에서 나타났다. 이어서 반달 모양으 로 꺾인 눈이 나타났고 가면을 쓴 괴인이 모습을 드러냈다. 괴인이 두 손으로 내 오른손을 쥐고 내리누르고 있다.

그때 바람이 공중을 갈랐다. 나를 내리누르던 힘이 빠져나갔다. 나 는 축 늘어졌다. 그러자 놈이 내 손을 붙잡은 채 늘어진 나를 든 형상 이 되었다. 비영이 타는 듯한 눈을 하고 괴인을 향해 활을 겨누고 있 었다.

"누구냐, 너는."

낮은 목소리였지만, 내당이 쩌렁쩌렁 울렸다.

"출처가 무엇이며 어디에서 온 자냐. 정체를 밝히고 왕 앞에 무릎을 꿇어 예를 표하라!"

괴인은 나를 바닥에 내던지고 비영을 향해 발을 옮겼다.

"물러나라!"

비영이 소리쳤다. 그녀는 시위를 당겼고 괴인이 가볍게 화살을 잡아채었다. 비영이 다시 화살을 재었다. 그러나 바람처럼 달려든 괴인이 그녀의 손을 붙들고 활과 화살을 한 손으로 으깨어 부숴 내었다. 그녀는 정신을 가다듬고 뒤를 돌아보며 소리쳤다.

"밖에 누구 있느냐! 침입자가 있다! 들어와 전하를 보호하라!"

허망한 바람 소리만이 내당을 채웠다.

문이 열리며 병사들이 날아 들어왔다. 그녀가 데리고 온 날개병들이 아니다. 검은 옷을 입은 병사들이 창을 겨누며 우리를 둘러쌌다. 나와 선우, 비영을 중심으로 두 개의 원이 생겨났다. 하나같이 가면을 썼는데 가면에 달린 입마다 살아 있는 것처럼 이빨이 돋아 있었다.

괴인이 비영에게 한 발짝 다가섰다. 비영이 피하려 했지만 기둥이 퇴로를 막았다. 놈이 비영의 팔을 움켜쥐었고 비영이 홱 하고 가면을 벗겨 내었다. 멀리서도 비영의 얼굴에서 핏기가 가시는 것이 보였다. 아는 사람인 듯했다.

"조정자."

비영이 말했다. 처음 듣는 이름이었다.

"조정자……. 어째서…… 여기에…….."

놈은 답하지 않았다. 대신 미소를 지으며 비영의 손목을 틀려 했다.

물러나라.

내가 생각했다. 내 성대는 이미 목소리를 낼 힘을 잃었다. 그러나 어째서인지 나는 놈이 내 생각을 읽을 수 있다고 확신하고 있었다.

누구 앞에서 감히 그분에게 손을 대는 거냐.

놈이 이쪽을 돌아보았다. 장신에 머리카락은 푸른 기가 돌고, 이마에는 십자 흉터가 나 있다. 눈은 길고 초승달 같고 얄팍한 입술이 귀 밑까지 찢어져 있었다. 가면이나 본래 얼굴이나 큰 차이가 없어 보였 다. 놈이 볼을 긁적였다.

"왕후 마마께서 내게 활을 겨눴다고요. 제 목숨을 노렸단 말입니다. 다시는 이런 짓 못하게 손 하나쯤은 가져야겠습니다. 놔두면 버릇된 다고요."

허락할 수 없어.

"허락을 받을 일이 아닌데요."

내 것을 가져가.

놈은 턱을 긁었다.

"조금 약한데요. 하지만 뭐, 옛정도 있고 하니 에누리해 드리죠."

"……."

"제가 가야겠습니까?"

나는 피를 토했다. 꿰뚫린 몸이 속에 있는 것을 토하려 안달이었다. 병사들의 창이 나를 빼곡히 둘러싸고 있었다. 나는 멀쩡한 손으로 땅 을 짚었다. 칼에 꿰뚫린 팔은 바윗덩이처럼 어깨에 걸려 있다. 몸을 일 으키는 것보다 그 팔의 무게를 감당하기가 더 힘겨웠다.

나는 산처럼 섰다. 이미 죽은 자에게는 겁날 것이 없고 고통도 없다. 나는 히죽히죽 웃는 그에게 한 발짝 한 발짝을 바위처럼 내디뎠다.

왕은 죽은 듯 길게 누워 있었다. 이상하다. 왜 일어나지 못할까. 내 가 지켰으니 이번에는 다치지 않았을 텐데. 내 기억 탓이다. 이곳의 풍 경이 내 기억으로 돌아가기 때문이다. ……이게 무슨 소린지는 나도 모르겠지만.

나는 놈의 앞까지 걸어갔고 피투성이의 손을 내밀었다.

놈은 비영의 손을 놓고 내 손목을 붙잡았다. 놈이 내 손가락을 일일이 가늠하더니 하나씩 꺾어냈다. 새끼손가락에서 엄지손가락까지. 이어서는 손목을 꺾고 그대로 손아귀에 틀어쥐었다. 나는 잠깐은—얼마나 잠깐이었는지 가늠하기는 어렵다— 신음을 참았지만 이내 모두가 소용없는 일처럼 느껴졌다.

나는 놈이 내 손을 망가뜨리는 동안 마음껏 울었다. 가면 병사들조차 주춤거리며 물러났고 비영은 파랗게 질려 귀를 막았다.

놈이 나를 내던졌고 쓰러졌는데…… 어째서인지 비영이 나를 받았다.

팔을 들 힘이 없었지만 부서진 손이 바닥에 닿았을 땐 억지로라도 들 수밖에 없었다. 비영이 나를 끌어안았다. 그녀도 미친 모양이다. 껴안을 사람이 잘못되었다. 비영이 내 조각난 손을 잡아 올렸다. 폭발물이라도 든 것처럼 어찌할 줄을 모른다. 창이 포위망을 만들었다. 선우한 사람과 나와 비영을 중심으로 원을 그린다.

"어찌 이리 약한 모습이십니까. 도련님. 홀로 칼을 휘두르며 제 부하들을 전멸시키던 모습이 아직도 눈에 선한데요."

여긴 이승이 아니로군.

"그렇게 생각하십니까?"

이승이면 '네'가 현실에 직접 나타날 리가 없으니까.

나는 내 눈에 보이는 모든 것이 진실이라고 믿는 것과 같은 확신으로, 내가 미치지 않았다는 것을 믿는 것과 같은 확신으로 말했다.

"놀랍군요."

하지만 원리는 모르겠군. 저승도 마찬가지로 네가 있을 곳이 아닌데. 여기는 중천中天쯤 되는 곳인가? 생과 사의 중간쯤에 있는 곳인가?

"정말 놀랍네요. 지식이 없으실 텐데도 꽤 정확한 판단을 하시는군요."

네 과시욕이 넘치는 줄은 알지만 그래도 숨어 살아야 할 처지가 아니었던가? 이렇게 모습을 드러내는 게 네게 좋은 일은 아닐 텐데.

"그렇게 생각하십니까?"

놈이 해맑기까지 한 미소를 지으며 나를 안은 비영을 바라보았다. 내 손을 든 비영의 손이 크게 떨리는 것을 느낄 수 있었다.

"어수선하게 해서 죄송합니다. 마마."

비영은 한동안 입을 열지 못했다. 아마 탁자나 의자가 입을 열어 대화를 시도하면 사람이 그만큼 망설일 것이다. 인격이라 생각하지 못했던 것에 인격을 부여해 상상하려면 그만큼 시간이 걸렸을 것이다.

"이게 무슨 짓이냐."

비영이 덜덜 떨며 말했다.

"죄인이 왕을 시해하기 직전이었습니다. 죄인이 간악하게도 혀를 놀려 왕비님을 혼란에 빠뜨려 각본에 신경 쓰지 못하게 만들었습니다. 그대로 두었더라면 집행 전체가 망가졌을 것입니다."

비영은 다시 한참 말을 잇지 못했는데 이번에는 탁자와 대화를 한다는 문제 때문은 아니었다.

"네가 왕을 공격했다."

비영이 한참 만에 막힌 숨을 토해 내듯 말했다.

"나, 나까지도 공격했다."

"무슨 그런 말씀을."

'조정자'라 불린 괴인이 억울하다는 듯이 말했다.

"시스템은 각본을 본래의 궤도에 올리기 위해 가장 정확하고 간단한 방법을 씁니다. 죄수의 무력이 워낙 높아 제압하려면 허를 찔러야 했습니다."

비영의 손이 너무 떨려서 맞잡은 손에 고통을 더했다. 이런 상황이나마 그녀와 다시없는 연인처럼 손을 맞잡고 있다는 사실에 미친놈처럼 가슴이 설렌다.

"이제 죄수는 왕을 죽이지 못합니다. 마마께서 만드신 죽음의 규칙이 조금 엄격하여 상처를 많이 내야 했지만, 이 정도까지 했으니 가볍게 목을 찌르기만 해도 죽을 것입니다."

놈은 비영이 등에 멘 화살통에서 화살 하나를 꺼내 들고 선물을 바치듯 두 손으로 정중히 바쳤다.

비영이 홀린 사람처럼 화살을 받았다. 위치도 좋으니 그대로 내 숨통을 쑤시면 죽을 것이다. 나는 눈을 감지 않고 비영을 보았다. 어차피 죽을 것이라면 조금이라도 더 그녀를 마주 보다 갈 생각이었다.

쨍그랑, 하는 소리와 함께 화살이 벽에 맞고 떨어졌다. 나는 조금 놀랐다. 비영이 화살을 내치고 눈을 부라리며 조정자를 노려보고 있었다.

"넌 누구냐."

조정자의 눈에 위험한 것이 깃들었다. 곤란하군. 나는 생각했다. 이제 나로서는 이놈을 막을 도리가 없는데.

"왜 그러십니까?"

"지금까지 다섯 명의 집행관이 다섯 개의 세계를 열고 다섯 번의 집행을 했다."

집행관, 세계, 집행, 지식에 없는 단어가 한꺼번에 밀려 들어왔다. 생각이 아득하게 흘러갔다.

"그런데 어째서,"

비영의 눈이 무섭도록 맑게 빛났다. 마치 세상의 심연을 다 꿰뚫어볼 수 있다는 듯이.

"지금까지 죄수를 죽인 자가 너밖에 없느냐."

'조정자'가 미소를 지었다. 웃음을 짓자 길게 찢어진 웃음이 얼굴을 둘로 가를 것처럼 늘어났다. 얼굴에 그림자가 내리면서 얼굴 전체가 가면처럼 평평해지는 것처럼 느껴졌다.

"그렇게 볼 수도 있겠군요."

"넌 누구냐. 누구길래 신성한 집행에 난입하여 제멋대로 날뛰는 게야!"

"저는 시스템이 죄인의 망상과 악몽에서 꺼내어 구현한 가상 인격체입니다. 집행이 본래의 궤도로 오르도록 돕는 조정 프로그램입니다."

"닥쳐라! 누구 허락을 받고 허황한 말을 하는 거냐!"

"저는 한 번도 죄수를 직접 죽인 적이 없습니다. 마음을 가라앉히십시오. 저를 포함한 이 세계의 모든 것은 집행관께서 직접 만드신 것입니다."

"난 너 같은 것을 만든 적이 없다. 네가 누구냐! 여기서 뭘 하는 거야!"

순간 공간이 휘어졌다. 세상 전체가 깨졌다가 다시 붙었다. 지붕이 부서지면서 해치 두 마리가 뛰어들었다. 지붕 위에 달을 등지고 수경이 서 있었다. 동시에 문이 열리며 소암이 병사를 이끌고 허둥지둥 들어왔다.

"비 마마, 무사하십니까!"

수경은 하늘을 올려다보았다. 그의 소리 없는 명령에 화답하며 주작이 지붕에 내리꽂혔다. 서까래가 휘어지며 기왓장이 흙과 함께 떨어져 병풍을 내리깔고 옥좌 위로 무너졌다. 드러난 하늘에 휘영청 달이 밝고 산벌레 우는 소리가 가벼운 곡조처럼 스며들었다.

이어 해치가 벽을 뚫고 나갔다. 장지문을 물어뜯고 부수며 이 방 저 방을 휘저으며 창과 문을 뜯어냈다.

괴상한 짓이었지만 이유는 알 것 같았다. 수경은 '내부'가 내 기억에 의해 생겨났다고 했다. 그는 지금 건물을 부숴 내부와 외부의 구분을 없애는 것이다. '외부'는 내가 아니라 집행관의 통제하에 있으므로……

……내가 미치지 않은 게 정말 확실할까?

벽이 무너지자마자 조정자의 모습이 사라졌다. 동시에 가면을 쓴 병사들도 안개가 되어 사라지고 싸우던 소암의 군사들이 제각기 허공을 치며 균형을 잃었다. 병사들이 어쩔 줄 모르고 명령을 기다렸지만 소암은 명령할 거리를 찾지 못하고 두리번거리기만 했다.

수경이 천장에서 뛰어내렸고 비영과 눈이 마주쳤다. 수경은 난처한 얼굴로 시선을 피하다가 결심한 듯 그녀의 앞으로 돌아와 무릎을 꿇었다.

"괜찮으십니까."

비영도 만감이 교차하는 얼굴로 수경을 마주 보았다. 수경은 판사 앞에서 범죄를 시연하는 사람처럼 내 몸을 살폈다.

"지혈하겠습니다. 비 마마께서는 비켜나……."

내 옷을 찢은 그의 얼굴이 어두워지고 목소리가 잦아들었다. 내 몸이다. 늦은 줄은 수경보다 내가 더 잘 안다.

"대군. 일어나시오."

비영이 내 상처를 손으로 누르며 이상한 말을 한다.

"정신 차리시오. 일어나십시오. 죽지 마시오."

비영이 내 피투성이 손에 머리카락과 뺨을 쓸었다. 수경이 당혹스러운 눈으로 비영을 보았다. 묘한 눈빛이었다.

누군가가 내게 다가왔다. 소암은 그에게 무릎을 꿇는데 수경은 그를 한 번 쳐다볼 뿐 돌아보려고도 하지 않는다. 나를 끌어안은 비영도 일어날 줄을 모른다. 대체 왜들 이러는가. 선우가 넋이 나간 얼굴로 내 앞에 섰다.

"왜 네가 누워 있느냐."

모두가 그제야 왕을 올려다보았다.

"왜 네가 나 대신 죽느냐."

질책하거나 감사하는 용도의 반어법이 아니다. 문장 그대로의 질문이다. 상식적이고 당연한 일이 일어나지 않았다는 듯이, 대체 왜 일이 이렇게 되었느냐는 눈빛으로 나를 바라본다.

이제야 정신이 다 들었구나. 다행이다. 다행이야.

제 몸을 내려다보던 왕이 무슨 생각을 하는지 슬픈 미소를 짓는다.

"그렇군. 내가 꿈을 꾸고 있구나. 현실이 아니다. 내가 죽어 꿈을 꾸는구나. 저승에 누워 이승을 추억하는구나. 그래, 꿈이었다. 그렇지 않다면 어째서 내가 아니라 네가 죽겠느냐. 어째서 그 자리에 누워 있는 것이 내가 아니겠느냐."

아냐. 선우. 꿈이 아니다. 넌 살았다. 우리 모두가 널 살렸어.

"보아하니 모두 내가 죽은 것을 아는구나. 그러나 죽어서도 내 사랑하는 사촌과 아내와…… 형제를 다시 만나니 참으로 좋구나."

소암이 무릎을 꿇은 채 흐느끼기 시작했다. 수경은 애써 눈을 피했다. 비영이 비탄에 젖은 눈을 내린다. 이상한 일이다. 왕이 미친 소리를 하는데 왜 다들 믿는가. 왕이 무릎을 꿇고 내 앞에 앉았다.

"흑영. 괴로워하지 마라. 나는 그자에게 졌기로 죽은 것이다. 패자의 운명이니 네 탓이 아니다."

철그렁하는 소리가 들렸다. 수경이 칼을 떨어뜨리는 소리였다. 얼른 정신을 추슬러 칼을 쥐는 것이 보였다. 비영도 내 손을 놓칠 뻔하다가 다시 붙잡았다.

"차라리 잘된 일이다. 우리 둘 중 하나가 남아야 한다면 나보다 네가 남는 것이 낫다. 나보다 네가 그자를 이길 가능성이 큰 줄을 우리 둘 다 안다."

"아냐!"

내가 소리를 질렀다. 모두 놀라 나를 돌아보았다. 나는 비영을 뿌리치고 나를 내리누르는 수경도 뿌리치고 선우에게 팔을 뻗었다. 그대로 놓으면 영원히 잃을 것처럼 남은 힘을 다해 끌어안았다.

"넌 살아 있어. 살아 있다……. 안 죽었어. 넌 살아 있어……."

"그리하지 마라. 형제여."

선우는 나를 품에서 떼어내고 슬픈 눈으로 보았다.

"네가 미치면 그자에게 어찌 이기겠느냐. 네가 귀신에게 이기지 못하면 내가 어찌 편히 잠들겠느냐. 미치지 마라. 도망치는 것이다. 죽지 마라. 도망치는 것이다."

사람의 마음을 평온하게 만드는 목소리. 사람들이 흔히 말하기를, 그의 인격이 그리 만든다 한다. 그러나 우리 서로는 안다. 우리가 각자의 방법으로 거짓을 쓸 뿐이라는 것을.

그러나 그의 거짓은 폭풍처럼 몰아치는 내 고통을 잠재웠다. 나는 힘을 잃고 쓰러졌고 선우가 나를 길게 눕혔다.

"본디 왕이 되었어야 할 사내여. 나와 자리가 바뀐 자여. 내 형이자 동생인 자여. 본디 네 것이었던 권리를 빌려 네 왕으로서 명령한다."

어떤 꿈이 떠올랐다.

나는 묘지가 된 침전에 홀로 주저앉아 있었다.

선우의 시신이 눈앞에 있다. 나는 오랫동안 앉아 있다가 일어났다. 일어난 뒤에도 오랫동안 서 있었다.

나는 선우의 손에서 내 칼을 빼내고 선우의 몸에 칼을 꽂았다. 이어서는 짐승이라도 도륙하듯 난자했다. 희한하리만큼 감정이 일지 않았다. 한 번 껴안아 선우의 피를 내 옷에 잔뜩 묻힌 뒤에는 칼을 옆에 던져 두고 드러누웠다.

고요한 밤이었다. 해 떨어진 산처럼 고요했다. 누운 채로 우습게도, 조금 더 잔인하게 난자했어야 했나 생각했다.

"살아라. 네가 살아야 한다. 내 가슴에 칼을 꽂는 한이 있더라도 네가 살아라. 세상을 모두 부순다 해도 네가 살아라."

내 흐릿한 눈에 그의 옷이 피에 물드는 것이 비쳤다. 이 세계의 그가 흘리는 피가 아니다. 이미 먼 옛날 어느 다른 차원에서 죽은 그가 흘리는 피다. 내 기억 속의 그가 흘리는 피다.

"그 일이 네 남은 삶을 지옥으로 바꾸더라도 그리해야 한다. 그것이 네가 감당할 형벌이며 네가 수행할 임무다. 내 목숨을 네가 받았으니 나를 지키듯이 너를 지켜라."

이미 늦었습니다. 왕이여. 나는 죽습니다. 부디 옥체를 보존하소서. 부디 만수무강하시어, 늙어 앞을 못 보고 사물 분간 못 하며 벽에 똥칠하도록 사소서. 늙어 쭈그렁바가지가 되도록 부인과 백년해로하며 사소서. 부디 일생 행복하게……

아아, 제발 이 모든 것이 꿈이라는 말만 하지 마소서.

사이

분위기가 이상하다. 처참한 재난이 한바탕 휩쓸고 간 것만 같다. 그 중에서 여인의 상태가 심각했다. 작달막이가 여인을 부축하여 눕히고 몸을 주물렀다가 다시 부축하는 일을 반복하지만 마음만 급할 뿐 제대로 된 조치를 하지 못하는 것 같았다.

침묵 속에서 뾰족귀가 입을 연다.

"모두에게 말씀드릴 것이 있습니다."

"왕비의 상태가 좋지 못하다. 이 이상 조금이라도 충격을 줄 말이라면 입에 담지 않도록 하라."

노인이 말했다.

"성안 풍경은 죄수의 기억을 근거로 만든 것입니다."

"이미 아는 사실이 아닌가."

"인간의 기억이란 지극히 주관적인 것입니다. 우리가 본 것은 모두 그의 눈으로 본 세상일 뿐입니다."

사람들의 시선이 뾰족귀에게 고정되었다. 여인은 아직 정신을 차리지 못한 눈으로 그를 돌아보았다.

"죄수는 미쳤습니다. 미쳐서 사람의 정신을 잡아먹는 귀신이 있다고 착각하였고, 귀신이 왕을 미치게 했다 착각하였고, 결국 그 귀신이 궁에 난입해 왕을 죽였다고 착각하였습니다. 실재하지 않는 귀신의 존재를 믿으며 자신이 그와 싸우는 전사라고 착각하고 있습니다."

말하는 사람이 없었다.

"선우왕께서 마지막에 그에게 한 말을 돌이켜보십시오. 왕께서 하신 말이 아니라 놈의 상상이 지껄인 말입니다. 온 세상을 다 부수고라도 혼자 살 것, 주상을 죽이고서라도 혼자 살 것. 역모의 의도를 이보다 더 분명히 표현한 말을 저는 이전에 들은 적이 없습니다."

영리한 자.

내가 생각했다. 어느 구석에서 나왔는지도 모를 생각이었다.

"그리 간단히 넘길 문제만은 아닌 듯한데."

저 멀리 팔짱을 끼고 앉은 안경잡이가 말했다. 중절모와 옷은 먹물에라도 빠뜨렸다 나온 듯 새카맣게 물들어 있었다. 더운 여름날 녹은 엿가락처럼 끈적거리는 말이 느릿느릿 입에서 기어 나온다.

미친 자.

내가 생각했다.

노인도 죽은 사람처럼 보였다. 저승 문턱에 있다는 점에서는 두 사람이 차이가 없어 보였다.

"무슨 말씀이시오. 무진왕."

"나는 귀국의 왕이 어떻게 죽었고 왜 죽었는지는 관심이 없소. 어차피 나는 그 원한 때문에 여기 온 것이 아니니까. 하지만 귀국의 왕후 말씀대로, 조정자가 시스템이 아니라 사람이라면 보통 문제가 아니지."

"조정자는 시스템이 각본을 조정하기 위해 만든 것이오."

"제 입으로 한 말이지."

안경잡이가 노인의 말을 가로챘다.

"제 입으로 지가 조정자라고 했고, 제 입으로 지가 시스템이라고 했을 뿐이지."

안경잡이가 머리를 쓰다듬었다.

"나도 집행을 하지 못했소. 생각해 보니 소암 공도 했다고 볼 수 없더군."

여인을 부축하던 작달막이가 핏기가 가신 얼굴로 돌아보았다.

"수경이라는 그 무사는 물론이거니와 왕후께서도 죄인을 죽이지 못했소. 다섯 번의 집행을 했는데 집행관 중 죄인을 죽인 자가 없소. 뭐가 어찌된 거요? 이게 무슨 집행이오?"

안경잡이가 얼굴을 감싸고 웃었다. 작달막이가 만류하는 가운데 여인이 꺼져 가는 촛불처럼 일어났다.

"앉아 있거라."

노인이 말했다.

"네가 악인의 머릿속에 들어갔다 나와 정신이 없는 것이다. 아무 말말고 조용히 있거라."

여인이 아랑곳하지 않고 말했다.

"상왕 전하, 이전에 조정자의 존재를 들어 보신 적이 있습니까?"

"조용히 있으라 했다."

"저는 그런 것을 처음 보았습니다. 여기 있는 모두가 그러했습니다. 그런데 어째서 우리는 자연스럽게 조정자의 존재를 받아들였고, 그자가 집행관의 시나리오에 끼어드는 것을 허용한 겁니까?"

노인이 입을 꾹 다물었다. 무슨 노친네가 표정이 저리 험악한지 모르겠다. 저 여자는 무섭지도 않은 모양이다. 나는 보기만 해도 오금이 저리는데.

"우리 중 누구도 이전에 조정자에 대해 들어본 적이 없습니다."

"앉아 있으라니까."

"집행장에 들어가면 우리들의 언어와 지식 역시 그 차원에 맞춰 조정됩니다. 만약 집행관 중 한 사람이 우리의 기억을 건드려, 모두에게 조정자의 존재를 각인시켰다면······."

"있을 수 없는 일이다. 세계가 끝나면 입력된 기억은 모두 지우게 되어 있다."

"지우는 것은 죄인의 기억뿐입니다. 우리는 지난 모든 세계의 기억을 유지합니다."

노인의 눈이 흔들렸다.

"만약 집행관 중 누군가가 자기 세계에서, 그 세계의 규칙을 입력할 때 우리에게 조정자의 기억을 같이 넣었다면, 우리는 모순을 눈치챌 수 없었을 것입니다."

노인의 표정이 굳었다. 안경잡이는 음침하게 웃으며 고개를 숙였다. 작달막이는 당황해 두리번거렸고 뾰족귀가 눈을 가늘게 떴다.

"왕비님께서 아무래도 우리 중 한 사람이 그자라고 말씀하시는 모양이로군요."

뾰족귀가 질문했다. 여자가 보지 않고 답했다.

"참관인은 제 모습을 실제와 다르게 표현할 수 있고 집행관의 각본에 끼어들 수 있습니다. 조정자의 모습은 정확히 참관인이었습니다."

"아니오, 동의할 수 없습니다."

뾰족귀가 말했다.

"우리가 각본에 개입할 수 있다 하나 집행관이 만든 규칙을 뛰어넘을 수는 없습니다. 그자는 괴물이 되었다 다른 사람이 되었다 했습니다. 사람이라면 그럴 수가 없습니다."

여자는 뾰족귀를 향해 한 걸음 더 다가갔다. 그의 앞에 서서 고개를 높이 쳐들고 상대를 바라보았다.

"그대의 모습은 내가 아는 바와 다르오."

"왕비님께서도 마찬가지입니다."

"이것은 내 모습이오."

"그렇지 않습니다. 왕비님께서는 자신이 얼마나 아름다워졌는지 알지 못하십니다. 기개가 높으신 분인 줄은 익히 알았으나 이토록 드높은 자긍심과 자존심을 갖추고 있는 분일 줄은 몰랐습니다. 부도국이 좋은 왕을 잃었으나 그보다 더 좋은 왕을 얻으리라 믿어 의심치 않습니다."

"아부는 듣고 싶지 않소."

"왕비님, 우리 중에 자신의 모습으로 와 있는 사람은 아무도 없습니다. 소암 공이 언제부터 저리 왜소하셨으며, 양명왕께서는 왜 아직도 저토록 다리를 쓰지 못하십니까? 수경도 듣기와는 달리 놀랍도록 인물이 번듯하더군요."

"……."

"이것은 제 자아상입니다. 제 의지로 선택한 모습이기는 하지만, 어느 이상은 조정할 수 없었습니다. 저더러 아예 다른 모습을 하거나 본래의 모습으로 돌아가라 하시면 그리 간단히 할 수 없습니다."

"만약 여기에 그런 자아상을 가진 자가 있다면,"

여자가 눈을 크게 뜬 채 말했다.

"자신을 인간 이상의 존재로 생각하며, 자신이 원하는 모습으로 자아상을 바꿀 수 있는 자가 있다면 그보다 위험한 자가 어디에 있겠는가."

"소암."

바위처럼 앉아 있던 노인이 무겁게 입을 열었다. 어쩔 줄 모르고 있던 작달막이가 주섬주섬 일어났다.

"예, 예……."

"왕비를 연금하고 앞으로 집행에 참가하지 못하게 하라."

소암이라 불린 작달막이는 말을 잇지 못했다.

"저, 저, 전하."

작달막이가 당황해서 말했다.

"왕비가 집행을 계속할 만한 상태가 아닌 것 같다. 왕비의 안전을 위해서 그리하도록 하라."

여자는 한 번 주저앉았고 다시 몸을 추슬러 일어났다. 여자의 파리한 눈동자에 분노가 깃들었다.

"제겐 마지막까지 집행을 참관할 권리가 있습니다. 아버님이라 해도 저를 이 집행에서 제외할 수는 없습니다."

"너를 위해서 하는 말이다."

"저를 위한다는 이유로 제 권리를 빼앗아 가실 수는 없습니다."

"지금 내 말을 거역하겠다는 거냐."

"아버님이야말로 제게 거역하시는 겁니까."

노인이 흠칫 여자를 올려다보았다.

"이 나라의 임금이 누구라고 생각하십니까?"

"넌 아직 임금이 아니야!"

"그리고 아버님께서는 이미 그 왕위를 내려놓으셨습니다. 저는 임금이 될 것이지만 아버님은 되지 못하십니다. 말씀해 보십시오. 지금 누가 누구에게 명령을 내리시는 겁니까?"

팽팽한 긴장이 오갔다.

"네가 해야겠지."

멀리 서 있던 작달막이가 쓸데없이 막힌 숨을 토했다.

"어디 명령해 보거라, 나라님이 되실 아가야. 우리가 이제 뭘 어찌하는 것이 좋겠느냐."

여자는 말문이 막힌 얼굴로 주위를 돌아보았다.

작달막이가 연신 땀을 훔치며 겁에 질린 얼굴로 모두의 눈치를 살폈다. 뾰족귀는 예리한 눈으로 여자를 노려보았다. 무슨 말을 하든 맞춰 대응하려고 궁리하는 듯한 얼굴이었다. 안경잡이는 점점 꼴이 기괴해지고 있었다. 몸이 검댕처럼 푸석푸석했는데 움직일 때마다 재 같은 것이 흩날렸다. 손으로 만지면 퍼석하고 부서질 것만 같다.

"의혹을…… 해결해야 합니다."

"어떻게 해결할 거냐, '임금이 되실 분'께서 어디 얼마나 좋은 생각이 있는지 들어 보자꾸나."

노인은 손을 깍지 껴 입에 대고는 얼마든지 들어주겠다는 듯 편안한 자세로 앉았다.

"……혹시라도, 우리 중 누군가가…… 규칙을 어기고…… 다른 집행관이 마땅히 가져야 할 죄인의 목숨을 가로채어 독차지하고 있다면, 이대로 집행을 계속할 수는 없습니다."

"그래서 한 명 한 명 묶어 두고 심문이라도 해 볼까. 그런데 누가 해야 할지 모르겠구나. 우리 모두에게 혐의가 있는데, 누가 누구를 심문할까. 네가 나를 심문해야 하겠다면, 그야 네가 임금이 되실 분이니 명령에 따라야 하겠지."

여자는 마른침을 삼켰다.

"그런 뜻이 아닙니다, 아버님."

"네가 무슨 생각을 하든 집행은 죄수가 죽기 전에는 끝나지 않는다. 네게 무슨 권한이 있고 무슨 권위가 있든 그 사실만은 변하지 않는다."

"만약……."

여자는 망설였다. 입에 담기 두려운 말을 하려다 몇 번을 도로 삼켰다.

"만약……."

"만약, 무엇이냐."

"만약 전하를 실제로 죽인 사람이……."

노인의 눈에 얼음장 같은 분노가 깃들었다. 더는 말하지 말라는 경고가 그 눈에 들어찼다. 하지만 여자는 입을 열었다.

"대군이 아니라면……."

공기가 무겁게 내리깔렸다. 숨이 막힐 지경이었다. 노인은 바위처럼 침묵했다.

"그놈이 아니면, 누구 말이냐, '귀신' 말이냐?"

노인이 마침내 입을 열었다.

"귀신이 아무도 모르게, 눈에 띄지 않게 궁에 잠입하여 내 아이를 죽였다고? 그런데 놈이 어째서인지, 스스로 죄를 뒤집어쓰고 집행장에 뛰어들었다고? 그리고 네가 계속 다그치는데도, 입을 꾹 다물고 진범을 숨겨 주고 있다고?"

노인이 처참하게 웃었다.

"악마 같은 놈이 정말로 사람을 홀리는구나."

"아버님."

"네가 멋대로 그날을 되살리고!"

노인이 의자를 두툼한 주먹으로 쾅 하고 내리쳤다. 진동에 바닥 전체가 들썩였다.

"네가 멋대로 놈의 기억으로 세상을 만들었어! 놈이 내 아들이 귀신에 씌었다고 믿고 죽였다. 저 미치광이 살인자가 제가 무슨 죄를 지은 줄도 모르고 있어! 네가 무슨 의도로 저런 창피한 꼴을 만천하에 보여주느냐!"

여자는 몇 번이나 입을 열려다가 충격을 받아 말을 잇지 못했다.

"네가 창피한 줄도 모르고 저 미치광이의 허무맹랑한 환상에 속아넘어가 이제 우리를 다 의심하기까지 해!"

노인이 의자를 다시 내리쳤다. 의자는 뭘로 만들었는지 모르지만 노인이 친 자국 그대로 주먹 모양으로 움푹 패었다가 눈치를 보듯 슬금슬금 다시 돌아왔다. 이야, 저 노인네가 말하는 '미치광이'가 내가 아닌 게 다행이다. 화난 걸 보아하니 뼈도 추스르지 못할 것 같다.

여자는 쓰러질 뻔하다가 간신히 치마를 부여잡고 바로 섰다.

"아버님."

여자가 창백해진 얼굴로 목이 졸리는 소리를 내었다. 노인은 금방이라도 폭발할 듯 헐떡이던 숨을 천천히 진정시키며 의자에 몸을 묻었다.

"이해한다. 그것이 놈의 재능이지. 순진한 네가 그놈을 잘 몰라서 그랬겠지. 그러니 얼마든지 홀릴 수도 있겠지. 네게 무슨 잘못이 있겠느냐. 저 악랄한 놈이 마음을 먹고 속이면 넘어가지 않을 사람이 어디 있겠느냐. 네 잘못이 아니다."

아무도 말하는 사람이 없다.

"놈을 다 죽인 줄 알았더니 이런 방식으로 살려고 하는구나. 무서운 놈이다. 정말로 기상천외한 놈이다. 죽은 뒤에도 사기술을 쓰니 어서 없애지 않으면 우리가 다 미치겠구나."

"조정자가 설령 사람이 아니라 시스템의 일부라 해도."

뾰족귀가 침묵하다 입을 열었다.

"위험하기는 마찬가지입니다. 어디서 무슨 오류가 나는지 모르겠으나 조정자의 개입이 점점 직접적이고 거칠어지고 있습니다."

"조정자는 우리를 공격한 적이 없소. 조정자가 해를 끼친 것은 죄수 뿐이오."

"우리를 다 죽일 거야."

사슬이 절그렁거리는 듯한 소리가 들렸다. 모두가 검댕에 사로잡혀 앉아 있는 사람을 돌아보았다. 뾰족귀가 맥락을 이해하지 못한 얼굴로 미친놈을 바라보았다.

"죄인은 누가 귀신인지 기억하지 못하니까. 그러니 우리를 다 죽이겠지."

미친놈이 말했다.

"우리는 죽지 않습니다."

뾰족귀가 말했다.

"조정자만 없었으면 우리는 다 죄인에게 죽었어."

미친놈이 짜증 내며 말을 이었다.

"다들 하나같이 허둥지둥하고 끌려 다니기만 하고, 하나같이 허약하고 멍청하고 제대로 된 각본도 짜지 못하고. 조정자가 집행을 독차지한 게 아냐. 다들 제 집행을 챙기지 못한 거지."

미친놈이 괜히 성질이다.

"기분이 안 좋아 보이십니다."

"내 집행은 끝났어. 난 나가고 싶어. 괜히 이런 데서 어슬렁거리다가 한 번 더 죽고 싶지 않아."

뾰족귀는 잠시 저 사람의 정신 상태를 어떻게 해석해야 하는가 하는 눈빛을 했다. 두 사람 사이에 신분의 벽 같은 것이 없다면 '집행이 끝났다니 그게 무슨 말씀이십니까?' 하고 되물을 듯한 얼굴이었다. 아니면 '죽었다니 무슨 말씀이십니까?' 하고.

"이 안에 조정자가 있다면,"

미친놈이 말했다.

"마지막 집행에서는 초반부터 나타나서 단두대로 끌고 가 목을 썰어 버리면 좋겠군. 간단하고 깔끔하게 끝낼 수 있도록."

"집행관의 권리를 무시하는 말씀을 삼가시오. 무진왕. 아직 내 집행이 남아 있소."

노인이 침울한 목소리로 말했다.

"내기."

여자가 파리한 얼굴로 말했다.

내기.

기억이 없는 와중에도 심장이 덜컥하는 말이다. 물론 지금 내게 심장이 있다면 말이지만.

"죄인이 내기를 하고 있소."

"왕비님, 죄인은 내기를 할 수 없습니다."

뾰족귀가 말했다.

"이미 우리가 그 문제는 동의하지 않았습니까. 무슨 내기인지 기억할 수 없는 채로 할 수 있는 내기는 없습니다."

여자의 표정에는 변화가 없었다. 무서운 것이라도 보는 것처럼 눈이 크게 떠 있었다.

"조정자는 지금 내기에서 지지 않기 위해 집행에 개입하고 있소."

"만약 조정자가 모든 세계에서 제 손으로 죄인을 죽이겠다는 내기라도 했다고 생각하다면……."

"운명을 벗어나겠다는 내기."

여자의 말에 뾰족귀가 입을 다물었다. 좌중도 조용해졌다.

"조정자는 모든 집행에 개입해 운명을 되돌렸소. 죄인이 운명을, 말하자면 주어진 판결을 벗어나고 있다고 판단되는 순간에. 그러니 그것이 내기였을 것이오."

"죄인은 자신이 운명을 틀지 알 수가 없습니다. 운명이 무엇인지 알지 못하니까요. 죄인의 운명이 비틀린 것은 모두 우연입니다. 그런 것은 의도할 수 있는 일이 아닙니다."

"……이기기 위한 내기가 아니었다면?"

두려움에 쓰러질 것 같은 얼굴을 하면서도 끝까지 자신을 지탱하고 있다. 사랑스러운 여자다. 처음 보는 여자인데도 반할 것 같다. 환생한다면 다음 생에 다시 볼 수 있으면 좋겠다. 어차피 기억할 수 없겠지만…….

"진범이 이 집행장에 들어올 줄을 알았다면? 다른 이유는 둘째치고, 집행 과정에서 드러날지도 모를 사건의 진상을 감추기 위해서라도 들어올 줄 알았다면?"

여자가 모두를 느릿느릿 돌아보았다.

"만약 대군이 제안한 내기가, 귀신이 집행에 개입하게 만들어, 우리에게 정체를 드러내게 하기 위한 내기였다면? 그래서 우리가 진범의 존재를 깨닫게 하기 위한 내기였다면?"

뾰족귀의 눈에 가벼운 생기가 돌았다. 내가 옳게 해석했다면 그 생기의 이름은 '감탄'이었다.

감탄의 저변에 생각이 바삐 돌았다. 지금 내게는 이승의 기억이라는 것이 없지만 익숙한 눈빛이다. 거짓을 말할지 진실을 말할지 생각할 때 사람이 그런 눈빛을 하는 것 같다. 거짓을 말해야 하는 줄을 알면서도, 위험에서 희열을 느끼는 종류의 인간이 흔히 그러듯이, 자신의 목적에 가장 위해가 될 만한 말을 내뱉고 싶은 유혹을 견딜 수 없을 때.

"그럴 수도 있겠지요."

뾰족귀가 말했다.

"아니면 왕비님께서 그렇게 보이게 만드셨든가요."

여자는 잠깐 의도를 판단하지 못하고 눈을 깜박였다.

"무슨 뜻인가."

"자신의 판결이 무엇이었는지 기억하십니까?"

"……."

"'선우왕께서 죽지 않는 세상'."

여자는 입을 다물었다.

"왕비님께서는 실제 세상을 쓰셨고 죄인의 실제 기억을 그대로 쓰셨습니다. 우리 모두가 나섰지만 죄인 하나를 막아 내지 못했습니다. 그 상황에서 죄인이 임금을 죽이지 않으려면 얼마나 많은 모순이 필요한지 생각해 보지 않으셨습니까?"

"……."

"죄인이 본성과 달리 왕을 지키려 들었습니다. 그러기 위해서 왕께서 정신이 나가셔야 했습니다. 그러기 위해서 실체가 없는 귀신까지 등장했습니다."

여자의 얼굴이 점점 창백하게 물들었다.

"그 안에서 나타난 선우왕은 진짜가 아니었습니다. 그 안의 풍경은 전부 죄수의 기억을 토대로 만들어진 가짜입니다."

여자는 말을 잇지 못했다.

"적어도 우리는 죄인이 무슨 의도로 왕을 죽였는지는 알게 되었습니다. 죄인은 왕이 귀신에 씌었다 믿고 죽였습니다. 그러면서도, 뻔뻔스럽게도 제가 아니라 그곳에 난입한 귀신이 죽었다 믿고 있습니다."

영리한 놈이다.

나는 생각했다. 물론 관점의 문제지만.

"이 집행에서 일어나는 모든 일이 거짓입니다. 어느 것도 진짜가 아닙니다. 왕비님께서는 어찌나 죄인에게 홀리셨는지, 얼마나 죄인을 신뢰해 마지않으시는지, 그 미친 범죄자의 머릿속을 들어내어 우리에게 보여 주시고는, 이제는 그 망상의 풍경이 진짜라고 우리를 설득하고 계십니다."

짝 하는 소리와 함께 그의 고개가 돌아갔다. 얼굴이 붉어진 여자가 당혹스러운 얼굴로 자신의 손을 내려다보았다. 뾰족귀는 아무 일도 아니라는 듯이 뺨을 쓸었다. 사방이 조용했고 작달막이만이 어쩔 줄 모르고 주위를 두리번거렸다.

"그만하라."

노인이 중얼거렸다.

"그만하라. 우리가 어디까지 추잡해질 수 있는지 가늠하기도 어렵 구나. 재사 공이 현명한 말을 했으니 모두 더 이상 말하지 마라."

노인은 이마를 짚으며 모든 기력이 빠져나간 몸짓으로 의자에 몸을 묻고, 얼굴을 감싼 채 고통스럽게 숨을 내쉬었다.

작달막이가 멀찍이 있다가 조심스럽게 노인에게 다가갔다.

"전하. 병이라도 나실까 걱정입니다. 쉬시는 것이 좋겠습니다."

소심한 놈이다. 순진한 놈이기도 하고. 관점의 문제지만.

"마지막 세계를 열겠다."

"서둘 필요는 없습니다."

뾰족귀가 말했다.

"그자에게 현혹되지 않으려면 시간을 두고 세심하게 계획을 세운 뒤 열어야 합니다."

"아니, 지체할수록 홀리는 자만 늘어날 것이오. 그 또한 놈이 원하 는 일이외다."

노인은 생기가 빠져나간 얼굴로 말했다.

7인의 집행관

"아무래도 모두 죄인에게 알고 싶은 것이 많은 모양이다. 이렇게 우리끼리 떠드느니 내가 모두를 위해 직접 물어봐 주겠다."

"죄인의 기억을 그대로 쓰실 것입니까."

뾰족귀가 물었다.

"그럴 필요 없소이다. 왜곡된 형태로라도 떠올릴 것이오."

"결코 진실을 말하지 않을 놈입니다."

"알고 있소. 놈은 요물이오. 그러니 싸우려면 나도 요물이 되어야겠지. 그럴 필요가 있다면 기꺼이 그리 되겠소. 이미 내겐 지킬 것도 남은 것도 없소. 내 명예를 시궁창에 내던지고 악마와 계약할 필요가 있다면 그리하겠소."

노인이 좌중을 돌아보았다.

"모두에게 선언하겠소. 누구도 방해하지 마시오. 결코 끼어들지 마시오. 누구든 방해하면 그 대가를 치러야 할 것이오. 설사 이중에 조정자가 있다고 해도."

노인은 쓴맛이 도지는 얼굴로 이마를 붙잡았다.

"얌전히 있으시오. 내가 그보다 더한 것이 될 테니 나설 필요도 없을 것이니."

노인이 창백하게 서 있는 여자를 물끄러미 바라보았다.

"운명에서 벗어날 거라고?"

여자는 아무 말도 하지 못하고 서 있었다.

"그게 내기일 거라고? 그렇게 생각하느냐. 임금이 되실 분께서 그리 생각하신다면 그 생각이 맞겠지."

"아버님."

여자는 마른 목을 축였다.

"용서하소서. 제가 황망하여 잠시 정신이 나갔던 모양입니다."

"아니다. 아니야. 맞는 말인데, 뭘. 네 말에 틀린 것 하나도 없다. 네가 무슨 잘못이 있느냐. 다 그놈 탓이지. 모두 다 그놈 탓이다."

노인이 손을 툭툭 내저었다.

"내 판결은 놈이 '죽는 것'이오."

여자가 숨을 삼켰다. 뾰족귀의 눈이 가늘어졌다.

"어떤 방법으로든 놈이 죽으면 그만이오. 그것이 내 판결이고 놈의 운명이오."

작달막이가 식은땀을 흘리며 손톱을 잘근잘근 씹었다. 안경잡이가 호오, 하고 그건 괜찮겠군, 하고 말하듯 가벼운 감탄사를 내뱉었다.

"사람이 운명을 피할 수야 있겠지만 죽음을 피할 도리야 있겠는가. 늙어 죽더라도 죽겠지. 내가 죽을 때까지 지켜봐 주겠소. 누구 인내심이 더 강한지 볼 수 있겠구려. 아, 그렇지, 네가 우리 중 하나가 조정자일 거라고 했지."

여자는 입을 다물었고 더는 아무 말도 하지 못했다.

"여기 계신 조정자에게 부탁드리겠소. 부디 얌전히 있어 주시오. 내가 어리석게 굴 수도 있고 시원찮은 각본을 짤 수도 있겠지. 하지만 집행장에 들어온 이상 죄인은 죽을 수밖에 없소. 가만히 있어도 이길 터이니 얌전히 계시오."

누구도 말하는 사람이 없었다. 안 그래도 입을 열었다간 정말 뼈도 못 추릴 것 같다. 나는 다시 한번 내게 몸이 없어 다행이라고 생각했다. 눈에 띄었다간 나한테까지 불똥이 튀길 것 같으니.

노인이 작달막이에게 물었다.

"수경은 어찌하고 있느냐."

작달막이가 주섬주섬 일어났다.

"신체를 약하게 하고 구속해 두었으니 더는 날뛰지 못할 것입니다."

"놈에게 전해라. 한 번만 더 끼어들어 방해한다면 제 주인과 같은 죄를 물어 같은 방법으로 처형할 것이라고."

노인은 말을 멈췄다.

"아니, ……그냥 그리해야겠구나."

그가 사라진다. 다른 이들도 하나둘 모습을 감춘다. 여인이 한동안 슬픈 눈빛으로 이쪽을 바라보다가 사라진다.

제6집행

노인

집행관

양명

노인

죄수

나

참관인

무진

미친 자
/안경잡이

소암

소심한 자
/작달막이

재사

영리한 자
/뾰족귀

수경

고지식한 자
/네손박이

비영

미인

눈을 뜨자 높이 난 창에서 달빛이 쏟아졌다. 어릴 때는 그 창에 손이 닿지 않았다. 지금은 도약하면 그때 그토록 저주하고 동경하던 창살을 잡을 수도 있고, 조금 힘을 쓴다면 부숴 낼 수도 있다. 창고도 나처럼 나이가 들었다. 먼지로 짠 거미줄이 하얗게 늘어져 있고, 쥐가 갉아먹은 짚단은 푸석푸석하고, 농기구며 철문은 녹이 슬어 피를 흘린다.

선우가 나를 보고 있었다. 왼손에 감은 붕대가 유난히도 눈에 띄었다.

묶인 지도 오래되었고 갇힌 지도 오래되었다. 무당이 와서는 귀신을 내보낸다며 매질을 하고 뜸을 놓고 침을 박았다. 연기를 마시게 하고 잿물을 먹였다. 때로는 그저 내게 원한 가진 이들이 왔다.

그래도 왕을 시해하려던 반역자에게는 믿을 수 없이 관대한 처분이다. 아버지는 언제나 거친 방식으로 나를 지켰다. 아버지가 지금 나를 광증으로 몰지 않았으면 내가 살기라도 했겠는가.

어쩌면 아버지도 은연중에 아는지도 모른다. 무의식중에 눈치채었을지도 모른다. 내가 살아야 한다는 것을. 내가 싸우는 것이 있고, 내가 살아야 자신과 이 나라가, 그가 사랑해 마지않는 '단 하나의' 아들도 살 수 있다는 것도. 그 '은연중의' 신뢰에나마 내가 답할 힘이 있는지는 의문이지만.

"왜 그런 일을 했느냐."

선우가 슬프게 물었다. 나는 한참을 그를 보았다. 마음이 거칠어 좋은 말이 떠오르지 않았다.

"어머니를 죽인 놈이니 아버지도 같이 죽여야 균형이 맞지 않겠느냐. 어머니께서 저승에서 심심해하실 것 같아 그랬다."

침묵이 창고에 내려앉았다. 나는 눈을 감고 그저 기다렸다. 이번에야말로 욕설이든 발길질이든 칼이든 뭔가가 날아오리라 믿었다. 그런데 목소리만이 들려왔다.

"아버지가 네게 어찌 대하시는지는 잘 안다. 그 밑에 있다가는 네가 죽으리라 판단하는 것도 이해한다."

나는 눈을 떴다.

"내가 왕이 되겠다."

차분하고 가벼웠지만 세상에 흔들 것이 없을 것 같은 목소리였다.

"아버지가 돌아가시기 전에 왕위에 오르겠다. 내가 아버지로부터 권력을 빼앗고, 그의 자리를 차지하고 네 주인이 되겠다. 그리하여 네 목숨이 위협받는 일이 없도록 하겠다. 네가 다시는 왕을 시해하러 갈 필요가 없게 하겠다. 내가 이 말을 입에 담았으니 네가 이루는 것을 볼 것이다."

♾

잠에서 깨었을 때 나는 열병이라도 앓은 것처럼 땀에 흠뻑 젖어 있었다. 하얀 천장에서 투명한 링거 팩이 흔들거렸다. 시간이 지난 뒤에야 꿈 저편의 현실을 붙잡을 수 있었다. 수명 수산, 횟집, 바다, 비바람, 불, 눈이 돌아가는 미친놈, 검은 옷을 입은 여자 같은 것이 단편적으로 떠올랐다.

살고 말았구나.

살고 말았어. 이번에는 정말로 죽었다고 생각했건만.

팔이 뜯겨 나가고 등이 칼로 꿰뚫리고 손뼈가 으스러졌던 기분이 파도처럼 몰아쳐 왔다가 '그럴 리가 있나.' 하며 썰물처럼 물러난다. 다친 채로 잤더니 내내 그런 꿈만 꾸었던 모양이다. 무심코 이마를 쓰다듬으려던 나는 감각이 이마에만 느껴지는 것을 깨닫고 흠칫 놀라 손을 보았다. 양손에 붕대가 감겨 있었다. 손가락이 고무장갑처럼 힘없이 미끄러졌다.

이건 살리지 못했군.

나는 붕대를 이로 뜯어 보았다. 손바닥과 손등에 칼이 뚫고 지나간 흉터가 선명하게 남아 있었다. 손가락 하나하나에 명령을 내려 보았지만 움직이는 것이 없다. 움직일 수 없게 되리라는 생각은 했지만…….

그래, '그놈'은 꿈이 아니었군. 모습을 떠올리려 했지만 웃는 입 외에는 안개에 잠긴 듯 희미했다. 정말로 그건 누구였을까.

무슨 상관이랴.

보스가 왜 나를 살려 냈는지는 모르지만 죽은 것이나 다름이 없다. 병신이 되었으니 보스는 내게 한 푼의 동정도 하지 않을 것이다. 자비심을 한껏 발휘하신다면 다리라도 더 부러뜨려서 지하철에서 용돈벌이라도 시킬지도 모르지. 사무실 구석에서 망가진 손으로나마 청소라도 하며 살게 해 주실지도. 그러다 결국은 내게 원한 가진 놈들에게 끌려가 어느 산골짝에서 굴려지다가 쥐도 새도 모르게 죽을 것이다. 그게 내 운명이겠지.

나는 베개에 머리를 묻고 빠르게 사라져 가는 꿈의 기억을 붙잡았다. 이상한 꿈을 연속으로 꾼 기분이었다. 나는 구경꾼들 앞에서 죽을 때까지 싸우는 검투사였으며 가는 곳마다 천대받는 괴물이었으며 무슨 과학적인 선계 같은 세상의 천덕꾸러기 왕자이기도 했다.

내가 나를 그런 식으로 생각했던가. 보스 옆에 있던 여자와 그 주위 사람들은 인상에 남아 있었는지 모든 꿈에서 여러 모습으로 계속 등장했다. 특히 그 여자는…….

여자를 생각하는 순간 가슴이 저렸다. 꿈에서 그녀는 내 모든 이상을 투여한 모습으로 나타났다. 흔들림 없는 눈으로 나를 바라보고, 호통치고, 활을 겨누고, 차분하게 말하고, 울고, 슬퍼하고……. 그 기억을 곧 잊으리라는 생각만으로도 눈물이 날 것 같았다. 온 힘을 다해 붙잡아 보려고 했지만 몸을 뒤척이는 순간 모든 것이 희미해졌다.

병실 문이 열리고 시커먼 사내들이 물꼬 터지듯 밀려들어 왔다. 마침 나가려던 간호사가 놀라 피하며 되돌아왔다. 간병인들이 소리를 질렀고 환자들은 본능적으로 이불 속으로 숨었다. 나를 진찰 중이던 의사는 선 채로 얼었다. 네 명이 문 양옆에 섰고 두 놈은 내 양옆에 섰다. 딱히 거칠게 굴거나 소란을 피운 것도 아니었건만 모두 포식자의 냄새를 맡고 움츠러들었다.

왕께서 그 사이로 휠체어를 끌며 나타났다. 보스는 내 앞에 멈춰서 나를 물끄러미 바라보았다. 나는 그의 얼굴에 깊이 새겨진 고통을 읽었다.

용서하세요, 보스. 저도 이번만은 죽을 줄 알았다고요. 병원비까지 나가게 만들 줄 누가 알았나요.

"놈은 어떤가."

의사는 잠시 뒤에야 자기에게 묻는 말인 줄을 깨달았다. 그는 선량하고 겁에 질린 시민에서 권위 있는 전문가로 돌아가려 애쓰며 안경을 더듬고 두어 번 헛기침했다. 그는 현명하게도 보스의 신분을 묻거나 환자들에게 방해가 되니 나가라거나 자기 방으로 와서 상담하라고 하지 않았다.

"손에 관통상이 있고 전신에 자상과 타박상이 심합니다. 손은 경과를 더 지켜보아야 합니다만 꾸준히 물리치료를 하다 보면 가벼운 물건 정도는 집을 수 있을지도 모릅니다. 다리에 원인불명의 가벼운 마비 증세가 있는데 쇼크로 인한 일시적인 증상일 수 있으니 계속 검사를……."

"죽나."

의사는 뭔가 잘못 설명했나 싶은 얼굴을 한 뒤에 다시 말했다.

"경과가 좋으면 한 달쯤 뒤에는 퇴원할 수 있습니다."

"죽는가, 죽지 않는가."

의사는 더듬었다.

"죽지는 않습니다."

"그럼 됐어."

보스는 차갑게 말했다.

"놈을 끌어내어 지하실에 가둬라."

"뭐요?"

말이 떨어지기가 무섭게 내 양옆에 선 놈들이 팔에서 링거줄을 떼어 내고 나를 짐짝처럼 바닥에 내동댕이쳤다. 사방에서 비명이 들리고 내 옆자리에 있던 다리 다친 환자 하나가 목발도 없이 침대에서 굴러내려 밖으로 도망쳤다. 작은 기적이라.

의사가 말리려 했지만 애들에게 가로막혔다.

"당신 누구야! 뭐하는 사람이야? 환자를 내버려둬요! 당신들 뭐야! 경찰 불러!"

나는 바닥에 엎어진 채 보스를 올려다보았지만 내 시선은 그의 검은 안경에 부딪혀 튕겨 나올 뿐이었다. 나는 포기하고 눈을 감았다.

지하실로 끌려간 나는 차가운 바닥에 내던져졌다. 채 아물지 않은 상처가 터졌다. 얼음 같은 한기가 상처마다 스며들고 진통제로 눌러 두었던 전신의 통각이 차츰 살아났다. 나는 키득키득 웃었다. 웃다가 그대로 드러누워 잠이 들었다.

깨어났을 땐 사내들이 나를 작은 철제 의자에 앉히는 중이었다. 의자에서 연신 미끄러지는 나를 등받이에 묶는데 잘되지 않는지 몇 번을 다시 묶었다. 의자가 낮아 다리가 길게 늘어졌다.

"물."

나는 상황과는 관계없이 손목을 묶는 놈에게 말했다. 그는 나를 힐끗 보고는 그대로 나갔다.

앉아 있자니 문이 열렸고 휠체어를 탄 보스가 느릿느릿 들어왔다.

휠체어를 끄는 사람은 왜소한 몸집에 이목구비가 작았다. 어쩐지 나를 외면하는 듯했다. 뒤따라 들어오는 사람은 반백에 키가 크고 귀가 뾰족한 자였다. 둘 다 어쩐지 낯이 익었다. 작달막이는 휠체어를 세운 뒤 아버지의 무릎담요를 정리하고 그의 뒤에 공손히 섰고 뾰족귀는 내 옆에 섰다. 양복을 입은 다른 둘이 나중에 들어와서는 문을 닫아걸고 양옆에 경비병처럼 지키고 섰다.

"오늘은 왜 또 화가 나셨어요? 나름대로 잘하고 온 줄 알았는데요."

"누가 그렇게 키스하라고 했느냐."

키스. 한참만에야 떠올랐다. 아하, 그런 일이 있었지. 그게 내 인생의 마지막 기억이었다면 좋았을 텐데. 구질구질하게 살아남는 바람에 꼰대의 늙은 낯짝이나 보고 있어야 하는군.

"그렇게 키스하지 말라고도 안 했잖아요."

"네가 손을 델 여자가 아니었다."

나는 손이 풀려 있었으면, 그리고 손에 아직 감각이 남아 있었으면 손뼉을 쳤을 것 같은 얼굴로 말했다.

"아하, 새엄마였구나. 진작 말씀하시지."

무슨 신호를 받았는지 뾰족귀가 다짜고짜 내 뺨을 갈겼다. 힘도 힘이었거니와 의자가 가벼운 탓에 그대로 옆으로 나가떨어졌다. 묶여 있어 충격을 줄일 방법이 없었다.

"일어나라."

도와주는 사람이 없다. 명령이 철회될 것 같지도 않았다. 나는 복잡하게 억울한 심정으로 잠시 누워 있다가 뒤집힌 거북이처럼 머리로 땅을 짚고 허리를 굽힌 채 가까스로 일어나 앉았다.

"두 번 다시 그 여자를 입에 올리지 마라."

목소리에 다른 것이 섞여 있다. 지금까지와는 상황이 다르다는 것을 알 수 있었다. 내가 정신을 잃은 사이에 어떤 멍청한 자식이 이 늙은이 신경이라도 긁어 놓았는가.

"너를 데리고 온 놈에게서 재미있는 이야기를 들었다."

누구? 나는 다시 아득한 기억을 떠올렸다. 무진(그런 이름이었던 것 같다)의 배를 쑤시고 쓰러진 나를 끌고 돌아왔던 놈이 떠올랐다. 놈이 꼰질렀는가. 역시 그놈까지 처리했어야 했는데. 아무튼 깔끔하게 죽지 못한 바람에 여러 가지로 지저분해지는군.

"어디서 또 무슨 헛소리를 들은 거예요."

다시 따귀가 날아왔다. 나는 묶인 채로도 본능적으로 반격하려 들며 돌아보았다. 얼음장 같은 눈을 한 사내였다. 아버지의 명이 없더라도 기회만 있다면 충분히 나를 죽일 사람처럼 보였다. 어느 밤거리에서 맞붙은 일이 있을지도 모른다. 그런 일을 일일이 다 기억할 수는 없으니까.

"대화의 규칙을 가르쳐주겠다."

한기가 도는 목소리. 이렇게 계속 듣다간 얼어 죽을지도 모르겠다.

"농담을 허용하지 않겠다."

"유치원이라도 차리시게요? 말 배울 때는 지났는데요."

다시 빰. 이번에는 한 번으로 끝나지 않았다. 뾰족귀는 세 번을 더 쳤다.

"내 인내심을 시험할 필요는 없다. 충분히 갖고 있으니까. 한 번 더 말해 보아라. 네가 계속하면 나도 계속하겠다."

입안이 터져 피 맛이 났다. 볼도 부어서 우둥퉁했다. 나는 입을 닫았다. 보스의 의도도 모르면서 계속 체력을 소모할 수는 없었다. 들어 줄 사람도 없는 말장난에 목숨을 거는 것도 바보짓이다. 하지만 정작 가장 두려운 것은 내가 그러고도 남을 놈이라는 사실이었다.

"네게 사람을 속이는 재주가 있음은 익히 알고 있었으나, 지금은 내가 속아 넘어간 일이 내가 아는 것보다 많으리라는 기분이 드는구나. 너는 어린애 하나를 내게 왕(지금 왕이라고 했나?)이라고 믿게 했다. 그토록 말도 안 되는 것을 믿게 했으면 말이 될 법한 일들은 또 얼마나 쉽게 속였을까."

원하시면 쭉 읊어드릴까요. 나는 또 멋대로 지껄이려는 혀를 제지했다.

"네가 내게 말하지 않은 것이 더 있을 것이다."

"그래서 어떻게 하시려고요?"

"네게 질문을 하겠다."

작달막이는 나와 눈이 마주치자 시선을 피하며 움츠러들었다. 내내 식은땀을 줄줄 흘렸다. 뭘 저리 겁을 내는가. 사람이 묶여 있는 게 안 보이나. 초짜인가. 어디서 저런 소심한 놈을 데리고 와서 자리를 내준 건가.

"순서대로 질문하겠다."

"언제부터 제게 그리 관심이 많으셨어요? 뒤늦게 학부형 상이라도 받으시게요?"

"거짓으로 답해선 안 된다."

"예에, 해 보세요. 나이 처먹고 뭘 그렇게 알고 싶은 게 많으신지?"

보스의 얼굴에는 아무 변화도 없었다. 지팡이를 짚고 시선을 내리 깐 채 조각상처럼 굳어 있다. 영혼은 이미 그의 몸이 아니라 어느 저승 근처에 머무는 것 같다. 저승 입구에서 사자에게 마지막 부탁을 하고 이곳에 와 있는 듯하다. '내 죽기 전에 할 일이 있소. 그놈을 죽이고 올 것이오…….'

"네 어미를 네가 죽였느냐."

나는 미소를 지웠다. 처음에는 뭔가 잘못 들었나 싶었고 이어서는 감당할 수 없는 생각을 받아들인 골이 중심을 잃고 흔들렸다.

"예……?"

나는 떨어지는 어머니를 끝까지 지켜보았다. 어머니는 소리가 없었다. 마지막까지 고요했다.

작달막이는 당황해 뾰족귀와 보스를 보았고 다시 내 표정을 살폈다. 뾰족귀는 표정에 변화가 없었다. 나는 머리를 흔들었다.

"다시 묻겠다."

보스는 무감하게 말을 이었다.

"네가 내 아내를 죽였느냐."

"아버지……?"

보스가 지팡이로 바닥을 툭 쳤다. 뾰족귀는 한 박자 늦게 움직였다. 뺨을 갈기기는 했지만 규칙이 헷갈리는지 강도가 약했다. 맞은 덕분에 정신은 들었다.

"나는 네 아비가 아니다. 우리 둘 다 아는 사실이다."

"……."

"규칙을 추가하겠다."

감정이 없는 목소리가 이어졌다.

"답하지 않는 것도 벌하겠다."

"어머니께서는…… 자살하셨습니다."

보스가 지팡이를 크게 내리찍었다. 이번에 뾰족귀는 내 어깨를 손으로 짚고 배를 가격했다. 내가 상체를 크게 숙이자, 멱살을 잡아 올린 뒤 다시 쳤다. 위액이 역류했다.

"거짓을 허용하지 않겠다고 했다."

심장이 난폭하게 뛰었다. 바윗덩이가 쿵쿵 가슴을 친다. 혼돈이 머리를 휘감았다. 뭐라고 말해야 하는지 알 수가 없었다. 깊이 묻어 놓았던 어린 시절의 기억이 준비과정도 없이 머릿속을 휘감는 바람에 정신이 없었다.

"죽이지 않았습니다."

"칠 것을 가져와라."

문을 지키던 자가 밖으로 나가더니 시장바구니에 단단한 것들을 채워 들고 와 내려놓았다. 상자에는 쇠파이프 몇 개, 망치, 렌치 따위의 공구에 소주병까지 들어 있었다. 뾰족귀가 쇠파이프를 골라잡았다.

"다시 묻겠다. 네가 죽였느냐."

"……"

뾰족귀는 수학공식이라도 외우는 표정을 짓다가 나를 쳤다. 몸이 그대로 넘어갔다. 바닥이 몸을 맞받아친다.

"네가 죽였느냐."

의도를 파악할 수가 없었다. 보스가 지팡이를 들었다. 나는 정신없이 소리쳤다.

"예, 제가 했습니다!"

다시 매질. 용서가 없다. 공포와 무력감이 동시에 침범해왔다. 보스를 바라보았지만 검은 안경에 가려진 눈에서는 아무것도 읽을 수 없었다.

"일으켜 앉혀라."

뾰족귀는 허리를 펴고 튄 피를 닦고는 나를 일으켜 앉혔다.

"질문을 계속하겠다."

머리는 아직 상황을 파악하지 못하는데 몸이 제멋대로 움찔거리며 놀랐다.

"무진의 동생을 네가 죽였느냐."

답하는 데에 시간이 걸렸다. 내 이름을 묻더라도 답이 헷갈릴 것 같다.

"제가 죽였습니다."

나는 질문의 의미를 파악하지 못한 채로 대답했다. 뺨이 날아왔다.

"하지 않았습니다."

다시 뺨.

답이 없는 게임. 규칙이 없는 싸움. 나는 판단력을 잃은 사람처럼 앉아 있었다.

"누군가를 산 채로 불에 태운 것을 기억하느냐."

기억하지 못한다고 하려고 했는데 돌연 눈앞에 불길이 일었다. 나는 말을 탄 채로 불길에 휩싸여 비명을 지르는 사내를 떠올렸다. 그의 앞에서 내가 말을 타고 별자리가 박힌 검은 칼을 들고 있었다. 이해할 수 없는 환상이었지만 대답할 수밖에 없었다.

"기억합니다."

"네 형을 죽인 것을 기억하느냐."

내겐 형이 없다고 답하려는데 차원이 카드처럼 썰렸다. 세상이 결로 나뉘며 그중 몇 장이 다른 차원으로 바뀌었다. 그 얇은 차원에 봉황무늬의 용포를 두른 매끈한 외모의 사내가 웃으며 서 있었다.

지팡이가 움직였고 뾰족귀가 파이프를 치켜들었다. 나는 그를 마주 보며 날아오는 파이프가 보이지 않는 것처럼 천천히 답했다.

"제가 죽인 것이나…… 같습니다."

뾰족귀가 동작을 멈췄다. 멈추라는 명령이 없었으므로 부자연스러운 일이었다. 그는 완전히 낯선 사람을 보는 듯한 눈빛으로 나를 내려다보았다. 나는 무의식중에 평상시에 쓰지 않는 온화한 쪽의 눈을 썼고, 그 답을 내가 아닌 내 안에 있는 다른 사람이 한 것 같다는 생각도 했다.

보스가 지팡이를 한 번 더 내리찍는 소리가 들렸고, 뾰족귀는 왠지 불만스러운 표정을 짓더니 물체를 차듯 나를 발로 차 넘어트렸다. 나는 묵묵히 쓰러졌다. 무슨 말을 해야 하는가. 이번에는 진실이었다. ……그리 생각한 순간 다시 알 수가 없었다. 진실이라니, 뭐가?

"질문을 계속하겠다."

보스의 목소리가 사형선고처럼 이어졌다. 나는 눈을 감았다.

"네 어미를 네가 죽였느냐."

"죽여요."

그래, 언젠가는 이리 죽으리라 생각했다. 아버지가 보는 앞에서 맞다가 죽게 되리라고. 단지 그가 마지막 순간에 매를 거둘지, 아니면 정말로 목숨을 거둬갈지가 궁금했었다. 언제나 두 결말이 동시에 떠올랐다.

"옳은 답이 아니다."

"죽일 명분이 필요하면 시간 낭비하지 말고 빨리 죽여요. 다 이해할

7인의 집행관

게요. 어차피 병신이 되었으니 쓸 데도 없잖아요."

"원하는 답이 아니다."

"그럼 죽여요."

긴 침묵이 이어졌다.

"시간이 필요하겠구나."

보스는 고개를 들었다.

"며칠 뒤에 다시 오겠다. 그때 답을 듣겠다."

그들은 나를 내버려 두고 나갔다. 저녁 무렵에야 사내 한 놈이 들어와 의자에 묶인 몸을 풀어 주었다. 그에게 한 번 더 "물."이라고 했지만 답하지 않았다.

사람들에게 둘러싸여 건물에서 내려왔을 때 아버지와 눈이 마주쳤다. 구급차가 여러 대 쓸데없이 와서 서성였고 소방차까지 한 대 와 있었다. 소방차는 원래는 이럴 생각으로 왔다고 변명하고 싶은 듯 쓸데없이 사다리를 높이 올려 두고 있었다.

아버지에게서는 생기가 떠나가 있었다. 나는 무심히 구급차가 둘러싼 건물을 바라보았다. 나는 옥상에서 경찰들에게 어머니가 떨어진 지점을 설명하고 오는 중이었다.

사람들은 남아도는 모포를 내게 씌우고 쓸데없이 의료진을 부르고 이마를 짚고 팔을 주물렀다. 구할 사람을 잘못 찾아온 게 아니면 달리 할 일이 없는 듯했다.

아버지는 사람들을 제치고 나를 낚아채었다. 나는 그의 눈에서 어머니의 유서를 읽었다.

'산 사람의 소원은 들어줄 수 없어도 죽은 사람의 소원은 들어주겠지요. 저 아이를 살려주세요.'

나는 아버지의 고통을 이해할 수 있었다. 가장 사랑하는 것을 잃고 가장 증오하는 것을 선물로 얻었으니까. 격한 혼돈이 그를 괴롭혔다. 대체 이것이 누구의 씨이기에, 아내가 목숨까지 버려가며 지켰을까. 그자를 얼마나 사랑하였기에. 끝까지 그의 이름을 숨겼으며 그의 아들을 지켰는가. 누구의 씨일까, 무슨 괴물의 피가 이 안에 흐르고 있을까.

"왜 막지 못했느냐."

아버지가 간신히 뱉은 말이었다. 사람들이 그를 둘러싸고 말렸다. 어린아이일 뿐입니다. 어찌 막을 수 있었겠습니까. 아이가 어미가 자살하는 것을 목도하여 충격이 큽니다.

"왜 막지 못했어!"

아버지는 소리를 질렀다.

몸이 움직이는 느낌에 깨어났다. 사내 두 놈이 나를 일으켜 옮기고 있었다. '물'이라고 말하려고 했지만 입이 떨어지지 않았다. 한 놈이 내 오른팔을 들어 올려 벽에 매달린 쇠고랑에 묶어 채웠다. 벽에 꽉 물린 두꺼운 나무판에 달린 것이다. 나는 '저요, 제가 했습니다' 하고 말하는 듯한 자세로 반쯤 무너진 채 벽에 기대앉게 되었다. 나는 간신히 바싹 마른입에 침을 바르고 말했다.

7인의 집행관

"물."

여전히 소용이 없다.

나는 그 자세 그대로 깜박 의식을 잃었다.

눈을 떴을 땐 다시 보스가 앉아 있었다. 뾰족귀가 보스에게 컵을 건네고 품에서 물병을 꺼내었다. 눈이 뒤집혔다. 나는 쇠고랑의 존재도 잊고 물병을 향해 달려들었다. 뾰족귀는 차분한 동작으로 보스의 컵에 물을 쏟아 부었다. 보스는 꿀꺽꿀꺽 물을 마신 뒤 시원하게 트림했다.

"조금은 고분고분해졌느냐."

보스가 컵에 담긴 마지막 물방울을 땅에 떨어트렸다.

"질문을 계속하겠다."

머리가 한 단계씩 식었다. 이성이 한 단계씩 돌아왔다. 나는 절망스러운 심정으로 보스를 바라보았다. 고통이 몰아쳤다. 왜 그 괴인은 나를 제대로 죽이지 않았을까? 왜 내 손이 아니라 심장을 찌르지 않았을까? 내가 지금 무엇이든 손에 쥘 수만 있다면 돌멩이든 나뭇가지든 쥐고 지금 내 심장을 찔러 죽어 버리련만. 나는 오므려지지 않는 손으로 바닥을 긁으며 이를 악물고 몸을 웅크렸다.

"네 어미를 네가 죽였느냐."

입을 다물고 있자 발소리가 들렸다. 구둣발이 내 옆에 선다.

"답하지 않는 것도 벌한다고 했다."

구둣발이 내 몸을 차는 순간 나는 손을 뻗었다. 잡을 수가 없어서 손등으로 눌렀다. 예상보다 내가 누르는 힘이 무거웠는지 뾰족귀가 잠시 멈췄다. 그가 발을 빼내려고 할 때 나는 속삭였다.

'죽여 줘⋯⋯.'

구둣발이 흠칫했다. 나는 입모양으로 애원했다.

'어서⋯⋯.'

안 돼.

어디선가 낮은 목소리가 속삭였다.

살아라.

어째서? 병신이 된 몸으로 더 살아서 뭘 한단 말인가? 죽음의 품은 따듯할 것이다. 삶보다 훨씬 자애로울 것이다. 삶은 나를 내쳤으나 죽음은 나를 끌어안아 줄 것이다.

네겐 할 일이 있다.

매 맞고, 굶고, 묶이는 일이 있겠지. 보스가 조금 동정심을 발휘하면 눈이나 다리를 잃고 수레에 태워져 서울역에 출근할 수도 있겠지. 나는 그때 죽었어야 했어. 그 기막힌 여자와 키스하는 것으로 생을 마쳤어야 했어. 그러니 날 내버려 둬. 이대로 죽게 해줘.

내기를 기억해라.

내기라니?

머리 위에 물이 쏟아졌다. 나는 정신을 차리지 못하고 고개를 들었다. 물이 한 차례 더 쏟아졌다. 나는 그제야 의식을 찾고 정신없이 머리카락과 팔에서 뚝뚝 떨어지는 물을 빨아먹었다. 검고 냄새가 나는 것이 걸레라도 빤 물인 모양이지만 가릴 계제가 아니었다. 물을 부은 사내들은 역겨운 얼굴로 나를 몇 대 걷어찬 뒤 자리로 돌아갔다.

"네가 고통에 익숙한 줄은 알고 있다."

그렇게 생각해요, 아버지? 나는 한 번도 익숙해 본 적이 없어요. 한 번도.

"그래도 나는 네게 답을 들을 것이다."

"원하는 답을 말씀해 주세요. 시키는 대로 읊겠습니다."

"너는 내가 뭘 들으려 하는지 안다."

"각서가 필요해요? 어디서 사람 하나 죽였습니까? 대신 빵에 갈 사람이 필요해요? 예, 가드리지요. 아무나 대요. 다 내가 죽였다고 할 테니까!"

"왜 네 어미를 구하지 않았느냐."

질문이 다르다. 고함치려던 나는 그 말에 담긴 다른 뜻을 깨닫고 그를 노려보았다. 뾰족귀와 작달막이도 심상찮은 기분이 들었는지 표정이 굳었다. 보스는 눈을 내리깐 채로 감정 없는 목소리로 말을 이었다.

"너는 그 자리에 있었다. 네가 구할 수 있었다는 것을 안다. 네 힘과 재능을 나보다 더 인정하는 사람은 세상에 없을 것이다. 네가 아이였지만 할 수 있었다는 것을 안다."

"……"

"왜 구하지 않았느냐."

그는 답을 들은 적이 있다. 나 역시 대답한 적이 있다. 술이 잔뜩 취해 알현실…… 사무실 바닥에 주저앉아 떠들어 대었다. 아버지, 그거 아십니까. 저는 어머니를 구할 수 있었어요. 예, 정말로요. 떨어지기 직전에 잡았거든요. 그런데, 제가 그냥 놔 버렸습니다! 그냥 놨어요! 왜냐고요? 아, 막 헛소리를 하는 거예요! 괴상한 이야기를 하더라고요. 미친 줄 알았죠! 화들짝 놀라서 그냥 놨어요!

또 그런 식으로도 말했다. 전쟁터(뭐?)에서 돌아와 아버지와 대면했을 때였다. 아버지는 혼자 독한 술을 마시고 있었다. 그가 묵묵히 한 병을 다 비우는 것을 끝까지 지켜보다가 말했다.

아버지, 제가 어머니를 죽였습니다.

그래야 제가 살 수 있을 것 같아 그리하였습니다. 유서는 제가 조작하였지요. 그렇게라도 하지 않으면 언젠가 아버지한테 죽을 것 같았거든요. 어머니의 유언이라면 아버지라도 무시할 수 없을 테니까요. 제가 살려고 어머니를 죽였습니다.

아버지는 술병을 내 머리 위로 던졌다. 깨진 유리조각과 술병이 머리 위로 쏟아졌다. 그는 탁자 위의 손칼을 집어 들고 걸어왔다. 핏발이 선 칼이 눈앞에서 흔들렸다. 그러나 그는 결국 통곡하며 머리를 감싸고 돌아섰다. 나가라, 내 앞에서 꺼져! 악귀의 자식아, 제발 나가라!

나는 몸을 세워 앉았다. 몸을 지탱할 수가 없었기에 팔로 벽을 단단히 짚었다. 나는 보스를 당장이라도 죽일 것처럼 노려보았다.

"왜 들으려 하십니까."

스스로의 목소리가 낯설다. 톤이 이상했다. 다른 것이 나 대신 지껄이는 것 같다. 보스의 얼굴은 차갑게 식어 있었다. 그가 살아온 날들이, 그가 감내해 왔던 길고 지독한 고통이 모두 그 얼굴에 얹혀 있었다.

"알아야 하기 때문이다."

"제 답에 의미가 없음을 알잖습니까. 제가 눈 하나 깜짝 않고 거짓을 말하는 놈이라는 것을 잊으셨습니까? 제가 무슨 답을 하든 신뢰하실 수 없을 겁니다. 그런데 왜 들으려 하십니까? 제 입에서 나오는 말에 의미를 부여하실 자신이 있으십니까?"

"그럴 것이다."

보스가 차분히 말했다.

"내가 지금부터 너를 신뢰할 것이다. 그런데 너는 내 신뢰에 답할 자신이 있느냐."

나는 눈을 크게 떴다.

"너는 또 거짓을 말하겠지. 나를 속이고 희롱할 것이다. 내가 안다. 그럼에도 불구하고 나는 지금 너를 믿을 생각이다. 이것이 내가 네게 줄 수 있는 마지막 신뢰이며 마지막 믿음이다. 평생에 다시없을 것이다."

"······."

"거짓을 입에 담지 않을 자신이 있느냐. 내 단 한 번의 신뢰를 이용하지 않을 자신이 있느냐."

"······."

"답하거라."

어머니는 내 어깨를 짚었다. 나는 그녀의 입술이 움직이는 것을 지켜보았다. 내가 집중하지 못했기에 어머니는 몇 번이나 나를 흔들고 되풀이해서 말했다.

나는 아무 말도 하지 않았다. 그것이 그나마 진실한 답변이었다.

"그럴 줄 알았다."

보스가 고개를 움직였다.

대기하던 부하들이 움직였다. 고깃집에서 쓰는 숯이 담긴 화로가 내 앞에 놓인다. 화로에는 호미 같은 것이 물려 있고 호미는 빨갛게 익어 있었다.

이건 재미있겠군. 어느 고전적인 시대에서 들고 오신 고문법인가.

"저렇게 조그만 것으로 나를 지져 죽이려면 오래 걸리겠습니다. 지켜보기 지루하실 텐데요. 화장실은 다녀오셨습니까? 나이 들어서 요실금도 오셨을 텐데, 속옷에 흘리지 말고 일찍 일찍 다녀오세요."

"네게 할 것이 아니다."

내가 말의 의미를 깨닫지 못하는 사이에 문이 열렸다.

놈들이 누군가를 끌고 들어왔다. 어린놈 하나가 양팔이 붙들린 채 파랗게 질려 소리도 지르지 못하고 벌벌 떨며 끌려왔다. 내 몇 명 되지 않는 부하 중 하나였다. 신입이라 분위기도 파악 못하고 내 뒤를 졸졸 따라다녔던 놈이다.

나는 아직 보스의 의도를 파악하지 못한 채 애송이를 바라보았다. 사내들이 그를 엎드리게 했다. 어린놈은 어찌할 줄 모르고 사방에 서 있는 사람들을 일일이 돌아보았다. 자신에게 무슨 일이 일어날지 예

7인의 집행관

측하면서도 확신하지 못하는 얼굴이다.

"규칙을 가르쳐 주겠다."

보스의 낮은 목소리가 꿈처럼 들려왔다.

"그만두라는 말은 의미가 없다. 살려 달라는 말도 의미가 없다. 소리를 지르는 것도 의미가 없다. 멈추는 방법은 하나뿐이다. 질문에 답해라. 그렇지 않으면."

보스는 모든 문장 사이사이에 긴 여운을 두었다.

"그냥 멈추지 않는다."

애송이는 묶여 있는 내가 무슨 힘이 있다고 생각하는지 바들바들 떨며 연신 나를 쳐다보았다.

"아버지."

사내들이 도망치려는 어린놈을 다시 앉혔다.

"아버지."

나는 보스가 의미가 없다고 한 모든 짓을 했다.

애송이는 이제 더 움직이지 않았다. 내 손은 반쯤 탈구되었지만 느껴지는 것이 없었다. 작달막이는 구석에서 부들부들 떨고 있다. 뾰족귀는 말이 없었다. 두 놈이 애를 끌고 나갔다.

"다음 놈을 데려와라."

"미쳤습니까."

"네가 미치게 만들었다."

"그만두십시오."

"그 말에는 의미가 없다고 했⋯⋯."

"그만두라고 했어!"

지하실이 쩌렁쩌렁 울렸다. 밖에 서 있던 몇 놈이 놀라 문을 열어젖히고 들어왔다. 보스의 얼굴에는 변화가 없었다.

"너는 이미 그 방법을 안다."

보스는 고개를 들었다.

"다음 놈을 데려와라."

사슬이 철렁거렸다.

"그만⋯⋯."

나는 울먹였다.

"네가 우는 척을 잘하는 줄 안다."

"하지 말아요⋯⋯."

"사람 하나 죽이는 것쯤 눈 하나 깜짝하지 않는 네가 아니냐. 애들 몇 죽는 것이 무슨 큰일이겠느냐."

"제가⋯⋯ 어리석어 질문을 잘 이해하지 못합니다. 하지만 곧 답을 찾아내겠습니다. 제가 멍청해서⋯⋯ 아버지의 의도를 잘 모릅니다⋯⋯."

"네가 어머니를 죽였느냐."

그가 기계처럼 반복한다.

"예. 제가 했습니다."

소용없는 답이라 생각했는데 아무것도 날아오지 않았다.

"네가 죽인 사람들을 모두 기억하느냐."

"예, 모두 기억합니다."

"그래, 모두 네가 한 일이지. 의심의 여지가 없다."

이제야 맞는 답인가. 다행이다. 나는 그의 발에 입이라도 맞추고 싶을 만큼 안도했다.

"그런데, 최근 내 귀에 이상한 소문이 들리더구나."

소문? 뭐지? 이번에는 뭐라고 답해야 하지? 나는 잔뜩 겁에 질린 채 정신없이 답을 생각했다. 제가 낸 소문입니다. 다 제가 했어요. 잘못했어요, 때리지 마세요.

"어떤 사람들이 네가 결백하다고 믿기 시작한 것 같다. 이 모든 일의 뒤에 다른 것이 있다고 한다. 네 형제를 죽인 자가 따로 있고 네가 죄의 대가를 받지 않아도 된다고 말하는구나."

무슨 말인가. 답을 알 수가 없다.

"'귀신'에 대해 말해 보아라."

귀신이라니.

"귀신을 본 적이 있느냐."

본 적이 없다고 말하려고 했다. 그런데 어떤 기억이 눈앞에 떨어졌다. 찢어진 눈, 기괴한 웃음, 쉰 목소리, 손등에 찍힌 칼.

"사람들이 말하기를 마음이 귀신에 먹힌 자가 있는데 너처럼 사람을 미치게 하는 재주가 있고 거짓을 진실로 바꿀 줄 안다 한다. 어찌나 탁월하게 자신을 감추는지 그자가 궁을 지배하는데도 이를 아는 사람이 없다 한다."

보스는 두 손가락을 깍지 껴 턱에 괴었다.

"이 가당찮은 소문에 대해 어찌 생각하느냐."

무슨 말인지 모르겠다고 하려고 했다. 그때 카드처럼 한 장씩 교체되던 차원이 해일처럼 밀어닥쳤다. 이해할 수 없는 기억이 몰아쳐 들어왔다. 꿈인지 현실인지 환상인지 기억인지 알 수 없는 것들이 마구 솟구쳐 올랐다. 뒤통수에 누군가가 망치로 못을 박아대는 것 같았다.

"놈이 아무에게도 들키지 않고 궁(궁이라고?)에 들어와 내 아이를 죽였는데 네가 우연히 그 자리에 있다가 변명도 하지 않고 사형장으로 기어들어 왔다고 한다. 그리고 그자가 지금 제 정체가 드러날 위험을 감수하고 여기에 들어와 너와 내기인지 뭔지를 하고 있다는구나."

보스가 벗겨진 머리를 쓰다듬었다.

"온갖 바보 같은 진실을 믿게 하는 네가 아니냐. 어디 나를 설득해 보아라. 내가 어찌 그 황망한 일을 믿어야 하는지 설명해 보아라."

귀신.

"'귀신'이."

나는 멍하니 땅만 내려다보았다.

"네 형을 죽였느냐."

형, 피, 칼, 옥좌에 앉은 나, 옥좌에 앉은 형제. 입이 찢어지도록 웃는 쉰 목소리의 사람, 내전에 가득 찬 시체, 형제의 몸에 꽂힌 칼, 시체를 안고 우는 여자, 방패 뒤에 숨은 남자, 말을 타고 나타난 귀가 뾰족한 무사, 새를 타고 내려오는 무사, 내 칼에서 흐르는 피, 내가 누군가의 몸에 박는 칼.

어디선가 다급한 소리가 들려왔다.

7인의 집행관

'위험합니다. 죄인이 기억을 되찾으려 합니다.'

'개입을 허용하지 않겠다고 했소. 재사 공.'

'죄인이 기억을 찾으면 우리 모두가 위험해집니다.'

'내가 판단하겠소.'

내기를 기억해라. 살아라, 네가 살아라. 단 하루라도, 일 분이라도.

"아니면 네가 귀신의 조종을 받아 죽였느냐."

"죽이지 않았습니다!"

내가 아니라 내 안에 있는 자가, 다시 그자의 안에 있는 자가 소리쳤다. 나 스스로도 놀랐고 모두가 놀란 얼굴로 나를 바라보았다. 보스만이 표정에 변화가 없다.

어둠 속에 숨어서 웅성거리던 사람들이 소스라쳐 나를 바라보는 것 같은 기분이 들었다. 진실이라는 것 이외에는 내 말은 물론이고 이 기억 전체를 해석할 수가 없다.

눈에 눈물이 맺혔다. 내가 아니라 내 안에 있는 자가 울었다. 멈출 수가 없었다. 나는 내 안에 있는 '그 사람'처럼 강하지 못하다. 감당할 수가 없었다. 고통이 폭풍처럼 덮쳤다. 이대로 마음이 찢어져 죽어 버린다 해도 이상할 것 같지 않았다. 사람들이 당혹스러운 빛으로 나를 바라본다.

"그러면 누가 죽였느냐."

"아……."

"어차피 네 입에서 나오는 말이니 진실은 아닐 것이나, 무슨 변명을 하는지는 들어 주겠다."

보스의 목소리가 썩은 내를 풍기며 벌컥거리며 귓속으로 흘러들어왔다. 목이 꽉 잠겨 소리가 나오지 않는다. 울음 같고 신음 같은 소리만 흘러나온다.

보스가 지팡이를 찍었다.

"다른 놈을 데려와라."

의식은 명령을 내리지 않는데 팔이 혼자 제멋대로 쇠고랑을 당겼다. 마치 내 근육은, 내 이성과는 달리 충분히 그것을 벽에서 떼어낼 수 있다고 믿는 것 같다. 문득 보스가 무슨 생각이 들었는지 웃었다.

"그래, 방금 그 아이는 네가 죽이지 않았다. 죽인 것이나 같지."

나는 눈을 들었다. 보스의 옆에 서 있던 작달막이가 내 눈빛을 보고 귀신이라도 본듯 하얗게 질렸다.

나는 킬킬 웃기 시작했다. 보스가 나를 돌아보았다. 내 웃음소리에 문 쪽에 서 있던 사람 하나가 귀를 막았다.

내 언어를 원하는가.

진심으로 내가 언어를 쓰기를 원하는가. 그렇다면 해보자. 내 적이여. 오늘이야말로 끝장을 낼 때가 왔구나. 내가 네게 제대로 독을 쓴 적이 없다는 것을 모르는구나.

"왜 웃느냐."

"누가 제 주인인지 그렇게 궁금하십니까."

보스는 침묵했다.

"네놈이 누구를 섬기느냐."

"저를 지배하시는 분이시지요. 제가 세상에 태어나 섬긴 유일한 분입니다.”

“……”

“왜 그렇게 보십니까? 전 단 한 순간도 아버지의 부하였던 적이 없
습니다. 진심으로 자신이 제 주인이라고 믿으셨습니까.”

보스의 눈이 가늘게 줄어들었다.

“기억나지 않으십니까? 그때요. 왜, 그때 그 동생 말입니다. 새파란
애송이를 왕이라고 갖다 바친 거요.”

“기억한다.”

“그때에도 제가 주인에게서 다른 지시를 받았지요. 아버지는 무진
을 죽이라고 했는데 제 주인께서는 살리라고 하더군요. 그분의 정책
은 아버지와 조금 달랐거든요. 그렇게 무식하게 때려 부수는 분이 아
니시지요. 난감하더군요. 반만 죽일 수도 없고, 죽였다가 살릴 수도 없
고, 그래서 그런 장난을 쳤습니다.”

아버지의 눈이 험악해졌다.

“정말로 한 번도 의심해 보신 적이 없습니까?”

밀려온 차원이 입을 연다. 환상이 현실이 된다. 내 단어가 뒤섞인다.
그러나 이것이 진실이라는 것을 느낄 수 있었다. 그가 원하는 답은 아
니되, 한편으로 맞는 답이라는 것을.

“아들에게 자리/왕위를 물려주고 퇴위하신 뒤에, 자신이 진심으로
그 일을 원하셨는지 되물어보신 적이 없습니까? 힘겨운 지위를 벗어
던지고 자신보다 더 나라를 잘 다스릴 현명한 아이에게 일찍 자리/왕
관을 물려주니, 이보다 더 좋은 일이 어디 있겠느냐고 곧잘 말씀하셨

지요. 누군가가 그리 믿게 만들었다고 생각해 보시지는 않았습니까?"

'멀리서 지켜보는 자들'이 웅성인다.

"우연처럼 계속되던 작은 실수들, 늘 시기적절하게 그것을 해결하던 아들, 전 그런 식으로 다른 조직/나라의 보스/왕위를 교체했습니다. 왜 같은 일을 자신에게 한 줄은 모르셨습니까? 저는 당신이 스스로를 노쇠했다고 믿게 했고, 어린 아들을 칭송하도록 꾸몄습니다. 스스로를 믿지 못하게 하였고, 종내에는 스스로 옥좌에서 내려오게 만들었습니다."

"……."

"저는 당신의 명령을 들은 적이 없습니다. 아버지. 당신이 명령을 내리면, 반드시 그에게 가서 다시 명령을 받았습니다. 그리고 두 명령이 다르면 따르지 않았습니다."

보스는 지팡이를 내던지고, 부들부들 떠는 다리로 내게 다가왔다.

"누가 네 주인이냐."

보스가 소리쳤다.

"누가 네 주인이야!"

나는 불쌍하다는 표정을 지으며 그를 응시했다.

"제 형님이요."

보스가 입을 크게 열었다. 내던져지기라도 한 것처럼 힘이 빠져나간다. 힘과 함께 다른 것도 빠져나갔다.

"그가 제 왕입니다. 처음 만났을 때부터 그를 내 왕으로 정했습니다. 왜 그러십니까?"

보스는 답하지 않았다. 그는 지팡이를 짚고 돌아섰다. 작달막이가
의자까지 부축했다. 보스의 눈이 깊게 파였다.

"그래, 알고 있었다. 네가 한 일이라 짐작은 했지. 놀랄 것도 없다."

"전하……(전하라고?)."

작달막이가 당혹스러운 빛으로 말했다. 보스가 팔을 들었다.

"그 애는 늘 네 편이었으니까. 너로서는 내 밑에서 목숨의 위협을
받느니 빨리 그 애를 왕위에 올려야 했겠지. 합당한 일이다."

"전하."

"답을 했으니 상을 주어야겠구나, 재사."

보스가 무겁게 지팡이를 흔들었다.

애들이 이상한 것을 들고 왔다. 통발처럼 생긴 것이다. 바닥은 원형
이고 높이는 사람 키만 한데 대나무 벽으로 사방이 막혀 있다. '새장'
이라고 불리는 지저분한 것이다. 좁아서 서 있을 도리밖에 없는데, 애
매한 넓이 때문에 벽이 몸을 받쳐 주지도 않고 앉을 수도 없다. 대나
무 사이사이로 공기가 통하지만 충분하지 않다. 하루 동안 넣어 두면
대개 원하는 것은 다 얻어 낼 수 있다.

문을 열자 땀에 젖은 사내 하나가 그 안에서 나무토막처럼 무너져
나왔다. 꽤 비싼 양복으로 보이는 옷이 다 해어져 있었다. 다리는 부었
고 혈관이 터져 신발과 바지가 피로 거뭇거뭇하다. 얼마나 세워 두었
을까. 이미 움직일 힘이 없는 손을 뒤로 돌려 묶는데 살에 박히는 철
사를 쓴다. 누군지 모르겠으나 상당히 특별대우를 받는 모양이었다.

보스가 묵묵히 바라보는 앞에서 뾰족귀가 사내에게 물을 끼얹는다. 사내는 눈을 뜨고 나를 응시했지만 곧 다시 감았다. 행여 그 눈에 제 고통이라도 담겨 전해질까, 그리하여 내 마음에 한 푼이라도 고통이 더해질까 두려워하는 것처럼. 이상한 놈이었다.

그를 알아보는 데에는 시간이 걸렸다. 무진을 죽이는 자리에서 보았던 손가락이 하나 없는 자다. 나를 데리고 왔던 사람. 목소리를 듣는 것만으로 그의 인생 전체에 질투를 느낀 기억이 있다.

"누군지 알아보겠느냐."

답하는 데에 시간이 걸렸다. 나는 혀를 축였다.

"……모릅니다."

사실이었기 때문에 그렇게 답했다. 뾰족귀가 웃었다. 웃음의 의미를 알 수가 없다. 매는 날아오지 않았다.

"네가 거두고는 모른 척하는구나."

무슨 소리일까. 다른 이유로 처벌해야 하는 놈인데 단순히 나를 놀리기 위해 끌고 왔는가.

"모르는 사람입니다."

"그러면 문제될 것이 없겠구나."

뾰족귀가 다시 웃는 모습이 기분 나빴다. 이상한 일이군. 나는 저 말끔한 놈이 아버지의 수하일 수도 있다고 생각했었다. 나를 죽이려고도 했었는데…….

'하지 않았다.'

그랬군. 나를 끝장내라는 명령을 듣지 않았구나. 내가 거두었다는 말은 그런 뜻인가. 멍청한 놈, 줄을 잘못 탔군.

"네 주인이 널 기억하지 못하는 모양이구나. 하지만 어차피 각오하고 한 일이 아니더냐."

네손박이는 다시 눈을 떴고 다시 감았다. 죽기로 마음먹은 사람의 얼굴이다. 상황은 알 수 없지만 모르는 자라면 나와는 관계없는 일이라고 생각했다.

뾰족귀가 화로에서 붉게 달군 호미를 집었다. 뾰족귀의 눈빛이 서늘한 것을 보니 뭔가 개인적인 원한이 있는 듯했다. 네손박이는 눈을 떴지만 자기와 아무 상관 없는 것을 보는 듯했다.

"아버님."

문이 열리고 누군가가 안으로 뛰어들었다. 뛰어들자마자 넘어졌다. 그쪽을 돌아본 나는 계속되던 위화감이 마침내 정점에 이르는 것을 보았다. 세상이 완전히 다른 표지를 가진 책으로 교체되어 버리는 것을.

그녀가 현실에 존재했던가. 아니, 현실에서 보았던 것 같기는 했지만 어떻게 들어왔을까. 아버지가 외부인을 이 공간에 허용할 리가 없는데. '아버님'이라는 호칭은 그저 나이 많은 분을 부르는 이름인가, 아니면 다른 의미가 있는가.

핏기 없는 석상 같던 여자는 그새 무슨 일이 있었는지 완전히 흐트러져 있었다. 깔끔하게 빗었던 머리는 엉망이었고 치맛자락은 온통 흙투성이였다.

그녀는 다른 세상을 몰고 들어왔다. 그녀의 주위로만 다른 시대의 공기가, 좀 더 신화적인 세상의 바람이 불었다. 여인은 비틀거리며 일어나 걸어와 보스의 발아래에 엎어졌다.

"아버님, 현명하신 분이여. 이제 그만두십시오."

여인은 눈물을 흘리며 보스의 발에 입을 맞추었다.

"원치 않는 일이심을 압니다. 분노로 분별을 잃으신 것을 압니다. 이런 방법으로는 아무것도 얻을 수 없습니다. 악을 물리치기 위해 자신의 안에 악을 키우는 것은 지는 것과 같습니다. 현명한 왕이여, 부디 고정하소서."

보스는 바위처럼 천천히 여인을 내려다보았다.

"네가 죄인에게 홀린 줄을 안다."

"아닙니다, 그렇지 않습니다."

"놈과 짜고 무슨 역모를 하였느냐. 나를 방심하게 하여 등에 칼을 꽂을 계획이라도 세웠는가."

"아버님, 그렇지 않습니다. 제가 바치는 존경과 사랑을 의심하지 마소서."

보스가 손을 여인에게 뻗었다. 그 손이 흐느끼는 여인의 머리를 쓰다듬는가 싶더니 손이 오므려지며 머리채를 붙잡았다. 여인이 흐느낌을 멈추고 놀란 얼굴로 보스를 올려다보았다.

"그래. 네 말이 맞다. 내가 분별을 잃고 잘못된 놈을 죽이려 했구나. 놈이 진정으로 미칠 만한 것이 여기에 있었는데."

여인의 눈이 크게 벌어졌다. 작달막이가 놀라 앞으로 나섰지만 어찌할 줄 모르고 주위만 둘러보았다.

"이년을 묶어라. 놈이 어찌하는지 보자."

움직이는 사람이 없었다.

"뭣들 하느냐. 이년을 묶어라. 나라와 남편을 배반하고 죄인과 놀아난 창부다."

여전히 움직이는 사람이 없었다.

"그래, 네놈들이 나를 무시하는 줄 처음부터 알고 있었다. 아무도 하지 않으면 내가 직접 하겠다."

"그쯤 하십시오."

어디에서 나왔는지 알 수 없는 소리였다. 나는 모두의 시선이 나를 향한 뒤에야 그 목소리가 내 입에서 나온 것임을 깨달았다. 내가 아니라 내 바닥 깊은 곳에 있는 누군가가 낸 것 같았다. 다른 세상에서 흘러나온 목소리 같았다. 보스는 나를 힐끗 보고는 무시했다.

"그쯤 하십시오."

보스의 움직임이 멈춘다. 뭔가 불가해한 일이 일어날지 모른다는 두려움이 그들 사이에 맴돌았다.

"내게 하는 말이냐."

"여자에게서 손을 떼십시오."

보스가 엷게 웃었다.

"떼지 않으면."

"죽이겠습니다."

"해보아라."

보스가 여자를 끌어당겼다.

그와 함께 나는 움직일 수 있는 모든 근육에 힘을 주었다. 이미 마비된 팔을 기중기처럼 당겼다. 그러자 벽이 흔들렸다. 모래가 떨어지더니 사슬이 걸린 나무판이 못째로 벽에서 떨어지기 시작했다.

내가 마지막으로 힘을 쓰자 나무판은 콘크리트 덩이 하나를 물고 육중하게 떨어졌다. 나무판이 내려앉으며 어깨에 충격을 주었다. 무감각했다.

공기가 술렁였다. 곤혹스러운 두려움이 여기저기에서 튕겨 나온다. 여인이 놀라 나를 바라본다. 나는 놀라지 않았다. 이미 여자가 들어왔을 때 세상은 교체되어 있었다. 이곳은 사람이 콘크리트를 뜯어낼 수도 있는 세상이다. 나는 덩치 큰 짐승처럼 사슬을 걸친 채 일어났다.

보스가 입을 열었다.

"놈을 다시 묶어라."

문을 지키던 사내들이 움직였다. 나는 팔을 회전해 사슬을 감았다. 사슬이 팔을 꽉 물게 한 뒤에 한번 튕기자 나무판이 공처럼 튀었다.

나는 그대로 문에서 달려오는 자들을 향해 팔을 휘둘렀다. 나무판이 그들을 벽에 밀어붙였다. 뼈가 부러지는 소리가 들렸다.

뾰족귀가 낮게 신음하고 내게 달려들었다. 나는 보지 않고 휘둘렀다. 나무판이 공중에서 회전했다. 벽에 나무판을 붙들어매었던 두꺼운 못이 그의 배에 박혔다. 내가 도로 나무판을 당기자 못이 그의 피와 살점을 같이 떼어내었다.

신경이 고속으로 움직이는 바람에 세상이 느리게 흘렀다. 뾰족귀가 넘어지며 놓친 달군 호미가 허공에서 천천히 회전했다. 나는 공중에 뜬 호미를 발끝으로 퉁 쳤다. 호미가 뾰족귀를 향해 날카로운 끝을 드러냈을 때 나는 손잡이를 슬며시 밟아 뾰족귀의 가슴에 내리꽂았다.

'느려.'

나는 나 자신과 그에게 동시에 불평했다. 내가 믿을 수 없을 정도로 빨리 움직이고 있는데도. 규칙 때문이다. **나를 통제하려고 규칙을 너무 엄격하게 제한해 두셨군.**

문을 열어젖히고 두놈이 더 들어왔지만, 상황이 심상치 않자 주춤하며 문밖을 향해 지원을 요청했다. 복도에서 들리는 발소리가 소란스러워졌다.

나는 시선을 틀었다. 방 한쪽에서 빈 소주 병 몇 개가 구르는 것을 보고 그쪽으로 걸어갔다. 병 하나를 발로 밟아 깨고 큰 조각 위로 팔을 눌렀다. 유리조각 하나가 팔에 깊숙이 박혔다.

나는 그대로 돌진했다. 문을 열고 들어오는 사람들 사이를 팔로 스치며 한 놈의 경동맥을 찌르고 한 놈은 손목을 베었다. 두놈이 달려들던 자세 그대로 비명도 못 지르고 쓰러졌다. 나는 나무판을 투포환처럼 당겨 뒤이어 오는 놈들을 쳤다.

내가 문밖으로 내달을 때 누군가가 뒤에서 소리를 지르며 덤벼들었다. 나는 그의 칼이 몸을 스치도록 내버려 두고 달려오는 경로에 유리날을 들이대었다. 보스의 뒤에 있던 작달막이였다. 날이 그의 목을 베었다. 그는 피를 뿜는 목을 붙잡고 주저앉았다. 나는 끝장을 낼 생각으로 나무판을 휘둘렀다.

그때 누군가 그와 나 사이에 끼어들었다. 손이 뒤로 묶인 채로 몸을 날려 나무판을 대신 맞고 작달막이를 벽 저쪽으로 밀어내었다.

새장에 갇혀 있던 네손박이 사내였다. 작달막이를 밀어낸 뒤에는 기력이 미치지 못해 그대로 뒹굴었다. 역시 내 편이 아니었군. 나는 빙글빙글 도는 머리로 생각했다. 저놈부터 처리했어야 했는데.

하지만 깊이 생각할 시간이 없었다. 아직 처리할 것이 많다. 그 노친네가 내 부하를 모두 죽일 마음을 먹었다면 나 또한 같은 방법으로 대응해 주리라.

적막했다.

복도가 시체로 한 겹 채워진 뒤로는 더 이상 위층에서 내려오는 놈이 없었다.

다 내려온 것은 아니겠지만 상황이 심상치 않으니 어디서 다른 전략을 모의하고 있을 것이다. 나는 시체가 두둑히 쌓인 복도를 해안가를 걷듯이 지나갔다.

방으로 되돌아와 보니 보스와 여자는 보이지 않았다. 어디 다른 탈출구가 있었을까.

뾰족귀는 아직 꿈틀거렸고 작달막이는 혀를 빼물고 죽어 있었다. 네손박이는 몸에 피를 묻힌 채 방 한구석에 서 있었다. 꼴을 보아하니 묶인 채로 몇 놈과 싸운 듯했다. 계속 신기한 놈이었다. 편을 계속 잘못 선다.

여자가 없는 것만으로 이곳에 볼일은 없었지만 이놈은 처리해야 할 것 같았다. 나는 나무판을 질질 끌며 다가갔다. 네손박이가 고통스러운 눈으로 나를 보았다.

"누구냐."

내 질문에 어째서인지 그의 눈이 더 깊은 고통에 떨어졌다.

"기억하지 못하실 것입니다."

"누구 편이냐."

"형님 편입니다."

묘한 기분이 드는 말이었다.

"그럼 왜 아까 나를 막은 거냐."

"원치 않는 일이라는 것을 알기 때문입니다."

"네놈이 판단할 일이 아니다."

"분노로 온전한 판단을 내리지 못하고 계십니다. 마음을 가라앉히십시오."

내 나무판이 높이 떠올라 그를 바닥에 내리쳤다. 그는 바닥에 머리를 세게 부딪치며 쓰러졌다.

그를 돌려 눕히고 목을 발로 눌렀다. 그는 피를 토했고 토한 피를 도로 삼키는 바람에 컥컥거렸다.

"어느 편에 설지 모르면 내 편에 서지 마라."

그는 저항할 기력이 없는지 생각이 없는지 내 발을 치우려고 하지도 않았다. 흥미가 동했다.

"저항하지 않는군. 잘못한 줄은 아는 거냐? 아니면 죽기를 바라는 건가?"

그의 눈만이 나를 바라본다.

"죽고 싶다면 원대로 해 주겠다."

나는 손목을 틀었다. 나무판이 다시 높이 솟았다. 사내는 떨어지는 것을 지켜보면서도 돌처럼 움직임이 없었다. 막 나무판이 그의 머리를 찍으려는 찰나 쇠파이프 하나가 날아와 나무판을 빗나가게 했다. 나는 돌아보았다. 뾰족귀였다. 가슴을 붙잡고 꿈틀거리다 도로 주저앉고 있었다.

"네가 덜 죽었구나."

놈이 던진 파이프를 집으려 했지만 손이 고무장갑처럼 툭 미끄러졌다. 쳇, 또 잊었군.

나는 발끝으로 파이프를 쳐올려 쇠사슬에 휘감은 뒤 놈을 향해 날렸다. 파이프는 뾰족귀의 배를 뚫고 콘크리트 벽에 깊숙이 박혔다. 뾰족귀가 조금 꿈틀거리다가 정지했다. 그때 나무판이 더 견디지 못하고 사슬에서 툭 떨어졌다.

나는 뚜벅뚜벅 뾰족귀에게 다가갔다. 몸에 박힌 파이프에 손바닥을 대고는, 양복 소매를 이빨로 뜯어 손과 파이프를 같이 감아 묶었다. 그대로 죽 뽑아보니 그런대로 쓸 만해 보였다.

돌아보니 네손박이는 억지로 일어나 앉는 중이었다. 저항하기 위해 서라기보다는 감히 누워서 죽을 수 없다고 생각하는 것 같다. 계속 이해가 안 가는 놈이다.

"뭘 원하는 거냐."

내가 물었다. 네손박이가 처연한 눈으로 나를 바라보았다.

"원하는 것이 없습니다. 뜻대로 하십시오."

이런 것을 이생에서든 다른 생에서든 내가 소유했을 리가 없는데. 무슨 경로로 얻은 것인가.

그때 이상한 기분이 들었다. 어느 다른 세계에서, 전쟁인지 다른 차원인지 모를 곳에서, 어쩌면 지난 생에서, 내가 이놈의 목숨을 손에 넣은 적이 있다는 것을.

녀석이 나를 질책하는지, 두려워하는지, 아니면 경멸하는지 궁금해 눈을 들여다보았지만 그저 무감했다. 인간사에 흔히 있는 일이라는 듯 담담하다. 연기일까. 사람이 이런 연기를 하는 것이 가능할까.

재미없는 놈이다. 나는 흥미를 잃고 파이프를 내리고 돌아섰다. 살려줄 생각이었다. 발을 내딛는데 등 뒤에서 소리가 꽂혔다.

"누가 귀신입니까."

나는 혈관 전체로 전류가 흐르는 것을 느끼며 돌아보았다.

"안다면 지금 말씀해 주십시오. 형님께는 남은 시간이 없습니다. 형님은 이미 다섯 목숨을 다 썼습니다."

다섯 목숨? 내가 무슨 고양이야?

"형님은 이제 마지막으로 죽을 것이고 다시는 살지 못합니다. 제가 믿어 드릴 테니 말씀하십시오. 지금 말씀하셔야 합니다."

재미없는 놈인 줄 알았더니 미친놈이었나. 그냥 죽일까. 생각하는데 내 안에서 소리가 들렸다.

아서라, 이미 죽였다. 이 세상이 아닌 다른 세상에서. 내가 기억할 수 없는 전생에서 이미 죽였다.

어쩐지 이놈에게만은 답을 해주고 싶었다. 맞는 답을 주고 싶다. 진실이자, 동시에 필요한 말을. 나는 내 안에 있는 사람에게 자리를 내주며 물러났다. 그 안에 있는 사람이 나를 삼키도록 내버려 두었다.

내 안에 있는 사람과 내가 동시에 나를 움직였다. 둘이 동시에 네손박이를 내려다보았다. 그러자 해야 할 말을 알 수 있었다.

"……그놈은 결코."

나는 입을 열었다.

"내 목숨을 남에게 넘기지 않을 거다."

네손박이의 눈이 크게 떠졌다.

"그게 누구든, 나를 진실로 죽이고 내 마지막 목숨을 가져가는 놈이 그자다. 누가 그놈인지 똑똑히 지켜보아라."

네손박이가 당황하는 것이 느껴졌다. 나는 붙잡으려는 그를 내치고 걸어 나갔다. 이해할 수 없는 대화였다. 하지만 내가 '귀신'이라 부르는 그자와 이 세계의 이면에 있는 '진정한 나 자신'은 이해할 것이다. 이생 전체가 그가 원한 것이며, 이 죽음 또한 그가 원한 것이니.

문을 열자 차가운 돌풍이 나를 맞이했다. 비가 오고 있었다. 건물 옥상은 조금 달라져 있었다. 사무실 건물이 아니라 고대 어느 먼 나라의 오래된 돌탑처럼 보인다. 희한하리만치 익숙했다.

보스는 옥상 한가운데에 앉아 있었다. 여자는 그의 앞에 탈진한 듯 반쯤 쓰러져 있었다. 탈진한 것은 육신이 아니라 그녀의 정신인 듯하다.

"익숙한 모습이로구나."

보스의 차가운 목소리가 바람에 실려 들렸다.

"네가 어릴 적에도 이리 내 앞에 왔었다. 칼 한 자루를 들고 단신으로 내전까지 침입했었지."

기억할 수 있었다. 단지 그 기억이 이 세상의 것이 아닐 뿐이다.

"너는 그때 나를 끝장낼 수 있었다. 왜 그때 하지 않았느냐. 무슨 동정심이 그리 많아 망설였느냐."

나는 답하지 않았다.

"이 여자는 아직 죽지 않았다. 구해 보아라. 너는 구할 수 있지 않느냐. 아니면 네 어미처럼 죽게 내버려 둘 것인가."

여자가 '아버님.' 혹은 '전하'를 소리 없이 부르며 울었다. 나는 한 걸음 더 다가섰다.

"멈춰라."

아버지가 말했다.

"그렇지 않으면 네가 오늘 한 사람을 더 죽게 할 것이다."

몇 가지 방법을 떠올릴 수 있었지만 나는 아무것도 하지 않았다.

기다리자니 부하들이 주춤거리며 다가왔다. 등을 몇 대 쳐 꿇어앉힌 뒤 내 손에서 파이프를 벗겨내고 팔에 박힌 유리조각을 빼내었다. 쇠고랑은 굳이 풀어낼 필요가 없었는데 두 놈이 힘을 다해 당기더니 손뼈를 부수며 뜯어내었다. 이미 마비된 손이라 고통이 크지 않았다. 여자는 고개를 돌렸다.

"다리를 망가트려라."

나는 기다렸다. 뒤가 수선스러워지더니 한 놈이 망치를 구해 들고 달려왔다. 두 발목뼈가 으스러지자 나는 하나 남은 팔로 무너지는 몸을 지탱했다. 그런 뒤에도 놈들은 어딘가를 더 부숴야 한다고 생각하는지 망치를 든 채 주변을 어정거렸다.

고통은 없다.

사람의 고통에는 한계가 있다. 더 이상 받아들일 자리가 없다.

"우리 사이의 문제입니다. 여자는 보내주십시오."

내가 시체처럼 드러누운 채로 말했다.

"남편을 배신하고 시동생과 정을 통한 부정한 여인을 살려 무엇 하겠느냐. 네 어미처럼 스스로 죽으면 기억해줄 사람이라도 있을 것이다."

여자는 귀를 막으며 고개를 저었다. 무슨 뜻인지 모르겠지만 아무래도 내가 건드려서는 안 될 여자를 넘본 것 같았다.

"원하는 게 나라는 것을 압니다. 말씀해 보세요. 제가 어떻게 해야 만족하겠습니까."

"죽어라."

담담한 목소리가 이어졌다.

"오래전에 했어야 하는 일이다. 네가 아내의 뱃속에 있을 때 그리했어야 했다. 아내의 유언으로 너를 지켰으나 너를 살려 모든 것을 잃었다. 내 아내와 아들과 며느리와 왕국과 신하들을 잃고 내 권위와 명예마저 잃었다. 이리 오래 참았으니 저승의 아내도 이제는 용서할 것이다. 너와 나 둘 중 하나가 진작 죽었더라면 얼마나 많은 비극을 미리 막았겠는가."

나는 잠시 침묵했지만 곧 미소를 지었다.

"어머니께서 돌아가시던 날 제게 비슷한 유언을 하셨지요."

보스의 표정에는 변화가 없다. 멋진 희극이다. 즐길 수 있는 사람이 나 하나뿐인 것이 아쉬울 뿐이다.

"제게 아버지를 살려달라고 하셨습니다. 그래서 제가 그날 아버지를 죽이지 않았습니다. 우리 두 사람은 같은 사람에게 묶여 있었습니다. 하지만 그것도 이제 끝났습니다. 아버지가 죽은 자의 유지를 더럽히시니, 더 이상 저도 지켜야 할 의무가 없군요."

보스의 눈이 실룩거렸다. 사지를 잃고 고깃덩이처럼 누워 있는 반시체일 뿐인데 어째서인지 사내들이 한두 걸음씩 물러난다. 서로를 돌아보며 수군거린다.

나는 쿡쿡 웃었다. 이 어리석은 자야. 늙은 사자야. 내 사지를 끊어내기 전에 혀를 끊어내었어야 했다. 그리 오래 싸웠으면서 아직도 내가 가진 무기가 육체의 힘이라고 믿는구나.

"아버지께서 제게 진실을 원하셨습니다. 진실의 가혹함도 모르고 그리 요구하셨습니다. 자비로운 거짓이 지금까지 아버지를 지켜온 줄도 모르고 제게 깨라고 요구하시는군요. 원하지 말아야 할 것을 원하셨으니 그 대가를 치르실 것입니다. 제가 어머니의 유지를 지키려 지금까지 입을 다물었으나 이제 그것도 끝났습니다. 아버지가 어머니의 유언을 따르기를 거부하셨으니 저 또한 끝을 내겠습니다. 진실을 원하셨으니 진실의 의미를 가르쳐드리겠습니다."

'저자의 말을 듣지 마십시오.'

어디선가 소리가 들렸다. 이미 죽은 뾰족귀의 목소리 같았다. 죽은 놈들까지 시끄러운 세상이군.

"어머니께서 투신하시기 직전에 제 생부에 대해 말씀해주셨습니다."

보스는 목이 졸리는 듯 자신의 목을 쓸었다.

"어머니께서 오직 그자의 명예를 지키기 위해서 모든 것을 끌어안고 가겠다고 하셨습니다. 자신의 목숨을 버려 두 사람을 지키겠다고 하셨습니다. 어머니께서는 자살하셨으되 확고한 의지를 갖고 그 목숨을 버리셨습니다. 제가 마지막으로 본 어머니의 얼굴에는 한 점의 흔들림도 두려움도 없으셨습니다. 어머니는 긍지를 갖고 죽음을 선택하셨습니다."

'듣지 마십시오.'

"계속하라."

"저는 한 번 그자를 죽이러 간 적이 있습니다. 그자의 안에 있는 귀신을 없앨 생각이었습니다. 하지만 차마 끝장을 내지 못하고 돌아왔습니다. 하필 그때 어머니의 유언이 떠올랐거든요."

보스의 얼굴에는 표정이 없었다. 하지만 문득 어떤 생각이 떠올랐는지 부들부들 떨기 시작했다. 휠체어 팔걸이를 붙잡은 팔에서부터 전신이 떨렸다. 그래, 그는 오래전부터 알고 있었다. 그래서 두려워했을 것이다. 그 두려움이 그를 미치게 했을 것이다.

"그가 어머니와 정을 통하여 저를 낳았으나 그는 그 사실을 기억하지 못했습니다. 지금도 아무것도 모르고 살고 있습니다. 어머니께서 기억을 되살리려 하셨으나 소용이 없었습니다. 어머니는 그의 적들이 이 사실을 알게 되면 이를 빌미삼아 그를 공격할 줄을 알고 아무 말도 하지 않으셨습니다. 혹여 그자가 진실을 깨닫고 스스로를 저주할까 두려워 본인에게도 말하지 않았습니다. 그자는 제 어머니에게 저를 배게 하고도 제가 아들인 줄도 몰랐습니다."

보스의 떨림이 점점 심해졌다. 진동이 그를 폭발시킬 것 같다.

"우리 둘이 얼마나 닮았는지 모르시겠습니까."

모두의 표정이 얼어붙는다.

"제 잔혹함, 광포함, 언어를 운용하는 기술, 모두 당신에게서 나온 것이라 생각해 보지 않으셨습니까. 제가 판박이처럼 당신을 닮은 줄 모르시겠습니까. 아버지, 선우보다 제가 아버지를 닮았습니다. 선우가 어머니에게서 나왔다면 제가 아버지에게서 나왔습니다."

아버지는 입을 열었으나 이미 졸린 목에서는 아무것도 나오지 않았다. 입을 벌린 채 컥컥거릴 뿐이다.

"어머니는 당신을 배신하신 적이 없습니다. 일생 아버지 외에 다른 사람을 사랑하지 않았습니다. 어머니께서 저를 지키신 까닭은 저를 사랑하셨기 때문이 아니라 아버지를 사랑하셨기 때문입니다. 제가 아니라 당신의 아이를 지키기 위해 목숨을 버리셨습니다."

"아니야……."

"제가 비밀을 지킨 까닭은 당신께 한 푼의 애정이 있어서가 아닙니다. 어머니께서 지키신 것을 자식 된 도리로 깰 수 없었을 뿐입니다."

"아니야!"

"하지만 저는 충분히 도의를 다했습니다. 그리 진실을 갈망하셨으니 그 잘난 진실에 흠뻑 빠져 즐겨보십시오. 이제 만족하셨습니까, 아버지. 충직한 아내가 목숨을 바쳐 지킨 것을 갈기갈기 찢어내시니 속이 시원하십니까."

아버지는 미친 사람처럼 전신을 부들부들 떨며 무엇인가 말하려 하다가 피를 토했다. 긴 절규를 내뱉고 그대로 뒤로 고꾸라지더니 다시는 일어나지 않았다.

사이

누군가 얼굴을 감싼 채 울고 있었다.

머리는 온통 풀어지고 치마는 칼로 갈기갈기 찢어낸 것처럼 넝마가
되어 있다.

나는 내게 실체가 없다는 것도 잊고 그녀를 부축하러 갈 뻔했다. 안
아 줄 수도 없고 위로할 수도 없었다. 내게 몸이 없다는 것보다 그것
이 더 당혹스러웠다.

……전하, 상왕 전하.

누군가 애처롭게 부르며 달려왔다. 왜소한 몸집의 사내였다. 마찬
가지로 어디 진흙탕에서 개와 쌈박질이라도 한 듯 엉망이었다.

"마마, 상왕 전하가 보이지 않습니다."

작달막이가 아이처럼 엉엉 울었다.

"백방으로 찾는데 아니 계십니다."

여자가 덜덜 떨며 얼굴을 감싼 손을 풀었다. 저 소심한 놈, 멍청이가
여자를 위로할 생각도 않고 되려 매달려서 운다. 그걸 보는 여자는 또

어떻게든 정신을 추스른다.

"마마, 결국 놈이 상왕 전하를 말로써 죽게 하였습니다. 그 악귀 같은 놈이 태후 마마를 죽이고 전하를 죽이더니 결국 상왕 전하마저 죽게 하였습니다……."

"지어낸 이야기가 아니오."

여자가 말했다.

"모두 사실이오. 전부 사실이오……. 상왕께서 귀신에 들렸었소. 상왕께서 귀신이셨소. 귀신에 들려 제 아이를 죽였소……."

"놈이 사람을 죽이기 위해 하는 말입니다. 마마, 있을 수 없는 일입니다. 제가 상왕 전하를 어려서부터 모시어 잘 압니다. 결코 그런 분이 아니옵니다."

"다른 자들은 어디 갔는가."

"모르겠습니다. 제가 무진왕을 보았는데, 붙잡으려 하자 무시무시한 얼굴로 건드리지 말라고 소리 지르더니 사라졌습니다. 가까이 오는 모든 사람을 귀신이라 믿겠다고 하였습니다. 다시는 집행에 발도 들여놓지 않겠다고 했습니다."

"수경 호위대장과 이야기를 해 봐야겠소."

작달막이가 일어나려는 여인의 앞을 막아섰다.

"가지 마십시오. 그자는 죄수의 편입니다. 악마에게 홀려 있습니다."

"누가 홀려 있고 누가 홀려 있지 않은가. 귀관은…… 왜 여기에 있는가. 나를 홀리려고 와 있는가. 나를 미치게 하려고!"

작달막이가 얼굴을 일그러트리며 눈물을 흘렸다.

"마마, 고정하시옵소서."

누군가가 다가왔다. 반백에 귀가 뾰족하고 마른 사내였다. 어딘가 다친 듯 배를 붙잡고 있었다.

"이번에는 아주 대대적으로 망쳤군요. 집행관이 죽었고 참관인 대부분이 사망했습니다."

뾰족귀가 배를 쓰다듬으며 불편한 얼굴로 주위를 둘러보며 물었다.

"그런데 이해가 가지 않는군요. 여섯 개의 집행이 다 끝났는데 집행이 유지되고 있습니다. 왜 우리가 아직 집행장에 있는지 아는 분이 있으십니까?"

"집행이 끝나지 않았습니다……."

작달막이가 덜덜 떨며 말했다.

"집행관이…… 진실로 사망하여…… 죄인이 죽기 전에 세계가 닫히고 말았습니다."

뾰족귀가 입속으로 낮은 욕을 뱉었다.

"목숨이 쇠심줄처럼 질긴 놈이군요. 그러면 어쩔 수 없군요. 누구든 집행을 한 번 더 해야 하겠습니다."

여자가 공포와 혐오가 섞인 얼굴로 그를 바라보았다.

"누가, 누가 이제 집행을 하려 하겠습니까?"

작달막이가 더듬으며 소리쳤다. 뾰족귀가 불쾌한 얼굴로 옆구리를 긁적였다.

"양명왕께서 물리법칙을 너무 완고하게 잡으셨습니다. 덕분에 우리 모두가 허약해졌고 놈만 고삐 풀린 망아지처럼 풀려났습니다. 집행의 규칙이 오히려 놈보다 우리를 제한하는군요."

여자의 시선이 뾰족귀에게 송곳처럼 꽂혔다.

"왕비님께서는 우리가 물리적으로 죽지 않는다 하셨지만 사실이 아니었습니다."

뾰족귀가 여자를 비난하듯 눈길을 주었다.

"우리는 심리적으로 죽을 수 있군요. 죄수의 진정한 힘이 육체가 아니라 혀에 있는데 양명왕께서 실수하셨습니다. 말로 사람을 죽이는 자를 심문으로 죽이려 하셨으니 물고기와 물에서 싸운 격입니다."

여자가 작은 산처럼 몸을 일으켰다. 갈기갈기 찢긴 치마는 푸석푸석해서 손만 대면 재처럼 흩어질 것만 같았다. 작달막이가 여자를 붙잡으려다 넘어질 뻔했다.

"상왕 전하께서 승하하셨소."

"압니다."

뾰족귀는 딱한 일이라는 듯 가볍게 혀를 찼다.

"안된 일입니다. 애도 드리지요. 하지만 죄인이 여섯 번의 죽음을 다하기 전에는 우리도 밖으로 나갈 수 없습니다. 이 안에서 영원히 살고 싶으신 것이 아니라면 어찌 되었든 죄인은 죽어야만 합니다. 다른 문제는 밖에서 해결할 일이며 여기서 할 일은 그것뿐입니다."

"상왕께서 왕을 죽였소!"

여자가 고함쳤다.

"대군은 죄인이 아니오! 죄인이 아닌 사람을 사형시킬 수는 없소!"

무거운 침묵이 내려앉았다.

"그럴 수도 있지요."

뾰족귀가 말했다.

"아닐 수도 있고요."

"무슨 뜻인가."

"결국, 이곳에서 일어나는 일은 무엇이 진실인지 알 수가 없다는 말입니다. 세계는 집행관이 만든 것이고 그 안에서 일어나는 일은 모두 집행관이 짠 각본입니다."

"대체 무슨 말을 하고 싶은가!"

뾰족귀의 눈이 차갑게 식었다. 익숙한 눈이었다. 내가 거짓말을 짤 때 그런 눈을 하곤 한다. 거짓말을 잘하려면 진실을 섞어야 한다. 진실의 이면을 보이고 뒤집고, 반쯤 가리며 내가 원하는 모습으로 만들어 낸다.

"사람이 원하는 것은 때로 비상식적일 때가 있습니다."

공기가 한층 무거워지는 듯했다.

"왕비님께서는 남편이 죽지 않는 세상을 원하셨습니다. 그리고 죄인이 죄를 짓지 않는 세상을요. 하지만 참관인을 총동원해도 죄수가 궁에 침입하는 것을 막을 수 없었습니다. 그래서 시스템이 죄수의 망상에서 귀신을 꺼내어 실체로 만들었습니다. 그러지 않고서는 각본의 모순을 해결할 수가 없었을 테니까요."

여자는 조각 조각난 치마를 두 손으로 단단히 붙들었다. 여자의 손에서 치마가 재처럼 우수수 흩어져나갔다. 작달막이가 주저앉은 채 당황해 두 사람을 번갈아 보았다.

"그런 상황에서 흑영이 죄인이 아닐 각본이라고는 그런 것밖에 없었겠지요."

뾰족귀는 가볍게 웃었다.

나는 다시 한번 내게 몸이 없다는 것을 잊을 뻔했다. 뾰족귀가 점점 여자에게 가까워지고 있었기 때문이었다. 작달막이는 어쩔 줄 모르고 안절부절못했다.

"양명왕께서 무엇을 가장 원하셨겠습니까? 아들이 귀신이 들렸고 다른 아들이 그 형제를 죽인 것보다, 귀신이 들린 것은 자신이라는 결말을 더 바라지 않으셨겠습니까?"

"……."

"만약 흑영이 자신의 친아들이라면, 태후께서는 자신을 배신한 적이 없는 셈입니다. 그것이 왕비님께서 남편이 죽지 않는 세상을 바라신 만큼이나 양명왕께서 바라신 세상입니다. 그러기 위해서는 바로 자신이 귀신 들린 사람이 되어야 했겠지요."

"……."

"왕비님, 우리는 모두가 자신이 가장 원하는 세상을 만들고 있습니다. 시스템은 그 소원을 이루기 위해 가장 적절한 방식으로 우리를 보좌하고 있습니다. 단지 우리가 자신이 가장 원하는 것이 무엇인지 깨닫지 못하는 것뿐입니다."

영리한 놈.

나는 반쯤 감탄하며 생각했다.

"무진왕은."

여자의 목소리에 울음이 섞여 있었다. 슬퍼서 우는 것이 아니었다. 감정의 격동에 숨이 북받치는 것이었다.

"죽기를 원하여 죽었는가."

뾰족귀는 '참, 잊고 있었군' 하는 얼굴로 하늘을 보았다.

"죄수가 무진왕이 목숨을 잃을 때 사과할 마음을 품고 있었습니다."

"……."

"무진왕이 가장 원한 것은 죄수의 사과였으니, 받기 위해서는 죽을 필요가 있었겠지요."

여자는 손을 크게 휘두르며 물러났다. 그녀가 휘두른 궤적을 따라 붉은 활이 나타났다. 여자가 현을 타듯이 두 손가락을 긁자 손가락 사이에 붉은 깃털이 달린 활이 나타났다. 작달막이가 여자를 말리려다가 다시 고꾸라졌다.

"왜 이러십니까."

"네놈, 무슨 목적으로 이 안에 들어왔느냐."

뾰족귀가 불편한 얼굴을 했다.

"우리 모두가 같은 목적으로 이 안에 들어왔습니다. 죄인을 사형시키기 위해서요."

"너는 이미 네 몫의 집행을 했다. 다른 목적이 있지 않고서야 어찌 이러느냐!"

"저를 의심하지 않으시면 좋겠는데."

뾰족귀가 가벼운 한숨을 쉬었다.

"활을 치우십시오. 사람이 죽지 않는 공간입니다. 협박이 이 안에서 무슨 의미가 있겠습니까?"

여자의 입술이 파르르 떨렸다.

"놈이 사형당하면서 동시에 우리에게 복수하고 있습니다. 우리 한 명 한 명을 파멸시킬 속셈입니다. 왕비님, 악마에게 홀리지 마십시오."

"내가 이미 홀렸다."

여자가 맑은 눈을 크게 떴다.

"이곳의 모두에게 홀렸다."

뾰족귀가 눈을 가늘게 떴다.

"죄수에 대한 원한에 맺힌 다섯 명의 집행관이 나를 홀렸다. 내가 이곳에 들어와 누구의 말도 듣지 않았더라면, 오직 내 눈으로만 보고 내 심장과 내 머리로만 판단했더라면, 죄인의 행동이 일관되고 한결같았다는 것을 알았을 것이다."

뾰족귀가 뭐라 말하려 입을 열었다.

"닥쳐라."

"아직 아무 말도 하지 않았는데요."

"너는 이미 짐작하고 있었어."

뾰족귀가 무슨 말이냐는 듯 눈썹을 높이 들었다.

"이미 귀신의 존재를 눈치채고 있었어. 알기에 그런 세상을 만들었다. 귀신이 현세에 돌아다니는 세상을 만들었어."

"……."

"알았으면서도 아무 일도 없는 것처럼 집행관들을 속이며 우리를 여기까지 끌고 왔어. 그런데도 어떻게든 숨기려 들었다. 왜 그랬는지 들어야 하겠다."

뾰족귀의 얼굴에 웃음이 떠올랐다. 기시감이 드는 웃음이었다. 승리를 확신하는 자가, 거짓을 말해야 하는 줄을 알면서도 진실을 입에 담고 싶은 유혹을 견디지 못하는 웃음.

"그러면 왕비님 마음에 드실 만한 말씀을 드려볼까요."

뾰족귀가 발을 떼며 여자에게 가까이 걸어갔다.

"선우왕께서 돌아가신 뒤에도 수차례 난자당했다고 들었습니다."

여자가 한 걸음 뒤로 물러났다.

"죄인은 이미 돌아가신 왕의 몸을 도륙했습니다."

"그, 그렇습니다, 정말 악마 같은 놈입니다."

작달막이가 끼어들었다.

"만약 흑영 왕자가 진범이 아니라면,"

뾰족귀가 쳐다보지 않고 계속했다.

"만약 진범이 흑영보다 먼저 현장에 도착했다면, 흑영은 이미 왕이 살해당한 현장에 뒤늦게 도착했다면,"

뾰족귀는 여자의 코앞에서 발을 멈췄다.

"흑영은 자신에게 누명이 씌워질 것을 알고 있었습니다. 어차피 전례도 있고 그날 있었던 소동도 그렇고, 놈을 감싸고 돌던 왕께서도 사라지셨으니 흑영이 현장에 없었어도 범인으로 지목되었을 것입니다."

뾰족귀에게서 익숙한 냄새가 났다. 온몸으로 제가 무엇이든 죽일 수 있으며 마음만 먹으면 무엇이든 할 수 있다고 말하는 듯했다.

"왕비님의 추리대로, 흑영의 목적이 귀신의 존재와 정체를 우리에게 드러내는 것이었다면, 흑영은 일부러 자신의 죄질을 늘린 것입니다."

여자의 새까만 눈이 크게 떠졌다.

"하나라도 더 많은 사형을 위해서."

작달막이가 당황한 얼굴로 두 사람을 번갈아 보았다.

"한 명이라도 더 많은 사람이 집행장에 들어오게 하려고. 한 명이라도 더 많은 증인을 만들기 위해서. 하나라도 더 세계를 열어, 귀신이 모습을 드러낼 기회를 만들고, 우리가 귀신의 존재를 알아챌 기회를 늘리기 위해서."

여자가 후다닥 뒤로 물러났다.

"사람이 짤 만한 계획이 아닙니다."

뾰족귀가 마음에 든다는 듯이 웃었다.

여자가 비틀거렸다. 비틀거리다 풀썩 주저앉았다. 여자의 손에서 활이 사라져 흩어졌다. 작달막이가 달려와 여자를 부축했다. 뾰족귀가 한숨을 푹 쉬었다.

"그러면, 이제 현실적인 이야기를 좀 해볼까요."

"……."

"만약 지금 우리가 모두 집행을 포기하고, 그래서 놈이 집행장에서 살아나가기라도 한다면 마마의 왕위가 무사하겠습니까?"

"무, 무슨 말씀이십니까!"

작달막이가 소리쳤다.

"아무리 세력이 없다지만 저자는 공식적으로 부도국에 남은 유일한 적통입니다. 왕비님에게로 왕위가 옮겨가면 결국 왕의 가문이 변합니다. 미치광이가 왕이 되든 괴물이 왕이 되든 이를 막고 싶은 이들은 넘쳐날 겁니다."

"흑영은 왕이 될 수 없습니다! 사형수가 왕이 되는 법은 없습니다!"

작달막이가 애처롭게 소리쳤다.

"사형수가 아니라면요?"

"감히……."

여자가 입을 열었지만 말을 잇지는 못했다.

"흑영 왕자는 죽어야 합니다. 행여라도 저자가 살아 나간다면 부도국은 둘로 쪼개져 왕권다툼으로 피바람을 일으킬 것입니다."

작달막이가 옆에서 소스라치게 놀랐다.

"부도국은 선대에 피바람을 일으킨 나라였습니다. 선우왕의 덕망이 이를 무마했을 뿐이지요. 그 선우왕은 지금 없습니다. 전범국인 부도국이 맹주국의 자리를 유지할 수 있는 이유가 무엇인지 모르겠습니까? 결국 그 피바람의 중심에 있었던 흑영 왕자가 지금 모든 원한을 짊어지고 사형당하기 때문입니다."

"……."

"둘째 왕자가 귀신에 홀린 것과 양명왕이 귀신에 홀린 것은 사안의 무게가 다릅니다. 왜 태후께서 모든 것을 안고 돌아가셨는지 생각해 보십시오."

여자의 눈에 파란 불꽃이 튀었다.

"애초에 지은 죄가 많은 놈이 나라의 수치를 끌어안고 가는 것을 다행으로 생각하십시오. 왕이 되실 분이라면 최소한 인정에 이끌리지 마시고, 태후처럼 나라의 미래를 생각하십시오."

여자는 쓰러질 듯 흔들렸다. 하지만 작달막이가 부축하러 손을 내밀었을 땐 이미 몸을 추스르고 있었다.

그녀가 몸을 바로 세웠다. 조금 눈앞이 흔들린 뒤에 다시 보니, 엉클어진 그녀의 머리카락도 누군가 빗어낸 것처럼 정리가 되었고 옷매무새도 다듬어져 있었고, 풀어진 옷고름도 구겨진 옷자락도 칼로 다린 것처럼 빳빳이 섰다. 여자는 두 손을 앞으로 모은 채 눈을 감았다 떴다. 세상 전체를 얼려버릴 듯한 눈동자였다.

"마마."

작달막이가 말했다.

"재사 어른께서 거칠지만 옳은 말씀을 하셨습니다. 돌아가신 상왕 전하를 위해서라도, 이 나라를 위해서라도, 죄인을 어, 없애야 합니다. 어떻게 해서든 죽여야 합니다."

여자가 한 걸음 물러났다. 치마가 낙엽처럼 우수수 흩어졌다가 다시 모였다.

세상 전체가 무너지고 다시 서는 듯했다. 소매에서 깃털처럼 검은 옷 조각이 떨어져 내렸다. 진흙처럼 뚝뚝 떨어졌다가는 재처럼 날렸고 연기처럼 떠돌다가 다시 몸에 합쳐졌다.

"그러면 말씀해 보시오, 재사 공, 이제 마지막 집행을 어찌하는 것이 좋겠는가. 이토록 목숨줄이 질긴 죄인을 어찌 죽여야 바람직하겠는가. 우리 중 누구도 더는 다치지 않도록 마지막 세계는 현명하게 구축해야 하지 않겠소."

여자가 말했다. 감정이 깃들지 않아 기계처럼 들렸다.

"소암 공, 말씀해 보시오. 이런 경우에는 누가 집행관이 되는가."

"저, 전례가 없는 일이라……."

작달막이가 땀을 뻘뻘 흘리며 말했다. 저자는 어째 볼 때마다 점점 작아지는 것 같다.

"남은 집행관이 모두 함께 여는 것이 좋겠군요."

뾰족귀가 가로채듯이 말했다.

"그러지 않으면 왕비님께서 지난 세계에서 흑영이 한 말에 홀려, 최후의 세계를 열고 죄인의 마지막 목숨을 가져가는 자가 귀신이라고 의심하실지도 모르니까요."

공기가 실처럼 팽팽하게 당겨지는 듯했다. 그 말을 듣는 순간 여자의 눈이 흔들렸다. 위화감을 느끼는 듯했다. 무엇인가 중요한 것을 놓쳤다고 느끼는 듯했다. 아직 끝나지 않았다는 것을. 뾰족귀가 여자의 불안을 느꼈는지 재빨리 말했다.

"흑영은 바로 이를 위해 그리 말했습니다. 마지막까지도 혀를 쓰는 놈입니다. 본성인지 재능인지 모르겠으나, 끝까지 악귀처럼 살려 드는 놈입니다."

여자가 뾰족귀를 똑바로 응시했다.

"지금 이렇게 생각하고 계시지요? '상왕께서 진범이고, 마지막에 죄인의 목숨을 가져가는 자가 진범이라면, 어째서 상왕께서 죄인의 마지막 목숨을 가져가지 못하고 돌아가셨는가?'"

여자가 입술을 깨물었다.

"애초에 전부 거짓말이니 앞뒤가 맞지 않는 것입니다. 흑영은 그리 혀를 놀리는 것으로, 우리가 제 최후의 목숨을 가져가는 것을 꺼리게 했습니다."

여자는 눈을 꾹 감았다.

"지금까지 그랬듯이 흑영의 목적은 오직 우리를 홀려 제 목숨을 연장하는 것뿐입니다. 현명하신 분이라면 그런 잔재주에 놀아나지 마십시오."

"……무슨 말인지 알아듣겠소."

"지난 세계와 같은 일이 다시 일어나지 않기 위해서라도 모두 함께 세계를 여는 것이 좋겠습니다. 그러면 한두 명쯤 죽는다 해도 남은 사람이 집행을 진행할 수 있을 테니까요."

"좋은 생각이오."

여자가 웃음기 없이 웃었다. 그리고 모든 것이 희미해졌다.

제7집행

모두

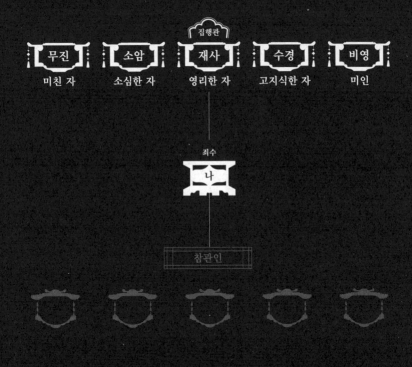

집행관

무진	소암	재사	수경	비영
미친 자	소심한 자	영리한 자	고지식한 자	미인

죄수

나

참관인

노인

양명

사망

눈을 뜨자 붉은 하늘이 눈에 들어왔다.

나는 관처럼 작은 배에 누워 있었다. 선사시대부터 흘러 다녔을 듯한 낡은 배다. 바닥에는 구멍이 났고 난간도 한쪽은 없다. 나무라 뜨기는 하지만 무게가 있는 것은 종이 한 장도 못 실을 배다. 내게 무게가 없다는 의미라.

노를 젓는 사람은 검은 도포 차림이었는데 눈과 코가 있을 자리에는 검은 구멍만 있었다. 좁은 뱃머리 끝에서 노를 젓는데도 배가 뒤집히지 않는 것으로 보아 그에게도 무게가 없는 듯했다.

나는 일어나 앉았다. 하지만 그것만으로도 현기증이 일어 도로 누울 수밖에 없었다. 몸에 실오라기 하나 들 힘조차 없었다. 입을 열어보았지만 말이 담기지 않았다. 목에서 건조한 바람만 나왔다. 하지만 말하고 싶은 마음도 들지 않았다.

이 마음이 신의 의지인지 내 의지인지 알 수가 없었다.

나루터에는 야차들이 기다리고 있었다. 눈이 붉고 작고 털투성이인 놈들이다. 안짱다리라 허리를 치켜든 네발짐승처럼 걷는다.

그들이 다가왔지만 나는 그대로 누워 있었다. 한 명이 흔한 일을 하듯이 뱃머리를 밟고 배 안으로 들어와 내게 채찍을 휘둘렀다.

나는 경로에 손목을 들이대어 팔에 감기게 했다. 야차가 당황해 채찍을 당겼다. 나는 끌려가는 척하다가 상대의 힘이 빠지는 틈을 타 도로 당겨 물에 처박았다. 야차들이 전열을 갖추고 내게 무기를 겨누었다. 나는 채찍을 쥐고 일어났다.

서 있을 기력도 없었지만 상대의 힘을 역이용해서 최소한의 힘으로 싸우면 몇 명은 이길 수 있을 것이다. 아무 이득 없는 짓이기는 했지만.

나는 다섯 명째에서 붙잡혔다.

강가에는 나무가 서 있었다. 억겁에 억겁을 곱한 세월을 산 것이라 나무라는 흔한 이름을 붙이기에는 생명의 영역이 달랐다.

시커먼 줄기는 두툴두툴한 종양으로 덮여 있고 그 위로 흙이 덮여 거기서 다시 작은 풀과 이끼가 자란다. 가지는 작은 숲과 같고 드러난 뿌리는 지표를 뒤덮는다. 뿌리 일부는 수면에 닿아 있고 물에 닿은 자리마다 잔뿌리가 자라나 버드나무처럼 드리워져 있다.

야차들이 망자의 옷을 벗겨 가지에 매달면 나뭇가지가 휘어 강에 그림자를 드리운다. 망자에게는 무게가 없으니 가지는 무게로 휘는 것이 아니다. 저승에서 무게를 지닌 것은 죄뿐이다.

늙은 야차가 가지가 휜 정도를 눈대중으로 보아 죄의 무게를 재고 그만큼의 돌을 망자의 등에 지운다. 그러면 망자는 무거운 짐을 지고 환생할 때까지 저승길을 따라 긴 여정을 떠난다. 그의 여정은 죄의 무게에 따라 49일에서 억겁까지도 간다. 시간의 흐름이 이승과 달라 여기서 얼마나 세월이 지나든 밖에서는 49일을 지나지 않는다.

야차 한 놈이 내 머리채를 쥐고 끌고 갔다. 놈들이 내 옷을 남김없이 벗겼다. 목에 걸린 회중시계를 풀었을 때는 저항했지만 매만 벌었을 뿐이었다. 야차가 그것들을 전부 가지에 걸었다.

순간 가지가 도끼로 찍은 것처럼 크게 휘어져 수면에 닿을 듯 내려앉았다. 도깨비와 망자들이 모두 놀라 돌아보았다. 죄를 재는 늙은 야차가 당황했다. 맞는 무게의 돌을 구비해 놓지 않은 모양이다.

야차가 나무 뒤로 바삐 돌아가 나무뿌리가 갈라놓은 큰 바윗덩이를 손으로 매만졌다. 작은 산만 한 바위다. 야차가 '이걸 써야겠소.' 하며 툭툭 쳤다. 그때 지진이 난 듯한 굉음이 울렸다. 바윗덩이가 꿈틀거리며 쪼개지고 나무에 달라붙은 흙과 이끼가 투둑거리며 떨어졌다.

숲 같은 나무가 기울어지고 산 같은 바위가 통째로 땅에서 떨어졌다. 먼 산에 오르던 망자들까지 걸음을 멈추고 돌아보았다. 죄인들의 눈이나 간을 쪼아 먹기 위해 맴돌던 독수리들도, 죄인의 몸을 토막 낼 칼을 갈던 간수들도 모두 돌아보았다.

뿌리가 뽑히고 나뭇잎이 비처럼 쏟아졌다. 나무껍질이 터지듯 벗겨져 나갔다. 나루터에 내리던 망자들이 놀라 다시 강 속으로 도망치고, 그들을 끌어내리던 야차들도 기겁해 물속으로 사라졌다. 나무껍질 틈에 살던 손가락만 한 작은 요괴들이 허둥지둥 도망쳐 나와 날아올랐다. 옷가지가 먼저 잠기고 이어서 나무가 머리를 박았다. 나무는 뿌리에 엉킨 바위까지 끌어안은 채 물속으로 가라앉았다.

모두가 멀찍이 선 채 주춤거리며 나를 바라만 보았다. 거대한 선과 마찬가지로 거대한 악도 경이롭기는 매한가지라.

나는 일어났다. 그들을 뒤에 내버려 둔 채 혼자 걸었다.

거인이 앉은 채로 길을 지키고 있었다. 몸집만으로 통로가 꽉 찬다. 망자들은 지나갈 방법을 찾지 못하고 서성였다. 가랑이 사이로 기어 보려다가 엉덩이에 짓눌려 터지고, 절벽을 기어보려다가 파리처럼 붙들려 둘로 찢기곤 했다.

생물과 기계의 중간쯤에 자리 잡은 것이다. 어찌 보면 온갖 보철물을 단 털북숭이 괴물 같고 어찌 보면 털이 잔뜩 난 쓰레기 더미 같다. 전체적인 형태는 유인원에 가깝다.

목덜미의 연수를 뚫고 나온 관이 밖으로 드러난 채 팔꿈치를 지나 손목까지 이어지고 인공심장과 폐는 크기 때문인지 몸 안에 다 넣지 못해 가슴 밖으로 드러나 있다. 가슴이 부풀고 가라앉을 때마다 낡은 기관이 삐걱거렸고, 숨을 쉴 때마다 썩은 기름 냄새가 났다.

내가 가까이 가자 거인은 익숙한 일을 하듯이 나를 손바닥으로 내리치려고 했다. 나는 발을 조금 내디뎌 손가락 사이에 섰고 거인이 손을 들어 올리려던 찰나 그 손가락에 매달렸다.

예전이라면 그대로 매달려 있을 수 있었겠지만 힘이 하나도 없었다. 나는 거인이 뭐가 붙었나 보려고 손가락을 눈에 가까이 들이대는 틈을 타 뛰어내려 쇄골에 떨어졌고 목덜미에 난 털 사이로 숨어들었다. 거인이 파리를 잡듯 손바닥으로 목을 치자 다시 굴러떨어져 놈의 드러난 폐 위에 앉았다. 폐는 기계라 감각이 없었다. 하긴, 기계가 아니라도 감각이 없는 기관이기는 하지만.

거인은 당혹스러워하며 일어났다. 몇천 년만의 움직임일까, 몸에 달라붙은 이끼며 나무며, 돌 같은 것이 툭툭 떨어진다. 거인이 혹시 내가 뒤에 숨었나 싶어 돌아보았다. 마찬가지로 몇천 년 만에 보는 길 반대편의 풍경일 터였다. 나는 그 틈에 뛰어내렸고 굴렀다.

나는 거인이 다시 앞을 돌아보는 사이에 일어났고 절벽의 어둠으로 숨어들어 갔다. 거인이 다시 앉을 때까지 기다렸다가 나와서 걸었다.

빙산을 지키는 이들은 해골 무사들이었다. 전장에서 죽은 이들이 맡는 자리다. 뼈만 남은 말을 타고 오가며 길에 들어선 망자들을 얼음 창으로 꿴다. 죄질이 나쁜 자들은 그대로 빙벽에 가둔 채 긴 세월을 내버려 두기도 한다.

하나하나 역전의 명장들이다. 예전이라면 몰라도 지금으로서는 뚫고 지나갈 방법이 보이지 않았다. 조각조각 썰려도 다시 붙을 몸이니 이번에는 그냥 지나갈 생각이었다. 긴 얼음 창 십여 개가 내 앞에 오밀조밀 모였을 때 한 명이 입을 열었다.

"암흑의 군주가 아니십니까."

나는 고개를 들었다. 제일 앞에 선 무사가 창을 거두었다. 해골뿐이라 알아보기는 어려웠지만 목소리는 익숙했다. 어느 인간계에서 내 밑에 있었던 장수다. 기억은 아릿하지만 그의 죽음의 원인도 내게 있었던 것 같다. 그를 따라 무사들이 모두 창을 거두고 예를 표하듯이 세웠다.

"신들이 군주를 인간으로 만들어 인간계로 내쫓았다더니 정말이었군요."

그제야 머릿속의 안개가 걷히면서 내 이름이 떠올랐다. 밤의 신 흑영. 세간에서 악신으로 부르는 자. 그 형 선우, 낮의 신을 질투하여, 위대한 원정에서 돌아온 날 무참히 살해한 죄인. 제 어미를 죽음으로 몰고 가고 마침내는 그 아비마저 죽인 자. ……그게 내 죄목이었다.

내가 빛의 신의 몸을 조각조각 잘라 저승 여기저기에 숨겨 놓았던 것도 떠올랐다. 아직도 그의 몸은 다 찾지 못했고 신들은 그를 부활시킬 수 없었다.

신들이 내게 머리끝까지 화가 난 것도 당연했고, 그들이 나를 인간으로 만들어 여러 세계에 던져 넣은 뒤 신의 권능으로 내 운명을 다스렸던 것도 당연한 일이었다.

"신들이 암흑신의 결백을 믿지 않는 신과 믿는 신으로 갈라져 싸우고 있습니다. 다친 자도 있고 다치게 한 자도 있고, 설득당한 자도 있고 설득하는 쪽도 있습니다. 의도하신 일입니까?"

나는 답하지 않고 영혼들이 얼어붙은 빙벽을 보았다. 거울처럼 매끈한 벽이었다. 갈라진 얼음에 비친 나 자신이 일그러져 보였다.

'신들이 자신들을 인간이라고 믿던데.'

내가 생각으로 말했다. 차가운 바람이 불어왔다.

'유희를 위해 잠시 그렇게 입을 맞추기로 합의한 건가, 아니면 정말로 그리 믿는 건가?'

해골무사가 답했다.

"옛 주신主神이셨던 빛의 신, 선우께 바치는 애도입니다. 신들은 암흑신의 형벌이 끝날 때까지 잠시 선우께서 만드신 세계를 '현실'로 규정하기로 합의했고 자신들의 기억 역시 그에 맞추어 수정했습니다."

그럴 수도 있겠지.

그럴 수도 있다. 어차피 무한의 세월을 버텨야 하는 것이 그들의 가장 큰 과제고, 그들이 이상한 놀이를 하는 것이 하루 이틀 일은 아니었으니까.

탁월하군.

내 안에서 낯익은 말소리가 들렸다.

누가 짠 각본인지, 내 기억을 그대로 남겨둔 채로 완전히 다르게 해석하게 했군. 모순이 없으면 기억은 돌아오지 않는다. 이 세계에서 나는 나로 돌아가지 않는다.

나는 힘없이 웃었다. 내 안에 있는 그 무사는 인간이고, 내 일부라도 어리석기는 마찬가지다. 지금까지 자신이 겪은 모든 생이 신의 꿈인 줄도 모른다.

인간은 이승이야말로 진정한 현실이며, 저승은 허상이고 이승에 돌아가기 위해 잠깐 머무는 꿈이라 믿는다. 하지만 그렇지 않다. 이승은 단지 잠시 꾸는 꿈이며 저승만이 단 하나뿐인 진실한 세계다.

"암흑신의 형벌로 주어진 여섯 개의 생이 끝났습니다. 태곳적에 내려진 판결대로 암흑신께서는 이제 진실로 죽어야 합니다."

해골무사가 말했다. 그것도 아는 사실이다. 피해온 일이기도 하고 미뤄온 일이기도 했지만 도달할 수밖에 없는 결말이기도 했다.

'알아. 그리고 그 문제에 대해 내가 할 말도 같아.'

"세상이 닫힌다는 문제 말입니까."

신이 죽으면 세상이 닫힌다. 아무리 작은 신의 죽음이라도 그러하다. 하다못해 고양이나 새 한 종류가 사라진다고 해도, 어긋난 생태계의 불균형은 얼마든지 종말을 초래할 수 있다. 내가 담당한 것이 암흑과 거짓말과 혼돈이라 해도 밤이 찾아오지 않는 세상은 순식간에 무너지고야 만다.

물론 신의 승계는 가능하다. 더해서 빛의 자리는 대신할 신이 많다. 선대 태양신 양명의 자리를 빛의 신 선우가, 이어서 태양새신 비영이 물려받았듯이. 하지만 내 역할을 대신할 신은 아직 없고, 그래서 신들은 나를 그토록 미워하면서도 죽이지는 않았던 것이다.

하지만 이제 신들은 기억을 잃었다. 내 죽음의 의미마저도.

"저승이 진정한 세계라 하나, 이 또한 하나의 현실일 뿐입니다. 이 세계가 닫히면 새로운 세계가 진정한 현실의 지위를 갖게 되고, 우리 모두가 그곳에서 다시 태어납니다. 죽음은 없습니다."

'사실이 아니다.'

나는 생각했다.

'귀신이 그리 믿게 만들었다.'

해골무사는 침묵했다.

'신들이 너무 오래 위험한 유희를 했다. 신들이 자신들을 인간이라고 믿는 바람에, 이 저승이 하나의 꿈에 지나지 않으며, 끝나도 상관없는 가짜 세계라고 믿게 되고 말았다. 그렇지 않다. 이 세계의 죽음과 함께 신들은 진실로 죽는다. 새 세상에서 다시 태어난다 해도 그 사실이 변하지는 않는다.'

이 '암흑신'이라는 인격은 이 세계를 지키기 위해 살아야 한다고 생각한다.

내 안의 인간이 열심히 머리를 굴렸다.

그야, 사실이기는 하겠지만, 아무래도 그 부분은 누구든 내가 살기를 바라는 자가 넣은 각본인 듯하군.

이래저래 시끄럽군. 나는 내 안의 인간에게 내적인 호통을 쳤고 입을 다물게 했다.

"'귀신'은 없습니다."

해골무사가 말했다.

"군주님 악몽의 산물입니다. 군주께서는 없는 것과 싸우시고 없는 것과 전쟁을 하고 계십니다."

'……'

"군주께서 선대 태양신 양명의 이중인격을 '귀신'이라 느끼셨던 것입니다. 그것이 아버지 본연의 인격이 아니라, 마음을 잠식한 귀신이라 믿는 것으로 그분에 대한 일말의 애정을 지키고 싶으셨겠지요."

'귀신이 그리 믿게 만들었다.'

내가 생각했다.

'자신이 존재하지 않는다고 속이기 위해.'

해골무사가 침묵했다.

"암흑신이시여. 설령 군주의 믿음대로 태양신 양명의 안에 귀신이 있었더라도, 이미 양명의 죽음과 함께 사라졌습니다. 이제 평온해지십시오."

나는 눈을 감을 뿐이었다.

"왜 그러십니까?"

내가 답하지 않자 해골무사가 긴 숨을 쉬었다. 바람이 무사의 텅 빈 머리를 통과해 구멍이 뚫린 코로 빠져나왔다.

"군주시여."

해골무사가 살짝 동정심이 도는 얼굴로 질문했다.

"이 세계의 '판결'에 대해서는 아십니까?"

'몰라.'

"신들께서는 암흑의 군주께서 입을 여실 때 목숨이 끊어지도록 했습니다."

'......'

나는 고개를 들었다.

"암흑 군주의 권능은 말씀에 있고 그 죄도 말씀에 있으니 그 혀를 쓰실 때 존재가 소멸할 것입니다. 살려달라는 애원도, 신을 포섭하려는 시도나 속임수도, 고통을 호소하는 비명조차도, 흐느낌이나 가녀린 신음조차도 허용하지 않을 것입니다."

'좋은 판결이군.'

내가 생각했다.

'어차피 다시는 말하고 싶지 않으니까.'

해골무사는 뼈만 있는 말의 허리를 차며 옆으로 물러섰다.

"지나가십시오. 허상의 싸움이나마 무운을 빕니다."

나는 몇 가지 길을 더 지났다.

얼마나 지났을까. 황야에 쓰러진 채로 오래 의식을 잃고 있었다. 이 제는 정말 손가락 하나 까닥할 힘이 없었다.

눈을 떴을 때 태양새신이 눈앞에 있었다. 눈부신 금빛 전차를 타고, 까마귀 깃털로 장식한 투구를 쓰고 검은 드레스를 입은 차림이었다.

그녀를 보자마자 속절없이 설레었다. 비영, 비추나래, 까마귀 신, 선한 신 선우가 위대한 원정을 다녀오는 동안 현명하게 나라를 다스렸으며, 지금은 명실공히 빛의 신으로부터 그 전권을 물려받은 최고신.

햇살이 그녀의 머리 위에 후광처럼 떨어졌다. 비영이 손을 뻗어 햇빛을 잡았다. 그러자 햇빛은 금빛 활이 되었다. 활시위의 끝은 하늘에 닿고 화살의 끝은 지평선에 닿는다. 나는 빛나는 화살을 무심히 바라보았다.

결국 참지 못하고 직접 내 목숨을 거두러 오셨는가. 내 하잘것없는 목숨이야 그대에게라면 몇만 개라도 드릴 수 있지만……. 내가 죽고 세계가 사라지면 그대도 사라지고야 만다.

그녀의 손에서 화살이 떠나갔다. 화살이 나를 꿰뚫고 바위를 부쉈다. 화살은 바닥에 박힌 뒤 땅을 뚫고 무서운 속도로 내리박힌다. 내 몸에 짓눌린 용암이 화산재와 함께 치솟아 올랐다. 지하수가 끓어 해일처럼 용솟음쳤다.

나는 그대로 지하의 다른 저승으로 추락했다. 바람에 휩쓸려 날아다니는 영혼들을 지나, 마른 나무가 된 영혼들을 지나, 끝없이 바위를 굴리는 영혼들을 지나, 피못에 빠져 허우적거리는 영혼들을 지나, 얼음 속에 갇혀 차가운 숨을 쉬는 영혼들을 지나 떨어져 내려간다.

마침내 나는 녹아 흘러내리는 세상에서 추락을 멈췄다. 바위가 피처럼 붉은 강이 되어 흐르고 사방에서 맥동하는 산이 검은 재와 불과 바위를 토해낸다.

태곳적부터 불타는 곳이다. 아니, 정확히 표현하자면 '모든 것이 불타던 태곳적'이다. 아직 행성이 충분히 식지 못하여 끓던 시절이다.

사람들이 지옥의 층이라 부르는 것은 단지 시간의 층계에 불과하다. 영원의 고통이라는 것은 단지 죽은 자들이 흐르지 않는 시간 속에 환생하지 못하고 머무는 것을 뜻한다.

인간 중에도 간혹 망아 상태에서 저승을 다녀간 사람들이 있었으나, 자신이 다녀간 곳이 시간층임을 알지 못하고 공간층으로 구성하느라 괴상한 형태로 전하곤 한다. 빛의 속도로 시간을 넘어야 하는 줄 모르고 제 시간대에서 선계를 찾느라 땅을 파내려 가거나 탑을 쌓아 올라 구름을 헤집는다.

나는 부글부글 끓는 바위에 반쯤 파묻힌 채 가슴에 박힌 화살을 뽑아내려 애썼다. 빛으로 만들어진 화살은 몸을 꿰뚫고도 끝없이 이어졌다. 이런 상황에서 화살 하나를 뽑아낸다고 무슨 소용이 있겠는가마는, 나는 무감각하게 생존본능에만 자신을 내맡겼다.

……이 세계의 판결은 내가 입을 열 때 죽는 것이다.

그러니 나는 신음과 울부짖음과 비명과 애원과 통곡으로 죽는다. 고통으로는 죽지 않는다. 나는 버틸 것이다. 이 세상이 끝나지 않도록. 무한의 무한까지.

비영은 차분히 불의 바다 위에 발을 디뎠다. 용암이 차마 신에게 닿지 못하고 썰물처럼 물러난다. 내 앞까지 뒷걸음치며 물러나 길을 터주었다. 그녀가 내 앞까지 도달하자, 나는 무력하게 화살과 씨름하는 일을 멈췄다.

비영이 손을 들었다. 그 손으로 햇빛을 잡더니 칼을 만들어내었다. 끓어오르는 세상의 빛으로 만든 것이라 거무튀튀했고 부글거렸다. 비영이 칼을 높이 들었다.

목을 잘라 내려는가. 그리한다 해도 죽지는 않겠지만. 성대가 날아가면 버티기는 쉬워질 것이다. 나는 눈을 감았다.

"여기까지 탈출시키면 쫓아 오지 못할 줄 알았건만."

꿈속에서 들리는 듯한 목소리였다. 나는 눈을 떴다. 비영이 칼을 든 채 어딘가를 바라보고 있었다.

"불을 두려워하지 않고 오다니, 아무래도 재사가 단단히 화가 난 모양이오."

빗발이 거칠어졌다. 하늘이 검은 구름으로 뒤덮이고 비가 쏟아졌다. 빗줄기가 맹수 같은 기세로 쏟아졌다. 물이 닿는 곳마다 용암이 식었다. 온통 격렬한 분노로 쥐어뜯겨진 모양새로 굳어갔다.

"암흑과 거짓의 신이여."

비영의 눈이 나를 응시했다. 세상에서 가장 아름다운 것이 시야를 가득 채우는 바람에 다른 의미로 정신을 놓을 뻔했다.

"그대가 우리 중 가장 강한 자라는 것을 알고 있소. 만약 세계의 규칙이 모두에게 똑같이 적용된다면, 그대가 할 수 있는 일은 우리의 상상을 아득히 뛰어넘을 것이오."

생각지도 못한 말이었다. 나는 당황했다.

"도망치시오. 필요하다면 무한의 삶을 살고 원한다면 무엇이든 하시오. 남은 다섯 신을 모두 죽이는 한이 있더라도 살아남으시오. 누구의 죽음에도 연연하지 마시오. 그대가 사는 것만이 중요하오. 내 말을 명심하시오."

태양이 내 손을 쥐었다. 뜨거운 손이었다.

"무슨 일이 있어도 이 세상을 끝나게 하지 마시오. 태양새신의 명령이오."

우박과 빗줄기가 격렬한 기세로 쏟아졌다. 굳은 용암 위로 물이 뒤덮였다. 물은 순식간에 불어나고 보는 사이에 세상이 잠겼다. 물속에서 회색 용이 솟아올랐다. 용의 비늘은 얼음이었고 움직일 때마다 얼음조각이 눈처럼 떨어져 내렸다.

재사, 슬기바리. 나는 그의 이름을 떠올렸다. 지혜와 마술의 신. 재판정에서 치밀한 논리로 내 죄를 낱낱이 고하고, 결국 사형을 선고하게 만든 신.

비영이 내 앞을 막아서더니 용을 향해 칼을 날렸다. 빛의 칼이 용을 꿰뚫었다. 하늘까지 이어진 칼은 구름을 꿰뚫었고 구멍이 난 구름 사이로 황금빛 햇살이 머리 위로 쏟아졌다.

수룡이 높이 날아올랐다. 어찌나 큰지 구름에 닿을 정도로 솟아오른 뒤에도 아직 꼬리가 바다에 잠겨 있었다. 비영이 날개를 폈고 다리가 셋인 큰 검은 새로 변해 날아올랐다. 큰 까마귀, 태양새였다. 금빛 깃털이 혜성의 꼬리처럼 빛을 뿌렸다. 날개를 퍼덕일 때마다 열풍이 불었다.

용과 새가 서로에게 달려들었다. 용이 새의 목을 물고 새가 용의 꼬리를 물었다. 그들이 뒤엉켜 부딪칠 때마다 용암이 솟구치고 화산이 터졌다. 폭풍우가 일고 눈보라가 몰아쳤다. 물속으로 뛰어든 용이 물을 흡입했다. 물을 삼킨 용의 몸집이 몇 배나 불어났다. 불어난 용이 새를 한입에 집어삼켰다.

나는 뛰어올랐다.

생각하고 한 일은 아니었다. 나는 용의 꼬리를 붙잡았다. 용이 몸을 뒤흔들었다. 떨어질 줄 알았는데 손아귀에 힘이 붙었다.

태양이 사라진 탓이었다. 세상에 어둠이 깔리기 시작했고, 어둠이 암흑신인 내게 힘을 주었다. 나는 날뛰는 용의 몸에 손톱을 갈고리처럼 박아 암벽을 타듯 전진했다.

용의 위장 부근에 이르자 나는 손톱을 피부에 박고 쭉 찢어 내렸다. 위액과 함께 황금빛이 쏟아져 나왔다. 용이 방금 집어삼킨 태양새의 빛이었다. 용이 요동쳤다. 나는 발로 단단히 몸을 지탱하고는 위장에 손을 집어넣었다. 용이 쇠가 긁는 듯한 비명을 지르다 긴 목을 뒤로 하여 머리를 나로 향했다. 그리고 나를 집어삼키려 입을 쩍 벌렸다.

그때 구름 속에서 또 다른 새 울음이 들렸다. 구름을 뚫고 순백의 옷을 입은 신이 흰 새를 타고 내려오고 있었다.

대기의 신 수경, 물거울, 공허와 공간의 신, 그 어머니인 하늘과 아버지인 땅을 갈라 세상을 구분한 자. 빛의 신 선우를 수호하던 장수이기도 하다. '공허'가 있는 곳에는 어디나 존재하므로 수경이 어디서 나타나든 놀랄 일은 아니었지만, 묘한 기분이 들었다. 늘 색이 없는 친구였지만 왠지 오늘따라 어둠이 깃들어 보인다.

용이 수경을 향해 고개를 처들었다. 수경이 허리에서 검을 뽑아들며 뛰어내렸고 추락하는 기세로 용의 머리에 칼을 박았다. 칼이 용의 머리를 뚫고 턱으로 빠져나왔다. 내 몸 위로 검붉은 피가 쏟아졌다. 나는 추락하며 용의 위장에서 새의 몸을 잡아 끄집어내었다.

정신이 들었을 때는 세상이 물에 잠겨 있었다. 수룡의 시신에서 쏟아져나온 물이었다. 구름 사이로 천둥이 쳤고 번개가 내리쳤다.

나는 새의 시신을 껴안은 채 넋을 놓고 물에 잠겨 있었다. 눈앞에는 용의 시신이 구불구불 펼쳐져 있었다. 시신이 길고 가는 대륙처럼, 흰 강처럼, 파도치는 바다 위에 끝도 없이 이어져 있었다. 새도 생명의 불이 꺼져 흰빛이었다. 아직은 열기가 남아 있었지만 빠르게 식어간다. 세상의 열기도 태양의 죽음과 함께 식어간다. 나는 반쯤 정신을 놓은 채 새를 끌어안았다.

수경이 용의 몸 위에 내려서 나는 듯이 달려와 수면의 내게 손을 내밀었다. 나는 새를 끌어안느라 남은 손이 없었다. 새의 날개가 물을 먹어 점점 무거워졌다.

"놓고 올라오십시오."

나는 언어를 알지 못하는 신처럼 넋놓고 수경을 보았다.

"태양새신께서 누구의 죽음에도 연연하지 말라고 하셨습니다."

이 녀석은 전혀 상황파악을 못한다.

신들은 아직도 자신들이 인간인 줄로만 안다. 이곳이 집행장에서 생겨난 가짜 세계 중 하나인 줄로만 안다. 이 세계가 진짜인 줄 모른다. 태양 자신도 알지 못했다. 알지 못했기에 이토록 어리석고 허무하게 목숨을 버렸다.

"태양새신의 명을 기억하십시오. 이 세상을 끝나게 해서는 안 됩니다. 세상은 암흑신께서 사라지실 때 닫힙니다. 우선 자신을 지키셔야 합니다."

그렇지 않아. 이미 태양이 죽었는데, 어떻게 세상이 유지될 수 있단 말인가?

"처음부터 네놈이 그놈과 한패였군."

가느다란 소리가 들려왔다. 멀찍이 다른 신이 내려섰다. 소암, 작은 뜰바위, 정원의 신, 실체가 있는 사물의 신. 내 사촌이며 빛의 신의 사촌인 자였다. 그는 또 다른 지옥에서 기어 나온 것처럼 보였다. 본디 꽃과 풀로 뒤덮인 신이었건만, 머리카락은 시들어 앙상한 가지만 남았고, 몸을 감싼 풀나무들은 까맣게 말라 있었다. 태양이 죽은 탓일까. 가까이 오는 동안 늘어진 덩굴과 담쟁이줄기가 사슬처럼 질질 끌렸다.

아무래도 오늘 이 지옥에서 신들의 회합이라도 열리는 모양이군.

"착하신 상왕께 모든 죄를 뒤집어씌우고. 그분이 귀신에게 쓰였다고 믿게 하고, 그래서 이 사형장에서 죄인을 빼돌리려고. 그래, 네놈이 처음부터 저 악마와 짜고 벌인 짓이었다."

수경은 말없이 일어났다.

"언제부터 작당했지? 놈이 주상전하를 죽이는 일에도 동참했겠지? 네가 놈을 성안으로 들였겠지. 이 사형식도 의도한 짓이었어. 네놈들이 판사들을 매수해서 벌인 연극이었어. 죄수가 아니라 우리를 죽이기 위해 시작했구나."

"……."

소암은 손톱으로 이마를 뜯으며, 말을 하는 와중에 깨닫게 되었다는 듯이 연신 중얼거렸다.

"사형식을 중단해야 해. 이 사형식에서 죽는 건 죄수가 아냐. 우리들이다. 왕위 계승자를 모두 가상현실 속에 영원히 가둬 두려고 시작한 일이야. 왕국을 장악하려고……. 집행을 중단해야 해. 어서……."

수경은 아무 말도 하지 않았다.

"수경 호위대장."

그가 애원했다.

"귀관이 놈에게 홀려 잠시 분별을 잃었을 뿐이오. 내 충분히 이해하겠소. 나 또한 그리하였으니. 어서 놈을 죽입시다. 설마 신음 하나 끌어낼 방법이 없겠소. 몸을 해체하든 으깨든 뭐든 해봅시다. 어서 이 세계를 끝내고 밖으로 나갑시다."

"그리하십시오."

수경이 말했다. 소암의 얼굴이 밝아졌다.

"조정자는 지금까지 그 누구도 죄수를 죽이도록 허락하지 않았습니다."

수경은 흔들림 없는 목소리로 말했다. 말에도 몸짓에도 감정이 깃들지 않는다.

"그것이 내기의 일부인지, 혹은 다른 이유가 있는지는 모르겠으나, 그것이 귀신이 집착하는 일이라면, 공은 결코 죄수를 죽일 수 없을 것입니다. 하지만 만약 귀공께서 죄수를 죽이는 데 성공하신다면, 이는 공께서 귀신이라는 명백한 증거가 될 것입니다."

소암의 입이 벌어졌다. 수경이 칼을 똑바로 들어 소암을 겨누었다.

"용기가 있다면 해보십시오. 귀공께서 죄수의 목숨을 취하신다면 저는 귀공을 '귀신'으로 간주하겠습니다. 만약 바깥에서 제 생이 이어진다면, 제 모든 것을 바쳐 귀공의 진정한 목숨을 취하겠습니다. 소인이 이 말을 입에 담았으니 되돌리지 않을 것입니다."

소암은 입을 벌린 채 자리에 못 박혀 있었다. 세상에서 가장 무서운 자를 보는 눈으로 수경을 바라보았다. 쏟아지는 땀이 땅에 뚝뚝 떨어졌다.

소암이 내게 다가왔다. 나는 말없이 상대를 바라보았다. 소암이 손을 그러쥐자 식물줄기가 어디선가 자라나 손에 와서 잡혔다. 잡힌 줄기가 단단해지더니 길게 늘어나며 날카로워졌다.

형편없군.

나는 생각했다. 자신이 인간이라고 믿어서다. 하는 짓이 인간 같은 것은 둘째치고 다들 인간 같은 무기나 쓴다. 저승에서 고작 칼 따위에, 신은 둘째치고 망자인들 죽겠는가.

소암은 내 앞에 서서 증기 같은 숨을 훅훅 숨을 몰아쉬며 두 손으로 칼을 맞잡고 내 목 위로 들었다.

내려오던 칼이 멈췄다. 소암은 상황을 파악하지 못한 얼굴로 나를 바라보았다. 소암이 내뿜은 숨이 소암의 코와 입에 막혀 흩어지지 않았다. 떼어내려 했지만 공기라 손에 잡히지 않았다.

소암이 부들부들 떨며 수경을 돌아보았다. 수경은 온화한 얼굴로 서 있었다. 소암은 얼굴이 흙빛이 되어 목을 붙잡은 채 내 앞에 무릎을 꿇었다.

그 정도로는 죽지 않아.

나는 생각했다.

하지만 입으로 말하지는 않았다. 소암은 인간처럼 거품을 물다가 의식을 잃었다. 신은 죽음을 믿기에 죽는다. 여전히 자신이 인간이라고 믿는 신이 또다시 어처구니없이 목숨을 잃었다.

굉음이 세상을 뒤흔들었다. 쩌엉, 하는 소리와 함께 용으로 이루어진 대륙 한가운데가 푹 꺼졌다. 다시 세상이 갈라지는 소리와 함께 바다 한가운데가 푹 꺼졌다. 용이 해체되어 가자 수경이 황급히 물에 뛰어들어 나를 붙들었다. 내 품에 안겨 있던 새도 황금빛을 뿌리며 흩어지기 시작했다.

사물의 신이 죽은 탓이었다. 이제 세상은 실체를 잃고 있다.

나는 잊었던 문제 하나를 떠올렸다. 설령 내가 끝까지 죽지 않더라도, 집행관들이…… 신들이 모두 죽으면 이 세상은 닫히고 만다. 내가 버텨 보았자 세상의 죽음을 막을 도리가 없다. 이에 생각이 미치자 나는 모든 기력을 잃었다.

저 멀리 대지에 보이던 숲이 급격히 생기를 잃더니 흙먼지로 변해 우수수 흘러내린다. 이어 대지도 자욱한 흙먼지와 함께 무너졌다. 바다가 모래처럼 부서져 검은 구덩이로 빨려들어 간다.

모래가 된 바다에서 무엇인가 모래를 헤치고 몰려들었다. 영혼들이 모래 사이에서, 용의 시신에서 나타나 모여들었다. 내 머리를 끌어안고 허리와 팔에 매달렸다. 시체에 모여드는 벌레처럼, 나무토막을 붙잡는 물에 빠진 사람처럼. 이제 세상에 신이 거의 남지 않아 나 같은 놈에게라도 매달린다. 수경이 힘을 썼지만 결국 무게를 견디지 못하고 놓치고 말았다.

나는 유사 속으로 끌려들어 갔다. 황금빛으로 부서지는 태양새도 모래 속으로 잠겨 들어갔다. 나는 마지막 빛줄기를 끌어안은 채 웅크렸다. 같이 파묻힐 생각이었다.

수경이 쫓아 내려왔다. 어떻게든 나를 끌어 올리려 해 보았지만 결국 같이 빠져들었다. 내 몸에 붙은 영혼들을 뜯어내려고도 했지만 마찬가지로 소용이 없었다.

가.

내가 생각했다.

이런 것으로도 나를 죽일 수는 없다. 세계를 유지하려면 너라도 살아야 한다.

수경은 입을 다물고 주위를 바라보았다.

흙먼지가 자욱한 하늘이 침침했다. 세상은 계속 무너졌다. 태양새신 비영이 없으니 생명이 자라날 수 없고, 지혜의 신 재사가 없으니 세상을 유지할 지혜가 없으며, 사물의 신 소암이 없으니 사물이 형태를 유지할 수가 없다. 영혼들이 나와 함께 모래 속으로 떨어져 내렸다. 모래를 헤치고 온 영혼들이 내게 더 모여들었다.

"세상의 원리가 제가 이해한 것과 같다면,"

수경이 말했다.

"이것이 도움이 될 것입니다."

내가 말릴 틈도 없이 수경이 유사 속으로 뛰어들었다. 그 바람에 나는 하마터면 소리를 지를 뻔했다.

모래 먼지가 하늘로 치솟았다. 저 멀리 무너지던 대지가 거꾸로 솟구쳐 올랐다.

공간의 신이 사라졌다. 공간이 사라지자 대기의 구분이 사라졌다.

그리고 어둠이 세상을 덮었다.

그러자마자 눈이 밝아졌다. 어둠이 세상을 덮은 것은 한순간이었지만 세상 전체가 내 것이 되었다. 나는 그 순간을 붙잡았고 **정지시켰다.**

'어둠'이 당혹스러워하는 것이 느껴졌다. 지위를 잃은 옛 주인에게 굳이 예를 갖출 필요가 있는지 고민하는 듯했다. 하지만 나를 무시하기에는 어둠의 영역이 너무 컸다.

색깔이 없는 세계에서 내 눈은 모든 것을 똑똑히 볼 수 있었다. 무너지는 산맥과 치솟은 채로 정지한 모래 알갱이 하나하나를 보았다. 수억의 저승의 층계와 그 안에서 무한의 고통을 겪는 무수한 영혼을 보았다. 나는 암흑을 향해 손을 뻗었다. 내가 '잡으려' 하자 어둠이 실처럼 빠져나갔다.

명을 들으라.

망설임.

감히.

내가 화내자 어둠은 결국 굴복했고 내 것이 되었다. 나는 어둠의 한 자락을 잡았고 **확장했다.**

밀도가 희박해지자 어둠이 더 짙어졌다. 텅 빈 공간에 자리 잡은 어둠은 다시 내 명에 따랐다. 어둠이 연쇄반응을 일으키며 퍼져나갔다.

나는 암흑 속에서 옛 신들을 돌아보았다. 한때 태양이었던 양명은 지금은 빛을 잃고 식어 있었다. 아득한 옛날 미의 여신이라 불렸던 별이 그 뒤를 이은 태양이었다. 지금은 그 태양조차 죽어 하얗게 식어 있다.

내가 확장의 명령을 되돌리지 않자 그 별들마저도 가루가 되었다. 태양이 흩어지고 별빛이 꺼지고 은하가 흩어졌다. 사물이 사라졌고 혼돈조차 희미해졌다. 그 별들마다 있던 하나하나의 세상이 다 사라지고 어둠만이 남았다.

결국 처음으로 돌아와 버렸다. 아득한 옛날, 아무도 없이 나 혼자였을 때로. 별들도 신들도 없이 우주에 암흑밖에 없었던 때로.

아니, 혼자는 아니었다. 언제나 혼자가 아니었다.

'그자'가 나와 함께 있었으니.

'진신眞神, 진실한 신.'

내가 최후에 남은 신의 이름을 마음으로 불렀다.

공허 속에서 신이 나타났다.

카오스, 혼돈과 '무無'의 왕. 질서 밖의 세계를 담당하는 자. 형체 밖의 공간을 다스리는 자. 무한과 비이성, 비논리, 비정형의 신. 세계의 종말과 창조 사이의 혼돈을 담당하는 자. 태초에 세계를 열었던 자. 최초의 주신이었으며 암흑 이전의 신이었던 자. 모든 신의 선조인 자.

신은 거대했다. 머리는 우주의 한쪽 언저리에, 발은 아득한 어딘가에 놓여 있다. 위아래가 사라진 우주라 누워 있는 것처럼도 서 있는 것처럼도 보인다.

"도련님은 세계의 영향을 잘 받는 모양이군요."

진신이 말했다.

"아니, 이것이 죄수와 집행관의 차이일지도요. 죄수만이 온전히 그 세계의 규칙을 이해하니까요. 세계가 집행관과 참관인에게 유리하게 되어 있다고 하지만, 그들은 실제 세계의 상식에 사로잡혀 자신이 창조한 세상조차 온전히 활용하지 못합니다. 도련님께서 지금까지 보여준 상식에 어긋나는 힘도 그 차이에서 온 것일까요. 세계를 이해하는 방법이 완전히 다르기 때문일까요."

내가 의아해 바라보자 진신은 키득거리며 웃었다.

"왜 그러십니까? 설마 아직도 기억나지 않습니까? 다른 세계에서는 이보다 더 간단한 말로도 기억을 되찾지 않았습니까."

아득한 기억이 안개처럼 머리를 감쌌다. 순간 가슴 깊은 곳에서 거부감이 솟구쳐 고개를 흔들며 떨쳐낼 수밖에 없었다.

"기억할 수 없겠지요. 세계에 모순이 없으니까요. 어떤 말을 듣든 이 세계의 방식으로 해석할 수밖에 없겠지요. 어때요? 이 웅장한 세상은 마음에 드십니까?"

세계가 뒤집어지려 했다. 완전한 진실이었던 것이 꿈이나 다름없는 허망한 거짓으로 변하려 한다. 소용돌이치듯이 세상 전체가 자리를 바꾸려 한다. 안돼. 그것만으로 이 세상은 끝나버린다. 그럴 수는 없다. 나는 이 세상을 닫히게 해서는 안 된다. 태양새신의 명령이다. 나는 고개를 젓고 밀려들려는 기억을 떨쳐내었다.

신이 내게 손을 뻗어왔다. 아이를 쓰다듬듯이 큰 검지로 얼굴을 감싸고 중지로 허리를 두르고 약지로 다리를 조인다. 무無가 나를 둘러싸자 암흑도 내게서 떨어져 나간다. 그와 함께 내 힘도 떨어져 나갔다. 암흑과 혼돈은 같은 영역. 우리는 같은 공간의 지배자다.

진신이 혀를 찼다.

"신뢰를 잃은 신, 살아남기 위해 계속 거짓말을 쓰는 바람에, 더 이상 말로 진실을 밝힐 수 없게 된 신, 현실에서는 설득할 도리가 없으니 스스로 이 사형식에 뛰어드셨지요. 내가 진상을 감추고 도련님의 목숨을 차지하기 위해 들어올 줄을 알고요."

말을 할 수 없었기에 나는 아무 말도 하지 않았다. 상대가 눈빛을 바꾸고 웃었다.

"아이고, 어쩌나. 그리 애쓰셨는데도 신들이 아직도 제 존재를 반신반의하네요. 그럼요, 이 집행장에서는 모든 것이 가짜니까요. 무엇을 어떻게 확신하겠습니까? 세계가 새로 열릴 때마다, 이전에 현실이라고 믿었던 세계들이 모두 허상이자 꿈이 되는데."

"……."

"뭐, 궁금해하는 신들도 있기는 하겠지요. 이상하네? 양명은 죽었는데, 왜 저것은 아직도 살아 있을까? 하고요. 하지만 그 문제도 이내 잊겠지요."

"……."

"저는 운명을 벗어나려는 죄인의 궤도를 되돌리고, 집행관을 도와 죄인의 사형을 돕는 조정프로그램에 불과하니까요."

나는 그를 노려보았다.

"하지만 지금은 신들이 모두 사망했으니, 시스템으로서 집행의 권한을 대행할 수밖에 없군요. 예정된 운명이니 너무 원망하지는 마십시오."

묘하게도 감정이 일지 않는다. 마음 전체가 깊은 심해에 단단하게 눌린 채 잠겨 있어 두려움도 증오도 슬픔도 일지 않았다.

"물론 최초의 판결에 따라 '입을 여실 때' 목숨을 거두겠습니다. 비명도 신음도 없이 오래 참으셨지만, 영원히 참을 수는 없으실 것입니다."

"……."

"인간의 영혼으로는 한순간도 감당할 수 없는 무간지옥의 고통 속에 방치하지요. 결국 그 알량한 자존심은 고통에 묻힐 거고, 그 영민한 머리도 결국 썩은 내를 풍기며 뭉그러지겠지요. 자신만만한 눈빛도 다 시들고 그 잘난 인내심도 다하고, 그토록 강인한 혼도 결국 쇠약해지겠지요. 의지가 다하면 입을 여실 것입니다."

이상하군.

왜 이 녀석마저도 이 세계가 현실이 아니라고 말하는 걸까.

설마 이놈마저 머리에 문제가 생긴 걸까, 아니면 그저 나를 속이기 위해 하는 말일까.

아니, 혹시 틀렸던 것은 나뿐일까. 오직 나만이 잘못 생각하고 있었을까. 정말로 이 세계는 가짜인가.

나도 인간이었고, 신들도 모두 인간에 불과했을까. 나는 죄를 지은 사형수로서 그저 사형당하기 위해 허상일 뿐인 세상에서 죽음을 반복했을 뿐이었을까.

아니, 그렇지 않다.

나를 죽여 세상을 닫기로 한 그 시점에서, 신들은 이곳에서 '현실'의 지위를 없앴다. 새로운 주신主神이 될 태양새신의 세상을 현실로 규정하고, 그곳에서 인간으로 살고 죽으며, 윤회의 고리에 들어가 생과 죽음을 반복하기로 결정했을 것이다.

차이는 없다. 처음부터 모든 세상은 진실의 자격을 갖추고 있었다. 내가 이제껏 살아온 모든 생과, 모든 우주가 그러했다.

내가 할 말도 변하지 않는다.

"들어와."

내가 입을 열었다.

세상 전체가 비명을 지르는 듯했다. 머물 곳 없이 울며 우주를 떠돌던 영혼들이 최후의 신의 죽음을 느끼고 겁에 질려 소리를 질렀다. 하지만 소리가 없는 우주라 단지 진동만이 퍼진다. 내 말 또한 파동으로만 전해진다. 진신의 눈이 식었다.

"들어와."

내가 반복했다. 진신이 침묵하다 말했다.

"조금 의외로군요. 그래도 조금쯤은 버텨보실 거라 생각했는데."

"들어오라고 했다."

나는 아무 권능도 권한도 없이 명령했다. 상대가 입을 다물었다.

"내기를 기억해라."

내가 말했다.

"내가 모든 세계에서 주어진 운명을 벗어나면, 너는 내게 들어오기로 했다."

내가 말을 이었다.

"네가 여기서 내게 들어오는 것으로, 이 세계에서도 나는 주어진 운명을 벗어난다. 약속을 수행해라. '들어와.'"

진신의 표정이 냉랭해졌다. 공허보다 긴 침묵이 이어졌다.

~~~

"내가 이기면 내게 들어와라."

나는 귀신에게 말했다. 내가 하는 말인데도 듣는 순간 왈칵 겁이 난다. 눈에 두려움이 담길까 두려워 고개를 숙였다.

첫 집행이 시작되기 전, 귀신은 구경하듯 나를 찾아왔다. 대담하게도 집행관 중 하나의 모습을 하고서. 나는 그의 모습을 눈에 담았으나 아무 의미 없는 짓인 줄 알고 있었다. 집행이 시작되면 나는 모든 것을 잊는다. 네 존재도, 집행의 의미도, 하다못해 내가 누구며 무엇을 위해 살고 죽으려 하는지까지도.

"제안은 재미있네요."

귀신이 말했다.

"하지만 제가 왜 그래야 할까요? 도련님은 이기든 지든 죽을 텐데요."

"죽지 않아."

내가 말했다.

"시스템에 몸은 없어. 정신만이 전부지. 네가 나를 삼키면 시스템은 내가 죽었다고 판단하고 집행을 종결할 거고, 내 몸을 집행관으로 판단하고 밖으로 내보낼 거다."

귀신은 생각에 잠긴 듯 어깨를 들썩했다.

"그래서, 도련님 이득은 뭐죠?"

"사는 것."

내가 답했다. 나는 왕에게 목숨을 구걸하는 거지처럼 비굴하게 웃었다. 상대의 얼굴이 가면처럼 딱딱해졌다. 가면 너머의 생각을 읽을 수가 없었다.

"그건 사는 것이 아닐 텐데요."

"관점의 문제야. 네 입장에서 사는 것이 아닐지 몰라도 내 입장에서는 사는 것이다. 앞으로 여섯 개의 세계에서 나는 다른 기억에 씌워질 것이다. 다른 사람의 기억을 갖고 다른 사람의 인생을 살다가 죽겠지. 하지만 그렇다고 해서 그 죽음이 남의 죽음인 것은 아니다. 그 생이 남의 생인 것도 아니다. 내가 어떤 기억을 갖든 그것이 나라면, 들어오는 것이 너라 해도 차이는 없다."

나는 개의 비굴함과 왕의 위엄을 동시에 혀에 담아 말했다.

"내 생에 좋은 운이라고는 없었지만 그렇다고 죽고 싶지는 않단 말이지. 이 집행장에서 나를 살아나가게 해 줄 자는 네가 유일하다."

～✺～

"도련님께서 그리 말씀하셨지요."

한참 만에 진신이 입을 열었다.

"귀신의 숙주라도 좋으니 살고 싶다고. 개처럼 울며불며 애원하셨

7인의 집행관

습니다."

진신이 비웃었다.

"늘 하시는 거짓말인 줄 알았지만 응했지요. 내 숙적이 운명에서 벗어나려고 발버둥치다가 결국 비참하게 죽는 모습을 지켜보는 것도 재미있을 것 같았으니까."

진신은 고개를 도리도리 저었다.

"하지만 저는 약속을 지킬 이유가 없습니다. 원래 제 것이었던 왕위를 되찾아야 하거든요. 도련님은 이제 죽으면 그만이에요. 세력도 없는 천덕꾸러기 왕자의 몸에 저는 아무 관심도 없습니다."

"관심이 생겼을걸."

내가 진신의 비웃음을 되돌려주며 말했다.

"여기서 나를 지켜보며 알게 되었으니까. 내가 다시없는 놈이라는 것을."

진신의 표정이 차갑게 굳었다.

"새 몸에 들어갈 때마다 겁이 났을걸. 그 어떤 왕도, 어떤 인간도 너만큼 대단하지 않았으니까. 옮길 때마다 퇴보할까 봐 겁이 났겠지. 어리석고 허약한 것에 들어가 혹시라도 네 탁월하고 영민한 정신이 훼손될까 봐."

"……."

"네가 이 집행을 통해 이제 알게 되었다. 나는 다시없는 것이며 여기서 나를 없애 버리면 두 번 다시 나 같은 것은 찾을 수 없다는 것을. 이 세상에 나만이 너를 닮은 유일한 것임을."

혼돈이 그의 등 뒤에 펼쳐져 있었고 어둠이 내 뒤로 펼쳐져 있었다. 둘은 같은 것이고 우리 둘이 같이 다스리는 영역이었다. 우주 전체가 우리의 것이며 또한 어느 것도 우리의 것이 아니었다. 최초의 신이며 최후의 신이다.

우리는 신들이 태어나기 전부터 싸워왔다. 세상을 '무無'로 되돌리려는 혼돈신의 정책에 반대하여, 내 영역을 줄이고 힘을 잃어가면서까지 신들을 키우고 그의 영역을 줄이려 해왔다.

신들은 그가 존재한다는 것을 알지 못한다. 그는 모든 신들이 태어나기 전에만 나타나고, 모든 신들이 죽은 뒤에나 나타나니까. 혼돈을 볼 수 있는 신은 나, 암흑뿐이다.

진신이 무시무시하게 나를 노려보며 말했다.

"너 같은 건 밖에 얼마든지 있어."

"없어."

내가 상대를 노려보며 말했다.

"나 같은 건 세상에 다시는 없다. 이전에도 없었고 이후로도 없었고, 다시는 만날 수도 없다. 이대로 나를 죽여 버리면 넌 다시는 나 같은 것을 찾을 수 없다."

"……."

"나는 다시없는 것이며 네가 가질 최상의 것이다. 하찮은 호승심으로 이 귀한 것을 날려 버리지 마라."

어둠은 고요했고 공허는 잠잠했다. 모두가 숨을 죽인 채 주인과 적의 말에 귀를 기울인다.

"네 말."

진신은 미소를 지었다.

"힘을 다 빼앗긴 뒤에도 네 말은 강렬하군. 여전히 매혹적이야. 매번 거짓말을 하는 줄 알면서도 매번 다시 넘어가게 만들지."

신이 내 몸을 감싼 무無의 덩어리를 내버려둔 채 몸을 줄여 내게로 다가왔다. 새하얀 혼돈의 우주가 내 암흑의 우주를 삼키며 다가온다.

"네가 뭘 겁내는지 알아……. 가엾은 것."

나와 비슷한 크기가 된 진신이 내 뺨을 다정하게 쓰다듬으며 속삭였다. 뺨에 닿은 자리마다 타는 듯 아팠다.

"내가 그 여자에게 들어갈까 봐 겁이 나겠지. 쯧쯧, 얼마나 무서울까."

놈이 자상한 아버지처럼 속삭였다. 나는 수치심에 눈을 감았다.

"동생의 시신을 보자마자 깨달았겠지. 누가 다음 왕인지. 이제 내가 다음에 노릴 몸이 누구인지."

나는 눈을 떴고 그를 노려보았다. 달리 할 수 있는 일도 없었기에. 귀신이 깔깔대며 웃었다. 어디선가 영혼들이 슬피 우는 듯했다. 천하에 드러난 내 마음을 조롱하며 웃는 소리도 간간이 들렸다.

"어떻게든 날 구슬려 네 몸을 선택하게만 하면 내가 그 여자에게 들어갈 일은 없으리라고. 그리 머리를 열심히 굴리고 있겠지. 형제를 잃고, 모든 것을 잃고 오직 그것 하나만을 갈망했겠지. 소망하는 것이 참으로 귀엽기도 하지."

진신이 돌연 웃음을 거두고 팔을 뻗어 내 팔을 잡았다. 놈의 손이 닿은 부분에서부터 팔이 썩어 들어가기 시작했다.

"나는 네가 탐나지 않는다. 모든 생에서 너는 어리석었고 약했다. 다른 인간과 똑같이 하찮은 것이었다. 네가 나를 세상에 드러내려 했으나 네 늙은 아비의 목숨만 날렸을 뿐이다. 나는 귀신이고 누구도 내 존재를 믿지 않는다."

산성용액에라도 집어넣은 것처럼 부글거리며, 살이 검게 죽고 녹아 들어가고 피부가 떨어져 나간다. 근육이 오그라들고 툭툭 끊어진다. 놈의 손이 파고들며 뼈에 이른다.

"밖으로 나가면 모두 이것이 긴 악몽이고 꿈이었으며, 네가 죽음에 이르러 만들어낸 환상이었다고 믿을 것이다. 가끔 모여서 말하겠지. 세상에 의혹은 많지만 진실은 결국 알 수 없는 것이라고."

내 오른손은 완전히 녹아 뼈만 남았다. 손가락뼈가 녹기 시작하자 부패는 팔 아래쪽으로 퍼지기 시작했다.

"거짓말의 신, 그게 네 힘이며 한계다. 너는 혀로 사람을 죽일 수 있을지 몰라도 결코 신뢰는 얻을 수 없다. 혼돈을 일으킬 수는 있겠지만 진실은 밝힐 수 없다."

나는 빛나는 우주를 바라보았다.

내 영역을, 내 영지를, 내 왕국을. 무한의 고독을, 막막한 어둠을. 그 암흑 속에서 빛이 나타나고 태양들이 생겨났을 때 내 심장이 얼마나 뛰었던가, 암흑 속에 숨어 그 황홀한 빛을 지치지도 않고 얼마나 보았던가, 차마 손에 닿지 않는 그 빛을 얼마나 동경했던가.

"소암이 나를 결투장에서 죽인 것은."

7인의 집행관

나는 내 팔꿈치가 녹아내리고 어깨를 향해 부패가 증식하는 것을 바라보며 입을 열었다.

"녀석이 결투를 두려워하기 때문이다."

진신이 뭐라고 말하려다가 멈췄다. 반사적으로 '거짓말'이라고 하려다가 예상치 못한 답에 반응할 때를 놓친 것 같았다.

"칼 한 자루를 쥐고 적과 대면하는 것만큼 두려워하는 것이 없기 때문이다. 그래서 그놈은 그 방식을 내 형벌로 정했다. 하지만 그건 내게 두려운 일도 아니었고 고통스러운 일도 아니었다. 그래서 그 세계는 오히려 소암의 형벌이 되었다."

팔뼈에 붙어 있던 살덩이가 떨어져 나갔다. 어깨뼈가 반쯤 드러나며 부패가 목과 가슴으로 번지기 시작했다.

"재사가 내게 제 모습을 준 까닭은 그것이 그의 지옥이었기 때문이다. 그가 내게 긴 인생을 준 까닭은 그의 고통이 죽음이 아니라 삶에 있기 때문이다. 비영이 선우가 죽은 날에 맞추어 세상을 열었던 것은 그날이 그녀에게 가장 고통스러운 날이었기 때문이다. 그 세계에서 선우가 살아남은 것은 그것이 비영의 소망이었기 때문이다."

갈비뼈가 드러나고 폐가 모습을 드러낸다. 나는 헐떡이며 뛰는 심장을 내 눈으로 볼 수 있었다.

"너는 세계 전체가 거짓이므로 알 수 있는 것이 없다고 하지만 그렇지 않다. 세계가 진실이라면 알 수 있는 것은 오히려 아무것도 없다. 거짓이기에 모든 것에 의미가 있다."

"……"

"세상 전체를 신이 만들었기 때문이다. 모든 것을 신이 만들었기에 모든 것에 신이 깃든다. 풀 하나, 돌멩이 하나까지 신이 만든 것이다. 그러므로 모든 것이 신을 반영한다."

팔을 잡은 손에 힘이 풀렸다. 진신이 내 팔을 놓으려 했을 때 나는 왼팔을 뻗어 놈의 팔을 붙잡았다. 손바닥이 녹아 들어갔다. 상관없었다. 어차피 더 이상 필요도 없는 것이니까.

"네가 이 세계의 창조에 관여했으니, 이 세계도 네 지옥이다. 이곳이 네 지옥인 까닭은 네가 영원불멸의 권력을 원하지만 그 권력이 네게 없고 다른 신에게 있기 때문이다. 아무리 세계의 왕인 척 굴어도 너 자신이 허망한 것임을 알아서다."

"닥쳐."

"네가 너를 없는 것의 신으로 만든 까닭은 네 왕국이 존재하지 않기 때문이다. 네가 네 존재 전체를 의심하기 때문이다. 다음 생이 시작될 때마다 네가 죽을까 봐, 네 자아는 죽어 없어지고 다른 것이 생겨날까 봐 두려워하기 때문이다. 네가 멍청하고 어리석다고 생각하는 인간의 안에 들어갈 때마다 그들의 멍청하고 유약한 인격이 네게 섞여 들어와 네게 불순물이 낄까 봐 두려워하기 때문이다."

"닥쳐!"

신의 말이 세상 전체를 뒤흔들었다. 우주 끝에서부터 끝까지 요동치지만 듣는 이는 없었다. 이곳은 너와 나의 위대하고 초라한 왕국이다. 세상 전체가 우리의 것이지만 사실상 아무것도 쥔 것이 없다.

"너를 기억할 수 없다는 것은 알고 있었다."

왼쪽 시야가 사라졌다. 다행히도 사라진 부분에는 고통이 없었다.

"내기를 했다는 것도, 하다못해 내게 적이 있다는 사실까지."

"……."

"단지 여기까지 올 생각이었다. 내 모든 목숨을 다 쓰겠다고. 주어진 모든 죽음을 다 겪겠다고."

"놔!"

나는 놓지 않았다.

"네가 언제 세계를 열든, 반드시 한 번은 열게 만들기 위해서."

"닥쳐!"

"너는 네가 드러나지 않았다고 했다. 하지만 그렇지 않다. 이제 모두가 네가 누군지 안다. 모두가 네 세계를 들여다보았고 그 세계에서 살아보았고, 그 세계를 기억하기 때문이다. 이제 너는 더 이상 어둠 속에 숨을 수 없다. 모두가 너의 모든 것을 보았고, 네가 만든 세계 안에서 인생 전체를 살았다. 너는 이 일을 영원히 되돌릴 수 없다. 이제 너는 다시는 숨을 수 없다."

진신이 내 팔을 뜯어내었다. 이미 다 썩어버린 팔이 떨어져 나가 우주로 흩어진다. 진신은 나를 놓고 세상을 움켜쥐었다. 허공에 이어진 우주 전체를 쥐었다. 그대로 세상을 한 바퀴 돌렸다.

세상은 돌기 시작하자 멈추지 않았다. 신이 명령을 철회하지 않는 한 세상은 그 명령을 끝까지 수행한다. 인간들이 그걸 두고 관성의 법칙이라든가 뭐라든가 한다.

세상이 회전하면서 그 속도가 달라졌다. 밀도에 불균형이 생겨났다. 먼지가 모이는 지역이 생기는가 하면 비는 지역이 생겨났다. 먼지 알갱이는 먼지구름이 되었고 구름은 서로에게 끌려 합쳐지기 시작했다. 한데 뭉친 것들이 끓기 시작했다.

별이 생겨나고 성운이 생겨나며 계가 생겨났다. 별은 파도치는 중력에 곤죽처럼 이리 쏠리고 저리 쏠렸다.

진신이 새로 태어나는 세상을 보며 킬킬 웃었다.

"그래, 확실히 너는 매혹적이군. 마음에 들어. 과연, 너 같은 것은 다시 없다."

"들어와."

내가 말했다.

"나를 선택해."

"아직 끝나지 않았어."

진신이 말했다.

"양명이 첫 세계를 그대로 이어 세계를 열었지. 그래서 너는 첫 세계에서 죽지 않은 셈이 되었고, 그 세계의 죽음은 사라져 버렸다. 네 아비가, 그 잔혹하고 모순적인 자가 무엇인가를 은연중에 눈치채고 네게 목숨을 하나 더 주었다. 너는 여섯 번 죽어야 하고 아직 다섯 번밖에 죽지 않았다."

입을 열려 했지만 열 것이 없었다. 이빨이 떨어져 나가고 입술이 사라진다. 성대가 녹아 흘러내린다.

"네 마지막 운명을 말하겠다."

저항하고 싶었지만 저항할 도리가 없었다.

7인의 집행관

"세계가 열리면 집행관들을 나를 잊을 것이다. 내가 누구인지 찾으려 애쓰겠지만 바로 그 노력이 나를 지울 것이다. 너희는 가장 필요한 자를 나라고 의심할 것이며 가장 필요한 자가 나로 의심받아 죽을 것이다. 그리고 나로 의심받은 그 자가 결국 자기 자신마저 의심할 것이다. 그리하여 네가 가장 지키고자 하는 자가 죽을 것이다. 자, 이것이 다음 생의 네 운명이다."

나는 상대를 노려보았다. 불가능할 것 같지만 나만은 놈이 할 수 있다는 것을 안다.

"그곳에서 나는 네 팔을 잘라 내고 다리를 잘라 내고, 혀를 뽑고 귀와 눈을 멀게 하고 어린아이로 만들어 꼼짝달싹할 수 없는 감옥에 집어넣겠다. 아무것도 못하게 만들겠다. 네놈이 그러고도 운명을 바꾼다면, 그래, 네가 이긴 것이다. 네 가치를 인정하고 이 위대한 신의 숙주가 될 영광을 주겠다."

나는 치를 떨었다. 웃음소리가 울려 퍼졌다.

"이 세계의 마지막 집행관이 명한다. 이 세계의 죽음의 규칙에 따라 신의 말로 죽음을 맞이하라. 신은 칼로 죽지 않으니, 오직 말로써 죽는다."

"……."

"죽은 자는 말이 없고 이승에 관여할 수 없으니, 생전의 은원에 대한 덧없는 집착을 버려라. 이제 떠나라, 죽은 자여. 다시는 신들의 세계로도 인간의 세계로도 돌아오지 마라. 정지한 시간층에 영원히 못 박혀 망각의 잠에 빠져들어라."

그 말로 내가 죽었다.

암흑이 죽자 세상이 빛으로 들어찬다. 세상이 폭발하고 신의 힘이 온 세상으로 튀어 나갔다. 세상이 죽고 다시 태어난다. 모든 것이 사멸하고 동시에 생명이 끓어 넘쳐 온 세상으로 퍼져나간다.

그리고 새 세계가 열렸다.

제8집행

귀신

집행관

진신

귀신

죄수

나

참관인

(※ 누군가는 귀신)

무진

미친 자
/안경잡이

소암

소심한 자
/작달막이

재사

영리한 자
/뾰족귀

수경

고지식한 자
/네손박이

비영

미인

노인

양명
사망

잠에서 깨었을 때 나는 열병이라도 앓다 깨어난 것처럼 땀에 흠뻑 젖어 있었다.

  가상현실에서 있었던 일이 하나도 떠오르지 않았다. 희미한 인상만 떠올랐다가 안개처럼 흩어질 뿐이었다.

  나는 좁은 공간 안에서 손을 움직여 이마를 만졌다. 가르마 끝에 박혀 있던 수면칩이 떨어져 있었다. 잠결에 움직이다가 이마로 사물함 모서리라도 들이받은 모양이다. 기억만 날아간 것이 다행이다.

  하지만 가상현실로 돌아갈 수 없다는 생각에 암담해졌다. 여기는 잠들지 않고 버틸 만한 곳이 아니다.

  옴짝달싹할 공간도 없는 사물함 안이다. 문에 난 작은 철창으로 들어온 빛이 내부의 곰팡이와 녹을 비춘다.

  나는 내 몸을 살폈다. 마른 나뭇가지 같은 작은 몸이 불편한 자세로 앉아 있다. 마구잡이로 자란 머리카락은 무릎까지 닿고 통나무처럼 잘린 다리 단면이 사물함 벽에 닿아 있다. 다리가 있었다면 더 비좁았을 것이다. 내겐 왼팔도, 오른쪽 눈도, 혀도 없다. '진짜 사람'들이 필요해서 떼어간 것이다. 그나마 나는 운이 좋은 편이다. 장기를 빼앗긴 아이들은 훨씬 힘들게 죽었다.

수면칩만 달아 놓으면 우리를 통제하느라 매질하거나 호통칠 필요도 없다. 사물함에 넣어만 놓으면 아이들은 알아서 허겁지겁 수면칩을 켜고 얌전히 가상현실로 들어갔다. 울 생각도 불평할 생각도 하지 않았다.

내가 여기 갇힌 지 얼마나 되었을까. 시간감각이 흐려져서 알 수가 없다. 다른 사물함에서 산 사람을 애타게 찾던 여자아이가 있었는데 혀가 없어 답을 해줄 수가 없었다. 그 소리도 들리지 않은 지 오래되었다.

나는 '진짜 사람'들이 우리를 잊었다는 것을 안다. 상황이 별로 좋지 않다. 전력은 부족하고 인공농장에서는 식물이 꽃을 피우지 않는다. 초기에 지나친 청결 정책을 펴는 바람에 벌레가 모두 죽어서라는 말이 돌았다.

남은 전력을 모아 살아남은 사람들의 '영혼'을 전자 인격 형태로 '시스템'에 저장하고 '바깥'이 오염으로부터 회복될 때까지 가상현실 속에서 잠을 자자는 제안이 나왔다. 어떤 사람들은 그것이 그저 집단 자살일 뿐이라고 했다. 어떤 사람들은 그게 영원한 사는 방법이라고 했다. 토론이 싸움으로 번졌고 싸움은 살인으로 번졌고, 살인은 전쟁으로 번졌다. 청소로봇은 군사로봇으로 개조되었고 가전제품을 만들던 공장은 무기를 만들어냈다. 그렇게들 어이없이 죽어 갔다.

나는 작은 철창 너머로 밖을 내다보았다. 늘 보던 풍경이다. 벽지도 창문도 없는 큰 회색빛 방이다. 높이 달린 등은 켜졌다 꺼졌다를 반복하고 천장과 벽이 맞닿은 틈에서는 계속 물이 흐른다. 벽마다 녹슨 철제 사물함이 늘어서 있다. 잡동사니 아니면 나 같은 단백질 인형이 하나씩 들어 있을 것이다. 대부분 망가졌을 것이다. 잡동사니도, 단백질 인형도.

내 정면 벽에는 지저분한 세면기와 변기가 놓여 있다. 세면기 위에는 누군가가 쳐서 깨트린 듯한 거울이 있었다. 절망에 빠진 누군가가 한 일이었을 것이다. 세계의 종말을 지켜보는 사람들은 쉽게 정신을 놓는다.

내가 얼마나 견딜지 궁금했다. 아직은 견딜 수 있지만 움직이고 싶은 생각이 끓어 넘치면 어떻게 할까? 등을 땅에 대고 눕고 싶다거나 몸을 뒤척이고 싶은 욕구가 폭발하면? 질식의 공포가 몰아치면? 나는 미치기 전에 죽을 수 있을까? 너무 고통스럽기 전에 미칠 수는 있을까?

누구라도 이 사물함 문을 열고 내 머리에 총알을 박아 주기를 기원했다. 하지만 내가 여기에 있다는 것을 기억하는 사람도 없을 것이고, 기억한다 해도 죽었으리라 믿을 것이고, 죽지 않았다고 생각해도 굳이 내 목숨을 끊어 주러 오지도 않을 것이다. 내 기도를 들어줄 신이 있다면 나를 태어나게도 하지 않았을 것이다.

얼마나 지났을까, 다른 사물함 쪽이 철컹거렸다. 누군가 사물함을 하나하나 열어보는 모양이었다. 부서지는 소리도 났다. 부서지는 소리가 가까워오더니 내가 있던 사물함 문이 찌그러졌고 난폭하게 떨어져 나갔다. 나는 멍한 기분으로 문을 연 사람을 바라보았다.

정신이 나갈 정도로 아름다운 사람이었다.

알몸에 얇은 검은 모포를 옷처럼 어깨에 걸친 사람이었다. 모포 위로는 검은 비단 천 같은 머리카락이 흘러내렸다. 속눈썹과 눈썹은 짙은 검은빛이었고 새까만 눈동자는 깊고 컸다.

그 여자가 내게 손을 뻗었다. 나를 꺼내다 발을 헛디뎌 균형을 잃었고 나는 물건처럼 추락했다. 여자가 나를 붙잡으려다 같이 넘어졌다.

그녀는 손에 총을 들고 있었다. 수제품인 것 같았다. 총신과 손잡이가 생물처럼 그녀의 팔에 단단히 맞물려 있다. 전자기장을 쏘는 종류인 것 같은데 기계와 사람에게 동시에 먹히는 것이다. 범위를 줄이거나 넓힐 수 있고 강도를 조절할 수도 있다. 쓰기에 따라서는 나 같은 건 흔적도 없이 날려 버릴 수 있는 것이다.

여자가 나를 한참 보더니 일어나 멍한 눈으로 총을 겨누었다.

이 사람이 나를 죽여 줄까.

나는 막연히 기대하며 그녀를 바라보았다. 저승에서 내 기도를 듣고 온 죽음의 천사일까.

천사는 총을 거두고 나를 뚫어지게 보았다. 무릎을 꿇고 몸을 숙이더니 내 엉클어진 머리를 넘기고 하나뿐인 눈을 들여다보았다. 내가 벌어진 모포 사이로 넋을 잃고 그녀의 가슴을 보는데 여자가 느닷없이 내게 입을 맞추었다. 부드러우면서도 따뜻하고 긴 입맞춤이었다.

7인의 집행관

그녀가 입을 떼어내자 나는 막혔던 숨을 터트렸다. 머릿속에서 온 갖 색채의 불꽃이 터져 정신을 차릴 수가 없었다. 머리든 몸이든 다 폭발해버릴 것만 같았다.

"…… 흑영."

그녀가 이상한 이름으로 나를 불렀다. 영문을 알 수가 없다. 여자의 눈에 눈물이 맺혔다. 왜 우는지 알 수가 없었다. 나 때문에 우는 것이 라면 차라리 그냥 죽여 주었으면 했다.

그때 문 쪽에서 인기척이 났다. 여자는 나를 몸 뒤에 숨기고는 획 총구를 돌렸다.

눈에 띄게 잘생긴 사람이었다. 행색은 엉망이었다. 카키색 군용 러 닝셔츠에 소매가 찢어진 흰 코트를 입고 있었는데 바지는 헐렁해서 거의 치마처럼 보였다. 땀투성이였고 코트 밑단에는 피가 튀어 있었 다. 손에 든 장검은 전원을 켜면 전기가 흐르는 것이다.

달려오던 사내는 여자가 총구를 돌리지 않자 발을 멈췄다. 당황한 듯했지만 이내 침착해졌다. 그는 검을 검집에 꽂고 아무것도 보지 못 한 사람처럼 걸어오더니 여자 앞에서 무릎을 꿇고 허리를 숙였다. 이 상한 사람이었다.

"무탈하십니까, 다치신 곳은 없으십니까."

괴상한 말투였다. 여자는 긴장이 풀리는 듯 푹 주저앉았다. 사내가 급히 여자를 부축했다. 그제야 그의 왼손가락이 하나 없는 것이 눈에 들어왔다. 그 손가락이 왠지 익숙하면서도 낯설었다.

"다른 사람들은 찾았는가."

여자가 물었다. 마찬가지로 괴상한 말투였다.

"아직 여유가 없었습니다."

"행색이 엉망이오. 오는 길에 변고라도 있었는가."

"공격을 받았습니다. 이 건물에 사는 듯한 사람들과 자동인형들이 있었는데 말이 통하지 않았습니다. 사람들은 굶주린 듯했고 적과 아군을 구분하지 못한 지 오래된 듯했습니다. 마음이 급해 전투가 단정치 못했습니다."

사내가 나를 돌아보며 물었다.

"대군께서는 어떠십니까."

무슨 군? 사내는 여자에게서 세상에서 가장 소중한 것인 양 나를 건네받은 뒤, 코트를 벗어 포대기처럼 나를 감쌌다. 그는 나를 세심하게 살폈다. 팔을 들어보고 입을 열어본 뒤 눈앞에서 손을 움직이더니 귀 옆에서 갑자기 손가락을 튕겼다. 나는 흠칫 놀라 그쪽을 돌아보았다.

"혀는 없습니다만 보고 들을 수는 있는 것 같습니다. 우리와 같은 언어를 쓰실지는 모르겠으나……."

"배가 고플 것이오. 얼마나 저 안에 갇혀 있었는지도 모르겠소."

"제가 먹을 것을 찾아보고 오겠습니다."

"이 세계의 주인이 친절하게 먹을 것을 구비해 두었을 것 같지 않소."

무슨 소리야, 세계의 주인이라니?

"대군의 신체에 음식이 필요하다면 찾을 수 있을 것입니다. 굶어 죽는 따위의 시시한 심판을 내릴 자가 아닙니다."

여자는 숨이 막히는 듯 모포를 부여잡았다. 일어나려던 네손박이가 다시 무릎을 꿇고 앉아 여자의 손을 잡았다. 여자는 붙잡힌 채로 가만히 있었다. 이상한 기분이었다.

"몸이 찹니다. 방을 덥힐 것을 찾아보아야겠습니다. 태울 것이 있는지 뒤져보겠습니다."

"내 몸은 상관없소. 대군을 신경 쓰시오. 지금 누구의 몸이 중요한가."

여자가 그의 손을 뿌리쳤다. 도통 무슨 말인지 모르겠다. 설마 나를 두고 하는 말인가? 여자가 숨을 몰아쉬다 말했다.

"내게 문제가 생겼소."

"저도 그렇습니다."

"죄수의 위치를 알 수가 없었소. 깨어났을 때 그를 찾을 수가 없었소. 다른 사람과 구분할 수도 없고, 그의 주변의 세상을 볼 수도 없고, 공간을 이동하거나 시간의 길이를 조정할 수도 없었소."

공간을 이동해? 시간의 길이를 조정한다고?

"저도 그렇습니다. 아무래도 이 세계의 집행관은 참관인 모두에게 죄수와 같은 조건을 부여한 것 같습니다."

"왜 그런 짓을 했을 것 같소?"

"우리를 통제하기 위해서겠지요. 시선이 모이지 않으면 상황을 파악하기도 어렵고 한 곳에 모이기도 어렵습니다."

여자가 오한이 도는 듯 몸을 붙잡았다. 눈에 눈물이 맺혔다.

"대군을 좀 더 일찍 믿었어야 했소."

"충분히 믿으셨습니다."

"더 일찍 믿었어야 했소. 여기까지 오기 전에⋯⋯. 이제 우리는 아무것도 할 수 없소⋯⋯. 우리가 뭘 하려고 하든 귀신이 허용하지 않을 것이오."

'귀신'?

"마마."

"대군을 보시오. 이런 모습으로 뭘 한단 말인가. 다 끝났소. 그자는 이제 마음만 먹으면 한순간에 대군의 목숨을 빼앗을 것이오. 다 끝났소."

잠시 말이 없던 네손박이가 고개를 들고 말했다.

"마마, 그렇지 않습니다. 이 집행장은 지금까지와는 다릅니다."

여자는 얼굴을 감싼 손을 내리고 고개를 들었다.

"이제 우리는 이 세계를 만든 집행관이 귀신이라는 것을 압니다."

여자는 멍하니 그를 바라보았다.

"지금까지는 그자가 참관인인지, 집행관인지, 아니면 시스템이 만든 프로그램인지 알 수 없었습니다. 하지만 이제는 분명해졌습니다. '귀신'은 존재하고, 우리 중 하나고, 이 세계의 집행관입니다. 지금 이 세계의 창조자며 지배자입니다. '귀신'은 자신이 이미 드러나 버렸다는 대군의 말에 넘어가 다급한 마음에 세계를 열었고, 결국 제 존재를 증명하고 말았습니다."

"⋯⋯."

"이 세계 전체가 대군이 우리에게 준 마지막 기회입니다. 이 세계의 모든 부분이, 모든 사물과 생물, 한숨의 공기와 물 한 방울까지, 물리법칙과 규칙, 존재하는 모든 것이 집행관의 파편이며, 일부나 다름없습니다. 그의 머릿속에서 나온 세계이며 그의 의식과 무의식을 포함한 정신세계 전체입니다. 우리가 정확히 볼 수만 있다면 세계 전체가 그를 증명할 것입니다."

바깥이 소란스러워졌다. 네손박이가 칼을 뽑아들었다. 파란 불꽃이 칼날을 따라 흘렀다. 여자가 이로 모포를 찢어 상체를 감싸고 남은 부분은 허리에 치마처럼 두른 뒤 총을 들어 격철을 당겼다. 총 부품이 생물처럼 움직이며 달라붙듯이 여자의 팔에 감겼다.

"저를 쫓아온 것 같습니다."

사내가 문에 시선을 고정하고 말했다.

"아까 그치들이라면 조금 화가 나 있을 겁니다. 제가 한 명을 죽였으니까요. 마마께서는 대군을 모시고 안전한 곳을 찾아 숨어 계십시오. 제가 적을 유인하겠습니다."

여자가 막 달려 나가려는 그의 손을 가만히 쥐었다. 네손박이는 어리둥절한 얼굴로 돌아보았다. 여자는 나를 아기처럼 한 팔로 안은 채 그의 얼굴에 눈이 닿을 만큼 가까이 다가갔다.

"이곳에 안전한 곳은 없소. 모르겠소? 집행관이 어느 곳에서든 우리를 지켜보고 있을 것이오."

사내가 여자를 멍청한 얼굴로 바라보았다.

"이것은 '각본'이오. 세계가 열렸고 각본은 이미 시작되었소. 이 각본이 어떤 방향으로 진행되든 그 결말은 대군의 죽음으로 끝날 것이오. 지금 이 일은 귀관을 대군에게서 떼어 놓기 위해 귀신이 일으킨 사건이오. 그러니 귀관은 적을 유인할 수도 없고 나와 대군을 숨길 수도 없소. 알아듣겠소?"

"……."

"이곳에서 가장 위험한 사람은 대군이오. 그러니 대군의 옆에서 떠나서는 안 됩니다. 그대가 대군을 지켜야 하오. 나보다는 그대가 더 그를 잘 지킬 것이오. 또한, 귀관이 내 옆에 대군을 두려 한다면 그건 나를 공격받게 하는 것과 같은 일이오."

네손박이는 문밖을 한 번 응시한 뒤 고개를 끄덕였다. 그는 여자에게서 나를 받아 안고 코트 자락으로 허리에 단단히 묶었다.

그가 내가 등에 잘 업혔는지 확인하고 일어나려는데 여자가 총을 들어 네손박이의 이마를 겨눴다. 네손박이는 정지한 채 총구를 들여다보았다.

"맹세하시오. 절대로 나를 지키려 해서는 안 됩니다."

"……."

"수경 호위대장, 귀관의 이름과 가문의 명예를 걸고 맹세하시오. 내게 무슨 일이 일어나도 신경 쓰지 마시오. 나는 내 몸을 지킬 수 있고 또 그리할 것이오. 귀관이 지켜야 할 것은 대군의 목숨이며 또한 귀관자신의 목숨이오. 귀관이 살아야 대군을 지킬 수 있으니 귀관의 목숨은 내 목숨보다 우선하오."

"……."

"지금부터 나도 대군을 지킬 것이고 또 그와 동등한 수준으로 귀관을 지킬 것이오. 귀관의 목숨을 내 목숨보다 우선할 것이오. 이에 동의하기 전에는 귀관을 보낼 수 없소."

소란이 한층 더 가까워졌다. 수경이라 불린 사내는 여자를 한참 보다가 답했다.

"맹세하겠습니다."

여자는 총구를 치웠고 동시에 수경은 칼을 뽑아 들고 일어났다. 바람처럼 문 옆 벽에 바짝 붙어 바깥을 응시했다.

로봇이 문안으로 들어섰다. 사람만 한 키에 알처럼 희고 둥근 머리에 구부정하게 이족보행을 하는 것이다. 원래는 농장에서 일하던 로봇이었는데 사람들이 팔에 쇠스랑 대신 전자총과 칼을 달아 개조한 것이다.

느릿느릿 안을 둘러보던 로봇이 여자를 발견하고 총구를 겨누었다. 동시에 사각에 숨어 있던 수경이 칼에 전원을 넣었고 로봇의 카메라 눈에서부터 뒤통수까지 한순간에 찔러 넣었다. 수경이 칼을 뽑아내자 로봇은 불꽃을 일으키며 넘어져 바들바들 떨었다.

"이쪽으로 오십시오."

수경이 말했고 여자가 수경의 옆으로 다가섰다.

건물 안은 내 기억 속 풍경보다 훨씬 더 망가져 있었다. 사물함에 갇힌 이후로 생각보다 시간이 많이 지난 모양이었다. 복도가 길게 이어져 있었는데 붉은 비상등이 깜박여 복도 전체가 어둠 속에 잠겼다가 다시 붉게 물들였다. 천장에는 내장이 드러난 괴물처럼 흘러내린 전원선이 불꽃을 튕겼다.

두 사람이 몇 걸음 걷자 복도 불이 꺼졌다. 무엇인가가 무수히 움직이는 듯한 소리가 천장을 빠르게 오갔다. 수경은 여자에게 손을 뻗어 움직이지 말라는 신호를 보냈다.

"우리 눈에 보이지 않는다면 혹시……."

"저쪽은 볼 수 있습니다."

수경은 고개를 들어 보이는 것이 없는 천장에 눈을 두었다.

"지상을 맡아주십시오. 마마를 놓치면 조금 전 그 장소로 다시 가겠습니다."

"나를 신경 쓰지 말라고 했소."

머리 위에서 바람이 불었다. 수경이 칼에 전원을 넣자 주위가 확 밝아지며 이미 가까이 접근한 로봇이 시야를 가득 채웠다. 아까와 비슷하게 생긴 로봇이었지만 얼굴에 카메라 대신 기계로 만든 입과 이빨을 달고 있었다.

수경은 공격을 피해 뛰어올라 로봇의 머리를 밟고 칼을 수직으로 내리꽂았다. 머리통이 종잇장처럼 찌그러졌다. 수경은 그대로 칼을 뽑아 들고 천장의 철골구조물로 뛰어올랐다. 나는 등에서 떨어지지 않도록 뭉툭한 다리로 수경의 허리를 안고 한 팔로는 목을 꽉 끌어안았다.

철골 위로 올라선 수경은 칼의 전원을 한 번 껐다. 로봇 네 마리가 접근했다. 두 개는 기계이빨이 있었고 하나는 손을 전기톱으로 개조한 것이었다. 마지막 하나는 전자총을 들고 있었다. 수경은 전원을 한 번 껐고, 연이어 켰다가 껐다. 다른 필름 두 장이 연이어 나타나는 것 같았다. 수경이 적이 다가오는 속도를 가늠하고 있음을 알 수 있었다.

수경은 박자를 맞추듯 고개를 두 번 끄덕였고 뛰었다.

총소리와 함께 수경의 궤적을 따라 푸른 전기불꽃이 일었다. 수경은 전기톱 손을 가진 로봇의 머리를 뜀틀을 하듯 짚고 그 뒤에 내려섰다. 그 자리에서 로봇의 손을 잘라 내고 어깨 너머로는 뒤통수를 찌른 뒤 몸을 웅크렸다. 수경의 방패가 된 로봇에게 다른 로봇이 쏜 전기탄이 무수히 작열했다.

이가 난 로봇 둘이 수경의 앞뒤에서 달려들었다. 수경은 끙, 하고 힘을 쓰며 칼에 꽂힌 로봇을 한 바퀴 회전했다. 달려들던 이빨 로봇 둘이 얻어맞은 개와 비슷한 소리를 내며 날아갔다. 수경은 그대로 칼에 꿰인 로봇을 총을 쏘는 로봇을 향해 투포환처럼 던졌다. 두 로봇이 부딪치자 쏘던 전기탄이 되돌아와 둘을 휘감았다.

수경은 곧장 돌아섰는데, 아까 쓰러진 이빨 로봇 둘이 머리를 도리도리 털며 일어났다. 칼은 방금 그 로봇과 함께 내던졌는데 어쩌나 싶었는데, 입을 쩍 벌리고 달려들던 두 마리가 어디선가 날아온 쇠꼬챙이에 동시에 머리통이 꿰뚫렸다. 이빨 로봇들은 잠시 서 있다가 같이 옆으로 픽 쓰러졌다.

수경은 나만큼 놀란 것 같지 않았다. 주변을 보며 다른 적이 없는지 가늠한 뒤 아래로 뛰어내렸다.

여자는 이미 보이지 않았다. 전기총에 맞아 죽은 로봇의 시체가 파르르 떨며 길을 인도하듯 복도에 쌓여 있었다. 수경은 아까 떨어트린 로봇에게로 걸어가 꽂힌 칼을 뽑아 들었다.

수경은 가끔 칼의 전원을 켜 주위를 확인하며 로봇의 시체를 따라 걸었다. 문이 열린 방도 있었고 부서진 방도 있었다. 나 같은 단백질 인형을 만들다가 버려둔 방도 있었다. 방마다 나를 닮은 인형들이 여기저기 버려져 있었고 그 위로 파리가 끓었다. 명령을 받지 못한 로봇이 가득 정렬한 방도 있었다. 우리가 문앞을 지나가자 카메라를 켜고 위잉거리며 우리 움직임을 따라 고개를 돌렸다.

수경이 복도 끝에서 문을 열자 비바람이 몰아쳐 들어왔다. 바깥으로 툭 튀어나온 중간 옥상이었다. 태어나 밖을 보는 것은 처음이었다. 내가 있던 건물은 어찌나 큰지 땅은 안개에 싸여 보이지 않았고 위쪽도 마찬가지로 구름에 잠겨 보이지 않았다.

건물은 여러 개의 집을 마구잡이로 이어 붙인 형태였다. 각 구획은 형태와 크기가 달랐고 낡고 마모된 정도가 달랐다. 구멍이 난 자리를 대강 나무로 보수한 자리가 있는가 하면 완전히 다른 시대의 것으로 보이는 구획도 있었다. 그 위로 어디선지 날아온 풀씨가 뿌리를 뻗어 담쟁이와 식물과 나무가 뒤덮고 있었다.

한 번에 지어졌다기보다는 오랜 세월에 걸쳐 자라난 나무 같았다. 너무나 거대해서 도저히 전체 구조를 가늠할 수가 없었다. 수경은 내가 비를 맞지 않도록 차양 아래 서서 먼 곳을 살폈다.

"그 꼬마가 흑영인가."

위에서 소리가 들렸다. 머리 위쪽, 끊어져 툭 튀어나온 유리 복도 끝에 한 남자가 앉아 있었다. 반백에 키가 크고 귀가 뾰족한 남자였다. 무릎 아래까지 내려오는 회색 코트를 입고 창처럼 보이는 무기를 들고 있었다. 빗줄기 때문에 잘 보이지 않았지만, 무기는 긴 나무 봉 안에 식칼을 박아 넣어 만든 듯했다. 허리에는 고기를 자를 때 쓰는 넓적한 칼이 덜렁거렸다.

"재사 공."

수경이 그를 불렀다.

"네가 데리고 있는 걸 보니 흑영이겠군."

재사라 불린 사내는 훌쩍 뛰어내렸다. 그의 키의 두 배는 되는 높이였는데 물조차 튀지 않았다.

"조금 늦게 도와주셨습니다."

"혼자 처리할 수 있을 줄 알았지."

재사는 아무 감정도 없이 창을 들었다. 창은 나를 향했지만 수경이 몸을 움직여 창끝이 자신을 향하게 했다. 재사라는 사내는 힘이 대단한 듯했다. 그렇게 긴 창의 끝을 쥐고 있는데도 창끝도 떨리지 않았다. 재사가 한참 뒤에 물었다.

"왜 저항하지 않지?"

"공께서는 대군을 해치지 않을 테니까요."

"왜 그렇게 생각하는데?"

"재사께서 지금 대군을 죽인다면 자신이 집행관이라고 광고하는 셈입니다. 귀공은 그런 위험을 감수하실 분이 아닙니다."

'집행관'?

"원수의 목숨을 얻는 대가라면 그 정도는 감수할 수도 있을 것 같은데?"

"지금의 대군이라면 재사께서는 원하시면 언제든 목숨을 끊을 수 있습니다. 지금쯤은 '귀신'의 정체도 궁금해지셨을 테니까요."

나는 재사의 눈이 분명한 살의로 빛나는 것을 보았다. 수경은 묵묵히 살기를 흘려보냈다. 재사는 조용히 창을 치웠다.

"이 세계에 뭔가 특이한 점이라도 있나?"

"대군께서 보고 들으실 수 있으십니다."

"무슨 뜻이지?"

"귀신이 대군의 사지를 자르고 혀를 뽑고 눈과 귀를 멀게 한 뒤 아이로 만들어 꼼짝달싹할 수 없는 감옥에 가두겠다고 했는데, 나머지는 그대로 했는데 눈과 귀만은 정상입니다."

수경이 태연히 읊조리자 재사는 잠시 속이 안 좋은 얼굴을 했다.

"그게 이상한가?"

"어차피 무엇이든 할 수 있는 곳이고 절대적으로 무력하게 만들 생각이었다면 그편이 더 나았을 텐데요."

"까먹었든가, 생각하다 보니 불쌍했든가."

수경은 문자 그대로 진지하게 그 가능성을 고려하는 얼굴을 했다.

"둘 다 아닐 것 같습니다만."

"그밖에는?"

"비 마마께서 세계가 열렸을 때 화기를 소지하고 계셨고 사용법도

숙지하고 계셨습니다. 저도 이 칼을 쓰는 법을 알고 있었고요. 저 외에 달리 만난 사람이 있으십니까?"

"무진왕의 시체를 발견했어. 제 목에 칼을 박은 채 누워 있더군."

"나름대로 현명한 방법일지 모르겠군요. 하지만 이 세계의 규칙을 모르는 이상, 집행관이 만든 인형일 수도 있습니다."

"내가 자네가 수경이라고 느꼈듯이 그 시체도 무진왕이라고 느꼈어. 귀신이 이것까지 조작할 수 있는지 모르겠지만 그렇게 따지기 시작하면 알 수 있는 건 없어."

"그러면 무진왕은 죽었다고 보는 것이 좋겠군요. 일단 아무에게도 말씀하지 말아 주십시오."

"그래."

무심코 답한 재사는 잠깐 멈췄다가 질문했다.

"왜?"

수경은 답하지 않고 말을 이었다.

"우리에게 합류해 주십시오. 재사 공."

"나더러 합류하라고?"

"같이 있어야 서로를 보호할 수 있습니다. 떨어져 있으면 집행관이 각본을 짜기만 좋습니다."

"왜 내가 그래야 하지?"

"다른 사람에게 죄수의 마지막 목숨을 넘길 생각이 없으실 테니까요. 처음부터 제 손으로 대군의 최후의 목숨을 끊을 작정으로 들어오시지 않았습니까. 애초에 세 번째일 뿐인 자신의 세계에는 아무 관심도 없으셨잖습니까."

재사의 눈에 다시 차가운 살의가 빛났다.

"재미있군."

그는 창으로 어깨를 두드리며 돌아섰다.

이게 다 무슨 뜻이지? 나는 어리둥절해졌다. 저 재사라는 사람이 내 목숨을 원하는 건가? 왜? 내 몸에는 남은 것도 별로 없는데. 뭐가 필요한 거지? 심장? 간? 신장?

"나를 믿겠다는 건가?"

"모두를 믿을 수 없다면 모두를 믿어야 합니다."

재사가 입을 다물었다.

"그러면 우리 중 한 명이 적이라 해도 나머지는 손을 잡은 셈이니까요."

"전 세계에서 나를 죽인 주제에 할 말은 아닌 것 같은데."

"죽이지 않았습니다."

수경이 담담히 말했다.

"죽음 뒤에 생이 있음을 아는 사람은 진정한 죽음의 공포를 느낄 수 없으며, 마찬가지로 진정한 죽음을 맞이할 수도 없습니다. 이 안에서 죽을 수 있는 사람은 죄수뿐입니다."

재사가 살의를 담아 웃었다.

"내가 너희 부도국의 그 괴상망측한 죽음의 정의를 얼마나 비웃는지 알면 좋겠군."

재사가 냉랭한 눈으로 나를 보았다.

"그런 기준이라면 저 꼬마는 한 번도 죽은 적이 없어. 한 번도 죽음을 두려워한 적이 없었으니."

"……."

"물론 내 기준에서도 한 번도 죽은 적이 없고."

"공께서 집행관이 아니라면 이 세계에서 대군을 죽일 수 없을 겁니다. 이 세계의 집행관이 허락하지 않을 테니까요."

재사의 눈에 다시 차가운 살의가 빛났다.

그는 번개처럼 달려들었다. 수경의 멱살을 잡아채어 벽에 밀어붙였다. 어찌나 힘이 센지 전차가 밀고 들어오는 것 같았다. 수경이 팔로 몸을 지탱하지 않았다면 나는 수경과 벽 사이에 눌려 납작해졌을 것이다. 재사는 한 손으로 수경의 멱살을 쥔 채 눈을 번뜩이며, 다른 손으로 허리띠에 매단 넓적한 칼을 뽑아 들었다.

"그러면 너는 죽일 수 있겠지?"

수경은 입을 꾹 다물었다.

"내가 너를 죽이는 것도 집행관의 각본일까? 놈의 목적에 부합하는 일일까, 아니면 각본을 깨는 일일까? 어느 쪽일까?"

재사의 칼끝이 수경의 어깨를 따라 팔을 타고 내려가 수경의 손가락까지 밀고 내려갔다. 재사의 눈이 수경의 손에 머물렀다. 문득 나는 그 손가락에 원래 있었던 '무엇인가'가 사라졌다는 기분이 들었다. 수경은 전기칼을 손에 단단히 쥔 채 무거운 눈빛으로 재사를 마주 보았다.

"그놈을 붙잡고 계십시오, 재사 어른."

가느다란 소리가 들려왔다. 누군가 어기적거리며 다른 통로에서 나타났다. 왜소한 몸집에 이목구비가 작은 사람이었다. 다 찢어진 누더기 같은 옷을 입고 있었는데 정신도 마찬가지로 갈기갈기 찢겨 나간 얼굴이었다. 그 사람은 손에 채찍을 말고 있었다. 수경의 것처럼 전기가 통하는 것으로, 조정하기에 따라 사람의 몸을 녹여 버리거나 잘라 낼 수도 있다.

"그자, 수경이 이 세계의 집행관입니다. 그놈이 죄수의 지시를 받아 세계를 열었습니다. 우리 모두를 죽일 작정으로 연 것입니다."

재사의 눈에 어쩐지 불만이 깃들었다.

"놈이 죽으면 세상이 닫힐 것입니다. 그놈을 죽이면 간단히 끝납니다. 그대로 잡고 계십시오."

세상이 닫힌다니, 그건 또 무슨 소리야?

재사는 손에 조금 힘을 풀었지만 놓지는 않았다. 수경은 말이 없었다. 작달막이가 그제야 나를 보았다.

"등에 뭘 지고 있지? 아이라도 낳은 거냐?"

"오는 길에 발견했습니다."

수경이 재빨리 답했다.

"어린것이 가엾게도 아직 살아 있었습니다. 내버려 둘 수가 없어서 데리고 다니고 있습니다."

재사가 어설픈 배우의 연기를 보는 관객처럼 우스꽝스러운 얼굴을 했다. 작달막이가 어처구니없다는 듯이 웃었다.

"뭘 하는 거야. 그건 그냥 가짜야. 산 것도 아니고 아무것도 아냐. 어차피 세계가 끝나면 다 사라지는데……."

물론 나는 가짜 인간이다. 굳이 상기시킬 필요도 없다. 진짜 인간들의 부품으로 생산된 단백질 인형일 뿐이니까……. 하지만 묘하게 의미가 다르게 느껴졌다.

"수경 호위대장에게서 떨어지시오, 소암 공."

철컥하는 소리가 허공에 울렸다. 여자가 문 앞에서 어깨에 총을 건 채 불타는 눈으로 이쪽을 노려보고 있었다. 둘의 대화로 미루어 보면 비영이라는 이름이었던가. 그새 머리를 단단히 묶어 올렸고 군복상의를 입고 부츠를 신고 있었다. 치마처럼 둘러 입은 모포는 반쯤 그슬려 있었다. 비영의 눈이 분노로 어찌나 타오르는지 주위까지 희미하게 밝히는 듯했다.

"내 앞에서 그 누구라도 해치는 것을 허락하지 않겠소. 한 발짝이라도 가까이 가면 귀관을 귀신으로 간주하고 쏘겠소."

재사가 수경의 목에서 손을 놓고 한 발짝 물러났다.

"마마, 제게 그러시면 안 됩니다."

소암이라 불린 작달막이가 애처롭게 말했다.

"저는 아닙니다. 다른 사람은 모르겠지만 제가 아니라는 것은 제가 잘 압니다. 저를 믿으셔야 합니다."

"나도 내가 아니라는 것을 알고 있소. 하지만 그런 말이 다 무슨 소용인가."

"수경은 변절자고 재사 어른은 타국 사람입니다. 제 말을 들으셔야 합니다. 수경이 처음부터 죄인의 졸개였습니다. 제 주인을 살리기 위해 처음부터 모든 일을 계획하고 우리 모두를 속였습니다. 저놈을 죽이면 모두 끝납니다."

소암이 채찍에 전원을 넣었다. 순간 소암의 발밑이 푸른 불꽃을 일으키며 터졌다. 물이 솟구쳤고 소암이 뒤로 넘어졌다. 소암은 영문을 모르는 아이처럼 비영을 보았다.

"이미 경고했소. 쏘겠다고 말했으니 쏘겠소."

"마마."

수경이 당황하며 앞으로 나섰다.

"물러나시오, 수경 호위대장. 소암 공은 제정신이 아니오. 대군의 안전을 위해서라도 쏘겠소."

수경은 물러나지 않았다.

"어디서 그 무기를 구하셨습니까?"

"무슨 한가한 소리를……."

말을 하던 비영이 입을 다물었다.

"사용법을 어디서 알게 되었는지는 기억하십니까? 언제부터 갖고 있었는지는?"

"……."

"그 무기는 집행관이 준 것입니다. 그자가 마마께만 화기를 쥐어준 이유는 분명합니다. 마마께서 모두를 죽이기를 바라는 것입니다."

비영이 멈칫했다.

"마마, 이 세계에서 일어나는 일에 우연은 없습니다. 모든 것은 각본이고 이 상황은 집행관이 만든 것입니다."

7인의 집행관

"나는 내 판단에 따라 움직이고 있소. 집행관이 어떤 운명을 만들든 내 의지를 어찌할 수는 없소."

"집행관은 우리에게 가장 필요한 사람을 의심할 것이라 했습니다. 그것이 대군에게 주어진 이번 세계의 운명입니다. 우리가 어떻게든 피해야 할 운명이기도 합니다."

"사특한 자의 말이니 귀담아들을 것 없소."

"마마, 우리는 집행관을 죽일 수 없습니다. 집행관은 이 세계의 지배자입니다. 집행관의 목숨이 위협받게 되면 반드시 예기치 않은 사고가 일어나 이를 방해할 것입니다."

비영이 겨눔쇠에서 조금 눈을 뗐다.

"우리가 서로를 죽이기 시작한다면 결국 집행관이 최후에 남을 것입니다. 한 명이 죽으면 그만큼 조력자를 잃는 것이고, 한 명을 잃을 때마다 그만큼 남은 사람이 위험해집니다. 결코 아무도 죽여서는 안 됩니다."

"흐, 흑영을 죽이면 됩니다!"

소암이 소리쳤다. 비영이 무심결에 나를 보았고 재사가 내게 한 번 눈길을 주고는 비영을 보며 고개를 느리게 까닥였다. 비영이 그 고갯짓의 의미를 깨달았는지 내게서 눈을 뗐다. 한 줌의 우정도 없이 마음이 통하는 친구들처럼.

"그러면 이 집행은 끝납니다. 아니, 모든 집행이 끝납니다. 흑영이 이 안 어딘가에 숨어 있을 겁니다. 우리 목숨을 노리면서요. 그놈이 아무리 괴물이라도, 우리가 힘을 합치면……."

"안 됩니다!"

수경이 소리를 쳤다. 어찌나 쩌렁쩌렁한지 빗소리마저 잠잠해지는 듯했다. 소암이 눈을 휘둥그레 뜨고 수경을 보았다.

"참관인은 집행관과 마찬가지로 죄수도 죽일 수 없습니다. 집행관의 각본이 이를 막을 것입니다."

"……뭐, 뭐?"

소암이 이해하지 못하는 얼굴을 했다.

"이 세계에서 누구든 죄수를 죽이는 자가 집행관입니다."

"그럼 문제는 간단하군,"

재사가 말했다.

"누가 죄인을 죽이는지 지켜보기만 하면 되잖아. 한 가운데 놓고 순서대로 쏘아보면 되겠군."

"그렇지 않습니다. 이 자리에 있는 누구든 죄수의 목숨을 취한다면 반드시 그 사람이 집행관으로 의심받습니다."

수경이 말했고 재사의 눈빛이 차가워졌다.

"그것이 귀신의 계략입니다. 대군의 목적이 귀신의 존재를 드러내는 것이었다면 귀신은 그 반대입니다. 그 방식으로 귀신은 다른 누군가에게 의심을 돌리고 유유히 집행장을 빠져나갈 것입니다. 그렇게 이 세계는 귀신의 존재를 지울 것입니다."

주저앉아 있던 소암이 슬금슬금 일어났고 멀찍이 피해 섰다. 두려움이 깃든 얼굴로 수경을 뚫어져라 응시했다. 침묵 속에 빗소리만이 들렸다.

"그런 방식으로는 문제를 해결할 수 없어."

재사가 입을 열었다.

"어차피 우리가 이 안에서 영원히 살 수는 없어. 세계가 닫히려면 결국 죄인은 죽어야 해. 누군가는 제 손으로 죽여야 하고."

비영이 흠칫 재사를 노려보았다.

"맞는 말씀입니다만, 집행관을 찾기 전까지는 기다려야 합니다. 누가 집행관인지 확실해지기 전까지는 죄인을 포함해서 우리 중 누구도 죽어서는 안 됩니다. 모두 함께 살아 있어야 합니다."

수경이 말했다.

"마마, 우리가 서로 반목하는 것은 귀신이 원하는 일입니다. 지금 이 세계 전체가 집행관의 판결을 이루는 방향으로 움직이고 있습니다. 그러니 우리는 어떤 식으로든 그의 각본을 깨는 방향으로 움직여야 합니다. 귀신이 우리가 서로 의심하기를 바란다면, 우리는 결코 서로를 의심해서는 안 됩니다."

그제야 나는 알 수 있었다.

이 사람들은 너무 오래 가상현실 속에서 지낸 것이다.

일 초에 한 시간씩, 하루에 십 년씩 지나는 가짜 세상 속에서. 다시 태어나고 죽고, 기억을 잃고, 전생하고, 매번 새로운 삶을 살았겠지. 자손을 만들고 역사를 쌓으며.

이들은 이곳마저도 가상현실이라고 믿고 있다. 현실로 돌아온 줄을 알지 못한다. 그 안에서 하던 게임을 계속한다고 믿고 있다. 이 세계를 지배하는 집행관이 있고, 내가 죽으면 이 세상이 닫힌다고 믿는다. 왜 하필 나라고 생각했는지는 모르겠지만……. 내가 가상현실에서 잊은 기억과 관련이 있을지도 모르겠다. 어쩌면 이 사람들은 그 안에서 나를 죽이며 놀았을지도 모르겠다. 현실에서 진짜 인간들이 흔히 하는 일이니까.

문득 나는 궁금해졌다. 이곳이 진짜 현실이라는 것을 알게 되면 이 사람들은 어떻게 반응할까? 내가 죽은 뒤에도 세상이 닫히지 않는 줄 깨닫게 된다면? 이 멸망하는 세계에서 죽을 때까지 살아야 한다는 것을 알면?

나는 속으로 그 순간을 생각하며 웃었다. 생애 처음 가져 보는 희망이었다. 아무것도 할 수 없는 삶이었는데, 이제 내 죽음이 '무엇인가'를 할 수 있다니. 단백질 인형이 '진짜 인간'들에게 절망을 안겨 줄 수 있다니. 서둘러 죽고 싶은 마음에 흥분이 솟았지만 우선은 참아 보기로 했다. 바보들이 바보짓 하는 꼴을 구경하는 것도 재미있을 것 같으니까.

네 사람은 과거에 병동이었던 곳에 자리를 잡았다. 흰 침대가 빼곡히 늘어선 넓은 방이었다. 약통은 비어 있었고 의약품은 동이 난 지 오래였다. 어떤 미친 인간이 폭약을 만든답시고 약품을 전부 가져다 썼다. 수백 명은 살릴 수 있었던 약품이 구획 하나를 날려 버리고 사라졌다.

재사가 찬장 안에서 인공 단백질을 발견했는데 세 사람 다 용도를 알아내지 못했다. 살점으로 만든 보자기처럼 생긴 것이다. 재사가 약병 하나를 감싸보자 단백질은 탐욕스러운 생물처럼 약병에 엉겨들었다.

"무기인가 봅니다." 수경이 물러나며 말했고 재사가 "무슨 무기?" 하고 되물었다. 그 꼴이 우스워서 나는 혼자 웃었다.

수경은 침대 몇 개를 치워 공간을 마련하고 탁자 하나를 부수어 불을 피웠다. 용케도 침대 사이에서 포도주 한 병을 발견해서는 데워 다른 세 사람에게 주고 내게도 마시게 했다. 따뜻한 것이 들어가니 정신이 좀 들었다. 수경이 자기 몫을 먹는 기색은 없었다.

소암은 멀찍이 외따로 있었는데 수경이 혼자 분주히 일하는 동안 아무것도 하지 않았다. 휑한 눈을 부릅뜬 채 수경을 감시할 뿐이었다.

수경은 주변을 정리한 뒤 나와 대화를 시도했지만 내가 응하지 않았다. 수경이 바닥에 글자를 쓰거나 수신호를 보여주는 동안 눈을 말똥말똥 뜨고 바라만 보았다.

"지능이 없는 것은 아닌가."

비영이 걱정스럽게 질문했다.

"그렇지는 않은 것 같습니다. 입력된 기억 때문인 듯합니다. 우리에게 거부감을 느끼는 것 같습니다. 집행관이 우리가 순순히 대화를 나누게 하리라고 기대하지는 않았습니다만."

재사는 주변을 순찰하고 늦게야 돌아왔다. 옷이 조금 타고 창에 피도 묻어 있는 것을 보니 싸움이 있었던 모양인데 표정에는 그런 기색이 없었다.

"저장고는 대부분 부서졌거나 불타 버렸습니다. 이곳에 살던 사람들끼리 전쟁이 있었던 것 같군요. 서로의 식량을 없애 버린 것 같습니다."

"집행관이 우리를 굶길 작정인 모양이오."

비영이 말했다.

"좋은 전략이지요. 먹을 것이 없으면 하루도 견디기 어렵습니다. 배가 고프면 동작도 둔해지고 판단력도 흐려집니다. 굶주림을 견디다 못해 누구든 집행을 끝내려고 죄인을 죽이려 시도할 수도 있고요."

"진실한 고통이 아니오. 실제로 굶는 것이 아니며 그런다고 죽지도 않소."

"내일이 되면 그런 생각도 할 수 없을 것입니다. 제가 한 번 더 돌아보겠습니다."

"어디를 찾든 마찬가지야."

구석에 웅크리고 앉은 소암이 날카롭게 말했다.

"집행관이 우리를 먹일 생각이 없다면 어차피 눈에 띄지 않을 테니까."

"건물을 나가는 쪽으로 생각해 보는 것이 좋겠습니다."

수경이 듣지 않고 말했다. 나는 그의 옆에서 코트를 이불 대신 둘둘 만 채 누워 있었다. 자는 척했지만 모두 보고 듣고 있었다.

"밖에 비가 온다면 물이나 식물이 있을지도 모릅니다."

"밖을 만들어 놓지도 않았을 거야."

소암이 다시 내뱉었다.

"나갈 수 있으면 집행관이 나가게 만드는 거야. 문에 사람을 잡아먹는 괴물이라도 기다리겠지."

재사가 소암을 무시하고 수경에게 말했다.

"그래도 남은 사람들이 나가지 않고 계속 이 안에서 싸우는 것을 보면 바깥이 안보다 위험할 수도 있을 듯한데."

"집행관이 이 건물을 무대로 잡았다면 나가야 합니다. 급히 만든 공간에서는 아무래도 세심하게 계획을 짜기 어려울 겁니다."

"그 생각도 일리는 있지만……."

"네놈이 밖에 뭔가를 마련해 놨나 보군."

소암이 다시 소리쳤다.

"우리를 밖으로 끌고 나가서 뭘 하려는 거지? 왕후 마마를 어떻게 하려는 거냐?"

비영이 참다못해 일어났다.

"소암 공, 어찌 이리 모두를 불안하게 하는가. 지금 소리치고 싶은 사람이 그대뿐인 줄 아는가."

"마마, 수경에게서 떨어지십시오. 저자는 흑영의 하수인입니다. 마마를 홀려 조종하고 있습니다. 언제 마마를 배신하고 공격할지 모릅니다."

"한 번만 더 입을 연다면."

비영이 낮고 분명한 목소리로 말했다.

"귀관의 몸을 구속하고 재갈을 물려 벽장 속에 가두어 두겠소. 어차피 이곳에서의 죽음은 진짜 죽음이 아니니 귀관이 어찌 되든 신경 쓰지 않겠소."

소암은 울 듯한 얼굴로 입을 다물었다. 그는 '안 됩니다, 그자에게서 떨어지십시오. 제 말을 들으셔야 합니다'라는 말을 할 것 같은 얼굴로 여자를 바라보았다.

"이 모든 것을 프로그램이라고 확신하신다면 제안할 만한 식량이 있기는 합니다."

재사가 조용해지자 입을 열었다.

"배양실에 우리 꼬마 도련님을 닮은 아이들이 잔뜩 쌓여 있더군요. 대부분 죽었지만 아직 신선한 것도 있었습니다."

비영의 눈에 불꽃이 튀었다. 비영이 확 총을 들어 재사를 겨누었다. 총은 그녀가 들어 올리자마자 살아 있는 생물처럼 그녀의 팔에 관절을 뻗어 자리를 잡았다.

"여기 있는 모든 것이 그저 프로그램일 뿐입니다. 윤리나 도덕과는 아무 상관도 없습니다."

"내 다시 말하지만, 귀관은 처음부터 귀신의 존재를 눈치채고 있었소."

여자가 말했다. 재사는 어깨를 들썩였다.

"네, 왕비님."

재사는 순순히 인정했다.

"그랬습니다."

"하지만 아무 말도 하지 않았소. 오히려 집행에 아무 문제가 없는 것처럼 우리를 설득해 밀고 나갔소."

"집행이 중단될까 봐."

재사는 태연히 말했다. 살기가 오가는 것이 느껴졌다. 재사는 비영이 총을 쏘면 어디로 피해서 어떻게 공격할까 가늠하는 듯했다.

"여러분이 귀신의 존재를 눈치채고 집행을 중단할까 봐 그랬습니다. 용서를 구할 생각도 변명할 생각도 없습니다. 저는 죄인이 여섯 번의 사형을 다 마치지 않는 것을 용납할 수 없었고 그 생각은 지금도 마찬가지입니다."

"……."

"염려 마십시오. 저도 여기까지 와서 의심받는 채로 문제를 덮을 생각은 없으니까요. 이곳에서는 열심히 협조할 겁니다."

재사의 승냥이 같은 눈이 나를 향했다. 내가 지켜보는 것도, 그들의 대화를 모두 듣는 것도 아는 눈치였다. 나는 이 사람이 아무래도 결국은 나를 죽일 거라는 생각이 들었다.

"그러면 이제 다 털어놓고 아는 것을 전부 말하시오. 내 앞에서 멋대로 굴 생각은 추호도 하지 마시오. 나는 귀공을 조금도 믿지 않으나 들어는 보겠소."

재사는 '그거 즐거운 일이군요' 하는 얼굴을 했다.

재사가 이상한 이야기를 시작했다.

"제가 부도국을 돌아다닐 때 들은 소문이 있었습니다, 민간에는 '귀신 들린 사람들'에 대한 소문이 파다하더군요."

그가 말하는 동안 나는 문득 비가 쏟아지는 숲길을 떠올렸다. 산에 무덤이 늘어서 있었고 상복을 입은 사람들이 울며 관을 지고 무덤가를 지났다. 삿갓을 쓰고 회색 말을 탄 타국의 사신이 애도하며 그 뒤를 따라갔다. 한 번도 본 적이 없는 풍경이라, 그토록 생생한 환상이 떠오른 것에는 당황할 수밖에 없었다.

"주로 죄를 지어 감옥에 갇혔다 풀려난 사람들이었습니다. 꼭 다른 인격이 씌워진 듯했습니다. 자신이 다른 세계에서 온 다른 사람인 듯 행동했고, 현실을 허상이라 믿었습니다. 그리고 죽는 것으로 이 가짜 세상에서 빠져나가 진정한 현실로 돌아갈 수 있다고 믿었습니다. 실제로 그런 이유로 자살하는 이들도 있더군요."

비영이 여전히 의심이 깃든 눈으로 재사를 보았다.

"그런 이들이 제법 많았습니다. 저도 이전에는 그게 무슨 유행병인지 알 수 없었습니다. 이 집행장에 들어오기 전까지는요."

비영이 생각하는 얼굴이 되었다. 비영과 나를 호위하듯 가까이 앉은 수경의 눈이 어두워졌고 멀찍이 웅크린 소암도 불안한 눈을 굴렸다.

"이 집행장은 사람에게 본래의 자신과 다른 기억을 입력할 수 있더군요. 딱히 선조의 기술에 대한 지식이 없는 우리마저도 간단히 죄인의 기억을 바꾸어, 자신이 다른 세계에 사는 완전히 다른 사람이라 믿게 할 수 있었습니다."

또 이상한 풍경이 떠올랐다. 돼지우리에서 비를 피하는 흉악한 사람의 모습이었다. 선천적인 기형인 듯했다. 마을 사람들이 그를 끌어내어 거적에 말고 매질하고는 버려두고 갔다. 그는 아무 변명도 원망의 말도 없이 거적에서 기어나와 다시 조용히 빗속을 걸었다.

"……그것이 '귀신'의 정체인가?"

비영이 물었다. 건물 어딘가에서 싸움이 벌어지는지, 아련히 총소리와 흔들림이 들리다 사라졌다.

"집행장에서 죄인에게 입력하는 기억이?"

재사가 계속했다.

"만약 어떤 이유로든, 오류가 났든 집행관 전원이 집행을 포기했든, 집행이 중도에 중단되면, 죄인은 그 세계에서 '죽음'을 겪지 않고 밖으로 나가겠지요. 그때 죄인이 자신을 누구라 생각하겠습니까?"

비영은 입을 다물었다.

"극단적인 상황이 아닌 이상, 흑영은 집행장 안에서 본래의 자신을 떠올리지 못했습니다. 그 세계가 현실이라고 믿었고, 자신을 다른 사람이라 믿었지요."

"그래도 본연의 자신은 사라지지 않소."

비영이 반박했다. 그 말을 들었을 때 이상한 기분이 들었다. 무언가 중요한 말을 들은 기분이었다. 기억해야만 하는 말.

"관점의 문제지요."

재사가 답했다.

"우리가 죄인에게 다른 인격을 넣었다지만, 그렇다고 본연의 모습과 완전히 다른 인격을 넣은 적도 없으니까요. 그럴 이유도 없지요. 죄인이 완전히 다른 사람이라면 사형시킬 이유도 없으니 말입니다."

"……하면, 본인과 아예 다른 인격을 넣으면 상황이 달라진다는 뜻인가?"

"예, 말 그대로 '귀신'에 들리는 것입니다."

재사가 낮은 목소리로 말했다.

"이를테면, 무진왕이 만든 첫 세계의 인물을 생각해 보십시오. 그 인물은 꽤 고대 세계 사람 같더군요. 흑영과 비슷한 면은 있었지만, 그렇다고 정확히 같은 사람도 아니었습니다."

비영이 미심쩍어했다.

"자신만의 생이 전부 있고, 제 주관도 있었지요. 그 세계가 거짓이라고는 꿈에도 생각지 못했습니다. 그 사람에게는 오히려 불쑥불쑥 나타나는 흑영 본래의 상념이 귀신 같았을 겁니다."

비영은 머리를 짚고 고민했고, 고개를 저었다.

"아니, 그런 것은 만들어진 가상 인격 따위에 불과하오. 혼이 담긴 것이 아니오."

"부도국에서는 그리 생각하는 모양이더군요. 그래서 흑영도 귀신이 무엇인지 이해하기 어려웠을 겁니다."

"……."

"왕비님의 세계에서, 왕비님께서는 흑영에게 귀신이 누구냐고 추궁하셨습니다. 하지만 흑영은 계속 '말할 수 없다'고 했지요. 물론 어머니의 유지에 따라 아버지를 지키려는 이유도 있었겠지만."

"……있었겠지만?"

"그 세계에서는 아예 설명할 길이 없었을 겁니다. 왕비님께서 그 세계의 흑영에게서 집행에 대한 기억을 지우셨으니까요."

비영이 입을 다물었다.

또 다른 환영, 살아 있는 등불이 오가는 어느 작은 집에서, 이 여자가 내게 칼을 겨누고 추궁하고 있었다. 나는 '말할 수' 없었다. 말 그대로, 설명할 말이 존재하지 않았으므로.

"본래도 흑영은 귀신의 실체를 다 이해하지 못했을 텐데, 왕비님의 세계에서는 더욱 아무것도 알 수 없었을 겁니다. 그러니 아무리 추궁해도 말할 도리가 없었겠지요."

비영이 음울하게 재사를 노려보았다. 재사는 말을 이었다.

"'귀신'은 우리가 창조하는 어설픈 인격의 수준을 넘어선 존재일 겁니다. 말 그대로 '살아 있는' 것, 자신의 의지가 있어 스스로 움직이는 것, '혼'이라고 불릴만한 것."

비영이 오한이 드는 듯 몸을 떨며 말했다.

"어떻게 그런 사특한 것이 상왕 전하께 들어갔단 말인가? 어떤 무도한 자들이 감히 죄인에게나 넣을 것을 왕에게 넣었단 말인가?"

비영은 한참 얼굴을 감싸고 있다가 겨우 진정했다.

"아니, 그보다 내가 정녕 알 수 없는 문제는, 어떻게 상왕께서 돌아가셨는데도 귀신이 아직 멀쩡히 살아 있으며, 집행관으로서 이 세계를 열 수 있었는가 하는 점이오."

"사, 상왕께서 귀신이 아니셨으니까요."

구석에 있던 소암이 소리쳤다.

"애초에 모두 오해라 하지 않았습니까. 귀신이 상왕 전하의 안에 있었다면, 이 세계를 연 자가 대체 누구입니까?"

재사가 소암에게 슬쩍 귀찮은 눈길을 두고 말을 이었다.

"귀신은 원래였다면 마지막이었을 세계, 양명왕의 세계에서 진상이 드러나도록 내버려 두었습니다. '조정자'로서 개입하지 않고요."

"왜 그랬으리라 생각하시오?"

"그 몸이 필요 없어졌으니까요."

비영이 바로 이해가 가지 않는 눈을 했다.

"제 생각이 맞다면, 이곳은 '귀신'이 새 몸을 얻는 의식의 장소입니다. 새 왕의 승계식이 이루어지는 곳입니다."

다시 이상한 환영이 떠올랐다. 그건 저승이었고, 그 세계는 신들의 세계였다. 신들이 서로 싸우다 하나씩 죽어 갔고, 그래서 세계가 멸망해갔다. 그 싸움의 폐허에서 암흑신이 홀로 남았는데, 암흑 저편에 숨어 있던 혼돈신이 모습을 드러내었다.

암흑신이 혼돈신에게 입을 열어 말했다. 신의 힘이 담긴 목소리로.

'들어와.'

"모르시겠습니까? 여기는 죄인은 물론, 참관인에게도 새로운 기억을 입력할 수 있는 곳입니다."

"……"

"귀신은 집행관으로서 집행장에 들어왔습니다. 첫 번째는 행여라도 드러날 사건의 진상을 감추기 위해서, 두 번째는 오랜 적인 흑영의 목숨을 직접 거두기 위해서. 하지만 가장 중요한 목적은 새 몸으로 옮기기 위해서였을 것입니다."

"……"

"이곳은 시스템이 만든 가짜 인간들이 마치 진짜 인간처럼 돌아다 닐 수 있는 곳입니다. 우리의 몸도, 물리법칙도, 모두가 데이터로만 존 재하며, 인간과 데이터가 구분되지 않습니다. 생물과 사물이 구분되 지 않습니다."

재사는 장작을 들어 살펴보며 말했다.

"이 장작도, 실제로는 존재하지 않습니다. 이 가상현실에서 데이터 로 만들어낸 것입니다."

재사가 장작을 모닥불에 던져 넣으며 말했다.

"이 불도, 우리가 있는 이 방이나, 이 건물 전체도, 우리가 싸운 자동 인형들이나 사람들도, 똑같이 실재하지 않습니다. 우리의 이 모습은 실제 모습과 같지 않습니다. 체격이나 목소리마저 다릅니다."

"하고 싶은 말이 무엇이오?"

"제 의견을 말씀드리면, 왕비님."

재사가 말했다.

"우리 중 하나는 사람이 아닙니다."

어디선가 박수를 보내는 듯한 총소리가 들려왔다. 비영이 파리한 눈으로 재사를 바라보며 물었다.

"사람이 아니라면?"

"제 생각대로라면, 여섯 집행관 중 한 명은 집행장에서 애초에 깨어 난 적이 없습니다. 집행이 시작될 때부터 양명왕의 몸과 분리된 귀신 이 집행관인 척 우리 사이에 끼어 있었습니다."

긴 침묵이 내려앉았다.

"지금 우리가 보는 사람 중 하나는 귀신입니다. 이 장작과 마찬가지로, 시스템에서 생겨난 한낱 프로그램입니다."

소암은 불안하게 눈을 굴리며 모두를 살폈고, 수경은 눈을 내리깔며 모닥불에 장작을 던져 넣었다.

"사건을 정리해 보겠습니다."

재사가 모닥불에 장작을 넣으며, 철사로 재 위에 그림을 그리며 설명을 시작했다.

"양명왕께서 귀신에 들리셨다는 말은 민간에 암암리에 퍼져 있었습니다. 양명왕이 아니라 그 귀신을 왕으로 추종하는 세력이 궁에 있다는 말이 떠돌고 있었습니다. 그자가 선조 시대부터 살아온 진짜 왕이라고 믿는 이들이 있다 했습니다."

재사는 큰 동그라미를 그리고, 그 동그라미 안에 작은 동그라미를 그리고는 그 동그라미에 점을 탁 찍었다.

"그 귀신과 싸우는 왕자의 소문도 같이 퍼져 있더군요."

이번에는 칠흑처럼 새까만 망토와 갑옷을 두른 사람이 떠올랐다. 검은 무사가 환영을 일으키는 향을 흑마의 목에 매달고 별자리가 그려진 검은 칼을 차고 벌판을 달렸다.

"귀신은 양명왕의 정신을 지배했을 때 태후와 합사하여 흑영을 배게 했겠지요. 태후께서는 잠자리에 들어온 사람이 남편이 아닌 줄을 알아보셨을 거고요. 태후께서는 양명왕의 인격이 왜 둘인지 이해하지 못했습니다. 양명왕이 미쳤다고만 믿었고, 그 사실을 흑영 왕자에게

만 알리고 자살하고 말았습니다.”

비영은 재사가 찍은 점에서 뭐가 나오기라도 할듯 뚫어지게 바라보았다. 멀찍이서 소암이 몹시 불편한 듯 몸을 꼬다가 움츠렸다.

“흑영은 양명왕의 문제를 알고 있었고, 시해하려 한 적도 있습니다. 워낙 강맹한 자라 거의 성공하기도 했지요. 저도 그 사건에 휘말려 엉망이 되었고요.”

재사가 아픈 기억을 떠올리듯 제 손과 눈을 만지작거렸다.

“하지만 흑영은 결국 마지막 순간에 검을 거두었습니다. 태후의 유언도 있었겠지만, 상왕께서 그때쯤에는 본래의 자신으로 돌아와 있었던 모양이라 확신할 수 없었을 겁니다. 흑영은 귀신의 정체를 정확히 이해할 수 없었고, 무엇보다도 선우왕께서 워낙 형제에게 호의적이었던 점도 마음을 약하게 했겠지요. 결국 선우왕이 왕위에 오르면 되리라 생각했고 이를 옆에서 도왔습니다. 결국 소용없었지만요. 귀신이 사람의 몸을 옮겨갈 수 있다는 사실은 아마도 나중에야 깨달았겠지요.”

재사는 작은 동그라미에서 선을 그어, 큰 동그라미 밖으로 빠져나오게 했다. 그리고 다른 큰 동그라미를 그리고 그 안에 다시 작은 동그라미를 그렸다. 원래의 작은 동그라미는 손바닥으로 쓱쓱 지워 없앴다.

“귀신은 선우왕이 원정을 다닐 무렵에는 아직 양명왕의 몸으로 궁을 지배할 수 있었으니 기다렸겠지요. 하지만 왕이 돌아와 자리를 차지하고, 양명이 권력을 잃을 처지가 되자 바로 일을 벌인 겁니다.”

비영은 고통에 휩싸여 이마를 짚었다.

"내가 만든 세계에서 왕께 일어난 일은 어찌 생각하시오? 그건 실제로 일어난 일인가? 아니면 나나 대군의 두려움이 만든 환상인가?"

흔들리는 모닥불이 모두의 얼굴에 음울한 그림자를 그렸다.

"그건 저도 모르겠습니다. 알 방법도 없고, 알고 싶지도 않군요."

재사는 짧게 답하고 계속했다.

"흑영은 궁을 떠나기 전 마지막 안부 인사를 하려다 선우왕의 시신을 발견했고, 이후의 추리는 이미 말씀드린 바와 같습니다. 흑영은 죄질을 늘려 스스로 여러 번 사형당하는 길을 택했습니다. 지난 세계에서 귀신과 흑영이 나눈 대화가 맞다면……."

"그 문제는 듣고 싶지 않소."

"선우왕의 시신을 보았을 때, 이제 귀신이 옮겨갈 다음 왕이 누구일지 생각했겠지요."

"듣고 싶지 않다고 했소!"

다시금 환영이 떠올랐다. 검은 옷의 무사가 흰옷을 입은 왕의 시신 앞에 묵묵히 서 있었다. 무사는 허리에서 검을 뽑았다. 별자리가 새겨진 대검이었다. 무엇을 찌르든 이름을 새기듯 상흔이 남을 검이었다.

"이것은 여러 장치를 배치한 싸움입니다."

재사가 아랑곳하지 않고 계속했다.

"흑영이 모든 세계에서 운명을 바꾸겠다는 내기. 그러면 귀신은 운명을 본래의 궤도로 되돌리려 집행에 개입합니다. 그 과정에서 자신을 드러내게 됩니다. 우리가 일찍 깨닫고 귀신을 찾아내면 이상적이겠지요."

"......."

"그리고 흑영은 그 대가로 제 몸을 걸었습니다. 말솜씨로 홀린 면도 있겠지만, 이 안에서 싸우는 모습을 통해 귀신이 제 몸을 탐내게 했을 겁니다. 그래서 귀신이 결국 흑영의 몸에 들어가면 어찌 되었든 왕비 님은 무사해집니다. 흑영이야 어차피 죽을 몸이니까요."

비영이 무시무시한 눈으로 재사를 노려보았다. 재사가 침묵하다가 소암을 향해 말했다.

"소암 공, 주변을 살펴보고 와 주시겠습니까?"

웅크리고 있던 소암이 놀라 고개를 들었다.

"다른 공격이 있을지도 모릅니다. 이곳에 달리 믿고 정찰을 맡길 사람이 없군요."

소암은 수경을 바라보고는 묵묵히 밖으로 나갔다. 재사는 그가 사라지는 것을 확인한 뒤 말을 이었다.

"한 사람씩 생각해 보지요."

"그래서, 소암 공은 어떻게 생각하십니까?"

비영이 고개를 저었다.

"소암은 아니오. 그럴 만한 인물이 아니오."

"귀신이 사기술과 연기에 능한 자라면 우리가 아는 인격은 아무 의미도 없습니다. 소심하고 유약한 성격이야말로 자신을 감추기에 가장 적당한 방법일지도 모릅니다."

"그러면 반대로 성격은 아무런 증거가 되지 않소."

"본래대로라면 소암 공이 왕이 될 가능성은 적었습니다. 하지만 이곳에서 왕비님께 무슨 일이라도 생기면 다음 계승자는 소암 공입니다."

불꽃이 사그라지면서 주위가 희미해져 갔다. 비영의 눈 안에는 작은 태양이 있는 것 같았다. 어찌나 환한지 어둠 속에 있어도 볼 수 있을 것 같았다.

"왕위는 숫자놀이가 아니오."

"하지만 숫자놀이기도 하지요."

"자격을 따지자면 다른 사람도 마찬가지요."

비영이 답했다.

"무진왕도 나에게 혼인을 제의할 수 있소. 양국이 화평을 위해 충분히 내놓을 만한 패니까. 실제로, 상왕께서 왕위를 도로 내놓으라 하셔도 나는 할 말이 없었을 것이오."

"그러면, 저를 제외하면 누구든 다음 부도국의 왕이 될 수 있다는 뜻이군요."

"수경 호위대장은 아니오."

재사가 힐끗 수경을 보았다.

"그에게 순위가 돌아가려면 부도국의 귀족 절반 이상은 죽어야 할 것이오. 나라면 결코 수경만은 택하지 않을 것이오."

"그렇겠지요."

재사가 무뚝뚝하게 답했다.

"귀신은 우리에게 가장 필요한 사람을 의심하리라 했습니다."

침묵하던 수경이 마침내 입을 열었다.

"그저 의심을 피하려고 한 말일 수도 있어. 의심이 가는 순간 그 말이 떠올라 혼란스러워지겠지."

재사가 시큰둥하게 말했다.

"하지만 그것을 집행관이 '운명'으로 선언한 이상, 세상은 그 방향으로 돌아갈 겁니다."

"그렇다면, 귀신은 제가 의심받지 않으리라고 확신한다는 뜻이겠구려."

비영이 말했다.

"이상하지 않소? 우리 중에 누구라도, 그렇게까지 의심을 피할 수 있는 사람이 있겠소? 진상이 밝혀지지 않는다면 결국 우리 모두 조금씩은 의심을 산 채로 살아야 할 텐데, 정말 그자가 귀신이라 한들, 무슨 수로 완전히 혐의에서 벗어날 수 있는지 모르겠소."

"말씀드렸다시피, 그런 말로 우리를 혼란스럽게 하는 것이라 봅니다."

비영이 재사를 흘긋 쏘아보았다.

"세계의 문제는 어찌 생각하시오, 재사 공? 수경은 이 세계가 전부집행관의 머리에서 나온 것이니, 결국 집행관을 드러내리라고 했소. 하지만, 나는 도통 모르겠소. 이것이 우리 중 누구의 세계일 것 같소?"

재사는 주변을 휘휘 둘러보았다.

"놀랍도록 비현실적이면서 현실적이라는 면은 있군요. 고대 세계에

지식이 있는 사람일 것 같고요. 하지만 흑영이 그 말을 입에 담은 이상, 집행관은 최대한 숨기려 애쓰고 있을 겁니다. 흑영은 여전히 진실을 말하는 자가 아니라 제 목적을 위해 말하는 자입니다. 귀신이 도망치기 직전이었으니, 어떻게든 붙들어 세계를 한 번 더 열게 만드는 것이 목적이었다고 봅니다."

"그래서 이제 귀신은 두 번 세계를 열었습니다."

수경의 말에 재사는 멈칫했다. 비영이 고개를 갸웃했다.

"우리가 한 번씩 세계를 열었으니, 두 번 연 집행관은 귀신뿐입니다. 세계가 전부 집행관을 반영한다면, 이 세계는 그 귀신이 연 세계와 분명한 유사점이 있을 것입니다."

재사는 그 문제를 곰곰 생각하는 듯했다.

"고려해볼 필요는 있겠지만, 그런 건 심증밖에 안 돼. 좀 더 분명한 것이 필요해."

"귀공의 세계에서는 조정자가 나타나지 않았소."

재사는 말을 멈추고 비영을 바라보았다.

"그 문제는 지금 중요하지 않습니다."

"중요하지 않다는 것은 그대의 말이오."

"저를 의심하지 말라고 말씀드렸습니다만."

"오직 귀공의 세계만이 누구의 방해도 받지 않고 각본대로 진행되었소. 오직 그대만이 죄수의 목숨을 직접 거두었소."

"집행을 잘한 것도 문제가 될 줄은 몰랐군요."

재사는 머리를 긁적였다.

"귀신은 집행을 본 궤도로 돌리는 것이 목적이었으니 제대로 돌아가는 제 집행에 관여할 이유가 없었을 겁니다. 애초에 제가 귀신이라면 그런 식으로 자기가 의심받게 만들지는 않았을 겁니다. 그리고 저는 그자가 굳이 그 괴인의 모습으로만 나타나야 한다고 생각하지는 않습니다."

"무슨 뜻인가?"

"그자가 우리 중 하나라면 얼마든지 본래의 모습으로도 집행을 방해할 수 있었다는 뜻입니다. 저도 제 각본대로 죄수를 죽인 것은 아닙니다. 제 판결은 말라 죽는 것이지 마음의 고통으로 죽는 것이 아니었으니까요. 솔직히 말씀드리면,"

재사는 비영을 지그시 응시했다.

"제 집행에서 죄수의 목숨을 가져가신 분은 왕비님이셨습니다."

밤이 오자 어둠이 짙어지고 공기가 무거워졌다. 멀리 파이프에서 물이 떨어지는 소리와 천장 사이를 쥐가 달리는 소리가 들렸다. 소암은 구석 침대에 이불을 말고 잠이 들었고 재사는 주변을 돌아보겠다며 밖으로 나갔다. 수경은 나를 뜬눈으로 지키고 있었다. 비영은 아까부터 보이지 않았다.

잠깐 잠들었다 눈을 떴을 때는 수경도 자리에 없었다. 나는 이불을 미끄럼틀처럼 만들어 소리 없이 미끄러지며 침대에서 내려왔다. 팔하나와 두 다리로 바닥을 기며 생쥐처럼 문 뒤로 다가갔다. 복도에서 수경과 비영이 싸우고 있었다. 비영이 손에 총을 들고 있었다.

"재사를 죽여야겠소. 말리지 마시오. 금방 끝날 것이오."

"마마."

"저자가 하는 소리를 듣지 않았소! 저자가 지금 누구를 두고 하는 말인지 모르겠소!"

비영은 몸부림쳤다.

"나를 두고 하는 말이오! 처음부터 끝까지 나를 두고 하는 말이오!"

수경이 비영의 팔을 붙잡았다. 다시 한 번 이상한 기분이 들었다.

"누가 저자의 세계에서 그의 집행을 방해했는가, 나였소! 누가 죄인에게 집행장의 정보를 지워 귀신의 정체를 숨겼는가! 나였소! 부도국의 다음 왕으로 내정된 사람이 누구인가! 바로 나요! 이 집행장에서 귀신이 왕위를 차지하려 몸을 고른다면, 대체 누구를 고르겠는가! 나라고 해도 나를 고르겠소!"

수경은 비영의 총신을 붙잡아 제 심장에 갖다 대었다. 비영이 몸부림치며 총을 빼려 했지만 수경이 단단히 잡고 선 채 놓아주지 않았다. 비영은 한참 뒤에야 정신을 차리고 숨을 몰아쉬었다.

"진정이 되십니까?"

비영이 젖은 눈으로 수경을 올려다보았다.

"자신이 아닌 줄 아신다면 자신이 아닙니다. 부디 스스로를 의심하지 마십시오."

"……."

비영은 수경의 가슴에 얼굴을 묻고 찢어져라 옷깃을 붙잡았다.

"마마."

수경이 당황했다.

"수경 호위대장……. 정말로, 내 세계에서 일어난 일은 실제로 일어난 일인가? 아니면 내 두려움으로 내가 만든 것인가? 혹은 귀신이 전하를 잡아먹을지도 모른다는 대군의 두려움이 만든 것인가?"

수경은 잠시 말이 없었다. 온갖 색이 섞인 생각이 그 머릿속에서 돌아가는 듯했다.

"그날 비 마마께서 궁을 철통같이 지켜 전하를 살리셨다면 일어났을 일이라 생각합니다."

수경이 답했다.

"귀신은 왕을 없애지 못하면 잡아먹을 작정이었으니까요."

"그리 생각하는가?"

비영은 아무것도 믿을 수 없다는 듯 되물었다.

"그리고 만약 그런 일이 일어났다면 대군께서는 그 세계에서처럼 차라리 제가 한 일로 만들어 전하를 진정시켰을 겁니다. 목적을 위해서는 수단 방법을 가리지 않는 데다, 악의적이리만치 파멸적으로 자신을 돌보지 않는 분이니까요."

비영은 낮게 웃음을 터트렸다.

"꼭 잘 아는 사이처럼 말하는구려."

"우리 모두가 서로를 잘 알게 되었지요. 우리 모두 적어도 서로가 만든 세계에서 한 번씩은 살아보지 않았습니까."

수경이 답했다. 비영이 왠지 불안이 깃드는 눈으로 수경을 보았다.

"제가 다시 한번 나가는 길을 찾아보고 오겠습니다. 이 안은 공기가 좋지 않습니다. 바깥바람을 쐬면 기분이 좀 나아지실 것입니다."

수경이 돌아서자 비영은 총을 내려다보며 생각에 빠졌다.

"내가 아니라면 재사가 그자요."

수경이 발을 멈추고 다시 돌아보았다.

"나는 아무리 생각해도 소암 같지는 않소. 그리고 그대라고 생각하고 싶지도 않소. 그대와 내가 아니라면 남는 사람은 재사뿐이오. 재사가 귀신이 아니라면 저토록 대군의 목숨에 집착하는 것이 설명되지 않소. 재사만 아니었다면 우리는 좀 더 일찍 의심했을 것이오. 저자는 어느 시점에서부터인가 집요하도록 집행을 계속하도록 종용했소."

기척 없이 누군가가 나타났다. 복도 너머에 온 신경을 기울이느라 그가 내 앞에 이를 때까지 가까이 온 줄을 알지 못했다. 그림자가 머리 위에 내려앉아 고개를 들어 보니 머리가 벗겨진 노인이 서 있었다. 잿빛 파자마를 입고 있었고 쥐가 쏜 모포를 망토처럼 등에 걸치고 있었다. 황천 강물에라도 몸을 담갔다가 온 사람처럼 보였다.

"신이 어리석어 재사 공의 심중을 다 헤아리기는 어렵습니다만."

수경은 잠시 말을 끊었다가 이었다.

"재사 공이 집행을 계속하기를 원하는 까닭은 죽음의 관념이 우리와 다르기 때문이라고 생각합니다."

"죽음의 관념?"

"창하국에는 집행시스템이 없습니다. 후생을 알지 못하는 죽음만이 죽음이라는 관념 또한 없습니다. 그 나라에서 죽음은 하나뿐입니다. 심장이 멈추고 피가 멈추고 뇌가 정지하는 육신의 죽음밖에 없습니다. 그래서 재사 공께 대군은 아직 죽은 적이 없으며, 때문에 아직 자신의 복수를 한 적이 없는 것입니다. 그러므로 그분은 집행을 계속해야만 했습니다. 대군이 가진 단 하나뿐인 목숨, 마지막 집행에서 최후의 목숨을 본인이 갖기 위해서요."

사람이 이토록 고통스러운 얼굴을 할 수 있을까. 질환이나 굶주림이 아니라 단지 마음의 고통만으로, 저토록 생기가 빠져나간 얼굴을 할 수도 있을까. 눈과 눈썹은 양쪽으로 잡아당기듯 내려앉았고 입은 일그러져 금방이라도 통곡할 것 같다.

나는 그가 지팡이 대신 짚은 쇠막대를 물끄러미 바라보았다. 단단해 보였고 휘두르기 좋아 보였다.

문득 나는 생각했다.

이 사람들이 생각하는 대로 이 세계의 모든 일이, '집행관'이라는 전능자가 일으키는 일이라면, 이 사람은 무슨 용도로 내게 보낸 걸까.

그럴 리가 없지.

지금 일어나는 모든 일은 그저 우연이다.

이 세계를 다스리는 자가 있고 그의 각본대로 세상이 돌아가고 있다니. 내 운명도, 이 빌어먹을 삶도 누군가가 설계한 것이며, 그저 나를 괴롭히고 죽일 작정으로 생을 내려 주었다니. 그런 바보 같은 생각이 어디 있어?

노인이 내 이마를 쓰다듬었고 엉킨 머리카락을 쓸어 올렸다. 순간 까닭 모를 연민이 솟구쳐 나도 모르게 눈물이 났다.

"마찬가지로, 무진왕께서 집행을 중단하기를 원했던 까닭도 수명국의 죽음의 관념 때문이 아닐까 합니다."

수경의 목소리가 아득히 들려왔다.

"무슨 뜻인가?"

"제가 원정을 다녀본 바에 의하면, 수명국은 영혼과 육신을 별개의 것으로 생각합니다. 그 나라에서는 죽음은 육신의 죽음과 상관없이 선언됩니다. 사형을 선언한 뒤 집에 가두고 사람을 만나지 못하게 하며, 살아 있어도 죽은 사람으로 취급합니다. 그러므로 무진왕의 입장에서 대군은 이미 죽은 사람입니다."

"……."

"그러므로 집행을 더 이어가야 할 이유도 관여할 이유도 없었습니다. 이후의 집행에 관심이 없었던 것도 그래서였다고 생각합니다."

짧은 침묵.

"그러면 그대는 소암을 의심하는가?"

"아무도 의심하지 않을 생각입니다."

"하지만 의심하지 않으면 귀신을 찾을 수 없소."

"마마, 전하께서는 귀신은 믿지 않았지만 대군의 광증은 믿었습니다."

"무슨 뜻이오?"

비영이 고개를 갸웃했다.

"전하께서는 늘 대군의 편을 자처하셨지만 대군을 진심으로 믿었던 적은 없습니다. 형제에게 어설픈 호의와 아량을 베풀었지만 신뢰를 준 적은 없습니다. 그것이 전하께서 돌아가신 이유입니다."

비영의 낯빛이 어두워졌다.

"어찌 그런 불경한 발언을 하시오."

"저는 전하께서 하신 실수를 반복하지 않으려 합니다. 이곳에서는 결코 누구도 의심하지 않을 것입니다."

"……."

"귀신이 우리 사이에 있다면, 귀신은 우리 중 누구든 자신이 아닌 사람에게 의심이 몰리면 반드시 그편에 설 것입니다. 그러면 여론은 한순간에 쏠립니다. 저는 마지막까지 모두를 믿는 쪽에 서겠습니다."

"아아, 아니다, 얘야."

노인은 내가 우는 이유를 착각한 것 같았다. 노인은 황급히 손을 떼었다.

"아프게 하려는 것이 아니다."

내가 보는 사이에 그는 정말로 이해할 수 없는 행동을 했다. 지금까지 만난 모든 사람들이 하나같이 알 수 없는 짓을 했지만 이것만은 도무지 해석하기 어려웠다.

노인은 쇠막대를 바닥에 내려놓았고 전신을 땅에 붙이고 절을 했다.

나는 어찌할 바를 몰랐다. 문득 벽 하나를 둔 복도에서 무거운 침묵이 떨어지는 것을 느꼈다. 대화가 끊겼기 때문이겠지만 그것을 넘어서는 무게감이 있었다. 마치 벽 너머에 있는 누군가가 이쪽에서 일어나는 일을 지켜보기라도 하는 것처럼.

속죄도 회한도 아니었다. 단지 인간이 인간에게 바쳐야 하는 경의, 일생 주고받았어야 할 것을 하지 못하여 이 한 번의 절에 모아 바치는 것처럼, 정중하고도 온 마음을 다한 절이었다.

이 세상을 설계하고 관리하는 자가 정말로 있다면, 이것이 정말 그의 뜻이었을까? 세상이 그자가 원하는 대로 돌아간다면, 왜 이런 일을 하는 걸까?

노인은 내 앞에 엎드린 채로 돌처럼 죽었다. 재사가 먼저 상황을 알아차리고 다가왔다. 노인의 목덜미에 손을 대본 뒤 그를 뚫어지게 바라보았다.

수경과 비영이 뒤이어 방으로 들어왔다. 수경이 마찬가지로 노인의 목을 살폈다.

"살아 계셨소."

비영이 얼굴에 핏기가 가셔서 말했다.

"역시 살아 계셨소. 죽지 않으셨소."

"아닙니다."

재사가 뒤에 서서 답했다.

"예, 아닙니다."

수경이 마찬가지로 답했다.

"시스템이 만든 가상의 존재입니다. 다른 의미로 귀신입니다."

비영이 토할 듯 입을 가리다가 비틀거렸다. 수경이 놀라 부축했다.

"이곳에 죽은 자마저 돌아다닌다면 대체 우리가 어떻게 진실을 볼 수 있단 말인가?"

"그놈이 흑영이로군요."

가느다란 소리가 들려왔다. 소암이었다. 모두가 그쪽을 돌아보았다. 소암이 생기가 빠져나간 얼굴로 어기적거리며 이쪽으로 걸어왔다.

"어쩐지 이상하다고 생각했는데. 그래, 어쩐지 아무리 찾아도 없다 했지요. 왜 그 생각을 못했을까, 그 꼬마가 흑영이로군요."

비영이 나를 단단히 끌어안았다. 수경은 칼을 쥐고 둘을 막아섰고 재사는 수경의 옆에 비스듬히 섰다.

"마마, 그놈만 죽이면 다 끝납니다. 우리가 여기서 고생할 이유가 없습니다. 세계는 닫히고 우리는 모두 '밖'으로 나갈 겁니다. 지금 뭘 하는 겁니까? 왜 죄인을 죽이지 않습니까?"

재미있는 놀이다. 나는 비영의 품에 안긴 채 생각했다. 날 그냥 죽이는 것보다는 신선해 보이는군. 하지만 이게 무슨 웃기는 규칙이지? 대체 나 같은 단백질 인형 하나가 살고 죽는 것이, 세계의 운명과 무슨 관계가 있단 말인가?

"소암, 정신 차리시오. 이런 방식으로는 아무것도 해결되지 않소."

비영이 말했다.

만약 이 사람들이 옳다면 더 일찍 죽었어야 했다. 이런 망할 세상 따위는 일찌감치 닫혀 버리는 것이 나으니까. 내가 먼저 죽었다면 죽은 친구들도 이들이 말하는 더 나은 '다른 세계'로 옮겨갔을지 모른다.

"수경 호위대장, 비켜나시오. 소암은 나를 다치게 하지 않소. 내가 대화해보겠소."

소암은 뭔가 생각하는 것 같았다. 그리고 그 생각이라는 것이 그리 제대로 된 머리에서 돌아가는 것은 아니라, 기묘한 귀결에 도달한 것 같았다.

"마마, 제가 마마를 그 악마와 같이 보내드리겠습니다. 잠시면 끝납니다. 제가 여기서 마마를 죽여도 진짜 죽음은 아닙니다. 그리 고통스럽지 않을 겁니다."

비영의 얼굴이 새파랗게 질렸다.

아냐.

나는 생각했다.

내가 죽어도 세상은 끝나지 않아.

이 사람들은 단지 그런 희망으로 견디고 있을 뿐이다. 내가 죽으면 이 모든 것은 끝나고 다른 세상으로 나갈 수 있다는 희망. 이 현실이 거짓이고, 꿈이며, 내가 죽을 때까지만 잠시 머물다 가는 환상이라는 희망.

내가 정말로 죽었을 때, 세상도 끝나지 않고 아무것도 변하지 않는다면, 이곳이 진짜 현실이고 이곳에서 목숨이 다할 때까지 살아야 한다는 것을 알게 된다면, 과연 이 사람들은 견딜 수 있을까?

비영이 뒤에 숨긴 총을 단단히 쥐는 것이 몸으로 느껴졌다.

수경이 칼을 내리고 잠시 눈을 감았다. 수경은 돌아서서 나와 비영의 앞을 막아섰다. 소암에게 등을 돌리고 비영을 마주보았다. 비영의 눈이 크게 떠졌다. 재사가 공격목표를 찾지 못한 얼굴로 자세를 고쳐 잡았다.

"뭘 하는 건가, 수경. 비키시오."

"소암 공께서는 마마를 다치게 하지 않으실 겁니다."

수경이 마른침을 삼켰다.

"하지만 마마께서는 그렇지 않습니다."

"지금 뭘 하는 건가, 수경, 비켜나시오! 저리 비키시오!"

소암도 당황한 듯했지만 정신이 제대로 돌아가지 않아 충동이 더 빨리 돌아가는 모양이었다.

"우리 중 아무도 죽어서는 안 됩니다. 마마께서 살인을 하셔도 안 됩니다. 총을 내려놓으십시오."

"비키라고 했소! 당장 내 앞에서……."

붉은 줄이 허공을 휘저었다. 지금까지 이 자리에 없었던 것이 눈에 들어왔다. 없었던 것은 근육과 뼈가 드러난 단면이었다. 단면에는 오른팔과 다섯 개의 손가락이 붙어 있었다. 허공에 긴 핏자국이 생겼다가 쏟아졌다. 수경은 잘린 팔을 붙잡고 무릎을 꿇었다. 숨을 토하자 피가 쏟아졌다. 소암은 채찍을 손에 쥔 채 머릿속에 아무것도 없는 얼굴로 서 있었다.

비영은 제 팔이 날아간 것처럼 새된 비명을 질렀다. 그녀는 나를 내려놓고 가까운 침대에서 이불천을 뜯어 수경의 팔을 닦고 감싸고 묶었다. 수경은 그 와중에도 일어나려 했고 다시 넘어졌다. 피가 한 차례 더 쏟아졌다.

비영은 미친 사람처럼 수경의 이름을 불렀다. 묵묵히 서 있던 재사가 나뒹구는 수경의 팔이 쥔 칼을 빼내어 손에 들었다. 그리고 비명을 멈추지 못하는 비영을 손으로 밀어내었다. 느린 몸짓이었지만 그곳에 집이나 전봇대가 있었어도 밀어낼 듯했다.

재사는 비영이 묶었던 이불천을 풀고 칼의 전원을 켜 수경의 잘린 어깨 단면에 가까이 대었다. 수경이 그를 바라보았다.

"참아라. 네가 자초한 일이니까."

수경은 수긍하는 눈으로 고개를 끄덕였고 눈을 감았다. 비영은 눈에 눈물이 맺힌 채 주저앉아 있었다.

칼이 단면에 닿자 살이 타는 냄새가 코를 찔렀다. 짧고 아득한 시간이 흘렀다.

재사는 지혈이 된 것을 확인한 뒤 천을 다시 묶었다. 수경은 끝까지 신음 하나 없이 참았다가 정신을 잃었다. 다시 비영이 허겁지겁 달려들었다.

"전력이 줄었군요. 피할 도리가 있었는지는 모르겠습니다만."

재사는 일어나며 여전히 머릿속에 아무것도 없는 얼굴로 선 소암을 돌아보았다.

"집행관이 짠 각본은 귀공의 죽음이었을 것입니다. 수경이 각본의 궤도를 틀어 귀공의 수명을 연장했습니다. 얼마나 유효할지는 모르겠습니다만."

소암은 무슨 말인지 모르는 얼굴로 재사를 바라보았다.

"가십시오. 거기 더 서 계시면 제가 목숨을 끊어드리겠습니다. 저는 각본의 궤도가 어디로 가든 신경 쓰지 않습니다. 왕비님을 도울 생각이 조금이라도 있다면 이 자리에서 사라지십시오."

소암은 비영을 바라보았고 주춤주춤 물러났다. 울부짖는 비영을 한참 보았고 나를 응시한 뒤, 문 저쪽으로 서둘러 사라졌다.

수경은 서너 시간이 지난 뒤에야 깨어났다. 고열이 끓었다. 잘린 자리는 터질 듯 부풀었고 불처럼 달아올랐다.

재사가 전에 찬장에 있던 인공 단백질의 용도를 마침내 알아내었다. 재사는 단백질을 잘 펴 수경의 잘린 상처에 붙였다. 인공 피부가 맨살을 파고들며 단면을 감쌌고, 괴사한 자리마다 탐욕스럽게 먹어치우며 증식했다.

비영이 한시도 쉬지 않고 오갔다. 천을 빗물에 적셔와 상처를 식히고 닦았다. 나를 혼자 두거나 재사 옆에 두려고 하지 않았기에 나를 업고 다니느라 더 고생이었다.

재사는 주변을 돌더니 어디선가 항생제를 찾아 들고 왔다. 수경은 재사가 주는 약을 아이처럼 받아먹은 뒤 다시 기절했다.

"반이나 들어 있습니다. 준비해둔 것을 보니 집행관이 아직 수경을 죽일 생각은 없는 모양이로군요. 이곳에서는 우리 신체조건도 좋은 편이니 어찌어찌 회복할 수 있을 겁니다.”

재사가 의자에 앉아 약병을 흔들며 말했다. 비영이 재사를 노려보았다.

“귀공이라면 소암을 저지할 수 있었을 것이오.”

“아니면 못 했든가요. 집행관이 자리를 마련했으니 누군가 한 명은 다쳤을 겁니다. 수경이 다친 것이 저나 왕비님이나 꼬마가 다치는 것보다는 낫습니다. 저라면 전력 손실이 너무 크고, 왕비님이나 꼬마는 부상을 견디지 못했을 테니까요.”

비영은 벌떡 일어났지만 간신히 감정을 추스르고 자리에 앉았다.

“소암이 귀신이 아니라도 귀신이나 마찬가지로 위험해졌소. 이미 우리에게 도움이 되지 않소.”

비영은 피에 젖은 이불천을 두 손에 꼭 쥐고 말했다.

“……죽여야 했소.”

“집행관이 바라는 길입니다.”

비영은 칼처럼 재사를 쏘아보았다.

“귀공은 집행관이 무엇을 바라는지 잘 아는 모양이로군.”

“모릅니다. 하지만 제가 집행관이라면 어떻게 했을지 상상이 갑니다.”

재사는 벽에 기대어 놓은 창을 들고 일어났다.

“누구든 희생양을 택해 그 사람에게 다른 사람을 하나하나 죽이게 할 겁니다.”

“…….”

"집행관인 저는 죽은 척하고 어딘가 숨어 있을 거고요. 그러다 누구든 마지막에 혼자 남으면, 그 사람은 결국 이 세계를 탈출하기 위해 꼬마를 죽일 수밖에 없습니다. 밖에 나가면 우리 모두 그 사람을 의심할 겁니다. 어쩌면 그 사람 스스로도 자신을 의심하겠지요. 그렇게 귀신은 혐의를 풀고 도망칠 겁니다."

비영은 쏟아지려는 눈물을 참으며 재사를 노려보았다. 재사가 힐끗 수경을 보았다.

"수경의 방식은 마음에 들지 않지만 판단은 옳습니다. 이 세계는 집행관이 만든 것이지만 우리는 그렇지 않습니다. 그러면 그의 각본에 저항할 수 있는 사람은 우리뿐입니다. 우리가 살아 있어야 합니다."

"……"

"한 사람이라도 더 남아서 자신의 의지로 움직여야 합니다. 소암이 우리 편이 아니라도 제 의지로 움직인다면 각본을 뒤틀 여지는 있습니다."

재사는 비영을 바라보았다.

"그리고 소암 하나 정도는 이곳에서 위험한 수준도 아닙니다. 어제 우리를 공격했던 이 세계의 인간들과 자동인형들이 지금 판을 짜고 있을 겁니다. 싸울 수 있는 사람은 셋인데 한 명은 다쳤고 한 명은 꼬마를 보호해야 합니다."

"……"

"자두십시오. 내일은 왕비님도 싸워야 할 테니까요."

"내 생각이 짧았소."

비영이 눈을 감고 말했다. 재사가 돌아보았다.

"집행관이 죽을 리가 있는가. 총을 쏘아도 몸이 튕겨 내겠지. 심장이 뚫려도 살아나겠지. 무슨 짓을 하든 죽일 수 없을 터인데."

"세계의 죽음의 규칙은 모두에게 똑같이 적용됩니다. 우리가 총으로 죽는다면 집행관도 마찬가지로 총으로 죽을 겁니다. 단지 그럴 상황을 만들지 않겠지요."

재사가 정찰을 떠난 뒤 수경이 다시 정신을 차렸다. 비영이 달려들 듯이 수경에게 몸을 던졌다. 수경은 비영이 간호하는 것을 깨닫고 놀라 일어나려다가 다시 누웠다. 비영은 참았던 눈물을 흘렸다.

"어째서 이토록 무모한 짓을 하는가. 귀관이 다치면 누가 나와 대군을 보호한단 말인가."

"송구합니다. 곧 일어나겠습니다."

"이렇게 다쳤는데 어찌 일어난단 말인가."

"진짜 고통이 아니며 잃은 것은 제 진짜 팔이 아닙니다. 실제로 일어난 일이 아닙니다. 집행관이 아직 저를 죽일 생각이 없다면 죽지도 않을 것입니다. 심려하지 마십시오."

비영은 돌연 수경을 끌어안았고 뺨에 입을 맞춘 뒤 그의 이마에 자신의 이마를 대었다. 수경은 아무 말도 하지 않았다. 비영은 수경과 이마를 맞댄 채 숨과 숨을 교환했다. 나는 침대 밑에 앉아 조용히 두 사람을 지켜보았다.

"내가 지금 믿을 수 있는 사람은 그대뿐이오."

"……."

"맹세를 잊지 마시오. 다시는 나를 포함하여, 그 누구도 지키려 하지 마시오. 대군과 그대 자신만을 지키시오. 아니, 대군은 내가 지킬 것이니 그대 자신만을 지키시오. 그대가 죽으면 대군을 지킬 사람은 아무도 없소."

"아직 재사 공이 있습니다."

"재사가 바로 '귀신'이오!"

비영의 목소리가 높아졌고 숨이 거칠어졌다. 수경은 아무 말도 하지 않았다.

"재사를 죽여야 하오……. 하지만 귀관의 판단을 존중하겠소. 내가 먼저 그를 죽이려 시도하는 일은 없을 것이오. 그것이 조금이라도 집행관의 각본을 바꾸는 길이라면."

비영은 미소를 지으며 수경의 남은 왼손을 잡았다. 손가락이 하나 없는 손이었다. 문득 비영은 이상한 기분이 들었는지 그의 손을 내려다보았다. 입가에는 수경을 안심시키기 위한 미소를 지우지 않은 채였다.

"……반지는?"

"예?"

"반지는 어디에 두었는가?"

밤새 재사는 의자다리든 침대다리든 빗자루든 뭐든 길쭉한 것만 있으면 잘라 내고 뽑아내어 끝을 뾰족하게 다듬었다. 그가 맨손으로 철

의자를 구부러트리고 새끼줄처럼 꼬아 끊어내는 것을 보면서 왜 저 사람이 나를 당장 목을 비틀어 죽이지 않는지 궁금해졌다.

그는 수십 자루의 창을 문 앞에 원형으로 늘어놓고 모포로 덮었다. 그런 작은 진을 10여 미터 간격으로 하나씩 만들었다. 비영은 창고에서 총을 충전하는 배터리를 발견한 뒤에는 다른 자리에 자신만의 진을 만들고 적당한 곳에 배터리를 하나씩 숨겨 놓았다.

새벽 어스름이 밝아오자 멀리서 아련하게 총성이 들려왔다. 부수는 소리와 사람들 발소리, 기계발이 땅을 밟는 소리가 음악처럼 다가왔다. 재사와 비영이 무기를 들고 각기 두 개의 문으로 나갔다.

화약 냄새와 비명, 총소리, 부서지는 소리가 소란했다. 수경은 성한 팔로 검과 나를 같이 안은 채 넓은 병실 한가운데에 놓인 침대에 내내 앉아 있었다.

나는 싸우는 소리를 들으며 내내 수경을 뚫어져라 보았다. 수경은 내 시선이 보이지 않는 듯 허공만을 바라보았다.

얼마나 지났을까, 석상처럼 앉아 있던 그가 나를 내려다보았다. 그때 나는 그의 눈에서 완전히 다른 것을 보았다. 훨씬 더 생생하고 선명한 것을. 이 사람이 연기하는 인격보다 강렬하고 뚜렷한 것을. 그 안에 숨은 생생한 영혼을.

"왜 그렇게 보느냐."

그가 낯선 목소리로 입을 열었다. 도망치려 했지만 그의 팔이 나를 안고 놓아주지 않았다. 그 팔이 그의 입보다 많은 말을 했다.

"비영 때문에 그러느냐. 왜, 비영이 내게 호감이 있는 것 같아 싫

으냐?"

나는 하나뿐인 눈을 또렷이 뜨고 그를 바라보았다. 그의 입가에 희미하게 미소가 번졌다.

"네가 이제 아예 비영이 네 것인 줄 아는구나."

나는 아무 말도 하지 않았다. 말할 수 없으니까. 대신 그를 똑바로 보면서 생각했다.

'날 죽일 거야?'

"설마."

그가 웃으며 답했다. 나는 온몸의 털이 빳빳하게 섰다. 착각이 아니다. 이 사람은 내 '생각'에 답했다.

"그건 내 역할이 아니다."

정오가 조금 지났을까, 재사가 숨을 헐떡이며 문에서 나타났다. 수경이 칼을 잡고 일어났다. 나는 곧바로 수경의 얼굴에 침착하고 성실한 무사의 가면이 덧씌워지는 것을 보았다.

재사의 얼굴에는 긴 상처가 났고 머리는 한 귀퉁이가 탔고 귀 하나는 떨어져 나가 있었다. 어쩐지 그가 '본래의 모습'에 가까워지고 있다는 생각이 들었다.

재사는 잠깐 나와 수경을 보았다. 지금부터 내릴 결정이 마음에 들지 않는 것 같았다.

"집행관이 네놈과 나를 떨어트려 놓을 모양이로군."

재사는 입맛을 다시며 뒤를 한 번 돌아보고 다시 우리를 보았다.

"왕비님과 함께 아래층으로 내려가라. 봐둔 퇴로가 있고 표시를 해 놓았다. 내려가면 문을 잠가라. 나를 포함해서 아무도 내려가지 못하게 해라."

수경은 잠시 생각했지만 더 묻지 않았다. 재사는 문 앞에 날랜 짐승처럼 앉아 늘어놓은 창을 감춘 모포를 걷었다. 수경은 나를 등에 업고는 이로 이불천을 찢어 다시는 풀지 않을 것처럼 단단히 묶은 뒤 반대쪽 문으로 뛰었다. 뒤 한 번 돌아보지 않았다.

잠깐 잠이 들었던 것 같다.

자는 동안에 꿈을 꾸었다. 나는 건물 가장 깊은 지하로 기어 내려가고 있었다. 층 전체에 번호가 적힌 성냥갑 같은 기계가 가득 차 있다. 그곳에 사람들의 영혼이 잠들어 있었다.

그곳에서 세상이 다시 창조되었다. 내가(내가?) 거기서 세상을 다시 만들었다(내가 뭘 했다고?).

내가 진짜 사람이 아니더라도, 모두가 죽은 뒤 이 세상에서 마지막에 살아남은 생명이었고 그것이 마지막까지 살아남은 생명의 의무였으니까. 나는 무너진 생태계를 다시 구축하고 작은 벌레에서부터 큰 생물까지 모두 다시 만들었다. 컴퓨터 안에 잠든 죽은 사람을 깨우고 냉동되어 있던 수정란을 깨워 키웠다. 나는 작은 신이었고 창조주였다.

내가 만드는 모든 것에 내가 깃들었다. 두려워하는 것, 원하는 것, 꿈꾸는 것, 혐오하는 것, 동경하는 것, 경멸하는 것. 그 손에서 태어나는 것은 늘 정正이 아니면 반反이었다. 꼭대기가 아니면 바닥이었고, 이상이 아니면 시궁창이었다. 내 기쁨과 슬픔, 천국과 지옥, 빛과 그림자가 모두 세상에 깃들었다. 나는 어디를 가든 내 흔적을 느꼈다. 무엇을 보든 나를 보았다.

깨었을 때는 어둡고 축축했다. 나와 눈이 마주친 쥐가 더 깊은 어둠 속으로 숨었다. 움직이려 했지만 잘되지 않았는데, 내가 두 사람 사이에 끼어 있었기 때문이었다. 나는 수경의 다리 사이에 옆으로 기댄 자세로 안겨 있었고 내 위로는 비영이 몸을 덮고 있었다. 비영은 수경을 껴안고 있었고 나와 마찬가지로 수경의 다리 사이에 안기듯이 들어와 있었다. 젖은 모양새를 보니 비영이 중도에 기절한 수경과 나를 여기까지 끌고 온 것 같았다.

물에 잠긴 구역이었다. 쓰레기가 가득한 물이 옆에서 흘렀다. 두 사람은 부서진 가구나 탁자 따위가 쌓여 만든 작은 섬 위에 올라와 쉬고 있었다. 천장에는 간간이 표시등이 불을 밝히고 있었다. 쓰레기의 산이 어디론가 움직이는 것을 보니 물이 흘러나가는 구멍이 있는 듯했다.

비영은 수경이 움직이자 몸을 뗐다. 아무 일도 없었다는 듯이 머리와 옷을 짰다. 치마처럼 둘렀던 모포는 다 찢어져 미끈한 다리가 다 드러나 있었다.

"정신이 좀 드는가."

"다친 곳은 없으십니까."

"없소. 칼을 빌려주시오."

수경이 칼을 건네자 비영은 말릴 틈도 없이 길고 치렁치렁한 머리카락을 목 뒤에서 한 손으로 쥐고 끊어내었다. 비영이 미련 없이 잘라낸 머리카락을 물에 버렸다. 검은 비단 같던 머리카락이 쓰레기와 하나가 되어 흘러갔다.

"물에 젖으니 원, 무거워서. 짐도 그런 한 짐이 없었소."

수경은 입을 다물고 흘러가는 머리카락을 바라보았다.

"아까워하지 마시오. 진짜 머리가 아니니까. 밖으로 나가면 다시 자라 있을 것이오."

비영은 총을 점검하고 잔량을 살피고는 한숨을 쉬었다.

"한 번이나 더 쏠까, 내가 어지간히도 날뛰었던 모양이오."

비영은 웃었고 수경도 희미하게 마주 웃었다. 비영은 수경의 잘린 상처를 살피고 이마에 손을 대 보다가 문득 동작을 멈추었다.

"수경 호위대장."

"말씀하십시오."

"이곳이 정말로 집행장인가?"

물결을 따라 느긋한 노래를 부르며 유통기한이 찍힌 참치캔과 농약통이, 비료 부대와 녹슨 컴퓨터케이스가 옆을 흘러갔다. 만약 이곳이 현실이 아니라면 이 풍경이야말로 현실이 아닌 증거라고 생각했다.

"우리 모두가 같은 꿈을 꾸었던 것은 아닌가? 현실을 잊기 위해 스스로의 기억을 지우고, 우리가 누군지도 잊고, 자신들이 만든 세계로 들어가 죽음의 놀이라도 하고 있었던 것은 아닌가?"

"집행관이 우리에게 죄수와 같은 조건을 준 이유를 이제야 알겠군요."

"이곳을 현실이라고 믿게 하려고……?"

"이곳이 현실이라면 우리가 살던 세계는 거짓이 됩니다. 그리 믿어 버리면 우리는 귀신의 존재마저 부정할 겁니다."

"……."

"한 가지만은 분명합니다. 만약 마마께서 이 세계를 현실이라고 믿으신다면, 이 세계의 죽음은 진짜 죽음이 됩니다. 마마께서는 그것이 한 번뿐이며, 유일한 죽음이라고 믿고 진정한 죽음의 공포를 느끼실 것입니다. 그러면 우리는 진실로 죽습니다."

한참 수경을 보던 비영은 풋 하고 웃었다.

"왜 그러십니까?"

"귀관이 이런 사람일 줄은 몰랐소."

"어떤 사람이라고 생각하셨습니까?"

"나야 알 수가 없지. 현실에서는 제대로 만나 본 적이 없으니."

그 말을 듣자 문득 이상한 기분이 들었다.

"왕께서 여러 나라를 순방하실 때 한 몸처럼 데리고 다닌 사람이라고만 들었소. 흔히 친구는 닮는다지만 이리도 그분과 닮은 사람일 줄은 몰랐소. 계속 깜짝깜짝 놀라는구려."

점점 이상한 기분이 들었다.

"이곳에서의 우리 모습은 우리의 자아상이라고 했지. 귀관의 손만 보아도 왕을 얼마나 제 몸같이 아꼈는지 알겠소. 그 상처가 마음에 걸려 마치 제 상처처럼 마음에 새겼다고 했지."

나는 수경의 네 개뿐인 손가락을 보았고 이어 그 눈을 살폈다. 깊고 어두운 우물이 느껴졌다. 그 우물의 바닥이 보이지 않았다. 수경의 눈을 가만히 들여다보던 비영은 그의 이마에 입을 맞추었다. 내가 머리 위로 그 둘을 지켜보는 동안 비영의 얼굴이 좀 더 아래로 내려왔다.

수경은 피하지 않았다.

비영은 수경의 입에서 입을 떼었다. 무서운 일이라도 한 것처럼 얼굴을 감쌌다.

"마마."

수경이 불렀다.

"내가 미쳤나 봅니다."

"아닙니다, 제가……."

비영은 울기 시작했다. 수경은 고개를 숙인 채 아무것도 하지 않았다.

죽을 줄 알아.

나는 생각했다.

뭐든 해 봐. 멍청아.

"내가 미쳤는지, 자꾸만 이상한 기분이 들어서……."

그때 이곳에 악취와 습기 말고 다른 것이 흘렀다. 공기가 바뀌고 막혔던 강이 흐르기 시작했다. 묶어 놓았던 것들이 풀려나가기 시작하고 있다. 세상이 끝날 때가 다가왔으며 거짓이 야기한 모순이 쌓여 넘쳐흐르기 시작했기 때문에.

문득 어떤 풍경이 떠올랐다. 내가 칼을 든 채 사람들 앞에 서 있었다. 날뛰다가 피 냄새가 풍기는 바람에 정신이 들었다. 단발머리에 이목구비가 작은 사내가 노인을 붙잡고 울었다. 그 앞에 깨끗한 용모의 사내가 칼을 빼 들고 굳건히 서 있었다. 내가 정신이 든 건 그의 손가락이 떨어져 나갔을 때였다. 그 남자는 내가 한 걸음이라도 더 움직이면 목숨이라도 버릴 태세로 서 있었다.

…… 그건 누구였지?

…… 누구였지?

"왜 그러시오, 수경? 표정이 좋지 않습니다."

"아닙니다."

수경이 뭐라 더 말하려 했을 때 큰 물고기 한 마리가 헤엄쳐 왔다.

정확한 표현은 아니다. 일단 그 물고기는 생물이 아니었고, 헤엄쳐 왔다기보다는 느린 군함처럼 미끄러져 왔으니까. 두 사람은 정지 화면처럼 멎은 채 물고기를 바라보았다.

물고기는 얼핏 거대한 쓰레기의 산처럼 보였지만 형태는 고래 모양이었다. 눈에는 타이어가 달렸고 꼬리는 문짝이었고, 정수리에는 수도관이 꽂혀 있고 몸은 탁자와 장판, 플라스틱 그릇 따위로 이루어져 있었다. 고래가 지나온 뒤로는 물이 맑았다.

기름때와 이끼, 부서진 나무 같은 것이 자석에 끌리는 철붙이처럼 고래의 몸에 달라붙었고, 거기서 각자 움직여 고래의 모양을 해치지 않는 자리에서 멈췄다. 자장으로 쓰레기나 이물질을 수거하는 로봇 물고기인데 쓰레기가 워낙 넘치다 보니 비대해진 것이다.

유유히 다가오는 물고기를 한참 바라보던 수경이 말했다.

"타고 갈 수 있을 것 같습니다."

"집행관이 좋은 의도로 보냈으리라 생각하오?"

"아직 귀신의 존재를 믿으십니까?"

비영은 웃고 말았다.

"믿지 않을 도리가 있는가."

"그러면 아직은 우리가 죽을 때가 아닙니다. 물이 흐르는 방향으로 가다 보면 밖으로 나갈 수 있을 것입니다."

수경이 먼저 고래의 등 위에 올랐고 비영에게 손을 내밀었다. 비영은 말 그대로 왕비님처럼 우아하게 손을 잡고 따라 올랐다.

고래는 두어 번 잠수했다.

고래가 멈추자 두 사람은 지상에 올랐다. 마침 사다리가 있어 타고 올랐다. 녹슬어 열리지 않는 문을 수경이 칼로 잘라 열자 넓은 공간이 나타났다. 위아래가 크게 뚫려 있었고 바닥에서 바람이 불었다.

멀리 반대편에 큰 철문이 가로막고 있었다. 건너편까지 거리가 30여 미터는 되었다. 그 사이에는 공사를 하다가 그만둔 듯한 철골구조물이 얼기설기 이어져 있었다. 철골로 된 난간뿐인 다리가 이쪽 문과 저쪽 문 사이에 놓여 있었는데, 다리 가운데는 움푹 내려앉아 있었다. 다리 바닥에는 철망뿐이었고 철망은 사람의 무게를 감당할 만하지 않았다. 난간인 철골을 타고 건너야 할 텐데 폭은 간신히 발을 얹을 정도였다.

아래는 어두워 아무것도 보이지 않았다. 수경이 칼에 전원을 넣었지만 그것만으로는 바닥까지 밝힐 수가 없었다. 수경이 근처에 있는 깡통을 차 넣자 구르는 소리가 끝없이 이어졌다.

"저는 지나갈 수 있겠습니다만 마마께서는 무리입니다. 제가 먼저 가서 다른 길이 있는지 알아보겠습니다."

"집행관이 나를 지나가게 할 생각이 없으면 준비해 두지 않았겠지."

비영은 남은 치마를 찢어 다리에 단단히 묶었다.

"가봅시다. 집행관이 나를 떨어트려 죽일 생각이라면 무슨 수를 쓰든 그리하겠지. 아니라면 갈 수 있을 것이오."

두 사람은 조심조심 난간을 잡고 걸었다. 다리가 가장 깊이 내려앉은 곳에 이르렀을 때였다. 사방에서 웃음소리 같기도 하고 수많은 벌레가 풀숲을 지나는 것 같기도 한 소리가 다가왔다.

수경이 난간을 왼팔 겨드랑이에 끼운 채로 칼을 뽑아 들어 전원을 넣었다. 비영이 총을 들자 총이 생물처럼 팔에 감겼다. 비영은 오른팔을 펴 사격자세를 취하고 왼팔로 손잡이를 당기고 위쪽을 노렸다. 하지만 총은 젖어 있었고 남은 전력도 한발뿐이었다.

철망을 타고, 철골 구조물을 타고, 어린아이만 한 크기의 생물이 네발로 기며 모여들었다. 내가 '야차'라고 부르는 것이다. 짐승처럼 털이 많고 송곳니가 길어 제대로 입을 다물지도 못하는 것이다. 안짱다리라 제대로 서지 못하고 네발로 긴다. 지능은 겨우 다섯 살짜리 어린애 수준이다.

'진짜 사람'들이 오염된 바깥에서 살 수 있는 인간을 만든답시고 제작했다가 실패해 지하 구획에 버려둔 것이다. 번식력도 왕성하고 극단적으로 적은 식량으로도 꽤 오랫동안 사는 것이다. 생존력이라는 면에서는 더할 나위가 없는데 머리가 나쁜 게 그들의 마음에 들지 않았던 것 같다.

'먹을 것'이 나타났기에 모여든 것이다. 그들은 '진짜 사람'은 먹지 않는다. 그들이 원하는 먹이는 나였다.

"숫자가 많습니다. 총으로는 저지할 수 없습니다. 제가 막을 터이니 피하십시오."

"알고 있소."

비영은 답했지만 겨눔쇠에 눈을 고정한 채 총을 내려놓지도 움직이지도 않았다.

"마마."

"알고 있다고 했소."

내 머리 위로 두 마리가 벌건 입을 벌리고 덤벼들었다. 수경이 두 마리를 베었을 때 비영이 총을 쏘았다. 철망 한 귀퉁이가 터지며 무너졌고 야차 한 무더기가 아래로 떨어져 내렸다. 동시에 다리가 굉음을 내며 흔들렸다. 다리가 무너지기 시작했다. 다가오던 것들이 괴성을 지르며 사방으로 흩어졌다.

다리가 기울어지자 비영이 미끄러졌다. 수경은 급히 몸을 날려 칼과 난간을 같이 옆구리 사이에 끼고 비영의 손을 붙잡았다.

다리 한쪽은 무너졌지만 반대쪽에서는 여전히 야차 무리가 달려왔다. 잠깐 아래를 내려다보던 비영이 빈 총을 들어 수경을 겨누었다. 수경의 몸이 경직되는 것이 느껴졌다.

"나를 지키지 말라고 했소."

맑은 눈동자였다. 망설임도 두려움도 없었다. 수경은 야차들이 막제 다리를 잡기 직전까지 기다렸다. 수경이 비영의 손을 놓았다.

나는 소리 없이 비명을 질렀다.

수경은 옆구리에 끼워둔 칼을 높이 던져 손에 쥐었고, 그대로 반원을 그리며 아래에 있는 것 세 마리를 한 번에 둘로 갈랐다.

나는 저 멀리 떨어지는 비영을 보았다. 나풀거리는 모습이 검은 나비처럼 보였다. 기시감이 일었다. 내가 언제 저런 것을 보았더라. 어떻게 그런 것을 보고도 제정신으로 살 수 있었을까.

수경은 이어 머리 위를 공격하는 놈들을 베었고 그들이 채 둘로 나뉘기도 전에 난간 위로 훌쩍 올라섰다. 겨우 발 하나 올려놓을 좁은 길이었지만 평지처럼 내달렸다.

수경이 건너편에 다다르자 육중한 철문이 저 혼자 열렸다. 철문 안쪽에서 거대한 것이 느릿느릿 모습을 드러내었다.

생물과 기계의 중간쯤에 자리한 것이다. 덩치가 커서 문을 완전히 몸으로 막고 있다. 내가 '거인'이라고 부르는 것이다. 어떻게 보면 각종 보철물을 단 털북숭이 괴물 같고 어떻게 보면 털이 잔뜩 난 쓰레기 더미 같다. 목덜미의 연수를 뚫고 나온 관은 밖으로 드러나 팔꿈치를 지나 손목까지 이어졌고, 인공심장과 폐는 몸 안에 다 넣지 못해 가슴 밖으로 드러나 있었다. 한쪽 눈은 기계였고 한쪽은 생물의 눈이었는데 생물 쪽은 눈이 멀어 있다. 기계 눈만이 깜박일 때마다 붉게 빛난다.

'진짜 사람'들이 식량 대신 기름이나 전기 따위로 살 수 있는 생물을 실험하다가 만든 것이다. 온갖 기계를 몸 안에 쑤셔 넣다 보니 너무 커져서 놓을 데가 없어 내버렸다. 대부분 몸에 박힌 이물질이 부작용을 일으켜 죽는데 그중 살아남은 것이다.

거인은 수경과 내 머리 위로 손을 들었다. 내리칠 생각이었다.

수경은 멈춰 섰고 땅을 보았다. 손 대신 그림자를 보았고 발을 조금 움직여 손가락 사이에 섰다.

거인의 손이 바닥을 내려치자 수경은 그대로 손가락 위로 뛰어올라 칼로 기름관을 끊어내며 팔을 따라 달려 올라갔다. 관은 기름을 뿜으며 늘어졌다. 거인이 팔을 축 늘어트리자 수경은 그의 어깨 위에서 잠깐 균형을 잡았다.

심장.

내가 지시를 내리듯 생각했다.

내 생각과 함께 수경은 거인의 가슴 밖으로 튀어나온 인공심장 위로 뛰어내려 두 다리로 몸을 지탱한 뒤 칼을 깊이 박았다. 거인의 기계 눈이 무시무시하리만치 빨리 깜박였다. 연기가 피어올랐다. 거인은 당황하며 천천히 주저앉았다. 수경을 치려 다른 팔을 들어보기는 했지만 너무 놀라 판단력이 날아간 듯했다.

수경은 거인이 더 움직이지 않자 심장에서 칼을 뽑아냈다. 그 순간 나는 어디선가 투명한 손이 심장에서 튀어나와 칼날을 붙잡는 기분이 들었다. 칼이 부품에 걸려 부러졌다.

수경은 잠깐 칼을 내려다보았지만 오래 생각하지는 않았다. 어떤 운명처럼, 예정된 일인 것처럼 생각하는 듯했다. 그는 부러진 칼을 쥔 채 거인의 몸을 날듯이 타고 올랐다.

거인이 주저앉은 덕에 문 위쪽에 지나갈 만한 자리가 생겼다. 수경이 거인의 머리 위를 뛰어넘어 문을 통과하려는데 천장의 어둠에 숨어 있던 것이 작은 팔을 뻗었다. 밧줄에 다리를 매고 내려온 야차였다. 팔이 수경의 등에 업혀 있던 나를 덥석 잡았다. 수경이 놀라 칼을 휘둘렀다.

……부러지지 않았다면 닿았을 것이다.

내 몸이 위로 확 딸려 올라갔다. 수경이 따라 뛰어오르려 했지만 거인의 몸을 타고 쫓아온 야차들이 달려들어 그의 양 다리에 매달렸다.

나는 천장으로 끌려 올라갔다. 천장 위쪽은 기계실이었다. 과열되어 증기를 내뿜는 기계도 있었고 떡방아 같은 것을 돌리는 것도 있었다. 발전기가 양쪽으로 기찻길처럼 끝도 없이 이어져 있었다. 발전기 뒤로 붉은 눈의 야차들이 쥐 떼처럼 모여 있었다.

내가 누운 사이에 놈들이 나를 감쌌던 수경의 코트를 풀어 헤쳐 벗기고 몸을 더듬고 핥았다. 다리를 깨물었다가 코트 자락이 이빨에 끼는 바람에 성질난 얼굴로 뱉는 놈도 있었다.

한 놈이 끽끽거리며 멀리서 식칼 하나를 들고 왔다. 그들 중에서는 그나마 지능이 있는 놈인 듯했다. 놈은 내 팔에 매달린 놈들을 치우고 내 하나뿐인 팔을 다리 사이에 끼고 앉아 어깨에 칼날을 대었다.

상관없다. 팔 하나쯤 더 있으나 없으나 별 차이도 없으니까. 나는 야차를 물끄러미 보았다.

먹으려면 빨리 먹어치워야 할걸. 팔을 잃고 나면 나는 곧 죽을 테니까. 그럼 내 몸은 금방 썩을 거고 너희처럼 멍청한 놈들은 멋도 모르고 썩은 고기를 게걸스레 먹다가 토하고 설사하고 식중독에 걸리겠지.

야차가 막 내 어깨에 칼날을 넣으려는 찰나 놈의 몸이 부자연스럽게 기울어졌다. 기울어지는 중에 보니 머리에 잘라 낸 파이프 같은 것이 꽂혀 있었다. 놈은 자신이 죽는 줄도 모르고 쓰러졌다. 내 주위에 있던 놈들이 끽끽거리며 돌아보았다.

긴 복도 끝, 어두운 백열전구 아래 키가 큰 마른 남자가 서 있었다. 얼굴은 붕대로 감고 손에는 피로 물든 창을 들고 있었다. 입술은 반이 날아가 잇몸이 드러나 있었다.

"집행관이 인도한 건가⋯⋯."

재사가 투덜거리며 다가오자 몇 놈은 뒤로 물러났고 몇 놈은 내 앞을 막아서 정렬했다. 재사가 드러난 잇새로 푸우 하고 숨을 쉬었다.

숨을 쉬는 사이에 야차의 둘로 나뉜 머리 하나가 내 옆을 굴렀다. 드러난 뇌수가 음식물처럼 흘러나왔다.

잘려 나간 작은 팔 하나가 내 머리에 맞고 떨어졌다. 핏방울이 툭툭 이마에 떨어졌고 발전기에 튀었다. 끽끽거리며 한 놈이 나를 밟고 달아나려는데 날카로운 바람이 수직으로 꽂혔다. 파이프에 꽂힌 놈이 바닥에 널브러진 채 아직 꿈틀거리는 동안 재사가 다가와 툭 튀어나온 눈으로 나를 내려다보았다. 눈알이 죽 흘러내릴 것 같았다. 재사가 내게 질문하듯이 중얼거렸다.

"집행관이 널 나한테 넘겨주는 모양이로군."

느긋한 혼잣말이 이어졌다.

"나야 고맙지만."

한순간 나는 그가 나를 죽일 거라고 생각했다. 하지만 그는 그러는 대신 나를 인형처럼 어깨에 얹고는 유유히 걸어갔다.

—**만약에 내가,**

재사가 나를 끌고 간 방은 박물관이었다. 진짜 사람들이 역사를 기록하기 위해 만든 곳이다. 유리관 안에 옛 유물이며 골동품들이 연도와 설명이 붙은 채 장식되어 있었다. 도자기, 왕관, 칼, 옷. 그 끝에는 옛 궁궐을 재현한 듯한 공간이 있었다. 붉은 기둥 사이에 손으로 깎아 만든 듯한 나무 의자가 늘어서 있다. 층계 위로 붉은 옥좌가 있고 그 뒤로는 해와 달과 산과 소나무를 그린 병풍이 펼쳐져 있었다.

재사는 나를 옥좌에 앉히고는 관객을 막는 철끈으로 단단히 묶었다. 그러고는 의자 하나를 가져와 내 앞에 긴 다리를 꼬아 앉았다. 나는 호의도 적의도 없이 그를 바라보았다.

나는 죽음이 그를 반쯤 덮고 있음을 알았다. 이 세계에서든, 아니면 그들이 말하는 본질적인 세계에서든.

"결국 누군가는 죽어야 하겠지."

그가 몸을 의자에 파묻은 채 중얼거렸다.

"그게 각본이든 아니든."

얼마나 지났을까. 문이 열리고 수경이 부러진 칼을 쥐고 허덕이며 들어왔다. 옷은 찢겨나갔고 전신이 물리고 뜯긴 상처였다. 그는 잠깐 숨을 몰아쉰 뒤 재사에게는 눈도 두지 않은 채로 내게 다가왔다.

수경이 나를 묶은 철끈을 칼로 끊어내려 하자 재사가 말없이 일어나 다가왔고 창으로 수경의 등을 내리쳤다.

수경은 무릎을 꿇었다. 돌아보거나 화를 내지 않았다. 말없이 다시 일어나 철끈에 집중했다. 창이 다시 날아왔고 그는 다시 맞았다. 수경은 칼을 놓쳤고 무릎을 꿇은 채 한동안 꼼짝도 하지 못했다.

"이 세계는 지금까지 연 세계를 다 연상시키는 형태인 모양이야."

재사가 창으로 바닥을 탕탕 치며 말했다.

"세계의 모습만으로는 누가 집행관인지 못 알아내겠어."

"……압니다."

수경이 꿇어앉은 채 말했다.

"그러면 왜 그런 쓸데없는 소리를 했지?"

"집행관이 세계를 조형하는데 신경을 쓰게 만들고 싶었으니까요."

"그게 무슨 소용이 있는데?"

"모든 세계에서 대군이 하셨던 일은 단지 '사는 것'뿐이었습니다."

"……."

"그러면 그걸 돕는 것만이 답이겠지요."

"아직도 네 주인이 뭘 할 수 있다고 믿는 건가? 저런 꼴로?"

재사가 창을 높이 들었다. 창은 수경이 아니라 나를 향했다. 수경은 비틀거리며 옥좌의 팔걸이에 팔을 버티고 나를 막아섰다. 수경과 나의 눈이 마주쳤다. 땀이 내 머리 위로 떨어졌다. 그는 답을 요구하는 사람처럼 나를 바라보았다. 나도 마찬가지로 답을 구하고 있었다.

"저를 괴롭힐 생각이라면 저를 직접 치십시오."

"난 너를 괴롭힐 생각이 없어."

재사가 말했다.

"죽일 생각이지."

수경은 한 번 눈을 감았지만 움직이지 않았고 돌아서지도 않았다. 여전히 답을 바라는 눈으로 나를 내려다볼 뿐이었다.

"한 명씩 죽이는 것으로는 알아낼 수 없다고 말씀드렸습니다."

"난 한 명씩 죽일 생각이 없어."

재사가 답했다.

"널 죽일 생각이니까."

수경은 그제야 돌아섰다. 하지만 버틸 수 없었는지 그대로 주저앉았다. 다시 억지로 일어나 서서 옥좌에 몸을 기대고 간신히 자세를 잡았다.

"이유를 말씀해 주십시오."

"난 너를 몰라."

"무슨 뜻인지 모르겠습니다."

"다시 말하겠다. 난 네놈이 누군지 모르겠어."

"이 모습은 제 진짜 모습이 아닙니다."

"모습의 문제가 아니야. 나는 솔직히 말해 네가 현실에 실재하는 사람인지도 모르겠어."

"......"

"왕비는 내 집행만 집행관의 의도대로 흘러갔다고 의심했지. 하지만 반대로 집행을 아예 하지도 않은 사람은 너뿐이야."

재사는 의자를 짚고 버티는 수경의 왼손을 창대로 툭툭 눌렀다. 새끼손가락이 없는 손. 그 손을 보자 나는 다시 무엇인가가 빠진 느낌을 받았다.

"이 손을 볼 때마다 기분이 이상했어. 흑영이나 왕비도 이 손과 반지를 볼 때마다 위화감을 느끼는 것 같았는데 말이야. 왜 이번에는 반지를 끼지 않았지? 그 반지도 네 자아의 일부라고 생각했는데."

"재사께서 저를 알지 못하는 것은 제 책임이 아니고, 손가락이 없는 것도 제 책임이 아니며, 반지를 끼든 끼지 않든 제 자유입니다."

"그래."

재사의 눈빛이 변했다. 수경은 황급히 돌아서서 나를 감쌌다.

피비린내가 났다. 내 얼굴에 피가 튀었고 나는 삐죽이 수경의 가슴을 비집고 나온 창끝을 말없이 바라보았다. 재사는 창을 뽑아내었다. 뽑아낼 때 다시 찢는 소리가 났다.

"이것도 내 자유고."

수경은 큰 소리를 내며 넘어졌다. 넘어지는 와중에도 내가 다치지 않게 피해서 쓰러졌다.

수경은 숨을 토했고 이어서 피를 토했다. 어찌할 수 없는 자연재해 속에 떨어진 사람처럼 침묵했다. 그러고도 일어나려 했지만 결국 주저앉았다. 아픈 것보다도 나를 감싸기 위해 일어날 수 없다는 생각만이 그의 정신을 괴롭히는 것 같았다.

수경은 숨을 몰아쉬며 반쯤 열린 저승의 문이라도 들여다보는 것처럼 재사를 바라보았다.

"왜 바로 죽이지 않는 겁니까."

"무슨 일이 일어나는지 보고 싶어서."

"……."

"내 머리 위로 천장이 무너질까, 아니면 벽이 폭발해서 내 몸을 날려버릴지. 괴물이라도 나타나서 날 저승으로 끌고 갈지."

"제가 귀신이라고 생각하십니까."

"응."

수경은 고통이 밀려오는지 눈을 감았다 떴다.

"제가 귀신이라면 대군의 편이 될 이유가 없습니다. 저는 그의 편이라고 선언하여 모두의 신뢰를 잃었고, 모두를 설득할 기회도, 집행에 관여할 기회도 잃었습니다."

"결과적으로 지금 왕비가 신뢰하는 사람은 너뿐이야."

"예측한 결과가 아니었습니다."

"예측했어."

재사가 말했다.

"왕비가 너는 왕위 계승 순위에 없으니 혐의에서 벗어난다고 했지만, 생각해 보니 딱히 그럴 필요도 없더라고. 누가 됐든 왕비를 꼬셔 결혼하기만 하면 되잖아? 딱 왕비 취향의 모습으로 나타나서 말이지."

수경의 거친 숨소리 사이로 희미하게 웃음소리가 들렸다. 순간 기시감이 몰아쳐왔다. 익숙한 무엇인가가 떠올랐다가 가라앉았다.

"제가 귀신이라면 절대로 귀공 같은 사람은 집행장 안에 넣지 않겠습니다."

비켜.

나는 수경을 보며 생각했다.

"싫습니다."

수경은 다소 반항적으로 답했고, 순간 흠칫 놀라 재사를 바라보았다. 재사의 입가에 험악한 미소가 떠올랐다.

"지금 누구와 대화하는 거야?"

"……"

"전부터 이상했는데 말이야."

재사가 갈라진 입술 사이로 웃었다.

"너, 어떻게 죄인의 마음의 소리를 듣는 거지?"

그때 공기가 바뀌었다. 재사의 표정이 변했다. 수경의 얼굴에서 뭔가를 보았을 것이다. 내가 수경과 둘이 있을 때 본 것을. 수경이 미소를 머금고 재사를 지그시 보았다.

"말하지 않겠다면?"

목소리가 달랐다. 지배하는 자의 음성. 한 번도 남의 밑에 있어 본 적이 없었던 사람의 말투.

"죽여야겠지."

"논리가 맞지 않는군요. 절 집행관이라고 확신한다면 저를 죽일 수 없다는 것도 확신하신다는 뜻입니다. 그런데 어떻게 죽이실 생각이십니까?"

"만약 지금 무슨 사고든 일어나 내가 죽는다면 내 생각이 맞은 셈이겠지. 틀렸다면 네가 죽는 꼴을 볼 수 있고. 어느 쪽이든 나로서는 마음에 들어."

재사는 수경의 허리에서 부러진 칼을 빼앗아 들어 수경의 이마에 대었다. 수경은 잠시 말없이 재사를 바라보았다.

"제가 죽으면 대군을 부탁합니다."

"부탁할 대상이 틀린 것 같은데."

"비 마마께서는 동의하지 않으시겠지만, 우리 중 단 한 사람만 믿어야 한다면 귀공을 믿어야 합니다."

"네가 나를 의심하지 않는 이유는 누가 귀신인 줄 알기 때문이야. ……바로 너지."

"그렇지 않습니다."

수경이 고개를 들고 감정이 깃들지 않은 목소리로 말했다.

"공께서 생명유지 장치에 묶여 있는 식물인간이라서입니다."

재사가 입을 다물었다.

"현실 세계의 공께서는 아무것도 할 수 없는 인간입니다. 왕이 되어 나라를 다스리는 것도 불가능하며 누구에게든 쓸모 있는 인물이 아니니 귀신이 몸으로 선택했을 리 없습니다. 귀공은 귀신의 간택을 받았을 리 없으며 손을 잡을 가치 또한 없습니다. 제가 공을 신뢰하는 까닭은 공께서 늙은 병자이며, 죽은 것이나 다름없는 사람이라서입니다."

눈을 부릅뜨고 내려다보던 재사의 입에 미소가 번졌다.

"언변."

그가 만족스럽게 중얼거렸다.

"그것도 증명이겠지."

두 사람이 서로에게 정신이 팔린 사이에 문 뒤에서 슬금슬금 다가오는 사람이 있었다. 소암이었다. 어제보다 더 정신이 나가 있었다. 손에 전원이 켜진 전자식 폭탄이 들려 있었다. 그가 정신이 나간 눈으로 나를 보았다.

소암이 달리기 시작한 순간 수경이 퍼뜩 놀라 고개를 들었고 재사가 그 바람에 뒤를 돌아보았다. 소암이 내게 폭탄을 던지려 팔을 높이 들었다. 재사가 칼을 던져 막으려 했지만 이미 그 자리에서 터진다 해도 너무 가까웠다.

재사는 이를 악물고 나는 듯 소암에게 달려들었다. 한달음에 소암과의 거리를 좁혔고 소암이 폭탄을 던지기 직전에 그 손을 으스러트리도록 쥐었다. 그는 그대로 소암의 허리를 껴안은 채 다시 멀리 도약했다.

소암은 폭탄의 위력을 잘 알지 못했던 것 같았다. 사람의 잔해는 없다시피 했다.

불이 꺼진 뒤 벽이 흔들거렸고 흙이 쏟아져 내렸다. 벽에 나무처럼 균열이 자라나고 가지를 펴더니 모래처럼 무너졌다. 부서진 틈새로 바깥의 비가 들이쳤다. 번개가 쳐 건물 안을 밝혔다.

나는 문설주에 서 있는 사람을 보았다. 크게 뜬 눈동자가 어둠 속에서 하얗게 빛났다.

그 사람이 조용히 다가왔다. 수경은 가슴의 상처를 붙잡은 채 비틀거리며 일어났다. 들어온 사람이 재사가 내던진 수경의 칼을 집어 들었다.

비영은 흠뻑 젖어 있었지만 다친 곳은 없어 보였다. 다리 아래에 물이라도 흐르고 있었을까, 아니면 집행관의 보우하심일까.

"소암 공과 재사 공이 죽었습니다."

수경이 상처를 부여잡은 채 말했다.

"보았소."

비영은 감정이 깃들지 않은 목소리로 말했다.

"……무진왕께서 남아 계십니다. 찾아야……."

"무진왕은 죽었소. 오는 길에 죽어 있는 것을 보았소."

"……"

"왠지 그대가 알면서도 숨겼다는 기분이 드는군."

긴 침묵이 이어졌다. 수경이 입을 열었다.

"무슨 생각을 하시는지 압니다만."

"내가 무슨 생각을 하는지 안다고?"

비영의 목소리에 눈물이 섞여 있었다.

"내가 무슨 생각을 하는지 진정 아는가?"

"저를 죽이시면 안 됩니다."

"어째서?"

"남은 사람이 없습니다. 저를 죽이시면 마마가 의심받습니다. 차라리 저를 남겨 두셔야 합니다."

"재미있는 발언이오."

"저를 죽이려 하신다면 저항하겠습니다."

수경이 말했다.

"이 거리에서는 제 힘으로도 충분히 마마를 제압할 수 있습니다. 필요하다면 마마를 제 손으로 죽이고 제가 남겠습니다. 그러면 최소한 제가 혐의를 받을 것입니다."

비영의 입가에 희미한 미소가 떠올랐다. 심해 밑바닥에 가라앉던 사람이, 바닥에 발이 닿는 것을 반동으로 살짝 몸을 띄우며 짓는 듯한, 말 그대로 한 점의 희망도 없는 미소였다.

"어떻게 대군을 알아보았소?"

수경은 입을 다물었다.

"나조차도, 그리고 아무도 한 번에 알아보지 못했는데, 어떻게 그렇게 간단히 그 아이가 대군이라고 확신했소?"

번개가 내리쳤다.

이어 어둠이 내리쳤다.

정말로 이 세계에는 집행관 같은 것이 있을지도 모르겠다고 생각했다.

운명의 주사위를 갖고 노는 존재가.

비영은 넋이 나간 채 서 있었다. 한 걸음 내딛더니 다시 힘이 풀려 주저앉았다. 비영은 다가와 수경의 손목을 쥐었고 목을 짚고 이마를 만졌다. 수경은 일어나지 못했다.

정말로 쏠 생각은 아니었을 것이다. 총 계기판에는 남은 잔량이 없었다. 하지만 표시와는 달리 여분 전력이 남아 있었던 것 같다.

비영은 주위를 둘러보았고 제 손을 내려다보았다. 우는 것 같았는데 빗소리 때문에 들리는 것이 없었다.

—내가 나라면.

누군가가 내 안에서 속삭였다.

바깥은 비가 몰아쳐 한 치 앞도 보이지 않았다. 파도가 굉음을 일으키며 해안가에 와 부서졌다. 천둥이 쳤고 하늘과 섞인 검은 지평선 너머에서 번개가 바다를 내리쬤었다.

우리가 빠져나온 건물이 안개 속에 잠겨 있었다. 나는 그때 처음으로 내가 살던 건물 전체를 한눈에 볼 수 있었다. 웅장한 구조물이었다. 수레바퀴처럼 보였고 축을 중심으로 여러 개의 구획으로 나뉘어 있었다. 전체가 식물로 뒤덮여 마치 거대한 숲처럼 보였다.

비영은 수경의 부러진 칼을 한 손에 꼭 쥔 채 나를 껴안고 빗속을 걸었다. 바깥은 어디를 보나 폐허였고 바위 들판이었다. 바위 사이에 불에 탄 갈색 풀이 드문드문 남아 있었다.

멀리 절벽 가까이에 돌로 지은 작은 창고가 있었다. 이 세상에 전혀 어울리지 않는 집이라 그 공간만 다른 사람이 만든 것처럼 보였다. 꼭 돌을 쌓아 만든 작은 탑처럼 보였다. 천장이 높고 높은 곳에 철창이 있는 작은 창만 하나 있었다. 문은 떨어져 나갔고 떨어진 문이 문설주에 기대어 있었다.

안에 들어서자 빗소리가 아련한 음악처럼 천장을 두드렸다. 바닥에는 눅눅한 짚단이 깔려 있었고 구석에는 나무궤짝이 쌓여 있었다. 큰 궤짝과 작은 궤짝이 탁자와 의자 형태로 한곳에 단정히 놓인 것을 보니 사람이 살았던 모양이었다. 서까래에는 농기구가 잔뜩 매달려 있었고 낡은 여물통이 놓여 있었다.

비영은 집에 들어서자마자 정신을 잃었고 오랫동안 깨어나지 않았다.

잠에서 깨었을 때 나는 거적에 덮인 채 짚단 위에 누워 있었다. 비영은 구석에 웅크리고 있었다. 체력적으로도 정신적으로도 그녀가 한계에 이르렀다는 것을 알 수 있었다.

"이제야 귀신이 짠 각본의 결말을 알 것 같습니다."

비영이 떨리는 목소리로 입을 열었다.

"이제 밖으로 나가면 모두가 나를 의심할 것입니다. 제가 왕이 되면 더욱 의심을 받겠지요. 모두가 내가 왕이 되기 위해 남편과 시동생을 죽였다 손가락질하며 수군거리겠지요. 진실을 말해도 믿지 않을 것이고, 증명할 수도 없고, 증명한다 해도 믿지 않겠지요."

비영은 얼굴을 감쌌다. 그녀가 우니 마음이 아팠다. 짧은 생이나마 그렇게 많은 사람이 죽는 것을 보았고 그렇게 많은 사람이 우는 것을 보았건만.

"이를 피할 방법은 하나뿐입니다."

나는 비영이 수경의 칼을 쥐고 일어나는 것을 보았다. 눈물이 가득한 얼굴로 내게 걸어왔고 내 앞에서 풀썩 무너졌다. 엎드린 채 다시 눈물을 흘렸다.

"이 모두가 없었던 일이 되는 것입니다."

나는 꼿꼿이 앉아 저승의 작은 왕처럼 그녀를 내려다보았다.

"이것은 그저 집행이었고, 각본이었습니다. 우리가 꾼 악몽이었습니다. 우리는 자신이 만든 집행에 스스로 홀렸습니다. 이 안에서 일어난 일은 전부 거짓이며, 무엇하나 기억할 가치가 없습니다. 내가 나가서 그리 말할 것입니다. 그리 믿게 할 것입니다. 할 수 있습니다. 그래야 내가 살 수 있으니까요."

비영은 칼을 단단히 쥐고 까치집처럼 엉클어진 내 머리카락을 들추고 목을 쥐었다.

"용서하십시오, 대군. 하지만 나는 이렇게 끝날 수 없습니다. 대군은 어차피 죽을 운명이 아닙니까. 그대는 이미 졌고 아무것도 할 수 없습니다. 그러니 최소한 저를 살려 주십시오."

나는 아무 말도 하지 않았다. 어차피 말할 수 없었으니까.

"그대가 죽지 않으면 세상은 끝나지 않습니다. 저는 더 견딜 수 없습니다. 밖으로 나가야 하겠습니다."

'밖'은 없어.

나는 생각했다.

나를 죽여도 세상은 끝나지 않아.

당신은 그저 그런 희망으로 살고 있을 뿐이야.

그래, 그런 어리석은 희망이라도 없는 것보다는 낫겠지. 하지만 내가 죽으면 당신은 이제 무슨 희망으로 살까. 내가 죽어도 이 악몽이 끝나지 않고, 이 세계에서 죽을 때까지 살아야 한다는 것을 알게 된다면.

당신 혼자서.

하늘이 진동했다. 높이 난 창문에서 날카로운 빛이 우르릉거리며 떨어졌다. 칼을 치켜든 그녀의 그림자가 귀신처럼 창고 벽에 들어찼다. 나는 온 힘을 다해 내 목을 붙잡은 그녀의 손가락을 물었다. 비영이 소리치며 물러났고 나는 짚단을 굴러 내려갔다.

나는 한 팔로 몸을 지탱하고 몸을 세웠다. 손으로 땅을 짚으며 밑동만 남은 다리와 엉덩이로 기어 달아났다.

빛이 다시 창고 안에 가득 찼다. 칼 그림자가 내 몸 위로 떨어졌다. 믿을 수 없는 눈으로 나를 보던 비영이 어처구니없는 듯이 웃었다.

"세상에, 정말로 죽기 싫은가 보구나."

나는 비영을 향해 돌아앉아 엉덩이로 물러났고 애벌레처럼 기었다.

7인의 집행관

기를 써 보았자 그녀는 천천히 걷는 것만으로 다시 내 앞에 도달했다.

그래, 어쩌면 내가 가장 먼저 죽었어야 했을지도 모른다. 그랬다면 당신들이 서로 죽고 죽이지도 않았겠지. 이곳이 현실이라는 것을 알았더라면 그렇게 쉽게들 목숨을 버리지 않았겠지.

하지만.

내가 지금 죽는 것은 아무 의미도 없어. 지금 죽어 보았자 당신에게 아무 도움도 안 돼. 아무 의미도 없는 죽음 따위 하지 않겠어.

나는 물러나 문에 기대었다. 간신히 문설주에 기대 놓았을 뿐인 문은 나처럼 가벼운 몸이 부딪혔는데도 우직거리며 무너졌다. 무너진 문이 내 머리를 치며 내려앉았다. 비영은 우스워 죽겠다는 얼굴로 천천히 다가왔다.

"저항할 힘도 없으면서, 산송장 주제에, 네까짓 게 살고 싶으면 살 수 있을 것 같으니. 내가 네 목숨 하나 못 빼앗을 것 같아?"

군중이 합창하듯 빗줄기가 흥겹게 쏟아졌다. 기차게 맞아 들어가는 운명을 기뻐하는 것처럼. 저 멀리 마른 나무들이 누가 밑동을 붙잡고 흔들기라도 하는 것처럼 격하게 춤사위를 추었다.

나는 세 발로 기었다. 네 걸음에 한 번은 넘어졌고 돌부리에 몸을 찍었다. 비영은 문짝을 치우고 조용히 쫓아왔다. 그녀의 등 뒤로 검은 깃발을 든 귀신 무리가 뒤를 따라 행진하는 것 같았다. 바위 위로 지붕 위로 땅 위로, 내 몸 위로 두드려대는 빗소리가 풍악처럼 들렸다.

해안가에 이르니 검은 파도가 바위를 치며 부서졌다. 거품을 일으키며 내려가고 다시 몰아쳤다. 파도가 내 몸을 쳤고 다시 온몸을 쓸고 내려갔다. 도망칠 곳이 없었다.

비영의 칼이 작은 폭포처럼 눈물을 흘렸다.

"걱정하지 마라. 고통 없이 한 번에 죽여 줄 테니."

비영이 양손으로 칼을 잡고 내 머리 위로 들었다.

나는 젖은 흙을 움켜쥐고 그녀의 눈에 집어 던졌다. 비영이 놀라 고개를 돌리자, 나는 온몸으로 달려들어 그녀를 온 힘을 다해 밀었다. 비영은 중심을 잃고 뒤로 넘어졌다.

나는 칼에 손을 뻗었지만 비영이 조금 더 빨랐다. 그녀가 칼을 잡아채 내 손을 찍으려 했다.

묘한 감각이 전신을 훑었다. 내가 아닌 다른 사람이 내 팔을 움직이는 듯했다. 나는 내 신경을 느꼈고 근육과 피부와 손가락 하나하나를 느꼈다. 그들이 일사분란하게 움직이는 작은 군대처럼 느껴졌다. 비영의 움직임이 느리게 느껴졌다. 그녀의 칼이 내려오는 동안 온갖 생각을 할 수 있었다. 나는 칼을 피하며 느리게 내려오는 비영의 엄지손가락을 붙잡아 비틀었다.

칼이 바위 위로 툭 떨어졌다. 칼은 한 번 더 부러졌고 내 손에 딱 맞는 크기가 되었다. 나는 번개처럼 칼을 쥐었고 쥔 손으로 땅을 짚고 뛰어 비영의 몸 위에 올라탔다. 그대로 목에 칼을 대었다. 믿을 수 없는 일이었지만 목을 찌르지도 떨어지지도 않은 정확한 지점에서 멈출 수 있었다.

비영은 누운 채 숨을 헐떡이며 나를 바라보았다.

내 몸의 신경을 타고 전류가 칼끝에서부터 정수리까지 타고 올라갔다. 예리한 날을 내 것인 양 느꼈다. 날에 쏟아지는 빗방울을 느낄 수 있었다. 칼끝에서 비영이 숨을 쉬었다. 비영의 심장이 뛰었고 맥이 뛰었다. 날에 닿은 그녀의 부드러운 살갗을 느꼈다.

그때 힘이 풀렸다.

그리고 슬픔이 몰아쳤다.

나는 칼을 든 채로 비영의 가슴에 얼굴을 묻었다. 주체할 수 없이 눈물이 쏟아졌다. 우는 것이 내가 아니라 내 안에 있는 사람임을, 내 안의 누군가가 비로소 패배를 깨닫고 울고 있음을 알 수 있었다.

하지만 울고 나자 기분이 좋았다. 패배한 자에게도 선물은 있다. 더 이상 싸우지 않아도 된다는 선물. 미련 없이 생을 놓아도 된다는 선물.

나는 내 짧은 생애를 통틀어 다시없이 좋은 기분으로 웃었다. 나는 비영을 마주 보았다. 말을 해 본 적은 없지만 전달할 수 있다는 것은 안다. 그녀는 내 입술을 읽을 수 있을 것이다.

'당신이 원하는 대로 해.'

내가 소리 없이 말했다.

'살아 줘. 당신만이라도.'

나는 그녀의 손에 칼을 쥐어 주었고 그대로 들었다. 그리고 그 칼끝을 내 목에 대었다. 즐거운 기분으로.

칼이 나동그라져 있었다.

다친 줄은 알았지만 생각보다 덜 다친 줄도 알 수 있었다. 칼이 그녀의 몸을 찌른 것도 알았다. 의도한 일이 아니었기에 조금 당황했다.

그녀가 얼마나 다쳤는지 확인하고 싶었는데 그녀가 나를 껴안고 놓아 주지 않았다.

사람의 살냄새, 숨소리, 심장 소리, 몰아치는 빗줄기와 파도 소리.

"흑영."

목소리가 빗소리를 뚫고 울려 퍼졌다. 내게 하는 말 같기도 했고 그녀가 '나'라고 생각하는 누군가에게 하는 말인 것 같기도 했다. 그녀는 어린애인 나를 불렀고 어른인 나를 불렀다. 나를 끌어안은 팔을 풀고 내 뺨을 두 손으로 잡고 속삭였다.

"이것 봐. 당신이야."

세상이 더 거칠게 흔들렸다. 파도가 거품을 일으키며 몰아쳐 와 우리를 치고 지나갔다가 다시 휘감아 쓸어갔다. 나뭇잎이 쏟아지고 나무가 부러져 넘어졌고 돌이 구르고 바람이 몰아쳤다.

"모든 세계에서 당신은 당신이었어. 어떤 기억과 인생을 부여받은 당신은 한 번도 다른 사람이었던 적이 없어. 어떤 모습으로든 당신이었어. 무엇을 빼앗기든 당신이었어."

파도는 더욱 거칠어졌지만 오히려 잦아드는 것 같았다. 바람이 더 세게 불었지만 오히려 잠잠했다.

"자신을 기억해내. 그래서 세상이 다시 시작되게 만들어. 세상이 무한히 반복되어도 상관없어. 우리가 영원히 이 안에서 살아도 상관없어. 이 안에서 우리가 무한의 윤회를 반복해도 상관없어. 당신이 사는 것으로 그 자식을 영원히 이 안에 가둬 버려."

비영은 신처럼 보였다. 그 말이 현실이 되는 신. 이보다 더 본질적인

세계에서, 보다 근원적인 세계에서 신으로서의 그녀를 만났던 것만
같았다.

"살아."

그녀가 눈을 똑바로 뜬 채 말했다.

"계속 살아서 그 자식이 영원히 밖으로 나가지 못하게 만들어."

비영은 더 말하지 못하고 나를 끌어안은 채 쓰러졌다. 그리고 일어
나지 못했다.

바람이 멎었다.

세계 전체가 정지했다. 행성이 자전을 멈추고 계界가 공전을 멈추고
우주가 팽창을 멈추고, 시간이 흐르기를 멈췄다. 나무들이 그림처럼
정지하고 고개를 숙였던 풀잎이 위에서 잡아당기듯이 일어섰다. 파도
소리가 멎었다. 바다조차 호수처럼 잠잠해졌다.

그때 기억이 돌아왔다.

아, 이런.

이런 민망할 데가. 이제야 기억이 돌아왔네.

나는 혼자 웃었다.

멍청한 것들.

나는 여기 있다.

나, 너희들이 귀신이라고 부르는 자. 진정한 신이자 단 하나뿐인 신,
너희들의 단 하나의 왕이자 유일한 왕. 나, 진신.

여기, 너희들이 그렇게 애지중지 지키던 흑영의 몸에.

너희들의 멍청한 머리로는 이런 방법은 상상도 못했겠지. 여전히 너희들은 바깥 세계의 규칙에 맞춰서밖에 생각하지 못하니까. 실체, 물질, 그런 것들은 이곳에서 애초에 존재하지도 않는다. 세계의 규칙을 운용할 줄도 모르는 것들.

아니, 처음부터 생각했어야지. 조금이라도 머리를 썼다면. 흑영은 처음부터 제 몸을 내게 주려 했다. 비록 제 알량한 목적이 있어서 하는 짓이었지만, 그래도 하는 짓이 꽤 재미있었단 말이지. 그래, 이곳의 모든 세계에서 운명에 저항해 싸운 자야. 네 말대로 네 몸은 이 위대한 신의 그릇이 될 자격이 있다.

흑영, 내 아들, 내가 깃든 몸에서 나온 것. 교활하고 뻔뻔한 면이 참으로 나를 닮은 것.

그것이 우리의 내기였으니, 결말이 나기 전에 미리 내가 그 몸을 차지했을 수도 있으리라는 생각은 했었어야지.

이 세계에서 흑영의 머릿속을 채운 기억, 이 세계에 대한 기억. 그것이 다 누구의 것이었겠느냐고.

내 기억이다. 이곳은 내 기억이 만든 세계다. 내가 처음 태어난 곳, 내가 아직 단백질 인형이었던 무렵. 아득한 옛날, 모든 것이 멸망해가던 무렵.

흑영의 몸에 들어오기 전에, 나는 집행관 중 하나였다.

이번 집행이 시작되자 나는 수면기에서 깨어났다. 다른 참관인들처럼. 내 수면기 옆에는 칼이 놓여 있었다. 물론 내가 마련해 놓은 것이었다. 나는 칼을 보자마자 목에 스스로 칼을 박았다. 지나가던 자동인형들이 끼익거리며 들어와 내 시체를 살폈다. 그들 또한 내가 마련해 둔 것이었다. 그들은 내 각본대로 시체를 기계에 넣었다.

자동인형 하나가 사물함을 뒤져 아직 살아 있는 단백질 인형을 하나 꺼냈다. 눈도 하나 없고 팔도 하나, 다리는 두 개 다 없는 것이었다. 그것은 이 세계의 '흑영', 죄수의 몸, 내 '새로운' 몸이었다. 내가 예고한 대로, 흑영은 텅 비어 있었다. 지능도 무엇도 아무것도 없었다. 보고 듣거나 제 의지로 움직일 수도 없는 인형에 불과했다. 자동인형들은 우리의 몸을 연결했고, 예정된 대로 '나'를 흑영의 몸에 넣었다.

나는 텅 빈 그 몸에 쉽사리 안착했다. 단지 넣는 순간 충격이 와서 기억이 조금 날아간 것이 문제였다.

내가 흑영의 몸에서 눈을 떴을 때 자동인형들이 내려다보고 있었다. "주인님". 자동인형이 내게 말을 걸었다. 나는 멍청한 기분으로 상대를 바라보았다. "주인님?" "알아보지 못해." "곤란하군." 내 뇌파를 읽은 자동인형이 중얼거렸다. "잘 안됐어. 어릴 때의 기억만 들어갔어. 다른 기억은 모두 날아갔어." "몸 때문이야. 자신이 어린애인 줄 알아." "버리자." "그건 버려. 다시 해." "시간이 없어. 원래 몸이 부패하기 시작하면."

말하던 자동인형의 머리가 뒤통수에서부터 꿰뚫려 나갔다. 뒤돌아본 놈은 앞에서부터 꿰뚫렸고 채 돌아보지 못한 놈은 옆에서 꿰뚫렸다.

두리번거리며 들어온 자는 재사였다. 재사는 '내' 쪽은 보지도 않고 제 목에 칼을 꽂은 시체를 살폈다.

무진.

그건 내가 이미 떠나온 몸이었다. 재사는 여전히 이 어린애의 몸에는 관심을 두지 않고 옷장을 뒤져 회색코트를 찾아내 입더니 그곳을 떠났다.

나는 그대로 한참을 기계 속에 누워 있었다. 자동인형 둘이 폐기된 단백질 인형을 수레에 가득 넣고 끌고 가다가 나를 발견하고 수레에 넣었다. 나는 조금 꿈틀거렸다.

"살아 있군." "아직 쓸 만하겠어." "버려, 쓸 만한 건 다 썼어." "또 모르지. 안 죽었으니 보관해봐." 그들은 나를 사물함에 넣고, 이마에 수면칩을 박아 넣고 문을 닫아걸었다. 나는 거기서 다시 깨어났다. 거기서 내가 죽음을 기다리는데 한 여자가 문을 열었다. 비영이었다.

이제야 기억이 다 돌아왔다. (아니야.)

다들 무진은 죽었다고만 생각했다. 집행관이 죽으면 세계가 닫히니, 이미 죽은 무진은 집행관일 리가 없다고 생각하고 제외해 버렸다. 그리고 내 계획대로 서로 귀신이라고 의심하다가 죽고 말았다. 어리석은 놈들. 천하고 하잘것없는 것들. 이 세계는 사람의 인격을 꺼내 옮길 수 있는 곳이다. (이건 내가 아니야.)

첫 집행은 양명과 무진이 같이 열었다. 참, 무진은 이 세계에서 한 번도 깨어난 적이 없지. 그래, 양명과 나, 진신이 같이 열었다. 처음 집행장이 열리자마자 나는 양명의 몸에서 빠져나와 실체가 되었다.

모자를 푹 눌러쓰고 얼굴이 보이지 않는 안경을 쓰고 스카프로 얼굴을 칭칭 감고, 두꺼운 코트를 걸치고 구부정하게 몸을 굽히고 의자에 푹 파묻혀 거의 일어나지 않았다.

무진의 흉내를 오래 낼 필요는 없었다. 나는 첫 세계에서 죽었고, 죽어서 충격을 받았다는 핑계로 다시는 집행에 관여하지 않았으니까. 모두가 제 집행에만 몰두하느라 내게 신경을 쓰지 않았다. 그 이후로 나, 진신은 '조정자'라는 이름으로 집행장을 돌아다녔다. 내 새 몸을 탐색하며. 진실한 새 왕을 받아들일 그릇을 찾아서.

하지만 설마 이렇게 흑영을 택하게 될 줄은 몰랐다. 헛웃음이 나는 결말이로군. 아무리 울고불며 제 몸을 내놓으며 매달렸다지만. 그래도 그놈이 천만분의 일이라도 내 기대에 어긋났다면 결코 이 몸을 택하지는 않았겠지. 하지만 결국 이렇게 되었다.

아무렴, 너는 내 그릇이 될 만하다. 자격이 있었다.

이제 내 인격이 깨어났으니, 흑영은 존재하지 않는다. 흑영의 인격이 이 몸에서 완전히 소멸하면, 시스템은 죄인이 죽었다고 판단하고 집행을 중단한다. 그때 나는 흑영의 몸으로 밖에서 깨어난다. **(아냐)**

나는 즐거운 기분으로 주변을 둘러보았다. 이곳, 내 최초의 기억을 토대로 만들어낸 세계. 아득한 옛날, 나는 여기서 혼자 살아남았고, 시스템에 내 인격을 전자인격으로 바꾸어 입력하는 것으로 살아남아 세상을 다시 만들었다. 세상이 오염에서 회복된 뒤, 새로운 생물이 번식하고, 인간들이 왕위 다툼을 벌이는 꼴을 내내 지켜보았다. 부도국도 그 과정에서 생겨났다. **(이건 내가 아니야.)**

그 지루한 역사를 지켜보던 나는 문득 이 집행장을 통해 몸을 얻을 수 있다는 것을 깨달았다, 집행장이 참관인과 죄인에게 기억을 입력하는 시스템을 이용하여, 왕의 몸을 차지하기로 했다. 왜냐하면, 내가 진정한 너희들의 왕이니. 내가 너희들의 창조자니. 감히 너희 따위가 다스릴 세상이 아니니.

자, 모두 예정대로다. 나는 새 몸을 얻었다. 흑영, 내기에서 이기려 애쓰느라 수고했다. 고맙게 너를 받겠다. 소원대로 나로서 살게 해주겠다.

그렇지 않아.

마음 어딘가에서 소리가 들려왔다. 나는 조금 어리둥절해져 주위를 둘러보았다. 바람소리가 스산했다. 이상한 기분이었다.

흠, 흑영의 인격이 아직 잔재가 남아 있군. 그래서 아직 세계가 끝나지 않는 건가. 하지만 오래 걸리지는 않을 것이다.

흑영, 내게서 나온 것, 내 아들. 내가 양명의 안에 들어 있을 때 낳은 내 진짜 자식. 나와 닮은 것. 너야말로 진정으로 내게 어울리는 몸이니.

내가 나라면.

머릿속을 뒤흔드는 생각이었다. 나는 조금 당황했고 진정했다.

쓸데없는 생각은 그만두자. 싸움은 끝났다. 이제 흑영을 의심하는 사람은 없다. 나를 드러내려는 노력이 '제 몸'의 혐의를 벗겼지. 멍청하기는. 비영이 귀신으로 의심받아 실각할 것이고, 누명을 벗은 흑영은 자연스럽게 왕이 될 것이다. 나는 내 것이었던 세상을 다시 차지할 것이다.

내가 나라면.

기억을 잃고도 지식과 지력을 잃고도, 사고력과 판단력과 신체능력과 경험을 포함해서 나를 규정하는 모든 것을 잃고도,

누구의 기억으로 어떤 인격을 갖든, 어떤 모습으로 어떤 인생을 살든 내가 내 근원에서 나온 나 자신이라면,

내게서 무엇을 없애든 '나'를 없애지 못한다면, 내가 누군지도 모르는 채로도 나를 유지한다면.

갑자기 불길한 기분이 들었다. 왜 이 녀석은 계속 그런 생각을 했던 걸까. 뭘 위해서…….

그때 나는 충격을 받고 내동댕이쳐졌다. 너무 놀라 입을 막은 채 주위를 둘러보았다. 맙소사.

모든 것을 잃고도 내가 나일 수만 있다면.

어느 세계에서 어떤 기억으로 살든 내가 변하지 않는다면.

그럴 수만 있다면. 내가 그것을 믿어 의심치 않는다면.

기억은 결코 나를 규정하지 않는다.

갑자기 눈앞이 밝아졌다. 조금 전 풍경이 환영처럼 눈앞에 펼쳐졌다. 폭풍우가 몸 위로 쏟아졌다. 여자가 눈물을 흘리며 내 뺨을 붙잡고 있었다. 넋이 나갈 정도로 아름다운 여자였다. 심장이 두근거리며 뛰었다.

닥쳐. 나는 나 자신을 향해 소리쳤다.

나는 진신이다. 이건 내 생각이 아니야. 이건 흑영의 관점이다. 저건 그냥 멍청한 여자일 뿐이다. 이 여자는 흑영의 눈에 세상에서 가장 아름다운 여자일 뿐이다.

"흑영."

여자가 내게 속삭였다. 닥쳐. 나는 흑영이 아니다. 나는 진신이다. 내가 이 몸으로 옮겨왔다. 흑영은 사라졌다.

"이것 봐. 당신이야."

여자가 내게 말하고 있다. 그 목소리를 듣자니 정신이 나갈 것 같았다. 여자가 내 눈을 들여다보았다. 그 눈을 보자니 눈물이 날 것 같았다. 지금 저 여자를 안을 수만 있다면 세상 따위는 다 무너져도 좋을 것 같았다. 그녀를 살리기 위해서라면 몇백 번이든 다시 죽어도 좋을 것 같았다.

닥쳐.

내 감정이 아냐. 그 자식의 감정이다. 정신 차려. 여기에는 나밖에 없다.

"한 번도 다른 사람이었던 적이 없어."

안돼, 그렇게 말하지 마. 멍청한 여자야. 입 닥쳐. 정신이 아득해졌다가 돌아왔다.

모든 세계에서, 어떤 인격으로든, 내가 계속 같은 사람이라면.

나, 진신은 큰 호수 한 가운데 앉아 있었다.

깨진 거울 같은 호수에 내 모습이 비쳤다. 비치는 모습은 내가 아니었다. 엉클어진 머리를 늘어트리고 오른쪽 눈에 칼자국이 있어 얼굴 양쪽의 인상이 다른 자가, 검은 무사복을 입고 별자리가 그려진 흑색 검을 허리에 찬 자가.

나, 진신은 까무룩 정신을 잃었다가 다시 정신을 차렸다.

웃음이 났다. 나는 낄낄거리며 웃었다. 호수 속의 흑영은 웃지 않았다.

'처음부터 이럴 생각이었군. 흑영.'

'……'

'그래서 그 모든 세계에서, 그 모든 죽음을 겪으며 오직 그것만을 생각했군.'

'……'

'너는 모든 세계에서 운명에 저항하는 모습을 보여 내가 너를 탐내게 했어. 탐욕 때문에 너를 선택하도록 했어.'

'……'

'이제 알겠군. 얌전히 자신을 희생할 작정이 아니었어. 제 몸을 내버릴 생각도 아니었군. 여자 대신 자신을 내어준 것도 아니었군. '그런 식으로라도 살고 싶다'는 말이 거짓말인 줄은 알았지만, 그런 식으로 죽을 생각도 아니었군. 그래, 네놈, 이런 식으로 제 안에서 내 존재를 지울 생각이었군.'

'**내가 나라면.**'

흑영이 말했다.

머리끝까지 열불이 솟았다. 나는 소리 없이 아우성치며 하나뿐인 팔로 수면을 내리쳤다.

'닥쳐. 너를 규정하는 것이 아무것도 없는데 어떻게 네가 흑영일 수 있어? 이 세계에서, 이 몸은 내 어린 날의 몸이었다. 이 세계에서, 네 기억은 전부 내 기억이었다. 네 것은 아무것도 없어. 세포 한 조각, 기억 한 조각 없어! 흑영으로서의 그 무엇도 없어! 전부 나다! 이건 전부 나야! 여기에는 나밖에 없다!'

나는 손톱으로 수면을 긁으며 몸부림쳤다.

'너희들이 단백질 인형이라고 부르며, 인간이 아니라고, 생물이 아니라고, 마지막까지 닥치는 대로 유린했던 영혼이다. 그래, 나는 인간이 아니다. 신이다! 이 세계에서 시스템에 상주해 살아남아 너희들이 세상에 번성하게 한 신이다! 내가 너희들의 신이다. 영원불멸의 존재다. 내가 너희들의 단 하나뿐인 왕이다!'

내 하나뿐인 눈에 핏발이 섰다. 나는 끓어 넘치는 분노를 입속으로 토해냈다.

'육체에 사로잡힌 인간, 필멸하는 인간, 고작 한 번밖에 살지 못하는 것이, 감히 영원불멸의 신을 이기려고 들어! 위대한 신이 은혜롭게도 네 쓸모없는 육신을 그릇으로 택했다. 너는 사라졌다. 이 세계가 시작될 때 없어졌다. 내가 그러기 위해 이 세계를 열었다. 너는 이제 존재하지 않는다!'

'너는 존재하지 않아.'

호수에 비친 흑영이 음산하게 말했다.

'그래서 너는 결코 내 아버지를 완전히 지배할 수 없었다. 시스템의 오류나 기술의 문제가 아니었어. 데이터 열화의 문제도 아니었어. 애초에 네가 허상이라서다. 너는 시스템이 만든 단순한 기억 조작 프로그램이고 깨어나면 사라질 꿈에 불과하다. 네가 아버지를 장악할 수 없었던 건 애초에 네가 존재한 적이 없었기 때문이다.'

'닥쳐!'

'앞으로도 계속 그럴 거야. 너는 아무도 차지하지 못해.'

나는 덜덜 떨고 주변을 두리번거리며 이 불경한 인간에게 고통을 주려 했다. 지금까지처럼 영혼을 으스러뜨릴 고통을 주다가 목숨을 거두려 했다. 그런데 그럴 수가 없었다. 손에 잡히는 것이 없다. 젠장, 그 자식 몸에 들어와 버렸잖아. 괴롭힐 도리가 없다.

'못하겠지. 너는 이제 없으니까.'

'닥쳐. 이 거짓말쟁이.'

호수 위로 물이 떨어졌다. 땀일까, 눈물일까. 어느 쪽도 아니면 좋겠는데.

자, 진정하자. 진정하자. 숨을 가다듬자.

이 인간은 내가 무엇인지 제대로 이해했던 적이 없다. 내가 귀신이라고만 믿었다. 나는 아득한 옛날부터 시스템 속에서 살아온 데이터화된 인격, 이 멸망한 세계에서 살아남은 인류의 마지막 영혼, 너희들의 선조, 너희의 창조자, 숭배받아 마땅한 것, 너는 아무것도 모른다…….

'내가 모르면 너도 모를걸.'

나는 호수를 주먹으로 내리쳤지만 호수는 잔잔했다. 흑영의 영상조차 흔들리지 않았다. 오히려 점점 또렷해지고 있었다.

'기다려, 잠깐만. 생각해라. 나는 이 상황도 예상했다.'

그래, 맞아. 나는 예상했다. 나는 이것까지도 대비했다. 현명하게 준비했다. 이 어리석은 놈이 이길 한치의 가능성도 허용하지 않았다.

맞아. 흑영도 집행 도중에 '그 문제'를 깨달았다. 그것을 깨달았을 때 '졌다고'까지 생각했다. 깨달은 사실마저도 잊었을 뿐이다. 그래, '그 문제' 때문에 흑영은 결코 내 존재를 부정하지 못한다. 내 '생명'을 부정하지 못한다. 내가 너보다 한 수 위다.

'그런데, 그게 뭐였지? 내가 뭘 준비했지?'

내가 기억해내면 흑영도 기억해 낸다. 기억만 하면.

'내가 기억해 내지 않으면 너도 기억하지 못할걸.'

흑영이 비웃었다.

'닥쳐!'

나는 머릿속을 쑤시고 들어오는 지옥 같은 말을 끄집어내려 몸부림쳤다. 하지만 아무리 머리를 쥐어뜯어도 나가는 것이 없다. 탈출할 수가 없다.

'나는 존재한다. 네놈이 말을 써서 왕이 제가 자격이 없다고 믿게 만들 수 있을지 몰라도, 그 말로 사람을 죽이고 나라를 무너뜨릴 수 있을지 몰라도, 결코 내가 존재하지 않는다고 믿게는 못해! 그건 불가능해!'

'난 너를 믿게 할 생각이 없어.'

흑영이 말했다.

'너는 그냥 존재하지 않으니까.'

한순간 의심이 마음을 파고들었다. 찰나였지만 걷잡을 수가 없었다.

호수가 솟구쳐 올라 머리 위에서 폭포처럼 쏟아져 내렸다. 물이 내 몸을 통과해 쏟아졌다. 피할 곳이 없었다. 아무리 달아나려 해도 내가 움직이는 곳마다 비가 쫓아왔다. 물이 하체를 채우고 허리를 넘어 가슴까지 차고, 울컥거리며 목구멍으로 흘러 들어왔다. 물이 머리끝까지 잠겼다.

죽음의 공포가 나를 덮었다가 사라졌다.

무슨 바보 같은 생각이람. 이건 죽음이 아니다.

'나'로 돌아왔을 뿐이다.

나

집행관

흑영

나

죄수

나

참관인

 무진

 소암

 재사

 수경

 비영

양명

사망

따듯한 햇살이 어루만지듯 이마에 쏟아졌다. 이부자리는 따듯했고 잘 마른 건초 향기가 났다. 기분 좋은 졸음에 나른했다. 장지문으로부터 황금색 격자무늬 햇빛이 반쯤 뜬 눈에 드리워졌다. 머리 위에서 작은 새가 지저귀는 듯한 청아한 종소리가 들렸다. 나는 잠이 덜 깬 뒤척이다가 퍼뜩 눈을 뜨고 벌떡 일어났다.

세 평이 넘지 않는 작은 방이었다. 가구 하나, 흔한 족자 하나 없다. 하지만 벽지는 깨끗했고 바닥에는 먼지 한 톨 없었다. 창에 난 쪽하늘이 새처럼 울었다. 고개를 드니 창턱에 매인 풍경風聲이 유유히 흔들린다.

나는 상황을 가늠하지 못한 채 몸을 내려다보았다. 깨끗하게 빨아 다린 한복 차림이다. 머리맡에는 잘 개어 놓은 옷이 놓여 있는데 원래 검은색이었지 싶은 것이 해지고 물이 빠져 거의 회색으로 보였다. 옷 위에는 낡은 골동품 회중시계 하나가 오랜만이라고 인사하듯 얌전히 놓여 있었다. 덮은 이불은 누비천이고 꼼꼼하게 손박음질되어 있었다. 삶아 빤 향이 났다.

손을 보았다. 양 손바닥에 가벼운 상흔이 남아 있다. 손가락은 움직이지 않았다.

나는 일어나 문을 열고 나갔다. 높이가 낮아 고개를 숙여야 했다. 툇마루에 흰 머리띠를 두른 사내가 주저앉아 손칼로 도라지를 다듬다가 나를 돌아보았다. 수경이었다. 적어도 그렇게 보였다. 어디서 해 왔는지 도라지가 한보따리다.

"그렇게 자다가 아주 동면을 하시겠수. 가을이니 추면인가."

초가집 지붕 너머로 큰 산이 보였다. 산자락으로 오르는 굽이굽이 길이 보인다. 산은 샛노랗고 해가 깊이 든다. 작은 앞마당에는 솟대가 하나 있고 흰 까마귀가 두 마리 앉아 있다.

'저것 봐라, 우스워라. 죄수 몸에 신이 들어가 앉았네.'

'아니, 죄수가 신을 잡아먹은 기라.'

두 까마귀가 입도 떼지 않고 쑥덕이더니 휘이 날아갔다.

"오늘 나들이 간다고 안 했수? 어찌나 자는지 내일 가려나 했지."

수경이 도라지뿌리에서 흙을 툭툭 털며 말했다. 멀리서 퍽 하는 소리가 들렸다. 도끼가 나무둥치에 박히는 소리다. 돌아보자 조그만 애가 허둥거리며 패던 장작을 품에 안고 마당을 가로질러 갔다. 소암이었다. 스무 해는 어려 보인다. 제 키만 한 장작을 한 아름 안고 무서운 것이라도 피하는 양 뒤뜰로 도망친다.

"소암 저러는 거 신경 쓰지 마십쇼. 원체 주인님 무서워하잖습니까."

수경은 나와 겸상을 하고 기운차게 밥을 먹었다. 제 밥 세 숟가락 뜨고 내 입에 한 숟가락씩 넣었다. 밥그릇이 내 것의 세 배는 됐다. 저는 밥만 입에 우걱우걱 쑤셔 넣고 내 수저에는 나물반찬이나마 골고루 산처럼 챙겨 올린다.

"자요, 아."

"안 해."

"하루 이틀 하는 짓도 아닌데 끼니때마다 실랑이하지 맙시다. 내가 두 배로 힘들어요. 아."

수경이 입을 딱 벌리는 바람에 나는 아이처럼 입을 벌렸다. 수경은 내가 씹는 사이에 누가 뺏기라도 할 듯 다시 폭풍처럼 입에 밥을 쑤셔 넣었다. 나는 우물우물하며 반쯤 열린 장지문을 내다보았다. 방에 깔린 햇빛이 황금빛이었다.

식사를 다 한 뒤 놈은 대야를 가져다 내 손을 씻겨주고 발도 닦고, 옷도 갈아입혀 주었다. 회중시계도 잘 닦아서는 깨끗한 천에 싸서 주머니에 넣어 준다. 문을 나서니 수경이 마당에 한가득 날 선 것을 늘어놓았다. 작은 단도에서부터 중검, 장검, 창, 도리깨, 쇠몽둥이, 낫, 갈고리, 하나같이 시원하게 날이 갈려 있다.

"뭘 들고 가시겠습니까?"

뭘 들고 가겠느냐고?

뒷마당에 놓인 수레에 매인 것은 해치였다. 어느 세계에선가 나와 연이 있었던 친구, 눈과 다리가 하나씩 없어 절벽 틈새에 숨어 살던 놈이다. 수레는 농가에서 쓰는 낡아빠진 것이었는데 의자 대신 짚단을 깔아 두었다. 수경이 모서리에 앉았고 내가 그 뒤에 등을 돌려 앉았다.

느긋하게 누워 자던 해치는 입맛을 다시며 일어나더니 발로 땅을 구르는 대신 날개를 폈다. 끈도 이어져 있지 않은데 놈이 움직이자 수레가 뒤를 따랐다. 수경은 채찍 대신 갈 곳을 속삭이며 말로 지시했다.

"그거 마음에 드세요?"

"그거?"

"그거요."

나는 소맷자락 안쪽에서 붕대로 칭칭 감긴 손을 꺼내어 눈여겨보았다. 손에 숟가락이 감겨 있었다.

"소암은 신경 쓰지 마십쇼."

"뭐?"

바람과 구름에 머리카락이 엉켜 잘 들리지 않았다. 해치는 속도가 붙자 무섭게 날았다. 한달음에 세상을 반 바퀴는 돌 것 같았다.

"주인님 자리를 노리기는 하지만 소심해서 아무것도 못할 놈입니다."

나는 그 말에 피식 웃었다.

"내가 '바라는' 모습이겠지. 밖에 나가면 상황이 다를 거야."

"'밖'이 어딘데요?"

"누구보다도 소암이 나서서 나를 제거하려 들 거야."

"왜요?"

"나한테 잘못한 게 많으니까."

"거꾸로 아닌가요?"

"거꾸로 아냐."

수경은 느긋하게 하늘을 보며 말했다.

"'밖'은 없어요. 죽은 다음에 무슨 삶이 있겠어요? 신님이야 죽어도 어디 갈 데가 있을지 몰라도, 우리 같은 사람네야 죽으면 그냥 죽는 겁니다."

무덤가는 어둑어둑했다.

둥글고 큼지막한 구덩이에 자리한 곳이다. 작은 화산이었던가, 아니면 운석이 박혀 팬 곳 같다. 구덩이 가장자리로는 빽빽한 숲이 펼쳐져 있다. 큰 신이 손가락으로 눌러 만든 듯한 구렁에 이름 없는 무덤이 늘어서 있었다. 나는 수경에게 수레를 지키게 하고 안으로 들어섰다. 아는 바는 없었지만 마음이 이끄는 대로 걸었다.

내 발길이 닿은 묘석은 잘 손질되어 있고 술을 부은 흔적이 있었다. 풀도 누군가 정성스럽게 다듬어 두었다. '양명'의 이름은 손으로 새긴 것이었는데 필체가 좋았다. 나는 그 앞에 앉아 밤이 깊도록 막연히 무언가를 기다렸다.

새벽녘에 멀찍이 등불이 반짝였다. 나는 다가오는 사람을 보았다. 아니, 사람이라기에는 너무 작았다. 키가 겨우 내 팔뚝만 했다. 등불을 든 작은 노인이었다. 검은 안경을 쓰고 통통한 몸집에 흰 지팡이를 짚고 있었다. 등불은 자신을 위해서가 아니라 남이 부딪히지 않도록 든 것 같았다. 나는 저도 모르게 벌떡 일어났다가 상대와 키를 맞추려 도로 무릎을 꿇었다.

노인은 나를 못 보고 지나쳤다. 내가 손을 내밀자 노인은 내 돌덩이 같은 손에 부딪혀 넘어졌다.

"거기 누구 있소?"

노인이 더듬거리며 지팡이를 찾았다. 나는 한참 어찌할 줄 모르다가 젓가락 같은 지팡이를 숟가락으로 들어 아버지의 아기 같은 손에 쥐여 주었다. 아버지는 내 굳은 손을 의지 삼아 일어났다. 크기가 맞지 않다 보니 정말로 나를 인간이 아닌 뭔가로 여기는 것 같았다.

"제가 아들에게 잘못을 했습니다. 끔찍한 짓을 했어요……."

"……."

"새장 같은 데에 집어넣고 버려뒀어요. 철사로 손을 묶고 불로 지지려고까지 했습니다. 제가 왜 그랬는지 모르겠습니다……."

나는 입을 막았다. 뭔가 울컥 넘어올 것 같았기 때문이었다.

속지 마라. 이건 네 관념이다. 꿈이다. 네 무의식이 만든 풍경이다. 이곳에서 자유의지를 갖는 건 산 사람뿐이고 내가 통제하지 못하는 것도 산 사람뿐이다. 나머지는 모두 내 찌꺼기다.

"아드님은 괜찮습니다."

"누구요? 누가 말하는 겁니까? 목소리를 낮춰요. 너무 쩌렁쩌렁해요."

"아드님은 무사해요. 잘 지냅니다. 살아 있고 앞으로도 살 겁니다.

걱정하지 말고 쉬세요."

어째서인지 노인은 내 말을 믿는 듯했다. 그럴 수밖에, 그것이 이 초라한 신의 꿈이고 하찮은 소망이니. 아버지는 내 손가락을 두 손으로 붙잡고 연신 등을 굽혀 감사 인사를 하고 사라졌다. 사라진 자리에 풀이 누운 흔적만이 남아 있었다. 나는 뒤에 남아 조금 울었다.

무덤 가장자리에 보이는 숲은 안개에 싸여 있었다. 숲에서부터 느린 파도처럼 안개가 날아와 무덤가를 덮었다. 안개는 박자 감각이 있었다. 쿵 하고 한 번 싸아 밀려오더니 한 소끔 쉬었다가 쿵 하고 다시 밀려왔다. 숲이 점점 더 크게 흔들리더니 나무가 좌우로 크게 꺾였다.

고목 같은 사람이 숲을 헤치고 느릿느릿 나타났다. 그 사람은 숲과 키 차이가 없었다. 몸은 뼈다귀처럼 가늘고 얼굴이 창백했다. 웃음기가 없고 눈은 없었다. 머리에는 새가 까치집을 틀었고 몸에는 걸친 것이 없었는데 나무인 줄 알고 붙은 이끼와 나뭇잎이 옷을 대신했다. 내가 나타날 때까지 긴 세월을 그 숲에서 나무처럼 굳어 있었던 것 같았다.

나무뿌리 같은 발이 내 옆에 섰다.

"네가 이 세계의 주인인가."

고목 거인이 쉰 목소리로 입을 열었다.

"그런 것 같아."

나는 묘석에 이마를 박은 채 답했다.

"창조주인가."

"그럴지도."

"예언이 있었다. 오늘 이 무덤가에서 신을 만나게 되리라 했지. 풀벌레 하나 없고 여기 있는 건 너뿐이니 네가 맞겠지만,"

무진, 아니, 무진을 닮은 거인이 얇은 입술을 불만스레 내밀었다. 눈에 광기도 없었고 꾸며낸 천박함도 없었다. 왕이었고 그에 어울리는 자였다.

"……예상한 모습은 아니로군. 숟가락 같은 것도 들고 있고. 무슨 상징인가?"

"아무것도 아냐. 이 모습도 자네 모습도, 심지어 자네가 살아온 인생 전체도 내가 의도한 바는 아냐. 내가 만들기는 했겠지만."

"만들었는데 의도가 없다? 선문답 같은 건가?"

"그냥 사실이야. 내게 뭘 원하지?"

"신은 다 아는 줄 알았는데."

"몰라. 하다못해 내가 뭘 할지도 몰라."

"나는 지난 49년간 잠든 채 답을 기다려왔다. 볼 수도 들을 수도 없고 움직일 수도 없는 어둠 속에서."

"여덟 개의 세계에서 내가 보낸 시간을 단순히 합하면 그쯤 될 거야. 대강 느낌은 맞는군. 모든 게 대강 느낌은 맞아."

"답을 줄 수 있나?"

"아는 한도에서는."

"'내'가 귀신인가?"

무덤과 내 몸 위로 그의 그림자가 먹구름처럼 드리워져 있다. 올려다보기에도 목이 아파 그대로 앉아 산발한 그림자만 바라보았다.

"아니야."

내가 말했다.

"아니라고?"

"귀신이 자네인 척 우리 사이에 있었지. 자네는 내내 잠들어 있었고."

"이해하기 어렵군."

"물론 만약 내가 내기에서 지고, 귀신이 내 몸을 택하지 않았다면 마지막에 결국 나 대신 자네 몸에 안착했을 수는 있었어."

거인은 말이 없었다. 말이 없자 정말로 나무처럼 보였다.

"자네는 늘 자네 동생이 자네보다 왕의 자격이 있는 사람이라고 믿었고…… 그건 내 탓이었지. 판사들이 자네에게 집행관이 되면 동생을 살릴 수 있다고 말했을 거야. ……자네의 인격을 동생의 것으로 바꿀 수 있다고 했겠지. 그렇게 자네 몸을 스스로 내놓게 했지. 귀신이 한 짓이었어."

"……."

"어이없도록 단순한 장치였어. 계속 무진이 자리에 없었다는 것만 생각했으면. 무진은 자리에 없었던 것이 아니라 '조정자'로서 돌아다녔던 거야. ……귀신은 거의 모습을 바꾸지도 않았어. 무진인 척 꾸밀 때는 안경을 쓰고 옷으로 몸을 감싸고 자리에서 일어나지 않았지. 그리고 첫 세계에서 바로 죽어 버리고, 그 평계로 다시는 나타나지 않았어."

"……."

"첫 세계는 '무진'의 세계였고 아버지가 보조했어……. 그 세계에서 귀신은 아버지의 몸에서 빠져나와 너인 척했어. 참관인들에게 조정자에 대한 암시를 넣기 위해서도 첫 세계여야 했지."

"'귀신'이 뭐지?"

나무 모습의 무진이 물었다. 나는 답했다.

"이곳 시스템, 집행장은 이전 문명이 멸망할 때, 사람들의 인격과 세상의 정보를 데이터화해서 저장한 곳이야."

"……."

"그것을 우리가 멋도 모르고 사형장으로 쓰고 있었지. 시스템은 집행관의 간단한 지시서를 받고, 그에 맞추어 저장해둔 정보를 이용해서 가상현실을 창조해. 그 정보는 한때 세상에 살았던 사람들, 한때 존재했던 세계였지. 그것을 그대로 쓰기도 하고 모사체를 쓰기도 해. 죄인에게 입력되는 기억 데이터도 마찬가지로 과거에 실제로 존재했던 사람의 것을 가져오기도 해."

"그게 '귀신'인가?"

나는 무덤가의 흙을 숟가락으로 쓸었고, 손가락 사이로 흘러내리게 했다.

"사람에게 본래의 기억을 지우고 다른 기억을 덧씌워 버리면 자기가 누군지 착각하게 돼. 그것뿐이야."

"아니."

무진이 부정했다.

"내가 체험해 봤으니 알아. 그건 그렇게 간단히 말할 수 있는 것이 아니야. 그건 '산 것'이었어."

무진이 느릿느릿 말했다. 내가 다시 부정했다.

"그렇지 않아."

"신도 거짓말을 하나?"

이 나무인간의 의구심은 내 안에서 생겨나는 것이다. 세상 모든 것이 신을 반영하므로.

나는 무진의 세계에서 내게 입력되었던 인격을 생각했다. 지금은 아무도 기억하지 않는 어느 고대문명의 풍경. ……아마도, 진신이 아는 세계 중 하나였겠지. 나는 거기서 한 인생을 살았던 나와 비슷한 처지였던 평범한 한 사람을 생각했다.

그 또한 나였다. 그 인격 또한 지금 내 한구석에 살아 있다. 그는 어느 과거에 존재했으며, 지금도 어느 차원에서는 존재하는 사람일지도 모른다.

무진이 말을 이었다.

"세상 만물에는 혼이 깃들어 있어. 어디에 정기가 모이는가의 문제지. 자네가 기대 있는 그 묘석도 사람이 기원을 바치다 보면 자아를 갖게 되네. 신전에 꽂힌 막대기 하나도 혼을 지닐 때가 있어. 그자는 산 것이었고 자네 멋대로 가짜라 부를 것이 아니었네."

"연설 고마워. 자네 신념은 존중하지만 개인적인 문제로 동참할 수가 없겠네. 내가 조금이라도 그 문제로 의심을 품으면 내 자아는 뒤바뀌고 말아."

무진이 눈을 가늘게 뜨고 눈알을 굴렸다. 무진의 눈이 내 옷을 벗겨 안을 훑어보는 기분이 들었다. 원래 제 것이었던 것을 훔쳐간 자의 몸을 샅샅이 털듯이.

"'귀신'이 이제 네 안에 있군."

"기억에 불과해. 내가 '귀신'의 기억을 아는 것만으로 그것이 살아 있는 실체라 불러야 한다면, 내가 지난 집행장에서 얻은 인격들도 모두 내 안에 살아 있어야 해. 그렇지 않아. 전부 꿈이야."

무진은 잠시 침묵했다.

"자넨 내 동생을 죽였어. 꿈이 아니라 '이' 현실에서."

무진이 말했다.

"그랬을 것 같아."

"다른 방법은 없었던 건가?"

"나는 그 문제로 자네에게 사과를 했어. 다른 시간과 다른 공간에서 였지만. 나로서는 해야 한다고 생각했던 일이지만 정말로 그래야 했던 건 아니야……. 그러니 자네가 그 피의 대가를 원할 권리가 있다는 걸 인정하겠네."

나는 기다렸다. 상대는 조용했다.

"그래서?"

무진이 되물었다.

"그래서라니?"

"어쩌라고?"

"자네가 키가 크니 밟으면 간단할 것 같군. 들어서 떨어트려도 될 거고. 걱정 마, 난 죽어. 기적을 일으키지도 않을 거고 원혼이 되어 나타나거나 천벌을 내리지도 않아. '밖'에 나가면 다 별일 아니라는 것도 알게 될 거야."

"내게 목숨을 주겠다고?"

"원한다면."

"나더러 신을 죽이라고? 신을 죽여서 이 세계를 닫으라고? 나보고 이 세상만물을 다 끝장내라고?"

"나는 신이 아냐. 이곳을 내가 만든 것도 맞고 내가 죽으면 이 세계가 닫히는 건 맞지만……."

"신이란 종자가 세상을 하찮게 여기는 줄은 익히 알았지만, 직접 접해보니 역겹기 짝이 없군. 기고만장하고 오만하고 이기적이기까지 해."

"……."

"내 원한이 아무리 무거워도 세상 전체를 감당할 만한 건 아냐. 나는 답을 들으러 왔지 세상을 멸망시키러 온 것이 아냐. 죽음을 원하면 다른 놈에게 가봐. 신이 죽을 수도 있고 세상이 끝날 수도 있겠지만 그 짓을 내가 하지는 않을 테니까."

재사가 사는 곳은 사방이 깎아지른 듯한 절벽 꼭대기에 자리한 작은 행랑채였다. 구름 위에 솟은 곳이라 해치조차도 다 올라가서는 헐떡헐떡하며 연거푸 우물물을 들이키더니 늘어져 잠들었다. 수경은 내가 재사와 만나는 동안 해치를 베고 누워 꾸벅꾸벅 졸았다.

단아한 여인 하나가 양은 대아에 끓인 물과 더러워진 수건을 들고 다소곳하게 인사하고 나왔다. 풀을 먹여 깔끔하게 다린 하얀 두건과 앞치마를 두른 여인이었다.

내가 집에 들어섰을 때 깨끗한 창호지로 바른 창문 옆 침상에 재사가 앉아 책을 읽고 있었다. 몸의 반을 흰 붕대로 감고 풀을 먹인 하얀 옷을 입고 먼지 한 점 없는 흰 이불을 덮고 있었다. 내 자리와 재사 사이에는 허리높이의 작은 가리개가 드리워져 있었다. 내가 앉자 재사는 나를 힐끗 보고는 계속 책에 시선을 두었다. 방석 앞에는 보리개떡이 한 접시 놓여 있었다. 나는 숟가락으로 떡을 쿡쿡 찍어 먹으며 그가 책을 다 읽을 때까지 기다렸다.

재사는 책을 덮은 뒤 머리 위에 매단 종을 울렸다. 아까의 여인이 허리를 굽히고 들어섰다. 여인은 가리개를 올려 치운 뒤 재사에게서 책을 건네받고 사라졌다.

"자네가 오면 묻고 싶은 것이 있었는데."

재사가 말했다.

"생각하다 보니 알게 되더군."

창밖으로는 보리 이삭이 자라고 있었다. 씨앗이 날아와 창턱에서 자라난 것 같았다. 웃자란 대나무가 그 옆에서 그림처럼 흔들렸다. 조용한 오후였다. 가끔 바람에 나뭇잎이 흔들거릴 뿐 숨소리마저 고요했다.

"현실의 기억을 유지하는 사람은 나뿐인 줄 알았는데."

내가 말했다.

7인의 집행관

"내겐 모순이 많은 환경이야."

재사가 답했다. 나는 장터에 구경 나온 사람처럼 방 안을 이리저리 둘러보았다. 어느 구석이든 풀을 먹여 다린 것처럼 정갈하고 깨끗했다.

"타국의 사신, 죽어가는 식물인간. 자네 나라 왕자의 집행관이 될 자격에는 한참 못 미치지. 내가 선정되었을 때부터 뭔가 있으리라는 생각은 했어. ……상관은 없었어. 나야 복수만 하면 그만이었으니까."

"귀신은 육신의 죽음만을 죽음이라고 생각하는 사람이 필요했으니까."

내가 두 사람의 마음으로 답했다.

"영혼의 존재를 믿지 않는다면 더욱 좋고. 그런 사람은 무진의 수명국이나 내 나라에서는 흔하지 않지만 창하국에서는 그렇지 않은 사람을 찾기 어렵지."

재사는 관심 없는 눈으로 창밖을 바라보았다.

"자네가 집행관이 되면 내 집행을 끝내지 않을 줄 알았던 거야. 자네 관념에서 내 목숨은 하나뿐이니까."

나는 숟가락으로 보리개떡을 쿡쿡 건드렸다.

"귀신에게 이용당했다고 생각하지 마. 나도 집행이 계속되어야만 했어. 자네도 그랬고. 결국 우리 모두의 목적이 같았던 거야."

"죽을 생각이었나?"

"살 생각이었지."

실바람이 불어와 대나무 숲이 활시위를 가볍게 퉁기듯 한 방향으로 흔들렸다. 이파리가 우수수 떨어졌다.

"귀신은 내 여섯 집행을 여섯 번의 죽음이라고 생각했어. 하지만 내게는 달랐어. 그건 여섯 개의 목숨이었고 모두 진짜 생이었다."

나는 죽은 선우의 앞에 서 있었다. 머리가 차가워졌고 가슴이 단단하게 식었다.

세상이 내 혀가 그리 대단하다고 믿는다면, 정말로 나라를 망하게 하고 사람을 죽이게 할 만하다고 믿는다면, 좋다, 내가 내 혀로 너를 없애주마. 네가 만 년을 살았든 천만 년을 살았든 다시는 세상에 발붙이지 못하게 하겠다. 내 혀로 네가 자신이 존재하지 않는다고 믿게 만들어주마. 내가 한 번도 진심으로 사기를 쳐 본 적이 없건만, 이제야 진실로 해 볼 것이다.

재사가 회백색 눈으로 나를 바라보았다. 그제야 내 손에 묶인 숟가락을 발견하고는 잠시 우스꽝스러운 얼굴이 되었다가 '아무려면 어때'하는 얼굴로 신경을 끊었다.

"귀신은 지금 네 안에 있는 건가."

"그래."

"어떤 형태지? 자고 있나? 다른 인격?"

"기억, 프로그램. 내가 겪어 왔던 다른 모든 세계의 다른 인격이 그랬듯이. 잠시 꾸었던 꿈이고 허망한 허상이지. ……내가 그렇게 믿고 있으니까."

나는 눈을 반쯤 감았다. 지난 세계, 귀신이 만든 세상. 눈 하나가 없고 혀도 없고, 가진 것은 팔 하나밖에 없었던 어린아이를 생각했다. 믿을 수 없을 정도로 무력하고 강인했던 것을.

나는 그 아이가 살아온 아득한 세월을 생각했다. 기껏해야 백 년이나 이백 년 산 사람으로서는 압도당할 수밖에 없는 방대한 기억을.

귀신 자신의 기억.

그것이 인격이 아니었다고 해도, 영혼이나 산 것이 아니라 해도, 그저 프로그램이며 기록에 불과한 것이었다고 해도, 사람의 정신을 잡아먹기에는 충분하고도 남을 것이었다.

지금 이 순간조차도.

재사는 나를 물끄러미 바라보았다.

"전보다 어려 보이는군."

"의도한 건 아냐. 소암을 보면 기절할걸. 완전히 애야."

"불편한 세상이야."

재사는 제 옷을 내려다보았다.

"하인들이 옷을 하루에 두 번씩 삶아 빨더군. 원래 이런 취향이었나?"

"이 세계에 내 의지로 생겨난 건 아무것도 없어."

창틀에 청개구리 한 마리가 내려앉아 기세 좋게 울고는 풀숲으로 뛰어내렸다.

"귀신은 일부러 첫 세계에서 자네에게 죽었지."

재사가 말했다.

"그게 우리들의 마음에 두려움을 불러왔지. 집행관이 죽을 수도 있다는 착각. 그 공포가 우리를 몰아붙였지. 전 세계에서 했던 실수를 반복하지 않으려는 강박관념이 집행을 점점 더 과도하게 만들었어."

"……."

"생각의 틀을 만들어 버린 거야. 그 세계의 각본은 자네가 위험한 종자며, 거짓말쟁이라는 것을 우리 모두에게 각인시킬 용도로 꾸며졌어. 그 세계를 본 사람이 이후로 네가 하는 말과 행동을 모두 다르게 해석하도록."

"부정하기는 어렵군."

나는 두 사람의 입장에서 답했다.

"추측하는 건가, 아는 건가?"

"알아."

"어디까지?"

"다."

"지난 문명의 기억? 선조들의 지식? 수천 년의 삶?"

"다."

재사는 묵묵히 나를 바라보았다.

"나와는 상관없어. 귀신의 생도 내가 거쳐온 여덟 개의 생과 똑같아. 나였고 내가 아니었지."

나는 잠시 생각했다.

"하지만 그 모두가 내게 영향을 끼쳤지. 나를 변화시킨 것도 사실이야. 인정하고 싶지는 않지만, 인정할 수는 없지만……, 인정할 가능성도 있어. 어쩌면 가능성을 생각하는 것만으로 나는 뒤집어질지도 몰라. 그러기 전에……."

"……."

"재사, 아직 내 목숨을 원한다면……."

"됐어."

재사는 창밖에서 눈을 떼지 않은 채 말했다.

"내 집행은 방해도 받지 않았고."

"귀신이 설칠 기회가 없었으니까. 자네가 나를 보는 관점이 다른 집행관들과 달랐으니. 그 세계의 나는 운명에 딱히 저항하지 않는 유순한 사람이었으니까. 자네가 내게 복수심을 품고 있었지만 악인으로 보지는 않았던 거지. 그 세계에서 나는 다른 사람이었……."

"자네였어."

나는 답하지 않았다.

"마지막으로 하나만 묻고 싶은 게 있는데,"

재사가 말했다.

"나는 정말로 '그 녀석'일 줄로만 알았어. '그 녀석'은 대체 뭐지?"

그 말에 우울해졌다. 나는 한참을 망설이다 답했다.

"귀신이 내게 이기기 위해 넣어 놓은 거야."

재사는 머리를 굴리는 표정을 지었다.

"소용이 있었나?"

"……있고도 남아. ……차고 넘치지. 그러니까……."

나는 애원하듯 재사를 바라보았다. 온화한 눈을 쓰고 한껏 불쌍한 척을 했다. 하지만 재사의 눈은 냉랭했다.

"나는 됐어. 다른 사람에게 가 봐."

앉아 있자니 잎이 하나 더 떨어졌다. 잎은 재사의 몸을 통과해 내려 앉았다. 몸 너머로 하늘이 비쳐 보였다.

"나를 죽인 뒤에 죽을 생각인 줄 알았는데."

"나 같은 사람은 원할 때 죽을 수 있어."

그가 말했다.

"가라. 혼자 죽고 싶으니까."

나는 조용히 일어나 떠났다.

폭포는 높았다. 꼭대기가 구름에 숨어 있어 윗부분이 다른 세계로 사라지는 듯 보였다. 쏟아지던 물줄기는 중간쯤에서는 물안개로 흩어 졌다. 그 아래에는 바위가 긴 세월 물에 패어 생겨난 연못이 있고 등 에 날개를 단 여인들이 깔깔거리며 몸을 씻고 있었다.

"저 비렁뱅이가 또 왔네."

한 새가 나를 보며 말했다. 다른 새들도 나를 보며 까르륵 웃었다. 어찌나 무시하는지 몸을 감추려 들지도 않았다.

"어쩜 두 손모가지가 부러지고도 지치지도 않아라."

"아래꼭다리까지 부라져야 도망치실랑가."

"홀딱 벗겨 망신살을 뻗치게 해줄까, 늑대굴에 던져 넣고 딸랑이나 부지하나 볼까."

"아서라, 몸 놔두고 거시기만 살아 도망칠 남생이라."

새들이 위쪽(말 그대로, 위쪽) 방언으로 조롱하는 소리를 들으며 위 를 올려다보았다.

7인의 집행관

"해새님은 위에 계시네. 뵙기를 원하들랑 올라가보시라."

"병아리 날갯죽지도 없는 것이 어뜩할라나 보자."

나는 새들 사이를 걸어가 다시 폭포를 올려다보았다. 머리 위로는 물방울이 비처럼 튀었다. 절벽은 젖어 있고 내 손은 말을 듣지 않는다. 나는 손목을 바위턱에 걸치고 발을 디뎠다가 그대로 미끄러져 뒤로 굴렀다. 사방에서 깔깔거렸다. 다시 시도해 보았지만 이번에는 두 걸음 만에 떨어졌다.

다시 위를 보았다. 까마득하다.

중간부터는 웃음소리가 들리지 않았다. 멀어져서 그럴 수도 있겠지만.

어설픈 신의 능력으로 아래 풍경을 볼 수 있었다. 새들이 모두 목욕을 멈추고, 웃음도 멈추고, 동작도 멈추고, 먹이 물어다 주는 어미새라도 기다리듯 고개를 높이 빼 들고 정지해 있다.

절벽 위에 올라서니 발이 세 개 달린 큰 검은 새가 절벽 끝에 있었다. 세발까마귀가 돌아서자 날개가 접혀 사람의 팔이 되고, 검은 깃털은 옷이 되고 머리카락이 된다. 옷은 먹물을 잔뜩 묻혀 물에 흩트린 검은 바람처럼 휘날렸다가 도로 자리를 잡았다.

"사과가 잘 익었소."

비영이 가까이에 선 과실수에서 발그레한 열매를 따 내게 내밀었다.

"같이 드시겠소?"

나는 손을 내밀었다. 흙과 생채기로 범벅이었다. 구부러진 숟가락 끝이 사과에 닿았다. 젓가락을 묶어 오는 게 나았으려나.

나는 절벽 아래를 내려다보며, 미끌거리는 사과를 두 손목 사이에 끼어서 몇 번인가 떨어트리며 아삭거리며 먹었다. 비영도 내 옆에 나란히 앉아 먹었다. 먹는 동안 둘 다 아무 말도 하지 않았다.

"그대가 나를 찾아온 것이 오늘로 백 번째요."

비영이 폭포 아래로 남은 사과조각을 던지며 말했다.

"그랬나 봅니다."

"백 번 나를 찾아내는 데에 성공하면 소원을 들어 주겠다고 했지. 하지만 정녕 '그 소원'을 원하는 거요?"

"뭔지 모르겠지만 원할 겁니다."

"그대는 예전에 내 남편을 활로 쏘아 죽였소."

"……그랬을 것 같습니다."

"내가 사는 곳은 인간이 살 수 없는 곳이오. 회오리바람을 타고 구만 리나 올라가야 하니 나를 따라 오면 그대는 차가운 바람에 얼어 죽고 뜨거운 태양에 불타 없어질 것이오. ……왜 웃으시오?"

"제 무의식이 우스워서 그렇습니다."

"그래도 정녕 나와 같이 가기를 원하는가?"

"허락만 해주신다면."

비영이 일어나 나를 내려다보았다. 먹으로 그린 듯한 옷이 물처럼 흘러내렸다.

"내 수하들은 모르지만, 나는 그대가 이 세상을 만든 신이라는 것을 알고 있소. 나를 원했다면 왜 애초에 나를 인간으로, 혹은 그대의 반려로 만들지 않았는가?"

"마음대로 되지가 않습니다."

"아니면 이것이 그대의 마음이든가."

"그런 모양입니다."

"내 손을 잡으시오."

해새는 날개가 몇천 리나 되어 하늘에 드리운 구름 같았다. 나는 그 등에 탄 채 하늘로 올랐다. 내 몸만치나 큰 깃털이 바람에 휘날려 내 몸을 사방에서 쳤다.

저 멀리 산은 조막만 했고 강은 실개울 같았다. 산자락에 집터가 모여 있고 개미 같은 소들이 들판을 흘러갔다. 더 높이 오르자 구름이 시야를 덮었다. 흰 파도를 헤치듯 해새가 구름 위로 솟구치자 저 아래로 눈이 내린 듯한 구름바다가 펼쳐졌다. 새는 구름을 타고 미끄러지고 잠수했다가 다시 수직으로 솟았다.

태양이 하늘 한가운데에 홀로 빛난다. 해새가 태양에 가까이 가자 뜨거워진다. 제대로 된 세상이라면 새가 올라가 봤자 그리 가까워지지도 않을 것이며, 올라가면 되려 추워지는 것이 상식이겠거니와, 이 또한 내가 만든 규칙이겠지.

해새는 부리부터 익기 시작했다. 깃털이 뜨거워지며 달아올랐다. 양 날개 끝에 불이 붙어 타기 시작했다. 태양에 이르면 불새가 될 것이라. 내가 그리 상상했으니까. 깃털에 휘감긴 내 몸이 굽듯이 뜨거워졌다. 나는 눈을 감았다.

언뜻 새가 몸을 뒤틀었다. 몰아치던 바람이 잦아들었다. 새가 잠시 흔들리는 듯하더니 깃털이 접히며 사람으로 변한다. 비영이 그대로 나를 끌어안았다.

우리는 구름을 꿰뚫고 지상까지 추락했지만 땅에 닿기 직전에 멈췄다. 비영은 마지막에 날개를 펴 나를 가볍게 땅에 내려서게 했다. 비영은 그 뒤에도 나를 끌어안은 채 놓지 않았다.

비영이 깊은 숨을 토하며 내 어깨에 손을 올리고 고개를 깊이 숙인 채 말했다.

"약속하겠소. 만약 이 연이 끊어지지 않는다면, 우리가 다음 생애에서 만난다면, 그때는 내가 먼저 당신을 찾아가겠습니다."

새가 날개를 폈다. 날아간 자리에 검은 깃털이 하나 떨어졌다.

다음 생애.

하지만 정작 다음 생애가 오면 당신은 뭐라고 할까.

수경은 해치에 기대 누워 있었다. 보이지 않는 끈에 매인 해치가 길게 하품했다. 수경의 어깨에는 작은 붉은 새가 앉아 있었는데 뭔가 이야기를 속닥이는 듯싶었다. 새는 내가 다가서자 날아갔다. 붉은 해가 서산에 진다. 세상이 온통 주황빛이다. 내 꼴을 본 수경이 혀를 차며 일어나 제 두루마기를 내게 걸쳤다.

"잠깐만 눈을 떼면 어디서 뒹굴다 오는 건지, 칠칠치 못하게."

7인의 집행관

수경은 수레 안에서 붕대를 꺼내 피딱지로 가득한 내 붕대를 벗겨 내고 다시 손가락 하나하나를 감았다. 두 손이 깨끗해지자 그는 만족한 듯 내 손을 툭 치며 말했다.

"이제 어디로 뫼실까요? 날도 저물었는데 집에 갈까요?"

나는 잠시 수경을 마주 보았다.

"자넨 왜 내 밑에서 일하지?"

"예?"

"왜 내 밑에서 일하느냐고."

"전에 제가 멋모르고 덤볐다가 된통 얻어터졌잖아요. 그때 아이구 형님 살려주십쇼 하고 평생 모시기로 했죠. 기억 안 나세요?"

나는 더 묻지 않았다.

"이 근처에 벽돌로 지은 천장이 높고 둥근 창고가 있나?"

수경은 손가락으로 머리를 톡톡 두드렸다.

"그런 곳이 있었던 것도 같군요. 나쁜 소문이 도는 곳이죠. 아버지에게 미움을 산 어린애가 갇혀 지냈다든가……. 가면 죽여 줄 사람이 있나요?"

내가 의문이 담긴 눈으로 수경을 보았다.

"죽을 자리 찾아 돌아다니시는 것 아닌가요?"

"뭘 알고 하는 말이지?"

"당연히 알죠. 세상을 끝장내시려는 거죠. 종말의 날 아니면 언제 신이 체면이나 세워 보겠어요? 아무튼 변태 같아서."

"수레나 몰아."

언덕 위에는 버려진 작은 창고가 덩그러니 서 있었다.

나는 문을 열고 안으로 들어섰다. 문은 한때 부서졌던 것 같은데 손
재주 좋은 놈이 고친 듯 경첩이 잘 달려 있었다. 어린 날 손이 닿지 않
는 곳에 높이 났던 창은 내 눈언저리에 있었다. 창 너머로 별이 반짝
였다. 늘 그 창이 눈높이에 있었으면 했지.

창고는 누군가 관리하는 듯 단정하게 정리되어 있었다. 천장에 매
달린 농기구도 모두 손질되어 있고 짚단도 차곡차곡 쌓여 있다.

"짚단이 실하네요. 아까우니 뭐라도 만들까요."

등불을 서까래에 걸고 주위를 둘러보던 수경은 천생 일꾼처럼 주
저앉아 짚을 삼기 시작했다. 나는 창턱에 앉아 그 모습을 뒤에서 잠시
지켜보았다. 바람에 등불이 살랑거릴 때마다 놈의 그림자가 늘어났다
가 줄어들었다 했다.

"그래서, 왜 죽으려 합니까?"

목소리가 살짝 낮아져서 나는 고개를 들었다. 불만과 핀잔이 섞인
목소리였다.

"주인님이 죽으면 나도 해치도 일자리도 잃고 백수 신세구만요. 남
밥줄 끊을 일에 왜 그리 열심이랍니까?"

"……."

"그러기만 하면 다행이지. 세계가 홀랑 사라져 버리면 우리도 그냥
다 죽어 없어져버릴지도 모르는데."

나는 투덜거리는 수경을 내버려 둔 채 창밖을 내다보았다.

귀뚜라미 소리가 고즈넉하게 들렸다. 반딧불이 한두 마리가 작은

빛의 궤적을 만들며 내 주위를 오가다가 흘러갔다. 수경의 빠른 손놀림 끝에 앉았다가 등불 주위로 날아갔다.

"내 안에 귀신이 있으니까."

"그래서 죽으려고요?"

수경은 나를 바라본 채 장구라도 치는 흉내를 내며 박자를 맞춰 짚단을 꼬았다.

"이런 말 하기는 뭐한데 말씀입니다, 주인님이 신이든 인간이든 어차피 죽어요. 영원히 사는 건 없다고요. 죽고 싶으면 늙어 죽으면 되잖아요. 무엇 때문에 서두는 거죠?"

나는 문득 일곱 번째 세계를 생각했다. 모든 집행관이 함께 열었던 세계.

지금도 나는 내 손 안에 우주가 들어왔던 순간을 기억한다. 세상에 암흑밖에 남지 않았을 때, 세상 전체가 내 것이 되고, 우주 전체가 내 손에 들어왔던 순간의 치욕스러운 영광을, 모멸감을, 참담한 고독을 기억한다. 내가 세상을 한 손에 쥐고 휘둘러 신들이 생겨났을 때, 신들이 내 자리를 차지하고 내가 가장 천대받는 신으로 떨어진 순간의 날아갈 듯한 희열도.

"그자가 몸이 바뀌어도 늘 자신이었던 까닭은 그렇게 믿는 놈이었기 때문이야. 그자는 정보에 혼이 담긴다고 믿지. 사람을 정보체로 바꾸어 저장할 수 있다고 생각해. 그런 시대에 태어나기도 했고……."

생각 저편에서 나는 귀신이 만든 그 세계 또한 현실로 느끼고 있다. 모순이 없는 세계는 현실과 구분이 되지 않는다. 어쩌면 그 세계들은 모두 진실이었을지도 모른다. 내가 넘어갈 수 없는 어느 차원에 실제로 존재할지도 모른다.

"나는 그런 것을 믿지 않아. 정보는 정보일 뿐이지 사람의 본질은 그대로라고 생각해. 그래서 지금 나는 나일 수 있다. 놈의 기억을 고스란히 갖고 있으면서도."

"......"

"이건 믿음의 전쟁 같은 거야. 지금도 진행 중이고. 누가 더 확고하게 믿는가의 문제지. 어느 쪽이 더 대단한 거짓말쟁이인가의 문제일 수도 있고."

"그래서,"

수경이 반쯤 짜서 반쯤 제 몸을 덮고 있던 거적을 발끝으로 톡톡 치며 말했다.

"질 것 같아서 두렵다는 건가요?"

"아니."

나는 턱을 괸 채 밖을 내다보았다.

"이미 졌어."

수경이 짚단 삼던 손을 멈췄다. 반딧불 두 마리만 한동안 우리 사이를 오갔다. 내가 생각을 그쪽에 두자 반딧불은 서로 교접하며 창밖으로 날아갔다.

"내가 이 상태를 얼마나 유지할 수 있을지 몰라. 그러니 더 늦기 전에 나는 죽어야 해. 그놈과 함께."

"이해가 안 가네."

수경이 자리에서 일어나 내게 따지듯이 다가왔다.

"졌다는 것도, 그냥 주인님 혼자 믿는 거잖아요. 누가 뭐랬어요? 너, 졌어. 하고 말한 사람이라도 있어요? 예, 뭐 좋아요. 믿으세요. 그래도 아무도 모르면 그만이죠. 아무한테도 말 안 하면 되는 거고요. 조용히 혼자만의 신앙을 가꾸는 거죠. 그럼 되는 게…… 아닌가요?"

내가 눈을 들었다. 수경의 표정이 변했다. 그 눈에 비친 내 표정도 읽을 수 있었다.

"놈은 알고 있었어."

"……."

"내가 놈을 드러내기 위해 내기를 건 것을 알았듯이, 내 마지막 목적도 짐작했어."

"……."

"나는 모든 세계에서 단지 내가 나이고자 했다. 기억도 지식도 지력도, 사고력과 판단력과 신체능력과 경험을 포함해서 나를 규정하는 그 어떤 것도 내가 아니라고 믿으려 했다. 그럴 수 있다면 내가 이기고, 아니면 진다고 생각했어. 정보는 정보일 뿐이고, 그 어떤 정보에도 혼은 깃들지 않는다고 믿고자 했다."

발바닥이 축축했다. 바짓단에서 물이 떨어지는 듯했다. 발아래 물웅덩이가 찰박거리고 점점 넓어지는 기분이었다. 내 아래에 생겨난 검은 물 아래에서 귀신의 시선이 느껴졌다.

"귀신은 눈치채고 대비를 했어. 설사 내가 이겨도, '그것'을 보는 순간 내 믿음이 바뀔 수밖에 없는 것을. 내가 살아 있다고 믿을 수밖에 없는 어떤 '정보'를 집행장에 집어넣었다. 이미 죽은 사람을, 그저 시스템이 사람의 마음에서 꺼내어 돌릴 뿐인 조악한 각본일 뿐인 것을."

수경은 묵묵히 나를 보았다. 살아 있는 눈이었다. 놈은 제 눈이 어찌 보일지 알지 못하겠지만.

"그래서."

수경이 물었다.

"제가 '그것'인가요?"

바람이 불어 창고문이 끼익끼익 소리를 내었다. 실바람이 우리 사이를 지나갔다.

"그래."

"정보체는 집행관이 될 수 없을 텐데요. 사람만 집행관이 될 수 있잖아요."

수경은 숨기려는 기색도 없이 말했다. 나 역시 당황하지 않았다. 이세계에서 수경이 기억을 잊지 않기를 원한 사람은 나니까. 이 세계의 신인 내가 바란 일이니.

"사형식의 오래된 전통이지. 아는 사람도 많지 않고, 비밀리에 행해지는 일이지만."

내가 말했다.

"여러 번 사형을 당하는 심각한 중죄인은, 실상 누구보다도 가장 원한이 있는 사람이 한 명 더 집행관이 된다. 진정으로 죄인에게 복수할 자격이 있는 사람. 엄밀히 따지면, 실상 유일하게 그런 권리가 있는 사람."

생각 속에서 문이 열렸다. 하늘에 띄워 놓은 선조들의 성에서였다. 깔끔한 예복을 입고 복도에 서 있는 사람을 보았을 때, 잠시 어리둥절해졌다. 처음 보는 사람 같았기 때문이었다.

"그 몸으로 배정한 인물은 귀신의 추종자나 협력자 중 하나였겠지만, 누구라도 상관없었을 거야. 타국 사람들은 잘 모르는 인물이고, 왕족도 자세히 신경 쓸 인물이 아니기만 하면 그만이었지."

— 다른 것이 있어.

나는 선우의 칼을 들고 내게 결투를 신청하는 무사를 보며 생각했다.

— 내가 이 녀석에게 직접적으로 뭔가를 했어. 직접 그 심장에 칼을 박고 후벼 파는 것과 비슷한 뭔가를.

— 저를 알아보시겠습니까?

— 왜 내가 자네를 모를 거라고 생각하지?

"주인님께서 제가 살아 있다고 생각하신다고 해서."

수경은 나를 바라보며 말했다.

"주인님이 자신이 아니게 되는 건 아닙니다. 주인님의 안에 있는 정보체가 살아 있게 되는 것도 아니고요. 두 문제를 같이 생각하지 마십쇼."

"너를 처음 보았을 때."

나는 아랑곳하지 않고 말했다.

"나는 네 목소리를 한 번 듣는 것만으로 네 인생 전체에 질투를 느꼈다. 너에 대한 기억조차 없었고 너를 알아보지도 못했는데."

수경은 입을 다물었다.

궁에 침입한 뒤, 수랏간 한 구석에서, 나는 넘어진 채로 바닥을 더듬어 칼을 뽑아 들었다. 땀을 뚝뚝 떨어트리며 상대를 노려보았다. 생전처음 보는 낯선 사람이 거기 있었기 때문이었다.

— 누구냐.

"왜 내 밑에 들어오겠다고 했지?"

"……."

"그렇게 취소하라고 했는데."

"제가 누구 밑에 들어가든 제 자유입니다. 어차피 산 사람도 아닌데."

"네가 내 밑에 들어온다는 게 말이나 돼?"

— 저를 알아보시겠습니까?

선조들의 성에서 기억이 돌아온 나는 그를 물끄러미 올려다보았다. 알아볼 수 있었기 때문이었다.

— 그래.

나는 슬픈 기분으로 답했다.

"선우는 죽었습니다."

바람이 불어왔다. 그 바람에 녀석이 머리를 묶은 천이 끊어져 머리가 풀어져 어깨 위로 흘러내린다. 모습은 같았지만 눈빛이 달랐다. 그는 흘러내리는 머리를 원래대로 되돌리고 싶은 듯 손빗으로 쓸어 올렸다.

"후생이 없는 죽음을 죽었습니다. 그 사람이 누구든 그 영혼은 이미 황천을 건너갔어요."

"비영도 알아보았어."

내가 말했다.

"비록 의식적으로 깨달은 것은 아니라고 해도. 비영이 마지막 세계에서 너를 대하던 태도는 그렇지 않으면 설명이 되지 않으니까. 재사는 처음부터 이상하게 생각했고 소암도 낌새를 챘어. 단지 자신이 본 것이 뭔지 알 수가 없어 두려워했을 뿐이야. 아버지도……."

나는 무덤가에서 내 손가락에 매달려 울던 조그마한 사람을 생각했다. 하나뿐인 아들을 생각하던 사람. 마지막까지도. 그 양반은, 그 노인네는.

"……결국은 알았어. 그저 내 환상일지도 모르지만 아셨다고 생각해."

"귀신이 꾸민 일입니다."

상대가 답했다.

"만약 정보체에 영혼이 담길 수 있다면, 주인님께서 정보체도 살아 있는 것으로 믿을 수 있다면. 선우는 죽지 않는다. 이 시스템 안에서 새 생명을 얻어 살아난다. 굉장한 유혹이었겠죠. 물론 그것이 '실제로' 살리는 것인가와는 별개의 문제지만."

"알아. '내'가 한 일이었으니."

내가 말했다.

"잘못 말씀하셨네요. '귀신'이 했다고 하셔야지요. 주인님."

"흑영은 제 형제를 죽인 죄책감에 사로잡혀 있으니, 지금까지 싸워 온 것을 전부 무너트리는 한이 있더라도 형제가 살아 있다고 믿고 싶을 거야. 그 믿음은 녀석의 생각에 균열을 가져올 테니 그 틈을 파고들면 놈은 한순간에 무너지겠지."

"흑영."

상대가 질책하는 어조로 말했다. 목소리가 바뀌었다. 기억에 남은 목소리였다. 심장이 쿵 하고 뛰었다. 뜨거운 것이 울컥 치밀어 오르는 바람에 나는 미소를 지우고 입을 다물었다.

"정신 차려라. 네가 이겼다."

나는 어린아이처럼 고개를 저었다. 감상적인 마음은 재사가 주었다. 바보스러운 마음은 소암이 주었다. 앞뒤 재지 않고 덤비는 마음은 아버지가 주었다. 주는 것이 자신과 다르다. 그것도 재미있는 점이다.

"일어나라."

"……."

"명령이다. 일어나라. 나를 봐라."

나는 얌전히 일어나 고개를 들었다. 그가 동생에게 하듯이 내 어깨를 붙잡았다.

"나를 잘 봐라. 나는 선우가 아니야. 선우는 이런 사람이 아니었다."

"……."

"나는 시스템이 창조한 환상에 불과하다. 선우의 기억을 조합해 만든 프로그램에 불과해. 진신과 마찬가지다. 나는 영혼 같은 것이 아니야. 이 가짜 현실에서 생겨난 가짜다. 내가 정말로 선우였다면 다들 쉽게 알아챘을 거다."

그럴지도 모른다. 그럴지도 모르지. 하지만 네가 생명이라면…… 네가 생명일 수만 있다면……. 네가 이런 식으로 살아날 수만 있다면…….

"왜 내 밑에 들어오겠다고 했어?"

내가 다시 물었다.

"그렇게 그만두라고 했는데."

녀석은 나를 놓고 가만히 섰다. 돌아서서 가더니 제가 조금 전에 짠 거적 위에 앉았다. 어깨에 흘러내린 머리가 길어진 듯 싶었다. 옷자락이 치렁거리며 길게 늘어났다. 손가락에 반지가 생겨나 빛난다. 녀석은 곤란하다는 얼굴로, 생겨난 반지를 빼내어 짚단 속에 숨겼다. 그러면서 제 손을 내려다보았다.

"이것이 계속 네게 본래 세계의 기억을 떠올리게 하는 것 같더군."

내가 아버지를 죽이러 갔던 날, 선우가 내 앞을 막아섰다. 그때 다친 손가락. 궁정 의료진은 녀석의 손가락을 복구했지만 마음에서까지 지울 수는 없었다. 그래서 마지막이 된 네 번째 손가락에 있는 반지는 임금의 반지였다.

"그리고 너는 어째서인지 오히려 기억을 되살리지 않으려 애쓰는 것 같았고, 뭔가 내기에 관련된 문제라고 생각했어. '기억이 없는 채로' 해야만 하는 내기라고……. 그래서 마지막 세계에서는 걱정이 되어 빼놓았는데…… 오히려 그게 더 눈에 띄어 버렸지."

사람의 자아상에 상처가 새겨질 때도 있다. 녀석의 손가락이나 아버지의 다리처럼. 물건이 새겨질 때도 있다. 녀석의 반지나 내 시계처럼.

이 녀석은 임금을 애도하는 뜻이라고 얼버무렸겠지만, 재사는 차츰 이상하게 생각했고 나는…… 볼 때마다 위화감을 느꼈다. 왕의 반지는 내 머리에는 너무나 깊이 각인된 물건이라, 볼 때마다 본래의 기억을 떠올릴 뻔했다.

"나는 내가 어떻게 죽었는지 알지 못했다. 마지막 기억은 없었고, 시스템 안에서 깨어 보니 이미 죽은 뒤였지. 네가 궁에 침입해 나를 잔인하게 난자해 죽였다고 들었다."

녀석이 말했다.

"깊이 좌절했지. 너에 대한 믿음도 호의도 아무 소용 없었다고. 다 나 때문이라 생각했다. 순진한 오만으로 너를 믿어 아버지의 목숨을 위협받게 하고, 아내를 슬프게 하고, 수많은 죄 없는 사람들을 죽게 했고, 결국 내 목숨까지 잃고 말았다고."

"……."

"하지만 너와 칼을 맞대고 난 뒤에는 다른 생각이 들었다. 여전히 너를 신뢰할 수는 없었지만, 네 광기에 의미가 있다는 생각이 들었다.

네가 진정으로 나를 죽이고 나라를 차지할 작정이었든, 미쳐서 자신의 망상과 싸우고 있든, 단순히 살아남을 생각으로 우리 모두를 상대로 사기극을 벌이고 있든, 그 싸움을 마지막까지 함께하겠다고."

"바보 같은 생각이야."

"바보 같았지. 그게 결국 내 신뢰의 한계였으니."

"그런 말 마라."

"나는 늘 어리석었다. 늘 그런 식으로만 너를 믿었다. 결국 이곳에서마저 그랬다. 한 번도 네가 하는 말을 귀담아들은 적이 없었다."

"충분히 들었었어."

"늘 부당하게 위에 있었다고 생각했으니까. 한 번쯤 자리를 바꿔주고 싶다는 생각도 들었고."

"말도 안 돼."

"나쁘지 않았어."

"그럴 리가 없잖아."

"정말이야. 나쁘지 않았어. 원래 있어야 할 자리에 선 기분이었다. 어쩌면 그게 우리 사이의 옳은 관계였을지도 모르지."

"너는 눈앞에 아내를 두고도 아무 생각도 안 들었어?"

내가 참지 못하고 소리치자 그는 조금 민망한 듯 얼굴을 붉혔다.

"나는 이미 죽은 사람인데, 감히 산 사람에게 다가가겠느냐."

"고지식하기는."

"내 나름대로는 최대한 돌보았건만."

"아내 손을 놔 버린 놈이 그런 말을 해?"

그는 무슨 말인가 하다가 아, 하고 웃었다.

"왕의 명령이었으니까."

"말이 되는 소리를 해."

"그래서 너는 안 된다는 거다."

녀석이 나를 지그시 보며 말했다.

"너는 그녀를 내 아내로만 보지. 비영은 내가 선택한 왕이다. 너 같은 위험한 놈 말고 말이다. 내가 내 왕위를 이을 여자를 택했다. 내가 귀신의 존재는 믿지 못했지만, 너와 아버지를 보면서 이 위험한 가문의 피가 계속 왕가에 남지 않기를 바랐다. 우리와 아무 연도 없는 가문에서 새 왕이 나오기를 바랐다."

"……."

"내가 선택한 왕께서 명령하시어 신하로서 순종한 것이다. 너를 더 좋아해서가 아니었어. 바보야."

나쁜 자식. 나는 투덜거렸다. 하지만 그래서 너는 왕이지. 나는 그저 싸움꾼이었고.

바람이 한차례 등불이 흔들려 창고에 은은한 그림자를 드리웠다.

"묻고 싶은 것이 하나 있는데."

주변을 둘러보던 녀석이 문득 떠오른 듯 말했다.

"비영의 세계에서 나타난 내 정신 나간 모습 말이지."

그는 창고 안에 놓인 물건들을 하나하나 응시하며 말했다. 마치, 내 안에서 나온 세계를 통해 내 마음을 들여다보고 싶은 것처럼.

"그거 실제 있었던 일인 거냐? 내 머리에는 내가 어떻게 죽었는지에 대한 기억은 없거든."

그가 제 머리를 톡톡 쳤다. 나는 그를 마주 보며 고개를 저었다.

"아니."

녀석은 반응이 없었다.

"네가 조금 늦게 죽었으면 일어났을 뻔했던 일이야. 그런 꼴을 안 보고 죽은 것이 그나마 다행이지."

그는 희미한 미소를 지으며 짚단을 손으로 쓸었다.

"무엇이 진실이든 네가 같은 답을 하리라는 기분이 드는데."

"그러겠지."

내가 답했다.

"그래도 너는 나를 믿어주어야지."

"그 말이 옳구나."

그가 뻔한 진리를 뒤늦게 깨달았다는 듯 답했다.

"너를 믿어야지."

"그럼, 그래야지."

그가 지그시 웃으며 반짝이는 햇빛을 응시했다.

"흑영, 내가 무엇인지는 나도 모른다."

황금빛 햇빛이 창고를 가득 채우고 희게 빛나는 먼지알갱이들이 꽃가루처럼 하느작거렸다. 천장에 매달린 농기구들이 바람에 가볍게 흔들렸다. 쟁기와 호미가 스치며 음악처럼 차랑차랑 소리를 내었다.

"하지만 너와 내가 동시에 나를 선우라고 생각한다 해도 그게 사실일 필요는 없어. 그렇다고 네가 너 자신이 아니게 될 필요도 없다."

'말을 쓰는군.'

"진심이야."

그가 내 생각에 답했다.

"어디까지 들리지?"

"간혹 환청처럼 들리는 정도일까. 내가 사람이 아니라 시스템에 속한 것이라 들리는 것이라는 생각은 나중에야 들었지만."

그가 머리를 긁적이며 말했다. 그러다가 갑자기 무슨 생각이 들었는지 웃었다.

"하지만 소암의 세계에서는 정말 죽을 정도로 놀랐어. 네 천박한 생각을 머릿속으로 직접 들었을 땐."

"본의가 아니었어."

나는 조금 우울한 기분으로 답했다.

"알아."

"정확히 '나'도 아니었고. 소암은 나를 굶주린 야수 비슷한 것으로 생각했던 것 같아."

"충분히 그럴 만한 녀석이지."

"모든 세계에서 나는 다른 사람이었어."

세상 전체가 고요하게 가라앉았다. 그는 턱을 고이고 생각에 잠겼다.

"어떤 의미로는."

"……."

"어떤 의미로는 아니었고, 모두가 너를 '너'라고 인정할 수밖에 없었던 순간들이 있었으니까."

사람의 마음을 안정시키는 목소리. 힘이 있는 말. 언변이나 사기술로는 전할 수 없는 신념의 힘. 다시 한번 우리의 '말'이 교차하고 있었다.

"네가 누구인가. 내가 혼인가, 프로그램인가. 네 안에 들어간 것이 혼인가, 프로그램인가."

그는 제 이마를 톡톡 건드리며 말했다.

생각이 진자처럼 흔들린다.

내가 졌는가, 이겼는가.

진자가 이쪽과 저쪽으로 흔들릴 때마다 그가 내 눈앞에서 살았다가 죽었다가 한다.

"어쩌면 영혼은 인격에 있을 수도 있고 몸에 있을 수도 있겠지. 기억을 잃은 사람이 본래의 자신을 완전히 잃을 수도 있고, 기억을 그대로 갖고도 완전히 다른 사람이 될 수도 있겠지. 전체를 갖지 않으면 본인이 아닐 수도 있고, 일부만으로도 본인일 수 있겠지."

다른 세계의 바람이 불었다. 우리가 말을 현실로 만드는 신이었던 세상의 바람. 어쩌면 그곳이야말로 진실한 세계였을지도 모른다. 무無의 신이 세상을 무로 돌리고자 신들의 기억을 바꾸었고, 우리를 인간으로 착각하게 만들어, 진정한 현실을 닫고 다른 작은 세계 하나를 새로운 현실로 만들었을지도.

"그것은 그저 죽음의 규칙일 뿐이다. 죽음의 규칙을 만드는 자가 집행관이고 이제 네가 마지막 집행관이 되었다. 이제 다시는 세계가 열리지 않으며 규칙이 바뀌지 않는다. 네가 그자의 죽음의 규칙을 정했다. 그러니 너는 심장이 멎고 피가 멎을 때 죽으며 다시는 살지 않는다. 데이터로 저장할 수 없고 타인에게 옮겨갈 수 없으며 기억을 통해 살아날 수도 없다."

말이 빛처럼 흘러들어온다. 나를 이루고 규정하고 내 안에 들어와 나를 봉합한다.

흔들리던 진자가 멈췄다. 애써 밀어도 움직이지 않는다. 밀어보려 애쓰는 사이에 진자 자체가 사라졌다. 나는 낯선 자아 안에 내동댕이쳐진 기분으로 머리를 감싼 채 망연히 앉아 있었다.

"슬퍼하지 마라."

그가 내 생각을 향해 위로했다.

"……집행을 해줘."

내가 말했다.

"너답지 않은 말이로구나."

"내가 살 이유는 다 썼어. 내 사형은 여섯 번이고 나는 아직 다 죽지 않았어. 집행관이 집행을 포기하면 시스템이 대신한다. 나는 이 세계의 집행관이자 죄인이야. 그러니 네가 나를 죽일 수 있어."

"나와는 관계없는 문제야."

"……난 살아서는 안 돼."

녀석이 입을 다물었다.

거지 같은 신의 능력으로 세상 전체를 볼 수 있었다. 해새가 무엇을 알아챘는지 가슴을 붙들고 하늘 어딘가를 바라본다. 작은 새들이 해

새의 주위로 날아와 둘러싸며 걱정한다.

슬퍼하지 마라, 비영. 내 사랑, 내 새로운 왕, 내가 지켜낸 유일한 것. 밖으로 나가면 이 안에서 있었던 모든 일은 꿈이다. 일어나지 않은 일이나 마찬가지다. 없었던 일이라고 생각하면 없는 것이나 같다.

고개를 숙여도 녀석의 표정을 볼 수 있었다. 그는 천장을 보고 창밖을 보았다. 서까래에 매달린 농기구를 보고 깨끗한 짚단을 보았다. 벽과 문과 나무기둥을 눈에 담았다. 세상을 통해 내 마음 전체를 들여다보듯이.

"그럴지도 모르지."

그가 나를 내려다보며 말했다.

"밖에 나간다 해도 좋은 일은 없을 테니까. 네가 한 일은 변하지 않고 네 적이었던 자들은 끝까지 네 적일 테니, 결국 넌 다시 사형당하거나 제거될 거다."

"알아."

"네가 살아남는다면 더 문제가 되겠지. 비영이 왕이 되는 데에 너만한 걸림돌이 또 있을까. 네 존재만으로 나라가 둘로 갈라져 싸울 수도 있어. 비영은 공사를 구분할 줄 아는 여자니 너를 제거해야 한다는 판단을 내릴 수도 있고, 네가 정신이 나가 나라를 차지하고 비영을 손에 넣을지도 모르지. 어느 쪽이든 나로서는 탐탁지 않다."

"알면 됐어. 서둘러."

"명령하지 마라. 아직도 내가 네 부하라고 생각하는 거냐?"

나는 고개를 들었다. 그가 빙글거리며 웃고 있었다.

"판결을 정하는 건 나야. 어떤 방식이든 불만은 없겠지?"

"없어."

"난 널 쉽게 죽게 할 생각은 없어."

잠시 그를 보았지만 곧 받아들였다. 이곳에서 녀석에게 했던 짓을 생각했다. 때리고 찌르고 별 짓을 다했지. ……아무리 몰랐다지만. 녀석의 앞에서 노골적으로 제 아내에게 입을 맞추고 끌어안은 것까지. 아무리 기억이 없었다지만.

바깥세상에서 한 일까지는 어찌 용서했다 쳐도 이 안에서 한 짓만 따져도 답이 없었다.

"마음대로 해."

"힘들 텐데."

"해."

나는 말했다.

"어서."

시원한 바람이 한줄기 창고 안을 감싸고 나갔다. 창밖에 별빛이 반짝였다.

내 마당에서 투덜거리며 장작을 패는 소암을 생각했다. 무덤가를 떠도는 작고 조그마한 아버지를, 침묵의 감옥에 긴 세월을 갇혀 있었으면서도 위엄을 잃지 않았던 무진을, 깨끗한 행랑채에 혼자 앉아 책을 읽던 재사를, 그리고 비영을 생각했다. 그녀가 작은 신으로서 살고 있는 이 세계를. 모든 사람이 나름대로 친절하고, 소박하고, 고결하고, 유치하고, 어리며, 너저분한 욕망에 물들지 않은 세상을. 내 꿈이자 찌꺼기며, 소망이자 두려움이며, 이상이며 바닥인 세계를. 이제 곧 내 죽음과 함께 사라질 세계를 생각했다.

제10집행

현실

전선이 실핏줄처럼 파고든 손가락이 눈에 들어왔다. 투명하고 미끄러운 용액에 젖어 있다. 손을 조금 들자 부드러운 흙에서 잡초가 빠져나가듯이 전선이 스윽 흘러내렸다. 천장은 반짝이는 기계장치의 불빛으로 밤하늘처럼 빛났다. 손끝을 비벼 보았다. 내 피부와 지문을, 꺼끌꺼끌한 주름을, 깎지 않은 손톱과 잔털을 느꼈다.

현실이었다.

일어나자 온몸에 이어져 있던 전선이 툭툭 끊어지며 살갗에서 미끄러져 나간다. 용액이 넘쳐 바닥에 쏟아졌다. 살에 닿는 공기가 찼다.

어떻게.

녀석이 마지막에 나를 바라보던 눈빛을 떠올렸다. 생기와 생명력으로 가득한 눈. 녀석은 늘 그런 눈으로 나를 보았다. 도저히 믿을 수 없는 것을 의지만으로 믿는 눈.

녀석이라면 내가 집행관이라는 것을 의지로 믿을 수 있었을 것이다.

선우가 그리 생각한 순간, 선우의 생각이 곧 시스템의 생각이 되었으리라.

시스템이 그리 믿자 죄인은 이미 죽은 것이 되었다.

왜.

이제 무슨 일이 일어날지 뻔히 알면서. 내가 살아서 일으킬 혼란을 방치하겠다는 건가. 고작 이 목숨 하나를 살리기 위해서. 내가 살려면 세상이 고난일 것이고 세상이 조용하려면 내가 고난일 텐데. 맙소사, 문밖에는 간수들이 깔려 있다. 나는 지금 당장 죽을 수도 있다.

아니, 결국 네 생각에도 내게 가장 잔혹한 처형장은 현실인가. 너로서는 이보다 더 가혹한 집행 방법을 찾을 수 없었는가.

결국 이것이 네 판결이다.

네가 준 각본이고 네가 정한 내 죽음의 방식이다. 차이는 없다. 하나뿐인 목숨을 써서 그 운명에 저항해야 한다는 것만은. 하루라도 한 시간이라도 버티며, 살기 위해 내가 가진 생명을 다 써야 한다는 것만은.

그 어느 세계에서든 생은 하나뿐이었고 죽음도 하나뿐이었으니.

나는 맨발로 젖은 바닥에 내려섰다.

이제 무엇부터 할지 생각했다.

첫 판본 작가의 말

이젠 떠올리기도 아득한 일이지만, 학생 시절에 '주인공이 여러 세계를 옮겨 다니는데 모든 세계에서 죽는다.'는 막연한 이미지를 떠올린 적이 있다.

'주인공이 누명을 쓰고, 기억이 없는 채로 진범을 찾아낸다'는 플롯이 이어서 떠올랐는데 오랫동안 그 생각을 접어둔 채 잊고 살았다. 어느 날 무심히 어떤 서두를 썼는데, 쓰면서도 왜 쓰는지를 몰랐다. 그 후에는 그 서두를 써 놓은 사실마저도 덮은 채로 잊어버렸다.

2008년쯤에 의뢰받은 단편을 쓰기 위해 지난 메모를 뒤적이다가 그 서두를 발견했는데 폭발하듯이 다음 이야기가 떠올랐다. 정신없이 뒤를 잇기 시작했는데 멈출 수가 없었다. 생각이 쓰는 속도를 앞서고 지금 장면을 쓰는 사이에 다음 장면이 떠올라 따라갈 수가 없었다.

주인공은 내 의지를 무시하고 제멋대로 움직였고 '조정자' 없이는 상황을 통제할 수도 없었다. 무슨 일인지도 모르고 쓰다 보면 결말이 나 있었다. 머릿속으로는 다음 세계 구상을 하는데 정작 세계가 펼쳐지면 엉뚱한 것이 생겨났다. 나는 이 일과 아무 관계도 없는 사람처럼 일어나는 상황을 멍하니 지켜보기만 했다. 정신이 들고 나니 나는 황망한 기분으로 내가 쓴 적도 없고 알지도 못하는 낯선 세계를 손에 쥐고 있었다.

버려야 하나 싶기도 했지만 스스로 생겨난 소설에는 의미가 있다고 믿고 결말을 향해 나아갔다. 하지만 '다 썼다'고 믿은 시점에서 생각 외로 시간이 속절없이 흘렀다.

작품을 완성한 날에 꿈을 꾸었다. 환상에 가까운 체험이었다. 그건 내가 긴 세월 동안 반복해서 꾸었던 꿈이었다. 나는 집 안에 있었는데 밖으로 나가야 한다는 생각에 조바심을 내고 있었다. 문을 나가면 아름다운 세계가 펼쳐져 있는데, 문을 열면 그 너머에 또 문이 있고 방을 나가면 또 방이 있어 영원히 빠져나가지 못하는 꿈이었다. 너무 힘들었고 울고 싶었다.

갑자기 나는 방향을 바꿔 그 집의 가장 안쪽에 있는, 내가 가장 들어가고 싶지 않았던 방으로 되돌아 들어갔다. 감옥처럼 어둡고 좁고 지저분한 방이었다. 서까래가 무너져 내려 내게 상처를 입혔다. 나는 거기 선 채로 내 강렬한 두려움을 응시했다. 마음이 단단해졌고 편안해졌고 또 확고해졌다. 1분도 견뎌낼 수 없다는 생각이 들었고 동시에 평생이라도 견뎌 낼 수 있다는 확신이 섰다. 그때 오랫동안 잊고 있던 내 자아 하나가 내려와 나와 합쳐졌다. 그 순간 문이 잠겼고 나는 잠에서 깨었다.

이성으로는 이해하지 못하지만 영혼으로는 이해한다. 비로소 이 소설을 쓴 사람이 나와 하나가 되었다는 것도 안다. 내가 이전과 다른 사람이 된 것도 이해한다.

모든 소설이 내게 기적과 같은 경험을 주지만, 이 소설이 준 것은 그중에서도 특별한 기적이다.

이 소설을 쓰는 동안 함께해 주셨고, 격려해 주셨고, 자기 책처럼 기다려 주신 이수현 님과 김수륜 님, 믿고 지켜봐 주는 가족들, 출간을 결정해 주신 현대문학에 감사를 드린다.

누구보다도, 무수한 수정고를 긴 시간 동안 인내심 있게 지켜봐 주시고, 예리하면서도 심려 깊고 따듯한 조언을 아끼지 않으셨던 최지혜 편집자님께 모든 공을 돌리고자 한다.

2013년 1월

김보영

개정본 작가의 말

10년 전 작가의 말을 보면, 그때까지의 내 다른 작품과 스타일이 다르다는 비판에 많이 위축되어서, 좀 특이하게 나온 소설이라고 변명하고 싶었던 것 같다. 지금은 그리 생각하지 않는다. 이 또한 내가 잘할 수 있는 이야기다.

돌이켜 보면 소설의 기원은 더 있었다. 나는 삼국사기를 읽다가 어떤 인물의 기록을 보고, '세치 혀로 죽음의 위기에서 계속 살아남는 천덕꾸러기 왕자'라는 생각에 매료되어 구상을 이어 갔었다. 그러다 〈설국열차〉 일을 하느라 작업이 중단되었는데, 시나리오 일이 끝난 뒤 뭉쳐둔 이야기가 다른 형태로 흘러나왔고 그것이 이 소설이었다. 이 소설은 내 안에서 여러 형태로 잠자던 것이 모여 생겨난 이야기인 듯하다.

「스크립터」는 이 소설을 쓰던 중에 단편 마감이 다가와 잠시 멈추고 쓴 소설이라 이 소설의 개념이 고스란히 담겨 있다. 가상현실에서는 결국 논리 이외의 물리적인 진실이 남지 않는다는 생각이다. 『저이승의 선지자』는 7장, 저승 세계를 구상하던 중에 생겨났고 「얼마나 닮았는가」는 8장, 가상인격을 생각하던 중에 생겨났다. '세치 혀로 계속 살아남는 천덕꾸러기 왕자'의 이야기도 조만간 쓰게 되려니 한다.

이 소설을 쓰기 전의 나는 여러모로 죽음에 사로잡혀 있었다고 기억한다. 어릴 때부터 줄곧 내가 내일 어찌될지 모르는 채로 살았다. 그런 기분이 들 때마다 '그래도 태어났으니 소설 하나만 쓰고 가자'라는 생각으로 하루하루를 버텼는데, 이 소설을 쓸 무렵에는 어쨌든 소설도 꽤 썼고 그 변명도 점점 힘이 다해 가고 있었다. 죽을 운명밖에 남지 않은 사람은 무슨 수로 살 수 있을까……? 이 이야기는 그 답이기도 했다.

결말을 썼을 때 죽음이 내게서 떠나갔고 생을 보는 가치관이 전부 변했다. 내 오랜 친구가 이 소설을 쓴 후로 내가 다른 사람이 되었다고 말해 준 적이 있다. 우울이 다 씻겨 나갔다고 한다. 나도 그렇게 느끼곤 한다.

이번 개정은 오롯이 '독자가 이해할 수 있게 만든다'에 역점을 두었다. 불필요하게 혼란스럽거나 추리를 흐리는 부분이 과감하게 삭제되거나 수정되었고, 사건의 진상을 설명하는 부분이 많이 새로 추가되었다. 개정 이전의 작품도 좋아해 주신 분들께는 미안한 마음을 금할 수 없으나, 해야만 하는 일이었다고 생각한다.

다시금 개정본 출간을 허락해 준 현대문학과 애써 주신 양은경, 박선주 편집자님께 감사드린다.

2023년 7월
김보영

7인의 집행관

초판 1쇄 펴낸날 2013년 1월 15일
개정판 1쇄 펴낸날 2023년 7월 31일
개정판 4쇄 펴낸날 2024년 10월 31일

지은이 김보영
펴낸이 김영정

펴낸곳 폴라북스
등록번호 제22-3044호
주소 06532 서울시 서초구 신반포로 321(잠원동, 미래엔)
전화 02-2017-0280
팩스 02-516-5433
홈페이지 www.hdmh.co.kr

ISBN 979-11-88547-26-5 03810